환상문학 걸작선

19세기 대문호들의 명작 단편선

2

환상문학 걸작선

19세기 대문호들의 명작 단편선

요한 볼프강 폰 괴테 외 지음
차경아 외 옮김

2

자음과모음

차례

일러두기

- 편집 · 교정 과정에서 발생할 수 있는 오류를 피하기 위하여 가급적 역자들의 번역문을 수정 없이 기재하는 것을 원칙으로 했다. 독일어권의 표현 방식과 한국어 표현 방식에 다소 괴리가 있을 수 있지만, 본 도서를 통해 한국의 독자들에게 처음 소개되는 작품이 다수 있기에, 독자 대중에게 정확하게 번역된 글을 전하겠다는 의도로 이와 같은 원칙을 세웠다.
- 목차는 편집자 임의로 구성했다. 연대순에 따른 목차는 책의 뒷부분에 덧붙였다. 이 목차를 통해 독일 낭만주의 작품들이 시간이 지남에 따라 어떻게 달라져가는지 확인할 수 있을 것이다.
- 본 도서에 실린 각 작품의 역자는 작품의 말미에 표기하였으며, 약력은 책의 뒷부분에 따로 정리했다. 참고로 본 도서의 번역은 경기대학교 아동-청소년문학 연구실에서 했음을 밝힌다.
- 작품을 표시할 때는 책으로 출간된 경우 『』, 단편의 경우 「」, 공연이나 노래의 경우 〈〉로 표기했다.
- 이 책에 실린 작품들은 독일 낭만주의 시대의 작품들로, 이 작품들을 이르는 독일어 명칭은 '메르헨Märchen'이다. 우리말로 '민담', '기담'으로 해석할 수 있다.

페터 슐레밀의 놀라운 이야기

Peter Schlemihls wundersame Geschichte,
1814

아델베르트 폰 샤미소
Adelbert von Chamisso

아델베르트 폰 샤미소
Adelbert von Chamisso
1781-1838

프랑스 귀족 계급이었지만 혁명으로 재산을 몰수당하자 일가와 함께 독일로 망명한 시인이자 식물학자다. 1815년 러시아 세계 탐험대에 식물학자로 참가하여 캄차카 반도까지 탐험 여행을 했으며, 베를린 식물원 원장에 임명되기도 했다. 처음에는 프랑스어로 글을 썼지만 1803년부터 독일어를 쓰기 시작했다.
「페터 슐레밀의 놀라운 이야기」는 샤미소의 문명文名을 알린 출세작이자 대표작으로, 독특하고도 환상적인 소재와 빠른 이야기 진행, 뛰어난 문장력으로 인해 명작 중의 명작으로 자리매김하고 있다. 그리고 슈만에 의해 음악으로 승화한 그의 시집 『여자의 사랑과 생애 Frauenliebe und Leben』(1830)에서는 샤미소 특유의 서정성이 회화적이고 음악적인 운율에 실려 잘 드러나고 있다.

I

내게는 무척 힘겨운 항해이긴 했지만 그래도 우리는 무사히 항해를 마친 후 마침내 항구에 도착했네. 보트로 옮겨 타고 육지에 닿자마자, 나는 자질구레한 짐 보따리를 짊어지고 북적대는 사람들 사이를 비집고 지나 근처에서 맨 먼저 간판이 눈에 띄는 작은 여관으로 갔네. 방을 하나 달라고 하자 종업원은 나를 흘긋 쳐다보고는 지붕 밑 방으로 안내하더군. 나는 냉수를 한 잔 달라고 하면서 토마스 욘 씨의 집이 어디 있는지 자세히 설명해 달라고 부탁했네.

"북쪽 성문 밖, 오른쪽으로 보이는 첫 번째 별장입니다. 붉은색과 흰색 대리석으로 지은 기둥이 많은 새 저택이죠."

좋았어! 그러나 아직 이른 시각이었네. 그래도 나는 당장에 짐을 풀고 새로 맞춘 검정색 양복을 꺼냈지. 제일 좋은 옷으로 말쑥하게 차려입은 후 소개장을 주머니에 집어넣고 그길로 길을 나섰네. 욘 씨가 내 소박한 소망을 이루어 줄지 모르는 일 아닌가.

나는 북쪽으로 향한 길을 한참 올라가 성문에 도착했네. 나무들 사이로 저택의 기둥들이 번쩍이는 것이 곧 보이더군. 여기구나, 하고 나는 생각했네. 손수건으로 신발에서 먼지를 털어내고 넥타이를 고쳐 맨 후 용기를 내어 초인종을 잡아당겼지. 문이 활짝 열렸네. 현관에서 나는 심문을 거쳐야 했네. 어쨌거나 문지기는 내가 온 것을 알렸고, 나는 정원으로 부름을 받는 영광을 얻었네. 정원에서는 조촐한 파티가 열리고 있었네. 욘 씨의 자만에 찬 뚱뚱한 풍채를 보고 나는 대번에 그를 알아보았지. 나를 제법 그럴싸하게 맞아 주었네. 부자가 거지를 대하는 투였지만 나를 향해 몸을 돌리기까지는 했으니까. 하지만 여전히 좌중의 손님들에게서 시선을 떼지 않은 채 내가 내민 편지를 낚아챘네.

"아, 알았소! 내 동생의 편지로군. 오랫동안 소식을 듣지 못했는데. 내 동생은 잘 지내오? 저 자리에다……."

그는 내 대답은 듣지도 않고 손님들을 향해 말을 이으며 편지를 든 손으로 언덕을 가리켰네. "저 언덕 위에 새 집을 지을 생각이오."

그리고 편지 봉함을 떼면서 얘기를 계속했네. 이제 화제는 재산에 관한 것으로 넘어갔지. 그가 불쑥 말을 던졌네.

"백만금을 갖고 있지 않은 사람은, 이런 말을 해서 미안하지만, 불량배나 다름없지요."

"오, 당연하지요!"

나는 감동에 찬 어조로 외쳤다네. 내 반응이 마음에 들었는지, 그는 내게 미소를 지으며 말했네.

"여기 그냥 머무시오. 나중에 이것에 관한 내 생각을 말해 줄 시간이 있을지 모르니까."

그는 편지를 가리키고 나서 그것을 집어넣은 뒤, 어느새 다시 손님들을 향했네. 그는 한 젊은 귀부인에게 팔을 내밀었고, 나머지 신사들도 다른 미녀들을 차지하려고 애쓰더군. 그렇게 짝들이 어우러졌네. 이어서 모두들 장미꽃이 만발한 언덕을 순례하러 나섰다네.

나는 남들에게 부담을 주지 않으려고 살그머니 그들 뒤를 따랐지. 어차피 아무도 더 이상은 내게 관심을 두지도 않았네. 손님들은 잔뜩 기분이 좋아 농담을 주고받으며 시시덕거렸네. 더러는 별일 아닌 것을 진지하게, 더러는 진지한 일을 별일 아닌 것처럼 얘기했고, 특히 그 자리에 없는 친구들과 그들의 사정에 대해 신나게 농담을 주고받더군. 그 모든 것을 이해하기에 나는 그 자리가 몹시 낯설었고, 또 그 수수께끼 같은 이야기들의 의미를 캐고 있기에는 나 자신의 걱정에 골똘히 빠져 있었다네.

우리는 장미 숲에 이르렀네. 그런데 그곳에서 이날 파티의 여주인공인 듯한 파니라는 이름의 미녀가 꽃이 핀 장미를 가지째 억지로 꺾으려다가 그만 가시에 찔리는 불상사가 일어났네. 짙은 장미꽃에서 흘러나오듯이 그녀의 고운 손에 보랏빛 피가 흘렀지. 이 일로 손님들 모두가 어수선해졌네. 누군가 영국식 반창고를 찾았지. 그때 곁에서 말없이 함께 걸어가던—나는 여태껏 그 남자가 있는 줄도 몰랐네—큰 키에 비쩍 마른 한 늙수그레한 남자가 한물간 회색 윗도리의 착 달라붙은 안주머니에 손을 넣어 작은 지갑을 하나 꺼내 열더니, 귀부인에게 공손하게 절을 하며 찾던 물건을 건네주는 게 아닌가. 부인은 그 남자를 거들떠보지도 않고 감사하다는 말도 없이 반창고를 받아 상처에 붙였네. 그리고 모두들 계속해서 언덕을 올라갔네. 언덕 마루에서 정원의 초록빛 미로 너머 끝없이 펼쳐진 대양의 전망을 즐길 생각이었지.

그 광경은 정말로 장관이었네. 짙은 물결과 푸른 하늘 사이의 수평선으로 한 점 광채가 떠올랐네.

"망원경을 가져오너라!"

욘 씨가 소리쳤네. 주인의 부름에 하인들이 미처 움직이기도 전에, 아까의 회색 옷 남자가 공손하게 절을 하며 어느새 양복 안주머니에 손을 넣어 멋진 망원경을 꺼내 욘 씨에게 건네주었다네. 욘 씨는 즉시 망원경을 들여다보고, 그것은 어제 출항한 배이며 역풍을 맞아 항구로 되돌아오는 중이라고 손님들에게 일러 주었네. 망원경은 이 사람 손에서 저 사람 손으로 옮겨 갔지만 다시는 주인에게로 돌아가지 않았지. 나는 어안이 벙벙하여 회색 옷의 남자를 쳐다보았고, 저렇게 큰 물건이 어떻게 저 작은 안주머니에서 나올 수 있는지 알 수가 없었다네. 그러나 아무에게도 그 점이 눈에 띄지 않는 듯 보였고, 사람들은 내게도, 또 회색 옷의 남자에게도 더 이상 신경을 쓰지 않았네.

각 지방의 진기한 과일들이 값진 그릇에 담겨 다과로 나왔네. 욘 씨가 주인으로서 가볍게 예의를 갖추어 내게 두 번째로 말을 건네더군.

"과일을 들어 보시오. 항해하는 중에는 먹어 보지 못한 것들일 거요."

나는 인사를 했지만, 그는 내 인사는 받지도 않고 어느새 다른 사람들과 얘기를 나누었네.

축축한 땅을 꺼리지만 않는다면, 눈앞에 펼쳐진 광경을 마주하고 비탈진 언덕에 눕고 싶은 마음이었네. 과연 손님들 가운데 누군가가 터키산 양탄자를 여기 깔면 정말 좋겠다는 말을 하더군. 이 말이 채 끝나기도 전에 회색 옷의 남자가 이미 양복 안주머니에 손을 넣고 눈에 띄지 않게 실로 겸손한 태도로 금실을 짜 넣은 화려한 터키산 양탄자를 꺼내려고 애를 쓰고 있는 걸세. 하인들은 당연하다는 듯이 양탄자를 받아 원하는 자리에 펼치더군. 손님들도 서슴없이 그 위에 앉았고. 나는 다시 어리둥절해서 회색 옷의 남자와 그의 안주머니와 길이 20자에 폭 10자가 넘는 양탄자를 보았지. 특히나 아무도 그 점을 이상하게 여기지 않았기 때문에 더더욱 영문을 알 수가 없어 눈을 비빌 수밖에 없었네.

나는 그 남자의 정체를 알고 싶어서 저분이 누구냐고 묻고 싶었지만 누구에게 물어보아야 할지 알 수가 없었다네. 시중받는 신사들보다도 시중을 드는 하인님들이 더 무서웠으니까. 결국 용기를 내어 비교적 덜 거드름을 피우는 것으로 보이고 곧잘 혼자 있곤 하던 한 젊은 남자에게 다가갔지. 그리고 조그만 소리로 저기 회색 옷을 입은 친절한 남자가 누구냐고 물어보았네.

"저 남자 말씀이오. 재단사의 바늘에서 뛰쳐나온 실오라기처럼 보이는 사람 말이오?"

"그렇습니다. 저기 혼자 서 있는 남자분 말입니다."

"나는 모르는 사람이오."

그는 이렇게 대답하고는 나와의 대화가 길어지는 것을 피하려는 듯 몸을 돌려 다른 누군가와 시시한 얘기를 나누더군.

햇볕이 따갑게 내리쬐기 시작하자 귀부인들께서는 견디기 힘들어했네. 아름다운 파니가, 내가 본 바에 의하면 여태껏 아무도 말을 건넨 적이 없는 그 회색 옷의 남자에게, 혹시 천막을 갖고 있느냐고 지나가는 말투로 가볍게 물어보았네. 그는 황송하다는 듯 공손하게 몸을 굽히는 것으로 답을 대신하고는 안주머니에 손을 넣었지. 그리고 거기에서 천, 막대기, 끈, 쇠 연장, 한마디로 화려한 여행용 천막에 필요한 모든 것이 줄줄이 나오는 것을 나는 목격했네. 젊은 신사들이 천막 치는 일을 도왔고, 그 천막은 양탄자 면적을 전부 덮을 만큼 넓게 펼쳐졌는데, 이번에도 그를 이상하게 생각하는 사람은 아무도 없었네.

나는 아까부터 으스스한, 정말로 오싹한 기분에 휩싸였네. 그다음에 누군가 소원을 말하자 그 문제의 남자가 또 안주머니에서 세 필의 승마용 말을, 그야말로 안장과 비품을 완비한 커다란 흑마 세 필을 꺼내는 것을 목격했을 때 내 기분이 어땠겠나! 세상에, 생각해 보게. 이미 작은 지갑, 망원경, 길이 20자에 폭 10자의 양탄자, 똑같은 크기의 여행용 천막, 거기에 필요한 막대기와 연장을 쏟아 낸 바로 그 안주머니에서 이번에는 안장을 갖춘 말 세 필이 더 튀어나오다니! 맹세코 내 눈으로 똑똑히 봤단 말일세. 그게 아니라면, 자네로서도 분명 믿기지 않는 이야기지. 그 남자 자신은 얼뜨고 겸손해 보이는데도, 또한 다른 사람들은 그에게 전혀 신경을 쓰지 않는데도, 그런 만큼 더더욱 나는 그의 창백한 모습에서 눈을 뗄 수 없었고, 그 모습이 너무나 무서워서 더 이상 견딜 수가 없었다네.

나는 일행들 몰래 빠져나오기로 마음먹었네. 그 무리 안에서 내 역할이라는 게 어차피 별 볼 일 없는 것이었기에 자리를 뜨기가 쉬울 것 같았지. 나는 일단 시내로 돌아갔다가 내일 아침에 욘 씨를 다시 찾아 내 행운을 시험해 볼 생각이었네. 또 그럴 만한 용기가 생기면 그 기묘한 회색 옷의 남자에 대해서도 물어볼 참이었지. 그렇게 무사히 빠져나올 수 있었다면 얼마나 좋았겠나!

나는 살그머니 장미 숲을 지나고 언덕을 무사히 내려와 확 트인 잔디밭에 이르렀네. 그러고는 멀쩡한 길을 놔두고 잔디밭을 가로질러 가다가 들킬세라 겁이 나서 주변을 돌아보았지. 그런데 문제의 회색 옷의 남자가 바로 내 뒤를 쫓아오다가 내게 다가오는 것을 보고 얼마나 기겁을 하고 놀랐는지! 그는 곧 내 앞에서 모자를 벗고 깊이 머리를 숙여 절을 했네. 여태껏 그렇게까지 정중하게 내게 인사하는 사람은 하나도 없었다네. 의심의 여지 없이 그는 내게 말을 걸 생각이었는데, 나는 실례를 무릅쓰지 않는 한 그걸 피할 도리가 없었네. 나도 모자를 벗어 답례를 한 후, 땅에 뿌리가 박힌 듯 땡볕에 맨머리로 서 있었지. 나는 공포에 질려 그를 뚫어지게 쳐다보았고, 마치 독사의 눈초리에 사로잡힌 한 마리 새의 꼴이었다네. 그 사람도 무척 당황한 듯이 보였네. 그는 시선도 들지 않고 여러 차례 허리를 굽혀 절을 한 뒤, 좀 더 가까이 다가와 소리 죽인 불안한 음성으로, 마치 구걸하는 사람의 어조로 내게 말을 걸었네.

"면식도 없이 선생을 찾은 내 무례함을 용서하시오. 선생께 한 가지 청이 있소이다. 부디 내 부탁을……."

"무슨 말씀을, 나리!"

나는 불안한 마음에서 소리를 쳤네. "소인이 무엇을 해 드릴 수 있겠습니까? 나리 같은 분에게……."

우리는 둘 다 말문이 막혔고, 내 생각으로는 둘 다 얼굴이 상기됐을 걸세.

그는 잠시 뜸을 들였다가 다시 입을 떼었네.

"짧은 시간이었지만 선생 곁에 있으면서 행복을 맛보았소이다. 선생, 감히 말을 하겠소. 실로 이루 형용할 수 없이 감탄스러운 마음으로 선생의 너무나 아름다운 그림자를 여러 차례 관찰할 수 있었소. 선생께서 햇빛 속에서 전혀 의식하지 못하고 그야말로 품위 있게 무심히 발치에다 던진 그 훌륭한 그림자 말이오. 당연히 무리한 청이 되겠지만, 혹시 선생의 그 그림자를 내게 양도할 의향은 없으시오?"

그는 입을 다물었네. 내 머릿속은 물레바퀴가 돌듯이 어지러웠지. 내 그림자를 팔라는 이 기막힌 제안에 대해 내가 어떻게 해야 했겠나? 이 사람은 정신이 나갔어, 하고 나는 생각했지. 그래서 그의 굽실거리는 태도에 어울리도록 나도 말투를 바꾸어 이렇게 대답했네.

"원, 이보시오, 이 양반아! 당신은 당신 그림자로 충분하지 않소? 내 보기엔 이건 있을 수 없는 별난 거래 같구려."

그가 바로 대꾸했네.

"내 안주머니에는 선생이 제법 값지다고 여길 만한 것들이 많이 있소이다. 물론 아무리 값을 많이 쳐 준다고 해도 이 대단히 소중한 그림자 값으로는 어림없겠지만."

안주머니를 떠올리자니 또다시 소름이 끼쳤네. 내가 어떻게 그를 이 양반아, 하고 부를 수 있었는지 알 수가 없었다네. 나는 다시 말을 꺼내며 가능한 한 정중한 태도로 내 행동을 만회해 보려고 했네.

"오, 나리, 보잘것없는 소인을 용서하십시오. 나리의 뜻을 잘 알 수가 없습니다. 소인이 어떻게 단지 제 그림자만……."

그가 내 말을 잘랐네.

"지금 당장 이 자리에서 그 고귀한 그림자를 거두어 넣도록 허락만 하시오. 그 일을 어떻게 할지는 내가 알아서 하겠소. 그 대신 진심에서 우러나온 감사의 표시로, 내 안주머니 안에 넣고 다니는 온갖 보물 중에서 뭐든 골라잡을 기회를 선생께 드리겠소이다. 마법의 풀뿌리[1], 만드라고라 뿌리[2], 요술 동전[3], 마법의 은화[4], 롤랑 크나펜의 수건[5], 병 속의 악동[6]이 있소. 아니,

1) 갖다 대기만 하면 어떤 문이든 열어 주는 마법의 뿌리 2) 마법의 뿌리와 비슷한 효력을 지닌 식물 3) 뒤집을 때마다 돈을 주는 동전 4) 언제나 주인에게로 돌아가는 은화

이런 것들은 선생에게 아무것도 아닐 것 같소. 그보다는 튼튼하게 새로 수선한 포투나[7]의 마술 모자가 좋겠소. 또한 옛것 그대로의 행운의 주머니도 있소이다."

"행운의 주머니요."

나는 그의 말을 가로막았네. 몹시 불안함에도 불구하고 내 마음은 그의 그 한마디 말에 포로가 되어 버렸다네. 현기증이 났고, 눈앞에 금화가 여러 겹 어른거렸네.

"자, 선생, 이 행운의 주머니를 잘 구경하고 시험해 보시오."

그는 안주머니에서 튼튼한 가죽 끈이 두 줄 달려 있고 질긴 코르도바 가죽으로 꼼꼼하게 바느질된 큼지막한 주머니를 꺼내 즉시 내게 건네주었네. 나는 그 안에 손을 넣고 금화 열 닢을 꺼냈지. 그리고 다시 열 닢, 또 열 닢, 또 열 닢을 꺼내 보았지. 나는 얼른 그에게 손을 내밀었네.

"좋습니다. 거래를 끝냅시다. 이 주머니를 주고 내 그림자를 가져가십시오."

그는 나와 손뼉을 마주치고 나서, 주저 없이 내 앞에 꿇어앉았네. 나는 그가 놀랄 만큼 익숙한 솜씨로 머리에서 발끝까지의 내 그림자를 소리 없이 풀밭에서 떼어 내어 들어 올린 후 둘둘

5) 원하는 음식을 차려 주는 식탁보 **6)** 병 속에 들어 있는, 주인이 원하는 것은 무엇이든지 들어주는 악동 **7)** 신화에 등장하는 행운과 운명의 여신

말아 접어 안주머니에 넣는 모습을 지켜보았네. 그는 일어서서 다시 한 번 내게 절을 한 후 장미 숲으로 되돌아갔지. 그가 혼자서 슬그머니 웃는 소리가 들리는 듯했네. 그러나 나는 행운의 주머니 끈을 꽉 부여잡았네. 주변은 햇빛을 받아 환히 빛나고 있었고, 그때까지 나는 제정신이 아니었다네.

II

마침내 다시 정신이 들자, 나는 더 이상 어떤 일에도 얽히고 싶지 않아 서둘러 그곳을 떠났네. 나는 우선 호주머니를 모조리 금화로 채우고 나서, 행운의 주머니 끈을 단단히 둘러맨 후 그것을 옷 속에 숨겼네. 어느새 공원에서 나와 길에 이르러 시내로 향했지. 생각에 잠겨 성문을 향해 가고 있는데, 등 뒤에서 누군가 부르는 소리가 들렸네.

"젊은 양반, 이봐요! 젊은 양반! 내 말 안 들리오?"

뒤를 돌아보니, 한 노파가 나를 부르더군.

"이봐요, 당신은 그림자를 잃어버렸군요."

"감사합니다, 어르신!"

나는 선의에서 우러나온 충고에 감사하며 노파에게 금화 한 닢을 던져 주고는 나무들 아래로 갔지.

성문 앞에서 나는 다시 보초가 하는 말을 들었네.

"선생은 대체 어디다가 그림자를 두고 왔소?"

곧이어 몇몇의 여자들이 말했지.

"하느님 맙소사! 그림자가 없는 불쌍한 인간이로군!"

나는 기분이 언짢아지기 시작했고, 햇빛에 나서는 것을 조심스럽게 피했다네. 하지만 그건 어디로 발걸음을 내딛어도 불가능했지. 이를테면 내가 당장 건너가야 할 넓은 길에서, 참 운 나쁘게도, 마침 아이들이 학교를 마치고 돌아오는 시간이니 어쩔 수 없었다네. 아직도 눈앞에 생생하네. 한 빌어먹을 곱사등이 장난꾸러기가 내게 그림자가 없다는 걸 대번에 알아차렸지. 그 녀석은 비명을 지르고, 교외에 사는 모든 먹물 먹은 부랑아들에게 나의 존재를 폭로했네. 그러자 그 녀석들은 나를 살펴보더니 쌍욕을 해 댔네.

"정상적인 사람이라면 햇빛에 나가면 그림자를 끌고 다니는 법이지."

나는 그 녀석들에게서 벗어나려고 한 움큼의 금화를 던지고 동정심 많은 사람들이 빌려 준 마차로 달려갔다네.

달리는 마차 안에서 혼자가 되었을 때 나는 절규했네. 이미 내 마음속에서는 어떤 예감이 싹텄네. 이 세상에서 아무리 돈이 공적과 미덕보다 귀하다고 해도, 그림자보다는 못하다는 것을. 예전의 나는 양심을 위해 돈을 포기했는데, 이제는 그깟 돈을 얻으려고 그림자를 포기했다는 것을. 이 세상에서 나는 무엇이 될 수 있으며, 또 어떻게 될 것인가!

마차가 낡은 여관에 도착했을 때에도 나는 여전히 매우 혼란스러웠네. 저 형편없는 지붕 밑 방에 발을 들여놓는 상상을 하고는 깜짝 놀랐네. 나는 마부에게 내 물건을 가지고 내려오라고 시키고 경멸의 눈초리로 초라한 짐을 받은 후, 금화 몇 닢을 던지며 고급 호텔로 가자고 명령했네. 호텔이 북쪽에 위치해 있어서 나는 햇빛을 두려워할 필요가 없었네. 나는 마부에게 금화를 줘서 제일 좋은 방을 잡게 했고, 방에 들어선 뒤 숨어 있었지.

내가 이제 뭘 해야 한다고 생각하는가? 오, 사랑하는 샤미소. 자네 앞에서 고백하는 것조차 얼굴이 붉어지는군. 나는 옷 속에서 불행의 주머니를 꺼내고는, 타오르는 불처럼 내 안에서 커져가는 일종의 분노를 느끼며 그 안에서 금화를 꺼냈네. 꺼내고 또 꺼내고, 계속해서 꺼냈지. 금화들을 바닥에 뿌려 놓고는 쩔렁거리는 소리가 나도록 밟았네. 반짝이고 쩔렁대는 금화가 내 가엾은 마음을 기쁘게 해 주었고, 계속해서 금화 위에 금화를 던져 댔다네. 그리고 마침내 기진맥진하여 금화가 그득한 침대에 쓰러져서도 금화에 취해서 금화를 뒤적이고 그 위에서 뒹굴었다네. 그렇게 낮이 가고, 저녁이 지났지. 나는 방문을 열지 않았고, 밤에는 금화 위에 누워 있는 나를 발견했네. 이후 졸음이 쏟아지더군.

자네 꿈을 꾸었지. 나는 자네의 작은 방 유리문 뒤에 서서 해골과 시들어 버린 꽃다발 사이의 책상에 자네가 앉아 있는 모습을 본 것 같았네. 자네 앞에는 할러[8], 훔볼트[9], 린네[10]의 책들이 펼쳐져 있었고, 소파 위에는 괴테 전집과 『마법의 반지』[11]가 있었지. 한동안 자네를, 그리고 방에 있는 모든 물건들을 관찰하고 나서 또다시 자네를 관찰했네. 그러나 자네는 움직이지 않고 숨도 쉬지 않았지. 자네는 죽어 있었네.

그리고 나는 잠이 깼다네. 아직은 너무 이른 시간 같았지. 시계가 멈춰 있었네. 나는 녹초가 되어 갈증이 나고 배도 고팠지. 어제 아침부터 먹은 게 없었네. 조금 전까지 내 어리석은 마음을 만족시켜 주었던 이 금화들이 불쾌하고 넌더리가 나서 발로 차 버렸네. 화가 나니까 이제는 뭘 해야 하는지 도무지 알 수가 없더군. 그렇게 널려 있게 둘 수는 없었네. 나는 행운의 주머니가 다시 금화들을 삼키는지를 시험해 보았네. 소용없었지. 내 방 창문들은 어느 것 하나 바다 쪽으로는 통해 있지 않았네. 어쩔 수 없이 진땀을 흘려 가며 금화들을 별실에 있는 커다란 옷장으로 끌고 가 그 안에 쑤셔 넣는 것으로 만족할 수밖에 없었다네. 몇

8) 알브레히트 폰 할러Albrecht von Haller(1708~1777). 스위스의 의사, 식물학자, 시인 **9)** 알렉산더 폰 훔볼트Alexander von Humboldt(1769~1859). 독일의 자연 과학자, 지리학자 **10)** 칼 폰 린네Carl von Linné(1707~1778). 스웨덴의 식물학자 **11)** 1813년에 발표한 푸케Friedrich de la Motte-Fouqué(1777~1843)의 소설

움큼만은 바닥에 남겨 두었지. 일을 마친 후 지칠 대로 지친 나는 긴 의자에 앉아 호텔에 있는 사람들이 움직이길 기다렸네. 인기척이 나자마자 나는 주인을 불러 음식을 주문했지.

나는 장래의 내 집을 어떻게 꾸밀지 그 사람과 상의했네. 그는 가까이에서 나의 시중을 들 벤델이라는 사람을 소개했다네. 벤델의 성실하고 영리한 인상은 단박에 내 마음에 들었네. 벤델은 그때부터 충성을 다해 내 비참한 삶을 위로하며 나와 동행했고, 암담한 운명을 견디어 내도록 도와준 장본인일세. 나는 하루 종일 내 방에서 주인 없는 떠돌이 하인, 구두장이, 재단사, 상인들과 시간을 보내며 방 안을 꾸미고 값비싼 귀중품과 보석을 사는 걸로 잔뜩 쌓인 금화들을 덜어 냈네. 그래도 금화 더미는 줄어들 기미를 보이지 않더군.

그사이에 나는 불안한 의혹에 싸인 채로 그런 상황을 어영부영 흘려보냈네. 문밖으로는 한 발자국도 나갈 엄두를 내지 못하고 저녁이 되면 방 안에 40개의 밀랍 초를 켜놓게 하고서야 어둠 속에서 밝은 곳으로 내 모습을 드러내었지. 개구쟁이 학생들이 놀리던 무시무시한 소동이 생각났네. 굉장한 용기가 필요한 일이었지만 그래도 나는 사람들의 의견을 시험해 보기로 결심했네. 그즈음 밤에는 달이 환히 비쳤지. 저녁 늦게 나는 헐렁한 외투를 걸쳐 입고 모자를 눈에까지 눌러쓴 뒤, 죄를 지은 사람처럼 벌벌 떨면서 호텔 밖으로 살금살금 나왔네. 멀리 떨어진 광장에서야 비로소 그때까지 방패막이가 되었던 주택들의 그림자에서 빠져나와 달빛을 받았지. 지나가는 사람들의 입을 통해 내 운명을 들어 볼 각오를 하고.

사랑하는 친구여, 내가 견뎌야 했던 그 모든 것들을 고통스럽게 반복하고 싶지 않네. 여자들은 종종 나에 대해 깊은 동정심을 표했네. 그 표현들은 어린 녀석들의 조롱과 남자들, 특히 널찍한 그림자를 드리우는 비대한 몸집의 남자들의 우쭐대는 멸시 못지않게 내 마음을 찌르는 것들이었지. 부모와 동행하는 듯 보이는 어떤 아름답고 순결한 소녀가 발치만 내려다보고 걷다가 돌연 반짝이는 눈을 내게 돌렸네. 소녀는 내게 그림자가 없는 것을 알아보고는 기겁을 하여 그 예쁜 얼굴을 베일로 덮은 후 고개를 숙인 채 말없이 지나갔다네.

나는 더 이상 참을 수가 없었네. 눈물이 줄줄 흘렀지. 그리고 에이는 가슴으로 비틀거리며 어둠 속으로 들어갔네. 넘어지지 않게 여러 주택들에 몸을 기대야 했고, 천천히 걷느라 한참 만에 내 방에 도착했지.

뜬눈으로 밤을 지새웠네. 다음 날 내가 제일 먼저 했던 일은 회색 옷의 남자를 찾게 하는 것이었네. 어쩌면 그를 다시 찾는데 성공할지도 모르고, 그 남자도 나처럼 어리석은 거래를 후회하는 참이라면 얼마나 다행일까! 나는 벤델을 불렀네. 그는 민첩하고 재치 있어 보였지. 나는 그에게 회색 옷의 남자에 대해 자세히 설명해 주고, 그의 수중에 한 가지 보물이 있는데, 그것이 없으면 내 인생은 고통일 뿐이라고 했네. 그리고 그 남자를 본 시간과 장소, 그 자리에 있었던 모든 사람들에 대해 설명한 후, 망원경, 금실을 짜 넣은 터키 산 양탄자, 화려한 여행용 천막 그리고 마지막으로 흑마에 대한 진상을 알아오라고 시켰네. 그 이야기들은 확실치는 않아도 모두에게 무심히 보이는 수수께끼 같은 남자와 관련된 것이며 그 사람의 등장이 내 인생의 평온과 행복을 파괴했다고 덧붙여 말했다네.

이야기를 끝내고 나는 들 수 있을 만큼의 금화를 꺼내 왔네. 그리고 보다 더 중요한 일을 위해 보석과 장신구들을 추가로 주었지.

"벤델……."

나는 말했네. "이것이 많은 길을 터 줄 것이며, 불가능해 보이는 많은 일들을 쉽게 해 줄 것이네. 내가 인색하지 않듯이, 자네도 아끼지 말고 쓰게나. 그리고 자네의 주인인 나를 기쁘게 해 줄 소식들을 가져오게. 내 희망은 그 소식들에 달려 있네."

벤델은 출발했네. 하지만 느지막이 슬퍼하며 되돌아왔네. 욘 씨의 하인들이나 손님들 중에—벤델은 그 모두와 만나 이야기를 했네—회색 옷의 그 남자에 대해 기억하는 사람은 아무도 없었다는 걸세. 새 망원경이 거기 있었지만 그것이 어디에서 왔는지 아무도 몰랐고, 양탄자와 천막이 언덕에 여전히 펼쳐져 있었지만 하인들은 주인의 재산을 자랑할 뿐 그 값비싼 새 물건들이 언제부터 주인의 것이 되었는지 아무도 모른다더군. 주인 자신이 그 물건들에 만족할 뿐 그 물건들이 어디에서 생겼는지 모르면서도 그런 사실에는 신경 쓰지 않는다는 걸세. 젊은 신사들은 타고 다녔던 말들을 마구간에 넣은 후에 그날 자신들에게 말을 선물한 욘 씨의 넓은 아량을 칭찬했다네. 벤델의 상세한 이야기를 통해 밝혀진 것은 고작 그 정도로, 성과는 없었지만 나는 벤델의 신속한 움직임과 사려 깊은 태도를 마땅히 칭찬해 주었네. 그리고는 침울해져서 혼자 있게 해 달라며 그에게 나가라고 손짓했지.

하지만 벤델은 다시 말을 이었네.

"주인님께 전해 드릴 가장 중요한 일이 한 가지 더 있습니다. 그 일을 하러 오늘 아침 나서던 참에 문 앞에서 만난 사람이 제게 전해 달라고 한 부탁입니다. 그 남자는 이렇게 말했습니다. '페터 슐레밀 씨에게 전해 주시오. 이곳에서는 더 이상 나를 보지 못할 거라고요. 나는 바다로 나갈 겁니다. 순풍이 나를 항구로 불러서 말이죠. 그러나 몇 년 며칠 후 내 직접 찾아와서 슐레밀 씨에게 꽤나 괜찮은 거래를 제안할 거요. 안부 전해 주시고 내 고마워한다고 전해 주시오'라고요. 제가 그에게 누구냐고 묻자, 그는 주인님께서 자기를 이미 알고 계신다고 했습니다."

"그 남자가 어떻게 생겼던가?"

⁂

나는 불길한 예감에 사로잡혀 외쳤네. 그러자 벤델은 그 남자에 대해 아주 자세하게 묘사해 주었네. 그것은 그가 지금 알아보고 있는 회색 옷의 남자에 대해 자기가 조금 전 이야기에서 소상하게 언급한 그대로였네.

"이런 불행이 또 있을까!"

나는 손을 비비적거리며 소리쳤지. "바로 그자였어!"

벤델은 미몽에서 깨어난 듯했네.

"그렇군요. 그가 바로 그자였습니다. 정말이네요!"

벤델은 화들짝 놀라 소리쳤네. "소인이 눈이 멀고 어리석어 그자를 알아보지 못했습니다. 그를 알아보지 못해서 주인님의 신뢰를 저버리고 말았습니다!"

벤델은 뜨거운 눈물을 흘리며 몹시 자책했네. 그가 너무나 절망하고 있어서 나는 동정심이 생겼네. 나는 그에게 위로의 말을 건네며 그의 충성을 의심한 적이 없음을 재차 확인시켜 준 후, 혹시라도 그 이상한 남자의 흔적을 찾을 수 있을까 해서 벤델을 즉시 항구로 보냈네. 그러나 역풍으로 항구에 발이 묶였던 여러 척의 배들이 바로 그날 아침에 다른 지역으로, 다른 해안으로 출항했고, 회색 옷의 남자는 그림자처럼 흔적 없이 사라졌다네.

III

쇠사슬에 단단히 묶여 있는 자에게 날개가 무슨 소용이 있을까? 더더욱 끔찍하게 절망할 수밖에. 나는 모든 사람들의 위로를 멀리하고, 보물을 지키는 용 파프너[12]처럼, 금화 옆에서 괴로워하고 있었네. 하지만 나는 금을 지키는 게 아니라 금을 저주했지. 바로 그것 때문에 나는 모든 사람으로부터 단절된 거라네. 나는 홀로 비참한 비밀을 간직한 채, 하인들 중 가장 천한 하인조차도 두려워하면서 동시에 부러워했네. 그럴 것이, 그는 그림자를 갖고 있고 햇빛 앞에 모습을 드러낼 수 있으니 말일세. 나는 내 방에서 고독하게 비탄에 잠긴 나날을 보냈고, 원한에 사무쳐 있었네.

나를 지켜보며 괴로움에 시달리는 한 사람이 있었지. 나의 충성스런 벤델은 끊임없이 소리 없는 자책을 하며 괴로워했네. 선한 주인의 신뢰를 저버리고 기껏 회색 옷의 남자를 찾아오라고 보냈더니 그를 알아보지 못했다고, 주인의 불행은 회색 옷의 남자와 밀접하게 묶여져 있음을 생각했어야 했다고 말일세. 그러나 나는 그에게 죄를 돌릴 수 없었네. 그리고 이번 일로 그 정체불명의 남자의 어처구니없는 본성을 알아보았네.

12) 독일 중세의 영웅 서사시 「니벨룽의 반지」에서 니벨룽의 보물을 지키는 용의 이름

❧

나는 가만히 손을 놓고 앉아 있지는 않았네. 한번은 벤델에게 번쩍이는 값진 반지를 들려서 시내에서 제일 유명한 화가에게 보내 나를 방문해 달라며 그를 초대했네. 그가 찾아오자 나는 하인들을 내보내고 문을 닫은 후 그 남자에게 다가가서 앉았네. 그의 예술을 칭송하고는 무거운 마음으로 본론에 들어갔지. 그에 앞서 그에게서 엄격히 비밀을 지켜 줄 것을 약속받았네.

"선생……" 하고 나는 말을 하였네.

"세상에 어처구니없게도 자신의 그림자를 잃어버린 사람이 있는데, 혹시 선생께서 그 사람에게 가짜 그림자를 그려 주실 수 있으시오?"

"가짜 투영화投影畵를 말씀하시는 겁니까?"

"그렇소."

"그런데……."

그는 나에게 계속 질문을 던졌네. "얼마나 아둔했으면, 얼마나 부주의했으면 자신의 그림자를 잃어버릴 수 있답니까?"

"어떻게 그런 일이 벌어졌는지……" 하고 나는 대답했네. "지금 그리 중요하지 않소. 그래도 굉장히 중요하지요."

나는 뻔뻔스럽게 그에게 거짓말까지 둘러댔네. "그 사람이 지난해 러시아로 여행을 갔는데, 날이 어찌나 추웠던지 그만 그림자가 바닥에 얼어붙어 버리고는 다시는 떼어지지 않았다는 군요."

"제가 그 사람에게 그려 줄 수 있는 가짜 투영화는……."

화가가 대답했네. "아주 살짝 움직이기만 해도 다시 잃어버리는 그런 그림자일 겁니다. 특히 선생의 이야기로 미루어보아 타고난 그림자가 그렇게 단단히 붙어 있지 못한 사람의 경우에는 더욱 그렇지요. 그러니까 그림자가 없는 사람은 햇빛에 나가지 않는 게 상책입니다. 그것이 가장 분별 있고 안전한 방법이죠."

그는 일어나서 떠나며 나를 뚫어져라 바라보았고, 나는 그 시선을 참을 수 없었네. 나는 안락의자에 주저앉아 손으로 얼굴을 감쌌네.

벤델이 들어와서는 그러고 있는 나를 발견했네. 그는 주인의 고통스러운 모습을 보고 조용히 공손하게 물러나려고 했지. 나는 그를 쳐다보았네. 무거운 근심의 짐에 짓눌려 있던 나는 고백하지 않을 수 없었네. "벤델" 하고 그를 불렀네.

"벤델! 자네는 나의 고통을 보고 이해해 주며 그 이유를 캐물으려고 하지도 않고 말없이 동정하는 유일한 사람이네. 이리 오게, 벤델! 내 진심의 친구로 남아 주게. 나는 내 금화를 자네 앞에서 숨긴 적이 없었고, 자네 앞에서 나의 원한의 보물들도 숨기지 않을 것이네. 벤델, 나를 떠나지 말게. 자네는 내가 부자에다 인색하지 않고 선하다고 여기네. 세상 사람들이 나를 칭송해야 한다고 망상하지. 그리고 자네는 내가 세상 사람들로부터 도망쳐 그들 앞에서 숨는 모습을 보았네. 세상 사람들은 나를 심판하고 거절했네. 나의 무서운 비밀을 알게 되면, 자네 또한 어쩌면 내게서 등을 돌릴지도 모르겠네. 벤델, 나는 부자에다 인색하지 않고 선하지만, 하느님 맙소사! 나에게는 그림자가 없다네!"

"그림자가 없다고요?"

착한 젊은이는 놀라서 소리쳤네. 그의 눈에서 맑은 눈물이 쏟아져 내리더군.

"제가 그림자 없는 주인을 모시도록 태어났다니 슬프네요!"

그는 입을 다물었고, 나는 손으로 얼굴을 감쌌다네.

"벤델……."

잠시 후 나는 떨리는 소리로 덧붙여 말했네. "자네는 나의 신뢰를 받고 있네. 하지만 이제 나를 배반해도 좋으니 가서 나에게 불리한 증언을 하게나!"

벤델은 자신과의 힘겨운 싸움을 하고 있는 듯 보였네. 그러나 마침내 내 앞에 털썩 주저앉아 내 손을 잡고 내 손에 눈물을 적시며 외쳤네.

"아닙니다. 세상 사람들이 어떻게 생각하든, 저는 그림자 때문에 선한 주인님을 떠날 수도, 떠나지도 않을 것이며, 잘난 척하지 않고 올바르게 행동할 겁니다. 또한 주인님 곁에서 제가 할 수 있는 한 주인님께 제 그림자를 빌려드리고 주인님을 도울 겁니다. 그리고 그렇지 못할 때에는 주인님과 함께 울겠습니다."

나는 벤델의 별난 마음씨에 놀라며 그를 얼싸안았네. 그가 돈 때문에 그러는 것이 아니라는 점을 확신했으니까.

그날 이후 내 운명과 생활 방식에 약간의 변화가 생겼네. 벤델이 나의 신체적 결함을 얼마나 용의주도하게 숨겼는지 뭐라 표현할 길이 없네. 어디를 가든 간에 내 앞에 있거나 혹은 나와 나란히 걸으며 모든 것을 예견하여 선수를 쳤지. 그리고 불시에 위험이 닥치면, 그가 나보다 훨씬 키가 크고 덩치가 큰 덕에 재빨리 자신의 그림자로 나를 덮었네. 그래서 나는 용기를 내어 사람들 사이에 나섰고, 세상 속에서 연극을 하기 시작했다네. 물론 나는 보기에 아주 까다롭고 변덕이 심한 사람처럼 굴지 않을 수 없었네. 그러나 그런 행동거지는 부자에게는 어울리는 것이었고, 그렇게 진실을 숨길 수 있는 한, 나는 금화가 가져다주는 온갖 부귀영화를 누렸네. 나는 몇 년 며칠 후를 기약한 수수께끼 같은 회색 옷의 사나이의 방문을 한결 느긋하게 기다렸다네.

그림자가 없는 것을 들켰던 장소와 내 존재가 쉽게 발각될 수 있는 장소에서는 오래 머물면 안 된다는 것을 나는 잘 알고 있었네. 욘 씨 댁에 얼굴을 내밀었던 때를 혼자서 떠올려 보았지. 그것은 나에게 괴로운 기억이었네. 그래서 나는 다른 곳에서 좀 더 쉽고 자신 있게 등장할 수 있기 위해, 바로 그곳에서 실험을 해 보기로 했다네. 그러나 얼마 동안 나의 허영심을 붙들어 놓는 일이 일어났네. 그것은 튼튼한 바닥에 닻을 내린 그런 사람이나 할 수 있는 일이지.

제3의 장소에서 나는 아름다운 파니를 다시 만났는데, 그녀는 이전에 나를 만난 사실을 기억하지 못한 채 나에게 관심을 보였네. 그럴 것이 이제 나는 재치와 분별력을 갖춘 인물로 등장했으니까. 내가 말을 하면 사람들은 귀를 기울였고, 대화를 그토록 쉽게 이끌어 가고 압도하는 재주가 어디에서 생겼는지 나 자신도 알 수가 없었네. 나는 아름다운 파니에게 인상적인 존재가 되었음을 알았고, 그녀가 바라는 대로 바보가 되었네. 그 후 나는 온갖 애를 쓰며 될 수 있는 한 그늘과 어둠만을 누비며 그녀를 따라다녔네. 그리고 그녀가 나에 대해 우쭐해지는 데에만 만족했지. 그러나 나 스스로는 아무리 애를 써도 머릿속으로만 열광했지, 가슴으로는 그러지 못했다네.

그런데 왜 이 진부한 이야기를 장황하게 늘어놓는 걸까? 자네도 종종 높으신 양반들에 대한 이야기들을 나에게 해 주었지. 내가 마음 좋게도 진부한 역할을 떠맡았던 이 익숙하고 오래된 연극에는 당연히 아주 특별히 짜인 파국이 들어섰네. 나와 그녀 모두에게 느닷없이 일어난 일이었다네.

어느 아름다운 저녁에 나는 늘 그렇듯이 정원에서 파티를 열었고, 손님들에게서 약간 떨어진 곳에서 그날의 여주인공과 팔짱을 끼고 돌아다니며 미사여구를 늘어놓느라 애를 썼다네. 그녀는 다소곳이 눈앞을 내려다보며 꼭 잡은 내 손에 조용히 답을 했네. 그런데 그때 갑자기 구름 사이에서 나온 달이 우리 뒤에서 비췄네. 그녀는 앞쪽에 오로지 자신의 그림자만 바닥에 떨어지는 걸 보고는 깜짝 놀라 당황하며 나를 쳐다보았고, 다시 땅을 내려다보며 내 그림자를 찾았네. 그녀 마음속에서 벌어지는 일이 그녀의 표정에 아주 이상야릇하게 그려져서, 나 자신도 등골이 오싹해지지 않았다 큰 소리로 웃을 뻔했다네.

그녀는 내 팔에서 빠져나가 정신을 잃고 쓰러졌고, 나는 기겁을 한 손님들 사이를 쏜살같이 뚫고 지나가 그곳에 서 있는 첫 번째 마차에 올라타 벤델이 있는 시내로 돌아갔네. 불행히도 이번에는 신중한 벤델을 동행하지 않았지. 벤델은 나를 보고 깜짝 놀랐고, 한마디 말에 사태를 파악했다네. 나는 당장에 마차를 대기시키게 하고 하인들 중 한 명만 데리고 그곳을 떠났네. 라스칼이란 이름의 약삭빠른 녀석으로 노련하게 자신이 내게 필요한 사람이라는 걸 인식시켰지만, 물론 그는 오늘 사건에 대해 알지는 못했네. 그날 밤 나는 30마일을 달렸네. 벤델은 뒤에 남아 집을 처분하고 금화를 기부한 뒤에 내게 꼭 필요한 것들을 챙겨 오기로 했네. 다음 날 그가 도착하자, 나는 그를 얼싸안으며 더 이상 어리석은 짓을 저지르지 않을 것이며 앞으로는 좀더 신중해지겠다고 맹세했네. 우리는 계속 여행을 하여, 높은 방벽이 그 불행의 땅을 갈라놓는 반대편 산기슭에 이르러서야 비로소 손님이 별로 없는 인근의 온천지로 발길을 옮겨, 이제껏 견뎌 낸 고통에서 벗어나 쉬기로 했다네.

IV

내 이야기에서 한 시점을 서둘러 스쳐 가야겠네. 그 시절의 생생한 혼을 기억 속에 불러올 수만 있다면 진정으로 그 시절에 머물고 싶다네! 그 시절에 그토록 강렬하게 일어났던 것, 고통과 행복, 즐거운 망상을 마음속에서 다시 찾으려 들면, 살아 있는 샘물이 솟지도 않는 바위에 헛되이 부딪치게 된다네. 신은 나를 피했네. 그 흘러간 시절이 얼마나 변화되어 나를 바라보는가! 나는 그곳 온천지에서 영웅 역할을 비극적으로 해야 했네. 제대로 공부하지도 않고 무대에 선 신출내기처럼 나는 대본에서 빠져나와 파란 눈에 반해 버렸지. 이 연극에 속은 부모들은 얼른 거래를 성사시키려 했고, 비겁한 익살극은 끝도 없는 경멸로 남아 버렸네. 그것이 전부네! 그 시절 내 마음을 그토록 풍요롭게 하고 부풀어 오르게 했던 그 일이 지금은 어리석고 파렴치해 보이는군. 또한 그렇게 생각될 수 있다니 끔찍하기도 하네.

미나! 그 시절 당신을 잃고 울었던 것처럼, 지금은 마음속에서도 당신을 잃어버려 이렇게 울고 있다오. 내가 그토록 늙은 것일까? 오, 슬픈 이성이여! 그 시절의 맥박이 단 한 번만이라도 뛴다면, 그 시절의 망상이 단 한순간만이라도 일어난다면……. 아니다! 나는 그 시절 쓰디쓴 물결이 이는 높고 황량한 바다 위에서 외로이 지내고 있으며, 마지막 잔에 든 11년산 샴페인은 오래전에 흩어져 버렸다!

작은 도시에서 내가 원하는 대로 집을 꾸미려고 나는 벤델에게 금화 몇 자루를 들려서 먼저 보냈네. 벤델은 그곳에서 많은 돈을 뿌렸고, 그가 모시는 지체 높은 이방인에 대해 애매하게 설명했다네. 내가 이름을 말하지 말라고 했기 때문이지. 그것은 착한 시민들에게 특별한 생각을 품게 했네. 집 정리를 마치자마자, 벤델은 다시 와서 나를 그곳으로 데려갔네. 우리는 길을 떠났지.

그곳에 도착하기 약 한 시간 전쯤에 해가 내리쬐는 곳에서 화려하게 성장한 사람들이 우리의 길을 막았다네. 마차가 멈췄지. 노랫소리, 종소리, 대포 소리가 들렸고, 우렁찬 만세 소리가 하늘에 울려 퍼졌네. 마차 문 앞에 하얀 옷을 입은 아리따운 아가씨 합창단이 나타났네. 그러나 그들의 아름다움도 밤의 별들이 태양 앞에 사라지듯이, 한 아가씨 앞에서 사라졌다네. 그 아가씨는 여러 미녀들 사이에서 걸어 나왔지. 날씬하고 우아한 자태가 내 앞에서 수줍게 얼굴을 붉히며 무릎을 꿇고는 비단 방석에 앉아 있는 나에게 월계수와 올리브 나뭇가지, 장미로 엮은 화관을 내밀었네. 그러고는 폐하, 경외, 사랑 같은 말을 하였는데, 나는 그게 무슨 소리인지 알아들을 수는 없었지만, 마법 같은 맑은 목소리가 내 귀와 마음을 황홀하게 했다네. 천사의 모습이 내 곁을 지나가는 것만 같았지. 합창이 시작되고 훌륭한 왕에 대한 칭송과 그 백성의 행복을 노래했다네.

사랑하는 친구여, 이 장면이 해가 중천에 떠 있었을 때 벌어졌다는 걸 생각해 보게! 그 아가씨는 여전히 내 앞에서 두 걸음 떨어진 곳에 무릎을 꿇고 있었고, 나는 그림자 없이 나와 그녀 사이의 간격을 뛰어넘을 수도, 이 천사 앞에 무릎을 꿇을 수도 없었네. 오, 그랬다면 그림자 없는 내 꼴이 어땠을까? 나는 수치심과 공포, 절망을 마차 바닥 깊숙이 숨겨야 했네. 벤델이 마침내 나를 위해 뭔가를 궁리해 내고 마차 반대편으로 뛰어내렸네. 나는 그를 다시 불러 마침 내 손에 있던 작은 상자에서 화려한 다이아몬드 관을 주었네. 그건 아름다운 파니에게 주려던 관이었다네. 벤델은 앞으로 나가 주인님께서는 이런 예우를 받을 수도, 받고 싶지도 않으며 여기에 무슨 착오가 있는 것은 분명하지만 이곳의 시민들의 선의에 감사한다고 전했네. 그리고 아가씨가 쓰고 있던 화관을 벗기고 그 대신 다이아몬드 관을 씌워 주고는 아름다운 아가씨에게 일어나라고 정중하게 손을 내밀었고, 성직자와 관리, 모든 대표단에게 물러가라고 손짓했네.

그 누구도 나를 알현할 수는 없었네. 벤델은 무리 지어 있는 사람들을 양쪽으로 갈라지게 하여 말에게 길을 터 준 뒤 다시 마차에 올라탔다네. 말은 힘차게 달려 잎사귀 모양의 장식과 꽃으로 지은 성문을 지나 시내로 향했네. 대포들이 다시 시원스럽게 발포되었네. 마차가 내 집 앞에 섰네. 나는 나를 보려는 호기심에 그곳에 몰려든 사람들을 가로질러 날쌔게 문으로 뛰어 들어갔지. 사람들은 내 창문 아래에서 만세를 불렀고, 나는 금화를 잔뜩 뿌려 주라고 명령했다네. 저녁이 되자 도시는 자연스럽게 불을 밝혔네.

나는 그 모든 소동이 무슨 영문인지 여전히 알 수 없었고, 그들이 나를 누구로 여기는지도 몰랐다네. 그래서 라스칼에게 상황을 파악하게 했네. 라스칼은, 이곳 주민들이 프로이센의 선왕이 한 백작의 이름으로 영지를 순회한다는 확실한 정보를 입수했다는 것, 또 내 수행원을 어떻게 알아보았고, 그가 자신과 내 정체를 어떻게 누설했는지, 끝으로 나를 이곳에 모시는 것을 확실히 알고 얼마나 기쁜지 등등의 얘기를 들었다더군. 이제 물론 그들은 내가 엄격하게 이름을 감추고 시찰하려는 마당에 무리하게 베일을 들추는 일을 한 것이 대단히 부당한 일임을 알아보았다고, 하지만 나는 그토록 너그럽고 관대한 태도로 화를 냈다는 것, 그러니 분명코 주민의 선의를 용서해 주리라는 등의 내용이었지.

장난꾸러기 라스칼은 이 일을 얼마나 재미있게 여겼는지, 벌을 주는 말투로 착한 사람들에게 그들의 믿음이 확고해지도록 전력을 다했네. 그리고 나에게 아주 우스꽝스러운 보고를 했고, 내가 그 보고를 들으며 즐거워하는 것을 보자, 사악하게도 나마저 놀렸다네. 내가 그걸 고백해야 할까? 어찌 되었건 간에, 나는 존경받는 군주로 보이는 것이 기분 좋았다네.

다음 날 저녁 나는 집 앞 공간에 그늘을 드리우는 나무 아래에 파티 준비를 하게 하여 주민들을 모두 초대했다네. 돈 주머니의 비밀스런 힘과 벤델의 노력, 라스칼의 재간은 시간마저 정복하는 데 성공했네. 모든 것이 짧은 시간 내에 호화찬란하게 준비되었다니 정말로 놀라웠네. 화려하고 풍성했지. 또한 아주 현명하게 조명을 배치해 나는 매우 안전한 느낌을 받았네. 나는 하인들을 칭찬하는 일 말고 다른 걸 생각할 필요가 없었네.

날이 저물었지. 손님들이 나타나 나에게 소개를 했네. 폐하라는 말은 더 이상 언급되지 않았지만 사람들은 깊은 경외심과 공경하는 마음으로 나를 백작님이라고 불렀네. 난 이제 어떻게 한담? 나는 백작이라는 말이 마음에 들어 그때부터 페터 백작 행세를 했다네. 파티가 한창인 가운데 나는 오직 한 사람만을 애타게 기다리고 있었지. 나중에 그녀가, 관을 쓴 그녀가 나타났네. 그녀는 얌전히 부모를 따라왔고 자신이 가장 아름답다는 것을 모르는 듯 보였지. 나는 산림 감독관과 그의 아내, 그리고 딸을 소개받았네. 나는 산림 감독관 내외에게는 편안하고 정중하게 말할 수가 있었네. 하지만 그 딸 앞에서는 꾸지람 들은 소년처럼 서서 한마디도 지껄일 수가 없었지. 마침내 나는 더듬거리며 그녀에게 파티를 빛내 달라고, 말하자면 관으로 장식한 역할에 어울리게 파티의 주역을 맡아 달라고 부탁했네. 그녀는 부끄러워하며 간청하는 눈빛으로 나에게 관용을 부탁했네. 하지만 그녀 앞에서 나는 그녀 자신보다도 훨씬 더 부끄러워하며 깊은 경외심에서 그녀의 첫 번째 신하로서 경의를 표했네. 내 손짓은 모든 손님들에게 명령이 되었고, 모두들 기쁜 마음에서 열심히 명령에 따랐네. 위엄과 순수함, 고상함이 아름다움과 하나가 되어 즐거운 파티를 만들었지. 미나의 행복한 부모는 자식이 대접받는 것을 영예롭게 생각했네. 나 스스로도 형용할 수 없는 황홀경에 빠졌다네. 지난날 성가신 금화로부터 벗어나려고 사들였던 온갖 보석과 진주, 귀금속들을 뚜껑이 있는 두 개의 그릇에 담아 식사 도중에 미나의 이름으로 그녀의 소꿉친구들과 모든 귀부인들에게 차례대로 돌리도록 명령했네. 그리고 그사이 옷장에서 가져온 금화들을 환호하는 주민들에게 끊임없이 던져 주었지.

다음 날 아침 벤델은, 그가 오래전부터 라스칼의 성실함에 대해 품었던 의혹이 이제 확실해졌다고 내게 털어놓았네. 라스칼이 어제 금화가 든 자루들을 몽땅 횡령했다는 것이었네.

❦

"불쌍한 악한에게……."

내가 대답했네. "작은 전리품을 베풀어 주세. 모두에게 기꺼이 나눠 주는데, 그에게는 왜 안 되겠나? 어제 라스칼은, 그리고 자네가 데려온 모든 사람들도 성실하게 내 시중을 들고 즐거운 파티가 되도록 도와주지 않았나."

그 일에 대해 더 이상 언급하지 않았네. 라스칼은 여전히 나의 하인들 중 일등 하인이었고, 벤델은 나의 친구이자 나의 심복이었네. 벤델은 내 재산이 무진장 많다고 생각하는 데 익숙해졌고, 그것이 어디에서 나오는 것인지 염탐하지도 않았으며, 오히려 내 의중을 읽고 금을 탕진할 기회를 만드는 데 일조했네. 그는 저 미지의 사나이, 그 핏기 없는 비열한 한 인간에 대해서는 이렇게만 알고 있었지. 말하자면 나는 그를 통해서만 내게 지워진 저주에서 풀려날 수 있으며, 내 유일한 희망이 달려 있는 그를 내가 무서워한다고. 또한 그는 어디에서나 나를 찾아낼 수 있지만 나는 그를 어디에서도 찾을 수 없다고 내가 확신하고 있으며, 그런 까닭에 내가 그가 약속한 날을 기다리며 모든 헛된 탐색을 중단했다고 말일세.

화려한 파티와 내 행동거지로 인해 주민들은 나에 대한 선입견을 처음에는 더욱 확고히 믿었네. 하지만 곧 프로이센 왕의 도저히 믿기 어려운 여행설은 근거 없는 소문에 불과하다고 신문에 실렸네. 그래도 나는 일단 왕이 되었고, 그 왕 노릇을 해야 했으며, 더욱이 있을 수 있는 가장 부유하고 가장 왕다운 왕 중 하나로 남아야 했네. 단지 사람들은 내가 어떤 왕인지 정확히 알지 못했지. 적어도 우리 시대에 군주들이 없어서 불평할 이유는 없었네. 여태껏 직접 왕을 보지 못했던 선량한 주민들은 한결같이 행복한 모습으로 때로는 이런 왕을, 때로는 저런 왕을 추측했지만, 페터 백작은 있는 그대로의 모습으로 늘 존재했다네.

언젠가 온천지 손님 중에 파산을 했다가 다시 부자가 된 상인이 나타났네. 그는 사람들에게 존경받는 것을 즐기며 좀 빛이 바랬지만 널찍한 그림자를 던지고 다니는 사람이었네. 그는 자신이 모은 재산을 호기를 부리며 과시하려고 했고, 그러다가 나와 경쟁을 벌이겠다는 생각까지 했지. 나는 내 주머니를 동원했고, 가엾은 그 친구는 곧 체면치레를 하려다가 다시 파산을 하여 멀리 떠나는 지경에 이르렀네. 나는 그에게서 벗어났지. 그렇게 나는 그 지역에 빈둥거리며 노는 사람들과 게으름뱅이들을 잔뜩 만든 것이네!

왕처럼 호화롭고 사치스럽게 지내며, 그로 인해 모든 것이 내게 복종함에도 불구하고 나는 집에서는 단순하고 고독하게 은신했네. 그리고 극도로 조심하는 것을 규칙으로 삼았지. 벤델 이외에 어느 누구도 어떤 핑계를 대어도 내 방에 발을 들여놓게 하지 않았네. 해가 떠 있는 동안 나는 방에서 벤델과 함께 문을 잠그고 있었고, 그것은 백작이 자신의 밀실에서 일하고 있는 것을 의미했네. 급사들이 이 일의 연락책 노릇을 하며 모든 사소한 일들을 위해서 오고 갔네. 저녁에만 나무 아래에서 혹은 벤델의 언명에 따라 교묘하게 조명된 홀에서 손님들을 맞이했네. 내가 외출을 하면 벤델은 늘 눈을 부릅뜨고 나를 감시했고, 외출은 항상 산림 감독관의 정원으로 가는 것으로, 오로지 한 사람을 만나는 일이었지. 내 삶에서 가장 진지한 감정은 사랑이었으니까.

오, 나의 샤미소. 자네가 사랑이 무엇인지 잊지 않았기를 바라네! 이 점에서는 자네가 많은 것을 보충하도록 맡기겠네. 미나는 정말로 사랑스럽고 착하고 경건한 소녀였네. 나는 그녀의 모든 환상을 나에게 묶어 놓았지. 그녀는 내가 그저 바라만 보고 있을 정도로 소중한 사람이지만 겸손하게도 그 사실을 몰랐고, 천진한 마음의 생기발랄한 힘으로 오로지 사랑에 사랑으로 응했다네. 그리고 자신을 희생하는 여인처럼 사랑했지. 자신을 잊어 가며 그녀의 삶이었던 나만을 위해 헌신했고 죽음도 불사했지. 정말로 그녀는 사랑을 했다네.

하지만 나는…… 오, 이 얼마나 끔찍한 시간이었던가. 끔찍하네! 그런데도 지금도 되돌아가고 싶을 만큼 값진 시간이었네. 정신없는 무아경을 뒤로하고 정신을 차렸을 때, 벤델의 가슴에 매달려 얼마나 자주 울었는지. 나는 나 자신을 엄격히 돌아다보았네. 그림자도 없는 내가 사악한 이기심으로 이 천사를 파멸시키고 순수한 영혼을 속이고 훔쳤던 게 아닌가! 그녀에게 나의 존재를 밝히기로 결심했네. 그녀와 헤어져 도망치기로 굳게 맹세를 했지. 다시 눈물을 쏟으며, 저녁때 산림 감독관의 정원에서 어떻게 그녀를 만날지 벤델과 상의했네. 다른 한편 나는 회색 옷의, 미지의 사나이의 임박한 방문에 큰 희망을 걸며 나 스스로를 기만했고, 그리고 그것을 헛되이 믿다가도 다시 눈물을 흘렸네. 언제 그 무서운 존재를 다시 만날지 계산해 보았네. 그가 몇 년 며칠 후라고 말했으니까. 나는 그의 말을 믿었다네.

미나의 부모는 선량하고 존경할 만한 사람들이었고, 하나밖에 없는 자식을 매우 사랑했네. 그들은 이미 들어선 모든 상황에 대해 깜짝 놀랐고 어찌할 바를 몰랐지. 페터 백작이 오로지 자신들의 딸만 생각할 수 있다고는 꿈에도 생각하지 못했네. 백작과 딸이 서로 사랑하다니. 미나 어머니는 결혼 가능성을 생각해 보고 그것을 노릴 만큼 허영심이 강했네. 그러나 그런 터무니없는 상상은 미나 아버지의 상식으로는 가당치도 않았지. 미나 부모는 나의 순수한 사랑을 확신했지만 자식을 위해 그들이 할 수 있는 일은 기도하는 일밖에 없었네.

그 당시 미나로부터 받은 편지 한 통이 내 손 안에 아직 있네. 이 편지는 그녀의 마음을 고스란히 담고 있지! 자네에게 그 편지를 그대로 옮겨 주겠네.

저는 연약하고 어리석은 소녀입니다. 나의 사랑하는 분께서는, 그분은 이 불쌍한 소녀를 아프게 하지 않을 거라 생각합니다. 아, 당신은 아주 좋은 분이세요. 표현할 수 없을 만큼 좋은 분이세요. 하지만 오해 마세요. 당신은 저를 위해 아무것도 희생해서도, 희생하려고 해서도 안 됩니다. 아, 당신이 그렇게 하신다면, 저는 저 자신을 미워할지도 모릅니다. 당신은 저를 너무나 행복하게 해 주셨어요. 제게 당신을 사랑하는 법을 가르쳐 주셨지요. 가세요! 페터 백작은 저의 사람이 아니라, 세상에 속해 있다는 것을 제 운명은 알고 있습니다. 페터 백작이 이곳에 왔었고 그게 바로 그 사람이고 그가 그 일을 해냈다, 라는 말을 듣는다면, 저는 자랑스러울 겁니다. 사람들은 그분을 숭배하고 신으로 생각합니다. 당신이 순진한 한 계집아이 곁에서 당신의 고귀한 운명을 잊어버릴지도 모른다고 생각하면 당신에게 화가 납니다. 가세요. 그렇게 하지 않는다면, 저는 그 생각 때문에 불행할 겁니다. 당신으로 인해 아주 행복하고 기쁜 제가 당신께 드렸던 화관처럼, 당신의 삶 속에다 올리브 나뭇가지와 장미꽃 봉오리를 엮지 않았나요? 당신을 제 가슴속에 간직할 겁니다. 사랑하는 사람이여! 저를 떠나는 것을 두려워 마세요. 당신을 통해서 형용할 수 없을 만큼 기뻤듯이, 기쁘게 죽을 겁니다.

자네는 이 말들이 내 가슴을 얼마나 찢어 놓았는지 상상할 수 있겠지. 나는 그녀에게 내가 남들이 보는 것 같은 사람이 아니라고 설명했네. 나는 그저 부자일 뿐 끝없이 불행한 사람이라고 말일세. 그리고 저주받은 사람이라고. 그 저주는 그녀와 나 사이에 존재하는 유일한 비밀이지만, 나는 아직도 그 저주가 풀릴 거라는 희망을 버리지 않고 있다고. 그리고 내 삶의 유일한 빛이며, 행복이며, 유일한 사람인 그녀를 내가 지옥으로 끌어들일지도 모른다는 생각이 최근 내 삶의 참을 수 없는 독약이라고 말했다네. 그러자 그녀는 내가 불행하다는 사실에 다시 눈물을 흘렸지. 아, 그녀는 너무나 사랑스럽고 착했다네! 내게서 눈물 한 방울을 덜기 위해서라면, 그녀는 기꺼이 자신을 희생했을 걸세.

하지만 그녀는 결코 내 말을 곧이곧대로 받아들이지 않았다네. 나를 파문당한 영주라고, 그 어떤 고귀하고 존경받는 군주라고 생각했고, 그녀의 상상력은 사랑하는 남자를 영웅의 모습으로 열심히 멋지게 그려 냈네.

언젠가 나는 그녀에게 말했네.

"이달 마지막 날 내 운명이 바뀌고 결정될 것이오. 그 일이 일어나지 않는다면, 나는 당신을 불행하게 만들고 싶지 않기에 죽을 수밖에 없소."

그녀는 울면서 내 가슴에 머리를 묻었네.

"당신의 운명이 바뀐다면, 당신이 행복하다는 것을 제게 알려 주세요. 그럼 저는 당신에게 아무것도 바라지 않을게요. 당신이 불행해진다면, 제가 당신의 불행을 함께 짊어질 수 있도록 저를 당신의 불행에 묶어 주세요."

"아가씨, 당신의 입술에서 섣불리 나온 그 경솔하고 어리석은 말을 취소하구려. 당신이 이 불행에 대해 아시오? 이 저주에 대해 알기나 하오? 당신은, 당신이 사랑하는 남자가 누군지 아시오? 어떤 존재인지? 두려워 움츠러들고 당신 앞에 비밀을 품고 있는 내 모습이 보이지 않소?"

그녀는 흐느끼면서 내 발밑에 주저앉아 맹세를 하며 간청하는 말을 반복했다네.

나는 안으로 들어서는 산림 감독관에게 다음 달 1일 그의 딸에게 청혼하겠다는 의사를 밝혔네. 그때까지 내 운명에 영향을 줄 수 있는 많은 일들이 일어날지도 모르기 때문에 그날로 정했다고 했네. 그리고 그의 딸에 대한 내 사랑은 변함없을 거라고.

착한 산림 감독관은 페터 백작의 입에서 그런 말을 듣자 굉장히 놀랐네. 그는 나를 얼싸안았네. 그리고는 몹시 흥분한 자신을 부끄러워했지. 곧이어 내 말을 믿어도 될지 따지고 살펴봐야겠다는 생각이 떠올라 사랑하는 딸의 지참금과 담보물, 미래에 대해 이야기했네. 나는 그런 일을 환기시켜 준 그에게 감사했다네. 그리고 그에게 사람들이 나를 좋아해 주는 이곳에서 정착하여 걱정 없이 살고 싶다고 말했네. 또 이곳에 매물로 나와 있는 좋은 토지를 딸의 이름으로 구입하고 나에게 계산서를 청구하라고 했네. 그것이 신부의 아버지로서 사랑하는 자식을 위해 해 줄 수 있는 최선이라고. 그는 무척 바빠졌지. 어디를 가나 웬 모르는 사람들이 선수를 쳐서 토지를 사 버렸기 때문일세. 그래도 그도 백만금어치의 토지를 샀네.

그를 그 일로 바쁘게 만든 것은 실은 그를 떼어 놓으려는 일종의 무해한 계략이었네. 그리고 그에게 그와 비슷한 계략을 써먹은 것은, 고백하자면 그가 약간 성가셨기 때문이네. 그에 반해 선량한 어머니는 약간 무감각했고 남편처럼 백작과 담소하는 영예에 열을 내지 않았네.

어머니도 왔고 행복에 겨운 가족은 그날 밤 더 오래 함께해 달라고 나를 졸랐네. 나는 한순간도 더 머물러서는 안 되었던 걸세. 어느새 지평선에 달이 떠올랐단 말일세. 그렇게 내 행복한 시절은 끝이 났네.

다음 날 저녁 나는 다시 산림 감독관의 정원으로 갔네. 외투 자락을 넓게 어깨에 걸치고, 모자를 눈 있는 데까지 푹 눌러쓰고는 미나를 향해 갔지. 그녀는 눈을 들어 나를 보고는 부지중에 몸을 흠칫했네. 달빛 속에서 그림자 없는 나를 드러내었던 소름 끼치던 지난날 밤의 바로 그 광경이 다시 똑똑하게 내 눈앞에 재현되었네. 그녀는 정말로 그랬네. 하지만 지금도 그녀가 나를 알아볼까? 그녀는 말없이 생각에 잠겼네. 내 가슴은 천근만근 무거웠지. 나는 자리를 박차고 일어났네. 그녀는 소리 없이 눈물을 흘리며 내 가슴에 매달렸네. 나는 그곳을 떠나 버렸네.

그날 이후 나는 그녀가 우는 모습을 자주 보았고 내 마음은 더욱 침울해졌네. 다만 미나 부모만은 끝없는 행복에 떠 있었고 먹구름처럼 불안하고 답답하게 숙명의 날이 다가왔지. 그 전날 밤이었네. 나는 더 이상 숨을 쉴 수 없었네. 만약을 대비해 몇 개의 상자에 금화를 가득 채웠네. 밤 12시가 되도록 깨어 있었지. 12시 종이 울렸네.

그때 나는 시계 바늘에 두 눈을 박고, 결투를 앞둔 사람처럼 비장하게 분, 초를 헤아리며 앉아 있었네. 째깍대는 소리가 날 때마다 긴장이 고조되더군. 문제의 날이 밝아 오고 있었네. 납덩이같이 시간들이 뒤얽혀 몰려왔네. 점심때가 가고, 저녁때가 가고, 밤이 다가왔네. 시계 바늘이 움직이면서, 희망은 사그라지는 걸세. 11시를 쳤는데 아무런 일도 벌어지지 않았네. 마지막 시간의 마지막 몇 분이 흘러갔는데, 여전히 아무 일도 벌어지지 않았지. 12시를 알리는 첫 종소리, 그리고 마지막 종소리가 울렸네. 희망을 잃은 나는 끝없이 눈물을 흘리며 침대에 쓰러졌지. 내일은 영원히 그림자를 잃은 채 사랑하는 여인에게 청혼을 하러 가는 날. 아침이 다 되어서야 나는 불안한 잠에 빠졌다네.

V

이른 시간 옆방에서 들려오는 심한 말다툼 소리에 나는 잠이 깼네. 나는 귀를 기울였네. 벤델은 내 방 출입을 막고 있었고, 라스칼은 같은 하인 처지에 명령을 따를 수 없다고 단호히 말하며 내 방에 들어가겠다고 우겨 대는 중이었네. 착한 벤델은 그런 말이 주인님 귀에 들어가면 좋은 일자리를 잃을 거라고 그를 타이르더군. 그러자 라스칼은 계속해서 들어가는 걸 막는다면 때리겠다고 위협했네.

나는 화가 나서 옷을 대충 걸치고 문을 열어젖힌 뒤 라스칼에게 호통쳤네.

"뭐 하는 짓이냐, 무례한 것!"

라스칼은 두 걸음 뒤로 물러나 아주 차갑게 대답했지.

"백작 나리, 삼가 부탁을 드리오니, 소인에게 그림자를 보여 주십시오. 방금 해가 마당에 멋지게 떠올랐습니다."

나는 벼락을 맞은 것처럼 가슴이 철렁했네. 다시 말문을 열기까지 한참이 걸렸네.

"하인 주제에 감히 주인에게……."

라스칼은 아주 침착하게 내 말을 가로막았네.

"하인이라도 성실한 인간이며, 그림자 없는 자를 주인으로 모실 수는 없습니다. 그러니 저를 해고해 주십시오."

나는 태도를 바꿔야 했지.

“하지만 라스칼, 사랑하는 라스칼, 누가 자네에게 그런 얼토당토않은 생각을 하게 하였나? 어떻게 그런 생각을 할 수 있나?”

그는 똑같은 어조로 말을 이었네.

“사람들은 주인님에게 그림자가 없다고들 주장합니다. 간단히 말씀드리면 주인님께서 그림자를 보여 주시거나 아니면 저를 해고해 주십시오.”

얼굴이 해쓱해 떨면서도, 나보다 분별 있는 벤델이 나에게 신호를 보냈지. 나는 모든 것을 달래 주는 특효를 지닌 금화의 도움을 받기로 했네. 그러나 금화 역시 효력을 잃었네. 라스칼은 내 발 앞에 금화를 던졌지.

“나는 그림자 없는 사람에게서는 아무것도 받지 않을 겁니다.”

그는 내게 등을 돌린 후 모자를 쓰고 휘파람을 불며 유유히 방에서 나갔네. 나는 벤델과 함께 화석처럼 아무런 생각도 없이 꼼짝 않고 서서 그의 뒷모습을 바라보았다네.

무겁게 한숨을 쉬고, 죽고 싶다는 생각을 하며 나는 마침내 약속을 취소하려고 재판관 앞에 나서는 범인처럼, 산림 감독관의 정원을 향했네. 그들이 나를 기다리고 있을 어두운 정자에서 내렸지. 바로 내 이름을 따서 이름 붙인 정자였네. 미나 어머니는 아무 걱정 없이 반갑게 나에게 다가왔네. 미나는 때로는 가을에도 내려 마지막 꽃들에게 입을 맞추고 이내 쓰디쓴 물에 녹아 없어지는 첫눈처럼 창백하고 아름답게 그곳에 앉아 있더군. 산림 감독관은 뭔가 적혀 있는 종이를 손에 들고 서성거리고 있었는데, 마음속으로 잔뜩 뭔가를 참고 있는 듯, 평소 무표정한 그의 얼굴이 갑작스레 붉어졌다가 다시 창백해지곤 했네. 내가 들어서자 그는 나에게 다가와 더듬거리면서 단둘이서만 이야기하기를 청했네. 그가 나를 끌고 간 길은 정원의 확 트인 양지바른 부분으로 통해 있었지. 나는 말없이 자리를 잡고 앉았고, 긴 침묵이 이어졌네. 착한 어머니조차 감히 침묵을 깰 수가 없었지.

산림 감독관은 여전히 정자를 서성거리더니, 돌연 내 앞에 멈춰 서서 들고 있던 종이를 들여다보고는 살피는 듯한 시선으로 내게 물었네.

"백작님, 백작님께서는 페터 슐레밀이란 자를 모르시지는 않겠지요?"

나는 입을 다물었네.

"뛰어난 품성과 특별한 재능을 지닌 사람 말입니다."

그는 대답을 기다렸지.

"내가 바로 그자라면?"

"그자는……."

산림 감독관이 흥분하여 소리쳤네. "그림자가 없다고 하던데요!"

"오, 내 예상이 맞았어. 그럴 줄 알았어요!"

미나가 소리쳤네. "저는 이미 오래전에 백작님께 그림자가 없는 걸 알았어요!"

그리고 그녀 어머니의 품에 안겼네. 깜짝 놀란 어머니는 딸을 꼭 안으면서 불행하게도 그런 비밀을 왜 지금까지 숨기고 있었냐며 그녀를 질책했지. 미나는 아레투사[13)]처럼 펑펑 눈물을 쏟았네. 내 목소리가 들릴 때마다 더욱 심하게 울어 댔고, 내가 가까이 다가서자 폭풍우가 휘몰아치듯 눈물을 흘리더군.

"그럼 당신은……."

산림 감독관이 다시 격분하여 언성을 높였네. "당신은 뻔뻔스럽게도 주저하지 않고 저 아이와 저를 속이셨군요. 당신이 저 아이를 저 지경으로 파멸시켜 놓고도 저 아이를 사랑한다고 나서시는 거요? 괴로워 울고 있는 저 아이를 보시오. 오, 무서워라, 무서워!"

정신이 아득해진 나는 헛소리를 하듯이 말했네. 그림자는 어디까지나 그림자일 뿐이며, 사람들은 그것 없이도 얼마든지 살아갈 수 있다고, 그런 문제로 이런 소란을 떠는 것은 무의미한

13) 아레투사는 강의 신 알페이오스에게 쫓기다가 샘의 님프가 되었다.

일이라고. 그러나 나는 근거 없는 소리를 하고 있다는 것을 스스로 깨닫고는 입을 다물었네. 그는 물론 그것이 말 같은 대답이라고 여기지도 않았지. 나는 다만 한 번 잃어버린 것은 언젠가 다시 찾을 수 있다고 덧붙여 말했네.

그는 화를 내며 내게 고함을 쳤네.

"선생, 그럼 솔직히 고백하시오. 어떻게 선생의 그림자를 잃어버렸는지 고백하란 말이오."

나는 다시 거짓말을 해야 했네.

"언젠가 몸집이 큰 어떤 남자가 아주 버릇없게 내 그림자를 짓밟아서 내 그림자에 커다란 구멍을 냈었소. 나는 그에게 그림자 복구를 맡겼소. 금화는 많은 일을 할 수 있으니 말이오. 원래 그것을 어제 돌려받기로 했었소."

"됐소이다. 선생, 됐어요."

산림 감독관이 대답했네. "선생은 내 딸에게 청혼하셨소. 그런데 선생 말고도 구혼자는 많아요. 나는 아비로서 딸 걱정을 해야 합니다. 선생에게 3일간의 말미를 드리지요. 3일 내에 그림자를 찾으시길 바라겠소. 3일 안에 딱 맞는 그림자를 가지고 내 앞에 나타나시면 선생을 환영하겠소. 그러나 4일째 되는 날, 분명코 내 딸은 다른 사람의 아내가 될 거요."

나는 미나에게 한마디라도 걸어 보려고 했다네. 하지만 그녀는 더욱 흐느끼면서 어머니에게 매달렸고 미나 어머니는 나에게 가라고 말없이 신호를 보내더군. 나는 비틀거리며 자리를 떴네. 마치 온 세상이 내 뒤에서 문을 닫아 버린 것 같은 기분이었네.

나는 벤델의 애틋한 감시에서 벗어나 숲과 평야를 이리저리 헤매고 돌아다녔네. 이마에서 식은땀이 흘러내리고, 답답한 신음 소리가 가슴에서 새어 나오며 내 안에서 광기가 미쳐 날뛰었네.

얼마나 시간이 흘렀는지 모르겠네. 햇빛이 비치는 들판에서 갑자기 내 소매를 잡아당기는 느낌이 들었네. 조용히 일어나서 주위를 둘러보았지. 회색 옷의 그 사나이였네! 그는 숨이 턱에 닿도록 나를 쫓아온 것처럼 보였네. 그가 곧 말을 꺼냈네.

"제가 오늘 나타나겠다고 일러 드렸는데, 선생께서는 기다릴 줄 모르시는군요. 그러나 모든 게 잘될 거요. 선생이 제안을 받아들이면, 선생에게 속한 그림자를 되찾아 곧장 되돌아갈 수 있소이다. 산림 감독관의 정원에서 환영받을 거요. 그리고 모든 일은 그저 장난이었던 것으로 끝날 테죠. 선생을 배반하고 선생의 신부에게 청혼한 라스칼은 제가 책임지죠. 그 녀석은 미친놈이죠."

나는 여전히 꿈속에서인 것처럼 서 있었네.

"오늘 나타나겠다고 하셨다고요?"

나는 다시 한 번 시간을 곰곰이 생각해 보았네. 그의 말이 옳았지. 내가 늘 하루를 잘못 계산했던 거라네. 나는 오른손으로 내 가슴에서 주머니를 만졌네. 그는 내 의중을 읽고는 뒤로 두 걸음 물러섰네.

"아닙니다, 백작 나리. 그 주머니는 선한 분의 손에 있어야지요. 선생이 그걸 보관하시죠."

나는 의아해하며 그를 바라보았네. 그가 계속 말하더군.

"저는 그저 기념으로 사소한 것을 청하겠소이다. 선생은 이 쪽지에 서명만 하면 되고요."

양피지에는 이렇게 씌어 있었네.

이 서명의 효력으로 내 영혼이 육체를 떠난 후, 그 영혼을 이 유언장의 소유자에게 유증한다.

나는 놀란 나머지 말문이 막혀 필적과 회색 옷의 미지의 사나이를 번갈아 쳐다보았지. 그사이에 그는 막 가시나무로 찌른 내 손에서 흐르는 피 한 방울을 새로 깎은 깃펜에 받아 나에게 내밀었네.

"당신 대체 누구요?"

마침내 나는 그에게 물었지.

"그게 어쨌기에 그러시오?"

그가 대답했네. "나를 보고도 모르시겠소? 가련한 놈이지요. 학자나 물리학자, 그런 비슷한 사람이오. 친구들로부터는 뛰어

❦

난 재주에 대해 제대로 감사받지 못하고 이 세상에서 약간의 실험을 하는 것 말고는 다른 재미를 모르는 그런 사람이오. 서명하시오. 오른쪽 이 아래에 페터 슐레밀이라고."

나는 고개를 저으며 말했네.

"용서하십시오, 선생. 난 서명하지 않겠습니다."

"않는다고요?"

그가 놀라서 재차 묻더군.

"왜 안 하겠다는 것이오?"

"그림자를 위해 내 영혼을 거는 문제에 대해 숙고해봐야 할 것 같습니다."

"좋소, 좋아요! 내가 질문을 해도 되겠소? 대체 당신의 영혼은 어떤 것이오? 당신은 그것을 본 적이 있나요? 언젠가 당신이 죽는다면, 그것으로 뭘 할지 생각해 보셨소? 나 같은 수집가를 만난 것을 기뻐하시오. 그 뭔가 전류의 힘인지 빛을 모으는 효력을 가진 것인지, 하긴 모조리 어리석은 소리이긴 한데, 그 뭔지도 모르는 것의 유증을, 살아생전에 실재하는 것으로, 당신의 살아 있는 그림자로 값을 치르려는 사람 말이오. 그 그림자를 갖고 당신은 사랑하는 애인의 손을 잡을 수 있고, 당신의 모든 소원을 이룰 수 있을 텐데. 혹시 그 가엾은 젊은 처녀를 불한당 라스칼에게 넘길 생각은 아니겠지요? 안 되겠군요, 당신 눈으로 직접 보시오. 자, 여기 몸을 감추는 마법의 외투를 당신에게 빌려 드리겠소. (그는 안주머니에서 뭔가를 꺼냈네.) 그럼 이제 사람들 눈에 띄지 않고 우리 같이 산림 감독관의 정원으로 가 봅시다."

이 남자에게 조롱당하는 것이 아주 부끄러웠음을 고백해야겠네. 마음속 밑바닥에서 그를 증오했다네. 원칙이나 편견보다는 이런 개인적인 반감이 나에게 그토록 중요한 내 그림자를 그자가 원하는 서명과 바꿔치기하기를 막고 있다는 생각이 들었네. 또한 그가 제안한 길을 그와 동행해서 가고 있다는 생각도 참을 수 없었지. 이 흉악한 침입자, 냉소하는 괴물이 나와 사랑하는 여인 사이에, 피를 흘리며 찢어진 두 마음 사이에 비집고 들어서서 조롱하고 있다고 생각하니 깊은 분노가 끓어올랐네. 나는 이미 벌어진 일을 불운으로, 나의 비참함을 숙명으로 받아들이기로 하고는 그를 향해 말했네.

"선생, 나는 선생에게 아주 특별한 주머니를 얻으려고 이미 내 그림자를 팔았지요. 그리고 그 점을 충분히 후회했습니다. 제발 거래를 되돌릴 수 있다면 얼마나 좋을까요?"

그는 고개를 저으며 침울한 표정을 지었네. 나는 계속 말을 이었지.

"나는 아무리 내 그림자를 돌려주는 값이라 해도 더 이상 내가 가진 것을 선생에게 팔지 않을 겁니다. 그러니 서명은 하지 않을 겁니다. 선생이 나를 초대한 변장을 한 길은 나보다는 선생께 훨씬 재미있는 일이겠지만, 그 일도 그만둡시다. 이만 실례하겠습니다. 내 생각은 달라지지 않을 것이니, 우리 이제 헤어집시다!"

"슐레밀 씨, 내가 당신에게 호의를 갖고 제안한 거래를 일언지하에 거절하다니 유감이오. 그렇지만 다음번에는 내가 성공할지 모르니 좋은 일이 있겠지요. 조만간 다시 또 봅시다! 잠깐만요. 내가 사들인 물건은 빛이 바래지도 않고 소중하게 잘 보관하고 있소이다. 그걸 한번 보여 드리지요."

그는 곧 안주머니에서 내 그림자를 꺼내 들판에 노련하게 던져 태양 쪽에서부터 자신의 발밑으로 펼쳤네. 그리고는 그의 움직임을 기다리고 있는 두 자락의 그림자, 즉 나의 그림자와 자신의 그림자 사이를 오갔네. 내 그림자 역시 그에게 복종하면서 그의 모든 동작에 따라 움직이며 순응해야 했다네.

나는 참으로 오랜만에 불쌍한 내 그림자를 다시 보았네. 내가 바로 저 그림자 때문에 표현할 수 없는 곤경에 처해 있는데, 노리개 취급을 받고 있다니 가슴이 터질 것만 같았네. 나는 처참하게 울기 시작했네. 그 추악한 놈은 내게서 빼앗은 약탈물을 자랑스러워하며 뻔뻔스럽게도 다시 제안을 했지.

"아직도 이것을 되돌려 받을 기회는 있소이다, 펜대를 한 번 움직이면. 그럼 선생은 불량배의 손아귀에서 가엾고 불행한 미나를 구출하여 존경받는 백작님의 품에 안을 수 있지요. 이미 말했듯이, 그저 펜대만 한 번 움직이면 되오."

다시 눈물이 쏟아졌네. 하지만 나는 등을 돌리고 그에게 떠나라고 손짓했다네.

그 순간 너무나 걱정한 나머지 여기까지 나의 흔적을 쫓아온 벤델이 나타났네. 충실하고 경건한 벤델은 울고 있는 나를 발견하고, 그 이상한 회색 옷의, 미지의 사나이의 손아귀에 내 그림자가 있는 것을 보자 의심의 여지가 없었으니까 당장 억지로라도 내게 내 재산을 되찾아 주려고 결심했지. 그러나 이 연약한 물건을 어떻게 다루어야 할지 몰라서 곧 회색 옷의 남자를 향해 입으로 공격을 했지. 그는 여러 말 하지 않고, 곧장 내 물건을 돌려주라고 호통을 쳤네. 그러나 그 남자는 대답도 없이 순진한 젊은이에게 등을 돌리고 가 버리더군. 그러자 벤델은 들고 있던 십자가 모양의 가시 몽둥이를 쳐들고 그를 바짝 쫓아가며 그림자를 돌려주라고 재차 명령하면서 인정사정없이 힘껏 몽둥이를 내리쳤다네. 그러나 그자는 그러한 공격에 익숙해져 있었던 듯 고개를 숙이고 어깨를 움츠려 피한 뒤, 말없이 내 그림자와 나의 충실한 하인을 이끌고 벌판으로 발걸음을 옮겼네. 오랫동안 벌판에서 위협하는 듯한 공허한 소리가 들려오다가 마침내 저 멀리 사라졌다네. 나는 전처럼 불행한 마음으로 홀로 있었네.

VI

황량한 벌판에 홀로 남아서 하염없이 울고 나니 표현할 길 없는 답답한 짐을 벗은 듯 내 가엾은 마음도 가벼워졌네. 하지만 이 한없는 비참함에는 끝도 출구도 목적지도 없다는 것을 나는 알고 있었고, 타는 듯한 갈증에 미지의 남자가 내 상처에 부어 넣은 새로운 독을 맛보게 되었네. 미나의 모습을 눈앞에 떠올리자, 사랑스럽고 귀여운 그녀는 마지막으로 내 방에서 보았던 때처럼 창백한 모습에 눈물을 흘리고 있었고, 그 순간에 라스칼이 뻔뻔하고 비웃는 듯한 표정으로 그녀와 나 사이에 들어서는 걸세. 나는 두 눈을 가리고 벌판으로 달아났네. 그러나 그 소름 끼치는 장면은 나를 놓아 주지 않고 계속 따라왔고, 결국 나는 가쁘게 숨을 몰아쉬며 바닥에 주저앉아 다시 터져 나온 눈물로 땅을 축축하게 적셨지.

모든 것이 한 자락 그림자 때문이었네! 서명만 하면 그 그림자를 되돌려 받을 수도 있었을 텐데! 나는 그 기이한 제안과 나의 거절에 대해 생각해 보았네. 머리가 혼란스러웠고, 내게는 더 이상 판단력도 이해력도 없었네.

낮이 다 지나갔네. 나는 들판의 열매들로 배고픔을 채우고, 가까이 있는 시냇물로 갈증을 잠재웠네. 밤이 되어 나무 아래에 자리를 잡고 누웠지. 죽은 사람처럼 그르렁거리며 괴로운 잠을 자다가 촉촉한 아침 기운에 깨어났지. 벤델이 나의 흔적을 찾지 못한 게 분명했다네. 그것을 생각하니 홀가분했네. 나는 사람들 사이로 되돌아가고 싶지 않았네. 나는 겁 많은 들짐승처럼 겁을 먹고 사람들을 피해 도망쳤지. 그렇게 불안한 3일이 지나갔네.

4일째 되던 날 아침, 나는 해가 내리쬐는 모래투성이의 평야에 도착하여 햇빛을 받으며 바위에 앉았지. 오랫동안 보지 못했던 해 뜬 광경을 즐기고 싶어서였다네. 그렇게 조용히 내 가슴을 절망으로 채우고 있는데 작은 소리가 들려왔네. 나는 깜짝 놀라 도망칠 태세로 주위를 살폈지만 아무도 보이지 않았네. 그러나 햇빛이 비치는 모래 위에서 내 옆을 스쳐 지나가는 사람의 그림자가 보였네. 내 그림자와 비슷해 보이는 그 그림자는 주인에게서 떨어져 나와 혼자 돌아다니는 것처럼 보였지.

순간 내 안에서 강한 충동이 일었네. 그림자야, 네 주인을 찾느냐? 내가 네 주인이고 싶구나. 그림자를 내 것으로 삼기 위해 그림자를 쫓아 달려갔지. 말하자면 그 그림자의 흔적을 밟는 데 성공하면 그림자가 내 발에 와서 달라붙은 채 시간이 흐르면서 내게 익숙해질 거라는 생각을 한 것이네.

그림자는 내가 움직이는 것을 보고 달아났지. 가볍게 도망치는 그림자를 노리고 나는 힘겹게 추격하기 시작했고, 내가 처한 이 끔찍한 상황에서 나를 구해야 한다는 생각이 나에게 추격할 수 있는 충분한 힘을 갖추어 주었지. 그림자는 당연히 멀리 떨어진 숲으로 도망쳤네. 숲 그늘에 들어가면 내가 그것을 놓칠 것이 뻔했으니까. 그 광경을 보고 놀라움이 내 갈망을 부채질하고 내 발걸음에 날개를 달아 주었네. 드디어 그림자를 따라붙은 것처럼 보였고, 점점 더 가까이 다가가 이제는 잡을 수 있을 것 같았지. 그런데 돌연 그림자가 멈춰 서더니 나를 향해 돌아섰네. 사자가 먹잇감에게 달려들 듯이 나는 그림자를 잡으려고 힘껏 돌진했는데 뜻밖에도 육체적 반격에 세차게 부딪쳤네. 눈에 보이지는 않았지만 사람이라면 느낄 수 있을 정도로 아주 강력하게 옆구리를 차였지.

몹시 놀란 나는 경련하듯이 팔을 감싸 안고, 보이지는 않지만 내 앞에 서 있는 자를 꽉 움켜잡으려고 재빨리 앞으로 몸을 뻗어 바닥을 덮쳤지. 한 남자가 내 밑에 깔려 누워 있었네. 나는 그를 잡고 있었고. 그제야 그의 모습이 드러났네.

이제 이 일은 아주 자연스럽게 납득이 되었네. 그 남자는 그것을 들고 있는 사람은 보이지 않게 해 주지만 그림자는 가려 주지 않는 마법의 새장[14]을 들고 있다가 지금 놓친 것일세. 나는 사방을 살피다가 금세 마법의 새장의 그림자를 발견했지. 벌떡 일어나 그곳으로 달려가 값진 약탈물을 챙겼네. 새장을 손안에 쥐자 그림자가 없는 내 모습도 보이지 않게 되었네.

14) 독일 바로크 시대의 작가 한스 야콥 그림멜스하우젠Hans Jacob Grimmels hausen(1625~1676)의 『놀라운 새집Des Wunderbarlichen Vogelnest』(1672)에서 소재를 차용했다.

재빨리 일어난 그 남자는 태양이 비치는 넓은 평야에서 그를 이기고 기뻐하는 나를 찾으려 했지만, 특히 그림자를 노려 불안스레 사방을 둘러보았는데도 내 모습은 물론 그림자마저 볼 수 없었지. 그럴 것이 그는 내게 아예 그림자가 없다는 것을 미리 알아챌 틈도 없었고 짐작할 수도 없었으니 말일세. 그는 모든 게 흔적 없이 사라졌음을 확인하자 극도로 절망하며 자신의 머리를 쥐어뜯었지. 하지만 내가 쟁취한 보물은 다시 사람들 사이에 섞일 수 있다는 희망과 욕심을 나에게 심어 주었네. 그런 비열한 약탈 행위를 자행한 나 스스로를 변명할 핑곗거리도 없지 않았지. 아니, 그럴 필요도 없었네. 나는 잡생각을 떨쳐 내려고 그 불운의 사나이를 돌아보지도 않고 서둘러 떠났지. 불안에 떠는 그의 목소리가 오랫동안 내 귀에 들렸네. 최소한 그때 사건의 모든 전말이 내게는 그렇게 생각되었네.

나는 부리나케 산림 감독관의 정원으로 달려가 그 추악한 자가 내게 알려 준 말의 진실을 직접 확인하려고 했네. 그런데 내가 어디에 있는지를 알 수 없었다네. 주변을 둘러보려고 가장 가까운 언덕으로 올라가, 언덕 정상에서 인근의 그 작은 도시와 산림 감독관의 정원이 내 발 아래 있는 것을 보았네. 가슴이 몹시 두근거렸고, 여태껏 쏟아냈던 눈물과는 다른 종류의 눈물이 흘러내리더군. 그녀를 다시 만난다는 생각에. 불안한 동경이 내 발걸음을 재촉하여 제대로 된 오솔길을 따라 내려가게 했네. 나는 보이지 않는 모습으로 그 도시 출신의 몇몇 농부들을 지나쳤네. 그들은 나와 라스칼, 산림 감독관에 대해 이야기하고 있었네. 나는 아무 말도 듣고 싶지 않아 서둘러 지나쳤지.

기대감에 온몸을 떨며 나는 정원에 들어섰다네. 웃음소리 같은 것이 들려왔네. 소름이 끼쳐 재빨리 주위를 둘러보았지만 아무도 발견할 수 없었지. 계속해서 걸어가는데, 마치 내 옆에서 사람의 발자국 소리가 나는 것 같았네. 그러나 아무도 보이지 않아 잘못 들은 거라 생각했지. 아직 이른 시간이라 페터 백작의 정자에는 아무도 없었고, 정원은 아직 텅 비어 있었네. 잘 아는 길들을 돌아다니다가 집 건물까지 갔네. 똑같은 소리가 나를 따라다니며 더욱 또렷하게 들렸네. 불안한 마음으로 햇빛이 드는 현관 앞에 있는 벤치에 앉았지. 보이지 않는 요괴가 비웃으며 내 옆에 앉는 소리가 들린 것 같았네. 현관의 열쇠가 움직이고, 문이 열리더니 산림 감독관이 손에 서류를 들고 집 밖으로 나왔네. 머리 위로 안개 같은 것이 지나가는 느낌이 들어 나는 주위를 둘러보았지. 그런데 맙소사! 회색 옷의 그 남자가 내 옆에 앉아 악마처럼 웃으며 나를 바라보고 있지 않겠나. 그는 마법의 외투를 내 머리 위에까지 둘러씌웠고, 그의 발치에서는 그의 그림자와 내 그림자가 평화롭게 나란히 드리워 있었네. 그는 손에 들고 있던 양피지를 가지고 느긋이 장난을 쳤네. 산림 감독관이 정자의 그늘에서 서류에 몰두한 채 서성이는 동안 회색 옷의 사나이는 다정하게 몸을 숙여 내 귀에 대고 속삭였네.

"이렇게 선생께서는 내 초대에 응하셨소이다. 우리 둘이 한 마법의 외투 아래 있으니 말이오. 좋습니다! 아주 좋아요! 하지만 이제 내 새장을 돌려주시오. 선생은 그것이 더 이상 필요 없을 것이고, 굉장히 정직한 분이니 내게서 그것을 빼앗지는 않을 테지요. 그 물건에 대해 감사할 필요는 없소이다. 맹세컨대 나는 진심에서 선생께 그것을 빌려 드린 것이오."

그는 지체 없이 내 손에서 새장을 빼앗아 안주머니에 넣고는 다시 한 번 나를 보고 웃었네. 그 소리가 너무 커서 산림 감독관이 소리 나는 쪽으로 고개를 돌렸지. 나는 돌처럼 그 자리에 앉아 있었네.

"선생도 인정하겠지만……."

회색 옷의 사나이가 계속 말했네. "이 외투는 대단히 유용하지요. 외투를 쓴 사람뿐 아니라 그 사람의 그림자도 숨겨주는데다가, 끌어들이고 싶은 여러 사람들까지도 숨겨 주지요. 보시오, 나는 오늘 다시 두 명을 감추고 있소이다."

그는 다시 소리 내어 웃었지.

"슐레밀 씨, 사람은 처음에는 품위 있게 원치 않은 일을 하지 않으려 하지만 결국에는 어쩔 수 없이 하게 된다는 것을 명심하시오. 나는 선생께서 나에게서 이 물건을 사들여 신부를 되찾을 거라고 아직도 생각하고 있소. 아직 시간이 있으니까. 그리고 우리가 라스칼 녀석을 교수대에 매답시다. 밧줄만 있다면 그거야 우리에게 누워서 떡 먹기지요. 자, 선생에게 이 외투도 팔겠소이다."

미나 어머니가 밖으로 나왔고, 대화가 시작되었네.

"미나는 뭘 하고 있소?"

"울고 있어요."

"순진한 것! 그런다고 달라지는 게 아닌데!"

"물론 달라지지 않죠. 하지만 미나를 이렇게 서둘러 딴 사람에게 주다니요. 여보, 당신은 자식에게 너무 잔인해요."

"아니오, 여보. 그건 당신이 잘못 생각하는 거요. 그 애가 철부지처럼 끝도 없이 울고 있는 참에, 부유하고 존경받는 사람의 아내가 된다면, 악몽 같은 고통에서 깨어나 위안을 받고 신과 우리에게 감사할 거요. 두고 보시오!"

"신의 가호가 있기를!"

"물론 미나는 지금 상당한 재산을 가지고 있소. 하지만 그 사기꾼과의 불행한 사건으로 사람들의 이목을 끈 후에, 라스칼 씨 말고 미나에게 그렇게 잘 어울리는 신랑감이 당장 있을 거라고 생각하는 거요? 라스칼 씨가 재산이 얼마나 많은지 알고나 있소? 그는 이곳에서 육백만 금화에 상당하는 부동산을 부채 없이 현금으로 사들였소. 그 땅문서가 내 손에 있소! 바로 내가 사려던 최고의 땅을 도처에서 미리 사들였던 바로 그 사람이라오.

거다가 이 서류 가방에는 약 삼백오십만 금화 상당의 토마스 욘 씨에 대한 어음 증서가 있소."

"훔친 게 분명해요."

"그게 무슨 말이오? 라스칼 씨는 돈을 써야 할 때 현명하게 절약을 한 것이오."

"하인 옷을 걸쳤던 사람이에요."

"어리석은 소리! 거다가 그는 흠잡을 데 없는 그림자를 가지고 있소."

"그건 당신 말이 옳아요. 하지만……."

회색 옷의 사나이가 웃으며 나를 쳐다보았네. 문이 열리고 미나가 나왔지. 그녀는 한 하녀의 품에 기대고 있었네. 아름답고 창백한 뺨에 조용히 눈물을 흘리고 있었지. 그녀가 보리수나무 아래에 자신을 위해 준비된 안락의자에 앉자, 그녀의 아버지가 옆에 앉았네. 그는 부드럽게 딸의 손을 잡고 더욱 격하게 울기 시작한 딸에게 다정하게 말했네.

"너는 나의 착하고 사랑스러운 딸이다. 분별을 갖고 생각하길 바란다. 오로지 너의 행복만을 바라는 이 늙은 애비를 슬프게 하지 마라. 아가야, 네가 큰 충격을 받았다는 걸 안다. 그렇지만 너는 놀랍게도 불행에서 벗어났단다! 우리가 파렴치한 사기 행각을 알기 전에 너는 그 품위 없는 녀석을 매우 사랑했었지. 내가 그걸 알기 때문에 그 점에 대해 너를 비난하지 않는 거란다. 사랑하는 딸아, 그를 훌륭한 신사로 여길 때까지만 해도 나 역시 그를 매우 좋아했었다. 그렇지만 모든 것이 달라졌다는 걸 네 스스로 알아야 한다. 이런! 하물며 강아지도 그림자를 갖고 있는 법인데, 내 둘도 없는 사랑스런 딸이 그런 남편을…… 안 된다! 더는 그놈 생각 마라. 내 말을 들어 보아라, 미나야. 지금 어떤 남자가 너에게 청혼을 했단다. 그 사람은 햇빛을 꺼리지 않는, 아주 품위 있는 남편감이다. 물론 영주는 아니지만 너보다 10배쯤 많은, 그러니까 천만 금화를 재산으로 소유하고 있다. 내 사랑스런 딸을 행복하게 만들어 줄 사람이지. 아무 말 말고 내 뜻을 거역하지 말거라, 착하고 공손한 딸아. 사랑하는 아비가 네 걱정하지 않고, 네 눈물을 닦지 않게 해 다오. 라스칼 씨의 청혼을 받아들이겠다고 약속하거라. 말해라, 내 말에 약속하겠다고?"

그녀는 풀이 죽은 목소리로 대답했네.

"저에게는 아무런 뜻도 없어요. 이 세상에서 더 이상 바라는 것도 없어요. 아버지 뜻대로 하세요."

그때 라스칼이 왔다는 전갈이 왔고, 그가 뻔뻔스럽게 그들에게 왔지. 미나는 기절을 했네. 나의 가증스러운 동행자는 화가 난 눈초리로 나를 쳐다본 후 얼른 나에게 속삭였지.

"선생께서는 잘도 참고 계시군요. 선생의 동맥 속에서는 피가 아닌 다른 게 흐르나 보죠?"

그는 날쌘 동작으로 내 손에 가벼운 상처를 냈고, 피가 흘렀네. 그는 계속 말했지.

"정말! 빨간 피가 흐르는군요! 자, 이제 서명을 하시오!"

나는 손에 양피지와 펜을 들었네.

VII

친애하는 샤미소, 자네의 판단에 나를 맡기겠네. 좋은 평을 듣자고 자네를 매수할 생각도 없네. 이미 나 자신 스스로에게 혹독한 판결을 내렸다네. 내 가슴속에 고통의 벌레를 키우고 있으니 말일세. 내 인생의 그 비장했던 순간은 줄곧 내 눈앞에 어른거렸고, 나는 그 순간을 의심의 눈초리로 겸허하게 뉘우치며 바라보았지. 사랑하는 친구여, 경솔하게 정도를 벗어난 사람은 자신도 모르는 사이에 그릇된 길로 점점 깊이 빠져들기 마련이라네. 그러고 나서 하늘에서 반짝이는 북극성을 쳐다보았자 소용없는 일이고, 그에게는 달리 선택의 여지가 없다네. 쉬지 않고 비탈을 내려가다가 네메시스[15]에게 자신을 바치는 수밖에. 경솔하게 저주가 덮어씌워진 발걸음을 잘못 내딛은 후,

15) 율법의 여신으로, 인간의 우쭐대는 행위에 대한 신의 보복을 의인화한 것이다.

나는 사랑이라는 이름으로 다른 사람의 운명에다 나를 밀어 넣는 죄를 범했네. 거기에다 파멸의 씨앗을 뿌려 놓고 서둘러 구원을 얻고 싶은 마음에 덮어놓고 돌진하는 것 말고 나에게 뭐가 남아 있었겠나? 마지막 시간을 알리는 종이 울렸네. 나를 너무 지나치게 천박하다고 여기지 말게. 나 자신에게 요구된 대가를 과하다고 생각한다고, 오로지 나에게 속한 무엇을, 이를테면 돈보다 아낀다고 여기지는 말게. 그건 아니네. 아델베르트, 나의 영혼은 왜곡된 길에서 매번 마주치는 그 수수께끼 같은 비열한 자에 대한 억누를 수 없는 증오로 가득 찼네. 내가 그에게 부당하게 행동하는 건지도 모르지만, 어쨌든 그와 함께하는 모든 것이 나를 격분시켰네. 종종 내 인생에서도 일어났고, 세계사에서 자주 일어나는 사건이 이곳에서도 한 가지 행적의 대가로 일어났네. 훗날 나는 나 자신과 화해를 했다네. 우선 나는 필연을 존중하는 법을 배웠고, 저지른 행적과 일어난 사건, 그것의 소유보다 무엇이 더 중요한지를 배웠지! 그 후 이 필연성을 전체의 거대한 톱니바퀴에 의해 움직이는 현명한 섭리로 존중하는 법도 배웠네. 그 톱니바퀴 속에서 우리는 그저 함께 움직여지고 움직이는 한낱 톱니로써 맞물려 있는 것일세. 생겨야만 하는 일은 일어나기 마련이고, 생겼어야 할 일이 벌어진 걸세. 여기에는 저 섭리가 작용하기 마련이고. 나는 나의 운명과 그것을 공격하는 자들의 운명 속에서 이러한 섭리를 존중하는 법을 배웠다네.

강렬한 감정의 압박에 시달린 내 마음의 긴장 탓인지, 지난 며칠간 익숙지 않은 굶주림으로 쇠약해진 육체의 피로 탓인지, 아니면 그 회색 옷의 괴물이 다가와 나의 온몸에 일으킨 파괴적인 흥분 탓인지 모르겠지만, 어쨌든 서명 이야기가 나오자 나는 기절을 하고 말았네. 그리고 한참 동안 죽음의 팔에 안긴 듯 누워 있었다네.

의식이 돌아왔을 때 내 귀에 처음 들린 것은 발 구르는 소리와 저주를 퍼붓는 소리였네. 내가 눈을 떴을 때 사방은 어두웠네. 내 가증스런 동행자는 나를 비난하며 설득했지.

"늙은 여편네처럼 이 무슨 소동이오! 정신 차리고 결심한 것을 행동으로 옮기시오. 아니면 딴생각이 들어 엉엉 울고 싶으시오?"

나는 누워 있던 땅에서 가까스로 몸을 일으켜 말없이 주위를 둘러보았네. 늦은 저녁이었네. 밝게 불이 켜진 산림 감독관의 집에서 잔치 음악이 들려왔고, 무리 지은 사람들이 정원의 길을 거닐고 있었지. 두 사람이 대화를 나누며 다가와 내가 앉아 있던 벤치에 앉았네. 그들은 오늘 아침에 있었던 이 집 딸과 부유한 라스칼 씨의 결혼에 대해 이야기를 나누었네. 결국 일은 벌어진 걸세.

나는 당장 나를 떠나려는 회색 옷 사나이의 마법 외투를 머리에서 걷어 내고, 말없이 숲의 어둠 속으로 서둘러 잠적하여 페터 백작 정자를 거치는 길로 접어들어 정원 출구로 갔네. 그러나 나를 괴롭히는 마귀는 모습을 드러내지 않고 나에게 날카로운 말을 하면서 따라왔다네.

"이것이 신경이 약한 선생을 하루 종일 돌봐 준 수고에 대한 감사의 표시로군요. 연극에서 바보 역할을 하다니. 좋소, 고집불통 선생. 나에게서 도망쳐 보시지요. 그렇지만 우리는 떨어질 수 없는 사이요. 선생은 나의 금화를 가졌고, 나는 선생의 그림자를 가졌으니 우리 둘 다 편히 쉬지 못하는 거라오. 그림자가 주인으로부터 버림받았다는 소릴 들어 본 적 있으시오? 선생이 다행히 그림자를 다시 받고 내가 그 그림자에게서 벗어날 때까지, 선생의 그림자는 나로 하여금 선생을 쫓아가게 만들 거요. 새로운 기분으로 행동하기를 놓친 것을 선생은 결국엔 염증과 권태감에 못 이겨 뒤늦게 후회하게 될 것이오. 운명은 벗어날 수 없는 법이라오."

그는 똑같은 어조로 말을 이었네. 도망쳐 보았지만 헛수고였네. 그는 나를 놓치지 않고 항상 옆에서 비웃으며 금화며 그림자에 대해 떠들었지. 도무지 나만의 생각을 할 수가 없었다네.

인적이 없는 길을 지나 나의 집으로 방향을 잡았네. 집 앞에서서 집을 둘러보았지만 전혀 알아볼 수 없었네. 부서진 창문 뒤로 불이 꺼져 있었고, 문들은 닫혀 있었지. 하인들이 움직이는 것도 보이지 않았네. 그는 내 옆에서 껄껄 웃었네.

"자자, 이렇게 됐소이다! 그래도 집에서 선생의 벤델은 찾을 수 있을 거요. 사람들이 얼마 전에 몹시 지쳐 있던 벤델을 조심스레 집으로 데려왔죠. 그때부터 벤델이 집을 지키고 있소이다."

그는 다시 웃었네. "그가 할 말이 있을 거요! 그럼 오늘 밤 좋은 꿈 꾸시고, 곧 다시 봅시다!"

여러 번 초인종을 울리고야 불이 켜졌네. 벤델이 안에서 누구냐고 묻더군. 착한 벤델은 내 목소리를 알아듣고 기쁨을 갖추지 못했지. 문이 열렸고, 우리는 울면서 얼싸안았네. 그는 아주 달라진 모습이었네. 힘이 없고 병들어 보였지. 하지만 그사이 내 머리도 완전히 하얘졌다네.

벤델은 나를 썰렁한 방을 지나 잘 보존되어 있는 내실로 데려갔네. 그리고 먹을 것과 음료를 가져왔지. 둘이서 자리에 앉자 벤델은 다시 울기 시작했네. 벤델은 얼마 전에 내 그림자를 가져간 회색 옷을 입은 비쩍 마른 남자를 만나 너무 오랫동안 너무 멀리까지 쫓아갔다가 그만 내 흔적을 잃어버리고 지쳐서 쓰러졌다는 얘기를 했네. 그 후 나를 다시 찾을 수 없어 집으로 돌아왔는데, 집에 들어서자마자 라스칼의 선동으로 폭도들이 몰려와 창문을 깨부수면서 난동을 부렸다는군. 그렇게 그들은 자신들의 은인에게 그런 식으로 앙갚음을 했네. 하인들은 뿔뿔이 도망쳤고, 그 지역 경찰은 나를 의심하여 24시간 내에 나에게 그곳을 떠나라고 했다는 걸세. 뿐만 아니라 라스칼의 재산과 결혼식에 대해 내가 알고 있는 것보다 더 많은 것을 얘기해 주었네. 이 지역에서 나를 적대하여 벌어진 모든 사건은 바로 그 악한에게서 비롯되었다네. 그놈은 처음부터 내 비밀을 알고 있었던 게 분명했네. 금화에 마음이 끌려 내게 접근하는 법을 알아냈고 이미 초기에 옷장에서 금화를 한 사발 꺼내 재산을 불릴 토대를 마련했으며, 이제는 그 재산을 불려서 결혼까지 할 수 있었다는 걸세.

벤델은 눈물을 주룩주룩 흘리며 이 모든 이야기를 내게 들려주었고, 이제는 나를 다시 만나 주인으로 모실 수 있게 된 것이 기뻐 눈물을 흘렸네. 불행이 나를 어디론가 끌고 가 버렸을지도 모른다고 오랫동안 절망했었는데, 내가 그 불행을 조용히 차분하게 견디는 것을 보니까 기쁘다고 말일세. 벤델의 그런 모습이 내 마음속의 절망을 덜어 주었네. 나는 내 불행이 엄청나게 크며 변할 수도 없다는 것을 알고 있었고, 그래서 눈물이 마를 만큼 실컷 울었지. 이제 내 가슴속에서는 비명 소리도 나올 여지가 없었다네. 나는 벤델에게 냉담하게 맨머리를 내밀었네.

"벤델……."

나는 입을 떼었네. "자네는 내 운명을 알고 있네. 과거의 잘못 때문에 나는 중벌을 받고 있지. 아무 죄도 없는 자네가 더 이상 내 운명에 자네 운명을 결부시켜서는 안 되네. 나는 그걸 원치 않는다네. 나는 오늘 밤에 떠날 걸세. 말에 안장을 얹어 주게. 나 혼자 떠날 걸세. 자네는 남게나. 그게 내가 원하는 바일세. 여기에 아직 금화가 든 상자가 몇 개 있을 걸세. 그건 자네 몫이네. 나는 혼자서 세상을 방랑하고 다닐 참이네. 하지만 언젠가 밝은 날이 되어 다시 웃게 되고 행운이 내게 화해의 눈길을 보낼 때, 나는 충실한 자네를 생각할 걸세. 내가 이 어렵고도 힘든 시간을 자네를 붙잡고 울었으니 말이네."

성실한 벤델은 주인의 마지막 명령에 내심 놀랐음에도 불구하고 찢어지는 마음으로 복종했네. 나는 그의 간청과 예견을 못 들은 척했고, 그의 눈물도 못 본 척했지. 그는 내 앞으로 말을 끌고 왔네. 나는 울고 있는 그를 다시 한 번 끌어안고 말안장에 올라타 밤의 어둠 속에서 내 삶의 무덤을 떠났네. 말이 나를 어디로 끌고 갈지 상관없이. 그만큼 나는 이 세상에서 아무런 목표도, 소망도, 희망도 없었다네.

VIII

얼마 안 가 내 말 옆에서 한동안 걸어가던 한 나그네가 나와 길동무가 되었네. 그 사람은 우리가 같은 방향으로 가고 있으니 자기가 입고 있는 외투를 내 말 엉덩이에 얹어 놓게 해 달라고 부탁했지. 나는 아무 말 없이 그렇게 하도록 했네. 그는 별것 아닌 나의 호의에 예를 갖추어 인사하며 나의 말을 칭찬하더군. 그러고는 옳다, 됐다는 듯이 부자의 행복과 권력을 잔뜩 치켜세우고는 혼잣말을 하기 시작했네. 어찌 된 영문인지 지금 나로선 알 수 없지만, 그때 그의 이야기를 들어줄 사람은 나밖에 없었는데 말일세.

그는 자신의 인생관과 세계관을 펼치더니 곧 형이상학으로 주제를 옮겨, 형이상학에서 모든 수수께끼의 해답인 말을 찾아야 한다고 하는 걸세. 그는 그 과제에 관해 아주 분명하게 논의를 펴면서 그에 대한 답을 하더군.

친구여, 자네도 알다시피, 나는 학교를 다니며 철학자들을 두루 살펴본 이후에 내가 철학적 사변을 펼치기에는 타고난 위인이 못 된다는 걸 분명히 깨달았고, 그래서 이 분야를 완전히 포기했네. 그때부터 나는 많은 것을 있는 그대로 두었고, 알고자 하지도 않았네. 자네가 내게 충고했듯이, 나의 직감에 따라 내 마음속의 목소리를 믿으며 내 힘껏 나만의 길을 걸었지. 그런데 이 수사학자는 대단한 재능으로 단단하게 짜 맞춰진 건물을 보여 주려는 듯이 보였네. 그 건물은 마치 자체적인 기초에서 우뚝 솟아나와 내면적 필연성으로 존재하는 것 같았네. 다만 나는 바로 그 안에서 내가 무엇을 찾으려 하는지를 알 수 없었지. 그래서 그 건물은 내게는 우아한 폐쇄성과 완결됨이 그것을 감상하는 자의 눈을 즐겁게 할 뿐인 하나의 단순한 예술 작품이 되었네. 그래도 나는 이 언변가의 이야기에 귀를 기울였고 그의 말에 정신이 팔려 나의 괴로움을 잊어버릴 수 있었네. 만약 그가 나의 사고력과 함께 영혼까지 요구했더라도 나는 기꺼이 그에게 주었을 것이네.

그러는 사이 시간이 흘러 어느새 동이 텄다네. 문득 위를 올려다보다가 동쪽에 조만간 해가 뜰 것을 예고하는 화려한 색깔이 펼쳐져 있는 것을 보고 깜짝 놀랐지 뭔가. 그림자들이 길게 늘어난 자신의 모습을 과시할 이 시간, 확 트인 이곳에서는 햇빛을 막을 은신처도 방벽도 보이지 않으니! 거다가 나는 혼자가 아니었네! 하지만 나는 나의 동행자를 힐끗 쳐다보고 또다시 놀랐네. 그는 다름 아닌 회색 옷의 사나이였다네.

그는 당황한 내 모습을 보고 웃으며 내게 말할 틈도 주지 않고 말을 이었네.

"세상 관습이 그렇듯이, 우리 서로의 장점을 한동안 서로 붙여 둡시다. 헤어질 시간은 언제든지 있으니까요. 선생은 미처 그 생각까진 못했는지 모르겠지만, 여기 이 산을 따라가는 길이 선생이 분별 있게 갈 수 있는 유일한 길이죠. 선생이 왔던 계곡을 내려가면 안 되오. 그 길은 바로 내가 갈 길이죠. 나는 떠오르는 태양에 선생이 창백해지는 걸 보았소. 우리가 함께 있는 동안은 선생께 그림자를 빌려 드리죠. 대신 선생은 내가 가까이 있는 것을 참아야 하지요. 더 이상 선생의 벤델이 곁에 없으니, 내가 선생의 시중을 들겠소. 선생이 나를 좋아하지 않아 유감입니다만, 나를 이용하실 수는 있소. 악마는 사람들이 생각하는 것처럼 그렇게 나쁘지 않소이다. 어제 선생이 나를 화나게 한 것은 사실이오. 하지만 오늘 그 일을 마음속에 담아 두지 않겠소이다. 그리고 내가 여기까지 선생의 길을 단축시켜 드린 점만은 인정해야 할 것이오. 어쨌든 선생의 그림자를 다시 한 번 시험 삼아 받으시오."

태양이 떠올랐고, 길에는 우리와 마주치는 사람들이 있었네. 나는 마음속으로는 저항하면서도 그 제안을 받아들였지. 그는 웃으며 내 그림자를 바닥에 미끄러뜨렸고, 내 그림자는 즉시 말의 그림자 위에 얹혀 내 곁에서 신나게 달렸네. 기분이 아주 묘했지. 나는 한 무리의 농부들 곁을 지났고, 그들은 부자처럼 보이는 내게 공손하게 모자를 벗어 인사하며 길을 내주었네. 나는 계속 말을 몰며 궁금하고 두근거리는 마음으로 말 아래쪽 옆에 있는 그림자를 보았네. 원래 내 것인데, 낯선 적에게 빌려 온 그림자를 말일세.

회색 옷의 사나이는 유유히 내 옆에서 걸으며 휘파람을 불었네. 그는 걷고 있고, 나는 말을 타고 있었다네. 나는 망상에 사로잡혔네. 그만큼 유혹이 컸네. 나는 갑자기 고삐를 당겨 박차

❧

를 가하고, 전속력으로 옆길로 빠졌네. 그런데 그만 그림자를 끌고 오는 걸 깜박 잊었지 뭔가. 그림자는 말이 방향을 바꿀 때 미끄러져 땅에서 합법한 주인을 기다리고 있었네. 부끄럽지만 방향을 돌릴 수밖에. 회색 옷의 사나이는 아무렇지도 않게 노랫가락을 마치고 나를 보며 웃더니 내 그림자를 다시 제자리에 정돈한 후, 내가 다시 그림자의 합법적인 소유주가 되고 나면 그림자도 내게 달라붙어 머물 거라고 설교를 늘어놓더군. 그는 계속 말했네.

"선생 같은 부자는 그림자가 필요하지요. 달리 방법이 없소이다. 단지 선생이 일찍이 그 사실을 파악하지 못한 것이 잘못인 거요."

나는 같은 길로 여행을 계속했네. 내 곁에는 인생의 모든 안락함과 화려함이 다시 찾아왔네. 비록 빌린 것이기는 하나, 나는 그림자가 있어서 자유롭고 가볍게 움직일 수 있었고, 도처에서 돈이 가져다주는 경외심을 불러일으켰네. 하지만 마음속에서는 죽음을 느꼈지. 나의 이상한 동행자는 세상에서 제일 부유한 사람의 불초 하인을 자처하고 고분고분할 뿐만 아니라 대단히 노련하며 재치 있었고, 부자의 시종 중의 시종이었네. 그러나 그는 내 곁을 떠나지 않고 줄곧 말을 걸어오며 내가 자기에게서 벗어나려 결국엔 그림자를 놓고 거래를 체결하는 날이 올 거라는 확신을 거듭 장담했네. 그런 그는 나에게 증오의 대상이면서 동시에 짐이었네. 나는 그를 무서워할 수밖에 없었지. 나는 그에게 종속되어 있었네. 나는 나에 관한 그의 장광설을 참고 견뎌야 했고, 과연 그의 말이 옳다고도 느꼈네. 이 세상에서 부자 노릇을 하려면 그림자를 갖고 있어야 하지. 그러나 그가 나를 유혹하여 다시 데려다 놓은 부자의 입장을 내가 지키려면 그 결과는 뻔히 단 하나뿐이었네. 사랑을 잃고 내 인생이 빛이 바래 버린 이후, 한 가지는 확고했다네. 세상의 모든 그림자를 준다 해도 이자에게 내 영혼을 양도할 생각은 없었네. 그렇게 한다면 그 결과가 어떨지는 알 수 없었지.

언젠가 우리는 산을 여행하는 외지 사람들이 들르곤 하는 어떤 동굴 앞에 앉아 있었네. 깊이를 알 수 없는 곳으로부터 지하수 흐르는 소리가 들렸고, 돌을 던지면 떨어지는 소리만 날 뿐 바닥에 닿지 않는 것 같았지. 늘 그렇듯이 회색 옷의 사나이는 온갖 상상력과 다채롭게 어른거리는 매력을 동원하여 내가 다시 내 그림자를 손에 넣으면 돈주머니의 힘으로 이 세상에서 할 수 있는 일을 아주 상세하게 그려 보였네. 나는 무릎에 팔꿈치를 괴고 얼굴을 두 손에 묻고는 그 위선자의 말에 귀를 기울였지. 유혹과 강한 의지 사이에서 내 마음은 두 갈래로 찢어졌네. 나는 그런 심적 갈등을 더 이상 참지 못하고 단호하게 맞서기 시작했네.

"선생, 선생께서는 나의 자유를 전적으로 방해하지 않는다는 조건으로 나와의 동행을 허락받은 사실을 잊은 듯 보입니다."

"명령만 내리시면 나는 당장 떠나겠소이다."

그는 이런 위협에 능한 자였네. 나는 입을 다물었고, 그는 당장 내 그림자를 다시 말기 시작하더군. 나는 얼굴이 해쓱해졌지만 가만히 지켜볼 수밖에. 긴 침묵이 흘렀네. 이윽고 그가 먼저 말을 했지.

"선생은 나를 참지 못하는군요. 선생이 나를 증오한다는 걸 알고 있소이다. 그런데 왜 나를 증오하는 거요? 선생이 나를 대로에서 기습하여 내 새장을 억지로 훔친 것 때문이오? 아니면 선생이 정직하게 기탁했다고 여겼던, 그래서 내 재산이 된 그림자를 도둑처럼 내게서 빼돌리려고 했던 일 때문이오? 나로서는 그런 이유로 선생을 증오하지 않소이다. 선생이 자신의 유리한 점과 술수와 폭력을 써먹으려 하는 것을 나는 아주 자연스러운 일이라 생각하오. 얘기가 나온 김에 말이지만, 선생이 엄격한 원칙을 갖고 있고 정직이 무엇인지를 어떻게 생각하느냐 하는 것은 하나의 취향이며, 나도 그것에 반대할 건덕지는 없소이다. 나는 사실상 선생처럼 엄격하질 않소. 나는 단지 선생이 생각하는 바를 행동으로 옮길 뿐이오. 혹시 내가 선생의 값진 영혼을 내 것으로 삼으려고 선생의 목을 조른 적이라도 있소? 교환했던 내 돈주머니 때문에 선생에게 하인이라도 풀어 놓았던가요? 내가 그것을 검사해 보려고 한 적이라도 있었소?"

그의 말에 이견을 달 만한 것이 하나도 없었네. 그가 계속 말했지.

"이제 됐소이다, 선생. 좋아요! 선생은 나를 참지 못하지요. 나 역시 그 사실을 잘 알고 있고, 더 이상 그 문제로 선생을 나무라진 않겠소. 우리 헤어집시다. 그것은 분명한 일이오. 나 역시 선생이 아주 지겨워지기 시작했소. 굴욕적인 나와의 동반 관계를 끝장내기 전에 다시 한 번 선생께 충고하겠소. 내게서 그림자를 사 가시오!"

나는 그에게 돈주머니를 내밀었네.

"그 값입니다."

"아니지요!"

나는 무겁게 한숨을 쉬며 다시 말했네.

"그럼 됐습니다, 선생. 우리 이제 헤어집시다. 더 이상 이 세상에서 나의 길을 막지 마십시오. 세상은 우리 둘을 위해 충분히 넓답니다."

그는 웃으며 대답했지.

"이만 가겠소, 선생. 하지만 그 전에 하인이 필요할 때 나를 부르는 방법을 가르쳐 드리죠. 선생은 그저 금화가 주머니 속에서 딸랑거릴 정도로 주머니를 흔들기만 하면 되지요. 나는 단번에 그 소리를 들을 거요. 이 세상에서는 누구나 자신에게 이로운 것을 생각하니까요. 두고 보시오. 나는 선생에게도 마음을 쓰고 있소. 내가 선생에게 한 가지 새로운 힘을 열어 주고 있으니 말이오. 아, 이 돈주머니 말이오! 그리고 설사 좀벌레가 선생 그림자를 먹어 치우더라도 그것은 우리 둘 사이의 강력한 끈이 될 거요. 됐소이다. 내 금화를 갖고 있는 한 선생은 나도 곁에 둔 셈이오. 그러니 멀리서도 선생 하인에게 명령을 내릴 수 있을 거요. 선생도 아시다시피, 나는 내 친구들에게 봉사를 잘한다오. 또 부자들은 나와 사이가 좋지요. 선생 자신이 그 점을 보시지 않았소. 다만 선생의 그림자는—그걸 승낙하시오—단 한 가지 조건하에서만 다시 가져갈 수 있소이다."

나는 예전의 인물들이 기억 속에 떠올라 재빨리 그에게 물었네.

"선생, 욘 씨의 서명도 받았나요?"

그가 미소를 지었네.

"그런 친구와는 서명 따위는 필요 없었소이다."

"그는 어디에 있나요? 이럴 수가! 궁금합니다!"

그는 망설이며 안주머니에 손을 넣었네. 그러자 그 속에서 머리칼이 잡힌 채 욘 씨의 창백하고 일그러진 얼굴이 나타나는 걸세. 이어서 새파란 시체의 입술이 움직이며 알아듣기 힘든 라틴어로 말했네.

"나는 신의 정의로운 재판을 받았고, 정의로운 심판으로 사형당했다."

기겁을 한 나는 부리나케 딸랑거리는 돈주머니를 바닥 없는

지하수 속으로 던지고 회색 옷의 사나이에게 마지막 결정적인 말을 하였네.

"신의 이름으로 너에게 맹세한다, 섬뜩하고 무도한 놈아! 꺼져라. 다시는 내 눈앞에 나타나지 마라!"

그는 어두운 얼굴을 하고 일어나서 곧 무성하게 풀이 자라 있는 곳의 경계를 이루는 바윗덩어리 뒤로 사라졌다네.

IX

그림자도 없고 돈도 없이 나는 그곳에 앉아 있었네. 하지만 마음속에서는 무거운 짐을 벗었고 한결 기분이 좋아졌지. 나의 사랑을 잃지 않았다면, 아니면 사랑을 잃어버린 것에 대한 자책감만 느끼지 않았더라도, 그때 나는 행복할 수 있었으리라는 생각이 드네. 그러나 어떻게 해야 할지 알 수가 없었네. 호주머니를 뒤져 보니 금화 몇 개가 아직 남아 있었네. 금화를 세며 나는 웃었지. 저 아래 여관집에 말을 두고 왔는데, 그곳으로 되돌아가려니 창피해서 해가 질 때까지 기다려야 했네. 해는 아직도 중천에 떠 있었지. 나는 가까운 나무 그늘에 누워 편안히 잠이 들었네.

기분 좋은 꿈에 우아한 형상들이 가볍게 춤을 추며 나타났네. 머리에 화관을 쓴 미나가 내 옆을 지나쳐 가며 나를 보고 다정하게 미소 지었네. 성실한 벤델 역시 화관을 쓰고 서둘러 다정한 인사를 보내며 지나쳐 갔지. 그 외에도 많은 이들을 보았네. 내 생각으로는 혼잡한 무리 속에서 샤미소, 자네 또한 본 것 같네. 밝은 빛이 비치고 있었지. 그런데 아무도 그림자를 갖고 있지 않았다네. 그리고 더욱 이상한 것은 그것이 나쁘게 보이지 않았다는 걸세. 종려나무 숲 아래에서의 꽃과 노래, 사랑과 기쁨. 나는 가볍게 나부끼며 움직이는 사랑스런 사람들을 잡을 수도 없었고 그들을 부를 수도 없었지. 그러나 그 꿈을 꾸는 게 좋아서 꿈에서 깨어나지 않으려고 조심했다는 것은 기억나네. 나는 이미 깨어 있었는데도 달아나는 영상들을 내 눈앞에 오랫동안 잡아 두려고 눈을 감고 있었지.

마침내 눈을 떴네. 해는 아직도 중천에 떠 있는데, 이번에는 동쪽에 있었네. 나는 밤새도록 잤고, 또 늦잠을 잔 걸세. 나는 이렇게 된 것을 여관으로 되돌아가서는 안 된다는 신호로 생각했지. 그곳에 남아 있는 내 물건들을 간단히 포기하고 울창한 산자락으로 연결된 샛길로 걸어가기로, 그래서 내 앞에 어떤 일이 벌어질지는 운명에 맡기기로 결심했네. 나는 지난날을 되돌아보지도 않았고, 내가 부자로 만들어 남겨 두고 온 벤델에게 돌아갈 생각도 하지 않았네. 나는 이 세상에서 내가 걸쳐야 할 새로운 인격의 나 자신을 살펴보았네. 내 옷차림은 아주 수수

⁂

했네. 베를린에서부터 걸쳤던 낡은 검정 외투를 입고 있었는데, 이번 여행을 하면서 어떻게 그것이 다시 내 수중에 들어왔는지는 모르겠네. 그 밖에도 여행용 모자를 쓰고 있고 낡은 장화를 신고 있었네. 나는 벌떡 일어나서 그 자리에서 기념으로 마디가 많은 지팡이를 깎아 당장 나의 방랑을 시작했네.

숲에서 나는 한 늙은 농부를 만났는데, 나에게 다정하게 인사를 해 오는 그와 이런저런 이야기를 하였네. 나는 호기심 많은 여행객처럼 우선 길을 묻고, 다음에는 그 지역과 주민들에 대해, 산에서 나오는 산물들과 그 밖에 여러 가지에 대해 물었지. 그는 내 질문에 수다스럽기는 해도 알기 쉽게 대답해 주었네. 우리는 계곡의 하구에 이르렀는데, 넓은 숲지대 어디를 지나쳐 가도 황폐하더군. 나는 내심 햇빛이 환히 비치는 장소가 겁이 나서 농부를 앞서 가게 했네. 하지만 그는 이 위험한 장소를 지나가다가 멈춰 서서 이곳이 황폐해진 이야기를 해 주려고 뒤를 돌아보았다네. 그러고는 내게 무엇이 없는지를 대번에 눈치채고는 하던 이야기를 멈췄지.

"어떻게 이런 일이! 선생은 그림자가 없군요!"

"유감스럽게도 그렇습니다."

나는 한숨을 쉬며 대답했네. "오랫동안 고약한 병에 시달리다 보니 머리카락과 손톱, 그리고 그림자까지 없어져 버렸지요. 이 나이에 다시 생긴 머리카락도 죄다 하얗게 세고, 손톱은 아주 짧아져 버렸죠. 그리고 그림자는 더 이상 자라려고 하지를 않는군요."

"원, 세상에나!"

늙은 농부는 고개를 절레절레 흔들며 말했네. "그림자가 없다니 심각하군요! 선생이 걸렸던 병은 심각한 병이었나 보구려."

그러나 그는 하던 이야기를 다시 꺼내지 않았고, 다음 교차로가 나타나자 한마디 말도 없이 가 버렸네. 쓰라린 눈물이 다시 뺨을 타고 흘렀고, 좋았던 기분도 싹 가셨다네.

슬픈 마음으로 나는 다시 가던 길을 가며, 다시는 길동무를 찾지 않았네. 햇빛이 비치는 곳이 나타나면 내가 지나가는 것을 사람들 눈에 띄지 않게 하려고 어두운 숲 속에 숨어들어 몇 시간씩 죽치고 있은 적도 여러 번이었지. 저녁때 나는 마을에서 숙소를 구하려고 했네. 사실 나는 땅 밑에서의 일자리를 염두에 두고 산속의 광산을 찾아가던 참이었네. 나의 상황으로 봐서는 나 스스로 생계비를 벌어야 한다는 점이 아니더라도, 힘든 노동만이 나의 파괴적인 생각에서 나를 지켜 줄 수 있다는 생각에서였다네.

며칠 동안 비가 온 덕분에 쉽게 길을 갈 수가 있었지만, 내 장화는 엉망이 되고 말았네. 그 장화 바닥은 페터 백작을 염두에 두고 만든 것이지 움직일 일이 많은 하인용은 아니었거든. 어느새 맨발바닥이 드러난 채 걷고 있었지. 부득이 새 장화를 사야 했네. 다음 날 아침 장이 선 한 마을에서 아주 열심히 장화를 구입했네. 한 좌판에 팔려고 내놓은 헌 장화와 새 장화들이 있었는데, 나는 오랫동안 고르고 흥정을 벌였지. 갖고 싶었던 새 장화는 포기해야 했네. 깜짝 놀랄 만큼 비싸게 달라더군. 그래서 아직은 멀쩡하고 튼튼한 헌 장화로 만족하기로 했지. 좌판을 벌이고 있던 잘생긴 금발 소년이 현금을 얼른 챙겨 넣으며 다정하게 웃으면서, 좋은 여행을 하라는 인사말과 함께 장화를 건네주었네. 나는 당장 장화를 신고 그 지역의 북쪽 문을 향해 갔네.

나는 발밑을 보지 않고 골똘히 생각에 잠긴 채 걸어갔네. 실은 내 머릿속은 저녁때까지는 도착하고 싶은 광산 생각으로 꽉 차 있었고, 그곳에서 나를 어떻게 소개해야 할지 알 수가 없는 처지였네. 미처 200걸음도 걷지 않았는데, 순간 나는 길에서 벗어난 것을 깨달았네. 주위를 둘러보니, 나는 도끼 한 번 닿은 적이 없는 것 같은 황량한 전나무 원시림 속에 들어서 있더군. 몇 걸음 더 들어가 보니 이끼와 바위취로 뒤덮인 황량한 바위들이 나타났고, 그 사이로 눈과 얼음이 깔려 있었네. 공기가 차가웠네. 돌아다보니 내 뒤의 전나무 숲도 사라졌네. 몇 걸음 더 걸었지. 사방은 죽음 같은 고요가 지배했네. 끝도 없이 펼쳐진 빙원 위에 나는 서 있었고, 짙은 안개가 무겁게 깔려 있었네. 태양이 지평선에 핏빛으로 걸쳐 있더군. 참을 수 없을 만큼 추웠네. 나는 어떻게 된 영문인지 알 수가 없었네. 혹한은 나의 발걸음을 재촉하게 만들었지. 그저 멀리서 물소리만 들리더군. 한 걸음을 더 내딛어 보니 나는 얼음으로 덮인 대서양의 해안에 서 있었네. 수많은 바다표범들이 내 눈앞에서 소란스럽게 물속으로 뛰어들었네. 나는 이 해안을 따라 갔지. 다시 벌거벗은 바위와 땅, 자작나무 숲과 전나무 숲이 보여서 몇 분 동안 곧장 앞으로 달려갔다네. 이번에는 숨이 막힐 정도로 덥기에 주위를 둘러보니 나는 잘 가꿔진 논과 뽕나무들 사이에 서 있었네. 나무 그늘에 앉아 시계를 봤네. 장터를 떠난 지 15분도 되지 않았더군. 꿈을 꾸는 것 같아 잠에서 깨어나려고 혀를 깨물었지만 꿈이 아니었네. 생각을 정리하려고 눈을 감았지. 콧소리를 내는 이상한 음절의 말소리가 내 앞에서 들려 나는 눈을 떴네. 옷차림을 보지 않더라도 아시아인의 얼굴 생김새를 보니 틀림없이 중국인 두 명이었고, 그들은 자기네 말로 내게 의례적인 인사를 건네더군. 나는 일어나서 두 걸음 뒤로 물러났네. 그들의 모습도 사라지고 풍경은 완전히 달라졌네. 논 대신 나무와 숲이 보이는 걸세. 주위에 자라 있는 나무와 풀들을 눈여겨보니, 그것들은 내가 알고 있는 남동아시아에서 자라는 식물들이었네. 한 나무에 다가가려고 한 발자국을 내딛자 모든 것이 달라졌네. 이제 나는 훈련받는 신참병처럼 천천히 그리고 침착하게 발을 내딛어 보았네. 신기하게 바뀌는 땅, 평야, 강, 산, 초원, 모래사막이 깜짝 놀란 내 눈앞에 펼쳐졌다네. 의심의 여지없이 나는 한 걸음에 7마일을 날아가는 장화를 신고 있었던 걸세.

X

나는 조용히 경건한 마음으로 무릎을 꿇고 감사의 눈물을 흘렸네. 갑자기 나의 앞날이 내 눈앞에 밝게 펼쳐졌기 때문이라네. 과거에 지은 죄 때문에 사람의 사회에서 쫓겨난 내가 그 보상으로 늘 사랑했던 자연에 의탁하게 된 걸세. 땅은 나에게 풍족한 정원을 주었고, 공부는 내 인생의 방향과 힘이 되었으며, 자연 과학은 내 인생의 목표가 되었네. 그것은 내가 내린 결정은 아니었지. 그때부터 나는 나의 내면의 눈앞에 밝고 완전하게 드러나는 원형을 묵묵히 강한 불굴의 노력으로 묘사하려 했고, 원형과 묘사된 것이 일치하는 데에서 만족을 얻었네.

한 번 조망한 것으로 망설임 없이 앞으로 수확할 생각으로 그 밭을 소유하기로 마음먹었네. 나는 티베트의 고원에 서 있었고, 불과 몇 시간 전에 눈앞에서 떠올랐던 해가 이곳에 오니 어느새 저녁 하늘에서 지고 있었네. 나는 동쪽에서 서쪽으로 아시아를 이동하며 그들의 역사를 거슬러 가며 배우고는 아프리카에 도착했네. 호기심을 갖고 그곳을 종횡무진 돌아다니며 주위를 둘러보았지. 그리고 이집트를 통과하며 고대 피라미드와 사원들을 감탄하며 바라보다가, 수백 개의 성문이 있는 테베로부터 멀지 않은 황무지에서 일찍이 기독교 은둔자들이 살았던 동굴들을 발견했네. 갑자기 이곳이 내 집이라는 생각이 확실하고 분명해지더군. 나는 자칼이 접근할 수 없도록 가장 안전한 데다가 널찍하고 안락한 동굴 하나를 미래의 나의 집으로 골라잡아 놓고, 7마일 장화를 신고 걸음을 계속 떼어 놓았네.

나는 헤라클레스의 기둥이 있는 곳에서 건너가 유럽의 남쪽과 북쪽 지방을 구경한 뒤 북아시아에서 북극의 빙하 지역을 지나 그린란드와 아메리카를 향해 갔네. 그리고 아메리카의 두 대륙을 정처 없이 떠돌아다녔지. 이미 남아메리카에 들어선 겨울이 나를 서둘러 케이프혼곶[16]에서 북쪽으로 몰아갔지.

나는 동아시아에서 낮이 될 때까지 머물렀다가 잠시 휴식을 취한 뒤 방랑을 계속했네. 아메리카 두 대륙을 종단하면서는 지구 상에서 가장 높낮이 차가 심한 높은 산맥을 탔다네. 가쁘게 숨을 몰아쉬며 천천히 조심스럽게 이 봉우리에서 저 봉우리를 타고 넘으며, 때로는 불길 이는 화산 위를, 때로는 눈 덮인 정상을 지났지. 그리고 엘리야 산에 도착하여 베링 해협을 훌쩍 뛰어 아시아로 넘어갔지. 굴곡이 심한 아시아의 서쪽 해안을 따라가면서 그곳에 있는 섬들 중에 내가 들어갈 수 있는 섬이 있는

16) 남미 대륙의 남단

지 주의 깊게 살펴보았네. 말레이 반도에서 내 장화는 나를 수마트라, 자바, 발리, 롬보크로 실어 갔네. 나는 또 바다를 꽉 채운 작은 섬들과 바위를 건너 북서쪽에 있는 보르네오와 다도해를 이루는 다른 섬들로 가려고 시도하기도 했네. 하지만 위험하기만 하고 번번이 허탕이었네. 희망을 버릴 수밖에. 결국 롬보크의 최정상에 주저앉아 남쪽과 동쪽으로 시선을 돌리고, 이토록 빨리 내 한계에 부딪치다니, 하는 마음에 굳게 닫힌 감옥 창살에 매달려 있는 것처럼 울었다네. 땅과, 태양의 영향을 받은 땅의 표면, 식물과 동물의 세계를 이해하기에 본질적으로 필요한 신비스러운 호주, 그리고 산호들의 섬이 있는 남태평양은 포기할 수밖에 없었네. 내가 수집하고 수확하려고 했던 모든 것들은 애당초 순전한 조각들로 남아 버렸지. 오, 아델베르트, 인간의 노력이라는 게 무슨 소용이 있는가!

남반구의 혹독한 겨울에 케이프혼곶에서 서쪽으로 남극 빙하를 건너가려고 여러 번 시도했다네. 돌아올 것은 생각도 않고 그 척박한 땅이 관 뚜껑처럼 나를 덮어 버릴지도 모를 것을 불사하고, 반 디멘스 랜드[17]와 호주로 가는 200걸음을 내딛으려 했지. 무모하게도 빙하 위로 속절없는 발걸음을 내딛으며 혹한

17) 호주에서 가장 작은 주州인 태즈메이니아의 수도인 호바트는 1642년 네덜란드 탐험가 아벨 태즈먼에 의해 발견되었으며, 처음에는 동인도 회사 총독의 이름을 따라 반 디멘스 랜드라 불렸다.

과 바다에 도전했던 결세. 그러나 허사였네. 이제껏 호주에 가지 못했네. 그때마다 롬보크로 돌아와 그곳 정상에 앉아 남쪽과 동쪽으로 시선을 돌리고 다시 울었다네, 마치 감옥의 닫힌 창살에 매달려 있는 것처럼.

마침내 나는 롬보크를 떠나 슬픈 마음으로 아시아 내륙으로 다시 갔네. 그 후 그곳을 정처 없이 헤매고 다니다 서쪽으로 해 뜨는 곳을 쫓아갔네. 그리고 그날 밤으로 내가 미리 정해 두었던 테베의 집에 도착했지. 어제 오후 시간에 건드리고 지나갔던 곳일세.

잠깐 쉬고 나자 이미 유럽 상공은 대낮이었네. 맨 첫 번째 걱정거리는 필요한 것을 장만하는 것이었지. 우선 시급한 것은 제동할 수 있는 신발이었네. 가까이에 있는 대상을 꼼꼼히 관찰하기 위해 장화를 벗는 것 외에 달리 발걸음을 단축시킬 방법이 없다는 것이 얼마나 불편한지 그사이에 알게 되었으니 말일세. 그래서 장화 위에 슬리퍼를 겹쳐 신었는데, 그것은 기대했던 것만큼 상당히 큰 효과가 있었네. 나중에는 항상 슬리퍼를 두 켤레씩 들고 다녔지. 식물 채집을 할 때 사자나 사람 혹은 하이에나가 나를 놀라게 하는 경우가 종종 있었는데, 그때 슬리퍼를 미처 챙겨 들 틈이 없어 벗어던지기 일쑤였기 때문일세. 내 훌륭한 시계는 내 걸음걸이의 짧은 지속 시간을 재는 탁월한 측시기였네. 그 밖에도 육분의와 몇 가지 물리 도구와 책들이 필요했네.

이 모든 물건들을 마련하기 위해 나는 런던과 파리로 종종걸음을 쳤네. 두 도시에는 마침 운 좋게도 안개가 끼어 있어 나는 덕을 보았지. 남아 있던 마법의 금화가 바닥이 나자, 나는 쉽게 찾을 수 있는 아프리카 상아로 값을 치렀는데, 물론 내 힘에 부치지 않는 아주 작은 상아들을 골라 가져갔네. 그렇게 모든 장비를 갖추고서 나는 당장 개인적인 학자로서 새로운 생활을 시작했네.

나는 지구를 돌아다니며 때로는 땅의 높이를, 때로는 샘물의 온도와 기압을 재고, 때로는 동물들을 관찰하고, 때로는 식물들을 조사했네. 적도에 있다가 양극의 하나로, 한 세계에서 다른 세계로 동에 번쩍 서에 번쩍 옮겨 다녔네. 많은 경험들을 비교했지. 아프리카 타조 알이나 북쪽 바닷새의 알들과 과일들, 특히 열대 야자와 바나나는 나의 일상적인 음식물이었지. 부족한 행복의 대용품으로는 담배가 있었고, 인간적 관심과 끈끈한 정 대신에 충실한 푸들의 사랑이 있었지. 그 푸들은 테베에 있는 나의 동굴을 지켜 주었는데, 내가 새로운 보물들을 짊어 메고 돌아가면 반가워서 팔짝거리고 나에게 매달리면서 이 땅덩이에 혼자가 아니라는 인간적인 감정을 느끼게 해 주었다네. 그러다가 한 가지 모험 때문에 나는 인간들 사이로 돌아가게 되었네.

XI

언젠가 북극 해안에서 장화에 제동용 슬리퍼를 신고 바닷말과 해초를 수집하고 있었는데, 암벽 구석에서 뜻밖에 북극곰 한 마리가 내게 다가왔네. 나는 슬리퍼를 던져 버리고 맞은편 섬으로 갈 작정이었는데, 그 사이에는 파도에서 솟아 나온 암벽이 하나 있어 건너가는 데 디딤돌이 되어 주었다네. 그런데 그때 나는 한 발은 확실하게 암벽에 내딛었지만, 나머지 한 발은 바다에 빠지고 말았다네. 나머지 한 발에 슬리퍼가 그냥 신겨져 있던 것을 몰랐기 때문이었지.

엄청난 추위가 나를 엄습했고, 나는 가까스로 위험에서 벗어났네. 땅에 발이 닿자마자 햇볕에 몸을 말리려고 있는 힘껏 리비아 사막으로 달렸지. 하지만 햇볕에 노출되자 태양이 내 머리 위에 너무나 뜨겁게 내리쬐어 나는 그만 일사병에 걸려 버렸고, 다시 북쪽으로 비틀거리며 올라갔지. 원기를 회복하려고 정신없이 움직였네. 불안정한 잰걸음으로 동에 번쩍 서에 번쩍 하기를 반복했네. 내가 있는 곳이 때로는 밤인가 하면 때로는 낮이었고, 때로는 여름인가 하면 때로는 추운 겨울이었네.

얼마나 오랫동안 그렇게 비틀거리며 지구를 싸돌아다녔는지 모르겠네. 혈관이 확확 달아올랐고 의식을 잃을 것 같아 겁이 났네. 설상가상으로 마구 달리다 보니 누군가의 발을 밟는 불상사가 일어났네. 내 발길이 상대방을 대단히 아프게 만든 모양이었네. 나는 세차게 한 대 얻어맞고 쓰러졌네.

다시 정신이 들었을 때 나는 좋은 침대에 편안히 누워 있었네. 그 침대는 넓고 멋진 홀 안에 다른 많은 침대들 사이에 있었지. 누군가 내 머리맡에 앉아 있었고, 이 침대에서 저 침대를 보며 홀을 왔다 갔다 하는 사람들이 보였네. 그들은 내 침대 앞에 와서 나에 관해 얘기를 주고받았네. 그렇지만 그들은 나를 12번이라고 불렀다네. 내 발치의 벽에는 검은 대리석판에 금색으로 큼지막하게 내 이름이 아주 정확하게 씌어 있었네.

페터 슐레밀

착각이 아니었네. 나는 똑똑히 읽을 수 있었지. 대리석판의 내 이름 아래에는 그 밖에도 두 줄의 글자가 씌어 있었네. 하지만 나는 정신을 가다듬고 그 글을 읽기에는 너무 힘이 없어 다시 눈을 감았네.

페터 슐레밀에 대해 뭐라고 큰 소리로 떠드는 소리가 들렸지만 그 의미를 알아들을 수가 없었네. 친절한 한 남자와 검은 옷을 입은 매우 아름다운 부인이 내 침대 앞으로 다가왔네. 그 모습들이 왠지 낯설지 않았지만, 나는 그들이 누구인지 알아볼 수는 없었네.

얼마간 시간이 흐르고 나는 다시 기운을 차렸지. 나는 12번이라고 불렸는데, 12번은 긴 수염 때문에 유대인이라고 여겨졌다네. 하지만 그런 이유로 세심한 간호를 덜 받은 것은 아니었네. 12번에게 그림자가 없다는 사실은 아직 눈에 띄지 않은 모양이었네. 내 장화는 내가 이곳으로 옮겨질 때 내 곁에 있던 다른 소지품들과 함께 안전하게 잘 보관되어 있다고, 내가 회복된 뒤에 되돌려줄 것이라고 사람들이 분명히 말해 주더군. 내가 환자로 누워 있던 그 병원의 이름은 슐레밀 재단이었네. 매일처럼 페터 슐레밀이 언급된 이유는 이 재단의 창립자이자 자선가인 그를 위해 기도를 올리려는 일종의 일깨움 때문이었지. 내 침대 머리맡에서 보았던 그 착한 남자는 벤델이었고 그 아름다운 부인은 미나였다네.

나는 슐레밀 병원에서 내 존재가 알려지지 않은 채 병세를 회복했고 더 많은 것을 알게 되었네. 나는 벤델의 고향에 와 있었던 것일세. 그곳에서 벤델은 불행한 사람들이 나를 축복해 주도록, 다른 때는 축복받지 못했던 금화로 내 이름을 따서 이 병원을 설립하여 운영하고 있었다네. 미나는 미망인이 되었네. 불행한 형사 소송 사건으로 라스칼은 목숨을 잃었고, 그녀는 전 재산을 잃었다는군. 그녀의 부모는 오래전에 세상을 떴고, 미나는 이곳에서 신을 공경하는 미망인으로 살면서 자선을 행하고 있었네.

하루는 미나가 12번 침대맡에서 벤델과 이야기를 나누고 있더군.

"고귀하신 부인, 당신은 왜 이곳의 나쁜 공기에 몸을 맡기시려고 하시나요? 죽기를 바랄 만큼 부인의 운명이 가혹했나요?"

"아닙니다, 벤델 씨. 긴 악몽에서 깨어나 제 자신을 들여다본 이후로 저는 잘 지내고 있어요. 그때부터 저는 더 이상 바라는 것이 없고 죽음도 두렵지 않아요. 그리고 즐거운 마음으로 지난 일과 앞으로의 일을 생각하지요. 당신이 지금 경건한 마음으로 당신의 주인이자 친구이셨던 분께 봉사하는 일도 고요한 내면의 행복이 아닌가요?"

"그렇군요! 고귀하신 부인, 감사할 일이지요. 어쨌든 일어난 일은 기이한 것이었지요. 우리는 많은 행복과 쓰디쓴 불행을 분별없이 한 잔에 넣어 마셨지요. 이제 그 잔은 텅 비었어요. 그 모든 것이 그저 시험의 잔이었다고 생각하고 싶군요. 그리고 현명한 통찰력으로 무장하여 진정한 시작을 기다리고 싶군요. 이 다른 시작은 진정한 시작입니다. 처음에 걸렸던 마술 놀음을 다시는 바라지 않아요. 그래도 전체적으로 보면 그렇게 지난날들은 즐거웠어요. 단지 저는 우리의 옛 친구가 그때보다 더 잘 지낼 거라는 확신을 품고 있어요."

"저도 같은 마음이에요."

아름다운 미망인이 말했고, 그들은 내 곁을 떠났네.

이 대화는 내게 깊은 인상을 남겼네. 그러면서도 나의 존재를 알려야 할지, 숨긴 채 이곳을 떠나야 할지 갈피를 잡지 못했지. 그러다가 결정을 내렸네. 나는 종이와 연필을 부탁한 후 다음과 같이 썼네.

당신들의 옛 친구는 전보다 더 잘 지내고 있으며 참회하고 있습니다. 화해의 참회입니다.

곧이어 나는 많이 회복된 상태라 옷을 입겠다고 청했네. 누군가 내 침대 옆에 있는 작은 옷장의 열쇠를 가져왔네. 그 속에는 내 물건들이 모조리 들어 있더군. 나는 옷을 입고 검은 외투 위에 식물 채집용 통을 걸쳤지. 통 속에 든 북극 바닷말을 보자 몹시 기뻤네. 이어서 장화를 신은 뒤 침대 위에 간단히 쓴 쪽지를 두었네. 문을 열자마자 나는 어느새 멀리 테베를 향해 가고 있었다네.

시리아의 해안을 따라 마지막으로 집을 떠나 걸었던 길을 지나자, 나의 가엾은 피가로가 오는 것이 보였네. 너무나 긴 시간 집에서 주인을 기다렸던 것 같은 이 영리한 푸들은 주인의 흔적을 찾으려는 듯 보였네. 나는 걸음을 멈추고 푸들을 불렀지. 푸들은 천진하게 반가운 마음을 여지없이 드러내며 마구 짖어대면서 나에게 달려왔네. 나는 푸들을 안았지. 푸들이 내 걸음을 따를 수는 없으니까. 나는 푸들을 한쪽 팔에 끼고 다시 집으로 갔네.

그곳에는 모든 것이 옛날 그대로 있었고, 기력을 회복하는 대로 나는 다시 옛일로, 그때의 생활 방식으로 돌아갔네. 다만 극지방의 추위는 내 건강에 아주 해로워서 일 년 내내 그곳에는 가지 않았다네.

친애하는 샤미소, 나는 지금도 이렇게 살고 있네. 티크[18]의 저명한 작품「엄지 동자」처럼 처음에는 나도 겁을 냈지만, 나의 장화는 닳아 없어지지 않았네. 장화의 힘은 여전하지만 나의 힘이 사라져 버렸지. 그래도 그 장화를 시종일관 한 가지 목적을 겨누어 사용해서 성과를 얻어 냈다고 나 스스로 위안한다네. 나는 내 장화가 갈 수 있는 한, 지구와 그 형태, 높이, 온도, 대기의 변화, 자력의 현상, 지구에 사는 생물, 특히 식물계에서의 생명을 나 이전의 그 누구보다도 철저히 알게 되었네. 그 사실들을 최대한 세밀하게 여러 저작물 속에 정리했고, 나의 추론과 견해를 몇 편의 논문에도 작성해 두었네. 나는 아프리카와 북극 지방의 내지, 아시아 내륙과 그 동쪽 해안에 대한 지리를 확정했네. 그것에 기록된「지구의 식물사」는 '세상 모든 식물'에 대한 방대한 한 단편이며, 나의 자연 체계의 한 고리일세. 그 안에서

18) 요한 루트비히 티크Johann Ludwig Tieck(1773~1853). 독일의 소설가, 극작가

나는 이미 알려진 종류의 숫자를 3분의 1이상 늘려 놓았는데, 그것은 헛된 일이 아니었다고 생각하네. 뿐만 아니라 자연 체계와 식물 지리학을 위해서도 뭔가 기여했다고 여기네. 지금 나는 동물상에 대해 열심히 연구 중이라네. 내 살아생전에 내 원고가 베를린 대학에서 출판될 수 있기를 마음 쓰고 있네.

사랑하는 샤미소, 나는 자네를 나의 이 놀라운 이야기의 보관자로 선택했네. 내가 세상에서 사라지고 나면 내 이야기가 이 세상에 사는 이들에게 유용한 지침서로 건네질 수 있길 바라는 마음일세. 그러나 여보게, 자네가 사람들 사이에서 살고 싶다면 먼저 그림자를 존중하는 법을 배워야 하네. 그러고 나서 돈을 존중하는 법을 배우게나. 자네가 오로지 자네 자신과, 보다 나은 자네의 자아를 위해 살길 원한다면. 아, 그런 충고도 자네에게는 필요 없겠지.

이미화
옮김

황새가 된 칼리프 이야기

Die Geschichte von Kalif Storch,
1826

빌헬름 하우프
Wilhelm Hauff

빌헬름 하우프
Wilhelm Hauff
1802~1827

오늘날에는 여러 편의 동화를 통해 동화작가로 더 잘 알려져 있지만, 독일 낭만주의 작가로서 역사소설 『리히텐슈타인』(1827) 등으로 문명을 떨쳤다. 그가 동화 작가로 평가를 받는 이유는 그가 다룬 이야기들이 지니고 있는 환상성과 친숙한 문장 때문이다.
이 책에 실린 「황새가 된 칼리프」는 정감 가는 등장인물들의 유머러스한 모습이 매우 매력적인 작품이다. 「난쟁이 나제」는 마법에 걸린 불행한 한 소년이 스스로의 운명을 개척해 나간다는 이야기가 호소력 짙은 서사에 실려 전개된다. 「원숭이 인간」에는 시대의 조류에 휩쓸려 주체성을 상실해 가는 당시 독일 사회에 대한 풍자가 담겨 있다.
빌헬름 하우프는 1827년 딸이 태어난 다음 날 숨을 거두었다.

I

어느 화창한 오후에 바그다드의 칼리프[1] 하시드는 소파에 편안하게 앉아 있었습니다. 날이 무더웠기 때문에 그는 조금 잠을 자고 난 터였지요. 그리고 이제 잠시 눈을 붙이고 나자 한결 기분이 좋아 보였습니다. 그는 장미목으로 된 긴 파이프 담배를 피우고, 노예가 따라 주는 커피를 간간이 마시면서 맛이 좋을 때면 늘 그렇듯이 만족스러운 듯 수염을 쓰다듬었지요. 한눈에 보기에도 칼리프는 기분이 매우 좋아 보였어요. 이 시간이면 사람들은 그와 기분 좋게 대화를 나눌 수 있었습니다. 이럴 때의 그는 아주 너그럽고 부드러웠기 때문이지요. 그 때문

1) 이슬람교 교주

에 재상 만조르도 항상 이 시간쯤 그를 방문하곤 했습니다. 재상은 이날 오후에도 역시 그를 찾아왔습니다. 그런데 이번엔 평소와는 다르게 재상은 수심에 가득 찬 얼굴이었지요. 칼리프는 파이프를 입에서 조금 떼고 말했어요.

"재상, 어찌 그리 수심이 가득한 얼굴이오?"

재상은 가슴 위에서 십자가형으로 팔을 모으고 칼리프 앞에 허리를 조아리며 대답했어요.

"폐하, 소인의 얼굴이 수심이 가득해 보이는지 어떤지는 모르겠습니다만, 어쨌든 저 아래 성 밖에 어떤 상인이 있는데 그가 너무나 아름다운 물건들을 팔고 있지 뭡니까. 한데 소인에게 그 물건을 살 만큼 넉넉한 여윳돈이 없어서 화가 납니다."

오래전부터 재상에게 한 번쯤 기쁜 일을 마련해 주고 싶어 했던 칼리프는 흑인 노예를 아래로 내려보내 상인을 불러오도록 했답니다. 노예는 곧 상인을 데려왔지요. 땅딸막한 그 상인은 흑갈색 얼굴에 남루한 옷을 걸치고 있었어요. 그는 궤짝을 하나 짊어지고 들어왔는데, 그 속에는 진주와 반지, 화려하게 쇠 장식을 박아 넣은 권총들, 술잔과 빗 등 온갖 종류의 물건들이 들어 있었지요. 칼리프와 재상은 모든 물건을 찬찬히 살펴보았어요. 그리고 칼리프는 마침내 자신과 재상의 몫으로 멋진 권총들을 사고, 재상의 부인을 위해서도 빗을 하나 샀어요. 상인이 궤짝을 도로 닫으려고 했을 때, 칼리프는 작은 서랍을 하나 발견하고는 상인에게 그 안에도 팔 물건이 더 들어 있는지 물었지요. 상인은 서랍을 열어 거무스름한 가루가 든 둥근 통 하나와 이상한 문자가 적힌 종이 한 장을 보여 주었습니다. 그건 칼리프도 재상도 읽을 수 없는 문자였지요.

"이 두 가지 물건은 예전에 어떤 장사꾼한테서 얻은 것입죠. 그는 메카의 거리에서 그것들을 발견했다고 했습니다."

상인은 계속해서 말했어요. "저도 그것들이 뭔지 잘 모르겠습니다요. 생각이 있으시다면 아주 싼값에 드리겠습니다. 어차피 저한테 별 쓸모도 없으니까요."

비록 읽을 수는 없어도 도서관에 옛날 필사본들을 모아 두길 좋아하는 칼리프는 통과 종이를 사고는 상인을 보냈어요. 칼리프는 문자가 의미하는 것이 무엇인지 알고 싶은 생각에 재상에게 난해한 문자를 해독할 수 있는 사람을 알고 있는지 물었지요.

"자비로우신 폐하, 회교 대사원에 셀림이라는 남자가 사는데, 그는 모든 언어에 통달한 학자입니다. 그를 불러들이시지요. 아마도 그라면 이 비밀스런 문자를 알고 있을 겁니다."

학자 셀림은 곧 칼리프 앞에 불려 왔어요. 칼리프가 그에게 말했습니다.

"셀림, 듣자 하니 너는 아주 학식이 뛰어나다고 하더구나. 이 문자들을 읽을 수 있는지 한번 보거라. 만일 읽을 수 있다면 너에게 새 예복을 한 벌 상으로 주마. 하지만 읽지 못할 경우에는 빰 열두 대, 발바닥 스물다섯 대의 매를 각오해야 할 것이다. 그건 사람들이 공연히 너를 학자 셀림이라 부르는 것에 대한 값이다."

그러자 셀림은 허리를 굽히며 말했습니다.

"뜻대로 하십시오, 폐하!"

그는 오랫동안 문서를 들여다보았어요. 그러다 갑자기 외쳤지요.

"이건 라틴어입니다, 폐하. 아니면 저의 목을 매달아도 좋습니다."

"그래, 그게 라틴어라면 대체 뭐라고 씌어 있는지 한번 말해보거라."

칼리프는 명령했어요.

셀림은 번역하기 시작했지요.

"이 글을 발견한 너, 알라의 은총을 위해 찬양할지어다! 이 통 속에 든 가루의 냄새를 들이마시고 무타보르[2)]라고 말하는 자는 어떤 동물로든 변할 수 있고, 그 동물의 말도 알아들을 수 있을 것이다. 다시 인간의 모습을 되찾고 싶다면 동쪽을 향해 세 번 절하고 다시 같은 말을 되풀이하면 된다. 하지만 변해 있는 동안 웃지 않도록 조심하라! 그러지 않으면 너의 기억 속에

2) 라틴어로 '변하라'의 뜻

서 그 마법의 주문이 완전히 사라져, 너는 영원히 동물로 살아가야 할 것이다."

학자 셀림이 문서를 다 읽고 나자 칼리프는 크게 만족했어요. 그는 학자에게 아무에게도 이 비밀을 알리지 않겠다는 맹세를 하게 한 후, 약속했던 아름다운 옷을 선물로 주고 그를 보냈습니다. 칼리프는 재상에게 말했어요.

"내가 정말 대단한 물건을 건졌구먼, 만조르! 동물로 변해 본다면 얼마나 즐겁겠어. 내일 아침 일찍 이리로 오게. 우리 둘이 함께 들로 나가서 이 통 속에 든 가루의 냄새를 들이마신 다음 하늘과 바다, 그리고 숲과 들에서 나는 소리들을 은밀히 들어보자고!"

II

다음 날 산보하는 데 동행하자는 칼리프의 명대로 재상이 왔을 때, 칼리프 하시드는 이미 아침 식사도 다 마치고 나갈 차림도 끝내고 있었습니다. 칼리프는 마법의 가루가 들어 있는 통을 허리띠에 차고 수행원들을 물린 다음 재상과 단둘이서만 길을 나섰어요. 두 사람은 먼저 칼리프의 널따란 정원을 여럿 통과했어요. 그러면서 마법을 실험해 보기 위해 살아 있는 무언가를 계속해서 찾아보았지만 허탕이었습니다. 마침내 재상이 더 멀리 나가 연못이 있는 쪽으로 가 보자고 제안했어요. 그곳에서 그는 자주 많은 동물들, 특히 우아한 자태와 부리로 연신 달그락거리는 소리를 내어 평소 그의 주목을 끌었던 황새를 보았다고 했어요.

칼리프는 재상의 제안에 동의하고 그와 함께 연못으로 갔습니다. 두 사람이 그곳에 이르렀을 때, 황새 한 마리가 개구리들을 찾느라 간간이 달그락거리는 소리를 내며 위엄 있게 왔다 갔다 하는 것이 보였어요. 동시에 두 사람은 하늘 높이 다른 황새 한 마리가 이곳을 향해 서서히 날아오는 것을 보았지요.

"저 긴 다리의 동물들 둘이서 서로 재미있는 대화를 나눌 게 분명합니다. 아니라면 제 수염을 바쳐도 좋습니다. 폐하, 우리가 황새로 변해 보면 어떨까요?"

재상이 말했습니다.

"좋은 생각이야! 하지만 그 전에 어떻게 다시 인간이 되는지 한 번 더 새겨 두세. 그래! 동쪽으로 세 번 절을 하고 '무타보르'라고 말하랬지. 그럼 나는 다시 칼리프가 되고 자네는 다시 재상이 되는 거야. 하지만 절대로 웃으면 안 되지. 그랬다간 자네나 나나 둘 다 끝장이라고!"

칼리프는 이렇게 말하면서 두 사람의 머리 위를 배회하다가 서서히 땅으로 내려오는 다른 황새를 보았어요. 그는 재빨리 허리춤에서 통을 빼내어 가루를 한 줌 쥐고 재상에게 주었어요. 두 사람은 동시에 가루의 냄새를 들이마시고 외쳤습니다.

"무타보르!"

그러자 두 사람의 다리는 오그라들어, 가느다랗고 붉게 변했어요. 그리고 칼리프와 재상의 아름다운 노란색 판토펠은 볼품없는 황새의 발이 되었지요. 그 밖에 팔은 날개가 되고, 목은 어깨 위로 1 엘레[3]만큼 쑥 올라가고, 수염은 없어지고 대신에 온몸이 부드러운 깃털로 뒤덮였답니다.

"재상, 자네 정말 아름다운 부리를 가졌구먼."

칼리프는 한참 만의 놀라움 끝에 말했어요. "마호메트의 이름을 걸고 맹세하지만 내 생전 그런 부리는 처음 보는구먼."

"원, 별말씀을. 황송하옵니다."

재상은 허리를 굽히며 대답했어요. "소인도 감히 이런 말씀을 드려도 될지 모르겠지만, 폐하께서도 황새로서의 그 기품이 칼리프이셨을 때보다 훨씬 더 뛰어나십니다. 괜찮으시다면 이제 저희가 정말로 황새의 말을 들을 수 있는지 알아보러 다른 황새들이 있는 곳으로 가 보실까요?"

그때 하늘을 날던 황새가 땅 위에 내려앉아 부리로 발을 닦고 깃털을 정돈한 다음 풀밭 위에 있던 황새에게 다가갔어요.

3) 옛날의 길이 단위. 약 66cm

이제 갓 황새가 된 칼리프와 재상은 서둘러 가까이 갔고, 놀랍게도 다음과 같은 대화를 들을 수 있었지요.

"좋은 아침이에요, 긴다리 부인. 이렇게 일찍 풀밭에 나오셨네요."

"안녕하세요, 달그락부리 아가씨! 그냥 간단히 먹을 아침 좀 구하느라고요. 당신도 도마뱀 한 조각이나 개구리 뒷다리 좀 드시겠어요?"

"감사하지만 사양하겠어요. 오늘은 전혀 식욕이 없네요. 저는 다른 일 때문에 풀밭에 나왔어요. 오늘 저희 아버지를 찾아오실 손님들 앞에서 춤을 추어야 해서 혼자 연습 좀 하려고요."

그 말과 동시에 젊은 황새 아가씨는 괴상한 동작으로 들판을 가로질렀습니다. 칼리프와 재상은 희한하다는 듯이 그 모습을 쳐다보았지요. 하지만 황새 아가씨가 그림처럼 아름다운 자세로 한쪽 다리로 서서 우아하게 두 날개를 흔들자, 둘은 더 이상 참을 수가 없었어요. 결국 참다못해 둘의 부리에서 웃음이 터져 나왔고 한참 후에야 웃음을 멈출 수가 있었지요. 먼저 제정신을 차린 칼리프가 말했어요.

"정말 웃겼어. 황금을 주고도 볼 수 없는 장면이었지 뭔가. 우리가 웃는 바람에 그 멍청한 동물들을 쫓아 버리지만 않았다면 어쩌면 노래하는 것도 볼 수 있었을지 모르는데, 유감이야!"

하지만 그때 문득 재상은 변해 있는 동안 웃는 것이 금물이었다는 생각을 떠올렸습니다. 그는 자신의 불안감을 칼리프에게 전했어요.

"맙소사! 내가 영원히 황새로 살아야 한다면 이건 저주받을 장난일 거야! 이보게, 얼른 그 멍청한 단어를 떠올려 보게! 난 도무지 생각이 나질 않아."

칼리프가 말했어요.

"동쪽으로 세 번 절을 한 다음 말을 해야 하는데, 그러니까 무, 무, 무……."

두 사람은 동쪽을 향해 서서 부리가 거의 땅에 닿을 정도로 차례로 세 번 절을 했습니다. 하지만 이런 애통한 일이! 두 사람은 도저히 주문이 생각나질 않았어요. 칼리프가 절을 할 때마다 재상은 애타게 무, 무, 소리를 질러 보았지만 주문에 대한 기억은 영영 떠오르지 않았고, 가엾은 하시드와 그의 재상은 영원히 황새로 머물게 되고 말았지요.

III

마법에 걸린 두 사람은 슬퍼하며 들판을 배회했어요. 그들은 이 비극을 어떻게 풀어야 할지 전혀 알 수 없었습니다. 황새 가죽을 벗어 버릴 수도 없고, 시내로 돌아가 신분을 밝힐 수도 없는 노릇이었어요. 대체 누가 자신이 칼리프라고 우기는 황새의 말을 믿겠습니까? 그리고 설령 그걸 사람들이 믿는다 하더라도 바그다드의 주민들이 과연 황새를 칼리프로 원할 리가 있을까요?

그래서 그들은 여러 날 동안 주위를 배회하며 아쉬운 대로 들판의 열매들을 먹고 연명했습니다. 하지만 긴 부리 때문에 그마저도 맘껏 먹을 수가 없었지요. 거다가 도마뱀이나 개구리 따위에는 전혀 식욕이 동하지 않았어요. 그런 것을 먹었다가 위장이 상할까 두려웠기 때문이었죠. 그토록 슬픈 상황에서 그나마 그들에게 위로가 되는 유일한 것은, 날 수 있다는 것이었어요. 그래서 그들은 종종 도시의 사정을 알기 위해 바그다드의 집들 위를 날곤 했지요.

처음 며칠 동안 그들은 시가지가 온통 슬픔과 불안에 휩싸여 있는 것을 느꼈습니다. 하지만 그들이 마법에 걸린 지 나흘째쯤 되던 날, 칼리프의 궁전 위에 앉아 있던 두 사람은 저 아래 시가지에서 벌어지는 화려한 행렬을 보았어요. 북과 피리 소리가 울리는 가운데 금실로 수놓은 진홍빛 망토를 걸친 한 남자가 훌륭한 차림의 시종들에 둘러싸인 채 한껏 치장한 말 위에 앉아 있었어요. 그리고 바그다드 시민 대다수가 그 뒤를 쫓으며 한 목소리로 외치고 있었지요!

"바그다드의 군주, 미즈라 만세!"

궁전 지붕 위에서 이 광경을 본 두 마리의 황새는 서로의 얼굴을 쳐다보았습니다. 마침내 칼리프 하시드가 말했어요.

"재상, 자네 뭔가 짚이는 게 없나? 우리가 왜 황새가 되었는지 말일세. 저 미즈라란 놈은 나와 원수지간일 때 나한테 복수를 맹세했던 내 원수 마법사 카슈누르의 아들이야. 아직 희망이 보이는군. 나를 따르게. 내 진실한 벗이여, 우리 함께 마호메트의 무덤으로 가 보세. 신성한 그곳에 가면 어쩜 우리의 마법이 풀릴지도 모르니 말일세."

그들은 궁전의 지붕에서 날아올라 메디나[4] 쪽으로 향했어요. 하지만 그들은 날아서 목적지까지 가기엔 역부족이었습니다. 왜냐하면 두 마리의 황새 모두 날기 연습을 별로 한 적이 없었기 때문이지요.

"오, 폐하……."

몇 시간 후 재상이 신음 소리를 내며 말했어요. "황송합니다만 소인은 더 이상 날 수가 없겠습니다. 폐하께서는 너무 빠르세요! 벌써 날도 저물어 가는데, 이제 밤이 되기 전에 어디 묵을 곳을 찾는 것이 좋을 듯합니다."

하시드는 재상의 부탁을 들어주기로 했습니다. 그리고 그때 계곡 아래로 바람막이 정도는 될 것 같은 폐허 하나가 눈에 띄

4) 사우디아라비아의 도시

어 두 마리의 황새는 그곳으로 날아갔어요. 그들이 하룻밤 묵기 위해 내려앉은 그곳은 이전에 성이었던 것처럼 보였어요. 폐허 속에서도 아름다운 기둥들이 우뚝 솟아 있었고, 아직까지 제법 형태가 고스란히 남아 있는 여러 개의 방은 예전의 화려함을 짐작하게 했답니다. 하시드와 재상은 마른자리를 찾기 위해 복도를 지나 이곳저곳을 둘러보았어요. 그러다 별안간 만조르가 멈춰 섰어요.

"폐하, 유령을 무서워한다는 것이 황새로서는 말할 것도 없고 재상의 신분으로서도 어리석은 일이긴 하지만, 왠지 으스스한 기분이 듭니다. 바로 옆에서 누군가 한숨을 내쉬고 신음하는 소리가 분명히 들렸기 때문입니다."

재상은 작은 소리로 속삭였어요. 그때 칼리프도 멈추어 섰어요. 그리고 그 역시 낮은 울음소리를 또렷이 들었습니다. 그것은 동물보다는 사람이 우는 소리 같았어요. 칼리프는 호기심에, 비탄에 잠긴 울음소리가 들리는 쪽을 향해 가려고 했지요. 하지만 재상은 부리로 칼리프의 날개를 붙잡고, 뭔지도 모를 위험에 뛰어들지 말라며 간절히 애원했어요. 그렇지만 소용없는 일이었지요! 황새의 날개 속에서도 힘차게 뛰고 있는 용감한 심장을 가진 칼리프는 깃털 몇 개를 뽑히면서까지 재상을 뿌리치고 어두운 복도 쪽으로 서둘러 갔습니다. 곧이어 그는 조금 열려 있는 문에 이르렀어요. 그 안에서는 간간이 울음 섞인 한숨 소리가 분명하게 들려왔어요. 칼리프는 부리로 문을 밀쳐 열었습니다. 하지만 이내 문턱에서 깜짝 놀라 멈춰 서고 말았어요. 작은 격자창을 통해 들어온 빛으로 겨우 알아볼 수 있는 폐허가 된 방 안 바닥에 커다란 올빼미 한 마리가 앉아 있었던 겁니다. 올빼미의 크고 둥근 눈에서는 굵은 눈물 방울이 뚝뚝 떨어지고 있었고, 구부러진 부리에서는 쉰 소리로 탄식이 새어 나왔어요. 하지만 올빼미는 칼리프와 그새 살그머니 뒤따라 온 재상을 보자 기쁨의 환호성을 질렀습니다. 그리고 갈색 반점의 무늬가 있는 날개로 귀엽게 눈물을 훔쳐 내며 어리둥절해 있는 두 사람을 향해 또렷한 사람의 음성인 아랍어로 말했어요.

"어서 오세요, 황새님들! 당신들은 제게 있어 구원의 증표입니다. 왜냐하면 저는 예전에 황새를 통해 큰 행운을 얻게 될 거라는 예언을 들었기 때문이에요!"

칼리프는 우선 놀란 가슴을 진정시켰습니다. 그리고 긴 목을 숙이고 가느다란 다리로 우아한 자세를 취한 다음 입을 열었어요.

"올빼미 아가씨! 말씀을 듣고 보니 당신도 나와 같은 고통에 빠진 처지이군요. 하지만, 아아! 우리를 통해 구원을 얻으리라는 당신의 희망은 헛된 바람입니다. 내가 하는 얘기를 들어 보면 우리가 얼마나 무능력한지를 알게 될 겁니다."

올빼미는 칼리프에게 자초지종을 말해 달라고 부탁했어요. 칼리프는 우리가 이미 알고 있는 지금까지의 일들을 얘기하기 시작했지요.

IV

칼리프의 이야기를 다 듣고 난 올빼미는 감사하며 말했어요.

"이제 그럼 제 얘기도 한번 들어 봐 주십시오. 당신이 겪은 불행보다 결코 덜하지 않을 것입니다. 제 아버님은 인도의 왕입니다. 저는 그분의 불행한 외동딸로서 루자라고 합니다. 당신에게 마법을 건 그 마법사 카슈누르가 저 역시 이렇게 불행 속에 빠뜨리고 말았습니다. 어느 날 그는 제 아버님께 찾아와서 저를 자신의 아들인 미즈라의 아내로 달라고 간청했습니다. 하지만 불같은 성격이셨던 저희 아버님은 그를 계단 아래로 내동댕이쳐 버렸답니다. 그러자 그 비열한 놈은 모습을 바꾸고 다시 제게 접근해 왔어요. 어느 날 제가 정원에서 갈증을 풀기 위해 시원한 것을 마시려고 하는데 그놈이 노예의 모습으로 변신해서 제게 마실 것을 가져다주었습니다. 그리고 그 음료는 저를 이토록 혐오스런 모습으로 바꿔 놓고 말았답니다. 큰 충격으로 의식을 잃은 사이, 그는 저를 이곳으로 데려와 제 귀에 대고 소름 끼치는 목소리로 말했어요. '자, 이제부터 너는 짐승들마저 깔보는 흉측한 몰골로 지내야 될 거다. 네 목숨이 다할 때까지, 아니면 너의 그 끔찍한 모습에도 불구하고 기꺼이 너를 아내로 맞이하겠다는 자가 나타날 때까지 말이다. 이것이 너와 너의 그 잘난 아버지에 대한 나의 복수다.' 그로부터 수개월이 지났습니다. 저는 이 폐허 속의 은둔자로 외롭고 슬프게 지내고 있답니다. 세상의 모두가, 심지어 같은 짐승들조차 저를 꺼려합니다. 거다가 저는 아름다운 자연도 볼 수가 없습니다. 왜냐하면 낮에는 눈이 멀고, 창백한 달빛이 이 폐허를 비추기 시작할 때에야 비로소 제 눈을 감싸고 있는 막이 걷히기 때문이랍니다."

올빼미는 말을 마치고 날개로 다시 눈물을 훔쳐 냈습니다. 자신의 고통에 대한 얘기를 하노라니 눈물이 하염없이 흘러내렸기 때문이지요.

칼리프는 공주의 이야기를 들으며 깊은 상념에 잠겼어요.

"내가 잘못 생각하는 게 아니라면 우리의 불행 사이에는 뭔가 알 수 없는 연관이 있는 것 같습니다. 하지만 이 수수께끼에 대한 답을 대체 어디에서 찾는단 말입니까?"

칼리프의 말에 올빼미가 대답했어요.

"오, 폐하! 저에게 짚이는 것이 있습니다. 제가 아주 어릴 적에 어떤 점쟁이가 저를 보고 언젠가 황새 한 마리가 저에게 큰 행운을 가져다줄 것이라고 예언한 적이 있었어요. 어쩌면 제가 우리 모두를 구원할 방법을 알고 있는지도 모르겠어요."

칼리프는 깜짝 놀라면서 그녀가 짐작하고 있는 방법이 무엇인지 물었어요.

"우리들을 불행하게 만든 그 마법사는 한 달에 한 번 이곳에 모습을 나타냅니다. 이 방에서 멀지 않은 곳에 큰 홀이 하나 있는데, 그곳에서 그는 자신의 친구들과 함께 만찬을 벌이곤 합니다. 저는 그때마다 종종 그들이 하는 말을 엿듣곤 했어요. 그들은 자신들이 저지른 파렴치한 행동들에 대해 서로 떠들어 대곤 하는데, 어쩌면 이번 모임에서 카슈누르가 당신들이 잊어버린 그 주문에 대해 말할지도 모릅니다."

"오, 사랑스런 공주여, 그가 언제 온단 말입니까? 또 홀은 어디에 있고요?"

칼리프는 소리쳐 물었어요.

올빼미는 잠깐 동안 침묵을 지키다가 입을 열었어요.

"불쾌하게 생각하지 말아 주십시오. 하지만 당신들의 소원을 들어 드리기 전에 한 가지 조건이 있습니다."

"어서 말해요! 어서!"

하시드가 소리를 질렀지요. "뭐든 말씀만 하십시오."

"그러니까 저 역시 이 마법에서 풀리길 바랍니다. 하지만 그러기 위해선 먼저 당신들 중 한 분으로부터 청혼을 받아야만 합니다."

황새들은 이 제안을 듣고 당황스러워했고, 칼리프는 재상에게 잠깐 밖으로 나가자는 신호를 보냈지요.

"재상, 이건 정말 어처구니없는 거래요. 하지만 어쩌겠소? 당신이 좀 그녀의 청을 들어주었으면 하오."

문밖에서 칼리프가 말했어요.

"뭐라고요? 그랬다가 집에 돌아가면 제 아내가 제 눈을 파버리게요? 거다가 저는 이미 늙은 노인입니다. 그러니 젊고 아름다운 공주에게 청혼할 분은 아직 젊고 결혼도 안 한 폐하이십니다."

재상이 말했어요.

"그렇긴 하네만, 그녀가 젊고 아름답다고 누가 그러던가? 그거야말로 자루 속에 든 고양이를 풀어 보지도 않고 사는 셈 아닌가!"

칼리프는 힘없이 날개를 늘어뜨리면서 한숨을 내쉬었어요.

둘은 한참을 더 의논했지요. 그러다 마침내 올빼미와 결혼하느니 차라리 황새로 살아가는 게 낫다는 재상의 고집에, 별수 없이 칼리프가 올빼미의 청을 들어주기로 결정했습니다. 올빼미는 뛸 듯이 기뻐했어요. 그녀는 이보다 더 좋은 때는 없었을 거라고 털어놓았습니다. 바로 그날 밤 마법사들의 모임이 있기 때문이었지요.

올빼미는 홀 쪽으로 안내하기 위해 황새들과 함께 방을 나섰습니다. 그들은 한참을 어두운 복도를 따라 걸었어요. 마침내 반쯤 허물어진 벽 사이로 밝은 빛이 새어 나왔어요. 그들이 가까이 다가가자 올빼미는 칼리프와 재상에게 소리를 내지 말라고 주의를 주었지요. 그들은 바로 앞의 구멍을 통해 커다란 홀 안을 엿볼 수 있었습니다. 홀 안은 사방으로 기둥이 있었고 화려하게 장식되어 있었어요. 그리고 오색의 램프가 환한 대낮처럼 밝게 빛나고 있었지요. 홀 한가운데에는 온갖 진귀한 요리가 차려진 둥그런 테이블이 하나 있었고요. 그 테이블을 빙 둘러싸고 있는 소파에는 여덟 명의 사내들이 앉아 있었습니다. 두 황새는 이들 가운데에서 자신들에게 마법의 가루를 팔았던 상인을 보았어요. 그의 바로 옆자리에 앉은 남자가 그 상인에게 최근에 했던 일들에 대해 얘기해 달라고 청했지요. 그 상인은 여러 얘기들을 하던 중에 칼리프와 재상에 대한 이야기도 했습니다.

"그래, 자네가 그들에게 제시한 주문은 뭐였나?"

그중 한 마법사가 그에게 물었어요.

"그건 아주 어려운 라틴어야. 무타보르라고 하지."

V

벽에 뚫린 구멍을 통해 이 말을 엿들은 황새들은 기뻐서 거의 제정신이 아니었어요. 그들은 긴 다리로 재빨리 폐허의 입구 쪽을 향해 달려갔습니다. 올빼미는 거의 따라갈 수도 없을 정도였지요. 그곳에서 칼리프는 감격에 겨워 올빼미에게 말했어요.

"나와 내 친구의 생명을 구해 준 은인이시여, 그대가 우리에게 베풀어 준 은혜에 영원토록 보답하고자 하니 나를 당신의 남편으로 받아들여 주시오."

말을 마치고 나서 그는 동쪽을 향해 돌아섰습니다. 그러고 나서 두 마리의 황새는 지금 막 산 뒤에서 떠오른 태양을 향해 기다란 목을 숙이며 세 번 절을 했지요.

"무타보르!"

둘은 힘껏 외쳤어요. 그 순간 둘의 모습이 변했습니다. 칼리프와 재상은 다시 되찾은 생명에 뛸 듯이 기뻐하며 서로 부둥켜안고 울다가 웃다가 했지요. 하지만 그들이 뒤를 돌아보았을 때 그 놀라움을 누가 표현할 수 있겠습니까? 두 사람 앞에는 화려하게 성장한 아름다운 여인이 서 있었던 것입니다. 그녀는 미소를 지으며 칼리프에게 손을 내밀었어요.

"당신께선 이제 더 이상 당신의 올빼미를 알아보지 못하시나요?"

그녀는 말했습니다. 그녀는 방금 전의 올빼미였던 거예요. 칼리프는 그녀의 아름다움과 기품에 넋을 잃고 말았어요. 그는 너무 기쁜 나머지 자신이 황새로 변했던 것이 더없이 큰 행운이라고 외쳤지요.

세 사람은 함께 바그다드로 향했습니다. 칼리프는 자신의 옷 속에서 마법의 가루가 든 통과 돈주머니를 찾아냈어요. 그것으로 그는 가장 가까운 마을에서 여행하는 데 필요한 것들을 샀고, 세 사람은 곧 바그다드의 성문에 이르렀지요. 바그다드는 칼리프의 등장으로 발칵 뒤집혔어요. 사람들은 그가 죽은 줄로만 알았으니까요. 바그다드 시민들은 자신들의 사랑하는 황제가 다시 나타나자 기뻐 어쩔 줄 몰라 했습니다.

그만큼 사기꾼 미즈라에 대한 그들의 증오는 격렬하게 불타올랐어요. 시민들은 미즈라의 궁으로 몰려가 늙은 마법사와 그의 아들을 붙잡았습니다. 칼리프는 그 늙은이를 공주가 올빼미로 살아야 했던 바로 그 폐허의 방으로 보내 그곳에서 교수형에 처하게 했습니다. 하지만 아버지의 술책에 대해 전혀 아는 바가 없었던 아들에겐 죽을 것인지 아니면 마법의 가루 냄새를 맡을 것인지 선택할 기회를 주었지요. 아들은 두 번째 안을 선택했고, 재상은 그에게 통을 내밀었어요. 한 줌의 가루와 칼리프의 주문은 그를 황새로 변하게 만들었지요. 칼리프는 그를 쇠로 된 철창 안에 가두어 정원에 놓게 했습니다.

칼리프 하시드는 공주였던 그의 아내와 함께 오래도록 행복하게 살았습니다. 칼리프에게 가장 즐거운 시간은 오후마다 재상이 찾아올 때였어요. 두 사람은 함께 만나면 종종 자신들이 황

새였을 때 겪었던 모험담을 화제로 삼았지요. 칼리프는 한껏 신이 나면 신분도 잊은 채 재상이 황새였을 때의 모습을 따라 재연하곤 했답니다. 그는 다리를 곧게 펴고 아주 진지하게 방 안을 오락가락했고 날개처럼 팔을 이리저리 흔들며 파닥거렸어요. 그런 다음 재상이 동쪽을 향해 허리를 굽히며 무, 무, 하고 안타깝게 외치던 흉내를 냈습니다. 칼리프의 아내와 아이들은 이 모습을 번번이 즐겁게 지켜보았지요. 하지만 칼리프가 계속해서 멈추지 않고 달그락거리고 고개를 숙이면서 무, 무, 하고 소리칠 때면, 재상은 미소를 지으며 칼리프에게 그 옛날 올빼미 공주의 문밖에서 둘이 나누었던 얘기를 이제 칼리프의 아내가 된 그녀에게 털어놓겠다고 은근히 으름장을 놓곤 했답니다.

•
강명희
옮김

난쟁이 나제

Der Zwerg Nase,
1827

빌헬름 하우프
Wilhelm Hauff

빌헬름 하우프
Wilhelm Hauff
1802~1827

오늘날에는 여러 편의 동화를 통해 동화작가로 더 잘 알려져 있지만, 독일 낭만주의 작가로서 역사소설 『리히텐슈타인』(1827) 등으로 문명을 떨쳤다. 그가 동화 작가로 평가를 받는 이유는 그가 다룬 이야기들이 지니고 있는 환상성과 친숙한 문장 때문이다.
이 책에 실린 「황새가 된 칼리프」는 정감 가는 등장인물들의 유머러스한 모습이 매우 매력적인 작품이다. 「난쟁이 나제」는 마법에 걸린 불행한 한 소년이 스스로의 운명을 개척해 나간다는 이야기가 호소력 짙은 서사에 실려 전개된다. 「원숭이 인간」에는 시대의 조류에 휩쓸려 주체성을 상실해 가는 당시 독일 사회에 대한 풍자가 담겨 있다.
빌헬름 하우프는 1827년 딸이 태어난 다음 날 숨을 거두었다.

오래전, 제 사랑하는 조국 독일의 어느 큰 도시에 아내와 함께 소박하고 정직하게 살아가던 구두장이가 있었습니다. 그는 매일같이 길가의 모퉁이에 앉아 구두와 덧신을 수선하고 주문이 있을 때에는 새것을 만들기도 했습니다. 하지만 그럴 때는 우선 가죽을 구입해야만 했어요. 그는 가난해서 재료들을 비축해 놓을 만한 여유가 없었기 때문이지요. 그의 아내는 성문 밖 작은 밭에서 직접 키운 채소와 과일을 팔았어요. 그녀는 옷차림도 깨끗하고 채소들도 정갈하게 진열해 놓고 팔아서 단골이 많았습니다.

이 부부에게는 잘생긴 아들이 하나 있었어요. 특히 준수한 얼굴에 체격도 반듯했고 열두 살이라는 나이에 비해 제법 키도 컸습니다. 소년은 평소 야채 시장에서 어머니 곁에 앉아 있다가 물건을 많이 사들인 아낙들이나 요리사들을 거들어 채소를 집까지 배달해 주곤 했어요. 그리고 배달에서 돌아올 때면 그의 손엔 어김없이 아름다운 꽃이나 수고비, 또는 과자가 들려 있었지요. 왜냐하면 그 요리사들의 주인은 이 잘생긴 소년이 집에 찾아오면 늘 반색을 하며 이것저것 손에 들려 주길 좋아했기 때문입니다.

이 구두장이의 아내가 여느 때와 마찬가지로 장터에 앉아 있었던 어느 날이었습니다. 그녀의 앞에 놓인 몇 개의 광주리 속에는 양배추를 비롯한 많은 과일과 푸성귀 그리고 씨앗들이 들어 있었고, 좀 더 작은 광주리 속에는 때 이른 배와 사과 그리고 살구 등이 들어 있었어요. 야콥이라는 이름의 어린 아들은 엄마 곁에 앉아 낭랑한 음성으로 물건을 팔고 있었습니다.

"이쪽으로 오세요, 아저씨들. 신선한 양배추 구경 좀 하세요. 향기가 좋은 풀들도 있어요! 아주머니들, 이리 좀 와 보세요. 갓 수확한 배와 사과 그리고 살구도 있어요! 먼저 사는 분이 임자입니다. 저희 어머니께서 아주 싸게 내놓으셨답니다."

야콥은 목청껏 외쳤어요. 그때 한 늙은 여자가 시장을 가로질러 다가왔습니다. 남루한 행색의 노파는 늙어서 주름이 깊게 팬 작고 홀쭉한 얼굴에 두 눈은 빨갛게 충혈되어 있었고 뾰족한 매부리코는 턱에까지 닿을 듯했어요. 노파는 긴 지팡이를 짚고 걸었는데 실상 걷는다고 말할 수 없었어요. 줄곧 절뚝거리면서 미끄러지고 비틀거렸으니까요. 마치 두 다리 속에 바퀴가 달려 있어 당장에라도 곤두박질쳐서 바닥에 그 매부리코로 코방아를 찧을 것 같았지요.

구두장이의 아내는 이 노파를 유심히 쳐다보았습니다. 그녀가 날마다 이 장터에 나와 있은 지 벌써 16년째이지만 이런 기묘한 모습의 노파는 본 적이 없었거든요. 하지만 노파가 절뚝거리며 다가와 그녀의 광주리 앞에 조용히 멈추어 서자 그녀는 자기도 모르게 흠칫 놀랐습니다.

"당신이 야채 장수 한네요?"

노파는 머리를 제대로 가누지도 못한 채 계속 흔들거리면서 불쾌하고 쉰 소리로 물었어요.

"예, 맞습니다만…… 뭐 마음에 드시는 거라도 있나요?"

구두장이의 아내가 대답했어요.

"내가 필요한 게 있는지 없는지 한번 볼까? 어디 한번 보지, 봐! 그래, 그 풀 나부랭이 좀 보여주시게."

노파는 대답하면서 허리를 굽히더니 푸성귀 광주리 속에 거무스레하게 그은 끔찍이도 흉하게 생긴 손을 쑥 집어넣었어요. 그리고 가지런히 정돈된 푸성귀를 가늘고 기다란 손가락으로 움켜쥐고 이것저것 긴 코로 가져가 냄새를 맡았습니다. 구두장이의 아내는 노파가 자신의 귀한 야채들을 함부로 다루는 것을 보자 분통이 터졌어요. 하지만 그녀는 감히 아무 말도 할 수가 없었어요. 손님이 물건을 꼼꼼히 살펴보는 것은 당연한 권리이

❧

기도 했고, 그보다 이 노파에게서 왠지 모를 섬뜩함이 느껴졌기 때문이지요. 광주리란 광주리는 모두 살펴본 뒤 노파는 중얼거렸어요.

"쓸 만한 게 하나도 없어. 죄다 형편없는 풀 쪼가리들뿐이야! 50년 전이 훨씬 더 나았어. 쓰레기야, 쓰레기!"

노파의 말은 어린 야콥까지 화가 나게 만들었습니다.

"뭐라고? 이 뻔뻔스런 할망구가."

소년은 불쾌한 듯 소리를 질렀어요. "처음에는 그 추악하게 그은 손가락으로 싱싱한 야채들을 함부로 주물럭거리고, 그다음엔 사람들이 사고 싶은 맘이 싹 가시게 그 긴 코에다가 바싹 갖다 대더니, 이젠 그것도 모자라 쓰레기라고 욕까지 하는 거예요! 공작님 댁 요리사도 채소는 우리 집 것만 쓴단 말이에요!"

노파는 이 용감한 소년을 한 번 힐끗 쳐다보고 언짢은 듯 웃으며 쉰 목소리로 말했습니다.

"요 깜찍한 것, 깜찍한 것! 그러니까 내 코가 맘에 드는 모양이구나, 내 이 아름다운 긴 코가 말이야! 네 얼굴에도 한가운데서부터 턱까지 내려오는 코를 하나 달아 줘야겠구나."

노파는 이렇게 말하면서 양배추가 들어 있는 또 다른 광주리 쪽으로 향했습니다. 그리고 가장 좋아 보이는 흰 양배추를 집어 들고 빠개지는 소리가 날 정도로 움켜쥐더니 도로 광주리 속에 아무렇게나 던져 버렸어요. 그러고 나서 또다시 말했습니다.

"쓰레기야. 형편없는 양배추구먼!"

"그렇게 꼴사납게 머리를 흔들지 마요! 꼭 양배추 줄기처럼 말라빠진 목이 부러지기라도 하는 날엔 그 머리통이 우리 광주리 속으로 처박힐 테니 말이에요! 그럼 우리 물건을 누가 사겠어요!"

야콥은 잔뜩 독이 올라 소리쳤어요.

"내 가냘픈 목이 마음에 들지 않니?"

노파는 웃으면서 중얼거렸지요. "너는 그런 목도 가질 수 없을 거다. 네 머리통은 그 작은 몸에서 떨어지지 않게 어깨 속에 아예 콱 박혀 버릴 테니 말이다!"

"어린애하고 괜한 실랑이하지 마세요."

한참을 살펴보고 냄새 맡고 트집까지 잡는 데 부아가 난 구두장이의 아내가 마침내 말했어요. "필요한 게 있으면 얼른 사 가세요. 당신이 다른 손님들까지 쫓아 버리고 있잖아요!"

"그래, 좋아. 당신이 말한 대로 해 주지."

노파는 매서운 눈으로 쳐다보며 외쳤습니다. "이 양배추 여섯 통을 몽땅 사겠어. 하지만 보다시피 나는 지팡이를 짚어야 하기 때문에 짐을 들 수가 없어. 그러니 당신 아들에게 우리 집까지 물건들을 날라 달라고 말해 줘. 그에 대한 보상은 할 테니 말이야."

야콥은 같이 가고 싶지 않아서 울었어요. 이 흉측한 노파가 두려웠기 때문이지요. 하지만 이렇게 늙고 허약한 노파에게 무거운 짐을 짊어지게 하는 것은 죄악이라 여긴 구두장이의 아내는 아들을 진지하게 타일렀어요. 야콥은 울며 겨자 먹기로 어머니가 시키는 대로 했습니다. 그리고 양배추들을 보자기로 한데 싼 다음 시장을 가로질러 노파의 뒤를 쫓았습니다.

노파와 함께 보조를 맞추느라 야콥은 빨리 걸을 수가 없었어요. 그래서 시내에서 아주 동떨어진 곳에 있는 작고 다 쓰러져 가는 노파의 집 앞에 도착하고 보니 거의 사십오 분이 지났습니다. 집 앞에 이르자 노파는 주머니 속에서 잔뜩 녹이 슨 갈고리를 꺼내어 능숙하게 작은 열쇠 구멍에 꽂아 문을 열었습니다. 그러자 요란하게 삐걱거리는 소리를 내며 문이 열렸습니다. 집 안에 들어선 어린 야콥은 깜짝 놀라고 말았어요! 겉보기와는 달리 집 내부는 아주 화려하게 꾸며져 있었던 거예요. 천장과 벽은 대리석으로 되어 있었고, 가구들은 금과 보석이 박힌 최고급 흑단으로 되어 있었어요. 그리고 유리로 된 바닥은 어린 야콥이 몇 번이고 자빠질 정도로 미끄러웠지요. 노파는 주머니에서 은으로 된 호각을 꺼내어 집 안에 날카롭게 울려 퍼지도록 불었습니다. 그러자 곧바로 흰쥐 몇 마리가 계단을 내려왔습니다. 그런데 이 흰쥐들은 두 발로 똑바로 서서 걸어 내려왔고, 발에는 신발 대신 호두 껍질을 신었습니다. 거다가 사람처럼 옷까지 입고, 심지어 머리에는 최신식 모자까지 쓰고 있었어요. 이를 본 야콥은 마치 꿈을 꾸고 있는 듯한 착각에 빠졌지요.

"이 멍청이들, 내 덧신은 어디다 두었느냐?"

노파는 소리를 지르며 지팡이로 흰쥐들을 때렸습니다. 쥐들은 울부짖으며 펄쩍펄쩍 뛰었습니다. "대체 나를 얼마나 서 있게 만들 참이냐?"

쥐들은 재빨리 계단을 뛰어 올라가 가죽으로 안감을 댄 코코넛 열매 껍질 한 쌍을 들고 내려왔어요. 그리고 신속하게 노파의 발에 신겼지요.

이제 노파는 절룩거리지도 비틀거리지도 않았습니다. 노파는 지팡이를 집어던지고 유리로 된 바닥을 야콥의 손을 이끌고 성큼성큼 걸었어요. 마침내 노파는 어느 방 안에 이르자 멈추었습니다. 온갖 집기들이 번쩍번쩍 광이 나게 닦여져 있고 부엌처럼 보이는 그곳에는 화려한 귀빈실에나 어울릴 법한 마호가니 목재로 된 탁자와 소파 그리고 고급 양탄자가 깔려 있었지요.

"앉거라, 아가."

노파는 야콥을 소파 안쪽 구석으로 밀어붙인 다음 빠져나올 수 없도록 탁자를 그 앞에 끌어다 놓으며 다정하게 말했어요. "어서 앉아라, 짐 나르느라 힘들었을 텐데. 인간들 머리란 게 여간해선 가볍지 않거든. 암, 가볍지 않고말고."

"왜 그런 이상한 말을 하는 거예요?"

야콥은 소리를 질렀어요. "지친 건 사실이지만, 내가 나른 건

양배추라고요. 할머니가 우리 어머니한테서 직접 샀잖아요!"

"흠, 그건 네가 잘못 알고 있는 거란다."

노파는 비웃으며 광주리의 덮개를 젖히고는 사람의 머리통 하나를 움켜쥐고 꺼냈어요. 야콥은 너무나 놀라 제정신이 아니었지요. 그는 어떻게 된 영문인지 알 수가 없었습니다. 하지만 야콥은 머릿속에 어머니가 떠올랐어요. 만일에 누군가 이 사실을 안다면 어머니를 고소할 게 뻔했습니다.

"아주 얌전하게 굴었으니 내가 무언가 보답을 해야겠다."

노파는 중얼거렸습니다. "잠깐 기다려라. 네가 평생 잊지 못할 수프를 좀 내오마."

그렇게 말하고 노파는 다시 호각을 불었어요. 그러자 맨 먼저 사람 옷을 입은 흰쥐들이 우르르 몰려왔어요. 그들은 앞치마를 두르고 허리춤에는 주걱과 고기 써는 큰 칼을 차고 있었지요. 그 뒤를 이어 다람쥐들이 무더기로 뛰어 들어왔습니다. 그들 역시 통 넓은 터키식 바지를 입고 똑바로 서서 걸었고 머리에는 벨벳으로 된 초록색 모자를 쓰고 있었어요. 다람쥐들은 주방 보조들인 듯했습니다. 왜냐하면 그들은 재빨리 벽을 기어올라 냄비와 접시, 달걀과 버터, 야채와 밀가루를 들고 내려와 화덕 위에 올려놓았기 때문이지요. 노파는 코코넛 껍질로 된 덧신을 신고 계속해서 왔다 갔다 했습니다. 야콥은 그녀가 자신에게 맛있는 것을 요리해 주기 위해 총괄 지휘하는 것을 쳐다보았어요. 이제 불이 바작바작 타오르면서 연기가 나고 냄비 속에서 무언가가 끓었습니다. 그러자 맛있는 냄새가 방 안에 진동했어요. 노파가 분주히 왔다 갔다 하자 다람쥐와 흰쥐들도 그 뒤를 따랐고, 화덕 옆을 지날 때마다 노파는 연신 기다란 코를 디밀고 냄비 속을 들여다보았어요. 드디어 냄비 속에서 부글부글 끓어오르며 치직 소리가 나더니 냄비 밖으로 김이 뿜어져 나왔습니다. 그리고 거품이 불 위로 흘러내렸어요. 그러자 노파는 냄비를 들어 은으로 된 사발에 붓고 어린 야콥 앞에 내밀었습니다.

"자, 어서 들어라, 얘야. 이 수프만 먹으면 내가 가진 것 중 너의 마음에 드는 것은 모두 가지게 될 거다! 너도 제대로 한몫하는 능숙한 요리사로 만들어 주마. 그렇지만 풀은, 바로 이 속에 들어간 풀은 절대로 찾아내지 못할 것이다. 어째서 네 엄마가 이 풀을 가지고 있지 않았겠니?"

야콥은 맛이 기가 막힌 수프를 먹는 데 정신이 팔려 노파가 무슨 말을 하는지 몰랐어요. 그의 어머니도 여러 번 맛있는 수프를 만들어 주었던 적이 있지만 이렇게 맛있는 것은 처음이었어요. 수프에서는 신선한 야채와 향료 냄새가 났고, 맛은 달콤하면서도 동시에 새콤했습니다. 그리고 아주 진한 맛이었지요. 야콥이 그 맛있는 수프의 마지막 한 방울까지 깨끗이 비우는 동안 흰쥐들은 아라비아 유향에 불을 붙였습니다. 그러자 푸르스름한 연기가 방 안에 피어올랐어요. 그 연기는 점점 더 자욱해지더니 점차 아래로 가라앉았습니다. 어린 야콥은 이 유향의 냄새에 취했어요. 그는 어머니한테 돌아가야 한다는 생각에 정신을 차리려고 애를 썼지만 그럴수록 점점 더 잠이 쏟아졌습니다. 그리고 마침내 노파의 소파에서 진짜로 잠이 들고 말았지요.

야콥은 이상한 꿈을 꾸었습니다. 노파가 자신의 옷을 모두 벗기더니 그 대신 다람쥐 가죽을 씌우는 것이었어요. 이제 그는 다람쥐처럼 폴짝폴짝 뛰면서 기어오를 수가 있었습니다. 그리고 다른 다람쥐들이랑 흰쥐들과 함께 돌아다녔어요. 그들은 착실하고 예의 바른 동료들이었습니다. 야콥은 그들과 함께 노파의 시중을 들었어요. 처음엔 신발을 닦는 일을 했습니다. 그래서 노파가 덧신용으로 신는 코코넛 껍질에 기름칠을 하고 반짝반짝 윤이 날 정도로 문질렀습니다. 그는 집에서도 아버지의 일을 도와 신발을 닦았던 경험이 있었기 때문에 손놀림이 능숙했어요. 일 년여가 지났습니다. 그는 여전히 꿈을 꾸었지요. 그는 이제 좀 더 나은 일을 맡게 되었어요. 그것은 다른 몇몇 다람쥐들과 함께 햇빛 속에 떠다니는 먼지를 잡는 일이었습니다. 먼지를 잡을 만큼 잡은 다음에는 그것을 고운 채에 받쳐야 했어요. 왜냐하면 노파는 햇빛 속에 떠다니는 먼지를 최고라고 여겼기 때문이지요. 이가 부실해서 제대로 씹을 수가 없는 노파는 이 햇빛 먼지로 빵을 만들게 했습니다.

다시 또 일 년이 지나고 그는 이제 노파가 마실 물을 모으는 일을 맡게 되었습니다. 그것은 빗물을 받기 위해 땅속에 구덩이를 파거나 마당에 통을 세워 두는 일처럼 단순한 것이 아니라 훨씬 더 섬세한 일이었어요. 야콥과 다람쥐들은 개암나무 껍질로 장미꽃에 맺힌 이슬을 받아야 했어요. 노파는 그 이슬만을 마셨기 때문이지요. 하지만 노파는 이것을 많이 마셨기 때문에 물을 모으는 일은 매우 힘든 노동이었어요. 또 일 년이 지나자 야콥은 이제 집 안에서 일을 할 수 있게 되었습니다. 그가 맡은 일은 바닥을 깨끗하게 하는 것이었지요. 바닥은 유리로 되어 있었기 때문에 조금만 김이 서려도 금방 눈에 띄어 결코 쉬운 일이 아니었어요. 그는 먼저 바닥을 솔로 쓸어 내고 낡은 천으로 발을 감싼 다음 아주 꼼꼼하게 방 안을 왔다 갔다 해야 했습니다. 4년째 되는 해, 그는 마침내 부엌일을 맡게 되었어요. 이것은 오랜 시험 기간을 거친 후에야 이를 수 있는 고급 직이었지요. 야콥은 그곳에서 주방 보조에서 시작해서 일급 파이 요리사에까지 올랐으며, 부엌일에 관한 한 종종 스스로도 깜짝 놀랄 만큼 능숙하고 숙련된 경지에까지 이르렀습니다. 아주 어려운 요리들, 이를테면 200여 가지의 재료가 들어간 파이나 지구상의 온갖 풀들이 들어간 야채 수프 등 야콥은 모든 요리법을 배웠고, 신속하고도 영양가 높게 만드는 법을 습득했습니다.

그렇게 노파의 시중을 든 지 7년여가 지났어요. 어느 날 노파는 외출을 하기 위해 코코넛 껍질로 된 신발을 벗고 광주리와 지팡이를 손에 쥐더니, 야콥에게 자기가 돌아올 때까지 닭털을 뽑고 야채들을 채워 넣은 다음 노릇노릇하게 구워 놓으라고 명령했어요. 그는 이것을 요리법대로 했습니다. 먼저 닭의 목을 비틀고 뜨거운 물에 데친 다음 능숙하게 털을 뽑았어요. 그러고 나서 껍질이 맨질맨질해지도록 문지르고 내장을 모조리 꺼낸 다음 그 속에 채워 넣을 야채들을 가지러 갔습니다. 그런데 이번에는 야채 저장실 안에서 반쯤 문이 열려 있는 벽장 하나가 눈에 띄었어요. 그건 전에는 한 번도 보지 못했던 것이었어요. 야콥은 호기심에 그곳에 무엇이 들어 있는지 보기 위해 가까이 다가갔어요. 그 안에는 강렬하고 향긋한 냄새를 풍기는 수많은 광주리들이 들어 있었습니다. 야콥은 그중에서 한 광주리를 열어 보았어요. 광주리 속에는 아주 특이한 모양과 색깔의 풀이 들어 있었습니다. 줄기와 잎은 청록의 빛깔을 띠고 있었고, 위에 매달린 작은 꽃은 불타는 듯 강렬한 붉은빛을 띠고 있었지요. 그리고 꽃의 가장자리에는 노란색 테두리가 둘러져 있었습니다. 그는 이 꽃을 유심히 관찰해 보고 조심스레 냄새를 맡아 보았어요. 그러자 예전에 노파가 끓여 주었던 수프에서 나던 그 강렬한 향내가 확 풍겨져 왔습니다. 그 냄새는 너무나 강해서 야콥은 재채기가 나왔고, 도저히 멈출 수 없을 만큼 점점 심하게 재채기를 했습니다. 그리고 마침내 재채기를 하면서 그는 잠에서 깨어났어요.

잠에서 깨어난 야콥은 노파의 소파 위에 누워 어안이 벙벙한 듯 주위를 두리번거렸어요.

"말도 안 돼. 어쩜 이렇게 생생한 꿈을 꿀 수가 있담! 정말 진짜 같았는데. 내가 그 보잘것없는 다람쥐가 되어 흰쥐들과 다른 하찮은 동물들과 함께 동료로 지내면서 유능한 요리사까지 되었다니. 이 모든 걸 어머니께 말씀드리면 얼마나 웃으실까? 하지만 시장에서 어머니를 돕지 않고 이렇게 낯선 집에서 잠이 들었다고 나무라지나 않으실지 모르겠네."

야콥은 혼잣말로 중얼거렸어요. 이런 생각이 들자 그는 어머니한테 가려고 자리에서 벌떡 일어났습니다. 하지만 그의 팔다리는 아직 잠결에 덜 풀린 듯 뻣뻣했고, 특히 목덜미는 머리를 제대로 움직이지 못할 만큼 심했습니다. 그리고 미처 가늠할 틈도 없이 어느새 옷장이나 벽에 코를 부딪히거나 몸을 재빨리 돌리려다 또다시 문설주에 코를 박곤 했어요. 야콥은 이토록 몸을 가눌 수 없을 만큼 잠에 취한 자신이 어이없어 웃음이 나왔습니다. 다람쥐와 흰쥐들은 마치 야콥을 배웅이나 하는 양 그의 주위를 에워싸고 낑낑거렸어요. 야콥은 현관 문턱에 이르렀을 때 작고 사랑스러운 그들도 함께 데려가려 했지만, 그들은 호두 껍질을 신은 채 재빨리 집 안으로 다시 들어가 버렸어요. 멀리서 그들이 울부짖는 소리가 들려왔지요.

노파가 야콥을 데려갔던 곳은 시내에서 한참 떨어진 곳이었고, 야콥은 비좁은 골목길에서 빠져나오는 길을 제대로 찾아내기 힘들었어요. 거다가 그곳엔 사람들이 잔뜩 몰려 있었는데, 마침 근처에 난쟁이가 나타난 모양이라는 생각이 들었어요. 여기저기서 사람들이 외치는 소리가 들렸어요.

"아휴, 저 못생긴 난쟁이 좀 봐! 대체 어디서 왔지? 저 기다란 코는 또 어떻고. 거다가 머리는 어깨 속에 아예 파묻혀 있구먼. 거다가 갈색의 더럽게 못생긴 저 손 좀 봐!"

다른 때 같으면 야콥도 함께 따라가 보았을 것입니다. 그 역시 난쟁이나 거인, 또는 이상한 옷차림을 한 낯선 사람들을 구경하는 것을 좋아했으니까요. 하지만 지금은 어머니한테 가기 위해 서둘러야 했지요.

시장에 이르자 야콥은 몹시 불안해졌어요. 어머니는 자리에 앉아 있었고, 광주리 속에는 많은 농작물이 들어 있었지요. 그렇게 오래 잠이 들었던 건 아닌 모양이었습니다. 하지만 멀리서 보기에 어머니는 매우 슬퍼 보였어요. 어머니는 지나가는 사람들에게 물건을 사라고 외치지도 않고 그냥 손으로 턱만 괴고 앉아 있었습니다. 그리고 더 가까이 다가가서 보니 얼굴은 다른 때보다 더 창백해 보였습니다. 야콥은 어찌할 바를 몰라 주춤거렸어요. 그러다 마침내 마음을 다잡고 어머니의 뒤로 살금살금 다가갔습니다. 그리고 다정하게 어머니의 팔에 손을 얹으며 말했어요.

“어머니, 무슨 일 있어요? 저 때문에 화가 나서 그러세요?”

그녀는 뒤를 돌아 야콥을 쳐다보았어요. 하지만 이내 깜짝 놀라 비명을 지르며 물러났습니다.

“나한테 무슨 짓거리를 하려는 거야, 이 흉측한 난쟁이야! 저리 꺼져! 얼른! 나는 지금 네놈의 광대 짓을 볼 기분이 아니야!”

그녀는 큰소리로 외쳤어요.

“어머니, 대체 왜 그러세요?”

야콥은 깜짝 놀라 물었어요. “몸이 편찮으신 모양이지만 어째서 아들까지 쫓으려고 하세요?”

“여러 말 할 거 없어, 얼른 꺼져! 네놈이 아무리 속임수를 부려도 내 수중에서 나갈 돈은 한 푼도 없어, 이 끔찍한 괴물아!”

한네 부인은 격분해서 외쳤어요.

“세상에, 하느님께서 어머니의 이성을 거둬 가셨나 봐!”

야콥은 비탄에 잠겨 혼잣말을 했습니다. “어떻게 해야 어머니를 원상태로 돌려놓지? 사랑하는 어머니, 제발 정신 좀 차리세요. 저를 좀 똑바로 보시라고요, 어머니 아들이잖아요. 야콥이라고요.”

“아니, 이젠 저놈이 뻔뻔스럽게 나를 놀리기까지 하네.”

한네 부인은 옆에 있는 여자에게 말했어요. “저 흉측한 난쟁이 좀 보시구려. 저놈이 여기 서서 내 손님을 죄다 쫓아 버리는 것도 모자라, 이젠 아예 감히 나를 조롱하기까지 하는군. 자기가 내 아들, 내 아들 야콥이래요! 저 뻔뻔한 놈!"

그러자 옆에 앉아 있던 다른 시장 아낙네들이 모두 일어나 악다구니를 부리며 욕을 퍼붓기 시작했어요. 여러분도 잘 알다시피 장터 아낙들이란 원래 그렇지요. 그들은 이 난쟁이가 7년 전 그림처럼 잘생긴 아들을 잃어버린 불쌍한 한네의 불행을 조롱한다고 꾸짖으며, 당장 꺼지지 않으면 한꺼번에 달려들어 잡아 뜯어 놓겠다고 으름장을 놓았어요.

가엾은 야콥은 이 모든 일이 어떻게 된 건지 알 수가 없었습니다. 야콥의 생각에는 오늘 아침 평소와 다름없이 어머니와 함께 시장에 나와 어머니가 농작물 진열하는 것을 도왔고, 그 후 노파와 함께 그녀의 집으로 가서 수프를 조금 먹고 잠깐 잠이 들었다가 왔을 뿐인데, 지금 어머니와 다른 아낙네들이 7년이 지났다고 말을 하다니! 거다가 그들은 하나같이 자신을 추악한 난쟁이라고 했습니다. 대체 그에게 무슨 일이 일어난 것일까요? 야콥은 어머니가 자신이 하는 말을 도무지 들으려고 하지 않자 눈물을 흘리며 아버지가 하루 종일 신발을 수선하는 시장통의 작은 점포를 향해 내려갔어요.

"아버지도 나를 못 알아보는지 봐야겠어. 일단은 문밖에 서서 말을 해 봐야지."

그는 구두 수선 가게에 이르자 문밖에 서서 안을 들여다보았습니다. 구두장이는 일에 열중해서 야콥을 볼 겨를도 없었어요.

하지만 잠깐 우연히 문 쪽으로 시선을 던졌을 때, 그는 들고 있던 신발과 철사, 그리고 못을 바닥에 떨어뜨리고 기겁을 하며 외쳤어요.

"맙소사, 저게 뭐, 뭐야?"

"안녕하세요, 주인어른! 어떻게 지내세요?"

야콥은 가게 안으로 들어서며 말했어요.

"형편없이 지내요, 형편없이, 꼬마 양반!"

아버지의 대답에 야콥은 대단히 놀랐습니다. 아버지도 그를 못 알아보는 것 같았기 때문이었죠.

"이젠 일이 영 시원찮구려. 이렇게 혼자인 데다 늙어서 말이오. 거다가 조수를 쓰려면 돈이 많이 들고."

"하지만 당신에겐 조금씩 일손을 거들어 줄 아들이 없나요?"

야콥은 계속해서 살피듯이 물었습니다.

"하나 있긴 있었지요. 야콥이라고. 지금쯤 스무 살의 호리호리하고 날렵한 청년이 되어서 내 일을 도와주었을 텐데. 참, 그랬다면 살맛이 났을 거요! 그 애는 열두 살 때부터 아주 솜씨가 좋고 영리했지요. 수공업에도 재간이 있었고, 거다가 호감이 가게 잘 생겼었죠. 그 애가 손님을 끌어왔다면 나는 새 신발을 주문받아 만드느라 바빠서 더 이상 낡은 신발을 수선할 필요도 없었을 거요! 그런데 세상사가 다 그렇고 그렇다오!"

"대체 당신 아들은 어디에 있는데요?"

❧

야콥은 떨리는 음성으로 아버지에게 물었어요.

"하느님만이 아실 일이지요. 7년 전, 예, 벌써 그렇게 세월이 지났군요. 그 애는 시장에서 누군가에게 유괴를 당했지요."

"7년 전이라고요!"

야콥은 깜짝 놀라 소리쳤습니다.

"그렇소, 꼬마 양반 7년 전이오. 하지만 나는 그날 일이 아직도 오늘 일어난 일같이 생생하다오. 내 아내는 소리를 지르고 울부짖으며 집으로 돌아왔지요. 아이가 하루 종일 돌아오지 않는다면서요. 아내는 주위를 샅샅이 뒤져 보았지만 어디에서도 그 아이를 찾을 수 없었다고 하더군요. 나는 늘 그런 일이 일어날지 모른다고 생각하고 주의를 주었었지요. 우리 야콥은 워낙에 용모가 아름다워서 보는 사람마다 칭찬을 아끼지 않았소. 아내는 그 애를 자랑스러워해서 다른 사람들이 칭찬하는 것을 보길 좋아했지요. 그래서 자주 그 애를 신분이 높으신 양반 댁에 야채 같은 것을 배달하는 데 보내곤 했다오. 그건 뭐 나쁘지 않았습니다. 그 애는 매번 선물을 한 아름 들고 왔으니까요. 하지만 나는 아내한테 늘 조심하라고 주의를 주었지요. 이렇게 번화한 도시에는 늘 악당들이 살게 마련이니까 우리 야콥을 항상 조심해야 한다고 말입니다. 그런데 내가 말한 그대로 되었지요. 어느 날 한 늙고 추한 할멈이 시장에 나타나 과일과 야채 값을 흥정하다가 결국 혼자 짊어질 수 없을 만큼 많은 물건을 샀지요. 마음이 약한 우리 마누라가 글쎄 그 노파에게 우리 아들을 딸려 보냈지 뭡니까. 그리고 그 후로 그 아이의 모습을 다시는 보지 못했습니다."

"지금 7년이라고 하셨나요?"

"그렇소, 봄이 되면 꼭 7년입니다. 우린 그 애의 이름을 부르면서 집집마다 찾아다니며 물어보았지요. 많은 사람들이 잘생긴 외모의 우리 아들을 잘 알고 있었고 또 그 아이를 좋아했기 때문에 우리와 함께 찾아다니기도 했지만 모든 게 다 허사였다오. 그 야채를 사 간 노파를 아는 사람은 아무도 없었지요. 하지만 벌써 90년을 살아온 한 늙은 할머니가 말하기를, 그 노파는 50년마다 한 번씩 시장에 와서 온갖 물건을 사 가는 사악한 마녀 크로이터바이스일 거라고 하더군요."

야콥의 아버지는 이렇게 말하고 신발을 힘껏 두들기고 두 주먹으로 철사를 길게 잡아당겼습니다. 이제 야콥은 그에게 무슨 일이 있었는지 차츰 분명해지기 시작했어요. 그러니까 그는 꿈을 꾸었던 것이 아니라 7년간 그 사악한 마녀의 집에서 다람쥐가 되어 일을 했던 것입니다. 분노와 원통함으로 그의 심장은 터질 것만 같았죠. 그 노파는 그에게서 7년이라는 젊은 날을 몽땅 앗아가 버렸는데, 그 대가가 뭐란 말입니까? 코코넛 껍질로 만든 덧신을 윤이 나게 닦고, 유리 바닥으로 된 방을 깨끗이 청소할 줄 알게 된 것 말고는! 또 흰쥐들에게 온갖 요리 비법들을 전수한 것 말고 또 뭐가 있단 말입니까! 그는 한동안 그렇게 서서 자신의 운명에 대해 곰곰이 생각했습니다. 마침내 아버지가 그에게 물었어요.

"혹시 내 솜씨가 마음에 들어서 그러시오, 젊은 양반? 아니면 덧신이라도 한 켤레 필요한 거요?"

그는 미소를 지으며 덧붙여 말했지요. "그도 아니면 혹시 당신의 코에 씌울 덮개라도 필요한 게요?"

"왜 그런 말을 하시나요? 어째서 제 코에 덮개가 필요하단 말인가요?"

야콥이 물었어요.

"하긴, 사람마다 각자 취향이 다르니까! 하지만 내 한마디 안 할 수가 없구려. 만일 내가 그렇게 끔찍한 코를 가지고 있다면 나는 장밋빛의 매끄러운 가죽으로 된 덮개를 만들어 씌우겠소. 보시오, 나한테 딱 알맞은 가죽이 있다오. 기껏해야 1엘레 정도면 되겠는데. 그거면 당신을 안전하게 보호할 수 있을 거요! 내가 안 봐도 알 수 있어요. 당신은 걸핏하면 그 코를 문설주에 부딪히거나 몸을 피하다가 마차에 부딪히거나 할 겁니다."

야콥은 너무 놀라 말문이 막힌 듯 서 있었습니다. 그는 자신의 코를 더듬어보았어요. 그것은 두툼하고 두 뼘만큼 긴 것이었어요! 그 노파는 야콥의 외모까지 바꾸어 버린 것이었습니다! 그 때문에 어머니는 그를 알아보지 못했던 것이고, 사람들이 추악한 난쟁이라고 손가락질을 했던 것이지요!

"주인어른, 혹시 제 모습을 비춰 볼 만한 거울을 가지고 계십니까?"

그는 거의 울먹이면서 구두장이에게 말했습니다.

"젊은 양반, 당신은 특별히 허영심을 가질 만한 외모는 아닌 것 같은데, 거울을 자주 볼 이유는 없는 것 같소. 그런 습관은 고치시오. 특히 당신의 경우에는 우스운 습관이라오."

아버지는 진심으로 충고했어요.

"아, 제발 거울을 보게 해 주십시오. 그건 허영심 때문이 아닙니다!"

야콥은 외쳤습니다.

"이제 그만 귀찮게 하시오. 나에겐 거울 같은 건 없다오. 내 아내가 작은 거울을 하나 갖고 있긴 하지만 어디에 두었는지 잘 모르겠소. 그래도 굳이 거울을 봐야겠다면 길 건너 사는 이발사 우르반한테 가 보시오. 그에게는 당신 머리통의 두 배만 한 거울이 있다오. 그곳에 가서 들여다보구려. 그럼 잘 가시오!"

아버지는 이 말을 끝으로 그를 슬그머니 가게 밖으로 밀어냈습니다. 그리고 문을 닫고 다시 일거리 앞에 앉았어요. 야콥은 잔뜩 풀이 죽어 길 건너 이발사 우르반에게 향했습니다. 그는 예전부터 잘 알고 있던 사람이었어요.

"안녕하세요, 우르반."

❧

야콥은 그에게 말했어요. "당신께 부탁이 있어 왔습니다. 괜찮으시다면 저에게 거울을 좀 보게 해 주시겠습니까?"

"저기 있으니까 맘대로 하슈."

이발사는 웃으면서 큰 소리로 말했어요. 면도를 하고 있던 손님들도 함께 웃음을 터뜨렸어요. "당신은 잘생긴 젊은이구려. 날씬하고 기품 있는 데다 백조 같은 목에 여왕 같은 손, 그리고 주먹코까지. 당신보다 더 아름다운 사람은 없을 거요. 당신은 제법 뽐낼 만하오. 그게 사실이니까. 그래 얼마든지 쳐다보시오! 내가 시기심에서 거울을 보여 주지 않았다는 소문은 듣고 싶지 않구려."

이발사가 이렇게 말하자 가게 안은 떠나갈 듯 폭소가 터졌습니다. 하지만 그사이 이미 거울 앞에 서 있던 야콥은 자신의 모습을 보았어요. 그의 눈에서는 눈물이 흘러내렸지요.

"그래요, 사랑하는 어머니, 어머니가 당신의 아들 야콥을 알아보지 못한 것이 당연하군요. 사람들 앞에서 어머니가 그렇게 자랑하던 어머니의 아들 야콥의 행복했던 그때의 모습은 이제 어디에서도 볼 수 없게 되었군요."

난쟁이는 혼잣말을 했습니다. 그의 눈은 돼지처럼 작아졌고, 코는 무시무시하게 입과 턱에까지 내려올 정도로 길었고, 목은 아예 없어진 듯 머리가 어깨 속에 곧장 박혀 있었습니다. 그래서 좌우로 머리를 움직이려고 하면 참을 수 없이 고통스러웠지요. 그의 키는 7년 전 그가 열두 살이었을 때 그대로였습니다. 다른 사람들이 열두 살에서 스무 살까지 위로 자랄 동안 그는 옆으로 자랐고, 등과 가슴은 불룩하게 튀어나와 있었어요. 그 모습은 마치 작고 속이 꽉 찬 포대 자루처럼 보였습니다. 이렇게 두툼한 상체가 무게를 감당하지 못할 것 같은 짧고 가느다란 다리 위에 얹혀 있었어요. 그런 만큼 몸통 양쪽에 늘어진 두 팔은 유난히 커 보였지요. 그것들은 제대로 성장한 장정의 팔뚝이었습니다. 그 밖에도 두 손은 거칠고 황갈색이었으며, 손가락은 길고 가늘었어요. 그래서 그냥 뻗기만 하면 허리를 구부리지 않고도 그대로 바닥에 닿을 지경이었지요. 요컨대, 어린 야콥은 이제 기형의 난쟁이 모습이 되어 버린 겁니다.

그는 그 노파가 어머니의 광주리 앞에 나타났던 그날 아침의 일을 떠올렸습니다. 자신이 흉보았던 기다란 코, 추악한 손가락, 그 모든 것을 노파가 그에게 붙여 버린 것이었어요. 다만 길고 제대로 가누지 못했던 목만은 완전히 없애버리고 말이에요.

"이제 충분히 보셨나요, 왕자님?"

이발사는 그에게 다가와 찬찬히 뜯어보고 웃으면서 말했어요. "참, 꿈속에서 보려야 볼 수 없을 정도로 기이하게 생겼구먼. 하지만 내 당신에게 제안 하나 하리다, 난쟁이 양반. 우리 이발소는 손님이 많았는데 근래 들어 예전 같지가 않소. 그건 다름이 아니라 요 옆집 이발사 샤움이란 놈이 어디선가 거인을 데려와 손님을 끌어들이기 때문이오. 한데 거인이 되는 것은 그리 특별한 기술이라 할 수 없지만, 당신 같은 난쟁이는 아주 색다르단 말이야. 만일 당신이 우리 집에서 일을 해 준다면, 내 당신에게 살 곳과 먹고 마실 것, 그리고 입을 옷 등 필요한 모든 것을 제공하리다. 그 대신 당신은 아침마다 우리 이발소 앞에 서서 손님을 불러들이는 일을 해 주시오. 그 밖에 비누 거품을 젓고 손님들에게 수건을 가져다주는 일을 해 주면 되오. 분명 우리 둘이서 아주 잘해 나갈 것이오. 나는 거인을 둔 이발소보다 더 많은 손님을 받게 될 것이고, 당신은 손님들한테서 팁도 받을 수 있을 거요."

난쟁이는 이발소의 손님 몰이꾼 노릇을 하라는 제안에 대해 속으로 화가 났지만 이런 모욕은 감수해야만 했습니다. 그래서 그는 차분하게 이발사에게 시간이 없어서 안 되겠다고 말하고는 길을 나섰습니다.

그 사악한 노파가 자신의 외모는 망가뜨려 놓았지만 정신만큼은 어떻게 하지 못했다는 것을 난쟁이는 분명히 느꼈습니다. 그의 생각과 느낌은 7년 전의 그것이 아니었어요. 그랬어요. 그는 그사이에 더 현명해지고 이성적으로 되었다는 느낌이 들었으니까요. 그는 잃어버린 자신의 아름다움과 지금의 흉측한 몰골에 대해서는 더 이상 슬프지 않았어요. 다만 자신의 아버지에게서 개처럼 쫓겨난 것이 슬플 뿐이었지요. 그래서 그는 어머니를 다시 한 번 찾아가 보기로 결심했습니다.

그는 시장에서 어머니에게 다가가 진정하고 자신의 이야기를 들어 줄 것을 부탁했습니다. 그는 자신이 노파를 따라갔던 그날의 일과 자신의 유년 시절에 있었던 모든 세세한 사건들을 어머니에게 상기시켰어요. 그리고 자신이 7년간 마녀의 집에서 다람쥐가 되어 일했던 것과 자신이 그날 노파를 보고 흉을 보았기 때문에 자신의 모습이 변했다는 이야기를 들려주었습니다. 구두장이의 아내는 이를 어떻게 받아들여야 할지 몰랐어요. 그가 얘기한 유년 시절의 일들은 모두가 맞는 것이었으니까요. 하지만 7년간 다람쥐 노릇을 했다는 그의 말을 듣자 그녀는 말했어요.

"그런 일은 있을 수 없어. 마녀란 없다고."

그리고 그를 보면서 추악한 난쟁이의 모습에 혐오감을 느낀 그녀는 도저히 이 난쟁이가 자신의 아들일 리가 없다고 생각했지요. 마침내 그녀는 남편과 얘기를 해 보는 것이 가장 좋을 거라고 판단했어요. 그래서 서둘러 광주리들을 정리하고 난쟁이에게 함께 가자고 했습니다. 이윽고 그들은 구두장이의 가게에 이르렀어요.

"여보, 이 남자가 글쎄 자기가 우리가 잃어버린 야콥이래요. 그러고는 자신이 7년 전에 어떻게 사라지게 되었고, 또 마녀 때문에 어떤 마법에 걸렸는지를 말했어요."

"뭐라고?"

구두장이는 화가 나서 아내의 말을 가로막았어요. "이놈이 당신한테 그런 말을 했단 말이야? 기다려라, 이 망할 놈아! 그건 내가 바로 한 시간 전에 이놈한테 말해 준 거야. 그 말을 듣고 나서 당신에게 허튼수작을 부리려고 그리로 간 거라구! 네 놈이 마법에 걸린 내 아들이라고? 그래, 어디 보자, 이놈. 내 너를 다시 마법에서 벗어나게 만들어 주마."

그러면서 그는 방금 잘라 놓았던 가죽 끈을 한 다발 쥐고 난쟁이에게 달려들었어요. 그리고 불룩 솟아오른 등과 긴 팔을 마구 내리쳤어요. 난쟁이는 고통에 못 이겨 비명을 지르고 울면서 그 자리에서 도망치고 말았지요.

어디에서나 마찬가지지만 그 도시에도 남들의 비웃음을 살 만큼 불편한 몸을 지닌 불행한 이를 동정하는 사람들은 많지 않았죠. 그래서 이 불행한 난쟁이는 온종일 먹지도 마시지도 못했고, 밤에는 딱딱하고 차가운 교회 계단을 잠자리로 삼아야 했어요.

다음 날 아침 첫 햇살에 눈을 뜬 난쟁이는 아버지, 어머니에게서 쫓겨난 마당에 이제 어떻게 살아가야 할지를 진지하게 생각해 보았어요. 이발사의 간판 노릇을 하기에는 자존심이 허락지 않았고, 그렇다고 광대 짓을 해서 돈을 벌고 싶지는 않았어요. 이제 무엇을 해야 할까요? 그때 그의 머릿속에 예전에 그가

❦

다람쥐였을 당시 요리법에 통달했던 일이 불현듯 떠올랐어요. 그는 많은 요리사들과 겨루어 보는 것에 희망을 걸어도 나쁘지 않을 것 같았지요. 그는 자신의 기술을 써먹기로 결심했습니다.

거리가 점차 활기를 띠고 완전히 날이 밝자마자 그는 먼저 교회 안으로 들어가 기도를 드렸습니다. 그러고 나서 길을 나섰지요. 그 지역의 영주인 공작은 유명한 식도락가이자 미식가였습니다. 그는 훌륭한 요리라면 사족을 못 썼고 세계 각처에서 요리사들을 뽑아 왔어요. 난쟁이는 그의 성으로 향했습니다. 성문 앞에 이르렀을 때 문지기들은 무슨 일로 왔는지를 묻고는 그를 비웃었어요. 하지만 난쟁이는 요리장을 만나게 해 달라고 청했지요. 그들은 웃으면서 난쟁이를 데리고 여러 개의 뜰을 통과했습니다. 그가 지나는 곳마다 시종들은 멈추어 서서 그를 구경했고, 떠들썩하게 웃어 대면서 줄줄이 난쟁이의 뒤를 쫓았어요. 점차 어마어마한 시종들의 행렬이 성의 계단을 오를 정도가 되었습니다. 마구간지기는 말 털을 빗기던 솔을 내던졌고, 파발꾼들은 늘 하던 대로 달렸으며, 양탄자를 담당하는 하인은 양탄자 터는 일도 잊어버렸답니다. 시종들은 마치 성문 앞에 적이라도 쳐들어온 듯 서로 밀고 당기며 난리법석을 떨었어요.

"난쟁이다, 난쟁이! 다들 난쟁이 봤어?"

여기저기서 외치는 소리가 떠들썩하게 들려왔어요.

이때 손에 무시무시한 채찍을 든 시종장이 화난 얼굴로 나타났습니다.

"세상에, 이놈들아, 대체 이게 웬 소란이냐? 공작님께서 아직 주무시는 걸 잊었느냐?"

그는 채찍을 휘둘러 몇몇 마구간지기와 문지기들의 등을 사납게 내리쳤어요.

"아, 시종장님!" 그들은 소리를 질렀지요.

"이놈이 보이지 않으십니까? 저희가 난쟁이를 데리고 왔습지요. 이런 난쟁이는 아직 본 적이 없으실 겁니다요."

시종장은 난쟁이를 보자 웃음보가 터지는 것을 억지로 참았습니다. 그랬다가는 자신의 품위에 손상이 갈까 우려되었기 때문이지요. 그래서 그는 모인 사람들을 채찍으로 쫓고 난쟁이를 집 안으로 데리고 들어가 무슨 일로 찾아왔는지 물었습니다. 요리장을 만나러 왔다는 말을 들은 시종장이 말했어요.

"너는 잘못 알고 있는 것 같구나. 요리장이 아니라 시종장인 나를 만나려는 게지. 공작님의 광대가 되려는 게 아니냐?"

"아닙니다! 저는 실력 있는 요리사입니다. 온갖 진귀한 요리란 요리는 다 만들어 보았어요. 저를 요리장님께 데려가 주십시오. 그분은 어쩌면 저의 기술을 필요로 하실지 모릅니다."

"사람이 다 자기 맘대로이긴 하지만 넌 분명 경솔한 놈이구나. 주방이라니! 넌 광대로 일할 수도 있고, 그렇게 되면 맘대로 먹고 마시고 좋은 옷도 입을 수 있을 텐데 말이다. 어쨌거나 보

나마나 뻔하다. 네가 말하는 요리 솜씨란 게 성의 전속 요리사가 되기에는 어림 없을 것이고, 주방 보조만 되어도 감지덕지겠지."

시종장은 말을 마치자마자 요리장의 방으로 난쟁이를 데려갔습니다.

"자비로우신 나리, 혹시 유능한 요리사가 필요하지 않으십니까?"

난쟁이는 코가 바닥에 닿도록 허리를 구부리며 말했어요.

요리장은 난쟁이를 머리에서 발끝까지 훑어보고 나서 웃음보를 터뜨리며 말했습니다.

"뭐라고? 네가 요리사라고?"

그는 큰 소리로 말했어요. "너는 우리 주방의 화덕이 그렇게 낮은 줄 아느냐? 네 놈이 아무리 발꿈치를 들고 머리를 어깨 위로 한껏 추켜올린다 해도 보일까 말까 할 거다, 이 난쟁이야! 너를 요리사로 일하라고 나에게 보낸 놈이 있다면 넌 그놈한테 놀림을 당한 거다."

요리장은 이렇게 말하고 한바탕 웃어 젖혔습니다. 그러자 시종장과 방 안에 있던 다른 하인들도 모두 따라서 웃었지요.

하지만 난쟁이는 전혀 동요하지 않았어요.

"이 집에서 달걀 한두 개, 약간의 시럽과 포도주, 밀가루와 향료쯤은 별것 아니겠지요? 이런 곳에는 얼마든지 충분할 테니 말입니다."

난쟁이가 말했어요. "저에게 그 어떤 것이든 맛있는 요리를 만들 기회를 주시고 필요한 재료를 마련해 주십시오. 그럼 나리의 눈앞에서 재빨리 요리를 해 보이도록 하겠습니다. 그럼 나리께서는 분명 저를 완벽한 자격을 갖춘 요리사라고 인정하게 되실 겁니다."

난쟁이는 기이한 모습으로 이런 얘기를 늘어놓았습니다. 그의 작은 두 눈은 번쩍번쩍 빛을 발했고, 긴 코는 이리저리 실룩였으며, 가늘고 긴 손가락은 연신 휘적거렸지요.

"좋다!"

요리장은 소리치고 시종장의 팔을 이끌며 말했어요. "자, 그럼 재미 삼아 우리 주방으로 가 보십시다!"

그들은 여러 개의 홀과 복도를 지나 이윽고 주방에 들어섰습니다. 주방은 어마어마하게 크고 널찍했으며 훌륭하게 시설이 갖추어져 있었지요. 스무 개의 화덕에서는 끊임없이 불이 타오르고 있었고, 주방 한가운데로는 살아 있는 물고기들을 보관하는 맑은 물이 흐르고 있었어요. 그리고 대리석과 고급 목재로 만들어진 찬장 안에는 필요하면 언제든 꺼내 쓸 수 있는 재료들이 들어 있었고, 오른쪽과 왼쪽으로는 프랑켄의 여러 지방과 심지어는 동양에서 미각을 위해 고안된 온갖 진귀하고 맛있는 것들이 저장되어 있는 열 개의 문갑이 있었습니다. 요리사들은 각자 맡은 일을 하느라 이리저리 뛰면서 냄비와 프라이팬, 포크와 국자 등을 달그락거리며 능숙하게 다루고 있었지요. 하지만 요리장이 주방 안에 들어서자 요리사들은 일제히 하던 일을 멈추었고, 불이 바작바작 타는 소리와 졸졸 물이 흐르는 소리만 들렸습니다.

"오늘 아침 식사로 공작님께선 어떤 요리를 명하셨느냐?"

요리장은 아침 식사 담당인 늙은 고참 요리사에게 물었습니다.

"네, 요리장님. 덴마크 식 수프와 붉은색 함부르크 경단을 드시겠답니다."

"좋아, 공작님께서 무얼 드시고 싶어 하는지 들었지? 이렇게 까다로운 음식을 감히 네 녀석이 만들 수 있겠느냐? 너는 결코 경단을 만들어 내지 못할 것이다. 그 요리법은 비밀이니까."

요리장은 난쟁이에게 말했어요.

"그건 식은 죽 먹기입니다."

태연한 난쟁이의 대답에 모두들 놀랐습니다. 실상 그 요리는 그가 다람쥐로 있었을 때 자주 만들었던 것이지요. "이보다 쉬운 것은 없습니다! 제게 수프에 들어갈 이런저런 채소와 향료, 멧돼지 기름과 근채류와 달걀들을 준비해주십시오."

난쟁이는 요리장과 아침 식사 담당 요리사에게만 들리도록 소리를 낮춰 말했습니다. "그리고 경단에 들어갈 재료로는 각종 생선과 포도주 약간, 오리 기름, 생강 그리고 마겐트로스트[1]

라고 부르는 특별한 풀이 필요합니다."

"맙소사! 대체 어떤 마법사에게서 그걸 배운 거지?"

아침 식사 담당 요리사가 놀라서 외쳤어요. "이 난쟁이가 말한 것은 한 치의 오차도 없습니다. 마겐트로스트라는 풀은 저희조차 몰랐던 거예요. 그렇지, 그거면 훨씬 소화가 잘될 거야. 오, 넌 정말 놀라운 요리사구나!"

"이런 일이 일어날 줄이야. 자, 어쨌든 이제 그의 솜씨를 시험해 보자! 그에게 그릇이든 뭐든 원하는 것은 모두 주어라. 그리고 아침 식사 준비를 맡겨 보자!"

요리장이 말했습니다.

모두들 그가 시키는 대로 했고, 화덕 위에 모든 것이 준비되었어요. 하지만 그곳에는 난쟁이의 코도 닿질 않았습니다. 그래서 사람들은 의자 한 쌍을 붙여 그 위에 대리석판을 올려놓고 이 난쟁이 마법사가 자신의 마술을 행할 수 있도록 그 위에 올라서게 했습니다. 그 주변에는 요리사들과 주방보조들, 하인들, 그 밖의 온갖 사람들이 빙 둘러서서 난쟁이가 얼마나 재빠른 손놀림으로 깔끔하고 정갈하게 요리를 하는지 감탄스레 지켜보았어요. 난쟁이는 재료 준비를 마치자 냄비 두 개를 불 위에 올려놓고 그가 소리칠 때까지 끓이도록 지시했습니다. 그러

1) 독일어로 '위장 보호'라는 의미

고 나서 그는 숫자를 세기 시작했어요. 하나, 둘, 셋…… 그 뒤로 꼭 오백까지 세고 나자 난쟁이는 소리쳤습니다.

"그만!"

냄비들이 불에서 내려지자 그는 요리장에게 맛을 보도록 권했어요.

주방 보조로부터 금숟가락을 건네받은 궁정 전속 요리사는 그것을 흐르는 물에 헹군 다음 요리장에게 건네주었어요. 요리장은 근엄한 표정으로 화덕으로 다가갔습니다. 그리고 요리를 한 숟가락 떠서 맛을 보았지요. 그는 지그시 눈을 감고 만족한 듯 입맛을 다셨어요. 그러고 나서 말했습니다.

"일품이군! 공작님께서도 이런 맛은 못 보셨을 거야. 정말 일품이야! 시종장님께서도 한번 맛을 보시지요!"

시종장은 숟가락을 받아 들고 몸을 숙여 맛을 보았습니다. 그는 너무나 훌륭한 맛에 정신을 차릴 수 없을 정도였지요.

"그대의 요리 솜씨는 정말 뛰어나오, 친애하는 아침 식사 담당 요리사. 그러나 경험 많은 당신도 이렇게 훌륭한 수프와 함부르크 경단은 만들지 못할 거요!"

이제 아침 식사 담당 요리사도 맛을 보았습니다. 그러고 나서 그는 존경심에 가득 차서 난쟁이의 손을 덥석 잡고 말했어요.

"난쟁이 양반! 당신은 요리의 대가입니다. 정말 마겐트로스트 풀이 아주 진기한 맛을 내는군요."

⁂

이때 공작의 몸종이 주방으로 들어와 공작이 아침 식사를 내오라고 지시했다고 전했습니다. 준비된 요리들은 은쟁반에 놓여 공작에게 전해졌고, 요리장은 난쟁이를 자신의 방으로 데려가 이야기를 나누었어요. 하지만 겨우 주기도문을 절반도 읊지 못할 만큼 짧은 시간이 지나자마자 급사 한 명이 요리장을 찾아와 공작이 찾는다고 전갈했습니다. 요리장은 서둘러 예복으로 갈아입고 급사의 뒤를 쫓았지요.

공작은 매우 만족한 얼굴이었어요. 요리장이 들어섰을 때 그는 은쟁반 위의 요리를 남김없이 먹고 나서 막 수염을 쓸고 있던 참이었습니다.

“이보게, 요리장, 나는 지금까지 그대의 요리에 늘 매우 만족해 왔다네. 하지만 오늘 아침 식사를 준비한 자가 누구인지 말해 주겠나? 내가 조상님들의 뒤를 이어 이 자리에 오른 이후로 이렇게 맛있는 음식은 처음이네. 말해 보게. 그 요리사의 이름이 뭔가? 상으로 그에게 금화라도 몇 닢 주어야겠네.”

공작은 말했어요.

“공작님, 정말 놀라운 일입니다.”

요리장은 대답하고 나서 오늘 아침 막무가내로 요리사가 되고 싶다는 한 난쟁이가 찾아와 일어난 일들을 모두 설명했습니다. 매우 기이하게 여긴 공작은 난쟁이를 불러오도록 명하고 나서, 불려 온 난쟁이에게 이름이 무엇이고 어디에서 왔는지를 물

었어요. 가엾은 야콥은 자신이 마법에 걸려 지난날 다람쥐로 하인 노릇을 했다는 말은 당연히 털어놓을 수가 없었어요. 하지만 지금은 부모님도 없고, 어떤 늙은 여인으로부터 요리를 배웠다는 것만은 솔직하게 말할 수 있었지요. 공작은 더 이상 캐묻지 않고 새로운 요리사의 별난 모습에 즐거워했습니다.

"여기에서 지내거라. 그럼 너에게 해마다 50두카텐[2]과 예복 한 벌, 바지 두 벌을 주마. 그 대신 너는 날마다 내 아침 식사를 직접 준비하거라. 그리고 점심 식사는 어떻게 준비해야 하는지 지시하고 내가 먹을 음식을 모두 책임지고 맡아서 해야 한다. 나는 이 성에서 일하는 모든 사람들에게 따로 이름을 지어 주었다. 너에게는 나제[3]라는 이름을 지어 주마. 그리고 너를 부요리장에 임명한다."

난쟁이 나제는 프랑켄 지방의 막강한 영주 앞에 무릎을 꿇고 그의 발에 입을 맞추었습니다. 그리고 그에게 충성을 다할 것을 맹세했어요.

이제 난쟁이는 어느 누구보다도 대우를 받았고, 일에 있어서도 존경을 받았어요. 사실상 난쟁이 나제가 성에 온 이후로 공작은 완전 딴 사람이 되었다고 말할 수 있으니까요. 평소에 공작은 진상한 냄비나 쟁반을 요리사들의 머리에 던지기 일쑤였

2) 옛 유럽의 금화 3) '코'를 뜻하는 독일어

거든요. 그랬어요, 심지어 한번은 요리장에게까지 연하게 구워지지 않았다고 불같이 화를 내며 송아지 다리를 이마에 던져 사흘간 꼼짝없이 자리에 눕게 만들기도 했답니다. 공작은 자신이 화가 나서 저지른 일을 금화 몇 닢으로 무마하긴 했지만, 그렇다고 해서 공작 앞에 요리를 내갈 때 무서워서 벌벌 떨지 않는 요리사가 없었어요. 하지만 난쟁이가 온 이후로는 모든 것이 마법처럼 변했지요. 공작은 이제 난쟁이 요리사의 솜씨를 즐기기 위해 하루 세 번이 아니라 다섯 번의 식사를 했습니다. 그런데도 그는 한 번도 못마땅해서 인상을 찌푸린 적이 없었어요. 그러기는커녕 매번 새롭고 훌륭한 맛을 느끼고 기분이 좋아 나날이 살이 올랐지요.

공작은 종종 요리장과 난쟁이 나제를 식탁으로 불러 각각 오른쪽과 왼쪽에 앉히고 맛있는 요리를 손수 떠서 입에 넣어 주기도 했어요. 그들 두 사람은 그와 같은 총애를 감사하게 여겼지요.

난쟁이는 그 도시에서 경이로움의 대상이었습니다. 사람들은 난쟁이가 요리하는 것을 보게 해 달라고 요리장에게 간청했어요. 몇몇 귀족들은 자신의 하인들이 공작의 주방에서 난쟁이로부터 직접 요리 수업을 받게 했는데, 그들이 지불하는 수업료는 적지 않은 수입이 되었어요. 왜냐하면 그들은 날마다 금화 반 닢을 지불했기 때문이지요. 나제는 귀족들이 자기네 요리사의 수업료로 지불한 돈을 다른 동료 요리사들에게 주었어요. 그것은 그들의 기분을 좋게 만들고 자신에게 질투심을 갖지 않도록 하기 위함이었지요.

그렇게 거의 2년 동안 나제는 지극히 유복하고 명예로운 생활을 누렸습니다. 하지만 부모님 생각만 하면 슬퍼졌어요. 그런데 그렇게 별 탈 없이 지내던 중 사건이 하나 일어났어요. 난쟁이 나제는 물건을 사는 데 매우 수완이 좋았고 또 장 보는 일을 좋아했기 때문에 시간이 나면 조류나 과일 등을 사러 직접 장터로 나갔습니다. 어느 날 아침 그는 거위 시장에 가서 공작이 좋아할 만한 실하게 살찐 거위들을 꼼꼼히 살펴보고 있었어요. 그는 몇 번이고 이리저리 왔다 갔다 했지요. 멀리서 보면 웃음과 조롱을 자아내는 그의 외모는 공작의 유명한 요리사라는 것을 알아본 사람들에 의해 존경을 받았습니다. 그리고 거위를 파는 아낙네들은 저마다 난쟁이가 자신들 쪽으로 코를 돌리면 행복함을 느꼈지요.

그러던 난쟁이는 장터의 맨 끝 쪽 구석진 곳에 앉은 한 여자를 보았어요. 그녀 역시 거위를 팔고 있었지만 다른 아낙들처럼 자기네 물건을 사라고 소리치며 사람들에게 권하지 않았습니다. 난쟁이는 그쪽으로 다가가 그녀가 팔고 있는 거위들을 들고 요리조리 살펴보았어요. 그것들은 바로 그가 원하던 거위들이었지요. 난쟁이는 우리 안에 들어 있는 거위 세 마리를 통째로 산 다음 넓은 어깨에 짊어지고 궁으로 향했습니다. 그런데 뭔가 좀 이상했어요. 거위 세 마리 중 두 마리는 보통의 거위들처럼 꽥꽥거리며 소리를 질러 댔는데 유독 한 마리만은 조용히 고개를 숙이고 앉아 사람처럼 한숨을 토하며 신음 소리를 내고 있는 거예요.

"이놈은 병든 거위구먼. 잡아서 요리하려면 얼른 서둘러야겠는걸."

난쟁이는 무심코 혼잣말을 했습니다. 그러자 그 거위가 아주 분명하고도 큰 소리로 이렇게 말하는 거였어요.

네가 나를 찌른다면
나는 너를 물어뜯을 테다.
네가 나의 목을 비튼다면
나는 너를 요절하게 만들어 주마.

난쟁이 나제는 기겁을 하며 들고 있던 거위 우리를 내려놓았어요. 그러자 거위는 맑고 아름다운 눈으로 그를 쳐다보며 한숨을 내쉬었어요.

"세상에!"

난쟁이가 외쳤습니다. "말을 할 줄 아시는군요, 거위 아가씨! 꿈에도 생각지 못한 일이네요. 자, 그렇게 겁내지 말아요! 삶에

는 도리가 있는데, 이렇게 진귀한 새를 죽일 수는 없지요. 그건 그렇고, 아무리 보아도 아가씨는 애초부터 이렇게 깃털 속에 싸여 있진 않았을 테지요. 나 자신도 한때는 보잘것없는 다람쥐였던 적이 있습니다."

"당신 말이 옳아요."

거위가 말했어요. "당신 말대로 나는 태어날 때부터 이런 치욕스런 껍데기를 뒤집어쓰고 있지는 않았어요. 아, 내게 이런 불행이 닥칠 줄은 꿈에도 몰랐어요! 위대한 베터보크의 딸인 이 미미가 공작의 부엌에서 죽게 될 줄이야!"

"진정해요, 미미 아가씨."

난쟁이는 거위를 위로했어요. "사실 저는 공작님의 신뢰를 받는 신하이자 부요리장입니다. 그러니 어느 누구도 아가씨를 해치지 않게 하겠습니다. 그리고 제 방에 따로 우리를 만들어 아가씨가 충분히 먹을 만큼 음식도 주고, 쉬는 시간은 기꺼이 아가씨와의 대화를 위해 바치겠습니다. 주방에서 일하는 다른 사람들에게는 내가 공작님을 위해 온갖 특별한 풀들을 먹여 키우는 거위라고 말하고 기회가 닿는 대로 아가씨를 풀어 주겠습니다."

거위는 눈물을 흘리며 그에게 고마워했어요. 난쟁이는 약속한 대로 두 마리의 다른 거위들만 잡고, 미미를 위해서는 공작을 위한 특별 요리용이라고 둘러댄 다음 따로 우리를 만들어 주었지요. 그는 또한 미미에게 보통의 거위들이 먹는 사료 대신 구운 과자와 달콤한 음식들을 마련해 주었습니다. 그리고 시간이 나는 대로 그녀와 대화를 나누며 위로했지요. 그들 둘은 서로의 이야기들을 주고받았고, 난쟁이는 거위 아가씨가 고트란트 섬에 살고 있는 마법사 베터보크의 딸이라는 것을 알게 되었어요. 베터보크는 한 늙은 마녀와 싸우게 되었는데, 그 마녀는 갖은 간교한 술책으로 베터보크를 이긴 다음 보복으로 그의 딸인 미미를 거위로 만들어 멀리 떨어진 이곳까지 데려왔다는 것이었어요. 난쟁이 나제 역시 자신의 이야기를 했고, 이를 들은 거위 아가씨가 말했어요.

"저는 이런 일에 아주 문외한은 아닙니다. 제 아버님께서는 저와 제 자매들에게 알려 줘도 되는 한도 내에서 몇 가지 마법의 기초 지식을 가르쳐 주었답니다. 야채 광주리 옆에서 언쟁을 벌인 것 하며 그 풀 냄새를 맡았을 때 당신이 갑자기 변신하게 된 것, 또 당신이 말한 그 노파의 몇 가지 얘기들을 모두 종합해 볼 때 당신은 풀에 의해 마법에 걸린 겁니다. 그러니까 그 마녀가 당신에게 마법을 걸었을 때 사용했던 그 풀을 찾아내기만 하면 당신도 마법에서 풀려날 거란 얘기지요."

거위 아가씨의 이 말은 난쟁이에겐 별로 위로가 되지 못했어요. 대체 그 풀을 어디에서 찾는단 말입니까? 그래도 그는 거위 아가씨에게 감사를 하고 한낱 희망이라도 품게 되었지요.

바로 그맘때 공작은 인근 지역 제후인 한 친구의 방문을 받았습니다. 그래서 공작은 난쟁이 나제를 불러다 놓고 말했어요.

"이제 너의 충성심과 요리 실력을 보여 줄 때가 되었다. 나를 방문할 그 제후는 나를 제외하고 가장 최고의 요리만을 먹는 것으로 유명하다. 그는 대단한 미식가이자 지혜로운 친구지. 그러니까 너는 그 친구가 매번 깜짝 놀랄 만큼 날마다 식탁을 차리는 데 주력해야 한다. 그가 이곳에 머무는 동안 같은 음식을 두 번 올렸다간 가만두지 않겠다. 그 대신 너는 재무대신으로부터 네가 원하는 것은 뭐든지 얻을 수 있을 것이다. 금과 다이아몬드를 기름을 둘러 구워야 한다면 그렇게 하여라! 내 친구 앞에서 망신을 당하느니 차라리 가난뱅이가 되겠다."

공작의 말에 난쟁이는 공손하게 허리를 숙이며 말했어요.

"분부대로 하겠습니다. 오, 공작님! 신의 뜻대로 저는 최고의 미식가인 그 제후님이 만족하시도록 최선을 다하겠습니다."

난쟁이 요리사는 이제 자신의 요리 실력을 최대한 발휘했어요. 그는 공작의 재물을 아끼지 않았고 더욱이 자신의 몸도 사리지 않았어요. 사람들은 온종일 불길에서 피어오르는 연기와 김으로 뒤덮여 있는 그의 모습을 보았고, 그의 목소리는 주방 보조들과 부하 요리사들에게 이것저것 지시하느라 주방의 둥근 천장이 쩌렁쩌렁하도록 끊임없이 울렸어요.

손님인 제후는 벌써 두 주일째 공작의 집에 머물며 극진한

❧

대접을 받았습니다. 그들은 하루에 다섯 번 이상 식사를 했고, 공작은 손님의 얼굴에 만족하는 빛이 역력했기 때문에 난쟁이의 음식 솜씨에 만족해했어요. 보름째 되는 날, 공작은 난쟁이를 식탁으로 불러 손님인 제후에게 소개하고는 그에게 난쟁이의 솜씨가 만족스러운지 물었어요.

"너는 정말 놀라운 요리사다."

제후가 대답했어요. "거다가 너는 적절하게 음식을 먹는다는 것이 어떤 건지도 알고 있다. 내가 이곳에 머무는 동안 내내 너는 한 번도 같은 음식을 내온 적이 없고 모든 것을 훌륭하게 준비했더구나. 하지만 한번 말해 보거라. 너는 어찌하여 이렇게 오랫동안 요리의 여왕이라 할 만한 수쩨렌 파이를 내오지 않는 거냐?"

난쟁이는 깜짝 놀랐어요. 왜냐하면 그는 한 번도 파이의 여왕이라는 요리에 관해 들어 본 적이 없었기 때문이지요. 그는 마음을 진정시키고 대답했습니다.

"오, 제후님! 저는 오랫동안 이곳에서 제후님의 밝은 표정을 뵙기를 희망했습니다. 그 때문에 저는 제후님과 이별하는 날 파이의 여왕으로 인사를 대신하려고 지금까지 기다려 왔던 것입니다!"

"그래?"

공작은 큰 소리로 웃으며 말했어요. "그럼 너는 송별연을 차

려 주기 위해 내가 죽을 때까지 기다릴 참이었느냐? 나에게도 지금까지 한 번도 그 파이를 내놓은 적이 없지 않느냐. 송별 인사 요리로는 다른 걸 생각해 보고, 내일 당장 그 파이를 식탁에 올리도록 하여라."

"분부대로 하겠습니다, 공작님!"

난쟁이는 대답하고 그 자리를 나왔어요. 하지만 그는 조금도 기쁘지 않았어요. 이제 그에게 치욕과 불행의 날이 닥쳤으니까요. 그는 그 파이를 어떻게 만들어야 하는지 알지 못했어요. 그래서 그는 방으로 돌아가 자신의 운명을 한탄하며 눈물을 흘렸지요. 그때 난쟁이의 방에서 왔다 갔다 하던 거위 미미가 그에게 다가와 슬퍼하는 이유가 무엇인지 물었어요.

"눈물을 그쳐요"

수쩨렌 파이에 대해 듣고 난 미미가 말했어요. "그 요리는 종종 우리 아버지 식탁에 올라오던 것이에요. 거기에 어떤 재료가 들어가는지 내가 대충 알고 있어요. 당신은 이런저런 재료들을 이러저러한 양만큼 넣도록 하세요. 설령 그 모든 재료가 완벽하게 일치하진 않더라도, 공작님과 제후님이 그렇게까지 섬세한 미각을 갖고 있지는 않을 거예요."

미미의 말에 난쟁이는 너무나 기뻐 펄쩍 뛰면서 자신이 거위를 사들인 그날에 대해 감사하며 파이의 여왕을 조리하기 시작했어요. 그는 우선 시식용으로 조그맣게 만들어 보았어요. 그런데 맛이 일품이었지요. 맛을 본 요리장도 이 새로운 요리법에 찬사를 보냈어요.

다음 날 그는 파이를 크게 만들어 화덕에서 꺼내자마자 꽃으로 둥그렇게 장식한 다음 따끈한 상태에서 식탁에 올리게 했어요. 그리고 자신도 가장 좋은 예복을 차려입고 식사하는 홀로 향했습니다. 그가 홀에 들어섰을 때 마침 식사 시중을 드는 시종은 파이를 잘라서 은으로 된 넓적한 파이 스푼으로 공작과 제후에게 건네고 있었습니다. 공작은 크게 한입 베어 물고 꿀꺽 삼킨 다음 천장을 올려다보며 눈을 휘둥그레 뜨고 말했어요.

"아! 아! 아! 이건 정말 파이의 여왕이라 불릴 만하군. 나의 난쟁이 역시 모든 요리사들의 왕이다! 안 그렇소, 친구?"

제후는 몇 입 베어 물고는 주의 깊게 맛을 음미했습니다. 그리고는 조소 섞인 알 수 없는 표정으로 미소를 지었어요.

"정말 훌륭하게 만들었군요."

그는 접시를 밀어내며 말했어요. "하지만 이건 완벽한 수쩨렌 파이는 아니오. 그리고 나는 이미 예상하고 있었소."

그러자 공작은 불쾌함에 이맛살을 찌푸렸고, 수치심에 얼굴이 벌개졌어요.

"이런 쳐죽일 난쟁이 놈!"

공작이 소리를 질렀어요. "네 어찌 감히 너의 주인을 이 꼴로 만드느냐? 네놈의 이 형편없는 요리에 대한 벌로 그 큰 머리통

을 도끼로 쳐서 잘라주랴?"

"아, 공작님! 제발 노여움을 푸십시오. 저는 그저 요리법에 따라 만들었을 뿐입니다. 분명 빠뜨린 것은 없습니다."

난쟁이는 벌벌 떨며 말했어요.

"거짓말 마라, 이 못된 놈아!"

공작은 호통을 치며 그를 발로 걷어찼습니다. "네 말대로라면 나의 손님이 뭔가 빠졌다고 하진 않았을 거다. 내 너를 잘게 썰어 파이로 만들게 하겠다!"

"부디 동정을 베푸시길 바랍니다!"

난쟁이는 울부짖으며 손님 앞에 무릎을 꿇고 기어가 그의 발을 붙잡고 매달렸어요. "말씀해 주십시오! 제후님의 입맛에 차지 않게 빠진 재료가 무엇입니까? 제발 한 줌의 고기와 밀가루 때문에 저를 죽게 만들지 말아 주십시오!"

"네게 별 도움을 줄 수 없을 것 같구나."

제후는 웃으며 말했어요. "나는 이미 어제 알았다. 네가 나의 요리사와 똑같은 요리를 만들 수 없으리란 것을 말이다. 네가 만든 파이에는 이 지방에서는 전혀 알려진 바가 없는 니스밋루스트[4]라는 풀이 빠졌다. 이 풀이 들어가지 않은 파이는 제대로 된 향이 없는 것이다. 그러니 너의 주인은 내가 알고 있는 그 파

4) '재채기가 나온다'는 의미를 가진 독일어의 조합

이 맛을 결코 맛볼 수 없을 거다."

그 말을 들은 프랑켄 지방의 공작은 격분했지요.

"나는 그 파이를 꼭 먹고야 말겠소."

그는 눈을 번득이며 소리쳤습니다. "내 공작의 명예를 걸고 맹세하건대, 당신이 말하는 그 파이를 내일 꼭 당신에게 보여주고 말 거요. 아니면 내 이놈의 목을 창에 꿰어 성문 위에 매달아 놓을 것이오. 물러가라, 이 못된 놈아. 내 너에게 한 번 더 스물네 시간의 여유를 주겠다."

공작은 그렇게 소리쳤어요. 난쟁이는 다시 울면서 자신의 방으로 돌아갔고요. 그리고 제후가 말한 풀을 한 번도 들어 본 적이 없었기 때문에 이미 죽은 목숨이나 다름없는 자신의 운명을 거위에게 한탄했어요.

"그거라면 내가 도움을 줄 수 있어요. 왜냐하면 아버지는 나에게 모든 풀에 대해 가르쳐 주셨거든요. 다른 때 같았으면 어쩜 당신은 죽은 목숨이었을지 몰라요. 하지만 다행히도 마침 초승달이 뜰 때이고, 그 풀은 이맘때 피어나거든요. 이 성 근처에 늙은 밤나무가 있나요?"

"오, 있지요!"

나제는 한결 마음이 놓여 대답했어요. "이 곳에서 200보쯤 떨어진 호숫가에 밤나무들이 늘어서 있어요. 그런데 그건 왜요?"

"그 풀은 늙은 밤나무 밑둥에서만 자라나요. 그러니까 꾸물대고 있을 시간이 없어요. 어서 가서 당신에게 필요한 풀을 찾아야 해요. 나를 안고서 밖으로 나가 내려 주세요. 그럼 제가 찾아 드릴게요."

그는 미미가 시키는 대로 그녀를 안고 성문으로 향했습니다. 하지만 그곳에선 문지기가 총으로 앞을 가로막으며 말했어요.

"이봐, 난쟁이, 이제 너는 끝장이야. 성 밖으로 나가는 건 금지라고. 나는 엄한 명령을 받았단 말이야."

"하지만 정원에는 나갈 수 있겠지요?"

난쟁이는 말했어요. "부디 친절을 베푸시어 시종장님께 당신의 동료를 한 사람 보내 물어봐 주실 수 없을까요? 제가 정원으로 나가 풀들을 찾아봐도 되는지 말입니다."

문지기는 그렇게 했고, 시종장은 허락해 주었습니다. 왜냐하면 정원의 담이 너무 높아서 밖으로 도망칠 엄두는 낼 수도 없었기 때문이지요. 나제는 거위 미미와 함께 정원으로 나가 그녀를 조심스레 내려놓았어요. 미미는 앞장서서 재빨리 밤나무들이 즐비한 호숫가로 향했습니다. 나제는 불안한 마음으로 그녀의 뒤를 쫓았고요. 그 길만이 나제의 마지막이자 유일한 희망이었기 때문이지요. 나제는 만일 그녀가 풀을 찾지 못하면 호수 속으로 뛰어들리라 단단히 마음먹었어요. 목을 베이느니 차라리 그편이 나으니까요. 거위는 모든 밤나무 아래를 열심히 찾아 헤매었지만 허사였어요. 그녀는 부리로 풀숲 사이를 모조리 헤집어 보았지만 아무것도 보이지 않았어요. 그러자 미미는 동정심과 불안함에 못 이겨 흐느껴 울기 시작했습니다. 날은 이미 어두워졌고 주변의 사물들을 분간하기 힘들어졌기 때문이에요.

그때 난쟁이의 시선이 호수 건너편을 향했습니다. 그리고 별안간 그가 외쳤어요.

"저길 봐요, 저길! 저기 호수 건너편에 커다란 늙은 밤나무가 있어요. 저리로 가서 찾아봅시다. 어쩜 그곳에 나의 행운이 피어 있을지 몰라요."

거위는 겅중겅중 뛰며 앞서 갔고, 나제는 짧은 다리로 최대한 빨리 그 뒤를 쫓았어요. 그 밤나무는 커다란 그림자를 드리우고 있었습니다. 그 때문에 주위가 어두워서 거의 아무것도 알아볼 수 없었지요. 하지만 그때 별안간 거위가 멈추어 섰습니다. 그리고 기쁨에 날개를 퍼덕이며 재빨리 높이 자란 풀숲 사이로 머리를 디밀고 무언가를 땄어요. 그리고 그것을 부리로 물어 놀란 나제에게 사랑스럽게 건네며 말했어요.

"이게 그 풀이에요. 그리고 이곳에 당신이 쓰고도 남을 만큼 많이 자라고 있어요."

난쟁이는 생각에 잠긴 채 풀을 들여다보았어요. 그 풀에서는 달콤한 향기가 풍겨져 나와, 난쟁이로 하여금 불현듯 자신의 모습이 변했을 당시의 기억을 떠올리게 만들었습니다. 그 풀의 줄

기와 이파리들은 청록색을 띠고 위에 매달린 작은 꽃은 불타는 듯 강렬한 붉은 빛을 띠고 있었어요. 그리고 꽃의 가장자리에는 노란색 테두리가 둘러져 있었지요.

"하느님, 감사합니다!"

그는 마침내 큰 소리로 외쳤어요. "이런 기적이 있을 수가! 이 풀이 나를 다람쥐에서 이렇게 흉측한 몰골로 변화시킨 그 풀인 것 같아요. 다시 한 번 변하는지 시험해 볼까요?"

"아직은 안 돼요. 우선 이 풀을 한 줌 쥐고 당신 방으로 가세요. 그리고 당신이 가진 돈과 그 밖의 것들을 챙긴 다음 이 풀의 힘을 시험해 보도록 해요!"

미미와 나제는 방으로 돌아갔어요. 기대에 가득 찬 난쟁이의 심장은 옆에서도 소리가 들릴 만큼 뛰었습니다. 그는 그동안 모아 두었던 오륙십 두카텐을 작은 꾸러미에 넣어 몇 벌의 옷가지와 신발에 연결시킨 다음 말했습니다.

"이것이 하느님의 뜻이라면 이 무거운 짐에서 벗어나겠지."

그는 자신의 코를 풀에다 깊숙이 박고 그 향기를 빨아들였습니다.

그러자 그의 사지가 쭉 펴지면서 우두둑 소리가 들려왔어요. 머리가 어깨 위로 쭉 빠져나오는 느낌이 들었고, 눈을 간신히 아래로 깔고 코를 보니, 점점 작아지는 것이 보였어요. 등과 가슴도 평평해지기 시작했고, 다리는 길어졌습니다.

거위는 깜짝 놀라며 이 모든 광경을 지켜보았어요.

"아! 당신은 정말 키가 크고 아름답군요!"

그녀가 소리쳤어요. "하느님, 감사합니다. 이전의 당신 모습은 어디에서도 찾아볼 수 없어요!"

야콥은 매우 기뻐했어요. 그리고 손을 모아 기도를 올렸지요. 이렇게 기쁜 와중에도 야콥은 거위 미미의 은혜를 잊지 않았습니다. 그의 마음은 부모님께 달려가고 싶어 조바심이 났지만 감사하는 마음에 이러한 바람을 억누르고 말했어요.

"나의 모습을 되찾은 게 당신 아니면 누구의 덕택이겠소? 당신이 아니었다면 나는 그 풀을 결코 찾지 못했을 거요. 그리고 영원히 추악한 몰골로 살아가거나 사형 집행인의 도끼에 죽었을 게 분명합니다. 자, 이젠 내가 당신에게 갚을 차례요. 당신을 당신 아버지께 데려다 주겠소. 모든 마법에 능통한 분이시니 당신이 걸려든 마법을 쉽사리 풀 수 있을 거요."

거위는 기쁨의 눈물을 흘리며 그의 제안을 받아들였어요. 야콥은 거위를 안고 가까스로 들키지 않은 채 성을 빠져나갔습니다. 그리고 미미의 고향인 바닷가로 향했지요.

그들의 여행이 얼마나 행복하게 결말이 났는지는 내가 굳이 이야기할 필요도 없을 겁니다. 베터보크는 딸이 걸려든 마법을 풀어 주었고, 야콥은 선물을 가득 싣고 고향으로 돌아왔지요. 그의 부모님은 이 잘생긴 청년의 모습을 보고 잃어버린 아들이

라는 것을 금세 알아차렸어요. 그는 베터보크에게서 받은 선물로 가게를 사서 부유하고 행복하게 살았답니다.

하지만 공작의 궁에서 난쟁이가 떠난 뒤 얼마나 큰 소동이 일어났는지는 이야기하지 않을 수 없군요. 다음 날 공작은 난쟁이가 그 풀을 찾지 못할 경우 머리를 베어 버리겠다고 한 자신의 맹세를 지키려 했지만 어디에서도 그의 모습을 찾을 수 없었어요. 하지만 손님인 제후는 공작이 자신의 일류 요리사를 잃기 싫어서 비밀리에 빼돌렸다고 주장했어요. 그리고 공작이 약속을 지키지 않는다며 비난했지요. 결국 그 때문에 둘 사이에 큰 전쟁이 일어났고, 이것은 '풀잎 전쟁'이라 불리며 역사적으로 유명한 사건이 되었답니다. 이 전쟁 동안 여러 차례의 전투가 벌어졌지만 결국엔 평화 조약을 맺게 되었어요. 사람들은 이 평화 조약을 '파이 평화 조약'이라 부른답니다. 왜냐하면 평화를 기념해서 열린 축제일에 제후의 요리사가 공작이 기가 막히게 훌륭한 맛을 볼 수 있도록 파이의 여왕인 수쩨렌 파이를 만들었기 때문이지요

강명희
옮김

원숭이 인간

Der Affe als Mensch,
1827

빌헬름 하우프
Wilhelm Hauff

빌헬름 하우프
Wilhelm Hauff
1802-1827

오늘날에는 여러 편의 동화를 통해 동화작가로 더 잘 알려져 있지만, 독일 낭만주의 작가로서 역사소설 『리히텐슈타인』(1827) 등으로 문명을 떨쳤다. 그가 동화 작가로 평가를 받는 이유는 그가 다룬 이야기들이 지니고 있는 환상성과 친숙한 문장 때문이다.
이 책에 실린 「황새가 된 칼리프」는 정감 가는 등장인물들의 유머러스한 모습이 매우 매력적인 작품이다. 「난쟁이 나제」는 마법에 걸린 불행한 한 소년이 스스로의 운명을 개척해 나간다는 이야기가 호소력 짙은 서사에 실려 전개된다. 「원숭이 인간」에는 시대의 조류에 휩쓸려 주체성을 상실해 가는 당시 독일 사회에 대한 풍자가 담겨 있다.
빌헬름 하우프는 1827년 딸이 태어난 다음 날 숨을 거두었다.

독일 남부 지역에 그륀비젤이라는 작은 마을이 있습니다. 내가 태어나고 자란 곳이죠. 그륀비젤은 독일의 여느 소도시와 다를 바 없는 곳입니다. 마을 한가운데에는 분수 딸린 작은 광장이 있고, 그 한쪽에는 작고 오래된 시청이 있습니다. 그리고 광장 주변으로는 판사와 부유한 상인들의 집이 있고, 몇 가닥 비좁은 골목길 안에는 평범한 주민들이 살고 있습니다. 마을 안에서 벌어지는 일은 모든 게 빤하고 사람들은 서로 모르는 것이 없습니다. 그래서 어쩌다 판사나 시장이나 의사의 집 식탁에 별난 요리라도 오르게 되면 점심때가 되기도 전에 온 마을 사람들이 다 알게 마련이지요. 그리고 오후가 되면 인사차 서로 방문한 여인네들이 모여 앉아 진한 커피와 달콤한 과자를 즐기며 이 대단한 사건에 대해 수다를 떨다가, 아무래도 목사님께서 복권을 샀는데 기독교 교리에 어긋나게 왕창 돈을 딴 모양이든가, 또 시장님께서 '뇌물'을 받았다든가, 의사 선생님이 비싼 처방을 써 주는 대가로 약사한테서 몇 푼의 금화를 받았을 거라는 둥 결론을 내리곤 합니다. 그러니 이처럼 빤하게 정돈된 그륀비젤 같은 곳에 어느 날 갑자기 어디서 왔는지, 무엇을 하러 왔는지, 지금껏 무슨 일을 하며 살았는지 전혀 아는 바 없는 생면부지의 한 남자가 들어 왔을 때 얼마나 사람들이 뜨악하게 여겼을지는 가히 상상이 가는 일이지요. 그의 통행증을 검사한 시장은 의사의 집에서 가진 커피 모임에서, 그 남자의 통행증은 베를린에서 그륀비젤까지 제대로 검증되기는 했지만 무언가 석연치 않은 점이 있다고 했습니다. 왜냐하면 그 남자가 좀 수상해 보이기 때문이라는 것이었어요. 시장은 마을에서 최고의 신망을 얻고 있는 사람이었기에 그 순간부터 그 이방인이 수상쩍은 인물로 간주된 것도 이상할 게 없는 일이었지요. 또 그의 처신도 그런 견해를 돌려놓을 수 없게 했습니다. 그 이방인은 몇 푼의 금화를 지불하고 지금껏 황폐해 있던 집을 한 채 통째로 빌렸습니다. 그러고는 수레도 온갖 기이한 가재도구, 이를테면 난로, 레인지, 커다란 솥 등을 끌어들여 그때부터 오로지 혼자 살았습니다. 네, 그랬어요. 그는 심지어 요리까지 손수 했고, 그의 집에 드나드는 사람이라곤 빵과 고기, 야채 등을 조달해주는 그륀비젤의 한 노인 말고는 아무도 없었습니다. 하지만 이방인은 그 노인 역시 현관까지만 들어오게 하고 거기에서 물건들을 건네받았지요.

그 남자가 우리 마을에 들어왔을 때, 나는 열 살짜리 소년이었습니다. 그래서 지금도 그 남자가 작은 마을에 일으켰던 소동을 마치 어제 있었던 일인 양 생생하게 기억합니다. 그는 오후에 다른 남자들처럼 볼링장에 가지도 않았고, 저녁에 보통 남자들이 모여 파이프 담배를 물고 신문 기사에 대해 떠들어대곤 하는 주점에 나타나는 일도 없었습니다. 시장, 판사, 의사와 목사님이 연달아 그를 식사나 커피 모임에 초대해 봤지만 번번이 사양했고요. 그 때문에 어떤 이들은 그를 미쳤다고 여겼고, 또 어떤 사람들은 그가 유대인일 거라고 했고, 그가 마법사이거나 주술사일 거라고 단호히 주장하는 사람들도 있었습니다. 내가 열여덟, 스무 살이 되었을 때도 동네 사람들은 그를 여전히 이방인이라고 불렀습니다.

그러던 어느 날 별난 동물들을 끌고 다니는 사람들이 우리 마을에 나타났습니다. 이들은 허리 굽혀 절할 줄 아는 낙타, 춤추는 곰, 사람 옷을 입고 우스꽝스런 모습으로 온갖 재주를 피우는 몇 마리 개와 원숭이를 끌고 다니는 떠돌이 패였지요. 이 패거리는 보통 도시를 누비며 다니다가 네거리나 광장에 자리를 잡고서, 작은북과 피리로 요란한 음악을 연주하면서 끌고 온 동물들을 춤추고 재주 부리게 하고는, 그다음에 집집마다 다니며 돈을 거둬들이지요. 하지만 이번에 그륀비젤에 나타난 이 패거리에서 단연 눈에 띄는 것은 한 마리 괴물 같은 오랑우탄이었습니다. 거의 사람만 한 덩치에다 두 다리로 걸으면서 온갖 종류의 묘기를 부리는 놈이었지요. 이 개와 원숭이의 익살극은 이방인의 집 앞까지 진출했습니다. 북소리와 피리 소리가 나자 어둡고 희뿌옇게 낡은 창문 뒤로 나타난 그 남자는 처음엔 매우 못마땅한 기색이었습니다. 하지만 곧이어 한결 누그러진 듯 보였고, 뜻밖에도 창밖으로 얼굴을 내밀고 오랑우탄의 묘기를 구경하며 진심으로 웃었습니다. 그랬어요, 그는 심지어 고액의 은화까지 한 닢 주어 온통 그 이야기로 마을을 술렁거리게 했습니다.

다음 날 아침 동물 곡예단은 길을 떠날 준비를 했습니다. 낙타는 여러 개의 바구니를 등에 싣고 있었고, 바구니 속에는 개와 원숭이들이 아주 편안하게 앉아 있었지요. 하지만 동물 조련사들과 오랑우탄은 낙타 뒤를 따라 걸었습니다. 그런데 그들이 몇 시간 후 성문 밖에 이르자마자 이방인은 서둘러 우체국으로 가서 특별 우편 마차 한 대를 부탁했고 그 바람에 우체국장은 깜짝 놀랐습니다. 곧이어 그도 동물 곡예단이 지나간 길을 따라 성문을 빠져나갔지요. 그가 어디로 갔는지 도통 알 수 없었기에 온 마을 사람들은 안달이 났습니다. 이방인이 마차를 몰고 다시 성문에 나타났을 때는 이미 어두운 밤이었어요. 그런데 마차 안에는 한 명이 더 앉아 있었습니다. 그는 모자를 얼굴까지 푹 눌러쓰고 입과 귀는 비단 천으로 감싸고 있었지요. 성문지기는 모르는 사람에게 통행증을 요구하는 것이 자신의 의무라고 생각했습니다. 하지만 미지의 그 인물은 전혀 알아들을 수 없는 말로 으르렁대며 아주 거친 반응을 보였어요.

"이쪽은 제 조카입니다."

이방인이 성문지기에게 은화 몇 닢을 쥐여 주며 예의 바르게 말했죠. "이쪽은 제 조카인데 아직 독일어를 잘 못해요. 이 애가 방금 한 말은 우리가 여기에서 검사받느라 지체된 것에 대해 조금 불평을 내뱉은 것입니다."

"아이쿠, 이런! 선생님의 조카시라면야 통행증 없이도 출입하실 수 있죠. 분명 선생 집에서 지내겠지요?"

성문지기가 말했습니다.

"물론입니다. 아마 여기서 오래 지내게 될 겁니다."

이방인이 말했습니다.

성문지기는 더 이상 이의 없이 이방인과 조카를 통과시켜 주었습니다. 얘기가 나온 김에 말이지만, 시장님과 온 주민은 이 성문지기의 처사를 심히 못마땅하게 생각했습니다. 어쨌든 그는 조카가 하는 말을 최소한 몇 마디라도 알아챘어야 했다는 것이었지요. 그랬다면 그와 그의 삼촌이란 인물이 어느 나라에서 왔는지 쉽게 알아낼 수 있었을 거라고 말입니다. 하지만 성문지기는 그건 프랑스어도 이탈리아어도 아니라고 확신하며,

또렷하진 않았지만 아무래도 영어처럼 들렸으며 자기가 잘못 듣지 않았다면 그 젊은 양반이 한 말은 'God damn빌어먹을!'이었다고 말했습니다. 이 말로 성문지기 자신은 위기에서 벗어났고, 그 젊은 남자에겐 이름을 하나 붙여준 셈이 되었습니다. 그때부터 마을 사람들은 어딜 가나 젊은 영국인에 대한 얘기에만 열을 올렸으니까요.

그 젊은 영국인 역시 볼링장에도 맥줏집에도 모습을 드러내지 않았습니다. 하지만 그는 다른 방법으로 사람들에게 이야깃거리를 제공했지요. 그러니까 평소 절간처럼 조용한 이방인의 집 안에서 끔찍한 괴성과 소음이 자주 나곤 했는데, 그럴 때면 사람들이 우르르 그의 집 앞으로 몰려와 안을 들여다보곤 했답니다. 그러면 붉은색 연미복 상의에 초록색 바지를 입고, 더부룩한 머리에 흉측한 표정으로 온 방 안을 휘저으며 무시무시한 속도로 창가에서 왔다 갔다 하는 젊은 영국인을 볼 수 있었어요. 또 늙은 이방인은 붉은색 잠옷 차림에 채찍을 들고 젊은이의 뒤를 쫓았는데, 놓치기 일쑤였지만 몇 번인가는 분명 따라잡았다고 거리의 구경꾼들은 짐작했어요. 왜냐하면 공포에 질려 울부짖는 소리와 채찍질 소리가 사람들 귀에 들려왔으니까요. 낯선 젊은이가 그렇게 학대를 당하는 것을 보고 마을 여자들은 크나큰 동정심을 느꼈고, 마침내 시장을 찾아가 무언가 조치를 취하도록 만들었습니다. 시장은 이방인에게 공문을 보냈습니

다. 그 내용은, 조카에 대한 가혹한 행위를 강경하게 비난하며 다시 앞으로 그런 장면이 눈에 띌 경우에는 그 젊은이를 특별 보호하겠다는 것이었습니다.

하지만 그 이방인이 10년 만에 처음으로 몸소 찾아왔으니 시장이 기절초풍하고할 밖에요! 늙은 남자는 젊은이의 부모가 엄격히 교육시켜 달라는 부탁과 함께 조카를 맡겼다는 말로 자신의 처사를 변명했습니다. 사연인즉, 자신의 조카는 영리하고 재주가 있는 청년이지만 말을 배우는 데 아주 애를 먹고 있다는 것이었습니다. 그는 자신의 조카가 나중에 그륀비젤에서 사람들과 어울려 사는 데 어려움이 없도록 독일어를 유창하게 할 수 있기를 간절히 바라지만, 조카가 독일어 배우는 것을 너무 어려워해서 가끔씩은 매로 다스릴 수밖에 없다고 했지요. 시장은 이 낯선 노인의 해명에 완전히 만족해하고 그에게 조금 자제할 것을 권했습니다. 그러고는 저녁에 맥줏집에서 사람들에게 그 이방인만큼 교양 있고 점잖은 사람은 드물게 보았노라고 얘기했습니다.

"그가 마을 사람들과 자주 어울리지 않는 것이 유감이긴 하지만, 그래도 그의 조카가 독일어를 좀 배우게 되면 아마 지금보다 더 자주 우리와 어울리게 될 거라고 생각해요."

시장은 덧붙여 말했습니다.

이 사건 하나로 마을 사람들의 생각은 완전히 바뀌었습니다.

사람들은 이제 그 이방인을 점잖은 신사로 간주하고 그와 친분을 맺기를 바라면서 이따금씩 황량한 집 안에서 끔찍한 비명 소리가 들려와도 모든 게 제대로 돌아간다고 여겼지요.

"또 조카한테 독일어를 가르치는구먼."

그륀비젤 사람들은 이렇게 말하면서 무심히 지나쳤습니다. 그렇게 얼추 3개월쯤 지나자 독일어 수업은 끝난 듯했어요. 왜냐하면 그 이방인은 이제 한 단계 다른 교육을 시작했기 때문이지요. 이 마을에는 동네 젊은이들에게 춤을 가르치는 한 늙은 프랑스 남자가 살고 있었습니다. 이방인은 이 프랑스인을 불러서 자신의 조카에게 춤을 가르쳐 달라고 부탁했습니다. 조카가 영리하긴 하지만 춤에 관해서는 약간 제멋대로인 경향이 있다고 미리 양해를 구하고 말이지요. 자신의 조카는 예전에 또 다른 춤의 대가로부터 교습을 받은 적이 있는데, 너무나 특이한 동작을 배운 바람에 사교 모임에는 적당치 않다는 것이었습니다. 하지만 조카는 바로 그 점 때문에 자기 자신을 위대한 춤꾼이라 자처한다는 것입니다. 실상 그의 춤은 왈츠나 갤럽[1], 혹은 에코세즈[2] 나 프랑세즈[3]와 조금도 유사한 점이 없다는데 말입니다. 어쨌든 그 프랑스 노교사는 수업료로 1탈러[4]를 받기로 하고 기꺼이 이 제멋대로인 학생의 수업을 떠맡기로 했습니다.

1) Galopp, 4분의 2박자로 된 빠른 원무圓舞 2) Ecossaise, 스코틀랜드 민속춤 3) Francaise, 8분의 6박자의 프랑스 사교춤 4) 15~19세기 독일의 은화

그 프랑스 노인이 몸소 확인했던 것처럼 세상에서 이 춤 수업보다 더 이상한 것은 없었습니다. 다리만 좀 심하게 짧을 뿐 아주 크고 호리호리한 젊은 남자인 조카는 깔끔하게 손질한 머리에 붉은색 연미복과 초록색의 헐렁한 바지를 입고 윤나는 장갑을 낀 채 나타났습니다. 그는 거의 말이 없었고, 악센트가 특이했으며, 처음엔 상당히 점잖고 솜씨도 괜찮았습니다. 그러다가 그는 별안간 기괴한 동작으로 도약을 하거나 앙트르샤[5]를 할 때에는 춤 선생이 기절할 만큼 뻔뻔한 동작으로 춤을 추었습니다. 춤 선생이 그의 동작을 지적하고 교정을 해 주려니까, 조카는 신고 있던 댄스 슈즈를 벗어 프랑스 교사의 머리에 던지고 방 안을 사방팔방으로 기어 다녔습니다. 이렇게 한바탕 소란이 일어나고 있을 때, 헐렁한 붉은색 잠옷 차림에 머리에 금박 고깔모자를 쓴 이방인이 자기 방에서 뛰쳐나와 사냥 채찍으로 사정없이 조카의 등을 내리쳤어요. 그러자 조카는 끔찍한 소리로 울부짖으며 테이블이며 높은 장롱으로 뛰어올랐고, 심지어는 창턱까지 기어올라 알아들을 수 없는 이상한 말을 지껄였습니다. 하지만 붉은 잠옷 차림의 이방인은 꿈쩍도 하지 않고 조카의 다리를 잡아 끌어내려 호되게 매질을 한 다음, 버클을 써서 조카의 스카프를 한층 단단히 조였습니다. 그러자 조카는

5) Entrechats, 뛰어 있는 동안 발뒤꿈치를 몇 번이고 마주치는 발레 동작

다시 고분고분 얌전해졌고 아무 문제 없이 춤 수업을 계속 받았습니다.

춤 교습이 상당히 진전되어 이젠 수업 시간에 음악을 틀고 연습할 수 있게 되자 조카는 완전히 변했습니다. 시청의 악사가 불려 왔고, 그는 황량한 집 거실의 한 테이블 위에 앉혀졌습니다. 춤 선생이 여자 역할을 했습니다. 이방인은 그에게 실크로 된 여자 치마를 입히고 동인도의 숄을 두르게 했지요. 조카는 춤 선생에게 손을 내밀고 왈츠를 추기 시작했습니다. 하지만 조카는 지칠 줄 모르는 격렬한 춤꾼이라 춤 선생이 신음을 하든 비명을 지르든 자신의 긴 팔에서 춤 선생을 놓아주지 않았습니다. 춤 선생은 지쳐 나가떨어질 때까지, 그리고 바이올린을 연주하던 악사의 팔이 마비될 때까지 춤을 추어야 했지요. 이 수업은 춤 선생을 죽을 지경으로 만들었지만, 이 지긋지긋한 집에 다시는 발을 들여놓지 않겠다고 단단히 결심을 하다가도 매번 꼬박꼬박 지불되는 수업료와 가끔씩 대접받는 고급 와인은 번번이 그를 다시 오게 했습니다.

하지만 그뤼비젤 사람들은 이 일에 대해 프랑스 교사와는 딴판으로 생각했습니다. 그들은 이 젊은 조카가 사교계 생활에 대단한 소질을 가지고 있다고 여겼고, 마을 여자들은 다가올 겨울 댄스파티에서 남자 파트너가 가뜩이나 부족한데 이토록 날렵한 춤 파트너를 한 사람 얻게 된 것을 기뻐했습니다.

어느 날 아침 장터에서 돌아온 하녀들이 저마다 주인에게 놀라운 소식을 전했습니다.

"저 황량한 집 앞에 웬 번쩍번쩍한 마차 한 대가 서 있었어요. 멋진 말이 끌고 있고, 제대로 제복을 갖춰 입은 하인이 마차 문을 잡고 있었고요. 그때 황량한 집 문이 열리고 두 명의 멋진 차림의 신사가 나왔어요. 한 사람은 늙은 이방인이고, 다른 한 사람은 젊은 신사였는데 아마도 그토록 독일어를 힘들게 배우고 미친 듯이 춤을 춘다던 조카인 것 같았어요. 두 사람은 마차에 올랐고, 하인은 마차 뒤켠에 올라탔는데, 글쎄 상상해 보세요! 그 마차가 시장님 집을 향해 곧장 달려갔지 뭐예요."

하녀들로부터 이 소식을 들은 주인 여자들은 황급히 앞치마와 지저분한 머릿수건을 벗어던지고 화려한 옷으로 갈아입었습니다.

"분명해요"

여자들은 다른 용도로 쓰고 있던 손님방을 정리하느라 이리저리 분주하게 뛰어다니며 가족들에게 말했어요. "이제 그 이방인이 자기 조카를 사교계에 소개하려는 게 분명해요. 그 늙은 영감은 지난 10년간 우리 집에 발을 들여놓지 않을 만큼 그렇게 교양이 없었지만, 그래도 그 매력적이라는 조카 때문에 봐주기로 했어요."

여자들은 이렇게 말하며 자신들의 아들과 딸에게 손님들이

오면 몸가짐을 똑바로 하고 평소보다 발음을 정확하게 해서 예의 바르게 보일 것을 당부했습니다. 마을의 이 영리한 여자들의 생각은 옳았습니다. 왜냐하면 그 늙은 신사는 조카와 함께 일일이 집집마다 찾아다니며 자신과 자신의 조카를 잘 봐달라고 소개했으니까요.

사람들은 모이기만 하면 이 두 이방인에 대한 얘기뿐이었고, 이렇게 좋은 사람들을 더 일찍 사귀지 못했음을 안타까워했죠. 노신사는 품위 있고 매우 이성적인 사람처럼 보였어요. 그는 말할 때마다 빙긋이 미소를 지어서 간혹 진심인지 아닌지 헷갈리게 하긴 했지만 날씨나 지방, 한여름 산골 포도주 저장소에서 느끼는 즐거움 등을 화제로 삼을 때에는 아주 해박하고 진지해서 듣는 이들을 모두 넋이 나가게 했습니다. 그 조카는 또 어떻고요! 그 역시 사람들을 매혹시켰고, 모든 이의 마음을 사로잡았지요. 외모로 말할 것 같으면 잘생긴 얼굴이라 할 수는 없었지요. 얼굴 아랫부분, 특히 턱이 유난히 앞으로 튀어나와 있었고 얼굴빛은 짙은 갈색이었습니다. 거다가 수시로 괴상하게 인상을 찌푸렸고 눈을 감고 이빨을 드러냈어요. 그런데도 사람들은 그런 표정들을 아주 흥미로워했어요. 그렇게 재빨리 실룩거리는 얼굴 표정은 세상 어디에도 없었을 거예요. 옷은 약간 이상한 모양새로 그의 몸에 걸쳐져 있었지만 그런대로 잘 어울렸어요. 그는 방 안을 이리저리 휘젓고 다니며, 소파에 주저앉았다가 또 팔걸이의자에 앉아 다리를 쭉 뻗기도 했습니다. 다른 젊은이가 그런 행동을 했으면 아주 뻔뻔하고 무례하다고 했겠지만, 사람들은 그것조차도 조카의 독특한 특성으로 간주했습니다.

"그는 영국인이야. 영국인들은 모두 다 저래. 영국인은 숙녀 열 명이 자리가 없어서 서성거리고 있어도 버젓이 소파에 누워 잠을 자기도 한다니까. 그러니 영국인이라 저러는 걸 나쁘다 할 수는 없지."

사람들은 말했습니다. 조카는 오로지 자신의 삼촌 앞에서만 얌전해졌습니다. 그는 방 안을 펄쩍거리며 뛰어다니거나 제멋대로 소파 위에 발을 올려놓다가도 삼촌이 엄한 눈빛을 던지면 금세 잠잠해졌습니다.

"제 조카 녀석이 아직은 미숙하고 교양이 없습니다. 하지만 저는 여러분들이 저의 조카를 제대로 된 교양인으로 다듬어 주실 것을 기대하고 있습니다. 여러분께 저의 조카를 맡깁니다."

삼촌이 집집마다 안주인에게 이렇게 말하는데, 어떻게 그 정도의 행동을 나쁘다 할 수 있었겠습니까.

그렇게 해서 조카는 사교계로 나오게 되었고 그날 이후 그륀비젤은 온통 그 일에 관한 얘기뿐이었습니다. 노신사도 이전과 같지 않았어요. 그는 사고방식과 삶의 방식이 완전히 변한 것 같았지요. 오후가 되면 그는 조카와 함께 상류층 신사들이 모여 맥주를 마시고 볼링을 하며 즐기는 산기슭 동굴 주점[6]에 나타났습니다. 조카는 이 볼링 경기에서도 솜씨를 발휘했습니다. 그는 핀을 다섯 개나 여섯 개 이하로 쓰러뜨린 적이 없었고, 무슨 신이 들린 듯 볼링공을 쏜살처럼 핀 밑으로 밀어 넣고는 온갖 미치광이 같은 소란을 일으켰습니다. 그런가 하면 크란츠[7]나 킹을 던졌을 때에는 별안간 멋지게 손질한 머리칼로 물구나무를 서서 다리를 허공으로 쭉 뻗는 거예요. 또 어떤 때는 눈 깜짝할 새에 지나가는 마차 지붕 위에 펄쩍 올라가 앉아 괴상한 표정으로 내려다보며 한동안 실려 가다가, 다시 뛰어내려 사람들이 있는 곳으로 돌아오기도 했지요.

이런 장면이 연출될 때면 노신사는 시장과 다른 남자들에게 조카의 무례함에 대해 정중히 사과를 하곤 했습니다. 하지만 정작 그들은 웃으면서 다 젊은 혈기 탓으로 돌리며 그 나이 때에는 자기네들도 다 그랬다고 말하면서 그를 혈기 왕성한 장난꾸러기라고 부르면서 아꼈습니다.

하지만 이 젊은 영국인이 교양과 이성의 표본인 것처럼 간주된 탓에 그들이 적지 않게 화가 났어도 감히 뭐라 말을 하지 못하는 때도 있었지요. 이를테면 그 노신사는 저녁이면 조카와 함께 시내 술집인 황금사슴에 들르곤 했는데, 이때 조카는 아직 새파란 젊은이면서도 벌써 연륜이 찬 노인처럼 굴었어요. 그

6) 바위에 굴을 파서 만든 지하 술 창고 7) 가운데 핀 하나를 제외하고 모두 쓰러진 모양

는 자기 몫의 술잔을 앞에 놓고 자리에 앉아 거창한 안경을 걸치고는 큼지막한 파이프를 꺼내 불을 붙인 다음 좌중의 모두가 찌푸리도록 연기를 내뱉곤 했지요. 그러다 신문 기사나, 전쟁 또는 평화에 관한 것이 화제에 오르게 되면 의사와 시장은 나름대로 의견을 말하고 이를 들은 다른 남자들은 두 사람의 깊은 정치적 식견에 감탄을 보내는데, 그때 이 조카라는 녀석은 아주 다른 의견이 있는 듯 굴었습니다. 그는 결코 벗는 적이 없는 장갑을 낀 손으로 테이블을 내리치며 시장과 의사에게 두 사람이 이 모든 것에 대해 정확히 알고 있는 게 하나도 없으며 자신은 아주 다른 견해를 가지고 있고 한층 더 깊은 식견을 가지고 있노라고 잘 알아들을 수도 없는 말을 던지는 것이었습니다. 그러고는 괴상한 엉터리 독일어로 자기의 견해를 마구 쏟아놓았지요. 그러면 시장의 붉으락푸르락한 얼굴에도 불구하고 사람들은 모두가 그 청년을 썩 훌륭하다고 느꼈습니다. 왜냐하면 이 청년은 영국인이기에 당연히 모든 것을 분명히 더 잘 알 것이었기 때문입니다.

더 이상 목청을 높일 수 없게 된 시장과 의사가 분을 삭이며 체스 게임을 하는 자리로 가서 앉으면 조카는 그 뒤를 쫓아가 커다란 안경을 쓴 채 시장의 어깨너머로 감 놔라 배 놔라 잔소리를 했고 의사한테도 이런저런 훈수를 두어 두 남자의 속을 부글부글 끓게 했습니다. 마침내 화가 난 시장이 그에게 함께 체스를 두자고 제안했습니다. 시장은 스스로 제2의 필리도르[8]라고 자부하고 있었기에 내심 그의 코를 납작하게 해 줄 요량이었지요. 그러나 그때 노신사가 조카의 목덜미에 매어진 스카프를 단단히 틀어쥐었고, 그러자 조카는 금세 얌전하고 온순해져서 시장은 맥이 빠져 버렸습니다.

지금까지 그륀비젤 사람들은 거의 매일 저녁 모여서 카드놀이를 했는데 판돈은 반 크로이처[9]였어요. 그런데 이 조카 녀석은 그건 너무 시시한 액수라며 크로네 은화와 두카텐 금화를 걸었습니다. 그는 자기처럼 게임을 잘하는 사람은 아무도 없다고 으스대서 모여 있는 남자들을 언짢게 만들었지만 곧이어 엄청난 액수의 돈을 잃어 줌으로 해서 금세 그들의 화를 풀어 주었지요. 사람들은 그의 돈을 그토록 많이 따는 것에 대해 어떠한 양심의 가책도 느끼지 않았습니다.

"저 친구는 영국인이니까 집이 부자일 거야."

그들은 이렇게 말하며 얼른 금화를 주머니 속에 집어넣었습니다.

이렇게 해서 이방인의 조카에 대한 명성은 그륀비젤과 인근 지역에까지 삽시간에 퍼져 나갔습니다. 사람들은 이때까지 그륀비젤에서 이와 같은 젊은이를 본 기억이 없었고, 일찍이 그

8) 18세기의 유명한 체스 선수 9) 13~19세기 독일, 오스트리아, 헝가리에서 사용한 동전

어떤 말도 들어 본 적이 없는 별난 일이었습니다. 하지만 그 조카는 춤을 약간 배운 것 말고는 뭘 배웠다고 할 수도 없었어요. 라틴어나 그리스어로 말할 것 같으면 흔히 말하듯이 낫 놓고 기역 자도 모르는 까막눈이었으니까요. 언젠가 시장 관사에서 열리는 파티에서 무언가를 적어야 할 일이 있었는데, 그는 자신의 이름조차 쓸 줄 몰랐습니다. 지리에 관해서 그는 결정적인 실수를 했는데, 아무렇지도 않게 독일의 도시를 프랑스 도시라고 하고 덴마크의 도시를 폴란드의 도시라고 했지 뭡니까. 그는 일자무식이었던 겁니다. 때때로 목사님은 이 청년의 무식함에 대해 걱정스러운 듯이 머리를 절레절레 흔들었지요. 하지만 그럼에도 불구하고 사람들은 그가 무슨 말을 하든 어떤 행동을 하든 모두 맞다고 생각했습니다. 왜냐하면 그는 항상 옳다는 듯이 너무나 당당했고, 말끝엔 항상 "그건 내가 더 잘 알아!" 하고 말을 맺었기 때문입니다.

그렇게 겨울이 다가왔습니다. 이제 조카의 존재는 더 큰 후광을 드러냈습니다. 어떤 모임에서든 그가 없으면 지루해했고, 좌중의 사람들은 그 어떤 분별 있는 사람의 말에도 하품을 했습니다. 하지만 조카가 하는 말이면 아무리 엉터리 독일어로 된 얼토당토않은 말이라도 모두가 귀를 기울였습니다. 이제는 그 탁월한 청년을 시인으로 보는 상황에까지 이르렀지요. 저녁이면 그가 호주머니에서 종이 쪼가리 몇 장을 꺼내 들고 좌중에게 몇 편의 소네트를 낭독하지 않고 지나가는 때가 거의 없었으니까요. 시가 엉터리라거나 아무 의미도 없다고 주장하는 사람들도 있긴 했고, 또 시의 일부분은 어디서 베낀 것이라고 주장하는 사람들도 더러 있었습니다. 하지만 조카는 전혀 개의치 않고 읽고 또 읽었습니다. 그러면 사람들은 시의 아름다움에 도취되어 매번 결국엔 우레와 같은 박수로 끝나곤 했지요.

그의 이러한 승승장구는 그륀비젤의 무도회에서 절정을 이루었습니다. 어느 누구도 그보다 더 오래, 그리고 빠르게 춤을 추진 못했습니다. 또 아무도 그와 같이 그토록 대담하고 유례없이 훌륭한 도약을 하지도 못했지요. 더군다나 그의 삼촌은 조카에게 늘 가장 최신 유행 모델로 화려한 의상을 입혔어요. 그 옷은 조카에게 딱 들어맞진 않았지만 그럼에도 사람들은 그의 차림새가 더없이 훌륭하다고 느꼈습니다. 춤을 출 때 다른 남자들은 그가 등장한 이후의 새로운 무도회 방식에 조금은 불쾌함을 느끼기도 했습니다. 평상시에는 시장이 몸소 무도회의 시작을 알렸고, 그다음에는 상류층 젊은이들에게 춤의 순서를 정할 권리가 주어졌습니다. 하지만 이 젊은 이방인이 나타난 이후론 모든 것이 완전히 달라졌습니다. 그는 한마디 물어보지도 않고 무조건 가장 아름다운 숙녀의 손을 잡고 맨 선두에서 춤을 추었습니다. 그리고 모든 것을 자기 하고 싶은 대로 했습니다. 그가 무도회의 주인이자 왕이었지요. 하지만 여자들이 이러한 방식에 대해 아주 즐거워했기 때문에 남자들은 어떠한 이의도 제기하지 못했고, 조카는 스스로 선택한 권위를 누렸습니다.

그런 무도회는 노신사를 아주 즐겁게 만드는 것 같았습니다. 그는 조카에게서 눈을 떼지 못하고 마음속으로 계속해서 미소를 지었지요. 그리고 이렇게 단정하고 교육을 잘 받은 청년에 관해 찬사를 하려고 사람들이 몰려들 때면 그는 좋아서 정신을 차리지 못할 정도였습니다. 그럴 때면 그는 즐거운 듯 폭소를 터뜨리며 정신 나간 사람처럼 보였지요. 그뤈비젤 사람들은 이와 같이 유별난 기쁨의 표현을 조카에 대한 지극한 사랑으로 여기고 아주 정상적인 것이라 생각했습니다. 하지만 그는 이따금씩 조카에게 아버지의 역할을 해야 했습니다. 왜냐하면 그의 조카는 우아한 춤을 추다가도 별안간 시청 악사들이 앉아 있는 연단으로 껑충 뛰어올라 앉는가 하면, 콘트라베이스 연주자에게서 악기를 빼앗아 끔찍하게 이리저리 긁어 대거나 갑자기 돌변해서 두 다리를 공중으로 쭉 뻗은 채 물구나무를 서서 춤을 추는 것이었어요. 그러면 삼촌은 그를 한쪽으로 데리고 가서 엄하게 꾸짖고 스카프를 단단히 죄어 다시금 품위를 갖추게 만들었습니다.

조카는 사교 모임과 무도회에서 늘 그와 같이 행동했습니다. 하지만 관습이 늘 그렇듯이 나쁜 것은 좋은 것보다 더 쉽게 퍼지는 법이지요. 새롭고 눈에 띄는 유행은 그것이 우스꽝스러운 것일지라도 미처 자신이나 세상에 대해 진지하게 생각하지 못하는 젊은이들에겐 전염성을 띠게 마련입니다. 그륀비젤에서 조카와 그의 별난 행동이 바로 그랬습니다. 그러니까 그 조카가 버릇없이 굴거나 상스럽게 웃고 지껄여도, 그리고 나이 든 사람들에게 거칠게 대답을 해도 사람들에게 비난을 받기는커녕 오히려 매우 재기발랄한 것으로 평가받는 것을 보고 젊은이들은 내심 이렇게 생각했습니다.

'저렇게 재치 있는 장난꾸러기가 되는 것이 훨씬 쉽겠는 걸.'

평소에 부지런하고 똑똑했던 젊은이들은 이제 생각이 바뀌었습니다.

'공부해서 뭐해? 무식한 행동이 오히려 성공하는 데 도움이 되는데 말이야.'

그들은 손에서 책을 놓고 여기저기 바깥으로 싸돌아다녔습니다. 평소에 그들은 누구를 만나든 공손하고 예의 바르게 행동했고 사람들이 말을 걸어올 때까지 기다리다가 묻는 말에 예의를 갖추어 겸손하게 대답을 하곤 했었지요. 그런데 이제는 끼리끼리 모여서 마구 지껄이거나 자신들의 의견을 고집하고, 심지어 시장이 하는 말에도 콧방귀를 뀌며 뭐든지 자신들이 더 잘 안다고 주장했습니다.

그전에는 상스러움과 천박함에 혐오감을 느끼던 그륀비젤의 젊은이들은 이젠 온갖 외설스러운 노래를 부르고 큰 파이프로

담배를 피우면서 여기저기 천박한 술집을 전전했습니다. 또한 시력이 좋은데도 불구하고 커다란 안경을 사서 코끝에 걸치고는 그 유명한 조카와 비슷해 보일 거란 생각에 이제 자신들도 그럴싸한 사람이 되었다고 여겼지요. 그들은 집에 있거나 남의 집을 방문했을 때에도 장화를 신은 채로 긴 소파 위에 벌렁 누웠고 품위 있는 사교 모임에서도 의자에 걸터앉아 몸을 앞뒤로 흔들거리거나 매력적으로 보인다는 생각에 팔꿈치를 테이블 위에 올려놓고 두 손으로 턱을 괴고 앉았습니다. 그들의 어머니나 친구들이 그 모든 행동이 얼마나 무례하고 어리석은 짓인지 아무리 말해도 소용이 없었습니다. 그럴 때면 젊은이들은 훌륭한 조카의 예를 들어 항변했지요. 사람들이 그 조카는 젊은 영국인이기에 그의 무례함을 민족적인 성향으로 양해해 주는 것이라고 아무리 설명해도 소용이 없었습니다. 그륀비젤의 젊은이들은 자신들도 재치 있는 방식이라면 그 최고의 영국인과 똑같이 무례하게 굴어도 될 권리가 있다고 주장했습니다. 요컨대, 이건 몹시 절망적인 것이었습니다. 영국인 조카라는 이 고약한 표본으로 인해 그륀비젤의 관습과 미풍이 완전히 땅에 떨어지게 된 셈이었으니까요.

하지만 이와 같이 무례하고 분방한 삶에 대한 젊은이들의 열광은 그리 오래가지 않았습니다. 왜냐하면 뒤이어 생긴 갑작스런 사건이 이 모든 상황을 바꾸어 놓았기 때문이지요. 겨울철의 가장 큰 행사는 대규모 음악회였습니다. 이것은 일부는 시청 악사들이, 또 일부는 그륀비젤의 재능 있는 음악 애호가들이 공연하는 행사였지요. 시장은 첼로를 연주했고, 의사는 파곳을 아주 능숙하게 연주했습니다. 그리고 약사는 잘하진 못했지만 플루트를 불었습니다. 그륀비젤의 몇몇 젊은 처녀들은 아리아를 연습했고 모든 준비가 제대로 갖추어졌습니다. 그때 늙은 이방인이 이런 식의 콘서트도 멋지긴 하지만 이중창이 빠졌다는 의견을 제시했습니다. 제대로 된 음악회라면 반드시 이중창이 있어야 한다는 것이었지요. 사람들은 이 의견에 대해 조금 당황스러워했습니다. 시장의 딸이 나이팅게일처럼 노래를 잘 부르긴 하지만 그녀와 함께 이중창을 부를 만한 남자 파트너를 어디에서 구해야 할지 말이에요. 마침내 사람들은 예전에 합창단에서 베이스를 맡았던 늙은 오르간 연주자를 떠올렸습니다. 하지만 이방인은 그럴 필요가 없다면서 자신의 조카가 뛰어나게 노래를 잘한다고 주장했어요. 모두들 그 젊은이의 새로운 재능에 적지 않게 놀랐지요. 그는 시험 삼아 노래를 불러야 했는데, 영어라고 생각되는 몇몇 이상한 음을 제외하면 천사처럼 불렀습니다. 그래서 사람들은 서둘러 이중창을 연습시켰고, 마침내 그륀비젤 사람들의 귀를 즐겁게 해 줄 음악회 저녁이 찾아왔습니다.

그런데 유감스럽게도 늙은 이방인은 병석에 누운 탓에 자신의 조카가 재능을 발휘하는 자리에 함께할 수가 없었습니다. 하지만 음악회가 열리기 한 시간 전에 그는 병문안을 온 시장에게 자신의 조카를 다루는 몇 가지 방법을 일러 주었지요.

"제 조카는 아주 착한 아이입니다. 하지만 가끔 가다 그 애는 이상한 생각에 빠져서 미치광이 같은 행동을 한답니다. 바로 그 때문에 저는 음악회에 참석 못하는 것이 걱정입니다. 그 녀석은 제 앞에서만 조신해지니까요. 그 애는 왜 그래야만 하는지 잘 알고 있지요. 어쨌든 그 아이의 명예를 위해 말하자면, 그것은 정신적으로 어떤 악의가 있어서 그러는 것이 아니라 타고난 육체적인 문제입니다. 시장님, 괜찮으시다면 제 조카가 또 그런 변덕이 나서 악보대에 앉거나 콘트라베이스를 연주하려 들면 그 녀석의 스카프를 좀 느슨하게 해 주시고, 그래도 나아지지 않으면 아예 스카프를 풀어 주시겠습니까? 그렇게 해 주시면 아마 그 애가 얼마나 점잖고 예의 바른지 알게 되실 겁니다."

시장은 자신을 믿고 조카를 부탁한 것에 대해 이방인에게 감사를 하고 곤란한 상황이 닥치면 그렇게 하겠다고 약속했습니다.

콘서트홀은 그륀비젤 주민들과 인근 주민들로 가득 찼습니다. 사냥꾼, 목사, 공무원, 농부 등 근방 세 시간 거리에 있는 사람들은 모두가 이런 흔치 않은 즐거움을 그륀비젤 사람들과 나누기 위해 가족들까지 대동하고 몰려들었습니다. 시청 악사들은 더할 나위 없이 훌륭했습니다. 그들 다음으로 시장이 나와 첼로를 연주했고, 약사는 플루트를 불었습니다. 다음으로는 오르간 연주자가 베이스로 아리아를 불러서 박수갈채를 받았고 의사 역시 파곳을 연주해서 적지 않은 박수를 받았습니다.

음악회의 1부 순서가 끝났습니다. 사람들은 모두가 그 젊은 이방인과 시장 딸의 이중창이 있을 2부 순서에 잔뜩 기대를 걸고 있었죠. 조카는 화려하게 성장을 하고 자리에 나타나 벌써부터 모든 관객들의 주목을 한 몸에 받고 있었어요. 왜냐하면 그는 이웃 마을의 백작 부인을 위해 마련된 화려한 팔걸이의자에 다짜고짜 주저앉아 있었거든요. 거다가 다리를 쭉 뻗고는 자신의 큰 안경 외에 또 하나의 커다란 망원경을 사용해서 모여 있는 사람들을 구경했고, 본래 사교 모임엔 개를 데리고 오는 것이 금지되었는데도 불구하고 덩치가 큰 개를 데리고 와서 함께 놀고 있었어요. 팔걸이의자의 주인인 백작 부인이 나타났지만 그는 자리를 비켜 줄 기색이 조금도 없었지요. 그러기는커녕 오히려 그는 더 편안한 자세로 푹 눌러앉았고, 감히 누구도 그에게 뭐라 말할 엄두도 내지 못했습니다. 그래서 그 귀부인은 다른 평범한 여자들 틈에 끼여 아주 초라한 짚으로 된 의자에 앉아야 했고 적지 않게 화가 났습니다.

시장이 훌륭한 연주를 하고 오르간 연주자가 멋지게 아리아를 부르는 동안에, 더욱이 의사의 환상적인 파곳 연주에 모두가 숨을 죽이고 귀를 기울이고 있는 동안에도, 그 조카 녀석은 손수건을 던져 개에게 가져오게 시키거나 옆에 앉은 사람과 큰 소리로 잡담을 했습니다. 그래서 그를 모르는 사람들은 이 젊은 이의 괴상한 행동을 이상하게 여겼지요. 그러니 모두들 그가 과연 어떻게 이중창을 해낼지 궁금해하는 것도 그리 이상한 일은 아니었습니다.

2부가 시작되었어요. 먼저 시청 악사들이 간단한 곡을 연주했고 이어서 시장이 자신의 딸과 함께 나와 그 조카 녀석에게 다가가 악보를 건네주며 말했습니다.

"선생! 이제 이중창을 해 주시겠습니까?"

조카 녀석은 호탕하게 웃으며 이빨을 드러내고는 무대 위로 펄쩍 뛰어올랐어요. 시장과 그의 딸은 악보대로 향하는 그 녀석의 뒤를 쫓았고 관객들은 모두 잔뜩 기대를 했지요. 오르간 연주자는 박자를 맞추며 조카에게 시작하라는 눈짓을 보냈습니다. 조카는 커다란 안경알 너머로 악보를 들여다보았고, 음울하고 비탄에 잠긴 음조를 내뱉었습니다. 그러자 연주자는 그를 향해 소리를 질렀어요.

"두 음 더 낮게 해야죠, 선생. 당신은 C로 노래해야 한다고요, C!"

하지만 조카는 C로 노래하는 대신에 신고 있던 신발 한 짝을 벗어 그 연주자의 머리에 던졌습니다. 그러자 머리에 뿌린 파우더가 사방으로 날렸어요. 이를 본 시장은 생각했지요.

'어이쿠! 이제 또 발작이 시작되었군.'

그는 얼른 조카 쪽으로 가서 그의 목덜미를 움켜쥐고 스카프를 조금 느슨하게 풀었습니다. 하지만 그렇게 하자 조카의 발작은 더 심해질 뿐이었어요. 그는 독일어도 아니고 누구도 알아들을 수 없는 아주 이상스러운 말을 지껄이며 펄쩍펄쩍 뛰었던 거예요. 시장은 이 곤혹스러운 소란에 절망한 나머지 무언가 비상한 장애를 겪고 있음에 틀림없는 이 젊은이의 스카프를 완전히 풀어 주어야겠다고 마음먹었어요. 하지만 조카의 스카프를 풀자마자 시장은 너무 놀라 그 자리에 뻣뻣하게 굳어 버렸습니다. 왜냐하면 그 젊은이의 목덜미는 사람의 피부 대신에 짙은 갈색 털로 뒤덮여 있었기 때문입니다. 곧이어 그는 더 높이 그리고 한층 더 별난 동작으로 펄쩍 뛰면서 윤기 나는 장갑을 낀 두 손으로 머리칼을 잡아당겨서 벗어 버렸습니다. 그러자 아, 이런 놀라운 일이! 그렇게 멋진 머리칼은 가발이었던 겁니다. 그는 그것을 시장의 얼굴에 던져 버렸고, 훤히 드러난 그의 머리통 역시 갈색 털로 무성하게 뒤덮여 있었습니다.

그는 이제 테이블과 의자로 자리를 옮겨 가며 악보를 이리저리 집어던지고, 바이올린과 클라리넷을 짓밟으며 미치광이처럼 굴었습니다.

"그를 붙잡아, 어서 붙잡아!"

시장은 정신없이 소리쳐 댔어요. "그는 제정신이 아니야! 어서 그를 붙잡으라고!"

하지만 그건 쉬운 일이 아니었어요. 왜냐하면 그는 장갑을 벗어 버린 손에 드러난 손톱으로 사람들의 얼굴을 향해 달려들어 사정없이 할퀴었기 때문입니다. 마침내 한 용감한 사냥꾼이 그를 붙잡는 데 성공했습니다. 사냥꾼이 그 긴 두 팔을 짓누르자 그는 이번에는 발만 버둥거리며 쉰 목소리로 괴성을 지르다 웃다가 했습니다. 사람들은 주위로 몰려들어 이제는 더 이상 사람처럼 보이지 않는 이 괴상한 젊은이를 구경했지요. 그때 큰 표본실을 갖추고 온갖 종류의 박제 동물을 수집하고 있는 이웃 마을의 한 학자가 앞으로 나서서 그를 자세히 관찰해 보더니 이어서 깜짝 놀라 소리를 질렀습니다.

"세상에, 존경하는 신사 숙녀 여러분, 어떻게 이처럼 품위 있는 모임에 이런 동물을 데려오셨습니까? 이건 호모 트라그라디츠 린네[10)]라고 하는 원숭이입니다. 이놈을 저에게 넘겨주신다면 당장 6탈러를 지불하겠습니다. 이놈을 박제해서 제 표본실에 두고 싶습니다."

이 말을 들은 그륀비젤 사람들의 충격을 누가 말로 설명할 수 있겠습니까?

"뭐라고요, 원숭이, 그러니까 오랑우탄이란 말이오? 그 젊은 이방인이 원숭이라니!"

10) Homo Troglodytes Linnaei, 침팬지의 라틴어 학명으로 '꼬리 달린 사람'이라는 의미

사람들은 소리를 지르고 나서 놀라움에 서로가 멍하니 쳐다만 볼 뿐이었어요. 그들은 믿고 싶지 않았습니다. 그리고 자신들의 귀를 의심했지요. 그래서 남자들은 좀 더 자세히 그 동물을 관찰해 보았어요. 하지만 그건 영락없는 진짜 원숭이였습니다.

"어떻게 이런 일이!"

시장의 부인이 소리를 질렀습니다. "아니, 그럼 원숭이가 내 앞에서 그렇게 번번이 시를 낭독했다는 거예요? 그리고 사람처럼 우리 집에서 점심도 함께 먹고요?"

"말도 안 돼!"

의사의 부인도 발끈하고 나섰습니다. "어떻게, 아니 어떻게 이 원숭이가 우리 집에 그렇게 자주 와서 커피를 마시고 남편하고 수준 높은 대화를 나누고 담배까지 피웠다는 거예요?"

"뭐라고! 어떻게 그럴 수 있어!"

남자들도 소리를 질렀습니다. "아니, 어떻게 원숭이가 우리하고 함께 술집에서 볼링을 하고 정치에 관해 논쟁을 벌였단 말이야?"

"아니, 어떻게?"

모두가 탄식을 하며 말했습니다. "어떻게 이 원숭이가 우리 무도회에서 앞장서 춤까지 추었다는 거야? 이런 원숭이가! 원숭이가 말이야! 이건 있을 수 없는 일이야, 마법에 걸린 거라고!"

"그래요, 이건 마법이고 악마의 술수입니다"

시장은 조카, 아니 원숭이의 스카프를 내밀며 말했습니다. "여러분, 보십시오! 이 스카프 속에 우리의 눈을 현혹시켜 그를 사랑스럽게 보이도록 만든 마법이 감추어져 있었던 것입니다. 이건 신축성 있는 널찍하고 길다란 양피지 조각인데 여기에 이상한 문자가 잔뜩 적혀 있어요. 내 생각에 이건 라틴어 같은데, 누구 읽을 수 있는 사람 있어요?"

해박한 지식을 가졌지만 원숭이와의 체스 게임에서 종종 진 적이 있던 목사가 나와 양피지를 들여다보고 말했습니다.

"이럴 수가! 이건 모조리 라틴어 철자에 불과해요."

사과를—먹을—때면—특히—더—

너무나—익살스러운—원숭이—

"그래, 이건 무시무시한 속임수야. 일종의 주술 같은 거죠."

그리고 그는 말을 이었어요. "이런 짓을 한 자는 본보기로 처벌해야 합니다."

시장도 같은 의견이었습니다. 그래서 당장에 마법사임이 분명한 그 이방인의 집으로 향했습니다. 그리고 이방인을 즉석에서 심문하기 위해 여섯 명의 군인들이 원숭이를 짊어지고 그 뒤를 따랐지요.

그들은 엄청난 인파에 에워싸여 이방인의 황량한 집에 이르렸습니다. 모두들 이 일이 어떻게 진행되어 갈지 알고 싶어 했거든요. 사람들은 집 현관문을 쾅쾅 두드렸고 초인종을 잡아당겼습니다. 하지만 소용없는 일이었어요. 집 안에서는 아무도 나오지 않았습니다. 그러자 격노한 시장은 문을 박차고 들어가 이방인의 방 안으로 뛰어들었어요. 그런데 그곳엔 온갖 낡은 가재도구 말고는 아무것도 없었습니다. 어디에도 이방인의 모습은 보이지 않았지요. 하지만 책상 위에 시장 앞으로 보내는 봉인된 커다란 편지가 한 통 놓여 있었습니다. 시장은 얼른 편지를 뜯어 읽었지요.

친애하는 그륀비젤 주민 여러분!
여러분들이 이 글을 읽을 때쯤이면, 나는 이미 이 도시를 떠나고 없을 것입니다. 그리고 여러분들은 제 사랑하는 조카의 신분과 국적을 벌써 알게 되셨을 겁니다. 제가 여러분께 친 이 장난을, 혼자 살고 싶어 하는 한 이방인을 여러분이 사는 사회에 억지로 끌어들이지 말라는 하나의 좋은 교훈으로 받아들여 주십시오! 저는 여러분들의 그 끊임없는 수다와 거추장스러운 습관들, 그리고 여러분들의 그 우스꽝스러운 삶을 함께하기에는 저 자신, 혼자임이 너무 좋았습니다. 그래서 여러분들이 저의 대리인으로 그토록 아껴 주셨던 젊은 오랑우탄을 한 놈 훈련시켰던 것입니다. 부디 잘 지내시길 바라고, 이 교훈을 명심하십시오!

그륀비젤 사람들은 모두가 부끄러워 어쩔 줄 몰라 했습니다. 이 모든 것이 계획적으로 꾸며진 일이었다는 것이 그들에겐 유일한 위안이었지요. 하지만 그중에서도 특히 그륀비젤의 젊은 이들은 부끄러움을 감출수가 없었습니다. 그들은 어처구니없게도 지금까지 원숭이의 나쁜 습관과 행동을 그대로 따라 했던 것이었으니까요. 이제부터 그들은 더 이상 팔꿈치로 턱을 괴고 앉지도, 소파에 앉아 몸을 앞뒤로 흔들지도 않았습니다. 또한 묻지 않는 말은 하지 않고 안경도 벗어 버렸고 예전처럼 반듯하고 예의 바르게 행동했어요. 그리고 혹시 누군가 예전처럼 못되고 우스꽝스러운 행동을 하면 그륀비젤 사람들은 이렇게 말했습니다.

"원숭이 같은 놈."

그리고 그토록 오랫동안 젊은 신사 역할을 했던 그 원숭이는 표본실을 가지고 있던 그 학자에게 맡겨졌지요. 그는 원숭이를 마당에서 뛰어놀게 하며 먹이를 주고, 어떤 이방인에게든 진귀한 표본으로 구경시켜 주곤 합니다. 지금도 그곳에 가면 그 원숭이를 볼 수 있답니다.

●
강명희
옮김

보물

Der Schatz, 1836

에두아르트 뫼리케

Eduard Mörike

에두아르트 뫼리케
Eduard Mörike
1804~1875

루트비히스부르크 출생이다. 대학을 졸업한 뒤 성직자가 되었으며 독일 최고의 서정 시인으로 추앙받고 있다. 그의 작품은 파란 없이 평온하게 보낸 그의 일생이나 온화한 인품처럼 잔잔하면서도 편안한 느낌을 준다. 시에서는 음악성이 넘쳤고, 산문 작품에서는 삶의 깊이를 추구하는 주제를 다루었다.
시집으로 『시집Gedichte』(1838)과 사후에 출간된 『보든 호수의 목가 또는 어부 마르틴』(1876) 등이 있으며, 소설로는 『화가 놀텐』(1832)과 뫼리케 산문의 진수를 보여 주는 단편 「프라하에서의 나그네 길의 모차르트」(1856) 등이 있으며, 「슈투트가르트의 난쟁이」(1853)와 「아름다운 라우의 이야기」 등의 동화가 유명하다.
이 책에 실린 「보물들」은 한 추밀 고문관이 젊은 시절에 겪었던 신비로운 이야기를 액자 형식으로 전하고 있다. 동화 속 세계와 현실이 공존하는 공간에서 펼쳐지는 모험담이 빠른 속도로 전개된다.

어느 날 저녁, 일급 온천장 여관 K의 큰 식당에 몇몇 신사 숙녀들이 모여 있었다. 희미한 등불만이 빛을 밝힌 식당이었다. 이미 50대 나이에 접어들어 제법 위엄 있는 풍채를 지녔으면서도 유쾌하고 유머러스한 남자인 추밀 고문관 아르보가스트가 막 무슨 이야기를 하려 했다.

아르보가스트는 수수께끼 같은 상황 덕분으로 금세공사에서 당시에는 궁정 재정상이라고 칭해진 직위에까지 초고속으로 오른 인물이었다. 그래서 한동안 상류층 간에는 그 일을 우선은 궁중과 관련된 아주 근거가 없지도 않은 한 가지 유령 이야기와 엮어서 볼 수밖에 없다는 기이한 소문이 퍼져 있었다.

그러던 참에 지금 화제가 유쾌하게 그리로 돌아가는 바람에, 좌중은 저절로 그 주제를 생생하게 떠올리게 되었고, 온갖 농담과 변죽을 울리면서 추밀 고문관을 바짝 졸라댔다. 그래서 결국 추밀 고문관은, 여러분이 들을 이야기는 황당무계한 것이며 다 듣고 나면 내가 결국 허무맹랑한 동화로 여러분을 속이려 들었다고 비난을 퍼부을 거라고, 하지만 그런 위험을 무릅쓰고 여러분 뜻대로 하겠다고 약속했다. 그리고 덧붙여 말했다.

"한편으로는 내 아내가 오늘 일찍 들어간 것이 유감이로군요. 여러분이 듣게 될 이야기는 나의 삶의 일부이자 내 아내의 삶의 일부이기 때문에 당연히 우리 부부가 어울려 참여했을 것이고, 어쨌든 아내는 이야기를 묘사하는 내 방식에 대해 가장 확실한 견제자 노릇을 했을 테니까요. 그러나 다른 한편으로는 기탄없이 사실을 충실하게 이야기할 수 있을지도 모르지요."

"자, 시작해 봐요! 어서요!"

몇몇 귀부인들이 외쳤다. "우리는 그렇게 고리타분하지 않아요. 그리고 의심이 드는 사람은 누구든 나중에 얼마든지 비판을 하라고 해요."

자, 그럼 시작합니다! 이 왕국의 가장 오래된 도시들 중 하나인 에글로프스브론에서 나의 부친은 착실한 금세공사로 살았습니다. 외아들이었던 나는 일찍이 부친한테서 그 기술을 배우도록 되어 있었지만 부친은 일찍 돌아가셨어요. 그러니까 그 도시에서 제일가는 금세공사인 나의 사촌 크리스토프 올트 씨에게 수업료도 내지 않고 내가 제자로 받아들여진 것은 대단한 행운이었지요. 난 그 일이 아주 재미있어서 열심히 배워, 5년 후에는 그 작업장에서 두 번째 도제가 되었답니다.

그사이에 마음씨 좋은 나의 모친도 돌아가셨어요. 남들이 예배를 드리는 시간이면 곧잘 혼자 집에 남아 구석 창가에 서서 어머니 생각을 했어요. 그러고는 그 옛날 어머니에게서 받았던 특별한 선물 하나를 그 어떤 경외심을 갖고 꺼내 보곤 했습니다! 그 날은 견진성사堅振聖事가 있던 날이었지요. 나는 저녁 예배 후에 다른 사내아이, 계집아이들과 함께 산책을 나갔다가—커다란 꽃다발을 안은 축제의 무리가 성문 앞까지 행진하는 것은 우리네 관습이지요—집으로 돌아왔는데, 그때 어머니는 구석의 장롱에서 잘 봉인이 된 작은 상자 하나를 꺼냈어요. 그 상자 위에는 이렇게 씌어 있었지요.

프란츠 아르보가스트가 견진성사를 받는 날에 꼭 전해 주시오.

어머니는 그 상자가 누구한테서 온 건지 어머니 자신도 정말 모른다고 하셨어요. 어느 날 아침 부엌 아궁이 위에서 그것을 발견했을 때는 내가 갓난애였을 때였다고 했습니다. 나는 기대에 차서 가슴이 방망이질 쳤어요. 어머니는 내 손으로 직접 포장을 풀라고 했어요. 그 안에서 무엇이 나왔는지 아십니까? 검은 코도반 가죽으로 제본된 작은 책 한 권이었지요. 책의 세 옆면은 초록색이었고 종이는 눈처럼 흰 양피지였어요. 많은 격언과 시구가 담겨 있는데, 아주 섬세한 솜씨로 거의 인쇄를 한 것처럼 써 내려간 육필이었습니다.

보물 상자

부활절에 태어난
한 사내아이를 위하여,
일반적인 교훈을 담은 100가지의 지침
상업상의 특별한 경우들을 위한 부록
도로테아 소피아 폰 R.에 의해서
성실히 작성되었음

솔직히 기대감에 차 있던 나는 내심 약간 실망했어요. 하지만 어머니는 놀랍고 기뻐서 어쩔 줄 모르며 두 손을 모아 쥐고 외쳤습니다.

"오, 하느님! 사실이란다. 그래, 너는 부활절 주일 정오 12시에 처음으로 세상의 빛을 보았지!"

어머니는 탄성을 발하고 나를 축복해 주었어요. 그러고는 말씀하셨지요. "아들아, 네가 하느님을 잘 믿고 이 책의 가르침을 깨달으면, 네 인생에 많은 행운이 따를 거란다."

그러고 나서 이내 어머니는 내 여행 보따리를 꾸리며 그 기이한 보물 상자를 보따리에 가장 안전하게 집어넣었습니다. 그리고 몇 번이고 되풀이해서 내가 지켜야 할 의무들을 명심하라고 당부하셨어요.

나는 곧 그 경구들을 첫 구절부터 마지막 구절까지 모조리 외웠어요. 그렇긴 해도 그 후 당장 몇 해 동안 이 진귀한 소장품으로부터 별난 축복을 느꼈다고는 말할 수 없겠네요. 내가 막 술집과 무도장, 그리고 볼링장을 뻔질나게 드나들기 시작한 위태롭던 시절에도 나를 얼른 제자리로 되돌려 놓은 것은 그 100가지 지침보다는 어머니에 대한 기억과 성실한 내 스승을 떠올린 것이었으니까요. 얘기가 나온 김에 말씀드리지만, 온갖 종류의 유혹들 가운데에서 보통 그 나이에 가장 흔하디흔한 유혹, 즉 여자의 성에 대한 호기심이 내게는 가장 위험성이 적었어요. 그래서 내 작업장 동료들은 그런 나를 끝없이 놀려 대었지요. 나는 곧잘 차가운 목석이라고 불렸어요. 그렇지만 나도 결국 착실한 다른 녀석들 누구나가 갖는 자기의 여자 하나 갖지 못한 머저리가 되고 싶진 않았기 때문에, 몇 차례 적극적인 시도를 해서 서너 명의 계집애들을 연달아 품에 안아 보았어요. 그중에는 진짜로 나한테 홀딱 반한 제법 괜찮은 계집애도 두어 명 있었고요. 그렇지만 그건 별로였어요. 두 주일이 지나자 너무 지겹고 속으로는 역겨워서 울화가 치밀 지경이었습니다. 한마디로, 이 점에 있어서

만은 내 보물상자의 교훈이 잘 지켜졌던 모양입니다. "너의 첫 사랑, 너의 마지막 사랑"이 말을 나는 오로지, 때 이른 죽음을 진심으로 슬퍼했던 한 착하고 가난한 아이였던 나와의 어릴 적 사랑 이야기에만 연관시킬 수 있었습니다.

나의 사촌인 스승께서는 갈수록 큰 신뢰감을 내게 보여 주었습니다. 때로는 작은 출장 여행에 나를 파견했고, 스승 자신은 특별히 중대한 새로운 일을 벌이지 않았어요. 그러다가 마침내 그 일을 내게 상의하게 되었답니다. 국왕 폐하와 알스터른 공주의 결혼식 때까지 공주비 전하를 위한 대관식용 장신구를 만들라는 명령을 받았을 때 스승께서는 더할 수 없이 명예로운 임무를 내게 맡겼던 겁니다. 다시 말해 그 중차대한 주문의 핵심 부분, 아름답고 젊은 왕비의 머릿결에 어울릴 육중하고도 섬세한 세공을 요하는 관의 제작을 대부분 내게 위임하려 했던 거지요. 도안이 완성되었고 궁정에서 인가가 떨어졌어요. 그러나 작업에 착수하기 전에 몇 가지 해야 할 일들이 남아 있었습니다. 특히 그 지역에서는 몇 가지 보석들이 부족해 뜻대로 구할 수 없었습니다. 그래서 사촌은 심사숙고한 끝에 내가 직접 프랑크푸르트로 가서 보석들을 선별해서 가져오도록 결정했지요. 단지 어떤 방법으로 내가 가장 안전하게 여행하느냐가 문제였습니다. 유감스럽게도 그 당시엔 우편 마차들이 지금처럼 훌륭하게 갖추어져 있지 않았기 때문이었어요. 어쨌든 두어 명의 상

인들과 함께 처음 몇 정류장을 갈 수 있는 기회가 생겼습니다. 사촌은 나에게 400개의 반짝이는 금화를 세어 보였습니다. 우리는 그 금화를 괴나리봇짐에 단단히 챙겨 넣었고, 나 혼자 출발했지요.

이틀째 되는 날 마차가 갈 방향이 갈라지는 그람젠에서 나는 내렸고 마침 갑자기 비가 오기 시작했어요. 점심때까지 속절없이 비바람을 맞고 있다가 곰팡이 핀 판자 조각이 비바람을 겨우 막아 주는 마차 뒤쪽 구석 자리를 내주겠다는 그람젠의 마차 배달부의 제안을 반갑게 받아들였습니다. 보아하니 유대인인 듯싶은 한 젊은이가 유일한 동행이었어요. 우리는 양모 자루들 틈바구니에 그런대로 편안히 자리를 잡았지만 단지 마차가 느려 보였습니다. 밤이 다 되어서야 슈빈트 마을에 도착했고, 유대인은 거기서 내렸습니다. 하지만 우리의 목적지인 소도시 뢰스하임까지는 아직 세 시간이 더 남았었지요. 이제 나 혼자 어두운 구석에 누워서 이런저런 생각을 하고 있자니, 오래전에 이 지역에 대해 별로 좋지 않은 평판을 들었던 것이 생각났습니다. 특히 어느 유행 장신구를 파는 상인의 기이한 이야기가 떠올랐어요. 마차가 달리는 동안 도저히 영문을 알 수 없게도 그의 장신구 상자의 서랍마다 홀랑 비어 버렸다는 것이었어요. 내가 탄 마차의 마부는 그런 얘기에는 애당초 관심도 없었어요. 하지만 나는 마차의 포장 틈새로 이따금 바깥을 눈여겨 내다보지 않을 수 없었어요. 하늘이 다시 맑아져서 모든 나무와 기둥들을 제대로 알아볼 수 있었고, 마차가 덜커덩거리고 삐걱거리는 소리 외에는 아무 소리도 들리지 않았습니다. 그러는 동안에도 나는 내 짐에서 손을 떼지 않았고 마부의 커다란 개를 보고 안심했어요. 그 사나운 놈이 이상하게 킹킹거릴 때면, 그저 그 놈이 너무 배가 고파서 그런 모양이라고 불쌍하게 몇 번 생각했을 뿐이었어요.

"이제 15분만 가면 됩니다요, 나리!"

늙은 마부가 큰 소리로 말하며, 처음으로 철썩 채찍을 휘둘렀습니다. 그러고 나서 덧붙여 말했어요. "솔직히 말씀드리자면, 평소에는 이렇게 늦은 시간에 먼 곳을 들르는 것이 제가 맡은 소임도 아니지요. 하지만 나리도 알다시피 항상 마부 마음대로 할 수는 없는 노릇입죠. 자아."

붉은 사자장은

24시간 열려 있습니다!

그 소도시에 도착했을 때는 11시 30분이었습니다. 우리는 가장 가까운 여관 앞에 마차를 세웠지요. 깨어 있는 사람이 아무도 없는 것 같았어요. 그사이에 나는 느긋하게 마차에서 내 짐을 들어 올렸습니다. 그런데 아뿔사! 어떻게 된 거지! 짐 보따리가 이렇게 가볍다니, 그리고 또 왜 이렇게 헐렁하담! 순간 나는 이마에 식은땀을 흘리며 황급히 여관 안으로 들어갔습니다. 반쯤은 잠에 취한 마구간 하인이 램프를 들고 비틀거리며 나오는 거예요. 나는 그에게서 또 다른 등을 잽싸게 받아 들고는 방 안에 들어서자마자 곧장 마치 적군이 돌진하듯이 숨 가쁘게 괴나리봇짐을 덮쳤지요! 자물쇠는 잠긴 그대로 아무 이상이 없었는데…… 그런데 이럴 수가! 나의 금화가 사라진 겁니다! 나는 질겁했지요!

"안 돼, 이럴 수가, 말도 안 돼! 이건 있을 수도 없는 일이야!"

나는 절망적으로 소리치며 보따리(그것은 내가 단지, 이를테면 왠지 애틋한 마음이 들어 괴나리봇짐에다 꾸려 넣은 것이었지요)를 뒤죽박죽 헤집고 잡아챘습니다. 순간 미친 듯한 불안에 사로잡힌 나는 그 작은 책자가 내 금화에 대고 마법을 걸었을 수도 있다고 여겼습니다. 분노와 공포가 뒤섞인 마음에, 나는 그 시커먼 얼치기 책을 벽에다 던졌지요. 하지만 내가 짐작했던 마법은 삽시간에 사라졌습니다. 내 괴나리봇짐에 난 손가락 네 개 너비의 칼자국이 눈에 띄었던 겁니다! 그제야 나는 앞뒤 상황을 알았지요! 바로 그 유대인이 훔쳐간 거였어요!

정말이지 나는 밖으로 나가 이웃 사람들과 여관 안의 모든 사람들을 향해 소리를 치려고 했어요. 그런데 그때 우연히도 내 발이 그 하찮은 책에 부딪혔고 번개처럼 내 머리에 떠오른 게 있었습니다. 잠깐! 오늘이 혹시 성 고르곤의 날[1]이 아닐까? 기계적으로 나는 바닥에서 책을 주워 들었습니다. 바로 그때 종업원이 들어와 인사를 하고 뭘 마실 것인지 물어보았어요. 나는 말없이 멍하니 고개를 끄덕이고는 달력을 찾아 벽을 둘러보았습니다.

"어떤 것을 원하십니까? 최근 것이오, 아니면 오래된 것이오? 83년산이오, 84년산이오?"

"당연히 최근 것이지!"

나는 달력을 염두에 두고 조급하게 소리를 질렀습니다. "올해 것으로! 빨리! 빨리 가져오게!"

그 종업원은 잘난 체하며 미소를 지었어요.

"이곳에는 아직 금년산은 없는데요!"

"뭐, 뭐가 어째? 지금이 어느 때인데? 제기랄! 그럼 아무래도 상관없으니까 오래된 것이라도 가져오라고! 원, 이건 나한텐 어쨌든 중요한 일이라고. 그러니…… 아니, 저기 하나 걸려 있군!"

나는 못에 걸린 달력을 떼어 내 떨리는 손으로 넘겼습니다. 맞아! 9월 9일 성 고르곤의 날이야! 그리고 나는 좋아서 어쩔

1) 9월 9일. 성 고르곤의 날에 비가 오면 가을 내내 비가 오고 또한 볏짐을 잃게 되는 반면, 날씨가 좋으면 농부들은 기쁨과 수익을 얻는다는 전설

줄 몰라 방을 돌아다니며 춤을 추고 유리잔이 들어 있는 찬장에 세차게 부딪치고 종업원을 얼싸안았지만, 바보처럼 그런 것은 아니었어요. 그제야 나는 나의 보물 상자가 얼마나 대단한 보물이었는지 깨달았던 겁니다. 그 안에는 그야말로 세상의 그 어떤 운율보다 더 가치 있는 짧은 운율이 적혀 있었던 거예요. (특별한 경우들을 위한 부록의 일곱 번째 시구였어요.)

성 고르곤의 날에 네가 도둑맞은 것을
치프리아노[2]의 날 이전에 다시 찾을 수 있느니,
쫓아가지 말고 소리도 지르지 마라.
그리고 물론 시야를 넓게 가져라.

나는 이 예언적인 충고에 오류가 없다는 것을 한순간도 의심하지 않았습니다. 그럴 것이, '만약 이 책의 충고가 애당초 들어맞지 않는 것이라면 어떻게 해서 이 책은 내가 바로 성 고르곤의 날에 도둑맞으리라는 것을 알고 이토록 충실하게 전해 줄 수 있단 말인가?'라고 나는 생각했으니까요. 그리고 한마디로 말해서, 치프리아노의 날 이전에 다시 찾을 수 있다, 라는 말이 내게는 굳건한 믿음으로 자리 잡았지요. 물론 그때까지는 아직

2) 치프리아노 주교, 순교자로 축일은 9월 16일

7일[3]이 남아 있었어요. '음, 그건 최대한 길게 잡은 기간이야. 누가 알겠어, 내일이나 내일 모레 좋은 일이 있을지'라고 나는 생각했지요.

'유대인 놈, 두고 보자. 이 사기꾼, 두고 보라고! 네 놈의 정체를 밝혀 혼쭐을 내 줄 테다. 네 죽음은 임박했어.'

그렇게 나는 희망했습니다.

프란츠 아르보가스트는 식탁 뒤로 자리 잡고 앉았다. 그때 그는 막 미국으로부터 편지 한 통을 받은 장사꾼이 지녔을 법한 감정과 느낌을 드러내고 있었다. 그 장사꾼이 보낸 편지의 내용은 이런 것이리라.

'선생, 우리가 해적의 수중에 들어갔다고 여겼던 선생의 용감한 배 '파우스티나'가 막 무사히 입항했음을 알려 드리게 되어 영광입니다.'

나는 맘껏 먹고 마셨습니다. 특히 마부에게도 잔뜩 술을 따라 주었지요. 그가 내게 털어놓더군요. 조금 전 종업원이 자기에게 귓속말을 했는데, 나를 보고 재세례파 교인이거나 정교 분

3) 성 고르곤의 날이 9월 9일이고, 치프리아노 축일은 9월 16일이다. 그러므로 두 날짜의 차이는 7일인데, 원본에는 17일로 되어 있는 것으로 봐서 오기로 추정함

리주의자, 뭐 그런 사람일 거라고. 내가 기도 책에 대고 그렇게 바보같이 입을 맞출 수가 없었다고 했다나요. 이어서 마부는 말했어요.

"좋아요, 제발 그 유대인이 아니라면 좋겠네요. 내 마차를 탔던 그 교활한 도둑놈은 아주 새것인 내 장갑을 훔쳐 갔단 말이에요! 마차 안의 기둥걸이에 걸어 놨었는데. 그뿐만이 아니었어요. 깜깜한데 헤어지면서 그놈이 어떤 짓을 했게요? 15크로이처 대신 아무짝에도 쓸모없는 넓적한 단추를 내 손에 쥐여 주었다니까요! 하지만 늘상 있는 일이지요! 온갖 종류의 단추들이 있지요. 아주 특별한 종류의 단추들 말입니다. 선생, 혹시 최고의 단추 제조자가 누군지 아세요? 나라면 가장 빠른 속도로 단추를 만드는 사람들이라고 말할 겁니다. 그런데도 그중에는 한 해에 한 다스도 못 만드는 자들이 있지요. 선생께서는 알아맞히지 못할 겁니다. 형리의 망나니들이지요! 맹세코 그 유대인 놈을 만나면 이 수수께끼를 내야겠습니다. 내가 채찍을 두 번 휘두르기도 전에 그놈이 실토를 할 겁니다."

"잠깐만요."

내가 마부에게 말했어요. "당신은 참 용기 있는 친구요. 그런데 알고 계시오? 그 유대인 녀석은 당신보다 먼저 나한테 손을 쓴 것 같구려. 내게 그 금속 단추를 주시오. 그 대신 12크로이처를 드리겠소."

❦

그 거래는 별 어려움이 없었지요. 그사이 나는 마차에 지팡이를 두고 왔다는 생각이 났어요. 램프를 들고 밖으로 나왔지요. 그러고는 그 참에 바구니의 망 사이에 내 금화 중의 하나가 끼여 있는 것을 발견했습니다. 그리고 바닥에 큰 구멍이 있다는 것도요. 어떻게 된 영문인지 알 수가 없었어요. 나는 그쯤에서 생각을 집어치웠어요. 그날 밤에는 더 이상 돌이킬 수 있는 게 없었으니까요.

흥얼거리듯 휘파람을 부르며 내 침실을 안내해 달라고 했지요. 그러고는 내 생애에 있어서 그날 밤보다 더 편안한 잠을 잔 날은 없었어요.

다음 날 아침 모든 상황을 진지하게 생각해 보고 나서 그 지역을 벗어나는 것이 결코 상책은 아닌 듯이 여겨졌어요. 두들겨 보지 않고 건너는 돌다리는 한 발이라도 헛걸음이라고 생각되었습니다.

"급하게 서두를 것 없나니!"

마치 선지자 다니엘이 육성으로 내게 말을 건넨 것 같은 느낌이었답니다.

"아들아, 뢰스하임의 '뢰벤' 여관에 그냥 머물러 있거라. 네가 보다시피 이곳은 평범한 여관이니라. 지금 당한 충격을 놓고 우선 뭔가를 즐기고, 그 일은 젖혀 놓거라. 곧 사건의 진상을 알려 주는 종소리를 듣게 되리니."

나는 그 시를 성실하게 따랐습니다. 뢰스하임은 활기 찬 소도시로 어울릴 사람은 늘 있었어요. 특히 여관 주인과의 어울림은 훌륭한 수업 시간 그 자체였습니다. 그렇게 사흘, 엿새, 일주일이 지났습니다. 그러는 동안 물론 우울한 순간들도 있었고, 차츰 그런 시간이 너무 길게 느껴졌어요.

어느 날 오후 창가에 서 있던 나는 화창한 날씨를 한탄하고 있었습니다. 분통 터지게도 나로서는 그것을 즐길 수 없었으니까요. 그때 낡은 마차 한 대가 여관 앞에 와 섰습니다. 나는 그 마차를 바로 알아보았지요. 내가 아흐푸르트에서 출발할 때 탔던 바로 그 마차였으니까요. 한 신사가 내렸는데, 그는 내 스승이 거래하던 상인 중의 한 사람으로 가장 가까운 이웃이었어요. 작달막하고 쾌활하고 수다스러운 남자였지요. 나는 얼른 피하고 싶었지만 어느새 그가 벌써 안으로 들어왔습니다.

"어럽쇼! 이게 누군가, 프란츠 선생 아닌가! 우리가 이렇게 뜻밖에 만나게 되다니 멋지군! 좋은 일이야, 아무렴. 멍청하게 서 있기는! 프랑크푸르트에서는 어땠나? 일은 잘되었고?"

"네, 그럭저럭요. 아주 잘되었어요. 그래요."

"잘됐군. 그럼 여보게, 자네도 당연히 나와 함께 출발하지. 나도 곧장 집으로 갈 테고, 또 혼자거든."

나는 변명을 늘어놓기 시작했지요. 업무 때문에 한 친절한 지인을 반드시 여기서 기다려야 한다고 말이지요. 특별한 이런

저런 용건이 있다고 말이에요. 요컨대 할 말을 모조리 털어놓았습니다. 그 상인은 주춤 놀라며 이해할 수 없다는 듯 따지고 묻더니, 결국 입을 다물고 노란색 뷔르츠부르크산 맥주를 홀짝 마셨습니다. 나는 펜과 잉크를 달라고 부탁하고 나의 사촌 되는 스승에게 몇 줄의 편지를 썼습니다. 내가 아직 프랑크푸르트에 가지를 못했으며 작은 사고가 있어서 늦어졌다는 것, 그러나 모든 일이 다시 잘 해결될 전망이 보이며, 그래서 구입한 물건을 갖고 충분히 때맞추어 아흐푸르트에 도착할 희망을 품고 있다고, 요컨대 스승께서는 이 일에 관해서는 아무한테도 발설하지 말고 비밀을 지켜 주셨으면 좋겠다는 것, 나를 전적으로 믿어 달라고 썼지요. 그러는 동안 그 상인은 나지막한 소리로 여관 주인과 옆에서 이야기를 나누고 있었어요. 분명히 그는 내가 여기에 얼마나 오랫동안 죽치고 있었는지를 여관 주인에게서 들었겠지요. 그리고 내가 아직 주 경계선도 넘지 못했다는 것을 훤히 알 수 있었을 겁니다. 나는 그런 것에는 더 이상 개의치 않고 편지를 봉인한 다음에, 그 이웃 상인에게 편지를 전해 달라고 부탁했습니다. 그는 아주 심각한 표정으로 편지를 챙겨 넣고는 나머지 맥주를 천천히 마셨어요.

"프랑크푸르트로 가는 행운을 비네!"

그는 헤어질 때 비웃는 듯한 표정으로 내게 소리쳤습니다. 마차가 떠났습니다.

이제 나 역시 여기서 더 이상은 지체할 수가 없었습니다. 어디로 가야 할지는 몰랐지만 도저히 안정을 찾을 수 없었어요. 나는 숙박비를 물어보았습니다. 그것을 지불할 요량이었고, 그 가격이야 나 정도의 기능 조합의 일원으로서는 대단히 터무니없는 것도 아니었어요. 그런데도 나는 내게 돈이 몇 푼 남지 않았다는 것을 깨닫고 계집애처럼 울고 싶었지요.

내 용기는 한층 더 꺾였습니다. 길을 떠나 제법 한참 동안 걸어온 후 한길에서 갑자기 이 땅 어디에서도 내가 안전하지 않을지도 모른다는 생각이 퍼뜩 들었습니다. 나의 사촌 되는 스승은 내 편지를 받고 안심할까? 최악의 경우를 걱정하지는 않을까? 그가 나를 잡으려고 수배한다면! 사람들이 나를 잡으러 오면! 눈앞이 캄캄해졌습니다. 나는 심하게 자책을 하고, 다시금 그 보물 상자를 원망했습니다. 멍청이가 아닌 누구라도 취했을 행동을 내가 하지 않은 것은, 다시 말해 당장 그 일을 관청에 신고하지 않은 것은 그 보물 상자 탓이었으니까요. 이제 이미 물은 엎질러진 셈이고 주워 담기에는 너무 늦었습니다. 사흘 동안 꼬박 나는 그 지역을 여기저기 정처 없이 떠돌아다녔습니다. 거듭 부활절 천사를 떠올리며 기운을 차리면서 똑같은 구역에 머물렀지요. 그러다가 그곳에서 멀지 않은 곳 주 경계 너머에 어머니의 먼 친척뻘 되는 몇몇 부유한 모피 상인이 살고 있다는 사실이 떠올랐습니다. 그들은 내 부친의 덕을 톡톡히 보았던 사람들이었지요. 내 기억에 의하면 그곳은 글뤽스호프라는 곳이었습니다. 그곳에서 우선은 위로와 충고의 말도 들으면서 잠자리를 해결하고 싶었습니다. 그래서 나는 그제야 처음으로 다시 단호히 목표를 갖고 가던 길을 계속 갔습니다. 그러고는 마음씨 좋은 여관집 여주인이 헤어질 때 챙겨 주었던 훌륭한 맛의 리큐르 병을 기억해 내고는, 이 원기를 돋우어주는 음료를 두 번 다시 없을 나의 용기의 촉매제로 마셨지요. 그 술은 곧바로 위력을 발휘해 나는 참 오랜만에 다시 노래를 흥얼거리게 되었고, 마침내는 누구나가 칭찬하는 나의 베이스 가락을 멋지게 불렀답니다.

그러나 앞으로 나를 끌고 갈 불가사의한 운명은 참으로 희한하게 닥쳐왔습니다. 내가 제법 용기를 추스려 어슬렁거리며 한 침울한 지역에 도착했을 때는 거의 저녁 5시가 다 되어서였어요. 황량한 들판만 넓게 펼쳐져 있었지요. 멀리 오른편으로는 어두컴컴한 수풀이 보였고, 왼편 언덕에는 오랫동안 사용하지 않은 교수대가 하릴없이 서 있었습니다. 비바람을 맞아 너무 삭아서 작두로도 쓸 수 없을 몰골이었어요. 애매한 오솔길들 앞에서 나는 멈춰 섰다가 한 블록을 더 내디뎠는데, 나무로 된 길 표지판을 보고 얼마나 반가웠는지! 하지만 이 가엾고 배고픈 사람한테는 세월로 지워진 글자가 어느 쪽으로도 보이질 않았어요! 그 표지판은 한쪽은 오른쪽으로, 다른 한쪽은 왼쪽으로 뻗쳐 사람들로 하여금 자신의 길을 고민하게 했어요.

"교회 헌당식에 가는데 미지의 어느 곳에서 가든 헤렌후트에서 가든 별 상관 없는 영원히 방랑하는 유대인에 비하면 그래도 너는 괜찮은 녀석이야."

나는 말했지요. 그때 아래 평원에서 한 목동이 양 떼를 몰고 서서히 올라오는 것이 보였습니다. 나는 그에게 외쳤지요.

"이봐요, 젊은이! 글뤽스호프로 가려면 어떻게 가야 합니까?"

내 말이 끝나기가 무섭게 두 개의 나뭇조각을 손에 들고 세차게 탁탁 치는 것처럼 내 뒤에서 세 번 손뼉 치는 소리가 났습니다. 깜짝 놀라 나는 주변을 두리번거렸지요. 믿을 수 없는 놀라운 광경이 벌어졌어요! 표지판이 몸을 돌린 겁니다! 표지판이요. 돌아선 거예요. 정말이에요! 그 표지판의 한 팔이 황야 위를 삐딱하게 가리키고 있었습니다. 그리고 그게 무슨 뜻인지 나로서는 이해할 수 없게 다른 팔을 몸에 딱 붙이고 있었어요. 그러는 사이에 목동의 대답은 숲의 울림 속으로 사라져 버렸습니다. 나는 놀라서 그 표지판을 뚫어지게 바라보며 내 심장이 방망이질 치듯 고동치는 소리를 들었습니다. 그리고 속으로 생각했지요. 늙은 귀신아! 나는 너한테 홀리지 않아. 이 산 위에서 지팡이 짚은 자를 친구로 삼을지는 몰라도, 나는 홀릴 수 없어! 그러고는 그가 어느새 내 뒤를 쫓아오는 듯이 그곳에서 도망을 쳤습니다. 목동이 내게 마주 다가왔어요.

"무슨 일입니까? 누가 당신을 쫓아오고 있소? 무엇을 잃어버린 거요?"

"아닙니다! 글뤽스호프로 가는 길만 알려 주시겠소?"

그 남자는 내가 무언가를 훔쳤다고 생각했는지 머리부터 발끝까지 훑어보더군요. 그러고 나서 숲 모퉁이를 가리켰습니다.

"저기에서 계곡이 보일 거요. 오솔길을 따라서 아래로 내려가면 작은 마을에 이를 텐데, 거기서 다시 한 번 물어보시오."

그러는 사이에 내 마음은 다소 진정이 되었습니다. 그 남자는 선량해 보였어요. 그런데도 나는 그에게 내 모험을 털어놓기가 주저되어, 다만 나무로 된 유령이 가리켰던 방향을 손가락으로 가리키며 물었습니다.

"대체 저곳으로 가면 뭐가 있습니까?"

"저기요? 곧장 회색의 성에 이를 거요."

맙소사, 하고 나는 생각했어요. 그리고 목동에게 고맙다는 말을 하고는 그의 지시에 따라 숲으로 향했습니다. 걸어가면서도 나는 이런저런 생각을 했고, 아마 열 번도 더 그 저주받은 말뚝을 돌아보았을 겁니다. 말뚝은 평소의 위치로 되돌아가 실로 멍청하게 서 있었습니다. 그 말뚝이 도대체 회색의 작은 성과 무슨 상관이 있는 걸까? 나는 그 성에 관한 이런저런 소문을 들은 적이 있었습니다. 그 성은 로헨 남작의 소유로, 내가 알고 있는 한 최근까지도 사람이 살았지요. 그 성은 고약한 유령이 나온다는 나쁜 평판을 받고 있었는데, 유령이 나온다는 곳은 실은 그 성 자체라기보다는 성의 근방이었습니다. 아래쪽 계곡에는 지헬 강이 흐르는데, 그 계곡에서 많은 이들이 한 여자 유령에 홀려 죽음을 당했다는 것이었어요. 이제 나는 길 표지판의 허울을 쓴 유혹자가 그 악마의 지역으로 나를 유인하려 들었다는 것을 믿지 않을 수 없었어요. 하지만 곧 다른 작은 목소리가 내 안에서 고개를 들었습니다. 그 유혹자의 소리를 잘못 받아들이는 건 아닐까? 지금 분실된 금화 문제로부터 도망치는 게 아닐까? 어떻게 한다! 돌아가나! 가던 길을 그냥가나! 그렇게 내 마음속에서는 갈팡질팡했습니다. 나는 지치고 언짢은 기분으로 숲 가장자리 언덕에 걸터앉았습니다. 거기에서 나는 해가 지는 것도, 목동이 오래전에 가축을 몰고 집에 간 것도 모른 채 내 자신의 생각 속에 깊이 빠져들었습니다. 그리고 갑자기 단호하게 일어섰어요. 잘 자라고, 표지판아! 그리고 산기슭의 작은 마을로 내려갔습니다.

짙은 안개가 새하얀 바다처럼 계곡을 따라 퍼져 있었습니다. 안개는 나한테까지 올라와 내가 안개 속으로 빨려 들어가는 느낌이었어요. 다행히도 밤은 아주 깜깜하진 않았어요. 별들이 제 몫을 하고 있었지요. 그런데 세상에! 벌써 산 밑으로 내려와 걷고 있으려니 여겼는데, 그새에 나는 산기슭의 마찻길을 따라 산

자락을 한 바퀴 빙 돌아서 부지중에 다시 산을 오르고 있었어요. 그러니까 얼마 안 가서 이 길 잃은 탕아는 그 황량하고 빌어먹을 초원 위에서 바로 세 시간 전에 처음으로 길의 가닥을 놓쳤던 그 근처에서, 다시 어처구니없이 헤매고 있었단 말입니다.

여러분께서는 그 사실을 알고 내 기분이 어땠느냐고 물으시는 겁니까? 그러니까 나는 이런 생각을 했지요. 차라리 집에 앉아 착실하게 잘난 스승님 사모님이 저녁 기도를 올리는 자리에 있는 게 낫겠다. 아무려나, 황새주막에 가서 염색공 프리츠가 70년에 크니비스 산[4]에서 방황했던 이야기를 늘어놓는 넋두리를 듣고 있든가. 그건 그렇고, 이제 어떻게 한다? 잘 알려진 훌륭한 규칙이 하나 있지요. 일을 당한 것을 느낀 사람은 가장 현명하게 행동한다, 그는 이성 따위는 자루 속에 쑤셔 넣고 발이 가는 대로 달린다. 그래서 나도 발이 가는 대로 달리면서 최신 유행가를 부르기 시작했습니다.

"수공업 직인들이여, 유쾌하게 즐길지어다!"

그렇게 한참 동안 멈추지 않고 걸었습니다. 그런데 갑자기 주변이 점점 밝아지는 거예요. 나는 주변을 둘러보았지요. 보름달이 황금색 너도밤나무 꼭대기 너머로 휘영청 떠올랐던 거예요. 두려움 같은 것은 이제 느끼지 않았어요. 다만 똑같은 귀신

4) 독일 서남부에 있는 고원 산지인 슈바르츠발트Schwarzwald에 있는 960미터 높이의 산

을 두 번씩 만나고 싶지는 않았습니다. 그 귀신이 떠오를 때마다 나는 술병에서 술을 한 모금 쫙 들이켜고는 낭랑한 목소리로 얼른 다시 노래를 부르기 시작했지요.

함부르크는 큰 도시,
그곳에는 많은 사람들이 몰려들지.
나는 후회 없이
오히려 기쁘다네,
뤼베크를 보는 것이.
뤼베크는 오래된 도시,
많은 상징물들을 품고 있다네.

이제 나는 그루터기 밭 위를 걷고 있었어요. 고맙게도 그것은 어쨌든 사람의 흔적이었지요. 그렇지만 금세공사야, 이 길이 완만하게 아래로 내려가 물가로 통한다면, 그래서 그곳에서 창백하고 아리따운 여인이 냉수욕을 하라고 너를 유혹하면 어쩐다?

작센 주의 드레스덴
아름다운 처녀들이 자라는 곳.
지금 나는
언제나 생각하네,

뉘른베르크를, 그리고 프랑크푸르트를.

아뿔사! 나는 코방아를 찧고 넘어졌습니다. 아파서 눈에서는 눈물이 나고 혓바닥에서는 저주의 소리가 맴돌았어요. 그렇지만 그래서는 안 되지요.

아우크스부르크는 정교한 곳,
그리고 마침내 알자스로 떠나네.
그리고 당장 기필코
슈트라스부르크로 가네.
처녀들을 만나고도 포옹할 수 없다면
그건 여인들에게는 쓰라린 고통이지.
그러고는 다시 떠나야 하리.

그러던 중에 나는 거의 평지의 끝자락에 이르렀습니다. 그리고 내가 서 있는 곳과 같은 높이에서 왼쪽으로 그 평지가 뾰죽하게 뻗어 끝나는 지점에, 오래되었지만 잘 보존된 건물 한 채가 서 있는 것을 알아보았습니다. 내게서 서른 발자국밖에 떨어져 있지 않은 곳이었어요. 넓다기보다는 좁다랗게 솟은 그 건물은 몇 개의 작은 탑과 높게 쌓아 올린 합각지붕을 갖고 있었습니다. 이제 내가 어디 있는 건지 의심의 여지가 없었어요. 나는

살금살금 다가갔습니다. 아래층의 문이 닫힌 상점 내부에서 희미하게 빛이 새어 나오고 있었어요. 여기에 출장 재단사가 살고 있는 것이 틀림없었지요. 개 한 마리가 짖어 대자 곧바로 한 부인이 창문을 열었습니다.

"누구세요?"

"수공업 직인인데 길을 잃었습니다."

"뭐 하는 사람이라고요?"

나는 위태로운 내 처지를 염두에 두고서 솔직하게 대답할 수가 없었습니다.

"재단사요."

기어드는 소리로 대답했어요. 그녀는 미심쩍다는 기색이더니 창문에서 멀어졌습니다. 그리고 나는 그 안에서 사람들이 활발하게 논의를 펼치는 것을 알아챘지요. 여러 목소리들이 소곤거렸는데 그 소리들 중에서 나는 짜증스러운 투의 '재단사'라는 단어만을 여러 차례 아주 분명히 알아들을 수 있었습니다.

이내 작은 현관문이 열렸습니다. 집 관리인이 이미 복도에서 있었어요. 부인은 거실 문지방에 서 있었고, 그녀 뒤로는 아주 예쁜 처녀가 서 있다가 금세 사라졌어요. 그 부부는 서로 마주 보더니 내게 방으로 들어오라고 했습니다.

그 방은 모든 것이 아주 정갈하게 정돈되어 있었어요. 껍질을 깔 준비가 된 마른 콩과 잘 여문 개암나무 열매들이 담긴 바구니가 옆으로 치워졌고, 그들은 내 짐 보따리를 받아 들고 내게 앉으라고 권했습니다. 10시가 지나고 있었어요. 노부인이 나를 위해서 식탁을 차리는 사이에 남편은 나를 향해 담소를 나누듯이 가장 의례적인 질문들을 던졌습니다. 내 고향이 어디이며 뭐 그런 질문들이었는데, 물어보는 그의 태도가 전혀 추근대는 기색이 없이 성실한 어조였기 때문에 나는 일단 발설한 가짜 신분을 마음속으로는 꺼리면서 짤막하게 애매한 투로 대답할 수밖에 없었지요. 당연히 거짓말은 또 다른 거짓말을 낳게 마련이니까요. 젊은 처녀는 나를 똑바로 쳐다보지도 않고 부엌에서 방으로 몇 차례 분주히 들락거렸습니다. 그들은 마침내 따뜻한 수프 한 접시와 맛있는 크림케익을 가지고 왔습니다. 나는 맛있게 먹고 마셨어요. 그러자 주인은 곧바로 내 잠자리를 안내해 주겠다고 제안했고, 부인이 램프를 들고 앞장섰습니다. 남편은 내 배낭을 직접 들고 계단을 올라, 천장이 높고 하얗게 칠해진 구석방으로 날라다 주었어요. 그 방 안에는 새로 깔아 놓은 침대 말고도 필수적인 안락한 시설이 다 갖추어져 있었습니다. 나는 감사한 마음으로 잘 자라는 인사를 했고, 책상에 램프를 올려놓은 뒤 호기심에서 창문을 열었습니다.

안개 때문에 잘 분간이 되지는 않았지만 저 아래까지의 깊이는 상당해 보였어요. 그리고 부드럽게 흐르는 물소리로 미루어 보아 지헬 강이 이 작은 성을 떠받치고 있는 바위 바로 아래쪽을 지나가고 있는 게 분명했습니다. 그건 내게 결코 기분 좋은 느낌을 주는 것이 아니었지요. 아무러면 어때! 나는 용기를 추스르며 문을 잠그고는 옷을 벗었습니다. 그리고 침대에 눕자마자 잠이 들었지요. 밤새 비가 왔지만 나는 비 오는 것도 전혀 몰랐어요. 이 집의 예쁜 처녀에 대한 꿈을 생생하게 꾸었지요.

다음 날 아침 내가 완전히 기운을 차렸을 때는 해가 중천에 떠올라 지헬 계곡을 비추고 있었습니다. 그 골짜기는 활엽수들로 풍요롭게 장식되어 있어서 일단 이곳의 전망을 고요하고 매혹적인 것으로 테두리 쳐 주는 듯했습니다. 그리고 이어서 성을 휘감고 짧은 곡선을 이루면서 넓은 평지로 연결되어 있었습니다.

산기슭의 영주 일가들이 사는 마을에서 들려오는 종소리가 오늘이 일요일이라는 것을 상기시켰습니다. 이유를 알 수 없게 가슴이 뭉클해졌어요. 그러나 그런 감상에 오랫동안 매달릴 때가 아니었지요. 하지만 지금의 내 처지에 대해 잡다한 생각을 하고 골똘히 파고드는 것도 얼른 단호히 집어치웠습니다. 다만, 어젯밤에 본 유례없는 유령이 떠올랐을 때는 아무래도 내가 좀 취했었던 모양이라고 추측을 했어요. 그럴 것이 내 화주 병이 거의 바닥이 났으니까요.

나는 옷을 말끔히 차려입고 서둘러 아래층 주인에게 내려갔습니다. 그는 유쾌하게 정오까지는 겨우 한 시간 남았다고 알려주었습니다. 내가 특별히 서둘러 가야 할 일도 없을 것 같고, 혹시나 며칠간 그들의 집에서 푹 쉬고 갈 수도 있을 거라고 여겼기 때문에 굳이 나를 깨우지 않았노라고 말하면서요. 나는 잠시 동안, 하긴 짐짓 그런 시늉을 하고 생각을 해 본 뒤에, 또 그들이 거듭 설득하는 바람에 주인의 뜻밖의 친절을 받아들여 느긋이 주저앉았습니다.

"거다가 죄송하지만 지금은 당신과 함께 식사를 못하겠군요."

성 관리인이 말했어요. "오늘 마을에서 선생님이 세례를 받으십니다. 우리가 대부가 되어 달라는 요청을 받아서 당장 출발해야 하거든요. 그렇지만 내 조카딸 요제페가 빈틈없이 당신을 보살펴 드릴 겁니다."

나는 모든 것이 만족스러웠습니다.

그 부부는 정장을 하고 집을 나섰습니다. 밖에는 마차가 기다리고 있었어요. 그들은 다시 한 번 미안하다고 하면서 저녁 전에는 올 것이라고 약속했습니다.

나는 혼자 거실에 있었고, 요제페는 부엌에서 일하고 있는 것 같았습니다. 아, 성 전체에 나와 요제페 둘뿐이었지요. 비록 지금까지 한마디도 이야기를 주고받지 않았지만, 처음 본 순간부터 마음속으로 뭐라 설명할 수 없는 신뢰감을 주었던 이 처녀가 가까이 있다는 것이 이상하게 나를 들뜨게 했어요. 부엌에 있는 그녀를 찾고 싶은 생각이 끊임없이 나를 잡아당겼어요. 하지만 막상 실천에 옮기려니, 작업장의 견습공들이 여성을 대할 때 쓰는 그 온갖 예의 바른 어투 가운데서 그 어느 하나도 흡족스럽게 여겨지지 않았어요. 그런데 갑자기 그녀가 안으로 들어와서 앞치마를 풀어 놓고 약간 상기한 얼굴로 내 앞에 와 섰어요. 그러고는 동그란 갈색 눈으로 한참 동안 나를 빤히 쳐다보고 말했습니다.

"저, 당신은 정말로 전혀 저를 모르시겠어요?"

나는 당황해서 아무 말 못하고 있다가 곧 어설픈 말솜씨로, 이토록 매력적인 아가씨와 이전에 알고 지냈다는 기억은 지금으로서는 없노라고 털어놓았어요. 그러자 그녀는 금세 웃음을 터뜨리는 것으로 자신의 부끄러움을 재치 있게 감추고는, 내게 순전한 농담을 했다는 듯이 굴었습니다.

"아니! 그렇지 않아요!"

나는 성급히 그녀의 손을 잡고 외쳤지요.

"뭔가 감추고 있어요. 당신은 당황스러워하고 기분이 상해 있어요! 제발, 아가씨! 나를 조금만 도와줘요. 언제, 어디서 우리가 만났는지? 그럼 나도 얼른 생각날 겁니다!"

사실상 그녀의 얼굴은 벌써부터 내게 유난히 낯익어 보였습니다. 다만 어떻게 알게 되었는지는 도저히 생각나지 않았어요. 나는 되풀이해서 작은 힌트라도 청했어요.

"좋아요! 그럼 먼저 당신의 이름을 말해 주세요!"

그녀는 대답했습니다. 당황한 내가 머뭇거리다가 발뺌하는 핑계를 대려는데, 그녀가 자신의 질문 자체를 후회하듯이 내 말을 잘랐습니다.

"고기가 타는 것 같군요! 죄송하지만 가 봐야겠어요."

잠시 후 그녀는 되돌아와 소리 없이 식탁을 거실 중간에 밀어다 놓고는 아주 태연히 식탁을 차리면서 아무 일도 없었다는 듯이 곧 날씨에 관해 말하기 시작했습니다. 내가 그런 말에 대꾸를 하지 않고 생각에 잠겨 언짢은 기색을 보이자, 그녀는 마침내 이 우스꽝스런 긴장감을 풀려고 이야기를 꺼냈어요.

"이봐요, 제발 그러지 말아요. 어리석은 농담일랑 잊어버리라고요. 내가 사람을 잘못 본 거예요. 그게 다예요! 다시 한 번 부탁인데, 아까 그 얘기에 더 이상 신경 쓰지 말아요."

그녀의 말이 반쯤밖에 믿기지 않았지만, 이제 나는 물론 예의를 지키기 위해서라도 더 맞설 수가 없었습니다.

우리는 식사를 하려고 앉았습니다. 요제페는 내 기분을 풀게 하려고 최선을 다했어요. 그녀는 솔직하고 우아하며 선량했어요. 처음으로, 아니, 태어나서 처음으로 나는 한 여자와 사랑에 빠지는 것이 가능하다는 것을 깨달았답니다.

그녀가 식탁을 치우고 아주 맛있는 사과를 후식으로 내온 다음에 나는 말을 꺼냈습니다.

"당신네 회색의 작은 성에 관해 소문이 분분하더군요. 어때

요? 이제 우리가 이렇게 함께 있으니 이 성에 관해 나에게 한번 솔직히 말해 줄 수 있습니까?"

"그럴 수 있지요."

그녀가 대답했어요. "우리는 평소에는 이 성에 관해 그 누구와도 쉽사리 얘기를 하지 않아요. 하지만 예외는 있는 거지요. 거다가 당신은 이성적인 분인 것 같고 우리 집에 있는 것을 두려워하시지 않으니까요.(여기서 그녀는 내 얼굴을 탐색하듯 예리하게 쳐다보았습니다.) 또한 유사 이래 지금껏 이 집 안 내부에서는 조금치라도 해를 입은 사람이 아무도 없어요. 그리고 집 밖에서는, 글쎄, 조심스럽습니다. 아마도 조심하지 못한 경솔한 사람들이 이미 있었던 모양이에요. 그런 이들은 주제넘은 호기심의 대가를 늘 치르게 마련이지요."

그녀는 앉아서 무릎에 실뭉당이를 놓고는 초록색과 검은색 실로 이제 막 시작한 뜨개질거리를 손에 잡았습니다.

"어머, 세상에! 비가 오는 것 좀 보세요! 쏟아지고 있네요! 오늘 같은 날 당신이 거리에 있지 않은 게 다행이에요."

그러고 나서 그녀는 이야기를 하기 시작했어요.

"약 400년 전에 바로 이곳에는 바이트 폰 뢰베길트라는 이름의 백작이 살았어요. 그 사람은 신앙심이 깊고 용감한 기사였지요. 홀아비였던 그는 이르멜 폰 데어 메네라는 젊은 처녀와 재혼을 했어요. 그녀는 아름다움의 화신이라고 할 만큼 미색이었고 또 대단한 부자였지요. 결혼식 날 저녁 촛불이 분주해진 홀에서 무도회가 시작되었고, 이제 부인은 이런저런 하객의 손을 잡고 윤무를 추고 있었지요. 그때 뢰베길트는 만족스러운 눈길로 내내 그녀를 바라보았어요. 그러나 곧 불길한 예감처럼 묘한 비애감이 그에게 몰려왔어요. 하지만 그런 예감을 그는 전혀 내색하지 않았지요. 다만 춤이 끝날 무렵 부인에게 홀에서 잠깐 나오라고 신호를 보냈어요. 그는 램프를 들고 부인을 다른 방으로 데리고 갔어요. 둘만이 있게 되자 그는 말했지요. '사랑하는 당신! 당신의 낭군은 사람들과 떨어진 곳에서 한 번의 키스로 당신의 사랑을 확인하고 싶은 묘한 욕구를 느끼고 있다오.' 그러고 나서 그는 그녀를 얼싸안고 키스를 했고 그녀도 똑같이 그랬어요. 그러나 그녀는 마음속으로는 불쾌해하며 생각했어요. 이 바보 같은 인간이 나한테 뭘 하는 거야? 주인이 손님들을 팽개치고 온 것은 예의 바른 짓이 아니야. 그때 바이트 씨는 셔츠 깃 속의 묵직한 금목걸이를 풀면서 말했어요. '이 목걸이를 좀 보시오. 나의 선조가 옛날에 자기 아내인 정숙하고 고상한 리헨짜 폰 슈타인에게 선물로 준 것이었소. 나중에 이 보석은 행복했던 부부의 영예로운 기념물로서 대물림을 해왔소. 그리고 지금, 오늘, 당신이 나의 조상 대대의 집에 안주인으로 들어섰으니 이 목걸이를 당신에게 걸어 주도록 허락해 주시오. 당신이 이것을 소중하게 걸 것이라고 믿소.' '나의 주인이자 친절한 낭군에게 감사해요.' 아름다운 부인은 아주 상냥하게 대답했어요. '그러나 아직 당신은 나를 완전히 믿지는 못하는군요. 마리아가 있는 예배당에서 당신이 들었던 나의 언약만으로는 충분하지 않은 모양이지요. 여기서 다시 한 번 굳게 약속하지요. 성실한 아내로서 당신을 섬기겠어요. 저승에서도 하느님의 은총을 받도록.' 그리고 그들은 홀로 나갔습니다. 이르멜은 금목걸이가 만족스러웠고, 그 선물을 손님들에게 자랑스럽게 내보였습니다.

처음에는 만사가 아주 순조로웠어요. 일 년 뒤 백작 부인은 남편에게 아들을 선사했어요. 그러나 백작의 가정에 곧 불화가 들어섰어요. 부인은 지나칠 정도로 인색해져 갔습니다. 민중들 사이에서 백작 부인은 암탉에게 알을 계속 낳으라고 노래를 부른다는 소문이 퍼졌지요. '이르멜 부인은 바보가 아니야. 그녀는 램프에 쓰는 기름 한 방울도 아까워서 하녀들에게 달빛 속에서 물레질을 시키거든.' 예전에 그녀가 가장 즐겨 하던 소일거리는 노래를 부르거나 하프를 연주하는 것이었어요. 그런데 이제 그녀는 돈 계산을 하거나 백성들을 쥐어짜는 일 외에는 아무것도 하지 않았지요. 그중 최악의 것은 뢰베길트 씨 몰래 그녀의 신하들과 주변 이웃을 상대로 이자를 받는 돈놀이를 시작한 것이었어요! 그리고 가난한 백성들이 제 시간에 지불하지 못할 경우 그녀는 집사에게 말했지요. '백작님이 집에 계시는 한은 나는 무슨 수를 쓰고 싶지 않아요. 남편은 너무 선량해서 이 착취 행위에서 자신을 빼 주는 것을 내게 고마워할걸요. 그렇지만 다음번에는, 그가 기사들을 데리고 한 달이나 두 달 동안 집을 떠나 있을 때에는 두고 보세요, 내 분노의 깃발을 치켜들 테니! 협박꾼을 파견하고 폭력을 쓰는 거지요. 멍청한 백성들의 밭에서 경작물을, 그리고 우리에서 암소를 빼앗아 와야 해요.' 다행히도 일이 그 지경까지 가지는 못했어요. 뢰베길트 씨는 백작 부인의 교활한 돈벌이 사업을 알게 되자 죽도록 부끄러워했습니다. 하지만 그는 이 천하일색의 부인을 있는 그대로 바보처럼 사랑했기 때문에 자비로운 마음으로 그녀를 대하고, 그 더러운 돈벌이를 그녀에게 너그럽게 맡겼어요. 잘된 것이든 잘못된 것이든 그녀는 남편의 제안을 받아들였지요. 그렇지만 그녀의 남편이 그토록 감쪽같이 교활하게, 빌어먹을 농부들의 빚을 동전 한 푼까지 탕감하리라는 걸 어떻게 그녀가 꿈인들 생각할 수 있었겠어요? 남편은 그 모든 일을 몰래 처리했어요. 그리고 어느 날 때를 보아서 아주 점잖게 그 사실을 그녀에게 털어놓았지요. 이르멜 부인은 그가 하는 말을 묵묵히 듣고는 얼굴이 해쓱해져서 단 한마디도 하지 못했어요. 그날이 마침 부활절이라 그녀는 남편과 함께 성찬식에 참석했습니다. 거기서 그녀는 주님의 성체가 아닌 그녀 자신의 분노를 삼켰던 모양이에요. 그 순간부터 그녀는 입을 다문 채 말을 하지 않았지요. 마치 말하고 웃고 우는 방법을 영원히 잊어버린 것처럼 보였어요. 남편이 그녀에게 다가가서 선의의 재치 있는 말을 걸면, 그녀는 겸손한 성모상처럼 발치를 내려다보면서 거짓 한숨을 내쉬며 옆으로 비켜섰어요. 그런가 하면 남편이 하루 동안 시름을 잊으려고 사냥을 가거나 말을 타고 외출을 할 때면, 이 차가운 여자는 집에서 물을 만난 물고기처럼 생기 있게 농담을 하는 쾌활한 악녀가 되었다고 해요. 백작이 그런 인간에게 한 가닥이라도 사랑의 불길을 품을 수 있다는 걸 누군들 믿을 수 있겠어요? 말하자면 그는 그녀에게 흠뻑 빠져 정신을 못 차렸다고 해요.

언젠가 그는 혼자 거실에 앉아 아직 한 돌도 채 안 된 애지중지하는 아들을 무릎에 앉히고는 매우 슬퍼했습니다. 그 아이가 얼마 전부터 수척해지고 뭘 먹지도 않고 마시지도 않기 때문이었어요. 그런데도 어느 누구도 아이에게 뭐가 잘못되었는지 알지 못했거든요. 얌전한 유모가 조용히 들어와서 울기 시작했어요. '아, 존경하는 주인님, 제 마음속에 담아 두고 있는 것이 있는데 말씀을 드려야 할 것 같아요. 그리고 주인님께 숨기고 있다는 것이 큰 죄악 같아요. 하지만 제발 저 무서운 마님에게는 이 사실을 말씀하지 말아 주세요.' 유모가 그렇게 말을 하자, 사내아이는 아버지의 팔에 안겨 무섭다는 듯이 움직였습니다. 마치 말귀를 알아듣고 그녀가 무슨 말을 할지 알고 있다는 듯이 겁에 질려 꼼지락거렸어요. 백작은 유모에게 계속 말하라고 손짓을 했고 그녀는 이어서 말했어요. '최근에 주인님께서 막 여행을 떠나셨을 때였어요. 그날 아침 저는 늘 하던 대로 도련님이 있는 방으로 갔지요. 벌써 멀리서부터 마치 칼을 들이댄 듯이 아이가 소리 지르는 것을 들었어요. 제가 그 방에 들어섰을 때, 맙소사! 저는 제 이 두 눈으로 마님께서 어린 도련님께 하는 짓을 보았어요. 마님이 글쎄 아이를 발가벗긴 채 테이블 위에 눕혀 놓고는 꼬집고 때리고 괴롭히는 거예요. 도련님이 얼마나 가여웠던지. 하지만 마님은 저를 보자 기겁을 하고 놀라며 도련님을 얼르고 간질이겠지요. 그래서 가엾은 철부지인 도련님은 웃다가 소리를 지르다가 했답니다. '이 녀석 웃는 것 좀 봐! 아버지와 닮은꼴이지?'하고 마님이 말했어요. 나는 생각했지요. 그렇구나. 가엾은 도련님, 그래서 이렇게 시달리고 있는 것이군요. 나리, 용서해 주십시오. 이렇게 무례하게 나리 앞에서 모든 걸 털어놓는 것을. 그렇지만 보세요, 아내가 자신이 낳은 남편의 혈육을 적대시해 온 예는 얼마든지 있어요. 그리고 제 생각에는 어머니의 마음을 그렇게 일그러뜨리고 혈육을 모질게 대하도록 만드는 것은 악령의 짓인 거 같아요.'

유모 유디트는 그렇게 말하고는, 주인의 얼굴에 몇 번씩이나 불꽃이 치솟고 분노로 몸을 떠는 것을 보았어요. 그는 한참 동안 아무 말 없이 고개를 숙이고 있었습니다. 그리고 이윽고 일어서서 유모에게 말했어요. '카스파에게 가서 곧바로 세 필의 말을 준비하라고 전하게. 여자용 안장이 달린 아름다운 백마와 검정 준마, 그리고 자신의 말을 말일세. 너도 나들이옷으로 갈아입고 아이의 물건을 작은 꾸러미에 챙겨라. 우리는 당장 여행을 떠날 것이다. 걱정하지 마라, 너는 털끝 하나 다치지 않게 할 테니.' 그녀는 곧바로 달려 나가서 시키는 대로 했습니다. 그 사이에 바이트 씨는 떠날 채비를 했지요. 그리고 어린 아들을 안고 서둘러 정원으로 나갔습니다. 그의 손짓에 유디트는 자기 몫의 말에 올라탔습니다. 그 말은 마굿간에 있는 말 중 가장 기품 있는 준마였어요. 바이트는 어린 공자를 자기 앞에 태우고는 성문을 향해 달려 나갔고 하인이 그 뒤를 따랐습니다. 이르멜 부인은 불쑥 나온 창가에 반쯤 몸을 숨긴 채 그 모든 광경을 보고 있었지요. 대단히 놀라고 화가 난 그녀는 물론 그 상황이 무엇을 의미하는지를 상상했습니다. 그녀는 성을 빠져나가는 말의 행렬을 냉소적인 시선으로 내려다보았어요. 그리고 그 말들이 위쪽의 지헬 계곡으로 접어들자 혼자 중얼거렸지요. '맞았어! 이제 믿음 깊은 형수가 있는 그라이펜홀쯔 성으로 가는 거로군.' 정말 그랬습니다. 그곳에는 백작의 가까운 친척들이 살고 있었는데, 그들 집에서 백작은 많은 위로를 받았고 아들과 유모도 융숭한 대접을 받았습니다. 12일째 되는 날 아침 한 가지 커다란 근심에 짓눌렸던 남편은 그 짐을 덜고 홀가분한 마음으로 자신의 지옥으로 되돌아왔어요. 그럴 것이, 아이는 어머니와 떨어져서도 5월의 태양을 받은 장미처럼 무럭무럭 자라고 있었으니까요. 백작 부인은 응당 어린 귀공자에 대해서는 일언반구도 없었어요. 그리고 그때부터 두 부부는 조용하고 예절 바른 관계로 함께 살았습니다.

그 사이에 한번은 뢰베길트가 황제를 위해 군 복무를 하느라 집을 떠난 적이 있었습니다. 군대를 이끌고 봄부터 늦가을까지 반년 내내 밖에 있었어요.

당신이 참회하기에 안성맞춤의 기회일 거요, 백작 부인! 옛 노래가 하나 있는데 이런 구절이라오.

외로움 속에서,
외로움 속에서,
작은 꽃 한 송이가 쉬어 피어나네,
후회와 고통이라는 이름의 작은 꽃…….

이것은 고요한 밤에 군 막사에 누워서 아내를 생각하면서 빌었던 백작의 소망이자 기원이기도 했답니다.

그리고 마침내 평화가 왔고, 영주와 기사들 그리고 하인들이 전쟁의 승리를 구가하며 고향으로 돌아가게 되었을 때 뢰베길트는 생각했지요. 하느님의 뜻으로 나도 고향에서 평안을 찾으면 좋으련만! 그는 자신의 군대를 이끌고 즉각 가장 빠른 길을 택해 귀향길에 올랐습니다. 이제 불과 이틀 거리의 여행길을 앞둔 어느 날 저녁, 그들은 한 작은 마을에 당도하며 그곳에서 숙박을 할 생각이었어요. 그들이 만난 수도사 한 사람이 성호를 그으며 기도를 올렸습니다. '아니, 저건 플로리안 형제잖아!' 백작이 큰 소리로 말하면서 멈췄습니다. '반갑습니다, 신부님! 산을 넘어서 오시는 길입니까?' '그렇소이다, 백작님.' '그렇다면 성에는 들렀습니까?' '이번엔 못 들렀습니다. 백작 나리, 시간이 없었습니다.' '참 안됐군요. 혹시 우리 집의 사정이 어떤지 들으신 것이 없습니까?' '예, 백작님.' 신부는 대답했지요. '사람들은 늘 많은 말들을 지어냅니다! 그 말들을 누가 다 믿겠습니까? 백작님 귀에 거슬릴 말을 굳이 들으려 하지 마십시오.' 그런 말을 듣고 내심 놀란 뢰베길트는 신부와 은밀히 이야기를 나누었습니다. 신부는 결국 불미스럽기 이를 데 없는 이야기를 털어놓았고, 백작이 비명을 지르는 소리가 들렸습니다. '오, 주여! 도와주십시오! 주께서 그 같은 치욕을 허용하셨으니, 이제 제가 그녀를 벌하도록 허락해 주십시오!' 이 말을 내뱉자마자 그는 자신의 가장 가까운 종자 한 명만 대동하고 말에 박차를 가하며 밤새도록 달렸습니다. 마치 세상에 종말의 불길이 타오르는 것처럼 말이지요.

한편 이르멜 부인은 남편이 아직도 수백 마일 떨어진 곳에서 적군과 싸우고 있다고 믿었습니다. 그렇지 않았다면 반드시 때

맞추어 그녀의 방문턱의 흔적을 말끔히 치워 놓았을 테지요. 말하자면 몇 주 전부터 그녀는 손님을 한 사람 들였어요. 유별난 인물이었죠. 그 사람은 어느 날 절름발이 늙은 말을 타고 와서는 바이트 씨와 절친한 친구라고 하면서 그의 안부를 물었습니다. 그리고 백작 부인에게는 자기는 귀족인데 지금 도피 중이라는 둥 거짓말을 둘러댔어요. 그러나 성의 한 하인이 다른 하인에게 곧 귀엣말로 수군거렸습니다. 그 괴짜 놈이 종종 큰 장터에서 과일 잼이며 연고를 사라고 외치는 것을 보았다는 얘기였어요. 사람들은 백작 부인에게 조심하라고 경고를 했지만 그녀는 귀담아듣지 않았어요. 그 젊은 녀석은 아주 멋진 검은색 머리칼에 초록색 눈을 지녔으며, 밤 꾀꼬리처럼 노래를 잘 불렀습니다. 그는 많은 남국의 노래를 알고 있었고, 백작 부인은 그 노래에 맞춰 하프를 연주했어요. 그렇게 그와 붙어 있었지요. 남녀 하인들 사이에서는 그러나 그를 라트베르크 기사라고 불렀답니다.

이렇게 어울린 잘난 한 쌍의 남녀는 늘상 그랬듯이 점심 식사 후에 단둘이서 거실의 큰 창가에 앉아 즐거운 담소를 나누며 탁 트인 전경을 내다보고 있었습니다. 가운데 강이 흐르는 그곳 풍경은 밝은 햇볕을 받고 펼쳐져 있었어요. 이르멜 부인은 금목걸이를 목에서 풀어 만지작거리다가 하얀 팔뚝에 휘감았습니다. 그리고 말했지요. '어떻게 생각해요? 사랑하는 당신,

목걸이를 하나 갖고 싶은데. 자, 봐요! 더도 말고 저기 초원 사이로 강물이 굽어 드는 곳에서 지헬 강이 마을을 따라 흘러가는 길이만큼의 목걸이 말이에요. 어때요? 그럼 이음 고리 하나가 내가 지금 가운뎃손가락을 굽혀 엄지손가락과 마주쳐 만든 동그라미보다 크지 않을까요? 여기 보세요!' '원, 그렇게 터무니없는 상상을 하다니! 그걸 장신구라고? 거인들 두 명을 동원하면야 충분히 끌고 올 수 있을 테지!' 정부가 말했어요. '그렇지요? 그럼 이건 어때요? (이 말을 그녀는 바이트 씨를 조롱하려고 꺼냈어요. 왜냐하면 그는 윗대로부터 대단한 재산가에 속하지 못했으니까요.) 뢰베길트의 재산을 팔아 치우는 경우, 내 말을 잘 들어 봐요, 내 몫의 것은 빼고요, 그 넝마를 금화로 바꾸어 조금 전에 말한 대로 그것을 녹여 목걸이를 만든다면, 그렇게 해서 생겨난 목걸이가 얼마나 클지 알아맞혀 봐요.' 정부가 웃음보를 터뜨리며 소리쳤습니다. '장담컨대, 그건 바이트 씨를 향한 이르멜 부인의 사랑을 잴 수 있는 만큼의 길이는 될 테지!' 그러자 이르멜은 재미있다는 듯이 손뼉을 치고 기사의 무릎에 앉아 키스를 하고 그의 애무를 받았습니다.

갑자기 그가 말했어요. '잠깐! 누군가가 침대 방에서 엿듣고 있는 것 같소. 설마 하인이 엿듣는 것은 아니겠지?' '당신이 착각한 거예요. 침대 방의 복도 쪽은 잠겼어요. 내가 살펴볼게요.' 부인이 말했습니다.

그러나 그녀가 일어서려는데, 오, 끔찍했죠! 유리문 뒤에서 누가 나타났겠어요? 뢰베길트 백작, 그녀의 남편이 나타났어요!

재빨리 생각한 끝에 그 뱀처럼 간교한 여자는 환성을 지르며 달려가 남편의 목을 껴안았습니다. 그는 그녀를 밀쳐 냈고, 그러자 그녀는 구석에 쓰러졌습니다. 그리고 곧바로 그의 억센 주먹이 막 튀어서 도망치려는 정부를 꽉 붙잡았습니다. 그리고 하인에게 단단히 감금시키라고 넘겨주었지요. 이제 그는 부인과 단둘이 남았습니다. 불쌍하고 죄 많은 여인은 얼굴을 양손으로 감싼 채 서 있었습니다. 그는 처음에는 한참 동안 그녀를 바라보다가 그녀에게서 목걸이를 낚아채어 한가운데를 끊으면서 말했습니다. '자, 이제 우리 사이는 이제부터 이렇게 된 것이오! 그리고 여기 이 목걸이는 당신에겐 무거운 짐이 될 것이오. 또한 이 목걸이의 줄이 다시 이어질 때까지, 당신은 무덤 저편까지 탄식하며 그 무게를 짊어져야 할 것이오!' 그러면서 그는 두 조각 난 목걸이를 열린 창문 밖 강물로 던져 버렸습니다.

그 후 사건의 전말을 간단히 얘기하지요. 그 못된 정부를 위해서는 야외에 세 개의 기둥이 박힌 허공의 집이 지어졌지요. 여기서 멀지 않은 곳이에요. 지금도 사람들은 그곳을 교수대 숲이라고 부른답니다. 하지만 이르멜 부인은 이제 저 아래 성안 감옥에 갇히게 되었어요. 그녀는 생각할 수 있는 온갖 수를 썼지요. 간계와 폭력을 써서 도망치려 했습니다. 심지어는 그녀의

고해 신부까지 매수하려 들었어요. 신부에게, 자신은 첫날부터 남편을 사랑할 수가 없었기 때문에 유감스럽게도 지금 당하게 된 큰 재앙을 벌써부터 예견했노라고, 그래서 미리 앞날에 대비했노라고 고백했어요. 요컨대 비상금을 따로 챙겨 성 밖에 감춰 두었던 거예요. 그녀는 경비원들에게도 그녀가 풀려나도록 도와주는 사람에겐 금화를 듬뿍 쥐여 주겠노라고 말했어요. 그 말에 넘어가 두 경비원이 도주시키려는 시도를 했어요. 그렇지만 그들은 도망 길에 부인과 함께 붙잡혔지요. 다음 날 아침 그녀는 감옥에서 죽은 채 발견되었습니다. 그녀의 아름답게 땋아 올린 머리에 늘 꽂고 다니던 커다란 은으로 된 바늘로 심장 한가운데를 찔렀답니다.

그리고 얼마 지나지 않아 백작은 성과 이 지방을 영원히 떠났습니다. 그는 여기에서 멀리 떨어진 하넨캄이라 불리는 외딴 성에서 살았어요. 그곳의 잔해는 아직도 볼 수 있다고 해요. 아들 후고는 그의 노년에 위안이 되었습니다. 그는 일찍부터 고귀한 미덕과 능력을 보여 주었어요. 그래서 그는 훗날 충실한 신하이자 용감한 군인으로서 황제의 총애를 받았습니다. 뢰베길트라는 이름은 독일 땅에서 차츰 명망 있는 가문으로 손꼽히게 되었지요. 물론 그들에게는 아스테른이라는 공작의 지위가 부여되었고요. 그래서 이 이름도 붙여져 있는 겁니다. 그리고 당신도 잘 알겠지만, 우리의 왕이 금년 안에 결혼하여 데려올 아름다운 오로라 공주는 지금 통치하는 공작 에른스트 뢰베길트 폰 아스테른의 따님 중 한 분이랍니다."

"뭐라고요?"

나는 너무 놀라서 소리쳤습니다. "여기 이 성이 아스테른 가문의 원래 성이라는 겁니까? 그리고 그 이르멜이 공주의 시조비란 말이오?"

"그런 셈이죠! 그런데 당신은 이 일에 왜 그렇게 관심을 갖죠?"

"그렇다면 그게 사실인가요? 오늘날까지도 그 이르멜이…… 내가 무슨 말을 하려는지 아시겠지요?"

요제페는 내가 놀라워하는 것을 조금은 즐기듯이 고개를 끄덕였습니다. 우리 둘은 한동안 말이 없었어요. 내 머리에는 온갖 생각이 떠올랐습니다.

"하지만……" 하고 나는 나도 모르게 소리를 죽여 다시 말을 꺼냈지요. "그녀는 대체 어떤 방법으로 나타난 거죠? 그리고 어디에서?"

이해할 수 없을 만큼 태연하게, 그러나 당연히 진지하게 그녀는 말을 이었습니다.

"예로부터 그녀는 물가와 물 위에서만 모습을 보였어요. 처음에는 큰 홀 맞은편 성 근처에, 그러고는 오솔길까지 내리막 구간에 말이지요. 전답 관리인과 양치기의 확언에 의하면, 그녀

가 거의 마을 가까이까지도 방향을 취했다는 거예요. 그 이상은 아니고요. 나는 딱 한 번 부엌 창문에서 그녀를 보았어요. 그러나 부엌은 바로 홀 아래층에 있지요. 성 요한절 날이 새기 세 시간 전이었어요. 우리는 빨래를 해야 했기 때문에 새벽에 일어났어요. 달빛이 아주 환했어요. 정말 우연히 나는 밖을 내다보다가 아래쪽을 본 거예요. 그곳에 눈처럼 하얀 옷을 입은 가냘픈 여인이 건너편 버들 숲가의 작은 배 안에 서 있는 겁니다. 그 조각배는 버들 숲 때문에 초록색 나뭇가지 그늘에서 얼핏 모습을 보였지요. 그것이 진짜 조각배가 아니었는지도, 제 말은, 실제의 것이 아니었는지도 모르겠어요. 어쨌든 저 아래서 뱃전을 치는 물결 소리는 분명히 들렸어요. 그녀는 우선 힘겹게 쪼그리고 앉더니, 곧 뱃전 넘어 멀리까지 몸을 굽혔어요. 그러고는 두 손을 물속에 담그고 뭔가를 찾는 듯이 물속을 두루 휘젓는 거예요. 그리고 아주 천천히 온몸을 뒤로 젖히면서 뭔가를 끌어올렸어요. 그것은 순금처럼 희미하게 빛을 발했는데, 두껍고 육중한 목걸이라는 것을 내 눈으로 똑똑히 알아보았어요. 그녀는 목걸이를 한 자씩 한 자씩 조각배 안으로 끌어올렸어요. 그러면서 쩔그렁! 배 안에 그것이 떨어질 때마다 울리는 소리는 정말로 그렇게 자연스러운 금속성일 수가 없었지요. 그렇게 한동안 계속되었지만 끝없이 지속될 수는 없는 일이었어요. 나는 얼른 가족들을 불렀습니다. 그들은 모두 아무것도 보지는 못했어요. 그렇다고 나는 조바심하는 태도를 보이지도 않았어요. 그것이 내 성격이었으니까요. 따라서 만약에 그들 역시 나와 똑같이 그 기이한 소리들을 듣지 못했더라면 그들은 끝내 내 말을 믿지 않았을 거예요. 갑자기 물이 크게 철썩대며 튀어 올랐어요. 목걸이가 끊어진 게 분명했지요. 그렇게 세차게 튕겨져 나간 거예요. 그때 정말이지, 텅 빈 가슴에서 나오는 땅이 꺼지는 듯한 한숨 소리가 뒤따랐어요. 그 소리를 듣는 우리의 마음 밑바닥이 오싹해질 만큼 길고 고통스러운 한숨 소리였지요. 하지만 그 순간 여인과 조각배 모두 물거품처럼 사라졌습니다.

그리고 이 얘기까지 하지요. 하느님, 용서해 주세요! 그 생각을 하면 지금도 웃지 않을 수가 없어요. 우리 여자들은 쥐 죽은 듯이 가마솥과 물통이 있는 데로 되돌아가서는 열심히 비누칠을 하고 닦았어요. 어느 누구도 감히 말을 꺼낼 엄두를 못 내고 말이에요. 오늘 밤은 사촌 아저씨도 잠을 잘 못 주무시겠구나, 나는 알아챘지요. 그분은 램프를 계속 켜 놓고는 혼자 거실을 서성거리며 왔다 갔다 했어요. 창문으로 날이 새는 기운이 새어 들자마자, 어느새 우리 중의 한 여자에게 장난기가 발동했어요. 우스개로 사람들이 이브라고 부르던 마을의 한 젊은 여자였지요. 그녀가 이르멜 부인을 흉내 내면서 길게 휘감은 시트를 살금살금 비눗물에서 끌어내면서 우리를 향해 눈을 휘둥그레 뜨는 거예요. 그리고 '철썩!' 따귀를 맞았고요."

"따귀를 맞아요? 왜요?"

"그래요, 생각해 보세요! 하지만 귀신이 때린 건 아니에요. 우연히 그녀 뒤에 서 있던 사촌 아저씨께서 그녀의 경솔하게 까부는 행동거지에 당연한 벌을 준 거예요."

요제페가 기탄없이 웃는 바람에 나는 입을 약간 찡그렸습니다. 그러나 그녀는 얼른 자신을 나무라며 이 문제를 놓고 농담을 해서는 안 된다고 말했어요.

그녀는 입을 다물고 계속 뜨개질을 했습니다. 비는 그쳤고 단지 창문 밖으로 처마 끝에서 떨어지는 낙숫물 소리만 단조로운 음악처럼 들렸습니다.

나로 말할 것 같으면 몹시 으스스한 기분이었습니다. 문제의 유령과 이토록 가까이 있다는 상상, 그리고 처음에는 도둑을 맞고 뒤이어 작은 성에서 길을 잃은 사건들이 그 끔찍한 유령의 소행일 수도 있다는 가능성 이런 것들이 내심 소용돌이치는 생각과 불안한 추측 속에서 나를 맴돌게 했습니다. 그래서 비록 이 의혹의 어둠 속에서 눈앞의 이 현명한 처녀가 한줄기 빛일 수 있을 것 같았습니다. 그녀에게 내가 당한 불행한 일을 솔직히 털어놓지는 못할망정 내 자신의 이야기의 요점을 집어넣어 도둑맞은 소매상인의 이야기를 들려주면서 그것에 대한 그녀의 의견을 들을 기회를 잡았습니다.

그녀는 내 말을 다 듣고 나서 고개를 흔들면서 대답했습니다.

❦

"나도 벌써 그와 같은 얘기를 들었어요. 하지만 어리석은 동화예요. 내 말이 맞아요. 못된 놈들이 순진한 사람들을 이용하고 희롱하다간 겁을 주지요. 그러면 순진한 사람들은 잔뜩 겁에 질려 자신들의 전 재산을 팽개치는 거예요."

"그렇지만 아, 목걸이를 봐요!"

나는 허겁지겁 맞섰습니다. "잘 생각해 봐요, 아가씨. 수백 발이나 되는 그 목걸이는 저절로 자라서 그렇게 길어진 게 아니지요. 그것에는 돈이, 남의 것인 금이 필요하단 말이오!"

"그렇지 않아요! 어떻게 그렇게 바보 같은! 그 잡동사니 전체의 무게는 우리가 쓰는 무게로는 한 치도 안 되는 무게라고요."

"뭐라고요? 그럼 그 모든 것이 헛된 허상과 안개란 말이오?"

"다를 바 없지요."

"그렇지만……"

나는 잠시 생각한 후에 다시 물었습니다. "이르멜이 감옥에서 염두에 두었던 그 보물은 아직도 어딘가에 묻혀 있지 않겠어요?"

"사람들은 그렇게 말하지요. 이 문제를 풀어 보시겠어요?"

"굳이 그렇게 하겠다는 건 아닙니다. 마침 우리가 그토록 놀라운 도둑질에 관해 얘기하고 있는 참이니 말이오. 앞서 말한 보물도 여러 여행객을 희생으로 삼아 해마다 불어날 수 있지

않을까요?"

"말도 안 되는 소리! 그러니까 당신은 그 가엾은 유령이 혼해 빠진 노상강도처럼 집게와 칼을 써서 열어젖히고 본격적으로 사람들의 가방과 호주머니를 뒤진다고 여기나요?"

나는 내가 품었던 의혹의 황당함을 인정했습니다. 하지만 기뻐해야 할지 서글퍼해야 할지 알 수가 없었지요. 조금 전까지도 혹시 몇 발자국 떨어지지 않은 곳에 내가 잃었던 돈뭉치가 있을 거라는 기쁨의 전율에 사로잡혔었는데, 그것을 언제고 다시 찾으리라는 희망이 이제 막연한 불확실 속으로 다시 사라져 버렸기 때문이지요. 그러나 내가 한 가지 물건을 구입할 목적으로 여행을 떠난 뒤에 길을 잃고 하필이면 이곳, 아스테른 공작 가문의 숙명적인 성에서 피난처를 찾게 된 것, 그리고 그 용무가 바로 장차 이 가문 출신으로 최초의 왕비가 될 이르멜의 손녀를 빛나게 해 주는 일과 상관있다는 것, 그리고 그 일이 도저히 알 수 없는 수수께끼처럼 방해를 받았다는 것. 어쨌든 이 같은 사정의 배후에는 아무래도 순전한 우연 이상의 무엇이 감추어져 있는 것 같았습니다. 한 단계 높은 섭리의 손길이 작용하는 것이 틀림없었어요. 그래서 나는 그 어느 때보다 확고히, 그 섭리에 전적인 신뢰를 품고 만사를 맡기기로, 그 신호가 계속 지시하는 대로 일체의 나 자신의 절박한 상황이나 근심을 던져 버리기로 결심했습니다.

"제 친구 분께서 아주 조용해지셨네요. 우리 잠깐 밖에 나가 신선한 공기를 마시면 어떨까요?"

요제페가 말했습니다. 나는 그러겠다고 했어요. 신선한 공기가 내게는 절실했으니까요.

상쾌한 공기가 즉각 침울해졌던 생각을 식혀 주었습니다. 우리는 천천히 집 앞 넓은 평지를 거닐었습니다. 그러면서도 그 예쁜 아가씨는 여전히 자신의 특별난 초록색 뜨개질거리를 손에서 놓지 않고 있었어요. 우리는 작은 성을 끼고 오른쪽으로 굽어 들어 조용한 지헬 계곡을 바라보았습니다. 그렇지만 그 반대편 풍경이 더 좋아서 연방 뒤돌아보곤 했지요. 그곳에서는 나지막한 방벽 너머로 암벽 밑바닥으로부터 펼쳐진 낮은 평야의 멋진 풍경과 그것에 이어진 산기슭을 따라 올라간 마을의 일부 정경을 즐길 수 있었어요. 하긴 그곳에서도 내 시선은 나도 모르게 여러 차례 문제의 나쁜 평판을 받고 있는 작은 강에 가서 머물렀습니다. 그 강은 성 뒤쪽에서부터 풍경 속으로 멀리 흘러나와서 꼬불꼬불 사라졌어요. 하지만 나는 애써 모든 불쾌한 영상들을 몰아냈어요.

매력적인 처녀의 존재가 나를 들뜨게 하여 천진스러운 경쾌함과 대담한 자신감 같은 것을 불어넣어 주었습니다. 그녀의 보호 아래 있으면 불쾌하고 악의적인 것이 감히 나를 건드리지 못할 것 같은 느낌이었어요. 태양이 막 회색과 샛노란 색이 뒤

섞인 구름을 헤치고 모습을 드러냈습니다. 그 밝은 햇살이 그 찬란한 풍경, 해묵은 성벽을, 아, 그리고 무엇보다도 내가 사랑하는 여인의 얼굴을 비추었어요!

"당신이 어떻게 살아왔는지, 당신의 방황과 모험에 대해서 들려주세요. 스스로 사람들과 어울릴 수 없을 때는 여행을 하는 것보다 더 즐거운 일은 없다고들 하던데요."

아무래도 나는 그 자리에서 당장 내 벅찬 가슴을 온통 열어젖혀 보일 수는 없었어요. 하지만 그녀의 마음이 어떤지 일단 떠보기 위해, 사랑에 들뜬 마음으로 희망에 차서 이런저런 여성에게서 받은 사랑에 대해 떠벌리기 시작했고 나 자신을 이 방면에서 경험이 많은 전문가인 양 과시했습니다. 처녀는 나의 모든 이야기를 들으며 담담하게 소리 없이 미소를 지었어요.

"그건 그렇고 아가씨, 아가씨는 이곳 높은 곳에서 외로이 살면서 못돼 먹은 남자란 족속에 대해 어떻게 생각하시나요?"

내가 이윽고 말했습니다.

"모든 신부들이 생각하는 그대로예요. 뜻대로 된다면, 나의 남자는 모든 남자들 중 최고의 남편이 될 거예요."

그녀는 명랑하게 말했어요.

나는 벼락을 맞은 느낌이었어요. 그래도 되도록 정신을 가다듬었지요.

"그래요?"

❦

웃으면서 소리쳤지요. 심한 경련 때문에 말하는 입이 일그러지는 것을 느꼈어요. "이미 감춰둔 애인이 있다고요? 당신에게 애인이 있다는 생각을 못했군요! 그 사람이 대체 누구인가요?"

"당신이 여기 며칠 더 머무시다 보면 그 사람이 누군지 알게 될 거예요."

그녀는 상냥하게 답변하고는 화제를 얼른 돌렸습니다. 그러면서 노부부의 집에 살고 있는 자신의 일상에 대해, 이 영지의 전 거주자들에 관해, 그리고 특히 그녀로서는 잊을 수 없는 후견인이었던 돌아가신 소피 남작 부인에 관해 상세하게 늘어놓기 시작했습니다. 하지만 벌써부터 내 눈과 귀에는 아무것도 보이지도 들리지도 않았어요. 열병에 걸린 듯이 머리가 지끈거렸습니다. 아, 맙소사! 나는 그 긴 오후 내내 그녀의 갈색 눈의 광채를 보고 즐겼고, 그 광채를 쏘였으며, 그렇게 서서히 온몸이 타들어 갔는데 그걸 모르고 있다니! 그런데 삽시간에 내 꼴이 무엇이 되었담! 마음속에 숨겨진 꺼지지 않는 고통! 온 핏줄을 타고 흐르는 미칠 듯한 질투심! 그녀는 여전히 조잘대고 있었고, 나는 여전히 고상하게 관심을 보이는 척, 마지못해 상냥한 낯짝을 하고서 대담하게 버티고 있었지요. 그러면서도 머릿속에서는 어느새 여기서 몇 마일 떨어진 황량한 숲 속 비바람 치는 밤길을 등에 짐을 멘 채 헤매고 있었습니다. 앞으로 닥칠 나의 앞날을 생각하자니 참담하기 짝이 없었어요. 나를 짓누르는 엄청난 책임감, 집으로 돌아가기는 불가능한 상황, 경찰의 추적, 치욕과 고통, 이 모든 것이 지금 내 앞에 넓은 지옥문처럼 아가리를 벌렸어요.

요제페는 이제 막 이야기를 끝냈습니다. 계곡에서부터 마차 소리가 들린다고 생각했는지, 그녀는 잽싸게 바로 옆 낮은 돌담에 뛰어 올라가 한 단풍나무 가지를 잡고는 잠시 허공에 귀를 기울였습니다. 다시 한 번 나는 그녀의 사랑스러운 얼굴을 삼키듯이 바라보았어요. '아, 바로 저런 자세로, 하지만 기쁨에 겨워 두근거리는 가슴으로 그녀는 조만간 자신의 사랑하는 남자를 기다리겠구나!' 하고 나는 생각했어요. 얼굴을 돌리고 눈물을 삼켰습니다. 까마귀가 줄지어서 우리 머리 위로 날아갔습니다. 까마귀 떼가 세차게 날갯짓을 하는 소리가 들렸어요. 그리고 그들은 이 지역의 경계를 향해 사라졌지요. 그 광경을 보자 새로이 기운이 났습니다. 맞아, 그렇지. 내일 동이 트면 너도 떠나는 거다. 여기 있어 봤자 또 다른 실망, 또 다른 혐오감 말고는 기다리는 게 없으니까! 나는 갑자기 알 수 없는 위안을 느꼈습니다. 떠나서 방황을 하노라면 세상의 끝에 도달하는 것도 가능하리라는 위안이었습니다.

"아저씨 아줌마가 아니고 방앗간 주인의 당나귀들이었어요!"

요제페는 웃으면서 내려오려고 내 손을 잡았습니다.

그녀는 나를 마주 보았어요.

❦

"우리 손님께서 심각해지셨네요. 왜이지요?"

나는 간단하게 별일 아니라는 투로 대답했습니다. 그러나 그녀는 의미심장하게 재미있다는 듯한 시선으로 나를 탐색하듯 보면서 얘기하기 시작했지요.

"우리가 이렇게 여기 마주 서 있으면 사람들은 우리가 옛날부터 알고 있던 사이라고 생각하겠지요? 그래요, 솔직히 말해서 나 자신은 우리가 전에 알고 있었다는 생각을 떨쳐 버릴 수가 없어요. 그리고 내 생각이 옳다는 것을 확인하려고 당신을 만나자 아주 무례하게도 당신의 이름을 물어보았던 거예요. 분명히 이젠 그 이름을 알 필요가 없어요. 그렇지만 나한테 거짓말이 통하지 않는다는 걸 보여 드릴 테니, 자, 이리 와요, 살짝 귀에 대고 말할게요. 이봐요! 당신이 일개 재단사라면 나는 당장 여자 재단사 장인이라고 자칭하겠어. 그리고 이봐요! 당신이 차가운 목석이 아니고 에글로프스브론 출신의 프란츠 아르보가스트라는 이름이라면 나는 어리석은 베스 폰 위네다라고."

이 말을 하면서 그녀는 내 왼쪽 귓불을 꽉 깨물었어요. 나는 아파서 소리를 지를 뻔했지요. 하지만 동시에 격렬하고 뜨거운 키스의 감촉을 입술에 느끼고는 취한 듯이 멍하니 서 있었습니다.

"이번에는 이 정도로 놓아드릴게요!"

그녀가 소리쳤어요. "안녕, 난 이제 식사 준비를 해야 해요. 당신은 이제 여기 남아 얌전히 누워서 참회할 시간을 가지세요."

처음의 충격이 어느 정도 가시자마자 그녀에게서 받은 키스의 감미로운 여운만이 느껴졌습니다. 나의 모든 감각이 눈을 뜨고 마술에 걸린 듯 요동쳤어요. 나는 새로운 눈으로 주변 사물들을 보았습니다. 그것들은 장밋빛에 흠뻑 담겨 내 앞에서 어른거리는 것 같았어요. 요제페를 뒤따라가고 싶은 마음이 간절했지만 이상한 수치심이 나를 막았어요. 거다가 은밀한 만족감, 더할 수 없이 기분 좋은 호기심이 대체 어디로 끌고 갈는지는 몰라도 나로 하여금 끊임없이 정원 안을 서성이게 했습니다. 왜냐하면 그 비범한 처녀가 나 자신 생각할 수 있는 것 이상으로 나에 대해 많이 알고 있다는 것, 그리고 그녀가 아마도 자기의 가족들의 동의하에 나를 두고 몰래 뭔가 특별한 일을 꾸미고 있다는 것, 이런 것만은 분명했기 때문이었습니다. 그랬어요. 그 이유는 알 수 없었지만 기쁨에 찬 확신이 당장 내게 떠올랐어요. 지금까지의 나의 모든 근거 없는 불운은 그 행복한 해결에 접근해 있다는 확신이었습니다.

유감스럽게도 그날 저녁에는 그 처녀와 긴밀한 이야기를 나눌 기회가 도통 없었습니다. 노부부가 예상 외로 일찍 도착해서 수다스럽게 이야기를 하며 세례 성찬식 빵 조각을 풀어 놓았습니다. 하지만 그러는 동안 나는 요제페가 정신을 딴 데 두고서 이따금 식탁 너머로 나를 진지하고 뚫어지게 바라본다는 것을 알아챘습니다. 또한 노부부가 도착하자마자 그녀를 몰래 옆방으로 끌고 나가 뭔가 열심히 꼬치꼬치 캐물었다는 것도 나는 놓치지 않았어요. 원했던 보고를 들었던 것이 분명했습니다. 모두들 차례차례 매우 만족해하는 표정으로 방에서 나왔으니까요. 나중에 문턱에서 잘 자라고 인사를 하면서 요제페는 내 손을 힘주어 잡으며 말했어요.

"내일 아침까지 당신이 뭔가 좋은 일을 생각해 냈으면 좋겠어요."

나는 침대에 누워서도 한참을 그녀가 한 말을 골똘히 생각했습니다. 낯익게 여겨지다가 곧 생판 낯설게 생각되는 그 얼굴 모습을 도대체 어디에서 만났었는지, 내 기억력을 부질없이 한탄하면서 말이지요. 그러다가 나는 잠이 들었습니다.

내가 심한 갈증에 못 이겨 잠에서 깨어났을 때는 위네다 탑에서 새벽 1시를 알렸습니다. 나는 항아리를 더듬어 찾았지요. 제기랄! 물병 갖다 놓는 것을 잊어버린 것 같았어요. 나는 그것을 다른 곳에서 찾기 위해 침대에서 일어나야 할지 빨리 결정할 수가 없었습니다. 그러다 잠에 취해 다시 쓰러졌습니다. 그리고 비몽사몽 간에 내 머릿속에서는 기이하기 이를 데 없는 싸움이 벌어졌습니다. 일어날까? 그냥 잘까? 나는 마침내 성냥갑을 찾아 등불을 켜고 가운을 걸치고 슬리퍼를 신고 살그머니 복도를 지나 계단을 내려가는 거예요. 여러분, 그것이 내가 깨어나서 했던 행동이었는지 잠이 든 상태에서 한 행동이었는지는 나 자신도 정확히 구분할 수 없습니다. 바로 이 점이 내 이야기 가운데 아무리 애를 써도 지금껏 나 자신도 해명할 수 없었던 한 가지 요점입니다. 어쨌든 나는 아래층 복도에 서서 부엌으로 가려고 했던 것 같습니다. 많은 문들이 비슷해서 헷갈렸지요. 그리고 나는 한 방으로 들어갔는데, 그 방에는 갖가지 원예 장비며 지푸라기로 엮은 낡은 벌통, 그 밖의 잡동사니들이 있었습니다. 또한 굉장히 넓은 벽에는 낡고 거대한 유럽 지도가 하나 걸려 있었어요. (이 모든 것들이 그렇게 어울려 있는 것을 그 다음 날 그대로 확인했어요.) 다시 나오려고 문고리를 잡는 순간 긴 판자 작업대 위에 다른 용기들 곁으로 가득 찬 식초 증류기가 눈에 띄었어요. '갈증을 해소하기에는 맹물보다 훨씬 낫겠어'라고 생각하고 나는 그 증류기를 내려 단숨에 들이켰습니다. 아무래도 성에 차지 않았어요. 그때 갑자기 나와 멀지 않은 곳에서 아주 가느다란 목소리가 똑똑히 들려왔어요.

"이봐요, 동향 친구! 불 좀 이쪽으로 비춰 봐요!"

나는 사방을 살펴보았어요. 그러자 다시 소리가 들렸지요.

"자! 괜찮으시다면 이리로 와요!"

그래서 나는 지도 쪽으로 바짝 대고 불을 비추었습니다. 그리고 한 난쟁이를 알아보고는 깜짝 놀랐지요. 맹세컨대, 숙녀 여러분, 대추야자 열매 씨보다 크지 않았어요. 더 작을지도 모르지요! 물론 요정이었어요. 행색으로 보아 요정 나라의 한 평범한 주민이었어요. 그의 회색 상의는 허름하고 떠돌이한테 어울리는 것이었지요. 요정은 지도에 매달려 있었어요. 아니, 정확히 말해서 지도 위의 바로 네덜란드 남쪽 국경 지점에 달라붙어 서 있었습니다.

"부탁인데, 좀더 가까이 불을 비춰 보시오!"

난쟁이가 말했어요. "나는 이따금씩 칼레까지 아직 얼마나 남았는지, 그리고 내가 어떤 위도와 경도 상에 있는지 직접 보고 싶을 때가 있다오."

그는 자신이 있는 위치와 방향을 충분히 알고 난 뒤에 얼마간 대화를 나누고 싶은 기색이었어요. 그러나 나는 그가 계속 말문을 열기 전에 한 가지 부탁을 했어요. 내가 도와줄 테니 제발 바닥에 내려와 앉았으면 좋겠다고요. 나는 아주 정색으로 말했지요.

"왜냐하면 그런 자세로 있는 당신을 보는 게 나로서는 현기증이 나서요. 어쨌든 당신은 모기보다는 훨씬 큰 크기와 중량을 지니고서, 무턱대고 미끄러지지 않고 벽에 붙어 올라가려고 하잖습니까? 자, 내 손에 올라서요. 그렇게 해요."

가타부타 대답을 하는 대신에 그는 유쾌하게 웃으면서 서너 발자국 공중으로 도약을 했습니다. 아니, 내가 서 있는 위치에서 말하자면 수평으로 서너 걸음 내딛는 셈이었지요. 그가 소리치듯 물었습니다.

"이봐요. 중력이 무엇인지, 지구의 인력이 무엇인지 알고 있나요? 원, 맙소사, 그렇게 무식하십니까? 이걸 봐요!"

그리고 아주 뽐내며 도약을 반복했습니다. "그건 그렇고, 당신 눈이 아프다면야, 15분 정도야 나로서는 큰 지장이 없어요. 그럼 지도의 이쪽과 저쪽을 못에서 조심스럽게 떼어 내서 나를 지도 위에 세운 채로 천천히 바닥으로 내려놓으세요. 왜냐하면 이 지역에서 떠나는 것은 내 원칙을 범하는 일이라서요."

나는 즉시 아주 조심스럽게 그가 요구하는 대로 했습니다. 그 지도는 내 발 앞에 펼쳐져 있었어요. 나는 더 자세히 그 난쟁이를 보려고 바로 앞에 엎드렸어요. 그래서 프랑스 땅 전체와 바다의 상당한 부분을 내 몸으로 가리게 되었지요. 그는 램프를 자기 옆에 바짝 붙여 세워 놓고는 촛대의 받침대에다 기댔습니다. 그리고 자신의 작은 파이프를 꽉 채우고 내게 불붙이개를 달라고 했어요.

"얘기가 나온 김에 말씀드리자면, 나는 실상 예전에는 궁중에서 일했던 토지 측량사였는데 온갖 음모로 그 자리에서 물러났지요. 그러고 나서는 오랫동안 넓은 엉덩판족 가문에서 일했어요. 신체의 크기에 따라 판이하게 구별되는 여러 종류의 요정들이 있답니다. 가장 작은 종족은 발버둥장족인데, 바로 이 종족에 내가 만난 용감한 토지 측량사가 속해 있어요. 그다음에는 메뚜기 기사족, 넓은 엉덩판족 등으로 이어지고, 끝으로 버들가지 빗자루족이 있는데, 이 종족은 대략 남자의 팔뚝 절반 정도의 키를 갖고 있다고 했어요."

그 꼬마 허풍선이 요정은 말을 이었지요. "지금 나는 내 기술을 개인적인 취향에서 훨씬 학구적으로 구사하면서 곁들여 여행도 합니다. 그리고 또 추구해요. 특별한 목적이 하나 있는데, 그 목적은 물론 아무에게나 털어놓을 수 없는 거랍니다."

"이처럼 중차대한 계획을 위해 당신이 걷는 길은 아무튼 항상 보송보송 메말라 있는 길이군요."

내가 말했어요.

"물론이죠."

그가 대답했어요. "또한 항상 목이 말라 있지요. 한낮에는 태양이 저기 트리어 시 위쪽 구역을 찌는 듯이 내리쬐어서 목이 말라 죽을 것 같았지요. 그건 그렇고, 선생, 저기 내 여행용 물병을 좀 채워 주시지요!"

"우리 포도주는 독한데요."

나는 내 식초 술 항아리에서 한 방울을 대접하면서 말했어요.

"급할 것 없어요."

그는 힘들여 마시며 입을 약간 찡그리더니 이내 말을 이었습니다. "얘기가 나온 김에 말씀인데, 길로 말할 것 같으면—예를 들어 밤에 말이지요—정말이지 그때는 단단한 땅 덩이에 들어섰거나 물속에 있거나 한순간도 안전하지가 않답니다. 여기서

는 결코 발을 물에 적시지 않는다는 점에서 물이나 뭍이나 매한가지거든요. 그렇지만 한 사람의 학자는—보세요, 일이 이렇답니다—그는 치부를 보이고 싶어 하지 않아요. 자기 자신 앞에서조차도. 바로 얼마 전에 나는 밝은 대낮에 안더나하 시 부근을 가고 있었어요. 골똘한 생각에 잠겨 발밑만 보면서 다른 생각은 못했지요. 그런데 갑자기 초록빛의 널찍한 라인 강이 바다처럼 내 발 앞에 놓여 있는 거예요! 하마터면 풍덩 그 속에 빠질 뻔했지요. 그렇게 오랫동안 나는 참 바보였어요! 그에 앞서 이미 15분 전에 대문짝만 한 글자로 레누스[5]라고 눈에 띄게 씌어 있었던 거예요. 나는 기겁을 하고 놀라 뒤로 벌렁 나자빠졌다가 다시 정신을 차리기까지 두 시간이나 걸렸지요."

"그렇지만 당신은 그 강물 소리를 멀리서도 들었을 것 아닙니까?"

"충직한 종 모세여! 지도를 제작하는 당신의 선생들은 그 정도까지는 아직 성취하지 못했답니다. 지도 위의 물들은, 제아무리 멋지게 굽이치더라도, 모조리 소리 없는 음악을 들려주거든요."

측량 기사는 한동안 입을 다물고 뭔가 곰곰이 생각하는 것 같았어요.

5) 라인 강을 말함. 로마 사람들이 라인 강을 레누스라고 칭함

❦

"잠깐만요!"

그는 다시 입을 떼었습니다. "지금부터 내 본론을 말해야겠어요. 당신이 내게 호의를 베풀어 줄 수도 있겠는데."

"물론이죠."

"당신네 인간 세상에는 이른바 부활절 아이가 있지요. 당신은 그런 아이들이 어떻게 생겼는지 말해 줄 수 있나요?"

"그럼요."

내가 대답했습니다. 토지 측량사는 기뻐서 폴짝폴짝 뛰었어요. 그리고 계속 말을 이었습니다.

"그럼 나의 근본적인 문제가 무엇인지 당장 당신에게 털어놓지요. 잘 들으세요. 당신은 위네다가 어디에 있는지 알고 있지요. 이르멜 성에서 멀지 않은 곳이에요. 지금 그 지역에는 버들가지 빗자루 왕이 살고 있답니다. 항상 약탈과 노략질만 생각하는 탐욕스러운 영주이지요. 심지어는 밤중에 사람들한테서도 도둑질을 해서, 훔친 금을 그의 오래된 보물 동굴로 끌고 갑니다. 왜 그렇게 나를 빤히 쳐다보십니까? 어쨌든 이건 사실이에요. 버들가지 빗자루 왕은 금의 냄새를 맡습니다. 그런데 최근에 다시 그런 못된 짓거리가 벌어졌어요. 이 코켄족들이 마차 뒤를 따라 출장 중인 한 상인의 다리 사이에 있던 금화 자루를 약탈했단 말입니다!"

"뭐라고요? 다리 사이라고요? 괴나리봇짐 아닌가요?"

"네, 그 비슷한 거죠. 그놈들 특유의 술수를 쓰고 있어요. 선생! 그놈들은 번개처럼 차 밑바닥에서 접근하지요. 몇 놈은 마차의 차축을 잇는 대 위에 걸터앉아서 마차 바닥을 파고 노른자위를 캐내지요. 달걀노른자는 그들의 말이지요. 흰자위, 즉 은화는 건드리지 않는답니다."

"그렇다면 그들은 그것들을 대체 어디로 옮겨 간 것이지요? 그 왕은 그의 보물을 어디에 갖고 있는 거예요?"

"맹세코 바로 그 사실을 내가 알고 있단 말입니다. 들어 보세요. 거기에는 그 나름의 별난 사정이 있어요. 이 사건의 바탕은 사람의 손에서 비롯되었어요. 몇백 년 전에요. 그 사악한 이르멜 부인에 관해서는 선생께서도 들어 알고 계시겠지요? 나는 그녀를 잘 알고 있고 그녀도 나를 알면서 나를 해치지는 않아요. 그러니까 바로 이르멜 부인이 살아 있을 때, 그녀 자신이 모아들인 제법 큰 돈푼이 든 상자 하나를 어디엔가 깊숙이 감춰 두었다는 겁니다. 그때는 버들가지 빗자루족의 시조인 하델로크가 다스리던 시대였지요. 얼마 지나지 않아 버들가지 빗자루 왕의 군대가 그 보물이 숨겨진 곳을 발견했습니다. 왕은 즉각 그 상자를 압류했지요. 그리고 왕의 비밀 보물 창고를 지하실에 짓고는 당장 모든 값진 전리품을 그곳에 보관했습니다. 그중에는 하델로크 2세가 사람들을 시켜 엄청난 힘을 들여 지헬 강 모래 바닥에서 꺼내 온 두 동강 난 이르멜의 커다란 목걸이도 있어요. 그때 이후로 이르멜의 혼령은 쉬지 못하고 그 목걸이를 찾고 있는데 찾을 수가 없을 수밖에요. 지금 민중들 간에는 해묵은 전설이 하나 퍼져 있답니다. 언제이고 한 인간 젊은이가 그 보물을 백일하에 드러내어 다시 이어 맞추기만 한다면 이르멜의 혼령도 구원을 받을 거라고요. 하지만 그 젊은이는 부활절에 태어난 인물이어야만 한답니다. 물론 부활절에 태어나는 아이들은 아주 드물고 한 세기에 한 명 태어날까말까, 뭐 그렇다는군요. 하지만 우리끼리 하는 말이지만, 나는 적임자를 어디에서고 만날 수 있을 거라고 생각해요. 세상 끝에 가서라도. 그래서 나는 이곳 지도 위에서 길을 떠난 거랍니다. 우선은 여러 길을 속속들이 알고 배고픔과 갈증에 익숙해지는 그런 힘겨운 여행을 연습하려고 말이지요. 내 생전에 이 일을 성취해 낸다면 나는 행운아이지요. 선생께서 내게 조언과 도움을 주신다면, 지체 없이 받아들이겠습니다."

내가 막 대답을 하려는데, 그는 작은 머리를 재빨리 돌려서 멀리 귀를 기울이며 나에게 조용히 하라고 손짓을 했습니다.

"버들가지 빗자루 왕이 오늘 축제를 열고 있답니다. 멀리서 그들이 환호하는 소리가 들리네요."

"도대체 어디서요?"

그는 지도의 위편 왼쪽 구석을 가리켰습니다. 그곳에는 이를테면 낡은 아우크스부르크의 신문에서 늘상 볼 수 있듯이 제목을 장식하기 위한 여러 가지 그림들이 덧붙어 있었어요. 기술의 상징물인 컴퍼스와 각도기가 한 떡갈나무의 굵은 둥치에 기대어져 있고, 그 뒤로 포도원과 그 비슷한 것이 뻗어 올라간 풍경이 빼꼼 내다보이고, 앞쪽으로는 허물어진 포도밭 돌담이 그려져 있었어요. 한마디로 그 모든 것은 공장에서 생산한 그대로 조야한 색채였습니다.

"아직 아무것도 못 보셨나요?"

"도대체 어디요? 빌어먹을!"

"계곡 아래쪽이오!"

"전혀 아무것도 안 보이는데요!"

"당신은 장님이로군요. 단연코 그래요!"

이제 내게는 그 풍경이 실제로 생명을 얻어 칙칙한 색깔이 짙게 살아나는 것처럼 보였습니다. 뿐만 아니라 모든 것이 팽창해, 길이로나 너비로나 불어나고 뻗어가는 것 같았어요. 그 형상들이 불어나 완전한 자연이 되었습니다. 떡갈나무가 바람을 맞아 술렁거렸고, 동시에 한 가닥 작은 울림, 웃으며 환호하며 노래하는 웅웅거림이 들렸습니다. 그건 분명 저 밑바닥에서 올라오는 소리였어요.

"등불을 치워요!"

측량 기사가 내게 소리쳤어요. "아니면 아주 꺼 버리시든가! 벌써 오래전에 달이 떠올랐단 말이에요."

나는 그가 시키는 대로 했습니다. 그러자 물론 모든 것이 더 할 수 없이 아름다웠어요. 나는 고개를 내밀어 작은 담을 넘겨다보았지요. 그런데 어쩌면 그런 놀라운 일이! 그곳에는 소박한 잔치를 벌이듯 환하게 밝혀진 정다운 계곡에 헤아릴 수 없이 많은 말끔히 치장한 꼬마 인간들이 뒤덮여 있는 거예요. 어쨌든 그들은 제법 알아볼 만큼 큰 키에 날씬하고 건장한 인형들이었어요. 그곳은 끝도 없이 북적거렸어요. 대부분은 농부들로, 함지박을 들거나 들통을 메고서 커다란 술통 사이를 분주히 뛰어다니고 있겠지요. 그러니까 포도를 수확하고 있는 중이었어요. 그것도 왕실의 포도 수확임에 틀림없었어요! 왜냐하면 앞쪽에 있던 궁중 귀족들이 알록달록하게 떼 지어서 뒤켠에 차려진 식탁을 향해 가는 것이 보였거든요. 특히 천막이 눈에 띄었습니다. 그것은 눈부시게 새하얀 가을 햇살로 엮어 짠 것처럼 보이는 데다가 초록색 공단 주름 장식이 걸려 있는데, 달빛과 횃불 속에서 휘황찬란하게 빛났어요. 내 곁의 측량 기사는 떡갈나무의 낮은 가지 하나에 기어 올라가 느긋이 모든 광경을 구경하고 있었습니다. 막 왕을 발견한 나는 왕비를 더듬어 찾고 있었지요. 그때 내 난쟁이 동반자가 "저길 좀 봐요!"라고 외치며 허공에 나타난 새로운 장면을 가리킵니다. 그 광경을 본 온 난쟁이 무리들이 동시에 환호성을 지르고 모자를 벗어 던지면서 환영을 합니다. 황금으로 된 수탉이 두 발에다 커다란 시계

판을 부둥켜안고 위네다의 교회 탑에서 날아오르는 광경을 보았을 때 내가 얼마나 놀랐는지! 유치한 기쁨에 들떠 가슴이 방망이질 쳤답니다. 그 가엾은 놈은 눈에 띄게 긴장해서 날고 있었어요. 푸드덕 날개 치는 소리가 처량하게 들렸습니다. 하지만 나는 일이 어떻게 진행될 것인지를 금세 알아채었지요. 축제의 사격 판이 벌어질 텐데 지금 과녁이 도착한 것이었답니다. 수탉이 땅에 이르러 길게 울타리가 쳐진 공터의 한복판에 시계 판을 내려놓았어요. 동시에 두 개의 철 막대를 떨어뜨렸지요. (의심할 여지 없이 시계 바늘이었어요.) 그러자 여러 귀족들이 그 철 막대들을 눈여겨보다가 손에 쥐고 무게를 가늠해 보더니 못마땅한 표정으로 한 쌍의 볼품없는 투창처럼 그것들을 치워버렸어요. 한편 사수들은 은으로 된 활을 꺼내 들고 만반의 준비를 갖추고 과녁을 향했고, 수탉은 맡은 바 임무를 수행하려고 시계 판 위에 자리 잡고 섰습니다. 시합이 끝날 때마다 수탉은 쏘아 맞춘 숫자만큼 꼬끼오 하고 울어 대었지요. 황제 자신도 석궁을 한 차례 쏘아 보겠다고 나섰습니다. 그렇지만 당장 어이없이 빗나가는 바람에 메가폰 역할을 하는 수탉에게 피가 나도록 상처를 입혔지요. 그럼에도 수탉은 의연하게 이를 악물고 고통을 참으면서 "1분에 12발!" 하고 목청껏 외쳤어요. 그리고 이 결과는 예외적으로 정곡을 쏘아 맞춘 것 이상으로 높은 점수를 인정받았습니다. 열 지어 선 무리 가운데서 우레 같은 갈

❧

채가 터져 나왔고, 그 사이에 수탉은 몰래 꼬리에서 화살을 뽑아내었답니다. 나는 웃음을 참을 수가 없었습니다.

"저 왕께서는 한 번도 과녁을 쏘아 맞추는 데 성공한 적이 없어요"라고 나의 측량 기사가 내게 소곤거렸어요.

"이미 이태 전에도 똑같은 경우가 벌어졌지요. 사람들이 주장하는 바로는, 그 당시 궁중 어릿광대가 그 능숙한 사격 솜씨의 진상을 왕에게 몰래 보고했을 때 왕은 교회 탑 수탉의 고상하고 섬세한 배려를 충분히 인정하고서 볼품없이 빛바랜 그의 황금빛을 새로 도금해 달라는 수탉의 간절한 청원을 두말없이 윤허했을 뿐 아니라 거기에 더 얹어서 기상 추밀원 및 교회 추밀원의 고문관 직호를 하사하셨답니다."

이제 궁중의 귀족들이 식탁에 앉았어요. 그런데 그때 그 성대한 잔치판을 망쳐 놓은 것은 유감스럽게도 나 자신이었답니다. 말하자면 그때 나는 계속되는 엄청난 갈증에 시달리다가 유혹을 못 이기고 한 팔을 아래로 뻗어 붉은 포도주가 가득 채워진 가장 큰 술통 하나를 꺼내 올린 것이에요. 그러고는 계곡 안에서 터져 나오는 아비규환의 비명에 아랑곳 않고 보통 술 한 잔을 비우듯이 단숨에 통째로 마셔 버렸답니다.

"우리는 망했어요!"

토지 측량사가 외치더니 나무에서 미끄러져 내려와서 종적을 감추었어요.

❧

"우와, 우와!"

계곡에서부터 울려왔어요.

"저 꼭대기에 인간 괴물이 한 놈 있어! 어쩜 좋지! 큰일 났어! 정말 큰일이라니까! 성스러운 떡갈나무에! 하델로크의 나무에 말이야!"

"일어나! 무기 있는 데로 가라, 용감한 전사들이여!"

좀 더 힘찬 한 목소리가 외쳤어요.

"구해라! 구해라! 저기에 내 보물 창고가 있다! 왕의 성스러운 보물이 있어!"

이제 성급한 종종걸음 소리가 나무둥치와 돌을 타고 넘으며 산 위로 올라왔습니다. 나는 무시무시한 말벌 떼를 떠올리고는 얼른 술잔을 던지고 도망쳤습니다.

내가 어떻게 내 방으로 올라와 침대로 기어들었는지는 기억이 나지 않습니다. 눈을 부비고서 그저 꿈을 꾼 것이라고 여겼던 것은 생각나요.

막 날이 밝아 있었습니다. 이상하지만 밤의 환영이 자꾸 엄습했어요. 촛대는 내 책상 위에 있었고, 문은 제대로 빗장이 질러져 있었어요. 그런가 하면 물 항아리는 여전히 없는데 나는 갈증을 가라앉혔던 모양이에요. 갈증은 싹 가시고 없었습니다. 어쨌든 지금껏 살아오면서 그렇게 기분 좋은 인상을 남긴 꿈을 꾼 적이 없었습니다. 나는 그 꿈속에서 최고의 행복한 전조를

❧

알아보지 않을 수 없었지요.

상쾌한 기분에 나는 이른 시간인데도 침대를 박차고 일어났어요. 그러고는 옷을 입으면서 느긋이 생각에 잠겨 휘파람을 불어 댔지요. 우연히 내 손에 빈 돈주머니가 잡혔고, 사실 나는 그 돈주머니를 이번만큼은 아주 느긋하게 찬찬히 바라볼 수 있었지요. 그 주머니를 조이는 가죽 끈에는 낡고 단순한, 아래위가 뚫린 골무가 하나 달려 있었습니다. 나는 그것을 수년 전부터, 미신이라기보다는 습관적으로 어린 시절의 기억에 대한 소중한 증거물로 늘 갖고 다녔어요. 그것을 그렇게 보고 있노라니 갑자기 눈이 확 떠지는 느낌이었어요. 요제페가 왜 그렇게 낯익게 보였는지 갑자기 알 것 같았습니다. 그리고 더욱 놀라운 것은 이제 그녀가 누구인지 알게 되었단 말입니다!

"세상에, 이럴 수가!"

나는 외쳤어요. 놀라움과 감격으로 무릎이 떨렸습니다.

"꼬마 안나야! 나의 어릴 적 그 안나야! 요제페가 아니야!"

나는 뛰쳐나와서 아래층으로 내려갔습니다. 어찌해야 할지! 뭘 원하는지! 알지 못한 채 맨발로 미친 듯이 내 방 앞 차가운 복도를 서성거렸습니다. 정신을 차리려고 눈을 손으로 꾸욱 눌렀어요.

"그녀일 리가 없어! 내가 미쳤나 봐!"

나는 소리쳤지요. "한낱 우연이 너를 가지고 희롱하는 거야."

그래도…… 나는 만약의 가능성과 그 반대의 경우, 가와 부를 차근히 가려낼 만큼 안정을 찾을 수도, 정신을 차릴 수도 없었습니다. 그게 아니야. 당장에, 지금 이 순간에, 그 처녀를 통해 직접 확인을 하고 싶었어요. 나의 밑바닥은 그녀를 향해, 그녀의 생생한 모습을 향해 애타게 달아오르고 있었어요! 나는 계단을 살금살금 내려갔고 지도가 걸려 있던 큰 방 쪽을 쳐다보았습니다. 하긴 그까짓 악마의 짓거리가 지금 내게 무슨 상관이 있담! 나는 그녀의 방을 지나치면서 흘낏 느낌으로 더듬어 찾았어요. 헛수고였지요. 그제껏 온 집 안은 쥐 죽은 듯 미동도 하지 않았어요. 그렇다고 지붕 밑 방에 불이라도 난 것처럼 사람들을 불러 깨울 수는 없는 일이었지요. 그렇게 속임수를 써 봤자 미친놈이 되어 그들 앞에 우두커니 서 있을 수밖에 없을 테니까요. 나는 내 방으로 돌아가 절망에 잠겨 침대에 몸을 던지고 베개에 얼굴을 묻었습니다.

자, 이제 나에게 그렇게 갑자기 생각난 것이 무엇이었는지를 말할 때가 되었군요.

나의 고향 에글로프스브론에서 우리와 같은 건물에 한 피혁 기능장이 살고 있었습니다. 당시 나의 어머니는 과부 신세로 빠듯한 살림에 나를 끌고 크라멘[6] 뒤 한 다락방으로 이사해 들어

6) 브란덴부르크 주의 서쪽에 위치한 레닌 수도원 교구의 한 지역

가 있었지요. (당시 내 나이 열 살이었어요.) 그 피혁공은 변변치 못한 사내로 아무것도 할 줄 아는 게 없었는데, 그래도 클라리넷을 조금 연주할 줄 아는 덕에 마을 결혼 잔치판이나 장터를 떠돌아 다녔어요. 그의 젊은 부인 또한 경박 그 자체였지요. 하지만 그 부부에게는 아주 예쁘게 생긴 양딸이 하나 있었는데 나는 그 아이하고만 아주 친하게 지냈어요. 어느 일요일 오후에—우리는 막 결혼식이 있었던 교회에서 나오던 참이었어요—어린 한 쌍의 남녀는 언젠가 결혼을 하자고 진지하게 약속했답니다. 나는 그 시간의 기념물로 유리로 된 작은 십자가를 하나 그 아이에게 주었어요. 그런데 그 아이의 수중에는 그만큼 값진 것이 없었답니다. 그 아이가 양부모의 낡은 골무 하나를 노란 끈에 매달아 내게 건네주었을 때 얼마나 가슴이 아팠는지 나는 지금도 느낄 수 있어요. 그러나 이런 행복은 잔인하게도 너무나 빨리 사라지게 마련이지요. 우리가 그렇게 결혼을 약속한 그해 겨울에 이 도시에서는 전대미문의 소아 질병이 퍼졌습니다. 그 병은 기존에 알려진 성홍열 그 비슷한 것이었어요. 그 전염병은 잔인하게 어린 희생자들을 낳았어요. 나의 안나 역시 그 병에 걸렸습니다. 안나가 누워 있는 아랫방에 접근하는 것이 내게는 금지되었습니다. 그렇게 3주가 지난 어느 날 아침, 내가 학교에서 돌아왔을 때였어요. 엄마가 집에 안 계시고 방 열쇠가 없었기 때문에 나는 책과 연필을 끌어안고 현관문 아래에서 엄마를 기다리고 있었어요. 날씨가 추워서 손을 호호 불면서 말이에요. 갑자기 피혁공의 아내가 큰 소리로 울부짖으며 방에서 뛰쳐나왔어요. 이제 막 그녀의 딸 안나가 숨을 거두었다고 했어요! 그녀는 뛰쳐나갔는데 아마도 남편을 찾으려는 것 같았어요. 나는 어찌할 바를 몰랐어요. 하늘에서는 탐스러운 눈발이 날리고 있었습니다. 한 아이가 골목을 뛰어가면서 신바람이 나서 소리를 질렀어요.

"퓔러스크네히트 눈이 온다! 퓔러스크네히트 눈이 온다고! 퓔러스크네히트 눈이 와!"

세상 사람이 온통 바보가 되고 이 모든 것을 비웃는 것 같았습니다. 그러나 그 일을 곰곰이 생각할수록 나는 안나가 정말 죽을 수 있다는 것이 믿기지 않았어요. 그 아이를 보고 싶은 마음에, 나는 마음을 다잡고 곧바로 죽은 안나가 누워 있는 초라한 침대에 서 있었습니다. 가까이 갈 용기가 나지 않아서 발치에서 말이지요. 가까이에는 아무도 없었어요. 나는 숨죽여 울면서 그녀에게서 눈을 떼지 못하고 허겁지겁 내 학교 교과서를 잘근잘근 씹어 댔지요.

"꼬마야, 맛있니?"

갑자기 역정 섞인 목소리가 내 뒤에서 들렸습니다. 나는 소스라치게 놀랐어요. 그리고 돌아보니 내 앞에는 빨간 치마를 입고 검은 두건을 머리에 쓰고 빨간 신발을 신은 한 부인이 서 있었습니다. 그다지 늙지는 않았지만 시체처럼 창백했는데, 다만 붉은 홍조가 온 얼굴을 온통 뒤덮고 있었습니다.

"나를 왜 그렇게 빤히 쳐다보지? 나는 성홍열 부인이야. 혹은 친애하는 의사 선생님 말로는 요정 브리스칼라티나(많은 세월이 지난 후, 내가 이 이야기를 언젠가 어떤 모임에서 우연히 이야기할 기회가 있었을 때, 한 젊은 의사가 이 말은 라틴어 명칭 페브리스 스칼라티나를 기이하게 토막 낸 약어에 불과하다는 점을 알아내는 데 적잖은 도움을 주었습니다. 앞에서 언급한 그 풋내기 의사는 아울러 그 모든 형상은 순전한 환상이었다고, 즉 내게 이미 전염된 질병의 징후였다고 아주 자세히 설명했어요. 똑같은 방식으로 헝가리에서는 황열병이 돌고 있다고요.—추밀 고문관의 주석)야!"

그녀는 나의 불쌍한 안나에게 다가가 몸을 굽히고는 중얼거리며 축원하듯이 말했어요.

짧은 물건
붉은 죽음
짧은 고통
그리고 짧은 들것!

"자, 73번이 되겠구나!"

그녀는 위엄 있게 방을 서성대다가 갑자기 내 앞에 우뚝 서서 킬킬대며 내 두 뺨을 다정하게 토닥였어요. 말로 표현할 수 없는 공포가 나를 엄습했고 도망치고 싶었고 소리치고 싶었지만 어떻게 할 수가 없었어요. 마침내 그녀는 곧장 벽 쪽으로 가더니 그 속으로 사라졌습니다.

그녀가 벽 속으로 사라지자마자 리히트라인 부인이 문으로 들어왔습니다. 시신을 염하는 신실한 여자로서 비밀스러운 것을 잘 안다는 평판이 나 있었어요. 방금 전까지 누가 여기에 있었느냐는 그녀의 질문에 나는 사실대로 말했어요. 그녀는 소리 없이 한숨을 쉬고는 3일 내에 나도 아프게 될 거라고 했어요. 그러나 내 경우는 잘 지나갈 것 같으니 겁내지 않아도 된다고요. 그러면서 그녀는 소녀를 살펴보았지요. 아, 그녀가 약간 놀라워하며 혼잣말로 말했을 때 내 심장이 얼마나 두근거렸던지요.

"어머나, 세상에! 이럴 수가! 아직 따뜻해. 아직 따뜻하다니까! 얘야! 이리 와서 보렴! 한번 잘 살펴보자."

그녀는 가방에서 두 알의 작은 사과를 꺼냈습니다. 더할 나위 없이 아름답고 밀랍처럼 새하얗고 까만 씨알이 내비칠 만큼 투명한 사과였어요. 그녀는 죽은 소녀의 두 손에 사과를 한 개씩 놓고는 이불을 덮어 주었어요. 그러고 나서 아예 의자에 편히 자리를 잡고 앉아서는 내게 이런저런 질문을 던졌어요. 내가 열심히 공부하느냐 뭐 그런 것들을요. 그러고는 내가 금세공사가 될 것이라는 말도 했지요. 잠시 후에 그녀는 일어섰어요.

"이제 사과를 살펴보자, 사과에 껍질이 생겼는지, 독이 빨려 들어가고 있는지!"

아, 세상에! 전혀 틀렸어요. 붉은 반점 하나도, 한 줄 피멍도 사과에는 스며들지 않았어요. 리히트라인 부인은 머리를 절레절레 흔들고 나는 큰 소리로 울음을 터뜨렸습니다. 그러나 그녀는 나에게 말했지요.

"씩씩해야지, 얘야! 그리고 앞으로는 잘될 것이니 염려 말아라!"

그녀는 나를 방에서 나가라고 명하고 작별을 고하면서 그날 자기가 한 일을 아무에게도 말하지 말라고 나한테 엄하게 경고했어요.

계단에서 엄마와 마주쳤습니다. 엄마는 내가 안나의 방에 갔다는 것을 알자 무척 놀라 말문이 막힌 듯 아무 말도 하지 못했습니다. 그때부터 엄마가 나를 엄하게 감시하는 바람에 나는 방에서 나올 수도 없었어요. 다음 날 나의 꼬마 여자 친구가 저녁때 묘지에 묻히게 되었다는 사실을 모두들 내게 비밀로 부쳤습니다. 하지만 나는 창가에서 관을 집으로 들고 들어오는 것을 보았어요. (그 목수는 여자 염장이의 아들이었습니다.) 그제야 곧이어 비로소 나는 절망감에 빠져들었고 어떤 방법으로도 위안을 얻을 수 없었어요. 곧이어 피혁공 부인이 황급히 뛰어 올라왔고, 엄마가 그녀를 맞으러 문밖으로 나갔지요. 피혁공 부인은 한탄을 늘어놓기 시작했어요. 변변치 못한 남편이 아직도 집에 들어오지 않았으며 집에는 돈이 한 푼도 없어 무척 곤란한 처지라고 말이지요. 그러는 동안 나는 아래층에서 일어나는 모든 소리에 주의를 기울이면서 조그만 엿보기 창 앞으로 등받이 없는 의자를 밀쳐놓았습니다. 그 작은 창은 뒤쪽 어두운 구석으로 나 있었는데, 꼬마 안나가 누워 있는 방의 창문도 그쪽으로 나 있었어요. 그때 나는 아래쪽에 있는 창문 쪽으로 한 남자에게 누군가가 노란 양탄자로 둘러싼 길고 무거운 꾸러미를 건네주는 것을 보았습니다. 기쁘면서 동시에 전율스러운 예감이 나를 스치고 지나갔습니다. 리히트라인 부인의 말소리가 들리는 것 같았어요. 그 남자는 그 꾸러미를 갖고 쏜살같이 사라졌어요. 곧이어 망치질 소리가 들렸지요. 분명 관을 두드려 박는 소리였어요. 엄마가 방 안으로 들어와 옷장에서 돈을 꺼내어 문 앞의 부인에게 건네주었습니다. 지금 막 벌어졌던 일에 대해 무엇이 나로 하여금 입을 열지 못하게 했는지 지금도 알 수가 없지만 마음속으로 나는 놀라운 희망을 품고 있었답니다. 그랬어요, 장례 행렬이 출발하고 모든 것이 아주 슬프게 보였을 때에도 나는 몰래 혼자 웃었습니다. 그 관 안에는 안나가 없다는 것을 나는 확실히 알고 있었고 살아 있는 안나를 곧 다시 보게 될 것이라고 확신하고 있었기 때문이었습니다.

❦

그다음 날 밤 나는 심하게 아파서 헛소리를 했고 기이한 환상들을 보았습니다. 때로는 염장이 부인이 내게 빈 관을 보여주는가 하면, 때로는 그녀가 사악한 요정의 붉은 치마랑 신발을 관이 닫히기 전에 서둘러 관 속에 넣는 그런 환상이었어요. 그러고 나서 나는 교회 묘지에 혼자 있었어요. 한 예쁜 작은 나무가 무덤에서 피어나 눈 깜짝할 사이에 점점 자라났습니다. 그리고 새빨간 꽃을 피우기 시작하더니 탐스러운 사과들이 열렸습니다. 리히트라인 부인이 다가왔어요.

"눈치챘니?"

그녀가 물었습니다. "빨간색 치마가 땅에서 썩어 나무가 자란 거란다. 묘지관리인에게 당장 이 나무를 쳐내어 불에 태우라고 말해야겠다. 아이들이 열매를 따 먹으면 그 전염병이 다시 돌 테니 말야."

그 비슷한 괴이한 환상들이 아픈 내내 나를 계속 따라다녔습니다. 그리고 다 회복된 이후에도 몇 달 동안은 그 소녀가 아직 살아 있을 거라는 믿음을 완전히 떨쳐 버릴 수 없었습니다. 그러다 마침내, 그사이에 나는 그동안의 모든 일을 어머니에게 털어놓았고, 어머니는 애써 내 마음을 보살피면서 온갖 이유를 들어 내 생각을 돌려놓았습니다. 또한 유감스럽게도 그 이후로 꼬마 안나는 실제로 모습을 보이지도 않았어요. 훗날 나는 그 착한 아이가 보다 살뜰한 보살핌을 받았더라면 회복되었으리라

는 것, 하지만 양부모는 그 가엾은 고아를 오래전부터 떨쳐 버리고 싶어 했다는 얘기를 듣고 새삼 마음 아파했습니다.

이제 회색의 작은 성으로 돌아갑시다.

지난 시절에 깊이 빠져 있느라고 나는 그동안 아래층 성 관리인의 집 안의 생기 있는 움직임도 완전히 흘려들었습니다. 그제야 나는 벌떡 일어나 옷을 얼른 걸치고 아래층으로 내려갔지요.

멀리서도 방 안에서 나는 노부인의 격앙된 음성이 들렸습니다. 놀라움을 드러내는 탄식과 난폭한 욕지거리, 그 사이에 관리인의 심한 욕설이 간간이 끼어들었어요. 나는 놀라서 멈칫하고 서 있었습니다.

"사기꾼!"

안에서 나는 소리였어요. "쓰잘데없는 악당이야! 400두카텐이라니! 무슨 얼토당토않는 소리예요? 그래서 그놈은 처음부터 자기 직업을 속인 거라고요! 여보, 우리가 바보였지!"

이제 나는 충분히 알아챘습니다. 피가 멈추는 것 같았어요. 바깥 정원께에 옷을 잘 차려입은 젊은이가 서 있었습니다. 그는 나에게 등을 돌리고서 문밖의 염소 치는 한 소년에게 다급하게 손짓 발짓을 하며 가까이 오라고 신호를 보내고 있었어요. 그리고 막 가 버리려는 소년에게 소리를 죽여 말했습니다.

"그들보고 꺼지라고 그래! 그리고 족쇄도 가지고 오라고 그래! 알아들었어?"

❦

내가 얼마나 놀랐는지 상상해 보세요! 나는 정신없이 문을 열고 방으로 들어섰습니다. 방에는 노부부만 있었어요. 그들은 나에게 인사도 하지 않았고 눈길도 주지 않았어요. 책상에 펼쳐져 있던 신문을 성 관리인이 허겁지겁 챙겨 넣었어요. 나는 순간 그 안에 무슨 내용이 있을까 생각했지요. 그는 밖으로 나갔는데 짐작컨대 내가 아래층에 와 있다고 알리려고 그런 것 같았어요.

"손님이 오셨나요?"

나는 단지 뭔가 말을 걸기 위해 억지로 태연한 척하며 노파에게 물었습니다.

"내 조카딸의 신랑이에요!"

그녀는 쌀쌀하게 대꾸하고는 더 이상의 대화를 막으려고 짐짓 시끄럽게 소리를 내어 도요새에게 줄 아침 모이로 삼씨를 찧기 시작했어요. 나는 당황한 김에 책 한 권을 집어 들었지요.(내 기억이 맞다면 그것은 요리책이었습니다.) 그리고 눈으로는 그걸 뒤적이면서 순식간에 오만 가지 생각을 했어요. 도망을 가나? 아니면 이대로 있을까? 두 사내를 간신히 막아 낼 수만 있다면 첫 번째 가능성이 상책일 듯싶었습니다. 하지만 잠시 도망친들 무슨 소용이 있었겠어요? 그리고 사실상 나는 이제는 솔직히 실토를 해야 할 절박한 상황에 몰린 것에 차라리 안도감을 느끼고 있었어요. 그렇기는 해도 내 상황은 끔찍스러웠어요. 그것은 치욕스럽게 붙잡힐 시간이 임박한 정황도, 이토록 극도로 뒤얽힌 경우에 온갖 혐의를 어떻게 벗어날 수 있을까 하는 걱정도 아니었어요. 그래요, 그건 오로지 요제페에 대한, 안나에 대한 생각이었답니다. 그 생각은 그 순간 나를 거의 미칠 지경으로 만들었어요. 그녀가 누구이든 간에 그 처녀가 다른 사람, 그것도 나를 치욕과 몰락으로 몰아넣을 악랄한 도구 노릇을 한 그런 인간의 약혼녀라고 생각하니 참을 수 없이 고통스러울 밖에요! 그녀 자신은 혹시나 이 저주스러운 계획을 알고 있었을까요? 그럴 수가 없었겠지요! 그러나 그녀를 그 흉악한 놈과 한통속으로 몰아넣으니 나의 감정, 나의 열정이 그녀를 비열하기 짝이 없는 배신자로 느꼈습니다. 내 온 감각이 요동치며 사랑과 경멸감, 질투심이 뒤섞여 들끓었어요. 그 처녀를 내 손으로 죽이는 범죄를 저질러 닥쳐오는 옥살이를 치르며 그렇게 이제 될 대로 되라는 심정이 내게 진정으로 들 정도였답니다.

그새에 노부인은 옆에 붙은 내실로 들어갔습니다. 그리고 곧 다시 나와 등 뒤로 소리 없이 문을 닫고는 부엌으로 갔어요. 나는 후다닥 떠오른 영감에 떠밀리듯이 거침없이 그 방을 향해 달려가 살그머니 방문을 열었어요. 거기에는 아무도 없었어요. 또 하나의 방문이 보이기에 소리 없이 들어섰지요. 그리고 눈에 보인 광경에 얼마나 놀랐는지 내 온 심장이 밀랍처럼 녹아내렸습니다. 갑자기 한눈에 보이게끔 비좁고 아주 정갈한 그 방 안에 아름다운 그녀가 침대 곁에 반쯤 무릎을 꿇고 쓰러져 있는 거예요. 두 팔을 의자에 얹고 두 손에다 이마를 처박고는 의식 없이 잠을 자듯이 말예요. 옷가지며 머리 모양이 헝클어져 있는 것으로 보아 그녀는 침대에서 일어나자마자 그 소식을 듣고 기절을 한 모양이었어요.

나는 불행한 그녀에게 말을 걸 용기가 나지 않았습니다. 그녀의 얼굴을 마주 보기가 겁이 났어요. 그러나 갈망과 비애감이 내 마음속에 불을 지펴 나도 모르게 팔을 내뻗고 입술이 저절로 움직였어요.

"안나."

나는 입을 열어 불렀지만 그것은 부르는 것이 아니라 단지 속삭임에 불과했습니다. 그럼에도 바로 그 순간 잠을 자듯 쓰러져 있던 그녀가 고개를 쳐들었습니다. 그녀는 아직도 꿈을 꾸듯 나를 건너다보고 나는 그 자리에 꼼짝 않고 서 있었지요. 이제 그녀는 가슴 깊은 곳에서 천사의 손의 일깨움을 받은 듯이 두 발을 딛고 서서 비틀거리다가 이내 내 목을 끌어안았어요.

마당에서 점점 더 큰 소리가 나기 시작할 때까지도 우리는 그렇게 여전히 부둥켜안고 있었습니다. 미친 듯한 목소리들이 뒤섞여 들렸고 급하게 뛰어가는 소리가 여기저기서 들렸어요. 나는 그 모든 소리를 들으면서도 알고자 하지 않았어요. 이제 사람들이 여러 방을 통과해 다가와 마지막 방문을 열어 젖혔습

니다. 사방에서 놀라서 외치는 소리! 죽음의 공포에 사로잡힌 듯 그녀는 나를 더 세차게 끌어안습니다. 그리고 곧 부들부들 떨면서 갑자기 쓰러집니다. 그리고 낯선 손이 기절한 그녀를 잡습니다. 나는 눈앞이 캄캄해졌습니다. 여기저기서 우악스럽게 내 팔을 움켜잡는 것이 느껴지고, 폭풍이 몰아치듯 컴컴한 복도로 끌려가고, 이어서 몇 개의 계단을 내려간 뒤 웬 문이 열리는가 싶더니 곧 쾅 하고 내 등 뒤로 문이 닫혔습니다.

나는 곧 다시 정신을 가다듬었습니다. 내가 들어간 곳은 본격적인 감방이었어요. 어둡고, 축축한 곰팡이 냄새, 그리고 추웠어요. 비로 인해 불어난 지헬 강이 저 아래 계곡에서 요란한 소리를 내며 흘렀습니다. 나는 나의 처지를 얼른 따져 보았습니다. 비록 지금은 끔찍해 보이는 상황이지만 이 상태가 오래 지속될 리는 없었어요. 그리고 그 무엇보다 내게 위안을 주는 것으로 말할 것 같으면, 실로 나는 그것을 더 이상 생각 속에서 더듬어 찾을 필요가 없었답니다. 왜냐하면 바로 몇 초 전까지만 해도 사랑스러운 그녀를 가슴에 품고 있었다는 사실이 당장은 비몽사몽의 기억처럼 아른거렸지만, 여전히 심금을 은밀하게 파고드는 이제껏 한 번도 느껴 보지 못했던 한 가닥 불길이, 이 기적은 결코 한낱 헛된 망상일 수는 없다는 축복의 증언을 해주고 있기 때문이었어요. 엄청난 희망과 황홀감이 나를 벌떡 일어나게 했고 큰 소리로 환호성을 지르게 했습니다.

❦

그러나 시간이 흘러 점심때가 훌쩍 넘어섰는데도 내게 관심을 보이는 사람이 코빼기도 보이지 않자 내 마음속에는 점점 초조감과 의혹, 걱정이 생겼습니다. 나의 배고픔에 대해서는 그나마 검은 빵 한 덩어리로 충분히 배려해 준 셈이었어요. 나는 그 빵 덩이를 물병과 함께 돌담 속에서 찾아냈어요. 허겁지겁 먹어 치웠습니다. 그러나 바로 이 같은 충분한 사전의 배려가 최소한 오늘은 내가 이 감방에서 빠져나가지 못하고 밤을 여기서 지내야 할지 모른다는 걱정이 들게 했어요. 그런 전망이 끔찍스럽게 느껴졌다는 점을 부인하지 않겠어요. 그럴 것이, 저 악명 높은 이르멜도 바로 이 담벼락 틈바구니에서 처절한 종말을 맞았을지 모르잖습니까? 혹시나 오늘 밤 그 옛날의 숙소를 다시 한 번 찾고 싶은 생각이 잽싸게 그녀에게 든다면 어쩐다! 그런 생각들을 하노라니 등골에 식은땀이 흘렀습니다. 거다가 이런 사정하에 내 점심 식사의 찌꺼기를 먹어 치우며 손님 노릇을 하는 두 마리 뻔뻔한 쥐들을 바라보고 있던 판이니 내가 결코 유쾌하게 기분 전환을 할 수 없었다는 점을 여러분도 이해하실 겁니다.

성에서 3시를 알리는 종소리가 났어요. 죽고 싶은 심정이었어요. 그때 갑자기 빗장이 열리는 소리가 났어요. 성 관리인이 당황함과 혼란스러움이 역력한 모습으로 문을 열었습니다.

"성주께서 도착하셨소. 나더러 당신을 데려오라고 하셨소."

나는 그 관리인을 따라 정문 현관으로 갔습니다. 그곳에서 그는 나를 기다리라고 했어요. 그곳에는 영주를 알현코자 하는 여러 천민들이 옹기종기 서 있었어요. 소작인이며 목동, 뭐 그런 부류의 사람들요. 그들을 보노라니 짜증이 났어요. 그들은 내가 무슨 불쌍한 죄인이라도 되는 듯이 멍하니 쳐다보며 서로 귓속말로 수군거렸습니다. 하지만 나는 보병 하인을 다스리는 무장병 같은 표정을 짓고 그들에게서 등을 돌렸어요.

얼마 지나지 않아 커다랗고 푸른 눈을 지닌, 작달막하고 창백하며 늙수그레한 신사가 출발 준비를 갖추고 마굿간에서 나왔습니다. 그는 눈처럼 하얀 맹견을 대동하고 있었는데, 그놈의 어마어마한 덩치가 주인의 왜소한 체격을 한층 더 눈에 뜨이게 했어요. 그는 지나가면서 나를 날카로운 시선으로 곁눈질하고는 다른 이들과 몇 마디 의례적인 말을 나누었어요. 그러고는 또다시 나를 흘낏 건너다보고는 사람들을 막 떠나려고 하였습니다. 그 순간 나는 그 젊은 남자를 알아보았습니다. 오늘 아침에 내가 누구인지를 열심히 확인하려 들었고 사람들이 안나의 신랑감이라고 내게 지목한 바로 그 젊은이였어요. 그러나 내가 두 번째로 그놈이 바로 내가 찾던 유대인 놈이라는 것을 알아챘을 때, 나의 두 번째 놀라움과 당황함을 어떻게 표현할 수 있을까요! 거기가 어디인지 느끼지도 못한 채, 영주의 면전에서 갖춰야 할 경외심도 잊은 채 나는 분노에 차서 다짜고짜 그에게 달려들었습니다. 확보해 놓은 먹이를 향해 덤벼드는 호랑이라도 그렇게 빠를 수는 없었을 겁니다.

"저주받을 도둑놈! 이제 너는 내 밥이다."

그리고 그의 목을 세차게 움켜잡았습니다. 쥐 죽은 듯 조용해졌어요. 그 건달은 놀라서 얼이 빠져 꼼짝 않고 서 있었고요. 영주께서는 못마땅하다는 듯 당황스레 이 광경을 바라보고 있었습니다. 그리고 모두가 한꺼번에 웅성거리는 소리에 뒤이어 치열한 소동이 벌어졌어요. 그 원수 놈의 목덜미를 붙들고 놓지 않는 나를 사람들은 억지로 잡아떼어 놓았습니다. 여의찮았으면 그들은 나를 갈기갈기 찢어 놓았을지 몰라요. 영주의 날카로운 음성만이 나를 제정신으로 돌아오게 했습니다. 잠시 후에 조용해졌어요.

"페터 씨, 진정해요!"

영주가 나의 싸움 상대에게 말했고, 그 녀석은 흥분해서 헐떡이면서도 억지 춘향으로 내게 히죽 미소를 보냈어요.

"이 불같은 성미의 젊은이가 언제고 중차대한 오류에 대해 당신에게 사죄할 것이라고 나는 생각하오. 그렇지만 이장 아드님 되는 양반, 당신은 일단 호되게 고발당한 처지이니 여기 있는 사람들 틈에서 참고 기다리는 편을 받아들이시지요. 내가 저 청년을 상대하여 결말을 볼 때까지."

영주의 명령에 따라 성 관리인은 나를 안내하여 큰 홀로 데려다 주고는 이내 떠났습니다. 나는 기대감에 들떠 그곳 주변의 것을 별로 주의 깊게 바라볼 여유도 없었어요. 모험적인 그림들이 짜 넣어진 고풍스러운 벽걸이용 융단들, 두 줄로 길게 걸린 초상화들이 벽면을 가득 덮고 있었습니다. 엄청 커다란 창 하나가 화려한 바깥 전망을 틀처럼 잡고 있었어요. 나에게는 그 시간이 너무 길었습니다. 마침내 한 날개 문이 열리고 특이하고 화려한 옷차림의 마르셀 폰 로헨 씨가 안으로 들어왔습니다. 그는 아까처럼 승마용 장화를 신고 있었어요. 그러나 그 밖의 그의 외관은 당장 놀랍게도 나의 보물 상자를 연상시켰습니다. 그는 새까만 비단 코트를 입고 있었는데, 그 속으로 초록 바다 빛깔의 앞이 트인 에스파냐식 조끼가 눈에 띄었습니다. 그의 회색 턱수염이 꼭 양피지처럼 보이는 빳빳하고 둥근 목받이 깃에 닿아 스치고 있었어요. 그 남자가 우연히 몸을 돌리자 현저하게 곱사등이라는 것을 알아볼 수 있었습니다. 그것은 앞서 내가 생각했던 유사성에 전혀 위배되지 않는 한 가지 특성이었지요. 그럼에도 그의 전체 풍모는 내게는 위엄 있고 범접할 수 없는 요소를 지니고 있었어요.

그는 이제 점잖게 자리 잡고 앉아 말했습니다.

"당신은 에글로프스브론에서 온 프란츠 아르보가스트 씨지요? 아호푸르트에 있는 기능장 올트 씨 가게에서 일하는 금세공사고요?"

⁂

"그렇습니다, 남작님!"

나는 대단한 기대감을 품고 대답했습니다. 곧이은 요구에 따라 불행한 사건의 전말을 상세하고 정직하게 들려주었고, 그는 아주 주의 깊게 경청했습니다. 마침내 그가 벨을 당기고 나의 배낭을 가져오게 했습니다. 곧이어 남작은 나의 이야기에서 아주 중요한 역할을 한 그 작은 책자를 보고 싶어 했어요. 나는 그에게 그 소중한 책자를 서슴없이 건네주었고, 그는 그것이 무슨 유명한 성유물인 것처럼 환한 얼굴로 실로 감격스럽게 받아 들었습니다.

"내 여동생의 육필이야. 분명해!"

그는 낮은 목소리로 말하고는 한참 동안 책장을 넘기며 중간중간 미소를 지었습니다. 그리고 나를 다시 한 번 진지한 눈빛으로 쳐다보고는 놀라움을 역력히 드러내며 아무 말 없이 깊은 생각에 잠겨 서성대었어요. 그러고는 나에게로 다가와서 말했지요.

"그러니까 당신이 잃어버렸다는 총 액수가 정확히 400두카텐이오?"

"바로 그만큼입니다, 남작님."

"그렇다면 그중 단 한 푼도 당신은 챙기지 않았단 말이오? 잘 생각해 보시오!"

갑자기 마차 안에 금화 한 개가 있었던 것, 그것을 부득이 뢰스하임에서 음식값으로 지불하고 잔돈을 받았던 것이 생각났습니다. 나는 있었던 일을 솔직히 고백했습니다.

"그때 당신은 아주 잘못했소!"

남작은 보일락말락 장난기를 머금고 심각한 어조로 말했습니다. "부활절에 태어난 아이가 교리문답을 지키지 않고 살면 그랬을 겁니다. 어떤 경우에라도 남의 물건을 부당하게 도적질하지 말라는 적절한 성경 구절을 당신은 기억하고 있겠지요? 어쨌든 당신은 그 유혹의 금화 한 푼을 써 버렸소. 그것의 도움으로 금화 뭉치 전부를 쉽사리 되찾을 수도 있었을 텐데 말이오."

"오, 맙소사! 내가 이렇게 바보처럼 불행을 자초하다니!"

나는 절망스러워 소리 지르며 이마를 쳤습니다.

"진정하시오, 장인 친구! 진정해요."

노 영주가 말했습니다. "아직 모든 것을 잃은 건 아니오. 이 실수를 다시는 그런 일이 없도록 하라는 훈계로 여기시오. 그건 그렇고……."

그때 그는 호주머니에 손을 넣어 금화 한 닢을 꺼내 미소를 머금고 건네주며 말했어요. 나는 기쁘고 놀라울 밖에요.

"이 금화 한 닢이 물론 소망했던 효력을 발할 수는 없지요. 그 시기는 놓쳤어요. 그렇긴 해도 당신은 치프리아노 축일 전에 당신의 금화 399개를 다시 찾을 터이고, 그때 이 400번째의 금화를 마음 놓고 곧바로 보태면 될 것이오. 이 금화 한 닢은 천만 다행으로 '황금사자' 주막의 이빨 속에 물려 있었소."

나는 눈물을 흘리며 나를 후원한 남작의 손에 입을 맞추고는 고마워서 무슨 말을 해야 할지 몰랐습니다. 그 비범한 남작은 이어서 말했습니다.

"이로써 정의가 나의 입을 통하여, 그리고 이 문서의 효력으로 특별한 명이 있을 때까지 당신의 명예를 되돌려주는 것이오. 나, 마르셀 폰 로헨이 당신을 위해 보증을 섰소. 나는 최근에 당신의 유능한 스승과 아흐푸르트에서 이야기를 나누었소. 그가 당신에게 심심한 안부를 전해 달라고 했소. 또한 그는 당신으로 하여금 프랑크푸르트로 떠날 빌미를 준 그 작업을 당신 아닌 다른 누구의 손에도 맡기지 않겠다고 내게 약속을 했소. 아직 그럴 시간이 있소. 내 말을 믿고 당분간은 마음 놓고 이 성에 머무시오. 요제페는 당신이 우리를 떠날까 봐 벌써부터 걱정하고 있을 거요. 아직 당신에게는 중요한 일이 남아 있지 않소? 나는 오늘은 여기 머물 수 없지만 조만간 우리는 다시 보게 될 거요. 하지만 내가 떠나기 전에 당신과 요제페를 위한 내 축복의 말을 받아들이시오. 이보시오, 친구, 당신은 많은 시험을 겪은 끝에 보기 힘든 행복을 얻은 것이 분명하오. 그 대신 당신에게 요구되는 것은 언제고 당신의 신부감이 들려줄 것이오. 그럼 행운을 빌겠소!"

그리고 그는 내가 다시 한 번 감사의 말을 하기도 전에 옆방으로 가 버렸습니다.

나는 기쁨에 도취하여, 또한 내게 자비를 베풀어 준 남작이 다시 한 번 나타날까 하는 기대감으로 한참을 그곳에 서 있었습니다. 마침내 내가 그 방을 나와 계단을 내려왔을 때 남작은 정장을 차려입고 이미 성문 아래 서 있다가 막 말에 올라탔습니다. 말을 타고 떠나면서도 그는 뒤돌아보며 나에게 작별 인사를 했어요. 성의 관리인이 그를 산 아래 있는 마을까지 배웅했어요. 뒤에서 말을 타고 따라가던 민첩한 젊은 사냥꾼이 나에게 유쾌하게 손짓 발짓을 하며 사람들이 '그 유대인 놈'을 벌써 끌고 갔다고 귀띔해 주었습니다. 될 대로 되라지! 나는 생각하며 서둘러 방으로 가서는 나를 향해 달려오는 안나를 맞았습니다.

다음 순간 얼마나 행복한 도취감에 빠졌는지, 그 점은 여기서 그만두겠습니다.

요제페—나는 그녀를 어쨌든 이렇게 부르고 싶군요. 그 이름은 그녀 고유의 명칭이 되어 있었으니까요—요제페는 나를 식탁으로 데려갔습니다. 식탁 위에는 신선한 가을꽃으로 장식된 맛있는 저녁 식사가 나를 기다리고 있었어요. 나는 그녀에게 물어볼 것이 산더미 같았어요. 하지만 조급함에 연방 이 질문에서 저 질문으로 건너뛰다가 결국 전과 별반 다름없이 이렇다 하게 알아낸 것이 없었어요. 피차 설명을 하고 눈물을 흘리다가 농담을 하고 키스를 하는 등 행복에 겨운 뒤범벅의 행동이 이어지다가, 결국은 이제부터 무엇을 알려 하거나 이해하려고 할 필요 없이 이제 우리는 서로의 것이 되었으며 영원히 이렇게 포옹하며 살아갈 것이라는 고백을 하기에 이르렀지요.

요제페의 사촌 아주머니는 행복에 젖은 한 쌍 남녀에게 어떻게 축하의 마음을 표현할지 심히 난처해하는 것 같았습니다. 아주머니는 사실상, 내가 나중에 안 것이지만, 양심에 거리끼는 점을 갖고 있었지요. 실상 요제페는 어제 내 의중을 떠보기 위해 애매하게 둘러대어 신랑감에 대해 발설을 했지만, 그 문제는 이 노파의 경우에는 전혀 달리 얽혀 있었으니까요. 앞서 말한 이장의 아들은 전도 유망한 주막 주인으로서 인색한 부자였지만 신앙심 깊은 인물이기도 했어요. 그는 이 처녀를 참한 아내로 삼고 싶은 희망에서 그 뜻을 관철시키려고 열을 내었지요. 거기에는 또 다른 사정이 있었답니다. 작고한 로헨 남작 부인이—이 특이한 귀부인에 대해서 앞으로 좀더 상세히 설명하겠습니다만—상당한 재산을 그녀에게 유증했다는 것, 그 유언장의 공개는 그녀의 결혼 때까지 유보되었다는 것, 그리고 그것에 관해서는 남작 부인이 인정한 그녀의 위치를 고려해 볼 때 무척 과장된 추측들이 있다는 점 등의 사실이 알려져 있었던 만큼 그의 의도는 한층 진지했습니다. 한편 그 인물을 도저히 견딜 수 없었던 요제페는, 고인이 된 그녀의 후견인 남작 부인이 일러 준 여러 가지 비밀스러운 지시에 따라 마음속으로는 줄곧 아호푸르트의 금세공사가 찾아올 시기만을 마음 졸이며 기다렸습니다. 그러나 타고난 속물인 아주머니는 자신도 그 비밀의 내막을 충분히 알면서도 지금껏 그 점을 믿은 적이 없었고 마침내는 하찮은 뚜쟁이 노릇도 서슴지 않았어요. 그러나 아주머니의 갖가지 책략도 착실한 소녀의 완강한 고집에 부딪쳐 성공할 수가 없었습니다. 상처 받은 청혼자는 한동안 나타나지 않았어요. 지난 일요일에 그는 자신의 행운을 다시 한 번 시험해 보려고 왔던 겁니다. 그러나 성 마당에 들어서기도 전에 문제의 처녀가 웬 낯선 사내와 사뭇 정답게 성 앞을 거닐면서 즐기는 모습을 보았을 때, 더욱이 그 상대가 그람젠에서의 심부름 여행길에서 만난 인물임이 즉시 기억났을 때 그가 얼마나 놀랐겠습니까. 그는 무턱대고 그 자리를 떠났습니다. 특히나 바로 그날 오후에 위네다에서 성에서 온 대부 대모를 만났었는데, 이번에는 아주머니가 조바심을 드러내면서 그가 요제페를 만나러 오는 것을 꺼리는 태도부터가 그에게 의심쩍게 여겨졌던 참이었으니까요. 소리 없이 그는 다시 산을 내려가며 보복할 궁리를 했습니다. 그리고 얼마 안 가 실제로 매우 짓궂은 우연이 개입하여 나를 일망타진케 했던 겁니다.

내용인즉슨, 페터 씨는 그날 밤에 몇몇의 여행객들을 숙박시켰는데 장사꾼인 그들은 날이 새자마자 떠날 생각이었습니다. 여관 주인은 일어나 있었고, 아침 식사를 하는 중에 숙박객들에

❦

게 친절하게 최근 신문을 갖다 주었지요. 그러자 누군가가 신문에서 유별난 대목을 읽어 주었는데, 특히 주목을 끌었던 것은 장황하게 쓰인 한 지명 수배자의 인상착의서였지요. 여관 주인은 막 방을 지나쳐 가다가 가만히 서서 귀를 기울였습니다. 그는 몽타주를 보고는 놀라서 직접 신문을 들고 읽었어요. 그러고는 갑자기 불이 난 듯 허겁지겁 신문을 들고 뛰쳐나갔어요. 이장인 그의 아버지에게 간 것이지요. 마침 그의 아버지는 몸이 좀 불편했기 때문에 신뢰할 수 있는 아들에게 이 사건을 위임했던 거고요. 그리고 반 시간도 채 되지 않아 내가 붙잡힌 겁니다. 그렇게 확신을 품고서 나를 잡으려고 포졸들을 소집했던 바로 그 인물을 내가 나중에도 여전히 그때의 도둑으로 여기고 상대할 수 있었다니 그건 참으로 무분별한 짓이었어요. 오로지 맹목적인 순간의 충동만으로 용서될 수 있는 몰지각한 행동이었지요. 한편 그때의 나로 말할 것 같으면, 그 잘못을 대단한 일로 마음에 새길 만한 상태가 결코 아니었습니다. 특히 처음부터 이 사건의 진상을 꿰뚫고 있었던 우리의 훌륭한 보물 상자 후견인께서는 이 심통쟁이 녀석에게서 일시적인 굴욕도—그놈은 꼬박 이틀 동안 구속 수사를 받았지요—면제해줄 의도를 갖고 있지 않다는 점을 나는 충분히 감지하고 있었던 참이었으니까요.

요제페는 다시 한 번 밖으로 나가자고 제의했습니다. 너무나 아름다운 밤이었고 특히 바람이 부드러웠습니다.

❧

이제 우리 둘만이 손을 잡고 전답지를 따라 산기슭을 산책하고 있노라니, 세상에서 가장 아름다운 여인이 나의 확실한 신부가 된다는 것과 그 신부가 크라멘 뒤쪽 멜베르가쎄에 살았던 바로 나의 꼬마 애인 그 자체라는 사실이 여전히 한 편의 동화처럼 여겨졌답니다!

"어서 말해 봐요, 당신은 어떻게 죽었다가 살아난 건가요?"

내가 물었습니다.

"실제로 나 자신도 심상치 않은 일이 일어난 것처럼 여겨졌어요."

그녀가 대답했어요. "어느 날 아침 눈을 떴는데, 내가 모든 것이 고급스럽고 정다워 보이는 낯선 방, 그것도 생전 처음 아주 좋은 비단 침대에 누워 있는 거예요. 방은 약간 어두웠어요. 덧문이 닫혀 있고 커튼도 내려져 있었지요. 잠시 후 한 중년 부인이 안으로 들어왔어요. 첫눈에 나는 그녀를 알아보았어요. 그렇게 온화한 미망인의 얼굴을 언젠가 이미 본 적이 있었거든요. 당신도 아마 틀림없이 기억할 겁니다. 에글로프스브론의 교각 성문 앞에서 국도 쪽으로 정원 사이에 쾌적한 집 한 채가 있던 것을 말이죠."

"맞아요! 한 쌍의 화려한 공작이 안마당에서 항상 뛰어다니고 있었지요. 우리는 그 공작들을 곧잘 반 시간씩이나 격자 울타리 사이로 구경했었고요."

"네. 그리고 어느 날 한 품위 있는 부인이 우리를 집으로 불러들여서 이것저것 물었었죠. 그러고는 우리 각자의 손에 20전짜리 새 동전을 쥐여주었어요. 우리는 몇 번 더 갔었지만 유감스럽게도 그 친절한 부인을 더는 볼 수 없었지요. 하지만 이제 나는 그녀를 첫눈에 다시 알아보았습니다. 그녀는 내 침대 곁에 앉아서 내 상태에 대해 물어보고는 내가 원기를 회복하도록 아주 맛있는 음식을 내주었어요. 그러고 나서 리히트라인 부인이 들어왔고 뒤따라 한 예쁜 처녀가 들어왔습니다. 그 처녀는 내게 온갖 아첨의 말과 애무를 퍼부었는데 지나칠 정도로 활달했어요. 사람들은 그녀를 요제페라고 불렀고, 요제페는 그 중년 부인에게 소피 이모라고 불렀습니다. 그녀는 내게 예쁜 옷을 한 벌 보여 주고 회복되면 그 옷을 입으라고 했지요. 내가 에글로프스브론으로 가도 되느냐고 묻자 그들은 그렇다고 했고, 내가 다시 나의 양부모에게 가야 하는지 캐묻자 그건 아니라고 대답했어요. 내가 원한다면, 이모가 나를 자신의 농장으로 데리고 갈 것이라고요. '아, 네. 금세공사 프란츠도 같이 간다면요.' 내가 말했습니다. '그도 너를 뒤따라올 거다!' 부인은 웃으며 말했습니다.

내가 완전히 병에서 회복되자 그 처녀는 나 자신도 못 알아볼 정도로 나를 예쁘게 치장해 주었습니다. 손수 내 머리를 땋아 주었고, 인형이며 온갖 장난감들을 내 앞에 갖다 놓고는 새

로운 인형이 하나 생긴 듯이 나를 대했어요.

'있잖아요, 이모!'

요제페가 한번은 귀부인에게 말했어요. '이모와 한 가지 계약을 맺고 싶어요. 그렇게만 해 주시면 우리가 이미 결정했던 대로 다음 한 달 동안뿐 아니라 일 년 내내 이모의 그 악명 높은 성에서 같이 지낼 것을 약속할게요. 단, 이 아이를 내 뜻대로 교육하고 완전히 내 소유물로 해 준다는 조건하에서요.'

'그래 좋아. 얼마나 오래갈지 두고 보자꾸나.'

부인이 대답했습니다.

저녁에 마차 한 대가 도착하고 작달막하고 쾌활한 한 신사가 여행복 차림으로 올라왔어요. 두 여인은 아주 다정하게 그 남자를 맞이했습니다. 그 남자는 이 집의 주인이자 그 귀부인의 오빠였습니다. 그러니까 부인은 역시 홀아비가 된 오라버니의 집에 질녀와 마찬가지로 손님으로 머물고 있는 것이었지요. 요제페가 나를 숙부에게 소개하자 그는 당장 호탕하게 웃음보를 터뜨리고는 외쳤습니다.

'누이동생아, 내 장담하지. 이 아이는 네가 선택한 약혼녀들 중의 한 명이로구나. 부활제의 제물이 될 한 마리 양, 너의 비밀스러운 달력에 따른 평화의 사절이 될 신붓감 말이다. 암, 좋아. 이르멜 부인이 기뻐하겠군. 위대한 구제의 시간을 알리는 종이 조만간 울릴 테니. 어쨌든 그 백작 부인께서 자신이 챙겨 놓은

재산의 1/3만이라도 내게 갖다 줄 만큼 예의 발랐으면 좋겠군.'

'마르셀 오빠.'

소피 부인이 미소를 짓고 부드럽게 비난하는 어조로 말했습니다. '마르셀 오빠도 언젠가는 이 일에 대해 아주 달리 말할 거예요.'

그렇게 그들은 나로서는 전혀 이해할 수 없는 것들에 관해 한참 더 티격태격하다가 농담을 하다가 했어요.

화창한 어느 겨울날 아침 두 여자는 나와 함께 떠났습니다. 내가 마차를 탄 것은 세상에 태어나서 처음 있는 일이었지요. 나는 너무 좋아서 정신을 차릴 수 없을 지경이었어요. 이틀째 되는 날에 우리는 작은 성에 도착했어요. 그러고 나서 이제 나에게 천국에서와 같은 삶이 시작되었습니다. 나는 마치 요제페만을 위해 존재하는 것 같았어요. 그녀는 하루 종일 나만을 상대했지요. 거다가 내게 그녀 자신의 이름까지 붙여 주었기 때문에 나 자신은 변신이 된 듯 전혀 딴 인물처럼 느껴졌습니다. 그리고 곧 나는 그 처녀로부터 오만 가지 것들을 무더기로 배워야 했어요. 하프 연주까지 그녀에게서 배웠답니다. 실상 이모의 젊은 시절에 그런 구식 악기 하나가 있었거든요. 요제페는 툭하면 그것이 이르멜의 하프라고 말했어요. 나는 그 농담이 무슨 뜻인지를 그 당시에는 몰랐지요. 요제페가 그런 농담을 하면 이모는 번번이, 결국은 아주 엄하게 야단을 쳤어요. 우리는 그렇

게 석 달 동안 맞붙어 놀며 지냈습니다. 그러다 나를 수호해 주던 그 젊은 처녀가 친척의 부름을 받고 수도로 떠났을 때 나는 얼마나 슬퍼했는지 몰라요. 이모도 그 말괄량이가 떠난 것이 섭섭했을 거예요. 훗날 이모는 내게, 그녀의 질녀가 나를 대했던 방식을 계속 끌고 갈 수는 없었다고 솔직히 털어놓았어요. 앞으로 내가 지니게 될 신분은 버릇없이 자라 첨단 유행이나 쫓아가는 그런 여자가 아니라 충실한 주부가 되는 것이라고 말이지요. 하지만 그곳에는 오로지 내가 지극히 우러러보는 선량한 이모 한 분밖에 아이를 다룰 줄 아는 사람은 아무도 안 계셨어요. 나는 그저 부인을 지루하게 하고 방해하고 화나게 했을 뿐이지요. 그래서 나는 거의 전적으로 그 재봉사의 집에 가서 머물면서, 그 옛날 에글로프스브론에서처럼 다시 아저씨, 아줌마라고 부를 수 있는 누군가를 갖고 있다는 것만으로도 기뻐했어요. 이런 생활이 서로 간에 아주 익숙해져서 모두들 우리를 친척으로 여기고 있지요."

"이제 내 신부는……."

추밀 고문관이 이어서 말했다. "이미 고인이 된 그녀 은인의 특별한 점에 대해 내게 상세히 말했어요. 나는 그 귀부인을 생전에 만나지 못한 것이 진심으로 유감스러웠습니다. 나는 나의 보물 상자뿐 아니라, 아, 그보다 훨씬 더한 것에 그녀의 은덕을 입었으니까요. 그런데……." 이렇게 말하면서 아르보가스트 씨는 아주 특별히 주의를 기울여 듣고 있는 한 노부인을 향해 물어보았다. "소령 부인, 당신은 내가 소피 부인에 관해서 말을 꺼내고부터는 입을 꼭 다물고 계시는군요! 혹시 당신은 그 남작 부인을 친히 알고 있었나요?"

"그럼요! 알다마다요! 실제로 내가 그녀를 40년 전, 아니 더 오래전 내 젊은 시절에 보았던 그 모습대로 생생히 기억하고 있어요."

"뭐라고?"

이때 한 우직한 스위스인이 불평조로 말했다. 그는 이야기가 진행되는 동안 몇 차례 눈에 띄게 꾸벅꾸벅 졸았던 사람이다.

"으메! 내사 이 모든 이바구를 그저 꾸며 낸 소리로 생각했는디, 이자 보니 그게 아니구먼! 진작 알았드라믄, 참말로 졸지도 않았을긴데!"[7)]

그가 그렇게 털어놓자 전체가 웃음바다가 되었다. 추밀 고문관이 마침내 입을 열어 좀 전의 귀부인에게 로헨 부인에 관해 얘기해 달라고 부탁했다.

7) Bei Gott! ich dachte, das alles sei halt nunmehr so eine Fabel gesehen, jetzt kommt es doch antworten! Haette ich das ehe gewusst, haette es mich, bei meiner Ehre, nicht geschlaefert! (스위스 남부 사투리이므로 우리나라 남쪽의 사투리인 전라도 지방의 방언으로 옮겼음)

“그 같은 증언은 이야기꾼인 본인의 신뢰성을 보증하는 데 결정적이 될 겁니다.”

그가 말했다.

그 친절한 부인은 금방 그의 부탁을 수락하고 이야기를 시작했다.

“그 가문의 여러 형제 중에서 소피는 그 해묵은 기사 영지에 몸소 체재하는 영광을 베푼 마지막 인물이었어요. 그녀는 먼저 세상을 떠난 남편 안젤름 폰 로헨이 묻힌 장소에서 고인을 추모하고 싶어 했거든요. 나는 내 어머니와 함께 그곳에서 그녀를 만났고, 나중에도 그녀에 관한 여러 가지 이야기를 들었답니다. 굳이 사람을 기피하지는 않았지만, 그녀는 무엇보다 혼자 조용히 있고 싶어 했어요. 그녀의 시녀조차 그녀와 직접 가까이 있는 시간은 하루 중에 단 몇 시간에 불과했어요. 그리고 일 년에 네 차례도 되지 않게, 이를테면 큰 축제가 벌어질 때 마을로 내려오곤 했고요. 그런데도 그녀는 어른 아이 할 것 없이 모든 이들에게 성녀처럼 존경받았어요. 칠순이 가까운 고령임에도 날씬하고 우아한 자태의 그녀가 교회에서 아직 처녀 같은 몸가짐으로 특유의 친절한 표정을 지으며 늘 와서 앉는 좌석에 자리를 잡았고, 높이 자리 잡은 격자 쳐진 의자에서 아랫사람들을 향해 미소로 응답을 했으며, 뿐만 아니라 설교가 끝난 뒤에도 병자나 가난한 자들의 집을 자발적으로 찾아가 위로를 해 주곤 했으니까요.

소피가 좋아하는 일들은 소박한 그녀의 집안에서 영위하던 수도원 같은 삶에 아주 잘 어울렸어요. 젊은 날부터 당시의 다채로운 자수를 감탄할 만한 솜씨로 익혀온 그분은 당시에도 변함없는 감각으로 지난날 주문해서 수놓았던 똑같은 화려한 표본들을 역시 똑같이 세심하게 작업할 수 있었어요. 그분은 자신의 옛날 스케치들을 끊임없이 되풀이했고, 물론 현재 유행하는 취향과는 전혀 상관없이 그렇게 금실과 은실이 반짝이는 휘황찬란한 자수로 종종 가족들을 놀라게 하곤 했습니다.

그러나 집안에서 그분의 명망은 그분이 지닌 상당한 수준의 예언력 때문에 비중이 컸어요. 특히 그분은 그 누구에게서든, 그 사람이 초자연적 현상에 대한 감수성과 소명을 지니고 있는지 아닌지를 즉각 알아챘다고 했어요. 또한 그분은 여러 성직자와 지속적으로 서신을 주고받았으며—누구도 알지 못했던 한 가지 목적을 위해, 하긴 지금 우리는 그 목적이 무엇이었는지 분명히 알게 되었지만요—모든 인간의 상황에 대해, 그가 태어난 날짜와 시간이며 그런 것들에 대해 정확하게 알고 있었답니다. 그분은 특히 친척 간에는 그런 것에 대한 자신의 지식을 거의 터놓은 적이 없는데도, 친척들은 그분에 대해 무조건적인 신뢰를 품었어요. 오라버니 마르셀만이 고집스럽게 의심꾸러기, 때로는 조롱꾼 노릇을 했어요. 그럼에도 그분은 오라버니를 항상 사랑했

지요. 그분이 돌아가신 후에는 개심하고 싶어 했어요. 오라버니는 생각을 바꾸셨던 것 같아요. 소피의 신비스러운 집의 색깔인 초록, 검정, 하얀색의 옷을 여동생에게 경의를 표하려고 축제 때 예복으로 입기를 거부하지 않은 걸 보면 그랬어요.

만약에 선량한 수녀 같은 그분의 악의 없는 관리하에서 제법 큰 규모의 농장 살림이 어쨌든 간에 소유주의 이윤을 유지시켰더라면, 그분에게 최소한의 공적은 있었을 거라는 점을 쉽사리 추측할 수 있습니다. 그분은 벨벳으로 만들어진 팔걸이의자에 앉아 아주 정기적으로 현재의 소출 실적들에 대해 관심을 보였고, 정해진 날에 관리인의 보고에 귀를 기울이며 유능한 회계사처럼 손에 펜을 들고 장부를 뒤적거리며 하인들에게 지시도 했어요. 그리고 때로는 잘 알지도 못하는 마당에 정통한 척해 보이는 술책도 조금은 썼던 모양이에요. 그러나 경영에 있어서는 진실로 유유상종을 추구하는 관리인의 통찰과 충직함이 없이는 만사가 뒤죽박죽이 될 게 일반적으로는 뻔한 일이었지요. 어쨌든 관리인은 느닷없이 떠났고, 농장의 영지는 임대를 주었고, 그 고귀한 부인은 이제 오라버니의 간청을 더 이상 거절하지 못하고 성에 머무는 것을 포기했습니다. 그리고 노년을 가족의 품에서 시간을 보내기로 마음먹었던 거예요. 이야기하신 분의 신빙성을 뒷받침하기 위해 제가 드릴 말씀은 이게 전부예요."

좌중의 사람들이 이 흥미로운 보고에 진심으로 감사하고 나자 추밀 고문관이 이어서 말했다.

나는 이제 결론을 가능한 아주 간단히 말하겠습니다.

요제페의 견진성사는 마을 교회에서 있었습니다. 그러나 그 날의 뒷 잔치는 작은 성에서 소리 없이 거행되었지요. 저녁때 소피는 소녀의 손을 잡고 지하실의 한 방으로 갔어요. 그 방은 그 누구도, 성 관리인조차 출입이 금지된 방이었습니다. 여기서 요제페는 새로 말끔하게 설치된 완벽한 금세공장을 알아보았어요.

"애야!"

소피 부인이 말했어요. "봐라. 이곳은 너의 프란츠를 위한 방이란다. 그가 언젠가 오면 그를 여기로 안내하거라. 여기서 네가 가장 사랑하는 그 사람은 자신의 걸작을 만들어 낼 거다. 작품이 완성되면 나머지 일은 저절로 따라올 것이다. 연장은 그의 소유물이다. 그것을 갖고 아흐푸르트로 가서 너희들은 그곳에 정착하거라. 그러고 나서 나를 생각하면서 믿음과 평화 속에서 서로 사랑하거라."

그 말과 함께 요제페는 내 것과 비슷한 작은 책자를 받았어요. 물론 그녀는 출생일과 서열에 따르면 일요일에 태어난 아이에 지나지 않았지만요. 그 작업장은 다시 굳게 잠겼습니다. 그리고 사실상 4년 후에 그 작업장의 문을 다시 연 첫 번째 사람은 나였습니다. 요제페는 마르셀 씨가 최근에 체류했을 때 그에게서 열쇠를 넘겨받았던 거지요. 나는 나의 신부와 함께 그 작업장을 살펴보면서 놀라고 감탄할 수밖에 없었어요. 커다란 화덕에서부터 가장 눈에 띄지 않는 흡입관에 이르기까지, 이를테면 사소한 것조차 놓치지 않았어요. 조목조목 나무랄 데 없는 품목들. 너무나 깨끗하고 마음이 끌려서 일을 하고 싶어 입에 군침이 돌기 시작할 정도였지요. 여기서 맨 처음 내가 할 일이 무엇일 것 같냐는 질문에, 요제페는 로헨 씨가 다시 올 것이라는 점을 환기하면서 암시적인 말만 했습니다. 하지만 나는 그가 오면 무슨 일이 벌어질지 오래전부터 낌새를 채고 있었어요. 그리고 나중에 그녀가 나에게 특이하게 뜨개질한 장식 띠 두 개를 보여 주었을 때 뭔가 기분이 섬뜩해졌다는 사실을 부인하고 싶지는 않아요. 그렇지만 모든 일에 각오를 다졌어요. 그 장식 띠에는 초록, 검정, 하얀색으로 특정한 암호와 부호가 짜여 있었습니다.

"요제페, 그건 어디에 쓰려고?"

내가 물었지요.

"하나는 당신 거고요, 다른 하나는 내 거예요."

그녀는 의미심장한 미소를 지으며 대답했습니다. "우리는 이 띠를 같은 날 밤에 사용할 거예요."

"그렇지만 왜? 제발 말해 줘요."

그녀는 손가락을 입에 갖다 대었어요.

"지금은 안 돼요, 프란츠. 당신은 남자예요. 그리고 내가 용기를 내서 할 수 있는 일이라면 당신도 꺼리지 않기를 바라요."

그렇게 해서 우리는 앞으로 이 얘기를 더 이상 하지 말자는 데 말없이 동의했습니다.

다음 날 아침 화창한 날씨는 우리로 하여금 근교에 짧은 소풍을 나가도록 부추겼습니다. 우리에게는 무수히 할 말이 있었어요. 나는 무엇보다 궁금한 게 있었어요. 왜 그녀는 내가 도착했던 바로 그날 밤에 나를 알아보지 못했을까? 어떻게 그다음 날도 하루 종일 나를 상대로 그토록 잔인하게 연극을 벌일 마음이 들 수 있었단 말인가?

"그렇게 생각했어요?"

그녀가 대꾸했어요. "서방님께서는 서방님의 의중을 타진해 보고 싶은 욕구도 내게 없었으리라고 여기는 거예요? 물론 그동안 내내 나는 당신에 대해 근본적으로 걱정을 하지 않았어요. 특히 나는 우리가 기회 있을 때마다 여행자들을 통해 알아낸 소식에 의존했지요. 그러다 한번은 바로 위네다에서 큰 장이 섰을 때 아저씨께서 한 경박한 도공이랑 '뢰스하임'에서 협상을 할 일이 생겼어요. 그 도공은 여기서 멀지 않은 곳에 와 있었는 데다 아흐푸르트에서 막 온 길이었지요. 그리고 당신에 대해 많은 것을 알고 있었어요. 그중에서 내가 가장 중요하고 기분

좋게 생각했던 것은 그곳에서 당신을 차가운 목석이라고 불렀다는 것이었어요. 아주머니는 그것이 결코 내게 위안이 될 말이 아니라고 우겼지만 나는 서슴지 않고 말했지요. 나와 함께 있으면 그 사람의 서릿발도 녹을 거예요, 라고. 이제 당신도 알아야 해요. 우리가 다시 만날 때 당신이 나를 틀림없이 알아볼 것이라고, 소피 부인은 분명히 나에게 말했어요. 이것은 당신 마음에 어릴 때의 안나가 얼마나 깊이 간직돼 있는지 알아보는 첫 번째 시험이라고 말이지요. 그리고 이제야 고백하지만, 당신이 얼마나 벽창호처럼 굴었는지 나는 어느새 조바심이 나기 시작했다고요. 그 벽창호께서 자신의 연애 행각을 내 앞에서 큰 소리로 떠벌렸을 때는 내 귀가 의심스러웠답니다! 알아 두세요, 만약 내가 그 모든 허튼소리에 미리 충분히 대비할 수 없었더라면 아마 나도 죽어 버리고 말았을 거예요! 어쨌든 여기엔 무슨 사연이 있을 거야, 하고 나는 생각했어요. 이 사람이 이렇게 고약하게 허풍을 떨고는 있지만 그저 허풍만은 아니구나. 그 죗값으로 이제 이 사람을 약간 안달이 나게 해 줘야지."

그렇게 즐겁게 대화를 하면서 우리는 평평한 산등성이를 계속 거닐다가 농장에 속한 포도원에 다다랐습니다. 우리는 작은 담벼락 위에 앉아 포도나무 줄기 너머로 이른바 악한들이 살고 있는 지역을 내려다보았습니다. 그 지역은 내 눈에 확 띄었어요. 정말로 무척 당황했습니다. 그럴 것이, 그곳에서는 버들가지 빗자루족의 가을 축제 메아리가 울려 올라온 바로 그날 밤에 내가 보았던 작은 계곡이 완전히 똑같이 재현되고 있는 게 아니겠어요? 얼마나 기묘한 일인지! 떡갈나무만을 빼고 모든 것이 일치했어요. 떡갈나무는 어디에도 보이지 않았어요. 나는 서슴지 않고 그 일을 요제페에게 들려주었고 요제페도 그 얘기를 열심히 귀담아 들었어요. 하긴 그녀도 그 잡동사니 골방에서 나타난 도깨비를 순전한 꿈이라고 여기면서도 그 꿈에 뭔가 뜻이 있다고 생각했어요. 우리는 그 장소와 특히 낮은 돌담 가까이 땅속으로 풀과 엉겅퀴들로 뒤덮인 한 둥근 분지를 자세히 눈에 새긴 뒤에 희망에 부푼 마음으로 골똘한 생각에 잠겨 귀갓길에 올랐어요.

집에 와서 내가 맨 먼저 한 일은 표제 그림이 있는 고지도를 좀 더 자세히 관찰하는 것이었습니다. 그 지도는 이미 지난번처럼 완전히 찾아볼 수는 없었어도 역시 유사한 것임에는 의심의 여지가 없었어요. 내가 여전히 그것에 대해 곰곰이 생각하는 동안 요제페가 내게 편지 한 통을 건네주었습니다. 우리가 없을 때 마을에서 전해져 온 것이라고 했어요. 알 수 없는 일이야, 무슨 일이지? 라고 내가 말하는데 영리한 그녀가 이어받았어요.

"조심하세요, 페터 씨한테 무슨 꿍꿍이속이 있어요."

과연 그랬어요. 자신의 실추당한 명예를 생각하고 그는 나를 상대로 소송을 걸 험악한 기세였어요. 하지만 뒤죽박죽 혼란스러운 문제로 보아서는 소송까지 가기 전에 보상을, 그것도 은밀히 내게서 현금을 뜯어내고 싶은 마음도 다분히 있는 것 같았습니다. 적시에 그 악당이 그때 마부를 상대로 속임수를 썼던 쇠 단추가 떠올랐지요. 나는 즉시 깨끗한 종이로 그 귀중한 기념 주화를 싸고 몇 줄 덧붙여 썼습니다. 사람들은 때로는 곧잘 시행착오를 할 수 있다고 암시했어요. 황급한 김에 매끈한 단추를 15크로이처 주화로 알고 지불한 우직한 사람이라면 다른 누구인가 자신을 악당으로 착각한 과오도 묵과해 줄 수 있을 것이라고 말이지요. 그 편지는 완전히 기대하던 효력을 발했습니다. 페터 씨는 그 편지를 아무한테도 보여주지 않았지만, 내가 자기한테 아주 예의 바르게 사과를 했다고 말했다는 것입니다.

이제 내 이야기의 마지막 장에 이르렀군요. 이 마지막 부분이 특별한 매력을 지니고 있으리라고 여겨집니다만, 내 이야기를 들어 주신 여러분들의 인내심을 내가 너무 과다하게 시험한 셈이 되었군요. 그래서 오늘은 이 정도에서 끝내겠습니다.

"어떻게? 뭐라고요, 추밀 고문관 양반?"

여러 목소리가 소리쳤다. "지금 갑자기 끝내야겠다니요? 목적지에 도달할 판인데. 모두가 기대에 가득 차 있는데? 아니지요, 안 됩니다. 그건 말이 안 돼요. 우리 모두 반대요!"

추밀 고문관은 그러나 앉아 있던 의자를 느긋이 뒤로 밀었다. 그리고 사람들은 그가 어떤 사람인지를 알고 있었기 때문에 그에게 더 이상 말하지 않았다.

"그럼 대체 언제 우리가 끝을 듣게 되지요?"

몇몇 부인들이 물었다.

"오, 여러분이 원한다면 내일 저녁에요."

"뭐라고요? 내일은 무도회가 있잖아요, 모르셨다면 몰라도!"

"좋아요. 그럼 내일 모레."

"내일 모레는 당신이 떠나잖아요!"

"내가요?"

"그럼요! 당신 부인이 우리에게 직접 말해 줬어요. 여기 좀 보세요. 고약한 양반이에요! 아무래도 나머지 얘기를 뚝 잘라서 우리에게 빚으로 남겨 놓을 작정인가 봐요!"

"실은……." 하고 대답이 들렸다. "고백하건대, 근본적으로는 저절로 이뤄지는 내 이야기의 이 끝 부분을, 나는 흔히 이야기하지 않곤 합니다."

"이유를 물어봐도 되나요?"

"일종의 변덕이라니까!"

"비밀스러워 보이네요!"

"우리의 친구를 이해할 것 같아요."

재치 있고 아주 사랑스러운 금발 여인 코르넬리가 말했다.

⁂

"저 자신도 무척 궁금하기는 하지만, 동시에 우리가 막연히 예감하고 있는 초자연적인 사건들의 마지막 베일을 완전히 벗겨 버리지 않는 것도 좋을 것 같은데요. 그렇게 벗겨 버리면 그 사건들이 우리에게 너무 현실적으로 가까이 다가올 터이고, 최소한 어쨌든 전체적으로 유쾌했던 이야기와는 조화를 이루기 어려울 것 같은 생각이 드네요."

"무슨 말씀을!"

육군 대령인 마테이가 사뭇 우스꽝스럽게 다급한 어조로 소리쳤다. "뭘 그렇게 번거롭게 따지시오? 지금 우리는 결단코 어떤 결론이든지 끝장을 내야 하오. 우리 자신이 그 결말을 얘기할망정!"

"그건 그다지 어려울 것 같지 않군요."

코르넬리가 말했다.

"아가씨! 그럼 아가씨가 지금의 말씀을 실행하시지. 잠자러 가기 전에 우리의 상상력이 편안해질 수 있게 멋들어진 그림을 하나 그려 보이세요. 어서!"

"우선……" 하고 코르넬리가 말하기 시작했다. "로헨 씨는 그 기이한 꿈 이야기를 듣자 당장 문제의 포도원 근처를 발굴해 보러 갈 채비를 했을 겁니다. 당연히 그 작업은 용의주도하게 진행되었지요. 물론 다름 아닌 밤중에요. 일단 남의 이목을 끌지 않기 위해서, 다른 한편으로는 그 엄숙한 대상이 어둠을 요구했기 때문이지요. 치프리아노 축일 이전의 밤이었어요. 마르셀 씨는 어김없이 부활절 예복 차림에 말을 타고 횃불을 든 채 그 일에 걸맞게 작은 일행을 인솔했습니다. 행렬 중간에 주인공인 아르보가스트 씨가, 그리고 그 뒤를 여섯 명의 일꾼들이 불이 밝혀진 랜턴과 삽, 괭이를 장비하고 뒤따랐을 겁니다. 이 같은 소리 없는 행진 후에 문제의 장소에 도착하고, 발굴 작업이 시작됩니다. 물론 결코 큰 소리를 내어서는 안 되는 거였거든요. 이어서 점점 더 활발히 작업이 진척되고, 두 시간을 파헤친 뒤 마침내 한 지하 동굴에, 곧이어 비좁은 계단에 이릅니다. 이제 우리의 선택받은 젊은이 아르보가스트 씨가 횃불을 손에 들고 폐허 더미를 헤치고 나가 한 비좁은 지하실로 들어섭니다. 그리고 그곳에서 맨 먼저 한 작은 녹슨 상자를 발견하고 곧이어 바로 가까이에서 이르멜 부인의 불운 덩어리 목걸이를, 그리고 마침내—오, 그 감격이란! 밝게 빛나는 금화 뭉치를, 그의 두카텐을!—발견하지요. 이야말로 돈 주고도 못 볼 값진 장면들이요, 당연히 그것들을 자세히 머릿속에 그려 볼 만한 충분한 가치가 있을 겁니다. 하지만 가장 중요한 일이 아직 남아 있습니다. 이르멜의 혼령이지요. 갈망하던 구원의 순간이 시시각각 다가올수록 그 혼령의 한숨과 초조함은 배가되었습니다. 그 고귀한 젊은이는 자정이 되기 전에 그의 작업장으로 돌아가 무슨 일이 있어도 목걸이를 연결해야만 했어요. 아슬아슬한 작업

이었지요. 그 일을 하면서 그는 작업이 과연 성공할지 이르멜의 혼령이 그의 어깨너머로 바라보도록 매 순간 마음을 써 주었습니다. 여기서 어린 신부가 그에게는 최대의 위안이었지요. 그녀는 아마 그에게 등불을 들고 비춰 주었을 거예요. 그의 작업이 끝나자 충실한 한 쌍 남녀는 마지막이자 가장 예사롭지 않은 과제를 함께 극복하기 시작했습니다. 요제페가 그녀 자신의 허리와 사랑하는 남자의 허리 둘레에 그 마법의 띠를 휘감아 연결했어요. 그 띠는 소름 끼치는 것을 피하게 할 수는 없었지만 그 외에는 여러 악영향을 끼치는 힘들 앞에서 보호막이 될 수 있었지요. 그렇게 신랑과 신부는 황금 목걸이를 서로의 사이에 두고 지헬 강을 향해 끌고 갔어요. 그리고 그 보석은 소리 없는 축원하에 물결 속에 던져졌지요. 그때 그 혼령이 어떻게 행동했는지, 또 이르멜 부인이 고맙다는 인사를 어떻게 전했는지는 물론 미결의 장으로 남겨 둬야겠어요. 그녀가 안정을 되찾은 것으로 충분하지요. 내가 알고 싶은 것은 그 작은 철로 된 함 안에 무엇이 들어 있었는지, 또 버들가지 빗자루족이 어떤 멋진 물건들을 왕의 보물 창고의 벽감과 벽 틈새에 숨겨 두었는지 그런 거예요. 사람들이 그 가운데에서 버들가지 빗자루 왕비의 앙증스러운 왕관을 찾아냈다는 점만은 확실해요. 그 미니 왕관이 아주 우아하고 세련된 취향의 모양이었을 거라고 나는 상상해요. 그래서 아르보가스트 선생께서는 대 걸작 예술품이라고 세인이 주장하는 자신의 더 큰 작업에 그것을 얻른 표본으로 삼았을 테고요. 그렇지만 애당초 그 예술가께서는 자신의 예술품을 위한 비상하고 유일무이한 형태들을 어디에서 취했는지는 물론 말하지 않았고, 당연히 우리끼리 알고 묻어 두어도 좋겠지요."

추밀 고문관은 미소를 머금고 말했다.

"당신은 과연 몇 가지 사소한 점만 빼고는 내 비밀을 너무나 신통하게 알아맞혔어요. 진심으로 감탄을 금할 수 없군요. 그래서 이로써 내 이야기가 끝났다고 선언해도 나로서는 의심의 여지가 없겠습니다."

곧이어 좌중에서는 지금까지 전해 들은 모험의 진실성과 문학성에 관한 작은 논쟁이 번졌다.

"혹시……" 하고 신사들 중의 한 사람인 산림국장이 말했다. "제가 바로 핵심 문제에 관한 한 몇 가지 해명을 덧붙일 수 있을 것 같습니다. 약 30년 전에 실제로 바로 그 작은 성에서 발굴 작업이 있었습니다. 그 근처에 영지를 소유하고 있는 노산림관인 나의 처남이 그 일에 관해 많은 얘기를 했었지요. 사람들은 아치형의, 더러는 아직도 잘 남아 있는 긴 통로를 찾아냈습니다. 그 지하 통로는 숲 속으로 한참 더 길게 뻗어 가다가 거칠고 거의 접근하기 어려운 협곡으로 통했어요. 그리고 그 통로의 반대편 끝, 그러니까 완전히 붕괴되어 버린 성을 향한 지점에서 사람들은 여러 가지 값진 물건들을 발견했는데, 그건 다름 아니라 약탈을 해서 그곳까지 옮겨다 놓은 것인 듯싶었답니다. 주지하다시피 슈페사르트와 올덴발트에서 오랫동안 떠돌이 생활을 하다가 순찰하는 농부들과의 격투에서 총알을 맞고 목숨을 잃은 악명 높은 팔리간은 여러 장소에다 그런 비밀 장물 창고를 남겨 놓았다고 합니다. 지금의 이 경우에서도 몇 가지 흔적들은 그 도둑에게까지 거슬러 올라갔어요. 하긴 팔리간 자신은 아르보가스트 씨가 도둑을 맞았던 그 시기에는 이미 죽고 없었지만, 우리로서는 또 다른 가정도 못해 볼 게 뭡니까? 즉 그 사이에 그 비슷한 천재 도둑이 한 명 등장해서 그 동굴을 발견하고 그곳에 있는 기존의 보물을 똑같은 방식으로 불려 놓고, 급기야는 아르보가스트 씨의 배낭도 그렇게 성공적으로 조작할 수 있었는지?"

모인 사람들이 그 사실을 두고 토론을 벌이는 동안, 추밀 고문관은 조용히 밖으로 나갔다가 이내 다시 돌아와서는 홀을 둘러보았다. 사람들은 그에게 무엇을 찾느냐고 물었다.

"내 아내를 찾고 있소."

그가 대답했다. "내 아내는 한참 전에 깊은 잠 속에 빠졌다고 생각했었는데, 아내 침대는 건드리지 않은 채 그대로요."

"심상치 않은 일 같군요!"

코르넬리가 말했다. "부인께서 납치당했다면 어쩌지요? 추

❦

밀 고문관님! 당신의 그 꼬마 보물 상자에 그런 것은 씌어 있지 않나요?"

이때 갑자기 귀에 익은 정다운 목소리가 난로 뒤에서 들렸다.

서둘지 말라, 비명도 지르지 말라
물론 조심을 하라.

그리고 곧 만장의 환호성 속에 아르보가스트 부인이 자기의 어두운 은신처에서 나타났다. 그녀는 남편이 자신을 대상으로 창작해 낸 모든 아름다움과 선함에 대해 매우 우아하게 감사를 표하고는, 전체적으로는 남편이 들려준 이야기가 결코 한낱 옛 이야기가 아니라고 말했다. 모인 사람들이 이제 일어서려 각자 자신의 램프를 집어 들었을 때 아르보가스트는 여전히 코르넬리와 이야기를 나누며 그녀에게 무언가 귓속말을 하고 있었다.

"그럴 수가 있어요?"

그녀가 놀라 소리치는 바람에 다른 사람들이 나가다 말고 문께에 섰다. "여러분도 아시나요?"

그녀는 그들을 향해 몸을 돌리며 불쑥 내뱉었다.

"그 광야에 서 있던 수상쩍은 도로 표지판이 누구였는지? 라트베르크 기사였다고요! 그는 자기의 부활절 천사를 기다리고 있었던 거죠."

"이럴 수가!"

육군 대령이 큰 소리로 말했다. "그럼 어쨌든 잘 자요, 기사 양반! 수탉이 벌써 우는군. 졸려 죽겠소!"

●
김연정
옮김

농부와 그의 아들

Der Bauer und sein Sohn, 1839

에두아르트 뫼리케

Eduard Mörike

에두아르트 뫼리케
Eduard Mörike
1804~1875

루트비히스부르크 출생이다. 대학을 졸업한 뒤 성직자가 되었으며 독일 최고의 서정 시인으로 추앙받고 있다. 그의 작품은 파란 없이 평온하게 보낸 그의 일생이나 온화한 인품처럼 잔잔하면서도 편안한 느낌을 준다. 시에서는 음악성이 넘쳤고, 산문 작품에서는 삶의 깊이를 추구하는 주제를 다루었다.
시집으로 『시집Gedichte』(1838)과 사후에 출간된 『보든 호수의 목가 또는 어부 마르틴』(1876) 등이 있으며, 소설로는 『화가 놀텐』(1832)과 뫼리케 산문의 진수를 보여 주는 단편 「프라하에서의 나그네 길의 모차르트」(1856) 등이 있으며, 「슈투트가르트의 난쟁이」(1853)와 「아름다운 라우의 이야기」 등의 동화가 유명하다.
이 책에 실린 「보물들」은 한 추밀 고문관이 젊은 시절에 겪었던 신비로운 이야기를 액자 형식으로 전하고 있다. 동화 속 세계와 현실이 공존하는 공간에서 펼쳐지는 모험담이 빠른 속도로 전개된다.

어느 날 아침 페터는 일어나다가 깜짝 놀라 아내에게 말했습니다.

"세상에, 이것 좀 봐, 이브. 나한테 파란색 점이 생겼어! 온몸에 짙푸른 점이 생겼단 말이오! 내가 싸움질을 한 것 같지는 않은데!"

"여보! 당신 분명히 또 힘없고 늙어 빠진 불쌍한 한젤을 반쯤 죽도록 때렸지요? 나는 애니한테서 수백 번은 들었어요. 사람이 황소든 당나귀든 말이든 간에 자기 집 짐승을 학대하면 그렇게 고통을 준 사람한테 밤새 푸른색 반점이 생긴대요. 이제 보니 확실히 그렇군요."

아내가 말했습니다. 그러나 페터는 툴툴거렸지요.

"흠, 다른 불길한 징조만 아니라면야!"

그는 입을 다물고 그 반점들이 자기에게 죽음을 예고한 것이라고 생각했어요. 그래서 그가 며칠 동안은 온순하고 나긋나긋하게 굴었기 때문에 집안이 평온했습니다. 그러나 피부가 회복되자 그는 예전의 불같은 성미의 페터로 돌아가 다시 얼굴이 벌겋게 되어 씩씩거리며 이를 악물고 욕을 퍼부어 댔어요. 한젤은 특히 힘든 시간을 보냈습니다. 더 괴로운 건 배가 너무 고팠어요. 고된 노역으로 온몸이 쑤실 때면 마구간에서 어쩌다가 이렇게 혼잣말을 했습니다.

"차라리 도둑이 날 데려갔으면 좋겠어. 그럼 내가 도둑을 편안히 태워 줄 텐데!"

그러나 그 농부에게는 아주 착한 마음씨의 프리더라는 아들이 있었어요. 프리더는 그 불쌍한 동물을 온갖 사랑으로 대했지요. 마구간 문이 다른 때보다 좀 살그머니 열리면, 한젤은 이내 몰래 아침 식사나 간식용 빵 등을 가져다주는 프리더가 왔는지 보려고 지친 고개를 돌렸어요. 그렇게 언젠가 소년이 들어서다가 적잖이 놀랄 일이 벌어진 겁니다. 밝은 은빛 치마를 입고 노란 머리에 야생화 화관을 쓴 한 처녀 천사가 밤색 말의 등에 올라타 있는 거예요. 소녀는 한젤의 울퉁불퉁해진 등과 혹을 하얀 손으로 쓰다듬고 있었어요. 그 천사는 프리더를 보고 말합니다.

착한 한젤은 아직은 잘 지내고 있구나.
왕비가 한젤을 타고 달리면

가엾은 프리더는
염소치기가 되겠지만
아주 풍성한 수확을 얻게 될 거야.
그가 호두를 흔들면
그가 호두를 흔들면!

그런 말을 하고 천사는 사라지고 없었습니다. 소년은 오싹해지는 느낌이 들어 얼른 뛰쳐나왔어요. 그러나 소년은 천사가 했던 말을 곰곰이 되새기자 몹시 슬퍼졌어요. 아! 그는 생각했지요. 촌구석의 염소 치는 소년이 되다니, 그건 보잘것없고 초라한 인생이 될 거야. 그렇게 되면 나는 어머니가 수프에 넣을 소금값도 벌어들일 수 없단 말이야. 그렇다면 호두는? 아버지의 정원에는 호두나무가 한 그루도 없는데. 또 천사가 약속한 대로 설혹 호두를 한 자루 흔들어 댄다 해도, 그걸로는 누구의 배도 불러지지 않을 거야. 나는 내가 무엇을 하고 싶은지, 언제 염소치기가 될지를 알고 있어. 틈틈이 싸리를 모아서 빗자루 엮는 것을 배우겠어. 그걸로 어쨌든 푼돈은 마련하잖아. 프리더는 그날 하루 종일 그런 생각들을 했습니다. 심지어 학교에서도 말이지요. 그리고 마치 꿈을 꾸고 있는 사람 같은 시선이었어요.

"6 곱하기 6은 얼마지?"

구구단을 공부할 때 선생님이 물었습니다. "자, 프리더, 오늘

❦

무슨 생각을 그렇게 골똘히 하고 있니? 어서 말해 보거라!"

너무 놀란 나머지 프리더는 "빗자루 만드는 싸리요"라고 말해야 할지 아니면 "36이오"라고 말해야 할지 알 수가 없었어요. 하긴 둘 다 맞는 답이었으니까요. 그러나 그는 "빗자루 만드는 싸리요!"라고 말했어요. 그러자 교실 창문이 쩌렁쩌렁 울리도록 큰 웃음보가 터졌습니다. 그리고 그 말이 한동안 학교 안의 경구로 남았습니다. 누군가가 딴생각에 빠져 있으면 그의 머릿속에 빗자루가 있다는.

그날 밤 프리더는 잠을 이룰 수가 없었어요. 그는 마당에 심상치 않은 일이 벌어진 느낌이 들었어요.

그는 일어나서 침대 너머로 창문을 내다보았습니다. 세상에! 마구간에서 한줄기 밝은 빛이 새어 나왔고, 한젤이 천사를 등에다 태우고 밖으로 나온 것이었어요. 한젤은 마치 솜 방석 위를 걷듯이 천천히 정원을 빠져나갔습니다. 처음에 프리더는 소리를 치려 했습니다. 그러나 곧 곰곰이 생각하고는 차라리 그것이 한젤한테는 잘된 일이라고 여겼지요. 그래서 조용히 다시 누워서 이제 한젤이 떠나서 다시는 돌아오지 않는다는 사실을 생각하며 베개에 고개를 묻고 소리 없이 울며 슬퍼했습니다.

이제 말과 천사는 큰길로 들어섰습니다. 환한 달빛 속에서 자신의 그림자를 본 말이 혼잣말을 했어요.

"아! 이토록 앙상한 다리가 내 다리라니! 왕비는 결코 내 등

에 타지 않을 거야."

천사는 이 말에 아무 대꾸도 하지 않고 옆으로 난 들길로 접어들었습니다. 들길을 한참 걸은 뒤에 그들은 한 아름다운 초원에 이르렀어요. 황금빛 꽃이 만발한 그 초원은 눈에 보이지 않는 초원이라고 불렸어요. 왜냐하면 그 초원은 보통 사람들에게는 보이지 않았고, 대낮에는 항상 가까운 숲 속에 묻혀 버렸기 때문에 아무도 발견할 수가 없었거든요. 그러나 착하고 가난한 사람들의 아이가 송아지나 염소를 끌고 그리로 오면 천사는 그 아이에게 초원을 보여 주었어요. 그 초원 위에는 맛있는 먹이랑 가지각색의 진귀한 풀들도 자라고 있어서 그것을 먹은 가축은 놀랍도록 부쩍 컸습니다. 천사는 바로 그 자리에서 말에서 내려 말했습니다.

"풀을 뜯어 먹으렴, 한젤!"

그러고는 시냇가 아래로 뛰어 내려가더니 하늘에 뜬 한 점 별처럼 번쩍 빛을 발하고 흔적 없이 사라졌어요. 한편 한젤은 허겁지겁 덤벼들어 먹기 시작했어요. 그리고 배가 불러 오자 유감스러울 지경이었지요. 그만큼 그 연한 풀들은 기름지고 유액이 풍성했습니다. 마침내 잠이 쏟아졌습니다. 그래서 그곳 둥근 너도밤나무들이 있는 언덕에 곧장 누워서 네 시간 동안 휴식을 취했습니다. 갑자기 사냥꾼의 호각 소리가 한젤을 깨웠을 때는 이미 대낮이었고 하늘에는 태양이 환히 비추고 있었어요. 한젤은 벌떡 일어나 푸른 잔디에 드리워진 자기 그림자를 보고는 놀라서 말합니다.

“어머, 내가 이렇게 멋진 놈이 되었다니! 통통해지고 매끈매끈하고 깨끗해졌어!”

정말 그랬어요. 그의 피부가 기름으로 목욕을 한 것처럼 빛이 났어요.

그때 마침 그 나라의 왕이 벌써 며칠째 그 지역을 사냥하고 있다가 막 숲에서 신하들과 함께 나왔습니다.

“원! 저기 좀 보거라!”

왕이 소리쳤어요. “얼마나 멋진 준마인가! 저 당당한 다리들이 껑충 뛰며 유쾌하게 도약을 연습하는 것 좀 보게!”

왕은 감탄을 하면서 신하들과 함께 가까이 다가왔고 신하들은 모두 말에 대해 이야기를 주고받으며 말의 목을 다정하게 토닥거렸어요. 왕이 말했습니다.

“여보게 사냥꾼, 말을 달려 마을로 가서 이놈이 팔려고 내놓은 말인지 알아보게! 그리고 괜찮은 신분의 사람들이 데려가려 한다고 말하게나!”

그 사냥꾼은 얼룩 암말을 타고 있었는데 한젤의 마음에 들었어요. 그래서 한젤은 그 암말 때문에 저절로 마을까지 빠른 걸음으로 쫓아갔지요. 마을에 이르자마자 호기심에 찬 농부들이 창밖으로 고개를 내밀었습니다.

“이보게들! 이 잘생긴 갈색 말이 누구의 말이오?”

사냥꾼이 골목을 누비며 소리쳤습니다.

“내 말은 아니오! 이 동네 말이 아닌데요!”

사방에서 대답하는 소리가 들렸습니다.

“봐라, 프리더, 저놈 좀 봐!”

페터가 말했어요. “저건 헝가리 품종인걸. 저런 말이 내 것이라면 좋겠구나.”

마침내 대장장이는 그런 품종의 말은 이 동네에서 6마일 구역 안에는 없다고 단언했어요. 그러자 사냥꾼이 한젤을 데리고 왕에게 돌아가서 보고했습니다.

“이 준마에게는 주인이 없답니다.”

“그럼 우리가 데려가도 되겠군!”

왕이 말했고 일행은 가던 길을 갔습니다.

한편 페터는 자기 집 가축에게 먹이를 줄 시간이 되었다고 생각하고는 하품을 하면서 마구간을 활짝 열어젖혔어요. 어이쿠! 그 놈팽이는 늙고 야윈 말의 빈자리를 보고서야 눈을 휘둥그레 떴습니다. 온갖 생각이 채찍질처럼 그에게 한동안 몰려왔습니다.

“젠장!”

마침내 그는 후다닥 놀랐습니다. “아까 본 그 말이 우리 집 한젤이었던 게 틀림없어. 그런데 악마의 속임수로 아무도 그놈을 알아볼 수 없었던 거야!"

페터는 머리를 쥐어뜯고 싶었습니다. 그렇지만 그가 할 수 있는 게 뭐람? 말은 떠나 버렸는데. 그저 두 마리 새끼 황소들만이 딱하게 되었죠. 그날 고약한 인간은 두 마리 새끼 황소들에게 며칠간의 분풀이를 했고, 결국 새끼 황소들이 세 마리 몫의 일을 해야 했습니다. 하지만 매질을 당하고 배고픔에 시달리는 것 못지않게 그들의 살맛을 완전히 앗아 간 것은 마음 착한 한젤에 대한 그리움이었답니다. 새끼 황소들은 시름에 잠겼고 고집불통이 되어 만사를 뒷전으로 미루었어요. 그러자 페터가 소리를 죽여 부인에게 말했지요.

"틀림없어. 이 황소들도 마법에 걸린 거야."

즉시 그 부부는 그것들을 헐값에 도축업자에게 내다 팔기로 의견을 모았어요. 도축업자는 새끼 황소들을 저잣거리에서 도살했고요. 그런데 과연 무슨 일이 일어났을까요? 모두가 잠든 한밤중에 페터의 덧문을 두드리는 소리가 난 겁니다.

"밖에 누구요?"

그는 소리쳤어요. 저음의 이중창이 답했습니다.

발제와 블레쓰는
너 때문에 유령이 되어 떠돌 수밖에 없어.
그 싸늘해진 위장 속에 먹을 것을 원해, 먹을 것을 원해!

페터는 소름이 끼쳐서 부인을 잡아당겼습니다.

"일어나 봐, 이브!"

"싫어요!"

부인이 대답했어요. "그들이 진짜 원하는 건 당신이잖아요."

그래서 허풍선이 페터는 벌벌 떨면서 일어나 밖으로 먹이를 던져 주었고, 먹이를 다 먹어 치우자 그들은 돌아갔어요.

이제부터 불행한 일이 연달아 일어났습니다. 페터가 다음 장날에 황소를 두 마리 사서 집으로 끌고 왔습니다. 하지만 아무리 정성껏 얼러 대어도 가축들 중의 어떤 놈도 외양간 안에 들어가 있으려 하지 않았어요. 두 마리 황소와 암소는 모조리 병이 났고, 손해를 감수하고 그놈들을 몰아낼 수밖에 없었지요. 페터는 한 점술가에게 달려갑니다. 그리고 아무래도 사기꾼인 그자에게 선선히 은화 한 닢을 치르고 웬 가루약을 받아 옵니다. 그것으로 정각 낮 12시에 외양간을 연기 소독해야 한다는 지시를 받고서요. 그는 과연 곧이곧대로 그렇게 화약 연기를 피웠고, 그래서 불길은 짚으로 옮아갔습니다. 그러자마자 붉은 수탉이 날개를 푸드덕거리며 지붕 위로 날아갔지요. 다시 말해 외양간과 헛간이 활활 타올랐던 것입니다. 간신히 소방대가 집은 구할 수 있었지만요. 페터, 그는 어떻게 되는 걸까요? 그다음 날 밤 방의 창밖을 두드리는 소리가 들렸습니다.

"누구요?"

발제와 블레쓰가
비바람 속에 와서
그 싸늘해진 위장 속에 먹을 것을 원해, 먹을 것을 원해!

그때 페터는 어쩔 줄 모르며 침대에서 벌떡 일어나 머리 위로 두 손을 맞잡고 소리쳤습니다.

"어이구, 맙소사! 나보고 죽은 놈에게 먹이를 주라니, 살아 있는 놈은 뭘 먹으라고!"

그의 말을 들은 짐승들은 그를 불쌍히 여겨 돌아가서 다시는 오지 않았습니다.

페터는 자신의 잘못한 행위를 반성하고 고칠 생각은 하지 않고 주점에 앉아 수다스러운 동료들과 어울리며 자신이 당한 불행에 대해 불평을 떠벌렸습니다. 그의 아내가 그를 나무라며 한탄하면 할수록 그는 집에 있을 맛이 나지 않았습니다. 거다가 그는 빚까지 졌습니다. 분수도 모르고 빚을 졌던 거지요. 집과 세간조차 팔아야 하는 지경까지 왔습니다. 이제 그는 날품팔이를 해야 했으며 불쌍한 그의 아내 역시 남의 집 실을 짜 주어야 했지요. 그러나 프리더는 마을 밖에 똑바로 앉아 손에 막대기를 쥐고는 염소를 돌보거나 아니면 내다 팔 빗자루를 엮고 있었습니다.

그렇게 3년이 지났습니다. 한번은 왕이 다시 멧돼지 사냥을 나왔습니다. 이번에는 왕비도 동행했지요. 그런데 겨울철이라 매우 추웠기 때문에 일행은 점심 식사를 야외에서 먹고 싶지가 않았어요. 그래서 궁중 요리사들이 여관에 음식을 준비하여 위층 홀에서 만찬을 즐겼고 곁들여 궁중 악사들이 연주를 했습니다. 그러자 마을 사람들이 거리에 나와 귀를 기울였어요. 식사가 끝난 뒤 말들이 다시 끌려 나오고, 왕비의 말에도 고삐를 채웠습니다. 그때 맨 앞에 서 있던 염소치기 소년이 무엄하게도 마구간 시종에게 말했지요.

"저 말은 우리 아버지 말이에요. 알고나 계세요?"

그러자 모든 사람들이 큰 소리로 웃었습니다. 그러나 갈색 말은 반가워서 세 번 히잉 소리를 내며 머리를 내밀어 프리더의 어깨를 아래위로 비벼 댔습니다. 이 모든 장면을 왕비가 창문에서 기이하게 여기며 보고 듣고는 곧바로 왕에게 말했습니다. 왕이 염소치기 소년을 불러들이자 소년은 발그레한 뺨을 하고 예의 바르지만 당당하게 홀 안으로 들어섭니다. 하긴 다른 때도 눈에 웃음을 띤 단정한 소년이었지만, 맨발로 걸어 다녔지요. 왕이 소년에게 말을 걸었습니다.

"저 아래에 있는 멋진 말이 네 아버지의 것이라고 말했느냐?"

"송구스러운 말씀이지만, 맞습니다, 폐하."

"어떻게 그것을 증명하겠느냐, 꼬마야?"

"폐하께서 허락하신다면 기꺼이 보여 드릴 수 있습니다. 저는 말을 돌보는 시종께서 말을 칭찬하는 것을 들었습니다. 저 말은 왕비님의 소유인데 왕비님 말고는 어느 누구도 올라타게 하지 않는다고 말이죠. 이제 폐하께서는 제가 그 말을 보고 한젤이라고 부르면 가만히 서 있지 않고 저를 따라오는지 아닌지를 보시면 됩니다. 그러고 나서 폐하께서 제가 진실을 말한 것인지 아닌지 결정하십시오."

왕은 잠시 침묵하더니 하인에게 말했습니다.

"저기 모인 무리에서 세 명의 정직한 남자들을 데리고 오너라. 그들이 이 소년에 대해 어떤 증언을 하는지 들어 봐야겠다."

이제 남자들이 불려 들어와 말에 관해 질문을 받았지만 그들의 증언은 프리더에게 유리한 것이 아니었어요. 그러자 프리더 자신이 입을 열어 천사에 관한 이야기를 열심히 천진하게 말하기 시작했습니다. 천사가 어떻게 한젤을 몰래 끌고 갔는지, 곧이어 다시 자기한테 나타나 눈에 보이지 않는 초원을 보여 주었는지, 그리고 그 초원이 한젤을 아주 당당하게 만들어 놓았다는 것을요. 물론 거기 있는 사람들은 그 말을 듣고 무척 놀랐고 몇몇은 짓궂은 눈으로 바라보았어요. 다만 왕비만이, "맞아요, 이 아이는 믿음의 자식이고 정직하다는 것이 얼굴에 써 있어요"라고 말했습니다. 소년이 보기에는 왕도 호의적이었어요. 하지만 왕은 유쾌한 기분에 내친 김에 말했지요.

"이 아이에게 시험해 볼 기회를 주도록 하지."

그러고는 야외의 풀밭으로 나 있는 한 측면 창가로 프리더를 불렀습니다. 넓고 평평한 그 풀밭 한가운데에는 건물에서 족히 100보쯤 떨어진 거리에 우람한 호두나무가 한 그루 서 있었어요. 하지만 때가 12월이었던 만큼 사방이 온통 눈이 높이 쌓여 있었습니다.

"여기를 봐라. 여기 넓은 초원이 있다."

왕이 말했습니다.

"오, 그렇군요. 왜 아니겠습니까?"

왕의 어릿광대가 끼어들어서 소리를 죽여 속삭였습니다. "저것도 보이지 않는 초원 중의 하나이군요. 사방이 온통 눈으로 덮여 있으니 말씀입죠."

신하들이 웃었습니다. 그러나 왕은 소년에게 말했어요.

"실없는 말에 개의치 마라! 자, 너는 한젤을 타고 저 호두나무 주위를 빙 돌아 원을 그리며 이 눈 속을 달리면 된다. 그 일을 잘해 내면 그 원 안쪽의 땅을 모두 너에게 주마!"

간신배들은 한낱 허튼 농담이라고 여기며 재미있어했지요. 그러나 프리더는 그 제안이 너무나 마음에 들어서 입을 다물 수가 없었어요. 말이 앞으로 끌려 나왔습니다(금빛 여성용 말안장을 떼어 낸 다음에요). 한젤은 히잉 소리로 기쁨의 환성을 질렀고 사람들도 환호성을 질렀습니다. 이내 프리더가 말 위로

❦

단숨에 훌쩍 뛰어올라 앉았습니다. 처음에 그는 초원까지 천천히 말을 몰고 가 멈추었습니다. 그러고는 나무로부터의 사방 거리를 한눈에 재어 보고는 한젤을 몰아 속보로 뛰게 하더니 마침내 길게 뻗은 구간을 신나게 달리기 시작했습니다. 그건 마치 행군 나팔 소리에 따라 움직이는 것 같았어요. 실로 안전하고 가뿐히 말을 타고 앉은 소년을 바라보는 것은 즐거운 일이었지요. 하지만 프리더는 바보가 아니었어요. 그는 할 수 있는 한 최대로 큰 원을 그리며 달렸고, 뿐만 아니라 그 원은 끝에 가서 마치 컴퍼스로 그린 것처럼 꼭 맞아떨어졌답니다. 기쁨의 함성이 프리더를 맞았어요. 그는 눈 깜짝할 사이에 말에서 내려 한젤에게 키스를 했지요. 왕은 창가에서 그에게 홀로 올라오라고 손짓했습니다.

"너는 시험을 잘 치렀다."

왕이 프리더에게 말했습니다. "그 초원은 네 것이다. 그렇지만 한젤만은 너에게 되돌려줄 수가 없구나. 내가 왕비에게 선물로 주었으니 말이다. 그러나 네게 손해가 가지는 않게 하마."

이 말과 함께 왕은 프리더에게 금화가 가득 든 자루를 손에 쥐여 주었습니다. 소년은 매우 만족했지요. 특히 왕비는 프리더가 언제고 시내로 와서 성에 들러 한젤을 방문해도 좋다는 말까지 해 주었거든요.

"네."

⁂

프리더는 큰 소리로 대답했습니다. "그리고 교회 헌당식 축제 때마다 나무에서 바로 딴 호두를 제가 왕비님께 한 자루 꼭 갖다 드리겠습니다!"

"그렇게 하기로 약속한 거다!"

왕비가 말했습니다. 그들은 그렇게 헤어졌습니다. 프리더는 붐비는 사람들을 헤집고 환호성을 빠져나와 집에 있는 부모에게 달려갔습니다. 페터는 멀리서 프리더가 말을 타고 달리는 것을 몰래 지켜보았고 이제 그는 진심으로 맹세했습니다.

'문제가 무엇이었는지를 굳이 말할 필요야 없지.'

요컨대 한젤과 프리더가 그의 양심을 바르게 돌려놔 준 것만으로도 충분했습니다. 그는 착실하고 행실 바른 사람이 되었습니다. 거다가 부자가 되었으며, 더 부유한 아들을 남겼습니다. 그때 이후로 온 마을에는 동물을 학대하는 사람이 아무도 없었답니다.

김연정
옮김

비첸슈피첼 이야기

Das Märchen von dem Witzenspitzel,
1808

클레멘스 브렌타노
Clemens Brentano

클레멘스 브렌타노
Clemens Brentano
1778~1842

에렌브라이트슈타인에서 태어났다. 아힘 폰 아르님과 함께 독일의 민간 전승 문학을 집대성한 『소년의 마적』(1805~1808)을 펴냈는데, 그의 이 작업은 사라질 뻔했던 독일 전승문학을 복원하는 데 기여했을 뿐만 아니라 민속학이라는 학문의 출발점이 되었다.
브렌타노는 창작 동화(메르헨)와 기담奇談 등을 집필하기도 했다. 이 책에 실린 작품 「비첸슈피첼 이야기」, 「클롭스톡 교장 선생과 다섯 아들의 이야기」, 「장미꽃잎 공주」는 우화적 성격이 강한 이야기로 독일 낭만주의 문학 운동의 문학성을 엿볼 수 있게 한다.
그의 작품 가운데 『고켈 이야기Gockel und Hinkel』는 괴테의 『라이네케 여우』와 맞먹는 뛰어난 우화집으로 회자되고 있다.
천성이 자유분방했던 그는 유럽의 여러 지역을 방랑하다가 일생을 마쳤다.

옛날 룬트움헤룸[1]에 한 왕이 살고 있었는데, 이 왕의 수많은 신하들 중에 비첸슈피첼이라는 시동이 있었습니다. 왕은 세상의 그 무엇보다 그 시동을 사랑하여 그에게 온갖 자비와 은총을 베풀었답니다. 그도 그럴 것이 비첸슈피첼은 몹시 영리하고 공손할 뿐 아니라 왕이 시킨 모든 일들을 비상하고 요령 있게 수행했기 때문이지요. 이러한 왕의 크나큰 총애로 인해 다른 모든 신하들은 비첸슈피첼을 시기할 수밖에 없었고 그에게 무척 화가 나 있었습니다.

비첸슈피첼의 영리함은 금은보화로 돌아오는데
다른 시종들의 멍청함은 불호령으로 돌아왔으니까요.

1) 독일어로 '두루두루, 사방에 빙 둘러서'라는 뜻

비첸슈피첼은 왕으로부터 큰 칭찬을 받았는데
다른 시종들은 그만큼 꾸중을 받았으니까요.
비첸슈피첼은 선물 세례를 받았는데
다른 시종들은 몽둥이 세례를 받았으니까요.
비첸슈피첼은 왕의 옥수에 입맞춤을 하는데
다른 시종들은 왕의 주먹으로 꿀밤을 얻어맞았으니까요.

그리하여 신하들은 비첸슈피첼에 대해 온종일 투덜거리고 수군대었고, 어찌하면 비첸슈피첼에 대한 왕의 총애를 빼앗을까 틈만 나면 머리를 맞대고 생각을 짜내었습니다. 그중 한 신하가 옥좌에다 완두콩을 뿌려 놓았습니다. 비첸슈피첼이 그걸 밟고 그가 왕에게 항상 갖다 바치는 유리로 만든 왕 홀을 깨뜨리게 하려고 말입니다. 다른 신하는 멜론 껍질을 비첸슈피첼의 신발 밑창에 박아 놓기도 했어요. 비첸슈피첼이 왕에게 수프를 나를 때 미끄러져 왕의 상의에 쏟게 하려고 말입니다. 세 번째 신하는 지푸라기 대롱 안에 온갖 더러운 모기를 집어넣어 비첸슈피첼이 왕의 머리를 손질할 때 왕이 쓰고 있는 가발을 향해 대롱을 불었습니다. 또한 네 번째 신하도 그렇게 무언가 일을 꾸몄고, 그렇게 하나같이 비첸슈피첼을 향한 왕의 총애를 빼앗으려 안간힘을 썼습니다. 그러나 비첸슈피첼은 무척 총명하고 항상 조심성 있고 신중했기 때문에 이 모든 일을 수포로 돌리

고 왕이 시킨 일을 무사히 끝낼 수 있었습니다.

그들의 기습이 어느 하나 성과를 거두지 못하자 신하들은 다른 일을 꾸미기로 했습니다. 왕에게는 왕으로서도 감당할 수 없으며 자신을 판판이 우스갯거리로 만드는 적이 하나 있었습니다. 바로 라베랑[2]이라고 불리는 거인이었는데, 그는 거대한 산 위 울창하고 어두컴컴한 숲 속의 한 웅장한 성에서 딕케둘[3]이라는 이름의 아내와 살았습니다. 이들 외에 성에는 사자 하네방[4]과 곰 호니히바르트[5], 늑대 램머프라쓰[6] 그리고 무서운 개 하젠슈렉[7]이 함께 살았지요. 이들은 모두 거인의 종이었습니다. 이 밖에도 플뤼겔바인[8]이라 불리는 말이 한 필 마구간에 있었습니다.

룬트움헤룸과 가까운 곳에 플룩스[9]라고 불리는 매우 아름다운 여왕이 플링크[10]라는 이름의 공주와 살고 있었습니다. 주변의 다른 모든 나라를 두루두루 자기 땅으로 만들고자 했던 룬트움헤룸의 왕은 당연히 플룩스 여왕을 자신의 아내로 맞고 싶어 했습니다. 그러나 여왕은 왕에게 전갈을 보내왔어요. 여왕을 아내로 맞고 싶어 하는 다른 왕들이 수없이 많은데 여왕 자신은 가장 빠른 왕을 남편으로 선택하고자 한다는 것이었지요. 그

2) '키다리'라는 뜻 **3)** '뚱뚱한 바보'라는 뜻 **4)** '수탉에도 꼼짝하지 못하는 겁쟁이'라는 뜻 **5)** '벌꿀 수염'이라는 뜻 **6)** '새끼 양을 잡아먹는다'는 뜻 **7)** '토끼를 놀라게 한다'는 뜻 **8)** '날개 달린 다리'라는 뜻 **9)** '날듯이 빠르다'는 뜻 **10)** '반짝반짝 빛난다'는 뜻

방법으로 여왕은 자신이 교회에 가는 다음 월요일 아침 9시 30분에 그녀 곁에 제일 먼저 다가오는 왕을 선택하겠다는 것, 그리고 가장 먼저 도착한 왕이 여왕 자신은 물론이며 여왕의 나라 또한 얻을 수 있을 거라고 말했습니다.

룬트움헤룸의 왕은 모든 신하들을 불러 모아 놓고 그들에게 물었습니다.

"어찌해야 내가 월요일 아침에 가장 먼저 당도해 플룩스 여왕을 아내로 맞을 수 있겠느냐?"

그러자 신하들이 대답했지요.

"거인 라베랑의 말 플뤼겔바인을 수중에 넣으신다면 폐하께서는 걱정하실 일이 없을 터입니다. 플뤼겔바인을 타고 가시면 어느 누구도 폐하를 앞지를 수는 없을 것이 분명합니다. 그리고 그 말을 가져오는 일을 맡을 사람으로는 모든 일을 완벽하게 수행하는 시동 비첸슈피첼만큼 마땅한 이가 없는 듯 보입니다, 폐하."

심보가 사나운 신하들은 그렇게 말하며 마음속으로는 거인 라베랑이 비첸슈피첼을 죽여 주기를 바라고 있었지요. 그 말을 들은 왕은 비첸슈피첼에게 말 플뤼겔바인을 데려오도록 명령했습니다.

명령을 받은 비첸슈피첼은 거인 라베랑이 살고 있는 곳의 사정이 어떤지 면밀히 조사했지요. 그러고는 맨 먼저 손수레를 가져와 그 안에 꿀벌 통을 싣고, 수탉 한 마리, 토끼 한 마리, 새끼 양 한 마리를 넣은 자루를 챙겨 손수레에 실었습니다. 그 밖에도 밧줄이랑 코담배가 가득 든 큰 상자 하나를 챙기고, 마부용 채찍을 두르고, 자신의 장화 바닥에 튼튼한 박차를 박고는 손수레를 끌고 유유히 길을 떠났습니다.

저녁 무렵이 되어 마침내 비첸슈피첼은 높은 산에 도달했습니다. 그리고 울창한 숲 속으로 들어가자 거인 라베랑의 성이 눈앞에 보였습니다. 밤이 되었고, 거인 라베랑과 그의 부인 딕케둘, 사자 하네방, 곰 호니히바르트, 늑대 램머프라쓰와 개 하젠슈렉이 요란하게 코 고는 소리를 들을 수 있었지요. 단지 말 플뤼겔바인만이 마구간에서 깨어 발로 바닥을 긁는 소리를 내고 있었습니다.

비첸슈피첼은 가지고 간 긴 밧줄로 성문 앞 나무 한 그루와 다른 나무를 연결해서 팽팽하게 묶고는 그 사이에 코담배가 들어 있는 상자를 놓았어요. 그리고 꿀벌 통을 가지고 와 길 옆 나무 곁에 두고는 마구간으로 들어가 플뤼겔바인을 풀고 수탉과 양, 토끼가 들어 있는 자루를 싣고서 말에 올랐습니다. 그리고 곧 박차를 가해 말을 밖으로 몰았지요.

그러나 말을 할 줄 아는 말 플뤼겔바인이 큰 소리로 외쳤어요.

"딕케둘, 라베랑! 호니히바르트, 하네방! 램머프라쓰, 하젠슈렉! 비첸슈피첼이 플뤼겔바인을 몰고 도망쳐요!"

그러고 나서 말은 미친 듯이 내달리기 시작했지요.

말 플뤼겔바인의 고함 소리에 라베랑과 딕케둘이 잠에서 깨어났습니다. 둘은 서둘러 곰 호니히바르트와 사자 하네방, 늑대 램머프라쓰, 개 하젠슈렉을 깨웠지요. 그리고 다 같이 동시에 말 플뤼겔바인을 타고 간 비첸슈피첼을 잡기 위해 성 밖으로 황급히 달려 나갔답니다.

그러나 거인 라베랑과 아내 딕케둘은 어둠 속에서 비첸슈피첼이 성문 앞에 매어 두었던 밧줄에 걸려 넘어지고 말았습니다. 콰당! 그것도 하필이면 비첸슈피첼이 좀 전에 놓아두었던 코담배가 가득 든 상자 안에 직통으로 눈과 코를 처박았답니다. 그들은 눈을 비비며 연달아 재채기를 해 댔습니다. 라베랑이 말했어요.

"몸조심해, 딕케둘."

"고마워요."

딕케둘이 대답하며 역시 말했습니다. "당신도 몸조심하세요, 라베랑."

그러자 "고마워"라고 라베랑이 대답했고요. 그렇게 이 두 사람이 담배 때문에 눈물 콧물을 흘리며 재채기를 하는 동안에 비첸슈피첼은 거침없이 숲 속을 빠져나갔습니다.

곰 호니히바르트가 맨 먼저 비첸슈피첼을 뒤쫓았습니다. 그러나 꿀벌 통이 있는 곳에 이르자 꿀을 먹고 싶은 욕망을 떨치지 못하고 꿀을 먹으려 했어요. 그 순간 꿀벌들이 붕붕거리며 통에서 나와 곰을 무자비하게 쏘아 대는 바람에 곰은 거의 눈이 먼 채로 다시 성으로 줄달음치고 말았어요. 비첸슈피첼이 어느새 멀리 숲 밖으로 빠져나갔는데, 등 뒤에서 사자 하네방이 다가오는 소리가 들렸습니다. 그는 날쌔게 자루 안에 있던 수탉을 꺼냈지요. 수탉이 나무 위로 날아올라 울기 시작하자, 그걸 본 사자 하네방은 잔뜩 겁에 질려 되돌아가고 말았습니다. 이번에는 비첸슈피첼의 귀에 늑대 램머프라쓰가 뒤따라오는 소리가 들렸습니다. 그는 곧바로 자루에서 양을 꺼내 풀어 놓았습니다. 그러자 늑대는 양을 잡으려고 뒤쫓느라 말을 타고 달리는 비첸슈피첼을 내버려 두고 말았습니다. 드디어 시내 근처에 이르렀는데 개 짖는 소리가 들렸습니다. 비첸슈피첼이 돌아보니 개 하젠슈렉이 달려오고 있었어요. 비첸슈피첼은 자루에 남아 있던 토끼를 꺼내어 풀어 놓았습니다. 그러자 개는 토끼를 쫓아 달려갔고, 비첸슈피첼은 플뤼겔바인을 타고 무사히 시내에 당도했습니다.

왕은 말을 가져온 비첸슈피첼에게 무척 고마워했습니다. 그러나 마음씨 고약한 다른 신하들은 비첸슈피첼이 멀쩡하게 돌아온 것에 대해 화가 나 견딜 수가 없었지요. 다음 날 아침 왕은 당장 말 플뤼겔바인을 타고 플룩스 여왕에게 갔습니다. 말이 어찌나 날쌔게 달렸던지 덕분에 왕은 일찌감치 도착했어요. 이웃

나라의 다른 왕들이 도착했을 때는 이미 왕과 왕비의 결혼식이 벌어져 둘이서 여러 차례 춤을 추고 난 후였습니다. 이제 왕이 왕비와 함께 자신의 성으로 돌아가려고 하자 그의 신하들이 말했습니다.

"폐하! 폐하께서는 거인 라베랑의 말을 가지셨습니다. 그러나 말뿐 아니라 폐하께서 거인 라베랑의 화려한 의상까지 갖추신다면 더더욱 훌륭해 보이실 것입니다. 라베랑의 옷은 이제껏 사람들이 봐 왔던 것 중 최고의 것이랍니다. 민첩하고 영리한 비첸슈피첼에게 폐하께서 명령만 내리신다면 이번에도 분명 그 옷을 구해 올 것입니다."

왕은 당장 라베랑의 멋진 옷을 갖고 싶은 마음이 굴뚝같아져서 비첸슈피첼에게 다시 명령을 내렸지요. 비첸슈피첼이 길을 떠나자 고약한 신하들은 그가 이번에야말로 거인 라베랑의 손아귀에서 벗어날 수 없을 것이라고 확신했습니다.

비첸슈피첼은 이번에는 단지 튼튼한 자루 몇 개만을 가지고 다시 라베랑의 성 앞에 이르렀습니다. 그리고 한 나무 위에 올라앉아 성안의 모든 이들이 잠들 때까지 잠복하고 기다렸습니다. 이윽고 사방이 쥐 죽은 듯 고요해지자 그는 나무에서 내려왔습니다. 바로 그때 갑자기 덕케둘 부인의 말 소리가 들렸습니다.

"라베랑, 밖에 나가 짚 한 단만 가져다줘요. 머리가 너무 낮

아 불편해서 그래요."

그 말을 엿들은 비첸슈피첼은 재빨리 짚단 속으로 파고들었고, 라베랑은 그가 숨어 있던 바로 그 짚단을 들고 방으로 들어갔지요. 그러고 나서 베개 밑에 그것들을 밀어 넣고는 잠자리에 들었습니다.

부부가 어느 정도 잠이 든 듯했을 때 비첸슈피첼은 짚단 속에서 손을 내뻗어 라베랑의 머리카락을 세차게 잡아당기고 딕케둘에게도 똑같이 했습니다. 두 거인은 잠에서 깨어났어요. 그리고 둘 다 상대방이 한 짓이라고 여겼기 때문에 침대 속에서 서로 요란하게 치고받고 싸웠습니다. 그러는 사이 비첸슈피첼은 짚단에서 기어 나와 침대 뒤에 숨었습니다.

거인 부부가 다시 조용히 잠이 들자 비첸슈피첼은 라베랑과 딕케둘의 모든 옷을 자기가 가져온 자루 속에 넣고는 그 자루를 잠든 사자 하네방의 꼬리에 조심조심 묶었습니다. 그러고 나서 주위에서 잠들어 있는 늑대 램머프라쓰와 곰 호니히바르트 그리고 개 하젠슈렉을 거인의 침대 틀에 꽉 묶은 다음 문을 활짝 열었습니다. 그렇게 비첸슈피첼은 모든 준비를 마쳤답니다. 그때 갑자기 그는 거인 라베랑의 멋진 이불까지 가져가고 싶어졌습니다. 그래서 살금살금 이불 끝자락을 잡아당겨 아래로 끌어내렸어요. 그리고 이불을 몸에 둘둘 말고는 사자 꼬리에 묶어 놓은 옷 자루 위에 앉았습니다. 그때 열린 문을 통해 들어온 차가운 밤공기가 딕케둘 부인의 다리를 스쳤고, 부인은 잠에서 깨어 소리쳤습니다.

"라베랑! 이불을 다 가져가면 어떡해요? 나는 알몸이잖아요!"

"딕케둘, 이불을 가져간 건 바로 당신이라고!"

그렇게 거인 부부는 또다시 치고받고 싸우기 시작했고, 비첸슈피첼은 크게 웃기 시작했습니다. 무슨 낌새를 챈 거인들이 외쳤습니다.

"도둑이야, 도둑! 하네방, 일어나. 램머프라쓰, 깨거라. 호니히바르트! 하젠슈렉! 도둑이 들었다고!"

그러자 모든 동물들이 잠에서 깨어났고 사자 하네방은 벌떡 일어나 도망쳤습니다. 하지만 사자 꼬리에는 이불을 둘둘 휘감은 비첸슈피첼이 올라탄 자루가 묶여 있었지요. 그래서 비첸슈피첼은 마치 마차를 탄 것처럼 사자에 매달려 달리며 꼬꼬댁 꼬꼬댁 수탉 우는 소리를 몇 차례 내기 시작했습니다. 그러자 사자는 잔뜩 겁에 질려 성문에 이를 때까지 줄곧 달음박질을 쳤어요. 성문에 이르자 비첸슈피첼은 칼을 꺼내 뒤에서 밧줄을 끊었습니다. 전속력으로 질주하던 사자는 갑자기 튕겨져 나가 머리를 성문에 꽝 하고 부딪쳐 그 자리에서 죽고 말았지요. 비첸슈피첼이 침대 틀에 묶어 놓았던 다른 짐승들은 침대가 너무 커서 성문까지 끌고 갈 수가 없었답니다. 그놈들은 단지 방 안에서 침대

틀을 이리저리 끌고 다녔고, 그 바람에 라베랑과 딕케둘은 침대에서 굴러떨어졌어요. 화가 머리끝까지 난 거인 부부는 속절없이 묶여 있는 늑대와 곰과 개를 때려죽이고 말았지요.

사자가 성문에 부딪치는 굉음을 듣고 성 안쪽의 보초병이 성문을 열었습니다. 비첸슈피첼은 왕에게 라베랑과 딕케둘의 옷들을 전해 주었고, 옷을 받은 왕은 기뻐서 어쩔 줄 모르는 표정이었어요. 그도 그럴 것이 그렇게 멋진 옷들을 이제껏 본 적이 없었으니까요. 그중에는 우선 사냥용 재킷이 한 벌 있었는데, 그것은 여우 라이네케[11]의 이야기를 모조리 읽을 수 있을 만큼 온갖 네발짐승의 가죽을 모아 멋지게 꿰맨 것이었어요. 또 세상 모든 새들의 깃털로 만들어진 새잡이용 재킷이 있었는데, 그 앞판에는 독수리 한 마리, 뒤판에는 올빼미 한 마리, 거다가 호주머니에는 손풍금이 들어 있어 마치 모든 새들이 뒤섞여 합창하는 듯한 소리가 울렸어요. 그 밖에도 세상의 모든 물고기 비늘을 모아 꿰맨 목욕 및 낚시용 옷에서는 고래잡이와 청어잡이 광경을 몽땅 볼 수 있었답니다. 그리고 딕케둘 부인의 원예복에도 각양각색의 꽃과 풀, 상추며 채소들이 찍혀 있었어요. 그러나 이 모든 것을 압도하는 것은 바로 이불이었습니다. 이불은 온통 박쥐 가죽으로 만들어져 있고 하늘의 수많은 별들이 보석

11) 동물 우화의 주인공 여우

으로 수놓아져 있었지요.

왕의 가족은 구경하고 경탄하느라 완전히 넋이 나갔습니다. 비첸슈피첼은 포옹과 키스를 받았습니다. 한편 그의 적인 다른 신하들은 비첸슈피첼이 거인 라베랑에게서 무사히 빠져나온 것에 대해 울화가 치밀어 터질 지경이었습니다. 화가 나 견딜 수 없었지요. 그들은 주저하지 않고 왕의 생각을 들쑤셨습니다. 이제 왕에게 없는 것은 라베랑의 성뿐이라고, 그 성만 수중에 넣으면 갖고 싶은 것을 모조리 갖게 되는 것이라고 말이지요. 천진한 어린애처럼 머리에 떠오르는 것은 모조리 갖고 싶어하던 왕은 당장에 비첸슈피첼에게 라베랑의 성을 차지하게 해달라고, 그러면 큰 상을 주겠다고 말했습니다.

비첸슈피첼은 길게 망설이지도 않고 세 번째로 라베랑의 성을 향해 떠났습니다. 그가 성에 도착했을 때 라베랑은 집에 없었고 방 안에서는 마치 송아지가 울부짖는 듯한 소리가 들려왔어요. 창문을 통해 안을 들여다보니, 거인 딕케둘이 울부짖는 아기 거인을 품에 안고 장작을 패고 있었습니다. 딕케둘의 품에 안긴 아기 거인은 이가 다 드러나도록 마치 송아지처럼 울부짖고 있었답니다.

비첸슈피첼은 안으로 들어가 말했습니다.

"안녕하세요, 크고 아름다우며 풍만하고 뚱뚱한 부인! 어찌 당신은 이 사랑스런 아이를 안고 이 많은 일을 하시려고 하나요? 이곳에는 하인이나 하녀가 없는 건가요? 남편 되시는 분은 어디 계신가요?"

"아!"

딕케둘이 말을 했어요. "남편 라베랑은 이웃 분들을 초대하기로 해서 외출 중이랍니다. 우리는 연회를 열 거예요. 이제 나는 지지고 볶는 일을 모조리 혼자 해야 된답니다. 우리를 도와주던 늑대와 곰, 개를 남편이 때려죽여 버렸거든요. 거다가 사자는 도망쳐 버렸고요."

"저런, 정말 힘드시겠군요."

비첸슈피첼이 말했습니다. "제가 뭐든 당신을 도울 수 있었으면 좋겠는데, 뭘 도와드릴까요?"

그러자 딕케둘은 그에게 장작을 네 토막만 잘게 패 달라고 부탁했습니다. 비첸슈피첼은 도끼를 받아 들며 거인 부인에게 말했습니다.

"장작을 좀 잡아 주시겠습니까?"

그러자 거인 부인이 몸을 굽히고 장작을 잡는 순간 비첸슈피첼은 도끼를 추켜들고…… 쫘악! 도끼로 딕케둘의 머리를 내리쳤습니다. 이어서…… 찌익! 아기 거인 몰라코프의 머리를 내리쳤어요. 두 거인 모자는 죽어 쓰러졌습니다. 이제 그는 성문 바로 앞에 크고 깊은 구덩이를 파고, 그 안에 딕케둘과 몰라코프를 던져 넣고는 나뭇가지와 나뭇잎들로 구덩이를 살짝 덮어

두었어요. 그런 후 성안의 방의 불을 모조리 켰습니다. 그리고 아주 큰 구리 솥을 가져와 커다란 요리용 숟가락으로 두들겨 대고 양철로 된 깔때기에 대고 나팔과 트럼펫을 불며 소리쳤습니다.

"만세! 룬트움헤룸의 왕, 만세!"

저녁이 되어 집으로 돌아온 라베랑은 자신의 성에 수많은 등불이 환히 켜져 있는 것을 보았고 만세 소리도 들었어요. 불같이 화가 난 그는 미친 듯이 문을 향해 내달았지요. 그러다가 나뭇가지로 덮인 구덩이에 빠져 버리고 말았습니다. 그렇게 거인은 엄청난 비명 소리와 함께 웅덩이 안에 갇혔고, 비첸슈피첼은 곧바로 흙과 돌로 그곳을 채웠습니다.

이어서 비첸슈피첼은 거인의 성 열쇠를 챙겨 룬트운헤룸의 왕에게 바쳤습니다. 왕은 열쇠를 받은 즉시 플룩스 여왕과 공주 플링크 그리고 비첸슈피첼과 함께 성으로 향했고 성의 구석구석 모든 것을 구경하기 시작했어요. 그들이 수많은 방과 침실, 지하실, 다락방, 난로와 화덕, 아궁이와 장작 창고, 음식물 보관소와 훈제실 그리고 세탁실 등등을 돌아보는 데만도 자그마치 14일이나 걸렸답니다. 구경을 끝낸 왕은 비첸슈피첼에게 상으로 무엇을 원하는지 물었지요. 그러자 비첸슈피첼은 플링크 공주를 원한다고 말했고 공주 또한 승낙했어요. 얼마 후 그들의 결혼식이 거행되었고, 비첸슈피첼과 플링크 공주는 거인의 성

에 머물렀습니다. 이 성으로 가면 오늘날에도 그들을 만날 수가 있답니다.

●
배은주
옮김

클롭스톡 교장 선생과 다섯 아들의 이야기

Das Märchen von dem Schulmeister Klopfstock und seinen fünf Söhnen, 1808?

클레멘스 브렌타노

Clemens Brentano

클레멘스 브렌타노
Clemens Brentano
1778-1842

에렌브라이트슈타인에서 태어났다. 아힘 폰 아르님과 함께 독일의 민간 전승 문학을 집대성한 『소년의 마적』(1805-1808)을 펴냈는데, 그의 이 작업은 사라질 뻔했던 독일 전승문학을 복원하는 데 기여했을 뿐만 아니라 민속학이라는 학문의 출발점이 되었다.
브렌타노는 창작 동화(메르헨)와 기담奇談 등을 집필하기도 했다. 이 책에 실린 작품 「비첸슈피첼 이야기」, 「클롭스톡 교장 선생과 다섯 아들의 이야기」, 「장미꽃잎 공주」는 우화적 성격이 강한 이야기로 독일 낭만주의 문학 운동의 문학성을 엿볼 수 있게 한다.
그의 작품 가운데 『고켈 이야기Gockel und Hinkel』는 괴테의 『라이네케 여우』와 맞먹는 뛰어난 우화집으로 회자되고 있다.
천성이 자유분방했던 그는 유럽의 여러 지역을 방랑하다가 일생을 마쳤다.

옛날 옛적에 클롭스톡이라 불리는 한 남자가 살았는데 그에게는 다섯 아들이 있었습니다. 첫째는 그립스그랍스, 둘째는 피프파프, 셋째는 핑크팡크, 넷째는 피취파취, 다섯째는 트릴트랄이었습니다.

클롭스톡은 다섯 아들을 무척 사랑했고 그들을 올바르게 가르치고자 했습니다. 하지만 클롭스톡에게 불행한 일이 연달아 일어났습니다. 그가 교장 선생으로 있던 마을과 학교가 다 타 버렸고, 마을 사람들과 학생들도 불에 타 죽은 것입니다. 살아남은 건 클롭스톡과 다섯 아들뿐입니다.

그는 불타 버린 마을의 한가운데 있는 바윗돌에 걸터앉았고 다섯 아들이 주위에 둘러서자 말했습니다.

"사랑하는 아들들아, 나는 한순간에 불쌍한 사람이 되어 버렸구나. 너희를 교육 잘 받은 사람으로 키우고 싶었지만 그럴 만한 힘이 다 사라져 버렸단다. 주린 배로는 배움을 이야기할 수 없고, 학교에 있던 나의 교과서도 모두 타 버렸으니 말이다. 그래서 나는 너희들 스스로가 무엇이든 하도록 세상으로 보낼 수밖에 없구나. 너희는 이미 청년이 되었으니, 너희들이 섬기며 무언가를 배울 수 있는 스승을 찾아 함께 살도록 하여라. 너희들 각자 소명을 따라 살다가 1년 후에 다시 나를 찾아오너라. 그때 나는 너희가 무엇을 배웠는지 시험해 볼 거다. 나는 그때까지 여기에 널려 있는 나무토막을 가지고 너희들이 머물 수 있는 오두막을 짓도록 하마."

그러자 다섯 아들이 말했습니다.

"아버지가 말씀하신 대로 최선을 다하겠습니다. 각자 소명을 따르라고 말씀하셨는데 대체 소명이란 것이 무엇인가요?"

그러나 교장 선생도 소명이 무엇이라고 얼른 말할 수 없었기 때문에 벗어진 이마를 문지르다 마침내 말했습니다.

"소명이란 부르는 것에 따르는 일이란다. 너희를 부르는 것이 너희의 소명이지."

그러자 아들들이 다시 물었습니다.

"하지만 아버지, 무엇이 우리를 부른다는 것인가요?"

교장 선생이 대답했습니다.

"너희들 각자의 이름이 너희를 부르는 거란다."

그러자 다섯 아들이 다시 말했습니다.

“아버지, 아버지의 이름은 클롭스톡입니다. 그러면 그 이름이 갖는 소명은 무엇입니까?”

그러자 아버지는 조급해져서 말했습니다.

“현자 열 명이 바보 하나의 질문을 당해 내지 못하는 법이지. 그래, 내 이름은 클롭스톡이다. 나의 소명은 ‘지팡이를 두드리는 것’이지. 말하자면 나는 막대기로 멍청한 바보들을 채찍질해야 하는 것이다.”

그러면서 막대기를 들어 다섯 아들을 따끔하게 때리려고 했습니다. 그러자 다섯 아들은 걸음아 날 살려라 달아났습니다.

얼마간의 거리를 뒤로하자 저녁이 되었습니다. 아들들은 숲에 누워 각자 어떤 소명을 받고 싶은지에 대해 이야기했습니다. 그때 갑자기 그곳을 지나가던 사람들이 말하는 소리가 들렸습니다. 한 사람이 다른 사람들에게 이야기했습니다.

“성공하기까지는 많은 노력이 필요했어. 하지만 자물쇠 따는 일은 재미있단 말이지. 철커덕 철커덕.”

그립스그랍스는 자신의 이름을 듣자마자 형제들 사이에서 벌떡 일어나 말했습니다.

“내 이름은 그립스그랍스야. ‘철커덕 철커덕’이란 뜻이지. 자물쇠를 따는 일이 내 소명이야. 이 소명을 위해 하느님이 나를 만드셨어. 1년 후에 아버지의 집에서 만나자꾸나.”

형제들은 작별 인사를 했고, 그립스그랍스는 서둘러 “철커덕 철커덕"이라고 말한 사람들을 쫓아갔습니다.

아침이 될 무렵 막내인 트릴트랄은 숲 속에서 새들이 짹짹 지지배배 지저귀는 소리를 듣고는 다른 형제들에게 말했습니다.

"잘 지내, 형들! 내 이름은 트릴트랄이야. 짹짹 지지배배 노래한다는 뜻이지. 짹짹 지지배배 노래하는 것이 내 소명이야. 이 소명을 위해 하느님이 나를 만드셨어."

그는 작별 인사를 하고는 깊은 숲 속으로 달려갔습니다.

남은 형제들은 계속해서 길을 가다가 한 목장에 도착했습니다. 그곳에는 많은 사람들이 서서 과녁을 향해 활쏘기를 하고 있었습니다. 그리고 활을 쏠 때마다 '쉬익' 하는 소리가 났습니다. 그때 피프파프가 일어나 말했습니다.

"내 이름은 피프파프야. '바람을 가르는 소리'라는 뜻이지. 바람을 가르는 일이 내 소명이야. 이 소명을 위해 하느님이 나를 만드셨어."

피프파프도 작별 인사를 하고는 활을 쏘는 사람들에게로 갔습니다.

다른 두 형제는 시내를 지나가고 있었습니다. 그때 갑자기 '콩콩' 하는 소리가 들려 뒤를 돌아보았습니다. 그곳에는 한 약사가 서서 '콩콩' 절구를 찧고 있었습니다.

그러자 핑크팡크가 피취파취에게 작별 인사를 했습니다.

"내 이름은 핑크팡크야. '콩콩거린다'는 뜻이지. 콩콩하고 절구를 찧는 것이 내 소명이야. 이 소명을 위해 하느님이 나를 만드셨어."

그리고 약사에게 갔습니다.

이제 피취파취 혼자 남았습니다. 그는 강가에 도착해 강을 건너려고 강 건너의 뱃사공에게 소리쳤습니다.

"여보세요, 저를 건네주세요! 저를 좀 건네주세요!"

피취파취와 뱃사공은 조각배에 앉았고 '찰싹찰싹' 소리를 내며 노를 저어 갔습니다. 피취파취는 기뻐하며 배에서 벌떡 일어나 말했습니다.

"내 이름은 피취파취야. '찰싹찰싹 노 젓는 소리'라는 뜻이지. 찰싹찰싹 노를 젓는 것이 내 소명이야. 이 소명을 위해 하느님이 나를 만드셨어."

그러고는 뱃사공 곁에 남았습니다.

그해가 지나갔을 때 클롭스톡 교장 선생은 벌써 그늘이 잘 드는 큰 나무 곁에 오두막을 다시 지어 놓았습니다. 그리고 다섯 아들이 다시 고향으로 돌아오기로 한 날이 되자 감자튀김이 가득 담긴 접시를 식탁 위에 준비하고는 식탁 주변에 의자를 놓았습니다. 그때 문 두드리는 소리가 났습니다. 네 명의 아들이 멀쑥하게 차려입고 점잖게 걸어 들어왔습니다. 단지 트릴트랄만이 보이지 않았습니다.

클롭스톡은 네 아들 모두를 얼싸안고는 대체 트릴트랄은 어디에 있느냐고 물었습니다. 그러자 네 아들이 대답했습니다.

"트릴트랄은 문밖에 서 있어요. 아주 몰골이 흉해서 부끄러워하고 있죠."

이 말을 들은 아버지는 문밖으로 나가 나무 아래에 서 있는 트릴트랄을 보았습니다. 그는 덥수룩한 거지 같았습니다. 머리카락은 길게 자랐고 얼굴은 새까맣게 그을었으며, 손가락을 입술에 대고 '쉿! 쉿! 조용! 들어 봐! 조용!'이라는 말밖에 하지 않았습니다. 아버지가 말했습니다.

"저 불쌍한 녀석은 서 있게 내버려 두자. 완전히 바보가 되었구나. 나중에 감자튀김이나 조금 내다 주렴. 자, 들어가서 먹자."

그들은 식탁에 둘러앉아 식사를 했습니다.

아버지는 첫째에게 물었습니다.

"그립스그랍스야, 너는 낯선 곳에서 무엇을 배웠느냐?"

그러자 첫째가 말했습니다.

"나는 그립스그랍스. '그립스그랍스'라고 나를 부르는 소리를 들었지요. 그립스그랍스는 내 소명. 이 소명을 위해 하느님이 나를 만드셨죠. 아버지! 저는 자물쇠 따는 법을 배웠어요. 자물쇠를 아무리 많이 잠가 놓았을지라도 무엇이든 훔칠 수 있는 솜씨 있는 도둑이 되었답니다! 그리고 두 개의 단도를 들고서도 사다리를 올라가는 것처럼 아주 가파른 탑도 올라갈 수 있어요!"

"오, 이 어리석은 아들아!"

아버지가 소리쳤습니다. "어떻게 그런 사악한 기술을 배웠느냐. 제발 다른 일을 배우도록 해라. 그러지 않으면 너는 그 두 자루의 칼 없이 양지바른 교수대에 오르는 법을 배워야 할 거다!"

"그러면 너는 무엇을 배웠느냐?"

아버지가 둘째 아들에게 묻자 피프파프가 대답했습니다.

"나는 피프파프. '피프파프'라고 나를 부르는 소리를 들었지요. 피프파프는 내 소명. 이 소명을 위해 하느님이 나를 만드셨죠. 저는 궁수들에게서 날아가는 제비의 눈동자를 쏘아 맞출 수 있을 만큼 아주 훌륭한 궁술을 배웠답니다."

"그럴 듯한 이야기구나!"

아버지가 말했습니다. "훌륭한 기술이다. 네가 사냥한 것을 우리가 구워 먹을 수도 있겠구나. 하느님의 은총이 네게 있기를 바란다."

그러고는 셋째 아들에게 말했습니다.

"너는 무엇을 배웠느냐?"

셋째가 대답했습니다.

"나는 핑크팡크. '핑크팡크'라고 나를 부르는 소리를 들었지요. 핑크팡크는 내 소명. 이 소명을 위해 하느님이 나를 만드셨죠. 저는 약사가 절구를 콩콩 찧는 소리를 듣고는 약사가 되었어요. 그리고 '생명의 영약'이라는 풀을 알게 되었답니다. 그 풀로는 죽은 사람도 살릴 수 있지요."

"이렇게 감사할 수가!"

아버지가 말했습니다. "우리 모두를 도와줄 수 있는 아주 훌륭한 기술을 배웠구나. 너의 그 풀이 말 그대로 효험이 있다면 우리 집안이 세상에서 제일 부자가 되겠구나."

이제 아버지는 넷째 아들에게 물었습니다.

"너는 무엇을 배웠느냐?"

넷째가 대답했습니다.

"나는 피취파취. '피취파취'라고 나를 부르는 소리를 들었지요. 피취파취는 내 소명. 이 소명을 위해 하느님이 나를 만드셨죠. 저는 뱃사공이 찰싹찰싹 노 젓는 소리를 듣고 뱃사공이 되었고, 또 배 만드는 장인이 되었어요. 물 위를 스쳐 지나가는 제비처럼 아주 재빠르게 항해하는 조각배를 만드는 법을 배웠답니다."

"대단하구나!"

클롭스톡 교장 선생이 말했습니다. "너는 정직하고 훌륭한 기술을 배웠구나. 언젠가 우리도 네가 만든 배를 타고 온 대륙을 여행하고 새로운 대륙도 발견해 낼 수 있겠다!"

이제 클롭스톡은 문밖을 향해 소리쳤습니다.

"트릴트랄! 들어와서 음식을 먹으며 낯선 곳에서 어떤 훌륭한 일을 배웠는지 들려다오. 덥수룩한 거지 행색을 하고 있는

❦

것으로 보니 아무리 봐도 게으름이나 피웠던 모양이구나."

그러나 착한 트릴트랄은 아무 말도 하지 않고 계속해서 손으로 입을 막고 '쉿! 쉿!' 소리를 내며 조용히 하라는 신호를 보냈습니다. 아버지는 트릴트랄의 행동에 화가 나서 다른 아들들에게 말했습니다.

"이제 식사를 마치자. 저 바보 같은 녀석은 뭘 하자는 건지 모르겠다."

그들은 남은 음식을 신나게 먹어 치우고, 자신이 배운 기술을 가지고 어떤 이득을 얻고 싶은지 이야기를 주고받았습니다. 그때 갑자기 나무 아래 서 있던 트릴트랄이 손뼉을 치며 소리를 질렀습니다.

"좋았어, 야호! 이제 됐다!"

그러고는 유쾌하게 방 안으로 뛰어 들어왔습니다.

"무엇이 되었다는 거냐? 내가 보기에 너는 제정신이 아닌 듯하구나."

늙은 클롭스톡이 말했습니다. "쳇, 너의 꼴은 그게 무어냐? 흙투성이처럼 새까매서 사람들이 네 얼굴에 대고 쟁기질하고 씨앗을 뿌려도 되겠구나. 이제 먹을 것은 없다. 왜 내가 불렀을 때 들어오지 않은 게냐?"

"화내지 마세요, 아버지."

트릴트랄이 대답했습니다. "이제 모두 제대로 되었어요."

⁂

"대체 무엇이 제대로 되었다는 거냐?"

클롭스톡이 안달이 나 물었습니다.

"나중에 말씀드릴게요."

트릴트랄이 대답했습니다. "우선은 무얼 좀 먹어야겠어요. 그런데 여기에는 먹을 것이 다 떨어진 것 같군요. 제가 직접 찾아보죠."

그리고는 문밖으로 나가 클롭스톡의 정원으로 갔습니다. 그리고 커다란 양배추 한 통을 들고 돌아와 사과를 먹듯 베어 물었습니다. 아버지와 다른 형제들은 트릴트랄이 익히지도 않은 양배추를 맛있게 먹는 것을 보고는 그를 비웃었습니다.

"맙소사!"

트릴트랄이 말했습니다.

"세상에는 배워야 할 것이 많아요. 전통적이고 소박한 것들 말이죠."

그리고는 갑자기 방 안을 윙윙거리며 날아다니던 살진 파리 한 마리를 입으로 덥석 잡아채려는 바람에 하마터면 식탁을 뒤집어엎을 뻔했습니다.

"맛있군!"

트릴트랄이 말했습니다. "에스파냐 놈이었어요. 그놈이 위장에 자극을 주어서 양배추가 잘 소화되겠네요. 그런데 아버지, 여기에 거미는 없나요?"

❧

"오, 이런 역겨운 녀석 같으니!"

클롭스톡이 말했습니다. "거미도 먹겠다는 거냐?"

"거미가 얼마나 맛있는데요. 아버지가 한 번도 먹어 본 적이 없어서 그래요. 세례 요한도 광야에서 메뚜기를 먹었는데 왜 저는 당당히 문명을 거부하면 안 되는지 모르겠어요."

그러자 클롭스톡이 말했습니다.

"자, 나는 정말로 네가 무엇을 배웠는지 궁금하구나. 내 생각엔 속세를 떠난 사람들이 하는 일을 배운 것 같구나."

"거의 맞추셨어요, 아버지!"

트릴트랄이 말했습니다. "그것을 배우는 법은 아주 쉽답니다. 자, 들어 보세요. 아버지는 우리가 자신의 소명을 따라야 한다고 말씀하셨죠. 그래서 저는 아버지가 말씀하신 '너희를 부르는 것이 너희의 소명이다'라는 말이 무엇일까 궁금했어요. 그리고 숲을 지나다가 수천 마리의 새들이 짹짹 지지배배 지저귀는 소리를 들었답니다. 그래서 생각했죠. 나는 트릴트랄. '트릴트랄'이라고 나를 부르는구나. 트릴트랄은 내 소명. 이 소명을 위해 하느님이 나를 만드셨죠. 새들의 노랫소리를 따라 계속해서 깊은 숲으로 들어갔어요. 숲이 어두워지고 울창해질수록, 절벽이 높아질수록 저를 부르는 소리가 더 커졌고 제 소명도 더욱 확실해졌지요. 왜냐하면 새들이 더욱 활기차게 짹짹 지지배배 지저귀고 있었거든요. 그리고 마침내 아주 외딴곳에 있는 조용한 장소에 도착했어지요. 그곳에는 한 높은 절벽과 아름다운 샘이 있었고 정말로 편안한 잔디밭이 있었어요. 사방에는 아름다운 떡갈나무, 너도밤나무, 자작나무, 보리수, 전나무 그리고 소나무들이 있었고요. 이미 저녁이 되어 해가 졌기 때문에 저는 절벽 맞은편의 떡갈나무 그루터기에 앉아 호주머니에서 아버지가 우리 모두에게 주었던 남은 빵을 꺼내 먹었죠.

그때 갑자기 어마어마한 새의 무리가 사방에서 날아와 커다란 나무들 위에 앉아 쪼로롱 지저귀기 시작했어요. 마치 모든 나뭇잎들이 노래하기 시작했다고 여길 정도로 말이에요. 그러다 문득 새들의 노래 사이에서 커다란 휘파람 소리가 들려오더니, 날카로운 칼로 새들의 부리를 잘라 낸 것처럼 갑자기 조용해졌어요. 마치 아버지가 학교에서 '조용히 해!'라고 소리치며 회초리로 책상을 내리쳤을 때처럼 말이에요. 그러고는 한 마리의 새가 혼자서 휘파람을 불기 시작하자 모든 새들이 휘파람을 따라 불었어요. 그것도 뒤죽박죽 엉망으로 소리를 낸 것이 아니라, 모두가 같은 소리를 내며 정확하게 박자를 맞추어 서로 다른 목소리로 〈이제 모든 숲이 편히 쉬네〉[1]라는 저녁 노래의 멜로디를 휘파람으로 불렀답니다. 저는 그 노랫소리에 완전히 매

1) 원제는 'Nun ruhen alle Waelder'로 독일의 찬송시 작가인 파울 게르하르트 Paul Gerhardt,(1607~1676)가 1648년 쓴 시에 요한 제바스티안 바흐Johann Sebastian Bach(1985~1750)가 곡을 붙였다. 바흐 작품 번호(BWV) 392번과 756번

료되어 결국 조용히 휘파람을 따라 부르기 시작했지요. 새들이 마지막 소절을 부르고 나서 각자 기도를 하듯 잠시 침묵이 흐르더니, 곧이어 서로 잘 자라고 인사를 하는 것처럼 아주 특이하게 재잘거렸어요. 그리고 여러 나무들 위에 있는 각자의 둥지로 날아갔답니다.

저는 공감이 가는, 너무나 아름다운 새들의 노래 때문에 깊은 생각에 잠기게 되었어요. 그리고 그 새들의 노래를 제대로 이해하는 법을 배울 때까지 그곳에 머물기로 결심을 했죠. 하지만 그 지역은 완전히 야생의 숲이었기 때문에, 땅에서 밤을 지내고 싶지는 않았어요. 왜냐하면 이따금 수풀 사이로 야생 동물들이 덤불 속을 어슬렁거리며 돌아다니는 듯한 소리가 들렸거든요. 밤이라서 잘 알아볼 수 없었지만 한 커다란 짐승이 근처의 나무에서 내려오는 것을 보고는 가까스로 나무 위로 기어올라갔어요. 그 짐승은 샘으로 기어가서 물을 마셨죠. 이번에는 멧돼지가 물가로 다가갔어요. 꿀꿀거리는 소리를 듣고서 멧돼지인 줄 알았지요. 멧돼지가 개울로 뛰어들려고 하자 다른 짐승이 화가 나서 꿀꿀거리는 소리를 냈어요. 마치 멧돼지가 와서 개울을 더럽혔다며 싸우는 것 같았지요. 하지만 멧돼지가 아랑곳하지 않자 다른 짐승이 세차게 멧돼지의 따귀를 때렸고, 멧돼지는 큰 소리로 울부짖으며 숲 속으로 도망쳤어요.

저는 깜짝 놀라서 그 광경을 바라보았고, 그 짐승이 제가 있는 나무로 다가와서 기어 올라오기 시작했을 때는 기겁을 했답니다. 저는 온몸을 떨며 이렇게 생각했지요. '세상에! 이제 저 놈이 내 따귀를 때리겠구나!' 불안한 마음에 저는 나무 위로 점점 높이 올라가기 시작했어요. 그 짐승은 제가 움직이는 소리를 듣고는 개처럼 짖어 대면서 점점 저에게로 가까이 기어 지요. 한 발자국도 헛디디지 않고 저의 등 뒤로 점점 다가와 짖어 대는 것을 보니 그놈은 저보다 나뭇가지들을 더 잘 알아보는 것 같았어요. 저는 점점 가느다란 나뭇가지로 물러섰지요. 그때 갑자기 커다랗고 번뜩이는 눈이 내 앞에 나타났어요. 부엉이 한 마리가 저를 부리로 덥석 물려고 덤벼들었고 날개로 때렸지요. 거다가 등 뒤에는 제게 바싹 다가와 울부짖는 커다란 동물이 있었고요. 저는 어디로 도망쳐야 할지 알 수가 없었어요. 그때 밟고 있던 나뭇가지가 부러져, 저는 나뭇가지들 사이로 요란하게 후드득거리는 소리를 내며 땅 위에 '쿵' 하고 떨어졌지요.

다행스럽게도 큰 상처는 나지 않았지만 공포감은 극에 달해서 꼼짝할 수도 소리칠 엄두도 내지 못했어요. 저는 떨어진 자리에 쥐 죽은 듯 누워서 무서운 짐승이 내 뒤를 쫓고 있는지 기다렸지요. 하지만 그놈은 내게 다가오지 않고 얼마 동안 내 등 뒤에서 짖더니 이내 조용해졌어요. 하지만 나무 사이로 오르내리는 통에 새들이 잠에서 깨어났고 여기저기에서 휘파람 소리가 들려왔어요. 제 생에 한 번도 들어 보지 못한 아주 기묘한 휘파람 소리였어요. 그러고 나서 새들도 점차 조용해졌어요.

저는 꼼짝도 하지 못했지요. 얼마 후 마치 나무를 켜는 것처럼 엄청나게 코 고는 소리를 들었어요. 그래서 생각했죠. '세상에, 저렇게 큰 소리로 코를 골다니. 아주 지독한 주둥이를 가진 동물이군!'

숲 위로 달이 떠올라 찬란한 빛을 나무들 위로 쏟았어요. 그때 저는 겁이 나면서도 그 짐승이 어떻게 생겼는지 알아볼 수 있지 않을까 해서 내가 떨어졌던 나무의 나뭇잎 사이를 올려다보았어요. 멧돼지의 따귀를 때리고, 개처럼 짖으며 나무들을 이리저리 뛰어다니는 짐승에 대해서는 한 번도 들어 본 적이 없기 때문에 말이죠. 곧 한 나뭇가지 구석에 누워 코를 골고 있는 짐승의 새까만 그림자를 보았어요. 하지만 기다란 털이 이리저리 흩날리는 바람에 짐승을 알아볼 수는 없었어요. 그렇게 위를 보는 동안 저는 또다시 깜짝 놀라고 말았답니다. 그 짐승이 기지개를 켜더니 '우아, 우아' 하고 요란한 소리를 내며 하품을 하고는 도토리들이 우박처럼 내 코 위로 와르르 떨어질 정도로 심하게 재채기를 하는 게 아니겠어요. 하지만 갑자기 그 짐승이 크고 맑은 목소리로 아름다운 노래를 부르는 것을 듣는 순간 저는 움직일 엄두도 내지 못하고 얼마나 놀랐는지 모른답니다."

오라, 밤의 위안이여. 오, 나이팅게일이여!

❦

기쁨에 가득한 너의 목소리
아름다운 목소리를 들려 다오.
오라, 와서 창조주를 찬양하라.
다른 새들은 잠이 들어
더 이상 노래할 수 없으니,
너의 목소리를 크게 울려 다오.
너는 그 누구보다도
하늘 위에 계신 지극히 높은 하느님을 찬양할 수 있으리니.

태양빛이 사라져
우리가 어둠 가운데 있을지라도,
하느님의 자비와 권능을
우리는 찬미할 수 있으리니.
하느님을 찬양하는 우리를
밤도 막지 못하리라.
그러므로 너의 목소리를 크게 울려 다오.
너는 그 누구보다도
하늘 위에 계신 지극히 높은 하느님을 찬양할 수 있으리니.

자연의 대답인 메아리가
이 기쁨의 울림에 화답하려 하네.

메아리를 울리어
온 시간 동안 우리를 사로잡는
온갖 피곤을 몰아내고
우리에게 잠을 유혹하는 것을 가르치네.
그러므로 너의 목소리를 크게 울려 다오.
너는 그 누구보다도
하늘 위에 계신 지극히 높은 하느님을 찬양할 수 있으리니.

하늘에 떠 있는 별들은
하느님을 찬양하려 반짝이며
영광의 증거를 보이네.
올빼미들은 비록 노래를 부를 수는 없어도,
울부짖는 소리로
하느님을 찬양하고 있음을 보여 주는구나.
그러므로 너의 목소리를 크게 울려 다오.
너는 그 누구보다도
하늘 위에 계신 지극히 높은 하느님을 찬양할 수 있으리니.

나의 사랑하는 새들이여, 이리 오라!
우리 게으름을 피우며
잠들어 누워 있지 말자꾸나.

그보다는 동틀 녘이 될 때까지
기쁜 마음으로 하느님을 찬양하여
숲의 적막을 몰아내자꾸나.
너의 목소리를 크게 울려 다오.
너는 그 누구보다도
하늘 위에 계신 지극히 높은 하느님을 찬양할 수 있으리니.

"원, 그런 노래를 부르는 짐승이라면 결코 사나운 야생 동물이 아니었을 거다!"

클롭스톡이 외쳤습니다. 트릴트랄이 말했습니다.

"옳은 말씀이에요, 아버지! 아버지는 네발로 기어서 물가로 가고, 멧돼지 따귀를 때리고, 나무 위를 이리저리 돌아다니며 개처럼 짖어 대는 짐승을 본 적이 없을 거예요. 거다가 그 짐승이 아름다운 교회를 비추듯 달빛이 환히 비추는 나무 사이로 그토록 아름답고 경건한 노래를 충심으로 노래하고, 자연의 대답인 메아리와 사랑스러운 나이팅게일도 이 기쁨의 울림에 함께 노래하고, 샘물이 다정하게 졸졸 흐르고, 숲은 경건하게 귀를 기울이자, 하늘의 구름들도 더 이상 빨리 흘러가지 않았어요. 다시 한 번 달이 환하게 비추었고 저의 두려움은 사라졌어요. 커다란 바윗덩이가 굴러 떨어져 일렁이는 물결로 가득 찬 듯 혼란스럽고 흐린 바다 같았던 내 영혼은 첫 소절이 끝나자 어느새 독수리가 채 갔던 물고기 한 마리가 활기를 되찾아 그 속에 노니는 호수가 되어 있었어요. 두 번째 소절이 끝나자 저의 영혼은 노래하는 백조가 낮게 날며 반짝이는 물길을 그리는 호수 같아져 있었고, 세 번째 소절이 끝나자 날아가는 비둘기가 평화로운 올리브 나무의 가지를 한 가닥 떨어뜨린 호수 같아졌고, 네 번째 소절이 끝나자 스쳐 지나가는 미풍이 장미꽃 한 잎을 떨어뜨린 호수 같아졌지요. 그리고 다섯 번째 소절이 끝난 후 저는 마치 호수를 넘어 날아가려 했지만 두려움에 사로잡혀 더 날지 못하고 장미꽃잎 위에 내려앉은 한 마리 꿀벌인 듯 여겨졌어요. 그렇게 저는 고요하고 평온하게 장미꽃잎을 타고서 나이팅게일이 저를 향해 날개를 치며 날아오르는, 꽃이 만발한 호수 건너편 정원에 도착한 것만 같았답니다. 제 마음은 달빛이 비치는 호면처럼 평온해졌고, 호수 앞에서 평화가 노래를 불렀어요."

아, 작은 나이팅게일들의
감미로운 지저귐에 귀를 기울여라!

이 말이 끝나자 그럽스그랍스가 말했습니다.

"너 정말 바보가 되었구나, 트릴트랄아! 춤추는 곰처럼 털투성이가 되어서는 꿀처럼 달콤한 말을 하는구나. 그런데 왜 처음

자물쇠를 땄을 때의 나처럼 겁이 났다고 말하지 않는 거냐?"

"나는 그렇지 않았으니까. 왜냐하면 나는 나쁜 짓을 하지 않았거든."

트릴트랄이 대답했습니다.

"아, 사랑하는 그립스그랍스 형! 형은 고약한 기술을 배웠어. 나는 우리가 더 이상 그 기술을 필요로 하는 일이 없기를 바라."

"정말로 그렇게 되기를 바란다."

그립스그랍스가 말하고는 아주 심각해졌습니다.

"형이 처음에 얼마나 무서웠을지 상상이 가."

피프파프가 말했습니다. "엄마가 준 사과를 쥐고서 잠들어 있던 아이의 손에 있는 사과를 쏘아 맞히겠다고 결심했던 그때의 나처럼, 분명히 형도 그랬을 거야. 그 사과는 아이의 뺨처럼 껍질이 새빨갰고, 아이는 사과를 가슴에 품고 있었지. 아, 그때 얼마나 겁이 났던지! 나는 포기할 수가 없어서 화살을 쏘아야만 했어. 온몸을 떨면서 시위를 당겼단다. 쉬익! 그곳엔 아이가 누워 있었고, 나도 활과 함께 무너져 내렸지. 산이 나를 덮치는 듯했어. 그런데 그 아이가 내 곱슬머리를 잡아당기며 내 앞에 서서 울면서 이렇게 말했을 때 내 기분이 어땠는지! '이제 나한테 다른 사과를 주어야 해요. 아저씨가 내 사과의 빨간 껍질을 화살로 꿰뚫어 버렸단 말이에요. 아, 내 사과! 내 사과!' 오! 아이가 화살이 꿰뚫은 사과를 내밀었을 때 나보다 황홀했던 사람은 없을 거야! 봐, 기념으로 그 사과를 내 화살집에 넣어 가지고 다닌다고."

피프파프는 화살집에서 화살이 꽂혀 있는 사과를 꺼냈습니다. 그의 두 눈에는 눈물이 고여 있었습니다. 트릴트랄은 피프파프를 껴안으며 말했습니다.

"나는 기뻐, 형. 형이 그 경솔한 모험을 그렇게 후회하고 있다니. 하지만 나는 형과 같은 그런 기분은 아니었어. 형처럼 그렇게 끔찍스러운 모험을 결심한 게 아니었으니까. 아! 그런 사악한 욕망에 빠져들다니. 형은 정말로 위험한 기술을 써먹은 거야. 형에게 그런 기술이 다시는 필요 없기를 바라."

그러자 피프파프는 얼굴이 빨개져서 말했습니다.

"난 다시는 그런 일은 하지 않을 거야. 그래서 사과를 꿰뚫은 이 화살을 통에 담아 다니는 거야."

그리고 그는 그 화살을 다른 화살이 있는 곳에 다시 밀어 넣었습니다.

"나는 정말로 네가 얼마나 무서웠을지 짐작할 수 있어."

핑크팡크가 말했습니다. "약국에 있었을 때의 나와 똑같았을 거야. 난 그때 어떤 아픈 어머니를 위해 알약을 만들어야만 했었는데, 그 어머니의 아이가 내게 와서 이렇게 말했어. '오, 약사 아저씨! 어머니에게 맛도 있고 병을 곧 낫게 할 달콤하고 좋은 약을 지어 주세요. 어머니가 다시 건강해지지 않으면 물레를 자을 수 없고, 어머니가 물레를 잣지 못하면 실을 얻을 수 없고, 실이 없으면 나와 언니들이 양말을 짤 수가 없거든요. 양말을 짜지 못하면 우린 아무것도 팔 수 없고, 양말을 팔 수 없으면 돈을 벌 수 없고, 돈을 벌지 못하면 어머니는 빵을 살 수 없고, 그러면 우리 모두는 굶어 죽는단 말예요.' 그래서 나는 그 아이에게 잘 듣는 좋은 약을 만들어 주기로 결심하고 이곳저곳 약들을 살펴보다가 한 통에서 하얀 설탕을 꺼냈지. 그리고 그 설탕에 알약을 이리저리 굴려서 아이에게 주고는 아이가 알약을 살짝 핥아 보도록 했어. 그랬더니 아이가 이렇게 말했지. '아, 정말로 달아요. 어머니가 맛있게 드실 수 있을 거예요. 약사 아저씨, 어머니가 건강해지시면 빨간 꽃을 수놓은 양말 한 켤레를 짜 드릴게요. 발목 부분에는 별들을 수놓아서요.' 아이는 기뻐하며 달려 나갔지. 그리고 내가 다시 그 약통을 제자리에 놓으려고 할 때였어. 오, 하느님 맙소사! 얼마나 기가 막혔던지! 내가 하얀 설탕이라고 생각하고 꺼냈던 통에는 커다랗게 '납 가루'라고 적혀 있는 거야. 그건 설탕과 똑같아 보이는 하얀 독약이거든. 나는 미친 사람처럼 문을 박차고 뛰어나가 그 아이를 찾아 온 거리를 헤맸어. 여기저기 그 아이에 대해 물어 보았지. 그 아이가 어디에 사는지 몰랐거든. 하지만 아무도 그 아이를 본 사람이 없어서 나는 아이를 찾을 수가 없었어. '아이의 어머니는 벌써 그 알약을 먹고 독이 퍼져 이제 죽었을지도 몰라. 그리고 아주 적은 양이긴 해도 맛을 보았으니 그 아이도 죽었을지 모르지.' 나는 이렇게 생각하고는 절망감에 빠져 문을 박차고 나갔고, 한 무너진 작은 교회에 도착했어. 교회 안의 십자가 앞에 있는 부서진 작은 제단 근처에는 가지각색의 야생풀들이 자라 있었어. 절망한 나는 그곳에 무릎을 꿇고 앉아 두 손을 모아 하느님께 빌었어. 나에게 자비를 베푸셔서 그 아이와 어머니를 살려 달라고. 내가 그렇게 기도를 하고 있는 사이 내 곁의 풀들 사이로 무언가가 부스럭거리는 소리가 들렸어. 그곳에는 도마뱀 한 마리가 돌멩이 위에 누워 몹시 괴로운 듯 이리저리 뒤척이고 있었고 다른 작은 새끼 도마뱀들이 슬픈 기색으로 둘러앉아 있었지. 아! 나는 다시 어린 자식을 거느린 어머니가 생각났어. 그때 아픈 어미 도마뱀이 갑자기 조용해지더니 죽은 채로 돌에서 굴러떨어지자 나는 소리쳤지. '이럴 수가! 이럴 수가! 이제 죽었구나. 아! 내 부주의로 설탕 대신 독약을 지어 준 그 착한 어머니가 죽은 게 확실해.' 나는 다시 하느님께 진심으로 간절히 빌기 시작했어. 그런데 세상에! 그때 다른 쪽에서 부스럭거리는 소리가 나더니 작은 새끼 도마뱀들이 무성한 잡초들 가운데서 한 가지 풀을 물어뜯어 그 이파리들을 가지고 죽은 어미 도마뱀에게 달려가 즙을 내어 입에 흘려 넣는 모습을 보았어. 그러자 죽은 어미 도마뱀이 다시 살아나 쌩쌩하게 달아나 버리는 거야. 새끼 도마뱀들은 어미를 뒤쫓아 달아났고. 그때 그 어머니를 찾아내야겠다는 생각이 번개처럼 내 머릿속을 스쳐 갔어. 만약 그 어머니가 이미 죽어 땅에 묻혔더라도 이 풀을 가지고 다시 살릴 수 있을 거란 생각이 들었지. 나는 그 풀을 잔뜩 뜯어 쏜살같이 시내로 돌아가 집집마다 물으며 다녔지만 그들을 찾을 수는 없었어. 마침내 다른 성문에 이르러 문지기에게 묻자, 그는 내가 말한 그 아이가 오늘 아침에 시골에서 이 도시로 와서 자기에게 약국이 어디인지를 물었다고 하더군. 그리고 얼마 후 성문을 나갔는데 어디로 갔는지는 모르겠다는 거야. 그러자 내 두려움은 이전보다 더 커져 버렸어. 그래서 나는 다시 약국으로 돌아가 남은 독약을 다 먹고 죽으려 했지. 나는 통이 있는 곳으로 가서 통을 열어젖히고 절망감에 그 안에 들어 있는 것을 모조리 먹어 치웠어. 그런데 갑자기 약사인 내 스승님이 커다란 사탕수수 뿌리를 손에 들고 나와서는 내 머리채를 잡고 모질게 매질을 하며 계속 고함을 치는 거야. '오, 이 군것질하기 좋아하는 설탕 도둑놈아! 여기 사탕수수가 더 있다, 이 녀석아! 하루 종일 온 거리를 헤매다 저녁나절에야 들어와서는 또다시 설탕 통을 깨끗이 핥아 먹다니! 자, 사탕수수 맛 좀 봐라, 사탕수수 맛 좀 봐.' 그러고는 계속해서 매질을 했어. 하지만 나는 이렇게 외쳤지. '오, 스승님! 저를 죽도록 때려 주세요. 내가 독약을 먹고도 죽지 않는다면, 차라리 스승님이 나를 때려 죽여 주세요.' 그러나 스승님은 어느새 완전히 지쳐서 말했어.

‘무슨 독약을 말하는 거냐? 이 멍청아.’ ‘아! 약통에 그렇게 씌어 있었어요. 그 안에 납 가루가 들어 있는 것이 아니었나요?’ ‘납 가루라니, 그 안에는 설탕이 들어 있었다.’ 스승님이 말했어. ‘네가 내게 오는 환자들을 독살시키라고 거기에 납 가루를 넣어 둘 것 같으냐? 이 부주의한 군것질쟁이야! 그런 독약들은 불행을 막으려고 내가 미리 모두 밀봉해 두었다. 여기 독이 들었다고 씌어 있는 모든 통에는 설탕밖에 없어. 네놈이 맛을 못 보게 하려고 말이다.’

이 이야기를 듣고 내가 그때 얼마나 기뻤는지 형들은 짐작할 수 없을 거야. 나는 스승님의 얼굴을 감싸 안아 키스를 퍼붓고 수천 번 포옹을 하고 바보처럼 약국 안에서 이리저리 돌아다니며 춤을 추었지. 스승님이 내가 완전히 미쳐 버린 줄 알고 사람들에게 도움을 요청할 때까지 말이야. 그때 사모님이 달려와서 이 소동을 보고 두 손을 높이 들어 손뼉을 쳤어. 남편인 스승님이 그녀에게 소리쳤지. ‘오, 크바시아! 크바시아! 그놈에게 사탕수수를 가져다줘.’ 그러자 크바시아 부인이 사탕수수 뿌리를 다시 집더니 나를 사정없이 때리기 시작했어. 나는 스승님을 놓아 주고는 약국 안에서 이리저리 펄쩍거리며 도망쳤어. 그러다 결국 선반 위의 약통들이 춤을 추고 절구들이 쩔렁거리기 시작했지. 얄롭이 든 병이 쾅 하고 땅에 떨어지고 오뤄멜이 든 병도 뒤따라 떨어졌어. 그들 부부는 나를 풀어 주고 다른 사고가 일

❧

어나는 걸 막느라 분주했지. 하지만 나는 문 쪽으로 달려가서 유리창마다 모조리 부딪히고 솔로몬 왕이 그려진 문패에도 부딪혔어. 그리고는 미친 듯이 도시를 빠져나가 작은 교회로 갔어. 그리고 다시 작은 제단 앞에 무릎을 꿇고 밤새도록 기도를 했어, 지쳐서 잠들 때까지.

다음 날 아침 나는 등짝에 사탕수수 세례를 너무 많이 받아 움직일 수조차 없었지. 그래서 가까이 자라 있는 풀을 뜯어 등을 문질렀어. 그랬더니 갑자기 아픈 것이 씻은 듯이 나은 거야. 난 그 풀을 세세히 관찰하고 나서 씨앗을 받고 잎사귀를 뜯어 세상길로 나섰어.

며칠이 지나자 나는 어느 숲에 도착했고, 거기서 한 아이가 아주 슬피 우는 소리를 들었어. 그 근처로 다가가 보았더니 그때의 작은 소녀가 구석에 앉아 커다란 양말을 짜면서 계속 울고 있었어. 더 가까이 다가가서 보니 무릎 위에 품고 있는 강아지 한 마리를 내려다보며 서럽게 울고 있는 거야. 그래서 나는 이렇게 말했지. '얘야! 그렇게 슬피 우는 것을 보니 네 어머니가 돌아가신 것이 틀림없구나!' 그러자 그 소녀가 벌떡 일어나 말했지. '아니에요, 약사 선생님! 어머니는 선생님이 주신 약을 먹고 다 나으셨어요. 그리고 선생님께 드릴 양말도 거의 다 만든걸요. 낮이고 밤이고 뜨개질을 했어요. 보세요, 예쁜 붉은 자수예요.' 그러고는 다 완성된 예쁜 양말 한쪽을 내 앞에 펼쳐 놓앉았어. '한번 신어 보세요. 전 그사이 나머지 한 짝을 마저 짤게요.' 난 양말을 신으려고 자리에 앉아 신발을 벗고 먼지를 털면서 소녀에게 물었어. '그런데 얘야, 왜 그렇게 울고 있었던 거니?' 그러자 나를 만나 근심거리를 잊어버리고 있던 어린 소녀가 다시 울기 시작하며 말했어. '오, 약사 선생님! 선생님을 만나러 시내로 가려고 했었어요. 선생님께 감사 인사도 드리고, 가는 동안 양말을 다 짜서 드리려고요. 그리고 병이 든 우리의 충성스러운 강아지 바커로스도 함께 데리고 가서 선생님께 알약을 처방해 달라고 부탁드리려 했지요. 또 감사의 표시로 비단처럼 부드러운 토끼털로 겨울 장갑을 짜 드리려고 했지요. 아! 그런데 여기까지 왔을 때 이 충성스러운 강아지 바커로스가 꼼짝하려 하지 않는 거예요. 저는 바커로스를 제 품에 안고 이곳에 앉았죠. 그러자 저를 슬픈 눈으로 바라보며 꼬리를 살짝 흔들더니 축 늘어져 버렸어요. 아! 지금은 미동도 않고 죽어 버렸어요. 아! 선생님이 조금만 더 일찍 오셨더라면 분명 바커로스를 도와줄 수 있었을 텐데요. 하지만 이미 늦은 거겠죠?' 그러면서 그 착한 소녀는 슬픔이 가득한 눈으로 나를 바라보았어. 나는 이미 양말 한쪽을 신고는 말했지. '한번 해 보자꾸나, 얘야!' 그러자 소녀는 바커로스를 재빨리 내게로 데려왔고, 나는 풀을 꺼내 즙을 내어 강아지의 입에 흘려 넣었지. 그랬더니 강아지가 눈을 뜬 거야. 풀의 즙을 조금 더 흘려 넣자 강아지는 꼬리를 살짝 흔들었고, 다시 즙을 더 흘려 넣자 내 손을 핥고는 내게 연신 감사의 말을 하고 있는 착한 소녀에게 기쁜 듯이 뛰어올랐어. 그리고 소녀가 다시 자리에 앉아 양말 짜는 것을 마치는 동안 강아지 바커로스는 내게 자기가 할 줄 아는 모든 재롱을 보여 주었지. 물건 집어 오기, 잃어버린 물건 찾기, 지키기, 부탁하기, 망보기, 막대 뛰어넘기, 개의 말소리인 짖어 대기, 춤추기, 죽은 척하기 등의 동작을 말이야. 바커로스는 그 기술을 하나씩 보여 주고 나서는 매번 내게로 와서 살려 준 것에 감사하는 듯 손등을 핥았어. '이제 다 되었어요.' 소녀가 말하며 바커로스를 불렀고, 바커로스는 양말을 내게 가져다주었지. 나는 그 양말을 신었고 그 양말은 내게 딱 맞았어. 주일이나 휴일이면 내가 신고 있는 그 양말을 볼 수 있을 거야. 그러고 나서 소녀는 나를 자기 어머니에게로 데려 갔고 어머니는 나에게 다시 한 번 감사의 인사를 했지. 나는 다음 날 이곳으로 오기 위해 떠나왔고 오는 도중에도 그 풀로 몇몇 사람들을 더 살려 주었어."

"그래, 핑크팡크 형. 형의 이야기는 아주 감동적이었어. 그렇지만 형이 약국에서 느꼈던 것은 내가 느꼈던 무서움이나 놀라움과는 완전히 다른 것이었어. 왜냐하면 형은 형에게 도움을 청하는 사람들을 자신의 부주의로 죽였다고 생각하고 양심의 가책을 느끼고 있었으니까. 그래서 나는 다시는 그런 일이 일어나지 않을 거라고 확신해."

"물론이지. 그때 겪었던 엄청난 두려움과 사탕수수로 맞은 기억이 나에게 영원한 경각심을 일깨워 주었어."

핑크팡크가 말했습니다.

"형들은 야생 짐승이라고 생각되는 그 동물을 만났을 때의 네 두려움과 비교하기 위해 자신들이 겪었던 커다란 두려움에 대해 말했지만, 나는 내가 겪은 진짜 공포에 대해 이야기하겠어."

피취파취가 말하기 시작했습니다. "한번은 고기를 잡기 위해 작은 배를 타고 바다로 나갔지. 그리고 내가 알고 있던 아주 거칠고 무뚝뚝한 다른 어부 한 명도 고기를 잡으러 출발했어. 나는 그의 배를 멀리서도 알아볼 수 있었어. 내가 그물을 던졌는데 커다란 물고기가 그물에 잡힌 거야. 그런데 그놈이 꼬리로 나를 때리며 아주 심하게 저항하는 게 아니겠어? 그래서 노를 들어 한 방 먹이고는 그놈의 배를 갈랐지. 그런데 그 물고기 배속에서 아름다운 금반지를 발견했을 때 내가 얼마나 놀랐을지 상상해 봐. 나는 기뻐서 그 반지를 손가락에 끼고 다시 그물을 던지려고 했어. 그때 내가 탄 배와 다른 어부가 탄 배 사이에 커다란 파도가 일었어. 그리고 그 소용돌이에서 한 인어가 불쑥 나타난 거야. 아름답고 긴 초록색 머리칼을 하고 금빛 진주 왕관을 쓰고 목에는 수많은 조개껍데기와 산호를 두른 인어였어. 인어는 두 손을 비비며 구슬프게 울고 있었지. 그리고 나는 그 인어가 고약한 어부의 배로 다가가는 것을 보았어. 그 가련한 인어가 그에게 가 봤자 좋을 게 없다는 것을 예감하고는 그 어부의 배를 향해 노를 저었지. 하지만 내가 그 배에 이르기 전에 그 고약한 어부는 고래를 잡는 데 쓰려고 가지고 다니는 작은 창을 던져 자기의 배를 향해 울면서 헤엄쳐 오는 인어의 옆구리를 맞췄지. 가엾은 인어는 심장이 찢어지는 듯한 비명을 내지르며 잠수하려고 했지만, 부상을 입었기에 더 이상 헤엄칠 수가 없었어. 인어는 힘껏 노 저어 가고 있는 내 배를 향해 다가왔고 그 고약한 녀석도 인어를 힘껏 쫓아오고 있었어. 인어가 내 배 가까이 와서 간절히 도움을 청하며 팔을 뻗었지. 인어의 상처에서 피가 흘러나와 바닷물에 섞이는 것이 보였어. 그때 인어가 소리쳤어. '오! 전능하신 하느님의 뜻이길. 당신이 내 편이기를! 간절히 애원합니다. 저를 구해 주세요!' 나는 인어가 너무 불쌍해서 내 배로 끌어올렸고 인어는 내 발치에 누웠어. 그런데 그 고약한 어부가 바싹 다가와서는 나를 놓아 주지 않고 소리치는 거야. '피취파취야! 내 인어를 돌려줘. 그러지 않으면 이 노로 너를 때려죽여 주마!' 내가 대답했지. '인어를 너에게 내줄 수 없어. 그녀가 하느님의 이름을 빌려 내게 도움을 부탁했거든. 그리고 나도 하느님의 이름으로 보호해 주겠다고 약속했지. 네게는 인어를 내달라고 할 권리가 없어. 네놈은 인어에게 상처를 입혔을 뿐이고, 인어를 잡은 것은 나니까.' 그러고 나서 우리는 격렬하게 싸웠지. 그러는 사이 서로 맞붙어 뒤엉킨 우리의 배는 강한 폭풍우가 이는 먼 바다로 흘러갔어. 나는 어부에게 인어 대신 내가 잡은 물고기를 모두 주겠다는 제안을 했어. 하지만 그 녀석은 더 많은 걸 요구하는 거야. 내 그물을 갖겠다고 하더니 결국은 내 배까지 달라고 했지. 그래서 내가 '이런! 그렇게 할 수는 없어!'라고 말하자 내 발치에 있던 인어가 계속해서 흐느껴 울며 말했어. '주세요, 줘 버려요! 제발 주세요!' 그래서 나는 그렇게 한다고 했어. 그러고 나서 바람이 우리를 모래톱 쪽으로 몰고 가자 그 어부 녀석은 나를 배에서 밀어내고 가엾은 인어도 뒤따라 던지더군. 나는 그 고약한 녀석에게 간절히 빌었어. 아무런 탈것도 없이 이 바다 한가운데 있는 황량한 모래톱에 버려두고 가지 말라고. 하지만 그놈은 내 손가락에서 반짝이는 반지를 보고 그것을 주지 않으면 데려가지 않겠다고 했지. 그래서 난 반지를 그에게 주려고 했어. 내가 물고기 배 속에서 발견했던 그 반지를 말이야. 내가 막 그 녀석에게 반지를 주려고 하자 인어가 큰 소리로 비명을 지르는 거야. '내 반지, 내 반지! 오 세상에, 내 반지!' 그러고는 일어나서 반지를 낚아채 갔어. 그때 고약한 어부 녀석이 인어를 때리려고 했지. 하지만 내가 놈에게 맞섰고 우리는 서로 치고받으며 싸웠어. 그놈이 나보다 훨씬 힘이 세서 나를 바닥에 던져 버렸지. 그때 인어가 반지를 힘차게 문지르며 바다를 향해 황새치처럼 날카로운 목소리로 소리쳤어.

도와줘요, 코랄리! 살려 줘요!

마가리스가 바다에서 죽어요!

그러자 파도가 집채만큼 높이 일더니 모래톱을 덮쳐 버렸어. 그리고 노로 내 가슴을 찌르려고 하는 나쁜 놈을 내게서 떼어 내어 파도 속으로 멀리 내동댕이쳤지. 두 척의 배도 쓸어 가 버렸고. 바다는 다시 잠잠해졌어. 이제 나는 상처 입은 인어와 단둘이 모래톱 위에 앉아 있었지. 어디에도 도움을 청할 곳은 없었고 밤이 되어 육지라고는 사방에 전혀 보이지 않는 바람에 나는 죽었다고 확신했어. '가엾은 인어야!' 내가 말했어. '너 때문에 이게 무슨 불행이냐! 너를 구하려다가 배도 잃고 여기서 굶어 죽거나 파도에 휩쓸려 버리겠다. 그나마 네가 사람이기라도 했다면 좋았을걸. 네 허리 아래로는 비늘이 뒤덮인 물고기 꼬리라 너를 볼 때마다 소름이 끼치는구나.' '오, 가련한 피취파취! 내가 사람다운 모습이 아니라고 해서 화내지 말아요. 마찬가지로 나 역시 당신의 매끈하게 갈라진 두 다리가 아름답다고는 생각되지 않는걸요. 그보다는 내게 착한 일을 끝까지 베푸시는 게 좋지 않을까요? 상처 부위에서 창을 뽑아내어 피를 빨아 먹고 붕대를 감아 주세요.' 나는 인어의 말이 옳다고 생각하고 원하는 대로 해 주었어. 인어의 상처에서 피를 빨아 마시고 붕대를 감는 동안 인어는 아주 매혹적이고 사랑스러운 목소리로 노래를 불렀지.

나의 피는 달콤해요. 나의 피는 달콤해요.
이제 당신에겐 바닷물이 짜지 않을 거예요.
고요한 밀물에도, 거친 밀물에도
당신은 이제 환희에 넘치는 기사가 될 거예요.
당신은 헤엄을 치고, 항해를 하고, 잠수를 할 수 있답니다.
배도 노도 전혀 필요 없지요.
폭풍우는 당신 곁에선 잠잠해질 것이고,
파도와 바람도 당신의 신호를 따를 거예요.
드넓은 바다도 충실히 당신을 잠재울 거예요.
어머니가 자신의 아이를 요람에서 흔들듯이 말이죠.
인어 상처의 피를 마신 사람의 경우에는
결코 그가 탄 배가 가라앉지 않는답니다.

그녀의 노랫소리는 너무나 다정하고 달콤한 시냇물처럼 내 귀로 흘러들어 와 마치 뜨거운 여름날 차가운 물로 목욕을 한 것처럼 내 심장을 시원하게 해 주었어. 모든 생각들은 녹아내렸고 몸이 계속해서 깊이깊이 가라앉는 것 같았어. 나는 잠이 들었고 인어가 나를 파도 속으로 끌고 내려갔지. 바닷속에서 나는 푸른 창공을 들이마시는 것처럼 숨을 쉴 수 있었어. 그리고 붉은 산호초 가지에 걸려 있는 못된 어부의 몸뚱이를 보았어. 끔찍스런 바다 괴물이 그의 심장을 파먹고 있었지. 심연에 도착하자 인어는 한 진주조개의 문을 두드리며 소리쳤어.

코랄리, 일어나요! 문을 열어 줘요!
당신의 신부 마가리스가 왔어요.

그러자 트리톤이 대답했어.

난 진주조개의 문을 열 수 없어.
마가리스는 내 반지를 잃어버렸지.

인어가 말했어.

반지를 가져왔어요. 어부도 함께 데려왔어요.
물고기의 배 속에서 그 반지를 찾아낸 사람이에요.

트리톤이 말했어.

그 어부를 돌로 쳐 죽여서
붉은 산호에 걸어 놓을 거야.

인어가 말했어.

그는 나를 풀어 주기 위해서
자신의 노와 그물을 주었어요.

트리톤이 말했어.

그렇다면 내가 그에게 노와 그물을 주는 게 좋겠군,
절대 노를 헛 젓거나 아무것도 못 잡는 일이 없도록.

인어가 말했어.

그는 자신의 조각배도 주었어요.
나를 죽을 고비에서 구해 주기 위해서요.

트리톤이 말했어.

그렇다면 내가 그에게 배를 만드는 법을 가르쳐 주겠어.
모래나 암초를 건너갈 수 있도록.

인어가 말했어.

자신의 입으로 내 상처를 빨아 주었어요,

달콤한 피를. 그래서 나는 건강해졌어요.

트리톤이 말했어.

그렇다면 그가 짜디짠 바닷속에서도 숨을 쉴 수 있게 해야겠군.

푸른빛의 창공을 마시는 것처럼.

그제야 트리톤은 진주조개의 문을 열고는 자신의 신부를 아주 다정하게 얼싸안았어. 하지만 그 전에 그녀는 반지를 보여 주어야 했지. 그녀가 소홀히 해서 물고기가 삼켰고, 그 물고기 몸속에서 내가 다시 찾아냈던 그 반지를 말이야. 트리톤은 인어에게 그녀의 부주의를 나무라며 말했어. '이 반지는 마법이 걸려 있어. 만약 당신이 반지를 다시 가져오지 않았다면 난 죽었을 거야.' 그리고 내가 그녀가 겪었던 큰 고통과 두려움에 관해 들려주자 그 착한 트리톤은 크게 연민을 느끼며 눈물을 흘리더니 인어에게 수천 번 기쁨을 표현했어. 그리고 나에게 진심으로 고마워하며 내게 약속했던 것을 모두 주었지. 첫 번째로 물고기와 거북이와 진주조개로 만든 노를 주었어. 저어도 절대 피곤해지지 않을 뿐만 아니라 저을수록 힘이 나는 노를 말이야. 두 번째로 인어의 녹색 머리카락으로 만든 그물을 주었지. 물고기들이 기꺼이 뛰어드는 그물을 말이야. 그리고 갈대로 엮어 물고기 비늘을 덧입힌 배를 만들어 주었어. 물 위를 스쳐 가는 제비처럼 가벼운 지느러미를 가진 배였어. 땅에서나 물속에서나 숨 쉴 수 있는 그 선물은 인어의 상처를 빨아 준 후로 지금도 갖고 있어.

트리톤은 이 모든 걸 내게 선물로 주고 나서 결혼식에 참석해 주기를 원했어. 하지만 나는 아버지에게 돌아가야 할 날이 다가왔다고 말했지. 그러자 그가 말했어. '당연히 그 일이 중요하지요!' 그러고는 아름다운 조개껍데기, 진주 그리고 산호를 내 배에 실었고 나는 배에 탔지. 트리톤과 인어가 양옆 뱃전을 잡았고 배는 다정한 햇살을 향해 조용히, 조용히 떠났어. 그리고 조각배가 수면을 흘러 덤불에 감춰진 외딴 절벽에 닿자, 트리톤과 그의 신부가 나를 감싸 안고 부탁했어. 하느님께서 그들에게 아기를 선물로 주시면 그 아이의 대부가 되어 달라고. 나는 아기가 태어난 사실을 알려 준다면 기꺼이 그러겠다고 약속했지. 그리고 그들은 영원히 감사한다는 말과 함께 파도 속으로 사라졌어. 나는 값진 귀중품들이 가득 실린 내 멋진 배를 인적이 드문 갈대밭에 숨겨 두었지. 나 외에는 아무도 찾을 수 없게 말이야. 그리고 여기까지 오게 된 거야. 사랑하는 아버지와 형제들을 만나기 위해."

"피취파취 형, 형의 이야기는 정말 굉장했어."

트릴트랄이 말했습니다. "형이 불쌍한 인어에게 도움을 베풀었기 때문에 그 어부에 대한 형의 공포도 삽시간에 사라졌고 듬뿍 보답을 받게 된 거야."

"트릴트랄, 이제 네 이야기를 계속하려무나. 너의 마음을 그렇게 기쁘게 하는 아름다운 노래를 나이팅게일에게 불렀다는 그 야생 짐승이 무엇인지 우리는 아직 모르잖니."

아버지가 말했습니다.

그러자 트릴트랄이 말을 이었습니다.

"나는 그 아름다운 노래와 나이팅게일 그리고 메아리 소리에 너무나 기뻤기 때문에 그 소리들이 끝났을 때 그 노래를 부른 이에게 다시 불러 달라고 청하기 위해 일어나 나무를 향해 갔어요. 그런데 내가 약간 부스럭거리는 소리를 내자마자 그 짐승은 다시 개처럼 짖기 시작하며 내게 굵은 나뭇가지까지 마구 던졌어요. 그중 하나가 아주 세게 내 코에 맞는 바람에 나는 소리쳤어요. '어이쿠, 어이쿠야! 내 코!' 내 비명 소리에 그 짐승은 번개처럼 나무에서 내려왔어요. 내가 재빨리 도망치지 못하자 그놈은 나를 껴안고 말했어요. '이런! 정말 미안하군. 일부러 그런 것은 아니었어!' 그는 이 말을 하면서 길게 휜 손톱과 억세고 불거진 손가락으로 내 코언저리를 툭툭 쳤어요. 떨어지는 나뭇가지 못지않게 아프게 말이에요. '대체 당신은 누구십니까? 온통 털로 뒤덮이고 새처럼 휘파람을 불며 금세 개처럼 짖다가 들고양이처럼 네발로 나무를 이리저리 기어오르고, 시내로 물 마시러 갔다가 다시 그렇게 아름다운 노래를 부르다니 말예요. 당신은 야생 짐승이 아니라 온전한 사람인가요?' 내가 물었죠. '내 이름은 홀츠아펠 클라우스너이고, 80년 전부터 이 숲에 혼자 살면서 새의 말을 연구했다네. 여기서 나는 새의 말의 고등학교를 운영하고 있고 그것이 내 전공이지. 아울러 멧돼지, 들고양이의 언어도 연구하고 있고, 야생동물의 사회에서 필요한 예절을 배우고 그 사회에서 배운 사람으로 처신할 수 있기 위해 그들의 관습이나 의식을 혼자서 익히고 있다네. 그런데 그렇게 사는 동안 사람이라고는 한 명도 보지 못했기 때문에 자네가 나무를 기어오르는 것을 보고는 내 학생인 새들을 잡아먹으려는 들고양이라고 생각했어. 그래서 자네를 쫓아 버리려고 개처럼 짖은 거라네.' 나는 그에게 내 소개를 했어요. 내 이름은 트릴트랄이고, 트릴트랄이 내 소명이기 때문에 새의 언어를 배우기 위해 이 깊은 숲 속으로 들어왔다고요. '브라보, 아주 훌륭해. 그렇다면 자네는 아주 제대로 찾아온 거라고. 이제 이 어마어마한 지식을 전수할 사람이 나타났으니 나도 아주 반갑군. 나는 너무 늙었고 그리 오래 살지 못할 거라네. 그렇다면 내가 죽은 후에 자네가 이 연구를 계속할 수 있을 걸세. 특히 새들이 이곳에서 순수한 독일어를 쓰도록 유념해야 하네. 프랑스 말과 섞어 쓰지 않도록 말일세.' 나는 그 모든 것이 아주 마음에 들었어요. 아침이 되어 밝은 곳에서 클라우스너를 보았지요. 내가 그를 야생 동물로 착각했던 것은 전혀 이상하지가 않았어요. 왜냐하면 그는 원시 시대의 원숭이처럼 새하얀 머리카락과 턱수염으로 온몸이 덮여 있었거든요. 그때 그는 새들과 함께 아름다운 아침 노래를 부르더니 새들에게 작별 인사를 했죠. '새들은 이제 방학이야.' 그가 말했어요. '이제 둥지를 틀고 알을 낳아 새끼를 까야 할 때이거든. 자네에게 기초부터 가르쳐 줄 수 있겠어.'

그렇게 나는 얼마 동안 클라우스너와 함께 부지런히 배우면서 평화롭게 살았어요. 먹을 것이 많지 않았지만 우리에겐 별 문제가 없었지요. 우리는 나무뿌리나 풀만 먹었고 특히 새들의 먹이도 먹었어요. 이를테면 모기, 거미, 딱정벌레, 개미 알, 두송 열매 등등 말예요. 새들의 사투리와 언어를 배우기 시작한 나는 새들이 좋아하는 먹이를 먹어야만 했지요. 오디새의 말을 배우는 게 가장 어려웠어요. 그 새가 가장 더러운 것을 먹었거든요. 그리고 마침내 두송 열매를 먹는 티티새의 말까지 배우게 되었고, 울창한 두송 나무 숲 속에서 티티새의 말을 배울 준비를 하기 위해 두송 열매를 먹었죠. 그때였어요. 갑자기 근처에서 이런 말이 들리는 게 아니겠어요. '아이! 왜 아바마마의 곁을 떠나 이 수풀까지 왔을까!' 아주 아름다운 공주가 한탄하는 소리가 들렸어요. '세상에! 이제 길을 잃어버렸네. 아버지 품팜 왕은 나를 다시 찾을 수 없으실 거야!'

그때 한 굼뜬 목소리가 대답했어요. '더없이 겸손하신 펌퍼라인 공주님! 양배추처럼 새하얀 공주님의 목에서 작은 방울이 떨어졌을 때 까마귀가 그 방울을 물고 거대한 황무지 쪽으로 도망쳐 버렸잖습니까. 그래서 공주님이 제게 함께 그 도둑놈을 쫓아가자고 명령하셨고요. 우리가 그놈이 들고 있는 방울 소리를 들을 수 있었던 처음에는 그놈을 쫓아갈 수 있었죠. 그런데 지금은 어찌해야 좋을지 모르겠습니다. 아무것도 들리지도 보이지도 않아요. 내가 아는 길이라고는 부엌과 창고, 침대로 가는 길뿐인데 여기에는 그런 안락한 시설은 보이지 않는군요.' 이 말이 끝나자 그들은 나를 지나쳐 갔어요. 그리고 나는 세상에서 가장 아름다운 공주를 보았지요. 공주는 무릎까지 단이 접혀 있는 금으로 수놓은 회색 여행복을 입고 있었고, 금박차가 달린 붉은 모로코 가죽 장화를 신고 있었죠. 그리고 머리에는 녹색 모자를 쓰고 있었는데 그 모자 위로 작은 금빛 왕관이 빛나고 있었어요. 공주와 함께 있는 땅딸막한 사내는 온갖 색이란 색은 다 들어간 재킷과 바지를 입고 있었고 깔때기 모양의 하얀 모자를 쓰고 있었어요. 한 손에는 어릿광대의 몽둥이를 들고 있었는데, 웃지 않고는 바라볼 수 없을 정도였어요. 하지만 난 그 사람을 신경 쓸 겨를이 없었지요. 세상에서 가장 아름다운 펌퍼라인 공주에게서 눈을 뗄 수가 없었거든요.

공주는 그 황무지에서 자라고 있는 수많은 작은 초롱꽃을 보고는 소리쳤어요. '어머나! 아름다운 파란 방울들이 이렇게나 많다니! 너무나 귀여운 방울들이야! 하지만 이 방울들은 소리가 나지 않네. 이런 건 한 번도 본 적이 없어. 난 여기 앉아서 화관을 만들 테야. 어릿광대야, 너는 가서 도시로 돌아가는 길을 가르쳐 줄 사람이 있는지 둘러보고 오렴.' '핌퍼라인 공주님, 곰이 와서 공주님을 꿀과자처럼 한입에 잡아먹을지도 몰라요. 제가 공주님을 혼자 두고 가는 일에 대해서는 공주님이 다 책임지셔야 해요.' 우스꽝스러운 어릿광대가 말했어요. '가서 내 명령을 따르도록 해. 내가 꽃을 감상하는 걸 방해하지 마.' 공주가 말했어요. '저는 방해꾼이 아니라 공주님의 여행을 보필하는 신하이지요. 그리고 기꺼이 공주님의 명령을 따를 겁니다. 그런데 공주님의 방울이 어디로 가 버렸는지 정말 모르겠어요. 아마도 우리처럼 길을 잃은 게 아닐까요?' 어릿광대가 말했어요. 그러자 핌퍼라인 공주가 말했어요. '저기 늙은 떡갈나무 쪽으로 가 봐. 모래 위에 그쪽으로 난 발자국이 보이는걸. 그곳에서 길을 알려 줄 사람을 찾아보렴.' 그러자 어릿광대가 말했어요. '공주님, 만약 공주님께서 그렇게 신발 밑창을 잘 알고 계시다면 우리에게 도움이 되겠죠.' '어째서?' 핌퍼라인 공주가 묻자 광대가 대답했어요. '우리가 여기에 머물러 살면서 신발 꿰매는 일을 하는 거예요. 야생 동물들의 신발을 꿰매 주는 거죠. 그걸로 먹고살 수 있어요. 다섯 개의 발가락을 가진 내가 디뎌 보니

저쪽으로 난 것은 곰 발자국이지 사람 발자국이 아니라고요.'

그러자 펌퍼라인 공주는 초조해져서 광대에게 명령했어요. 더 이상 수다 떨지 말고 가서 시키는 대로 하라고 말이죠. 그러자 어릿광대는 냇가에서 두 손을 씻고 허리를 깊이 숙여 절하고는 발자국을 따라갔어요. 공주는 방울꽃으로 화환을 만들며 이렇게 노래했죠.

은방울이 바람에 흔들릴 때마다
아름답게 울리네.
쨍그랑 쨍그랑 쨍그르르
그러나 더 아름다운 것은
방울꽃의 모습.
꽃들의 울림이 봄의 시작을 알리네.

나의 작은 방울을 훔쳐 간 까마귀야
멀리 날아가 버리렴.
쨍그랑 쨍그랑 쨍그르르
방울꽃은 나의 금빛 머리칼을 장식하기 위해
꽃을 피우리.
꽃들의 울림이 나에게 평화를 알려 주네.

작은 방울을 잃어버리기 전에는
어디를 가든 나도 소리를 냈다네.
쨍그랑 쨍그랑 쨍그르르
그러나 지금은 내가 초원을 가로질러 뛰어도
아무도 나의 울림을 듣지 못하네.
방울꽃들도 조용히 침묵하고 있네.

저기 공주님이 가시네,
방울이 울릴 때마다 모두가 말했지.
쨍그랑 쨍그랑 쨍그르르
그러나 지금 이 조용한 곳에서는
방울꽃들이 새들의 노래에 귀를 기울이나
함께 울리지는 않네.

아, 그건 얼마나 차가운 세상이었던가,
내가 항상 그 방울 소리를 들어야만 했던 그때는.
쨍그랑 쨍그랑 쨍그르르
지금 이 조용한 숲 속에서는 새들이 노래하고
벅찬 가슴속에서 심장이 뛰네,
방울꽃들이 나의 꽃이 된 다음에는.

그 사랑스러운 공주가 달콤한 목소리로 그런 노래를 부르자 새들도 모두 조용히 귀를 기울였고 샘물도 조용히 흐르며 노랫소리에 귀를 기울였어요. 또 작은 방울꽃들은 자신을 꺾어 달라며 기쁘게 공주를 향해 몸을 숙였죠.

우스꽝스러운 어릿광대는 겁먹은 발걸음으로 속이 빈 늙은 떡갈나무까지 다가갔어요. 클라우스너가 잔뜩 웅크리고 앉아 있던 바로 그 나무였어요. 그래서 그의 하얀 수염과 기다란 코만이 폭포수처럼 나무 밖으로 나와 있었지요. 그 모습을 본 어릿광대는 깜짝 놀라 큰 소리로 비명을 지르며 여섯 번 공중제비를 하여 공주의 발치까지 되돌아가 말했어요. '세상에! 저기 떡갈나무가 염소를 잡아먹었어요. 주둥이에 아직도 염소수염이 매달려 있어요. 이제 곧 우리 둘도 잡아먹을 거예요.' 그러자 공주가 떡갈나무 쪽을 바라보고 말했어요. '이런 겁쟁이 같으니! 긴 코를 보니 저건 사람이야. 가서 그에게 누구인지 물어보렴.' 어릿광대는 그쪽으로 가서 클라우스너를 향해 목을 길게 빼고 말했어요.

커다란 코와 기다란 수염님!
핌퍼라인 공주님의 인사를 전하며
두 분께 한 가지 질문이 있습니다.
당신들은 진짜 사람들인가요?

❦

그러자 클라우스너가 낮은 목소리로 말끝을 힘차게 늘이며 말했어요.

나는 늙은 숲지기이다아아아아.

어릿광대는 웃음을 터뜨리며 자기도 말끝을 길게 늘여 핌퍼라인 공주에게 말했어요.

자기는 차가운 마구간지기이이이이라는데요.

그러자 공주가 말했어요.

다시 가서 한 번 더 물어보렴,
이런 바위 계곡에서
늙은 마구간지기가 무엇을 하느냐고.
그건 우스갯소리구나.

어릿광대는 다시 가서 물었죠.

커다란 코와 기다란 수염님!
핌퍼라인 공주님이

마구간지기라니 웃기는 말이랍니다.
다시 한 번 묻겠습니다. 당신은 누구시죠?

그러자 클라우스너가 다시 말끝을 길게 늘이며 말했어요.

나는 늙은 은둔자라고오오오오.

어릿광대가 핌퍼라인 공주에게 가서 말했지요.

자기는 집게를 만드는 늙은 대장장이라는데요.

그러자 핌퍼라인 공주가 말했어요.

다시 가서 한 번 더 물어보렴,
이런 바위 계곡에서
늙은 대장장이가 무엇을 하느냐고.
집게발은 게들이나 가지고 있는 거잖아.

어릿광대는 다시 물었어요.

커다란 코와 기다란 수염님!

❦

핌퍼라인 공주님이
집게발 대장장이라는 건 믿을 수 없답니다.
부탁이니 말씀해 주세요. 당신은 누구시죠?

그러자 클라우스너가 다시 말끝을 길게 늘이며 말했어요.

나는 늙은 은둔자라니까아아아.

그러자 어릿광대가 다시 핌퍼라인 공주에게 가서 말했지요.

자기는 아교를 끓이는 차가운 사람이라는데요.

그러자 핌퍼라인 공주가 말했어요.

다시 가서 한 번 더 물어보렴,
이런 바위 계곡에서
아교를 끓이는 사람이 무엇을 하느냐고.
우스갯소리로 그런 말을 했을 거야.

그러자 어릿광대가 다시 물었고 클라우스너가 말했어요.

나는 늙은 은둔자다아아아아.

어릿광대가 다시 물었고, 클라우스너가 말했지요.

늙은 은둔자라고오오오오.

어릿광대가 말했어요.

자기는 방금 죽은 노인이라는데요.

공주는 다시 가서 그가 이곳에서 무얼 먹으며 사는지 물어보라고 했고 클라우스너가 말했어요.

나는 나뭇잎과 이끼를 먹는다.

어릿광대가 말했어요.

저 사람은 사촌과 아주머니를 먹는대요.

클라우스너가 조급해져서는 다시 말했어요.

나는 나뭇잎과 이끼를 먹는다.
나무뿌리, 잡초,
버섯, 수세미 그리고 딸기,
딱정벌레, 귀뚜라미, 모기를 먹는다고.

어릿광대는 클라우스너가 한 말을 뒤따라 재잘거렸어요.

그는 널빤지와 유리를 먹는대요.
가죽으로 만든 앞치마와 재봉사,
구두쇠, 빗 그리고 곰,
양치기, 안경 그리고 목발을 먹는대요.

그러자 클라우스너와 나 그리고 핌퍼라인 공주는 모든 말을 뒤바꾸어 전하는 어릿광대에게 몹시 화가 나서 모두가 동시에 걸어 나왔어요. 클라우스너는 속이 빈 떡갈나무에서, 나는 두송 나무 숲에서, 핌퍼라인 공주는 방울꽃들 사이에서 어릿광대를 흠씬 때려 주려고 나왔지요. 하지만 어릿광대는 토끼처럼 개울을 뛰어넘어 숲으로 달아나 버렸어요. 그리고 우리들은 서로를 보고 놀라느라 어릿광대를 도망치도록 그냥 놔두었어요. 클라우스너가 공주에게 자신은 새의 언어를 연구하는 박사이고 나는 자신의 제자라고 이야기해 주자 공주가 용기를 내어 말했어요. '저는 핌퍼라인 공주라고 해요. 방울왕국의 왕이신 아버지 품팜 왕을 따라 이곳 숲까지 오게 되었답니다. 우리는 커다란 황금 종의 추를 찾기 위해 여행을 하고 있었어요. 최근 있었던 종 울리기 시합 때 궁전의 황금 종에서 추가 떨어져 나가 도시를 넘어 멀리 날아가 버렸거든요. 저는 어릿광대와 함께 아바마마의 행렬을 조금 뒤처져 따라가고 있었어요. 그런데 제 왕관이 나뭇가지에 걸리는 바람에 왕관에 달려 있던 작은 은방울이 떨어져 버렸어요. 그 방울은 방울왕국의 공주가 항상 지니고 있어야 하고 그래서 제 이름이 핌퍼라인이거든요. 나무에 걸린 방울에 돌멩이를 던져 떨어뜨리려고 하는 동안 까마귀 한 마리가 날아와서 주둥이로 방울을 물고 사라져 버렸어요. 우리는 방울 소리를 따라 여기까지 오게 된 것이랍니다. 그런데 여기에서 갑자기 소리가 사라졌어요. 이제 저는 품팜 왕의 행렬을 잃어버렸고 이 숲에서 어떻게 나가야 할지 모르겠어요. 은둔자님, 당신은 새의 말을 알아들을 수 있으니 새들에게 물어봐 주실 수 있겠지요? 제 은방울을 가지고 간 까마귀를 보지 못했는지, 아버지께서 지나가신 길이 어디인지 아느냐고 물어봐 주세요.' '새들을 당장 불러 모으겠습니다, 귀하신 공주님!' 클라우스너는 이렇게 말하고 나에게 도와 달라는 손짓을 했어요. 우리는 각자 나무로 올라가서 모든 새들의 소리를 내어 새들을 불러들이기 시작했죠. 그러자 새들이 사방에서 날아들었고, 핌퍼라인 공주는 아주 기뻐했어요. 클라우스너가 새들에게 방울을 가진 까마귀를 보지 못했는지, 왕의 행렬이 어디로 갔는지를 물었어요. 그러나 새들 모두 알지 못했어요. 까마귀 한 마리를 제외하고는요. 그 까마귀가 말했지요. '제 친구 까마귀가 방울을 가지고 야간 보초병들의 왕인 크나라츠키의 성으로 날아갔어요. 그 성은 호수 한가운데 있는 높은 절벽에 있답니다. 그곳에서 황금 종의 추도 찾을 수 있을 거예요. 방울왕국의 황금 종에서 떨어져 그곳으로 날아갔지요. 품팜 왕도 그 쪽으로 가는 중이랍니다. 핌퍼라인 공주님이 가시겠다면 제가 기꺼이 길을 안내해 드리죠.'

클라우스너는 이 기쁜 소식을 공주에게 전해 주었고, 공주는 기뻐하며 당장 까마귀를 따라가기로 결심했어요. 그리고 이제 떠나자며 어릿광대를 불렀죠. 어릿광대는 수풀에서 요란하게 달그락거리는 소리를 내며 달려왔어요. 주머니 가득 도토리를 집어넣었거든요. 또 손과 입은 나무딸기를 먹어 시커멓게 되어 있었어요. 핌퍼라인 공주는 여행에 가져가라고 신선한 꿀벌집을 건네준 클라우스너에게 아주 고마워했어요. 그리고 나는 뿌리가 상하지 않도록 흙도 함께 어릿광대의 고깔모자에 담아 아름다운 방울꽃을 한 다발 건네주었죠. 공주는 아주 기뻐하면서 감사의 뜻으로 클라우스너에게는 다이아몬드로 장식된 공주의 초상화가 새겨진 금빛 담배 케이스를 선물했고 나에게는 공주의 머리카락으로 자신의 이름을 새긴 다이아몬드 반지를 선물했어요. 우리가 눈물을 흘리며 공주의 옷자락에 키스하자 까마귀가 소리쳤어요. '서둘러요, 서둘러! 이제 떠나야 할 시간이라고요. 갈 길이 멀어요.' 공주는 우리에게 악수를 청했고, 공주가 출발하자 우리는 흐느껴 울었어요.

나는 얼마간 함께 따라가면서 공주가 편히 갈 수 있도록 마구 뻗은 가지들을 굽혀 주었죠. 그렇게 한참 동안 길을 걸었을 때 갑자기 도요새 한 마리가 날아와 클라우스너가 이상하니 빨리 돌아가야 한다고 말했어요. 그래서 나는 다시 한 번 핌퍼라인 공주에게 정중히 작별 인사를 하고 여행에 행운이 함께하기를 빌었어요. 공주는 내가 자신의 손에 키스하는 것을 허락했고 나중에 한번 방울왕국에 와서 자기를 찾아 달라고 초대했어요. 그러고는 헤어졌지요.

나는 울면서 집으로 향했어요. 그만큼 나는 친절한 핌퍼라인 공주를 사랑하게 되었답니다. 집에 도착했을 때 클라우스너는 곡괭이와 삽으로 무덤을 파느라 여념이 없었어요. 그가 내게 소리쳤죠. '도와다오, 트릴트랄! 도와줘!' 그러고는 나에게 삽을 내밀었어요. 나는 아무 말도 하지 않고 클라우스너의 말을 따랐죠. 왜냐하면 우리는 서로 말을 잘 하지 않았거든요. 무덤을 파면서 이따금 궁금하다는 듯이 슬프게 쳐다보아도 클라우스너는 손가락을 입에 대고 새들의 소리에 귀를 기울이라는 신호를 보냈어요. 그때 작은 올빼미 한 마리가 속이 빈 떡갈나무 위에서 아주 구슬프게 두서너 번 비명을 질렀어요. 그 소리는 클라우스너의 뼛속 깊이 사무쳤고 내 심장을 칼로 도려내는 듯했지요. 나무 위의 새들은 아주 조용히 숨어 버렸고 겁에 질려 서로 달라붙어서 귓속말을 주고받았죠. 그때 딱따구리 한 마리가 둥지에서 고개를 내밀고는 물었어요.

올빼미가 왜 저렇게 소리를 지른 거야?

그러자 잉꼬비둘기가 둥지 밖을 내다보며 말했어요.

올빼미가 '클라우스너! 시간이 다 되었어!'라고 소리치고 있어.

피리새가 소리쳤어요.

올빼미가 '클라우스너! 무덤을 넓게 파'라고 소리치고 있어.

곧이어 꾀꼬리가 말했어요.

올빼미가 '길이 5피트, 폭 3피트'라고 소리치고 있어.

그때 지빠귀가 궁금해하며 외쳤어요.

무덤이라니! 그게 무슨 말이야?

그러자 찌르레기가 아주 진지하게 말했지요.

아이 참, 이제 영원한 휴식에 들어간다는 소리지.

제비가 아주 슬프게 물었어요.

누가 그의 눈을 감겨 주지?

그러자 종달새가 대답했어요.

친구야! 나와 네가 해야지.

하지만 나이팅게일이 말했지요.

아니, 친구들아, 내가 할 거야.
제비와 종달새, 너희들은
그를 깨워서 영원한 태양을 향하도록 하렴.
내가 그의 눈을 감길 거야.
그의 심장이 멎어 들면.

우리는 하느님의 은혜로
수많은 경건한 밤들을 함께 깨어 있었지.
그러니 이제 영원한 휴식을 취하도록
내가 사랑하는 그의 눈을 감기겠어.

오, 클라우스너! 나의 사랑하는 클라우스너여!
당신의 무덤을 너무 작게 만들지 말아요.
나이팅게일과 그녀의 슬픈 노랫소리를 위한 자리도
마련해 주세요.

사랑스런 나이팅게일의 감동적인 말을 들은 클라우스너와 나는 하염없이 눈물을 흘렸어요. 무덤이 완성되자 클라우스너가 그 안으로 들어갔고 나는 그를 뒤따라 뛰어들어 꽉 껴안았어요. '아! 존경하는 선생님, 나의 스승님! 선생님을 보내 드릴 수 없어요. 이 두 팔로 선생님을 단단히 붙들 거예요. 안 돼요, 안 돼. 선생님은 제 곁에 계셔야 해요.' 하지만 클라우스너는 나를 밀어내며 말했어요.

트릴트랄, 무덤에서 당장 나가거라.
내 공간을 빼앗지 말아 다오.
이곳은 나와 내 꿈을 위하여

꼭 필요한 곳이란다.

나는 고요함이 그립구나.

날카로운 새의 비명

오싹한 지저귐

왁자지껄한 노랫소리는

나를 두렵고 불안하게 하고

머리를 멍하게 하는구나.

나는 그 소리를 너무나 오래 들었단다.

부탁이니, 이곳에서 나가 다오.

그래서 나는 무덤 밖으로 나가며 말했어요.

오, 사랑하는 선생님

왜 갑자기 그런 말씀을 하시는 거예요?

선생님께서 고령이시기는 해도

정정하시잖아요.

그러자 그는 아주 진지하게 내가 지금까지 본 적이 없는 열정을 가지고 나에게 말했어요. 그래서 선생님이 심한 열병에 걸린 걸 알았죠.

나는 핌퍼라인 공주가 주었던 담배 케이스에서

❦

코담배를 하나 꺼내어 피웠단다.
그 순간 내 머릿속이
아주 이상해져 버렸어.

나는 선생님에게 물었어요.

이런, 선생님!
선생님은 조심하지 않으셨군요.
선생님은 오래전부터
담배를 피우지 않으셨잖아요.

클라우스너는 나를 꾸짖듯 대답했어요.

약한 사람만이
비겁한 자만이
그렇게 변명을 하며
중요한 일을 멀리하지.

대부분의 아이들은 목욕하기가 싫어서
괜히 물이 차다고 한단다.
하지만 과자를 조금 주면

어떤 아이라도 곧 목욕을 할 거다.

아이들은 약 먹는 것이 싫어서
계속해서 미루곤 한단다.
하지만 사탕이라면
서슴없이 입에 털어 넣지.

하지만 결국 시간이
신 사과를 농하게 만들고
이가 하나도 없어도
'이제 먹어라!'라고 명한단다.

핌퍼라인 공주와 함께
나의 시간이 다가온 거란다.
담배를 피우자
그들이 내 온몸 구석구석으로 퍼져 나갔지.

나는 당장에 거인처럼
쩌렁쩌렁 울리도록
끔찍스레 재채기를 할 수밖에 없었지.
그래서 바위가 갈라졌단다.

내 코에서 나온 소리로 인해
메아리가 부서지며 울렸고,
거친 폭포도
거꾸로 흘렀단다.

떡갈나무들은
뿌리 깊숙이 움츠러들었고
나는 하늘에서 곤두박질치는
새들을 보았단다.

그제야 비로소 나는 듣기 시작했고
그제야 나는 보기 시작했지.
우리가 온갖 것을 가르치지만
이해하는 것은 적다는 것을.

모든 새의 언어가
새의 문법과 함께
나의 눈물샘에 잠겨
녹아 버리는 것을 나는 보았단다.
나의 새의 교과서가
처절한 신음 소리를 내며

태양 아래의 버터처럼
모조리 녹아 버렸단다.

나는 하늘에서
알파벳이 활활 타 버리는 것을 보았단다.
그때 대문자 A와 O를
알아본 게 전부였지.

다른 사람들이 그러했듯
이제 나는 다리를 뻗고자 한단다.
최후 심판의 그날까지
어떤 새도 나를 깨우지 못할 거다.

그러고 나서 클라우스너는 무덤 안에 똑바로 누웠어요. 밤이 되자 사방의 나무에 새들이 모여들었죠. 하지만 새들은 이전처럼 즐겁게 지저귀지 않았고, 아주 조용히 슬픈 눈으로 무덤 안에 누워 있는 클라우스너를 내려다보았어요. 그때 클라우스너는 습관대로 밤의 노래를 부르기 시작했어요. '이제 모든 숲이 편히 쉬네.' 새들도 모두 사랑스러운 목소리로 따라 불렀어요. 클라우스너는 그 소리를 자장가 삼아 잠든 것처럼 보였지요. 나는 그의 곁에서 무릎을 꿇고 울었어요. 새들이 노래를 그치자

나이팅게일이 클라우스너의 가슴 위로 날아와 앉았어요. 나이팅게일은 부리로 깃털을 하나 잡아 뜯어 그의 입에 놓았지요. 하지만 깃털이 전혀 미동도 하지 않자 이렇게 말했어요. '아! 이제 숨을 쉬지 않는구나! 깃털이 꼼짝도 않다니. 아! 선량한 클라우스너가 죽었구나!' 그리고는 클라우스너의 무덤 바로 위의 한 나뭇가지로 날아가 아주 구슬프게 노래하기 시작했어요. 노래는 점점 격렬하고 애절해졌고, 결국은 짙은 한숨을 내뱉은 후 나이팅게일의 심장도 산산조각이 나 무덤 속 클라우스너에게로 떨어졌지요.

다음 날 아침, 새들은 풀과 꽃잎들을 클라우스너의 시신 위에 뿌렸어요. 그리고 나는 흙으로 그를 덮었죠. 하지만 그의 길고 새하얀 수염은 밖으로 내어놓았어요. 왜냐하면 바람이, 자신의 아이들인 어린 여름 공기가 그 수염을 타고 놀 수 있게 해 달라고 부탁했거든요. 또 종달새들도 그 속에 둥지를 틀고 싶다고 했어요. 내가 이 모든 일을 마치고 나자 바로 그날이 다가왔다는 게 생각났어요. 아버지와 형들과 다시 만나기로 했던 그날 말이죠. 그래서 나는 클라우스너가 내게 남기고 간 핌퍼라인 공주의 초상화가 새겨진 담배 케이스를 집어 들었어요. 그리고 새들과 아쉬운 작별의 인사를 하고 무슨 일이 생기면 내게 알려 달라고 부탁을 했죠.

내가 막 이곳에 도착했을 때 핑스트드로셀이라고 부르기도

하는 꾀꼬리가 나무 위에 앉아 기쁜 소식과 함께 아주 슬픈 소식을 전해 주었어요. 핌퍼라인 공주와 어릿광대를 그녀의 방울과 아버지가 있다는 야간 보초병 왕인 크나라츠키에게 데리고 갔던 그 까마귀가 사기꾼이었다는 거예요. 품팜 왕은 그곳에 없었고, 사악한 크나라츠키가 호수를 넘어 날아와 공주를 높은 절벽으로 데리고 갔대요. 그곳에서 공주는 하루 종일 앉아서 크나라츠키의 머리를 무릎에 눕히고 그가 잠들 때까지 노래를 불러야 한다는군요. 크나라츠키는 밤에는 보초병들을 다스리느라 낮에 잠자기 때문이래요. 그리고 어릿광대는 온종일 호숫가에 서서 개구리가 울지 못하게 채찍을 휘둘러야 한대요. 크나라츠키를 깨우지 않도록 하려고요. 크나라츠키는 핌퍼라인 공주를 품팜 왕에게 돌려줄 생각이 없대요. 왜냐하면 방울왕국의 종에서 떨어져 나온 추가 그 절벽으로 날아와 왕비인 슈나라셀이 그 추에 맞아 죽었기 때문이래요. 품팜 왕은 공주를 구해 오는 사람에게 공주와 왕국의 절반을 주겠다고 온 세상에 알렸대요. 꾀꼬리가 들려준 이야기는 이게 다예요. 그리고 제가 '좋았어, 야호! 이제 됐다!'라고 소리 지른 건, 우리 모두 머뭇거리지 않고 다 같이 길을 떠나면 핌퍼라인 공주와 왕국의 절반을 얻을 수 있다고 생각했기 때문이에요. 여기 담배 케이스에 새겨진 공주의 초상화를 한번 보세요."

트릴트랄은 모두에게 담배 케이스를 보여 주었고, 그들 모두는 공주의 아름다움과 다정한 모습에 기뻐했습니다.

하지만 아무도 담배 케이스에서 코담배를 꺼내 피우지는 않았습니다. 왜냐하면 그로 인해 클라우스너가 그렇게 끔찍한 일을 당했기 때문이지요. 다섯 형제와 아버지 클롭스톡은 즉시 여행을 떠나는 데 찬성했습니다. 클롭스톡 선생이 검은 윗도리를 걸치고 등나무 지팡이를 손에 들고 문을 잠갔고 그들은 길을 떠났습니다. 트릴트랄이 그들을 안내했습니다. 그립스그랍스가 말했습니다.

"내가 공주를 그 크나라츠키에게서 구해 오겠어. 너희는 내가 두 개의 칼을 가지고 그 절벽을 고양이보다 잘 오르는 것을 지켜보라고."

피춰파춰가 말했습니다.

"너희들은 내 배를 타고 바람처럼 빠르게 호수 위를 달리게 될 거야."

피프파프가 말했습니다.

"나는 크나라츠키의 털모자를 맞출 거야. 그가 평생 그 일을 잊지 못하도록 말이야."

핑크팡크가 말했습니다.

"만일 불행한 일이 일어나면 내 풀을 가지고 너희들을 도와주겠어."

클롭스톡은 대단히 기뻐하며 왕국을 얻게 되면 어떻게 왕립 시골 학교의 교장이 될 건지를 장황하게 들려주었습니다.

이런 이야기들을 나누며 며칠 후 그들은 호수에 도착했습니다. 피취파취는 코랄리가 자신에게 선물한 갈대로 만든 배를 찾았습니다. 진주와 조개껍데기가 가득 실린 그 배는 갈대 속에 잘 숨겨져 있었습니다.

"우리 이것들을 공주에게 결혼 선물로 주자."

피취파취가 말했습니다.

"좋아! 어서 배에 오르자고!"

그들은 배를 탔고 피취파취가 노를 저었습니다. 한 번 노를 저을 때마다 배는 호수 위를 1마일씩 나아갔습니다.

그들은 곧 호수 한가운데 있는 높고 가파른 절벽에 도착했습니다. 그 절벽의 기슭에는 가엾은 어릿광대가 개구리가 울지 못하도록 여전히 물속을 치고 있었습니다. 위에서 크나라츠키가 잠을 자고 있기 때문이었지요. 가엾은 장난꾸러기에게는 크나라츠키가 절벽에 기대어 세워 놓은 낡고 구멍 난 보초병의 각적 말고 다른 집은 없었습니다. 어릿광대는 달팽이처럼 각적 밖을 내다보고 있었습니다. 그리고 트릴트랄을 알아보고는 굉장히 기뻐했고 연신 손가락을 입에 가져다 대며 조용히 하라는 표시를 했습니다.

이제 그들은 배를 타고 높은 장벽처럼 하늘로 치솟은 절벽 기슭에 바짝 다가갔습니다. 그립스그랍스가 절벽을 기어오르

준비를 했습니다. 소매를 걷어붙이고 양손에 단도 하나씩을 쥐었습니다. 형제들은 그립스그랍스가 어떻게 절벽을 기어 올라갈지 호기심 어린 눈으로 쳐다보았습니다. 그립스그랍스는 아주 놀랍도록 숙련된 솜씨로 절벽을 기어 올라갔습니다. 그는 오른손에 쥔 칼을 절벽 틈에 찔러 껑충 뛰어오른 뒤 왼손에 쥔 칼로 절벽의 더 높은 곳을 찌르고 다시 몸을 날렸습니다. 다음에는 다시 오른손에 쥔 칼을 절벽에서 빼내어 더 높이 있는 바위 틈새로 찔러 넣고, 그다음에 왼손의 칼을 뽑아 다시 높은 곳에 찔러 넣으며 올라갔습니다. 형제들과 아버지는 그립스그랍스가 그렇게 공중에 매달려 있는 것을 보고는 그를 걱정하며 배 안에서 무릎을 꿇고 기도했습니다.

"하느님, 그립스그랍스가 무사히 올라가도록 도와주세요."

그립스그랍스가 절벽의 중간쯤에서 왼손에 쥔 칼에 매달린 채 허공에 떠서 오른손에 쥔 칼을 더 높은 곳에다 꽂으려는 순간 큰 위험이 닥쳤습니다. 그립스그랍스가 절벽 틈새에 있던 독수리 둥지에 칼을 찔러 넣었던 것입니다. 커다란 독수리와 까마귀 한 마리가 뛰쳐나와 그를 부리로 쪼며 물어뜯었습니다. 그러는 바람에 그는 깜짝 놀라 오른손에 쥐고 있던 칼을 바닷속으로 떨어뜨리고 말았습니다. 저런! 그립스그랍스가 곤경에 빠졌습니다. 그는 왼손으로 칼을 단단히 쥐고 오른손으로는 화가 난 독수리를 막으며 무서울 정도로 깊은 바다 위에서 허공에 매달려 있었습니다. 앞으로 나아갈 수도 그렇다고 뒤로 돌아갈 수도 없었습니다. 형제들이 이 모습을 지켜보고 있을 때 떨어진 칼을 다시 꺼내 오기 위해 피취파취가 바닷속으로 뛰어들었습니다. 동시에 피프파프는 활시위를 당겨 독수리를 쏘아 맞추었습니다. 독수리는 반쯤 죽은 상태로 배 위로 떨어졌습니다. 트릴트랄이 다가갔을 때 독수리가 말했습니다.

"나는 죽어도 마땅해요. 핌퍼라인 공주의 방울을 훔친 것이 바로 나니까요. 친구 집에 놀러 간 아내가 그 방울을 걸고 있어요. 아내는 늘 독수리 부인들 앞에서 보석이나 장신구를 뽐내고 싶어 하죠. 그래서 도둑질을 하도록 나를 꼬드겼어요. 저 위에서 남자를 쪼아 대고 있는 저 까마귀는 제 부하랍니다. 저 녀석이 클라우스너와 만났던 핌퍼라인 공주에게 거짓말을 하고 공주를 거인 크나라츠키의 수하에 감금시켰죠."

독수리는 이 말을 마치고 죽었습니다.

그때 피취파취가 칼을 찾아 가지고 바닷속에서 나왔습니다. 피프파프는 그 칼을 활 위에 얹고는 아직도 공중에 매달려 있는 그립스그랍스를 쪼아 대고 있는 까마귀를 겨누어 쏘았습니다. 칼은 그 사기꾼을 꿰뚫고 절벽에 박혔습니다. 그리고 이제 그립스그랍스는 다시 칼을 쥐고 아슬아슬한 고공 행진을 계속했습니다. 그사이에 핑크팡크는 자신의 생명의 영약으로 즙을 내어 죽은 독수리의 상처에 조금 떨어뜨렸고 독수리가 다시 살아났습니다. 그 모습을 보고 트릴트랄이 말했습니다.

"자, 보렴. 우리가 가진 재주로 너는 죽었고 또 우리의 재주로 다시 살아났어. 당장 네 아내를 이곳으로 데리고 와서 핌퍼라인 공주의 방울을 우리에게 주겠다고 약속한다면 네 목숨도 살려 주고 자유를 줄게."

독수리는 자신의 날개를 걸고 맹세했습니다. 그러자 트릴트랄이 말했습니다.

"더 확실하게 맹세해 보렴!"

독수리가 말했습니다.

"내 부리를 걸고 맹세할게요."

"더 확실히!"

트릴트랄이 말했습니다.

"아, 제 말을 이해하시면서 그러시는군요. 신성 로마제국의 쌍독수리에 맹세하지요. 그 두 개의 목에, 두 개의 머리에, 두 개의 왕관에, 왕 홀, 칼과 독일 황제의 권력을 상징하는 그 지구의에 대고 맹세합니다."

독수리가 말했습니다.

"좋아!"

트릴트랄이 말했습니다. "하지만 훨씬 더 확실히 맹세해 봐."

독수리는 트릴트랄을 뚫어져라 보다가 웃으며 말했습니다.

"당신도 알다시피 그 이상은 없어요."

"그래, 나도 알아. 약속을 지키도록 해!"

트릴트랄이 대답하고는 독수리를 날아가게 했습니다.

독수리는 곧 부리에 방울을 물고 돌아왔습니다. 하지만 아내는 데려오지 않았습니다. 독수리가 트릴트랄에게 말했습니다.

"제가 아내의 지나친 허영심을 나무랐더니 부끄러워서 올 수가 없답니다."

피취파취가 그의 아내를 위해 조개껍데기 목걸이를 선물하자 독수리는 매우 고마워하며 날아갔습니다.

그립스그랍스가 절벽 위에 올라가 보니 그곳에는 커다란 야간 경비 초소 외에는 아무것도 보이지 않았습니다. 초소에서는 거인 크나라츠키의 끔찍한 코 고는 소리와 함께 핌퍼라인 공주의 노래가 흘러나왔습니다.

코를 골아라! 드르렁드르렁 코를 골아라!
종의 추에 맞아 죽은 슈나라셀은
무덤 속에서 코를 골고 있으니.
이 무례한 거인은 나에게 명령했지.
말라비틀어진 빵을 주면서
아침 녘부터 저녁놀이 질 때까지 노래하라 하네.
오! 드넓은 바다여, 나를 이 고난 속에서 구해 줄
배 한 척을 보내 다오.

코를 골아라! 드르렁드르렁 코를 골아라!
슈나라셀은 무덤 속에서 코를 골고 있으니.
내 무릎 위에는 그의 커다란 머리가 놓여 있고
내 팔은 그의 머리카락에 묶여 있고
내 눈앞에 보이는 것은 그의 대머리
코를 골고 있는 시커먼 항아리 같은 입
그의 붉은 수염, 그의 굵은 목덜미.
오, 이 멍청이에게 노래를 불러 주어야 하다니!

코를 골아라! 드르렁드르렁 코를 골아라!
슈나라셀은 무덤 속에서 코를 골고 있으니.
저녁이 되어야 나의 고통이 사라지니
그가 내 무릎에서 고개를 들고
나의 옆구리를 여러 번 찔러 대지.
나는 아이슬란드의 이끼를 나귀 젖에 담가
대장간의 모루처럼 커다랗게
경단을 요리해야 하네.

코를 골아라! 드르렁드르렁 코를 골아라!
슈나라셀은 무덤 속에서 코를 골고 있으니.
그리고 그는 이 경단을 목구멍에 넣고

그것이 폐에 좋다고 으르렁대지.
그리고 각적을 입에 물고
훽훽, 불면 그의 개가 짖어 대고,
절벽은 밑바닥까지 진동을 하네.
그렇게 시시각각이 흘러가네.

코를 골아라! 드르렁드르렁 코를 골아라!
슈나라셀은 무덤 속에서 코를 골고 있으니.
그는 노래를 부르며 그 일에 흠뻑 취한다네.
마치 기름칠 하지 않은 마차 바퀴가 덜커덩거리듯 날카롭게
기다란 창을 시끄럽게 쩔그럭거리며.
그가 돌이 깔린 도로를 덜컹덜컹 긁어 대고
덜컹덜컹 딸랑이를 울리니
내 피는 혈관 속에서 얼어붙네.

코를 골아라! 드르렁드르렁 코를 골아라!
슈나라셀은 무덤 속에서 코를 골고 있으니.
그의 호른과 딸랑이 소리에다
쿵 하고 떨어지는 소리도 들려오네.
야간 경비병들은 모두 땅 위에
길과 성벽 위에, 탑과 장벽 위에 있네.

❦

아, 그럴 것이! 이곳의 울림 속에
이 민족을 다스리는 통치자의 우리가 있기 때문이네.

코를 골아라! 드르렁드르렁 코를 골아라!
슈나라셀은 무덤 속에서 코를 골고 있으니.
오! 고요하고 다정한 별이 총총한 밤이여,
나무 위로 달빛이 이슬처럼 내리는 시간
잠이 내게 다채로운 성을 지어 주는 시간,
신부를 향한 신랑처럼
오색영롱한 꽃이 창을 통해 나를 바라보는 시간,
그런데 어찌 이 속의 밤은 이토록 요란하고 시끄러운가!

코를 골아라! 드르렁드르렁 코를 골아라!
슈나라셀은 무덤 속에서 코를 골고 있으니.
피리의 연주 없이, 하프의 연주도 없이
딩동댕, 종소리와 방울 소리도 없이
내게 두렵고 무서운 이 남자에게
나는 자장가를 불러야 하네.
태양과 달은 자신의 길을 가고 있건만
오, 하느님! 제게 그 시간은 너무 길답니다!

코를 골아라! 드르렁드르렁 코를 골아라!

슈나라셀은 무덤 속에서 코를 골고 있으니.

나의 아버지 품팜 왕은 먼 곳에 있는데

바다는 수천 마일이나 넓고

나의 고통만큼이나 쓴맛입니다.

그러나 시간은 그보다 더 쓰답니다.

아! 나를 이 외로움에서 구해 줄 기사가

어디에 없을까요?

공주가 이 노래를 부르는 동안 그립스그랍스는 오두막 주위를 돌며 커다란 쇠파리 몇 마리와 메뚜기와 귀뚜라미 그리고 땡벌 한 쌍을 잡았습니다. 그리고 문을 가만가만 열고 기쁨으로 몸을 떠는 가련한 공주의 귀에 대고 아주 조용하게 속삭였습니다.

"계속 노래를 불러서 제가 조용히 일할 수 있게 해 주세요."

그제야 비로소 그립스그랍스는 비열한 크나라츠키를 제대로 보았습니다. 그는 늙은 곰 같은 덩치에다 털보로 역겨운 모습이었습니다. 어깨에는 민숭민숭하고 커다란 박쥐의 날개가 달려 있고 뒤통수에 기다랗게 땋은 숱 많은 머리채는 공주가 도망가지 못하도록 공주의 팔에 묶여 있었습니다. 그리고 머리를 공주의 무릎에 얹고 코를 골고 있는 중이었습니다. 콧김에 바닥의 먼지와 모래들이 공중으로 흩날렸습니다. 벽에는 장정이 들어가 잠을 잘 수 있을 만큼 거대한 보초병의 각적이 걸려 있고 그 옆으로 방의 문짝만큼 커다란 그의 보초병 가방이 걸려 있었으며 바닥에는 기다란 창이 세워져 있었습니다.

그립스그랍스는 거인이 깨어났을 때 아무런 소리도 낼 수 없도록 각적을 막고 가방을 찢고 기다란 창을 숨겼습니다. 크나라츠키의 귀 뒤로 나온 몇 가닥의 굵은 곱슬머리 안에다 쇠파리와 메뚜기와 귀뚜라미, 그리고 땡벌을 집어넣고는 곱슬머리의 앞뒤를 막았습니다. 이제 벌레들이 윙윙거리고 쓰르르르 울면 거인은 공주가 계속해서 노래를 부른다고 생각할 것입니다. 핌퍼라인 공주는 조용히 노래를 멈추었습니다. 그립스그랍스는 공주의 팔에서 땋은 머리를 풀어 공주의 뒤쪽 벽에 기대어 놓은 종의 추에 묶었습니다. 그리고 핌퍼라인 공주가 저녁마다 경단을 요리했던 낡고 녹슨 놋쇠 솥을 가져왔습니다. 이제 공주는 살그머니 일어섰고, 그립스그랍스는 녹슨 솥을 크나라츠키 쪽으로 밀어 핌퍼라인 공주의 무릎을 베었을 때처럼 편안히 코를 골도록 머리통 밑에 고인 뒤 핌퍼라인 공주를 데리고 어릿광대에게 먹을 것을 담아 내려보냈던 양동이 안에 들어가 재빨리 배로 내려갔습니다.

아! 위만 쳐다보느라 목이 아팠던 클롭스톡과 형제들은 그립스그랍스가 핌퍼라인 공주를 데리고 오는 것을 보고는 얼마나 기뻤던지! 어릿광대는 각적에서 빠져나와 한 걸음에 배 안으로 뛰어내렸고 그립스그랍스와 핌퍼라인 공주도 배에 올라탔습니다. 형제들은 모두 공주의 손에 키스를 했습니다. 피취파취를 빼고는 말이죠. 피취파취는 쏜살같이 절벽으로부터 멀어지기 위해 힘차게 노를 저어야 했으니까요.

그러나 그들이 멀리 가기 전에 큰 위험이 닥쳤습니다. 그립스그랍스가 핌퍼라인 공주와 함께 떠나고 얼마 지나지 않아 크나라츠키가 잠에서 깨어났습니다. 그립스그랍스가 머리카락 속에 집어넣었던 곤충들이 기어 나와 버렸기 때문이었습니다. 쇠파리와 귀뚜라미, 메뚜기는 문밖으로 날아가 버리거나 뛰어가 버렸지만 땡벌은 거인의 붉은 코 위에 앉았습니다. 곤충들이 더 이상 그의 귀에 대고 붕붕거리며 노래를 하지 않자 거인은 핌퍼라인 공주가 노래를 하지 않는 것이라고 생각했습니다. 그래서 반쯤 잠에 취한 상태로 소리쳤지요.

"핌퍼라인! 핌퍼라인! 노래를 계속해라! 그러지 않으면 � 옆구리를 칠 테다."

하지만 핌퍼라인 공주는 여전히 노래를 하지 않았습니다. 거인의 콧바람에 짜증이 난 땡벌이 거인의 코를 제대로 한 방 쏘았고, 그 때문에 화가 난 거인은 주먹을 움켜쥐고 공주를 때리려고 했습니다. 하지만 녹슨 솥을 세차게 치는 바람에 "어이쿠야!" 하고 엄청난 비명을 질렀습니다. 솥이 커다란 종처럼 윙윙 울렸습니다. 거인은 화가 잔뜩 나 벌떡 일어났습니다. 그러나

❦

땋은 머리가 커다란 종의 추에 묶여 있어 머리카락을 마구 잡아당겼습니다. 그는 갖은 노력 끝에 묶인 머리를 풀고 온 절벽 위를 뛰어다녔지만 핌퍼라인 공주는 앞쪽에도 뒤쪽에도 없었습니다. 그러다가 바다 저 멀리 배가 떠가는 것을 보았습니다.

"하, 하! 내가 당한 만큼 갚아 주겠다."

거인이 말하며 기다란 창을 향해 손을 뻗었지만 찾을 수 없었습니다. 그러자 거인이 말했습니다.

그을린 솥을 베개 삼아 눕혀 놓다니
그것 참 그럴싸한 장난을 쳤군!
종의 추에 묶어 놓다니
그것 참 그럴싸한 장난을 쳤군!
기다란 창을 숨기다니
그것 참 그럴싸한 장난을 쳤군!

그리고 거인은 딸랑이를 잡으려 했지만 부서져 있었습니다.

딸랑이를 부숴 놓다니
그것 참 그럴싸한 장난을 쳤군!

크나라츠키는 각적을 불어 모든 야간 보초병들을 불러 모으려 했습니다. 하지만 호른이 완전히 막혀 있어 하마터면 그의 볼이 터질 뻔했습니다. 그래서 소리를 질렀습니다.

야간 보초병 왕의 각적을 막아 버리다니
그것 참 버릇없는 장난을 쳤군!

"하지만 기다려라, 핌퍼라인 공주! 내가 너와 너를 훔쳐 간 도둑 일당을 잡으러 가겠다. 네 아버지 품팜 왕의 추가 이곳으로 날아와 내 아내 슈나라셀을 쳐 죽였으니 이제 내가 품팜 왕의 딸 핌퍼라인과 도둑 일당을 쳐 죽일 것이다."

그러고는 커다란 종의 추를 어깨에 둘러메고 커다란 박쥐 날개를 펼쳐 펄럭펄럭펄럭 배를 향해 호수 위를 날았습니다.

"세상에! 이를 어쩌나. 저기 크나라츠키가 오는 것 같아요."

핌퍼라인 공주가 소리치며 거인이 자신을 볼 수 없도록 배의 바닥에 납작 엎드렸습니다. 그러나 크나라츠키는 검은 구름처럼 날아와 무시무시한 목소리로 노래했습니다.

너희들은 내 말을 듣고 말해 보아라.
크나라츠키가 추를 가지고 왔다,
아내인 슈나라셀을 죽였던 그 추를.
이제 핌퍼라인 공주의 목숨을 가져갈 차례다.

❦

핌퍼라인, 네 목숨을 지켜라,
추가 네 목을 부러뜨릴 때.

아, 그 순간 클롭스톡 선생과 형제들은 핌퍼라인 공주를 감싸며 무릎을 꿇고 울면서 기도했습니다. 피춰파춰가 빠르게 노를 젓자 피프파프가 활을 팽팽히 당기며 말했습니다.

"피춰파춰! 내가 잘 맞출 수 있게 잠시만 가만히 있어 봐."

그러자 피춰파춰는 노 젓는 것을 멈추었고, 그때 크나라츠키는 바로 배 위에 있었습니다. 쉬익, 하고 피프파프가 시위를 놓자 화살은 크나라츠키의 가슴 한가운데를 관통했고, 그는 커다란 추와 함께 털썩 하고 배 안으로 떨어지며 널따란 박쥐의 날개로 배를 완전히 덮어 버렸습니다.

형제들은 크나라츠키가 자신들 위에 누워 있었기 때문에 무서워서 처음에는 모두 숨을 죽이고 있었습니다. 제일 먼저 클롭스톡이 몸을 움직이며 말했습니다.

"어이쿠, 세상에! 얘들아, 아직 살아 있는 거냐?"

그때 피춰파춰가 말했습니다.

"네! 하지만 머리가 아파요."

트릴트랄이 말했습니다.

"손을 삐었어요."

이어서 그립스그랍스가 말했습니다.

“코에서 피가 나요.”

피프파프가 말했습니다.

“귓불이 부었어요.”

핑크팡크가 말했습니다.

“머리에 구멍이 났어요.”

“아야!” 하고 어릿광대가 소리 질렀습니다.

“아야! 아야! 아파라, 아파! 난 가엾은 불구가 되었어요. 평생 이러고 살 것 같아요. 아이고, 아파라! 아이고, 아파라! 아이고, 아파!”

“저런! 대체 무슨 일이야?”

모두가 함께 소리쳤습니다. 그러자 어릿광대는 처참하게 한탄하며 말했습니다.

“아야! 내 지팡이가 부러졌어요. 그리고 재킷에서 단추 하나가 떨어졌어요.”

그러자 어릿광대를 걱정하던 그들은 어릿광대를 비웃기 시작했습니다. 그러나 트릴트랄이 말했습니다.

“웃지 마세요. 핌퍼라인 공주가 아무 말도 하지 않아요. 공주가 죽은 게 분명해요! 서둘러요, 서둘러! 크나라츠키 녀석을 밖으로 던져 버려요. 공주를 찾을 수 있게.”

모두 함께 엎드려 크나라츠키를 등에 지고 밀어 올렸습니다. 영차, 영차, 철썩. 결국 크나라츠키는 배 밖으로 떨어져 물속으로 가라앉았습니다.

하지만 불행한 일은 이미 벌어졌습니다! 커다란 종의 추가 배 한가운데 있던 핌퍼라인 공주 위로 떨어졌고 공주는 즉사했습니다. 형제들과 아버지 그리고 어릿광대는 한탄하며 머리카락을 잡아 뜯었습니다. 하지만 핑크팡크가 말했습니다.

"우선 공주님을 이 무거운 추 아래에서 끌어내 봐. 내가 살려 보겠어."

그래서 형제들은 공주를 끌어내었고, 핑크팡크가 공주의 붉은 입에 자신의 생명의 영약 즙을 조금 흘려 넣었습니다. 그러자 공주가 깨어났습니다.

그곳은 온통 기쁨이 넘쳤습니다. 철썩철썩, 철썩철썩 노를 저어 곧 육지에 도착했습니다. 육지에 이르자 피취파취는 배에 네 개의 바퀴를 달았고, 트릴트랄은 숲에서 여섯 마리의 곰을 불러왔습니다. 곰들에게, 앞에서 마차를 끌어 그들 모두를 방울왕국까지 실어다 주면 곰 모두에게 각기 커다란 후추과자 하나씩을 주겠다고 약속했습니다. 그들은 기꺼이 승낙했고 여행은 빠르게 진행되었습니다.

세상에! 방울왕국의 사람들이 곰들이 끄는 이상한 마차를 보고는 얼마나 놀랐는지! 하지만 어릿광대가 앞장서서 왕에게 달려가 그동안 있었던 일을 모두 들려주었습니다. 왕은 성안의 시종을 모두 거느리고 환영을 나왔습니다. 다만 종지기들만 빠졌습니다. 종을 울리려면 종지기들은 할 일이 많았으니까요. 방울 왕국에서는 집집마다 종을 갖고 있고 문마다 요령이 달렸으며, 사람들도 모두 목에 방울을 걸었고, 짐승들도 제각기 작은 방울을 달고 있었어요. 쨍그랑쨍그랑, 땡그랑땡그랑, 짤랑짤랑, 정말 유쾌한 소리였습니다. 단지 궁전의 종지기만 왕과 함께 슬픔에 잠겨 있었습니다. 왜냐하면 궁전 종의 추를 잃어버렸으니까요. 하지만 그는 배 안에 놓여 있는 추를 보고 재빨리 가져다가 커다란 종에 걸고는 댕그랑 하고 종을 울리기 시작했습니다.

품팜 왕은 딸과 클롭스톡 선생과 다섯 형제를 얼싸안고는 아침 식사에 초대했습니다.

"이제 내가 한 말을 지켜야겠소. 나는 내 딸을 다시 찾아 주는 사람에게 내 딸과 왕국의 절반을 주겠다고 약속했지. 누가 공주를 데려갈 것인가? 아버지인가, 다섯 아들인가?"

왕이 말했습니다. 그때 그립스그랍스가 말했습니다.

"내가 절벽에서 공주를 데려왔어."

그러자 피프파프가 말했습니다.

"크나라츠키를 죽인 건 나야."

그러자 피취파취가 말했습니다.

"형들을 배에 태워 간 건 나야."

그러자 핑크팡크가 말했습니다.

⁂

“생명의 영약으로 공주를 살린 건 나야.”

그러자 트릴트랄이 말했습니다.

“나는 공주를 아주 사랑해. 그리고 공주가 어디에 있는지 형들에게 알려 준 건 나라고.”

그러자 클롭스톡이 말했습니다.

“나는 너희 모두의 아버지이니 당연히 내가 공주와 결혼해야지.”

“그래요. 아버지가 공주와 결혼하세요.”

다섯 아들이 말했습니다.

“나는 공주와 결혼할 생각이 없다. 그저 너희를 시험하려 했던 거란다. 너희는 순종하는 아이들이구나.”

클롭스톡이 말했습니다.

“그리고 이제 공주 스스로 선택하게 하자. 누구와 함께 살고 싶은지.”

하지만 공주가 아무 말도 하려 하지 않자 왕이 말했습니다.

“어서 말해 보아라, 부끄러워 말고.”

그러자 공주가 입을 뾰족 내밀며 말했습니다.

“숲에서 방울꽃과 새들과 트릴트랄과 함께 살고 싶어요.”

트릴트랄은 공주를 껴안았고 형제들 모두 기뻐했습니다. 트릴트랄이 공주에게 방울을 건네주자 공주는 아주 기뻐했습니다. 그때 품팜 왕은 커다란 칼을 가지고 왕국을 두 조각으로 나누고는 클롭스톡에게 물었습니다.

"칼등이오, 칼날이오?"

그러자 클롭스톡이 말했습니다.

"칼날이오."

품팜 왕은 칼날 쪽에 놓인 절반의 왕국을 내주었습니다. 클롭스톡은 그것을 다시 다섯 조각으로 나누어 다섯 아들에게 각각 한 조각씩 주었습니다. 피프파프는 자기 왕국의 조각에 사격장을 만들었고, 피취파취는 아름다운 연못을, 핑크팡크는 식물원을, 그립스그랍스는 은둔자의 암자를 짓고 그곳에서 경건하게 살았습니다. 그리고 트릴트랄은 자신의 왕국의 조각에다 작은 동물원과 새들의 서식지를 만들었습니다. 클롭스톡은 왕국의 조각마다 세워진 다섯 개의 왕립 시골 학교 교장이 되어 이 나라 저 나라를 돌아다니며 다섯 개의 왕립 시골 학교를 운영했습니다. 이 모든 일이 끝나자 품팜 왕은 이 모든 이야기를 커다란 종에 실어 널리 울렸습니다. 그래서 제가 이 이야기를 들은 것입니다.

박민정
옮김

장미꽃잎 공주
Das Märchen von Rosenblättchen,
1808

클레멘스 브렌타노
Clemens Brentano

클레멘스 브렌타노
Clemens Brentano
1778~1842

에렌브라이트슈타인에서 태어났다. 아힘 폰 아르님과 함께 독일의 민간 전승 문학을 집대성한 『소년의 마적』(1805~1808)을 펴냈는데, 그의 이 작업은 사라질 뻔했던 독일 전승문학을 복원하는 데 기여했을 뿐만 아니라 민속학이라는 학문의 출발점이 되었다.
브렌타노는 창작 동화(메르헨)와 기담奇談 등을 집필하기도 했다. 이 책에 실린 작품 「비첸슈피첼 이야기」, 「클롭스톡 교장 선생과 다섯 아들의 이야기」, 「장미꽃잎 공주」는 우화적 성격이 강한 이야기로 독일 낭만주의 문학 운동의 문학성을 엿볼 수 있게 한다.
그의 작품 가운데 『고켈 이야기Gockel und Hinkel』는 괴테의 『라이네케 여우』와 맞먹는 뛰어난 우화집으로 회자되고 있다.
천성이 자유분방했던 그는 유럽의 여러 지역을 방랑하다가 일생을 마쳤다.

로스미탈 공公에게는 로자리나라는 매우 아름다운 여동생이 하나 있었습니다. 그는 동생을 몹시 사랑하여 동생이 해 달라는 것은 무엇이든 들어주었어요. 동생이 유난히 꽃을, 그것도 장미꽃을 좋아하자 그녀의 오빠는 온 나라를 일종의 장미 정원으로 바꾸었습니다. 그것 말고도 공주가 특별히 좋아하는 일이 한 가지 더 있었는데 그건 바로 자신의 아름다운 머리를 늘 땋고 빗질하는 일이었어요. 공주는 그 일을 위해 많은 시녀들을 두었고 '빗질 시녀'라고 불리는 그 시녀들은 황금 빗을 들고 다녔어요.

공주가 하는 일이라고는 빗질을 시키고 빗질 시녀들과 정원을 이리저리 뛰어다니다가 머리가 흐트러지면 다시 빗질을 시키는 것이 전부였습니다.

어느 날 아침 공주가 정원에 앉아 여섯 명의 빗질 시녀들에게 여섯 가닥으로 머리카락을 땋게 하고 있는데 오빠인 로스미탈 공이 나타났어요. 로스미탈 공은 공주에게 '언제나왕자'를 데리고 와서 소개하며 이렇게 말했어요.

"사랑하는 누이야! 이미 너에게 여러 차례 얘기했던 내 절친한 친구 언제나왕자이시다. 왕자께서 늘 내 곁에 있도록 네가 왕자와 결혼하는 게 오래전부터의 내 소원이라는 것을 너도 알 것이다. 이 자리에서 너에게 왕자를 소개하니 왕자께 네 마음을 선물하길 바란다."

바로 그때 빗질 시녀 중 한 명이 로자리나 공주의 머리카락을 잡아당겼고 그 일에 짜증이 난 공주는 시녀에게 소리쳤습니다.

"너는 언제나 내 머리카락을 잡아당기는구나."

빗질 시녀는 재치 있게 잘못을 사과했어요.

"공주님, 언제나왕자님께서 공주님을 잡아당기신 거예요. 실은 왕자님께서 나타나셔서 저를 산만하게 만드셨으니까요."

왕자가 용서를 구하려고 입을 떼는데 어느새 또 다른 시녀가 공주의 머리카락을 잡아당기고 말았습니다. 로자리나 공주는 몹시 흥분하여 가엾은 언제나왕자에게 말했습니다.

"존경하는 왕자님, 그리고 사랑하는 오라버니! 장미가 호박하고 결혼하지 않듯이 저는 언제나왕자님과는 결단코 결혼하지 않을 겁니다!"

이 말을 남기고 공주는 달아나 버렸고 머리를 땋던 빗질 시녀들도 공주를 뒤쫓아 갔어요.

로스미탈 공은 친구에게 어떠한 위안의 말도 할 수 없었어요. 다만 이렇게 말했지요.

"실상 공주의 말은 누구도 깰 수 없는 것이니 말일세!"

"공주의 말이 깰 수 없는 것이라면……" 언제나왕자가 말했습니다. "나는 내 운수를 한번 점쳐 봐야겠네."

그리고는 로스미탈 공과 포옹을 하고 위대한 마법사이자 왕자의 유모인 '언제나없음부인'을 찾아가 조언을 구했습니다.

몇 주일이 지난 어느 날 로자리나 공주는 정원을 산책하다가 한 노파가 장미 나무를 한 그루씩 차례로 둘러보며 매번 고개를 절레절레 흔드는 모습을 보았어요. 로자리나 공주는 노파에게 가서 매번 고개를 젓는 이유가 무엇인지 물었습니다.

"이토록 장미가 많은데도 가장 아름다운 장미가 없기 때문이지요." 노파가 말했어요. "그러니까 언제나 피어 있는 장미 말입니다."

"그건 누가 가지고 있지요?"

로자리나 공주가 물었어요. "어떠한 대가를 치르더라도 내가 그걸 갖고 말 거야."

"그야 뭐, 한 가지만 약속하시면 공주님께선 그 꽃을 가질 수 있으십니다!"

노파는 이렇게 말하고 바구니의 뚜껑을 열어 공주에게 호박한 덩어리를 보여 주었습니다. 그 호박 속에다 노파는 장미꽃이 활짝 핀 잔가지를 싱싱하게 보존하기 위해 꽂아 놓았어요.

로자리나 공주는 장미 가지를 보고 좋아서 어쩔 줄 몰라 하며 노파에게 꽃에 대한 대가로 무엇을 원하는지 물었고 노파는 이렇게 대답했어요.

"두 가지입니다. 첫째, 점심 식사에 공주님께서 저의 손님이 되어 주십시오. 그리고 둘째, 이 장미 가지에서 장미가 피는 달마다 공주님께서는 빗질 시녀와 함께 잔치를 여십시오. 그때 공주님과 시녀들 모두 이 장미 가지를 뛰어넘어야 하는데 장미 꽃잎이 하나라도 땅에 떨어지지 않도록 옷자락으로 장미 꽃잎을 건드리시면 안 됩니다. 행여 장미 꽃잎을 하나라도 땅에 떨어뜨린 사람한테는 가지가 호되게 손바닥을 몇 차례 칠 텐데 그때는 가지를 보고 이렇게 말해야 합지요."

장미야, 장미야!
나를 제대로 쳐라!
회초리로 나를 쳐라.
내가 제대로 뛰어넘기를 못했으니 말이다.
회초리로 나를 호되게 쳐라,
장미야! 내가 그렇게 서툴게 뛰어넘기를 했으니 말이다.

❦

공주는 이 말을 듣고 웃으며 노파의 말대로 하기로 했습니다. 그러자 노파는 호주머니에서 나무 숟가락을 꺼내 그것으로 호박을 두 조각 낸 후 호박씨를 한 술 듬뿍 떠서 공주에게 먹으라고 내밀었습니다. 공주는 처음엔 입을 비쭉거렸지만 한번 먹어 보니까 굉장히 맛이 좋았어요. 그래서 호박씨를 잔뜩 먹었지요. 그러고 나자 노파는 장미 가지를 공주의 방 창문 아래에 심었는데 어느새 꽃이 활짝 피었어요. 그러자 노파가 말했어요.

"로자리나 공주님! 빗질 시녀를 불러서 장미꽃 뛰어넘기 첫 번째 잔치를 벌이시지요."

로자리나 공주는 오빠인 로스미탈 공에게 가서 자초지종을 이야기했어요. 로스미탈 공은 북 치는 사람과 나팔 부는 사람들을 오게 하고 그 모든 잔치를 준비했습니다. 로자리나 공주와 빗질 시녀들이 나타나 누가 먼저 뛰어야 할지를 추첨으로 정했는데 로자리나 공주가 제일 마지막에 뛰게 되었어요. 많은 시녀들이 운 좋게 나무를 뛰어넘었지만, 언제나왕자가 공주에게 청혼하러 왔을 때 공주의 머리카락을 잡아당겼던 시녀들은 그만 긴 옷자락이 스쳐 장미 꽃잎을 몇 개 떨어뜨려서 장미 가지에게 손을 맡기고 다음과 같이 말할 수밖에 없었어요.

장미야, 장미야!
나를 제대로 쳐라!

회초리로 나를 쳐라.

내가 제대로 뛰어넘기를 못했으니 말이다.

회초리로 나를 호되게 쳐라,

장미야! 내가 그렇게 서툴게 뛰어넘기를 했으니 말이다.

과연 장미 나무는 가지를 회초리처럼 휘둘러 눈물이 쏙 빠질 만큼 시녀들의 손가락을 몇 차례 호되게 쳐서잔치에 참석한 사람들 모두를 놀라게 했습니다.

이제 자신의 뛰어넘기 차례가 되자 로자리나 공주는 힘차게 도약을 했어요. 뛰어넘는 동안 공주의 땋은 머리가 풀리지만 않았어도 성공적으로 뛰어넘었을 거예요. 그런데 그만 풀어진 머리카락이 장미 꽃잎 하나를 떨어뜨렸지요. 하지만 공주는 뛰어넘는 중에도 꽃잎이 땅에 떨어지기 전에 날쌔게 붙잡아 그것을 꿀꺽 삼켜 좌중의 박수갈채를 받았습니다.

그 후 사람들은 한층 즐겁게 먹고 마시고 춤을 췄어요. 잔치가 끝날 무렵 저마다 건배를 올리는데 그 노파가 자신의 잔을 들고 로자리나 공주를 향해 말했습니다.

호박씨와 장미 꽃잎을

공주님의 붉은 입술이 삼킨 바람에

장미와 호박이 서로 결합했으니,

공주님은 이제 나의 친구 언제나왕자의 구혼에
퇴짜를 놓은 오만한 마음을 잃게 되었군요.
안녕히 계십시오! 저녁놀 속에 소인은 사라지렵니다.

노파는 이렇게 말하고는 모두의 눈앞에서 홀연히 사라져 버렸습니다. 모든 사람들의 시선을 받고 있던 로자리나 공주는 비명을 지르며 기절하고 말았어요. 사람들은 공주를 방으로 옮겼고, 이제 공주는 잔뜩 겁을 먹은 채 만약에 장미와 호박이 결혼한다면 자기도 왕자와 결혼하겠다고 했던 말을 되씹었어요.

그날 밤 공주는 아주 이상한 꿈들을 꾸었습니다. 그녀의 입에서 장미 나무가 연방 자라나는 꿈이었어요. 배가 아팠어요. 공주는 종종 똑같은 꿈을 꾸었고 불안감은 커져만 갔습니다.

달마다 꽃을 피우는 작은 장미 나무에서 다시 장미꽃 한 송이가 피어서 또다시 그것을 뛰어넘기를 했을 때 공주는 완전히 우울증에 빠졌습니다. 무엇을 먹고 마시든 간에 아무 맛이 없었어요.

세 번째 장미 잔치 때 공주는 자신이 호박이 되는 꿈을 꾸었고, 공주의 오라버니는 갖은 애를 써서 그게 아니라고 설득하지 않을 수 없었어요. 그러나 네 번째 장미 잔치가 닥치자 자신이 호박이라는 생각은 공주의 머릿속에 더욱 굳게 자리 잡았고 그래서 한사코 장미 줄기 뛰어넘기를 하려 들지 않았어요. 다섯 번째 장미 잔치 때 공주는 아예 방구석에 박혀 자기가 호박이 된 기정사실을 슬퍼하며 하루 종일 울었답니다.

로스미탈 공은 공주의 망상이 몹시 걱정되어 의사들을 모두 불러들였어요. 그렇지만 그 누구도 공주를 망상에서 벗어나게 설득하진 못했어요. 여섯 번째 장미 잔치가 열렸을 때에 장미 나무는 어느새 더 이상 뛰어넘는 건 생각조차 할 수 없을 만큼 높이 자라 있었어요. 뿐만 아니라 공주는 하루 종일 자신이 호박이라며 비탄에 빠져 있어 뛰어넘기는 생각할 수 없었지요. 일곱 번째 장미 잔치 때 장미 나무는 공주의 방 창문 안을 들여다볼 만큼 자랐어요. 여덟 번째 장미 잔치 때에는 장미 가지들이 공주의 침대 주변까지 뻗었고, 아홉 번째 장미 잔치 때에는 장미 잎사귀 전체로 공주를 덮었습니다.

그때 공주는 자신이 호박이며 곧 죽을 거라는 꿈을 너무나 생생하게 꾸고는 오빠를 불렀습니다. 공주의 오빠가 방 안으로 들어서자 햇빛도 비쳐 들었어요. 아침 햇살 속에서 보니 그녀의 침대 곁에는 커다란 황금빛 호박이 반쪽 놓여 있고 그 안에는 마치 요람 속에서처럼 예쁘고 작은 계집애가 쌔근거리고 잠들어 있었지요. 그 광경을 보고 공주가 얼마나 놀랐는지! 가슴이 뭉클해진 그녀는 말했어요.

"아, 훌륭한 언제나왕자님께서 여기 계시다면 나는 기꺼이 왕자님의 신부가 될 텐데!"

그 순간 장미꽃들이 공주의 주위에서 살랑거렸고 공주의 귀에 한 음성이 들렸어요.

나는 장미로 살다가 죽어 가리.
장미는 바로 나 언제나왕자라오.

그 말을 들은 공주는 몹시 슬펐습니다. 훌륭한 왕자가 자기 때문에 장미 나무가 되었다는 말을 분명히 알아들었으니까요. 공주는 호박 요람 속의 계집아이에게 '장미꽃잎'이란 이름을 붙이고 요람째 그 아이를 자신의 밀실로 데려갔습니다. 그곳에서 그 아이를 키울 셈으로요. 그 누구에게도 보여 주고 싶지 않을 만큼 그 아이를 사랑했기 때문이지요.

곧 다시 명랑해진 로자리나 공주는 다음 날 침대에 앉아 빗질 시녀들에게 평소에는 화관 모양으로 땋아 올렸던 머리카락을 다른 모양으로 땋게 했습니다. 황금빛 두건을 쓸 셈으로요. 그렇게 머리 땋기가 시작되자마자 노크 소리가 나더니 호박이랑 장미 나무를 가져왔던 노파가 밖에 와 있으며 장미꽃잎을 보길 원한다는 전갈이 들렸습니다. 하지만 로자리나 공주는 머리 손질이 끝날 때까지 기다리라고 전했어요. 15분 후에 노파는 다시 문을 두드렸고 똑같은 대답을 들었습니다. 똑같은 일이 다섯 번 더 반복되었어요. 일곱 번째에 노파는 불같이 화가 나서 열쇠 구멍에 대고 로자리나 공주에게 소리쳤어요.

소인은 15분씩 일곱 차례나 기다렸지요.
15분씩 일곱 차례 바보 취급을 받은 셈이지요.
앞으로 칠 년 동안 더 빗질을 하십시오,
그때 공주님의 빗이 공주님 자신을 곤경에 빠뜨릴 겁니다.
공주님은 빗질을 하다 궁지에 몰리고
빗질을 하다 장미꽃잎을 죽게 만들 겁니다.

화가 난 노파는 그렇게 말하고 사라졌습니다. 로자리나 공주는 그 말을 대수롭지 않게 여겼고 오로지 장미꽃잎만 생각했어요. 장미꽃잎은 하루가 다르게 상냥하게 무럭무럭 자랐고 어머니처럼 길고 아름다운 머릿결을 갖고 있었습니다. 문을 잠근 채 장미꽃잎과 단둘이 방에 있으면서 그 아이의 머리를 빗질하는 것이 로자리나 공주에게는 최고의 기쁨이었어요.

어느덧 아이는 일곱 살이 다 되었습니다. 늙은 마녀의 저주가 이루어질 시간이 다가온 것이지요.

공주님은 빗질을 하다 궁지에 몰리고
빗질을 하다 장미꽃잎을 죽게 만들 겁니다.

❧

그러나 로자리나 공주는 그 말을 기억하지 못했고 전과 다름없이 장미꽃잎을 빗질했어요.

어느 날 그녀는 장미꽃잎을 무릎 위에 앉혀 놓고 그 아이의 곱슬곱슬하고 긴 금발을 뾰족한 황금 빗으로 빗겨 주고 있었습니다. 그러다가 문득 마음속에 커다란 질투심이 싹트는 걸 느꼈어요. 아이가 그녀 자신보다 훨씬 더 아름다운 머리카락을 가지고 있었거든요. 그래서 성급하게 말했어요.

“아! 네 머리카락을 다 잘라 나의 땋은 머리에다 붙였으면!”

이 말을 하자마자 하늘에서 벼락이 떨어졌습니다. 눈에 보이지 않는 가위가 그녀의 머리 위로 내려와 싹둑싹둑 머리카락을 몽땅 잘라 낸 거예요. 소스라치게 놀란 그녀는 손을 움찔했고 그 바람에 뾰족한 빗으로 가여운 장미꽃잎의 머리를 깊게 찌르고 말았습니다. 장미꽃잎은 외마디 비명을 지르며 그녀의 발치에 쓰러져 죽고 말았어요. 그 순간 불행한 로자리나 공주는 노파의 저주를 떠올렸지만 때는 이미 늦었습니다. 사랑하는 장미꽃잎은 죽은 채 바닥에 누워 있었고, 그토록 오랜 시간 허영심에 가득 차 빗질을 시켰던 그녀의 아름다운 긴 머리카락은 잘린 채 바닥에 여기저기 널려 있었어요. 그녀는 절망스럽게 대머리가 된 자신의 머리통을 움켜잡았습니다.

로자리나 공주는 한참을 울고 난 뒤에 자신의 긴 머리카락으로 작은 침대 소를 채워 넣고 장미 꽃잎들로 베개를 채워 넣었습니다. 그러고는 죽은 장미꽃잎의 손을 깍지 끼워 수정으로 만든 유리 상자 안에 눕히고 그 위에 여섯 개의 수정 상자를 더 만들게 하여 쌓은 뒤 방에 자물쇠를 채웠습니다. 심복 하녀 한 명 외에 이 일에 대해 아는 사람은 없었지요.

그렇게 로자리나 공주는 몇 년을 더 슬픔 속에서 살았습니다. 장미 나무 또한 방에서 시들어 버렸고요. 죽을 때가 된 것을 느낀 로자리나 공주는 로스미탈 공을 불러 말했어요.

"사랑하는 오라버니! 제 삶을 마칠 때가 왔어요. 제가 그렇게 고집 세고 오만하게 굴지 않았으면 좋았을 텐데요. 하지만 이제는 너무 늦은 일이에요. 하느님께서 저를 불쌍하게 여기시길 빌어요. 제가 가졌던 모든 것은 이제 오라버니 거예요. 그렇지만 제가 편히 죽을 수 있도록 저에게 한 가지만 맹세해 주세요."

로스미탈 공은 눈물을 흘리며 그녀가 원하는 것은 무엇이든지 하겠다고 맹세했습니다. 이 세상 무엇보다도 동생을 사랑했으니까요.

로자리나 공주는 로스미탈 공에게 열쇠를 주며 말했습니다.

"이 열쇠는 저의 궁에 딸려 있는 마지막 방 열쇠예요. 열쇠를 잘 보관하시되 절대로 방을 열어 보지는 마세요."

로스미탈 공은 약속을 지키겠다고 다시 한 번 맹세했어요. 로자리나는 "행복하세요. 그리고 저를 위해 기도해 주세요"라고 말한 뒤 고개를 돌리고 죽었습니다. 로스미탈 공은 성대한 장례식을 치르고 공주를 달마다 꽃을 피우는 장미 나무 옆에 묻게 하였습니다.

몇 달 후 로스미탈 공은 아름답지만 마음씨는 곱지 못한 여자와 결혼을 했습니다. 그리고 어느 날 잠시 여행을 가야 할 일이 생겼을 때 아내에게 집을 잘 지키라고, 그리고 마지막 방은 결단코 열지 말라고 당부했어요. 그 열쇠는 자기의 책상 서랍에 보관해 놓았다고 말하면서요.

아내는 전부 약속했지만, 로스미탈 공이 문을 나서자마자 호기심에 이끌려 열쇠를 들고 금지된 방을 열었어요. 그리고 유리 상자 속 침대에 누워 있는 장미꽃잎을 보고는 얼마나 불같이 화가 났는지요! 장미꽃잎은 죽었을 당시 어머니에 의해 이곳 유리 상자에 갇힌 이후 계속해서 성장하여 열네 살의 잠자는 아름다운 귀공녀의 모습을 하고 있었습니다. 물론 그녀가 갇힌 유리 상자도 더불어 커졌고요. 그럴 것이, 노파가 그 긴 시간 동안 그녀를 잠든 채로 살아 있게 했던 것이었지요.

사악한 아내는 격분하여 상자를 열어젖히고 말했어요.

"하하! 이 젊은 계집을 조용히 잘 수 있게 하려고 나를 이 방에 들어오지 못하게 했군! 하지만 두고 봐! 내가 이 작은 다람쥐를 깨울 테니."

그러고는 장미꽃잎의 머리카락을 잡아당겼습니다. 그 덕분에 그때까지 쭉 머리에 꽂혀 있던 빗이 떨어졌고, 가엾은 소녀

❦

는 마법의 잠에서 깨어나 소리쳤어요.

"오, 어머니! 사랑하는 어머니! 어떻게 저를 이렇게 아프게 할 수 있단 말이에요!"

"내가 너를 부모처럼 보살펴 주겠다."

로스미탈 공의 부인이 말했습니다. "평생 동안 그 점을 명심해라!"

그러고는 바들바들 떨면서 우는 장미꽃잎을 수정 상자에서 끌어내어 이곳에서 벌어진 일을 다른 사람에게 한마디만 하면 물속에 던져 버리겠다고 위협하며 온갖 방법으로 매질하고 괴롭혔습니다. 그 후 부인은 장미꽃잎의 아름다운 긴 머리카락을 잘라 버리고 굵은 삼베로 만든 짧은 옷을 입힌 다음 장작과 물을 나르게 하고 난롯불을 지피고 방을 청소하라고 시켰어요. 그리고 날마다 손끝으로 코끝을 튕기고 머리통을 쥐어박고 줄곧 따귀를 때렸어요. 그래서 불쌍한 장미꽃잎의 얼굴은 월귤나무 열매를 먹은 것처럼 푸르딩딩했습니다.

로스미탈 공이 돌아왔습니다. 그는 매일처럼 아내의 자심한 구박을 받고 있는 가엾은 소녀를 보고 대체 그 애가 누구냐고 물었어요. 그러자 아내가 말했어요.

"제 유모가 보내신 노예예요. 그런데 아주 못되고 어리석고 게을러서 제가 줄곧 벌을 주어야 해요."

얼마 후 로스미탈 공은 큰 장에 가면서 늘 하던 습관대로 성

안에 사는 사람들을 모두 불러 모아 하나하나에게 어떤 선물을 받고 싶은지 물었어요. 하물며 고양이와 개에게까지 말입니다. 그러자 누구는 이것을 누구는 저것을 갖고 싶다고 했습니다. 마지막으로 거친 노예 옷을 걸친 불쌍한 장미꽃잎 차례가 되어 로스미탈 공이 막 말을 걸려고 하는데 사악한 아내가 그의 말을 가로막았습니다.

"이 더러운 옷을 입은 계집까지도 끼어들어야 하나요? 우리 모두가 이 게으르고 버릇없는 계집아이 노예와 똑같은 대접을 받아야 하나요? 이 밉살스럽고 버릇없는 것아, 썩 꺼져라! 당신이 저 하찮은 것을 어째서 그렇게 우대하려고 하는지 모르겠군요!"

슬픔이 북받친 가엾은 장미꽃잎의 뺨에서 눈물이 흘러내리자 선량하고 동정심 많은 로스미탈 공은 마음이 약해져 그녀에게 말했습니다.

"불쌍한 것, 울지 말고 내가 뭘 사다 주면 좋을지 솔직히 말해라. 내가 너에게도 기쁨을 주겠다는데 누가 나를 막을 수 있단 말이냐!"

그러자 장미꽃잎이 말했어요.

"주인님! 저에게 인형과 작은 칼과 숫돌을 사다 주세요. 만일 주인님께서 제가 말한 것을 잊으신다면, 저는 주인님이 오시는 길에 만나는 첫 번째 강을 건너지 못하도록 빌 거예요."

로스미탈 공은 큰 장에 가서 모든 것을 챙겨 샀습니다. 그러나 장미꽃잎에게 줄 인형과 작은 칼, 숫돌은 깜박 잊었어요.

그가 여행에서 돌아오는 길에 한 강에 이르렀을 때 과연 무서운 폭풍이 몰아쳐 파도가 일었어요. 어떤 뱃사공도 건널 엄두를 못 내었지요. 그제야 로스미탈 공은 장미꽃잎의 저주가 생각났습니다. 그래서 곧장 되돌아가서 그녀가 원했던 물건을 모조리 사서 무사히 성에 도착했고, 모두에게 각자의 선물을 나누어 주었어요.

장미꽃잎은 선물을 받자 모조리 부엌으로 들고 갔습니다. 그러고는 인형을 부뚜막 위에 올려놓고 그 앞에 앉아 서럽게 울면서 마치 인형이 살아 있는 사람이나 되는 것처럼 로스미탈 공의 아내가 가하는 학대를 견뎌야만 하는 자신의 괴로움과 고통을 줄줄이 이야기했습니다. 그리고 말하는 사이사이 연방 이렇게 말했어요.

"그렇지? 이해하지? 듣고 있니? 슬픈 일이 아니니? 자, 너는 어떻게 생각하니?"

그러나 인형이 아무런 대답도 하지 않자 장미꽃잎은 숫돌에 작은 칼을 갈면서 말했습니다.

"인형아! 네가 나한테 대답해 주지 않으면 난 이 칼로 내 심장을 찌를 거야. 난 너 말고 세상에 친구가 없단 말이야."

그러자 인형은 사람이 불면 부풀어 오르는 가죽 피리처럼 점점 크게 부풀어 오르더니 마침내 짤랑거리면서 말했어요.

"이해해, 이해하고말고. 이해해, 수비둘기보다는 훨씬 잘 너를 이해하고말고."

부엌 바로 옆에 방을 하나 갖고 있던 로스미탈 공은 인형의 이 같은 노랫소리와 그 앞에서 털어놓는 장미꽃잎의 탄식을 며칠 동안 연달아 듣게 되었습니다. 그래서 방문에다 구멍을 내고 그 구멍을 통해 장미꽃잎이 인형 앞에 앉아 울면서 인형에게 말을 하는 모습을 보고 모든 이야기를 들을 수 있었어요. 언제나왕자에 대해, 호박씨에 대해, 장미 나무 뛰어넘기에 대해, 장미 꽃잎에 대해, 자신의 요람이었던 황금 호박에 대해, 어머니의 빗질에 대해, 마녀의 저주에 대해, 머리에 빗이 박힌 일에 대해, 그녀가 빠져들었던 마법의 잠에 대해, 일곱 개의 유리 상자 속에 누워 있던 일에 대해, 로스미탈 공에게 열쇠를 줄 때 방문을 열지 말라던 금기에 대해, 로자리나 공주의 죽음에 대해, 로스미탈 공이 여행을 떠난 일에 대해, 로스미탈 공의 부인의 호기심에 대해, 방문을 연 다음 빗을 뽑고 머리카락을 자른 일에 대해, 허구한 날 견뎌야 했던 지독한 학대에 대해……. 그 모든 이야기를 하고 나서 장미꽃잎은 다시 "대답해 줘. 아니면 죽어 버릴 거야!"라고 말한 뒤 칼을 가슴에 갖다 댔습니다.

그때 로스미탈 공이 문을 열고 뛰어들어 장미꽃잎의 손에서 칼을 빼앗고는 여동생의 딸인 장미꽃잎을 얼싸안았어요. 로스미탈 공은 장미꽃잎을 성 밖에 사는 대신의 부인에게 보냈고, 그곳에서 장미꽃잎은 좋은 옷을 차려입고 애틋한 보살핌을 받았지요.

몇 달 후 장미꽃잎이 심보 나쁜 로스미탈 공의 부인에게서 받은 고통과 심한 노동으로 인해 망가졌던 다시 추스르자 로스미탈 공은 자신의 성에서 성찬의 자리를 마련했습니다. 그리고 눈부신 모습 때문에 아무도 알아보지 못하는 장미꽃잎을 자신의 조카딸이라고 소개했어요. 식사 후에 설탕으로 만든 집이 들어왔어요. 사람들은 그 속에 누가 있는지 몹시 궁금했지요. 그때 로스미탈 공이 아내에게 말했어요.

"당신이 설탕 집을 열어 보겠소?"

부인이 설탕 집을 열자 그 안에는 한때 장미꽃잎이 누워 있었던 것처럼 일곱 개의 겹겹의 유리 상자 안에 작은 인형이 누워 있었어요. 기겁을 한 부인은 홧김에 유리 상자를 두 동강 내어 인형을 홱 꺼냈습니다. 그러나 인형은 그녀의 손에서 빠져나가 장미꽃잎의 어깨에 앉더니 가죽 피리처럼 점점 부풀어 올랐어요. 그러고는 로스미탈 공의 부인을 향해 그녀가 저지른 잔인한 행동을 줄줄이 늘어놓으면서 이번에는 위로 쑥쑥 자랐지요. 결국 인형은 이 이야기에 자주 등장했던 노파의 모습이 되어 식탁 위에 섰다가 창문 밖으로 날아갔어요.

그 후 로스미탈 공은 사악한 아내를 마차에 태워서 일찍이 그녀를 데려왔던 그녀의 부모에게 보냈습니다.

한편 장미꽃잎은 멋진 왕자의 아내가 되어, 로스미탈 공국 전체를 결혼 지참물로 받았습니다. 그때 언제나왕자의 장미 나무가 다시 꽃을 피웠어요. 어느 날 밤 장미꽃잎은 달콤한 꽃향기를 맡다가 남편과 함께 창가로 가서 어머니와 빗질 시녀들이 장미 나무를 뛰어넘는 광경을 보았습니다. 그 곁에는 언제나왕자도 있었어요.

"아!"

장미꽃잎이 외쳤어요. "사랑하는 부모님! 하느님께서 함께 하시길 빌어요!"

그러자 그녀의 부모가 위를 보며 외쳤습니다.

"아, 사랑하는 아이들아! 너희들에게도 하느님께서 함께하시길 바란다!"

그리고 그들은 허공으로 사라졌어요.

조용하고 경건한 여인이 된 장미꽃잎은 황금 호박 모양의 요람을 하나 만들어 달라고 했어요. 그러자 하늘이 그녀에게 작은 왕자를 그 안에 선물해 주었고, 이 모든 이야기는 그 어린 왕자가 후추과자 한 개를 얻어먹으려고 나에게 해 준 것이랍니다.

이미화
옮김

메르헨

Das Märchen, 1795

요한 볼프강 폰 괴테

Johann Wolfgang von Goethe

요한 볼프강 폰 괴테
Johann Wolfgang von Goethe
1749~1832

독일 헤센 주의 프랑크푸르트암마인에서 태어났다. 문학, 비평, 언론, 미술, 무대연출, 정치, 교육, 과학 등 다양한 분야에서 왕성한 활동을 했다.
괴테는 82년의 생애 동안 인간이 도달할 수 있는 극한의 경지를 향해 쉬지 않고 내달린 정열가였다. 과도하다 싶을 정도의 지적 탐구에 의한 정신적 혼란으로부터 스스로를 보호하기 위해 일상적인 생활 규범을 철저히 지키면서도 사랑과 연정, 삶의 비의를 캐기 위한 방황과 편력을 멈추지 않았다. 그의 이 같은 이중성과 양극성은 오늘날의 문학가들에게 하나의 숙제로 남아 있는 수많은 시편과 문학 작품, 논문을 통해 드러난다.
세계적인 문호 괴테의 대표작으로는 『파우스트』와 『젊은 베르테르의 슬픔』을 꼽을 수 있다. 『파우스트』는 전 인류의 역사가 한 사람의 생애 속에 고스란히 기록될 수 있음을 보여 주는 장엄한 드라마다. 괴테를 신의 경지에 이른 천재의 한 사람으로 평가하는 후세의 찬사는 『파우스트』가 지니고 있는, 우주와 신의 영역에 접근하고자 한 폭넓은 지식과 번뜩이는 예지에 의존하고 있다. 『젊은 베르테르의 슬픔』은 괴테에게 있어 창조적인 삶의 원천이었으며 영혼의 인도자였던 여성성에 대한 고백이라고 할 수 있다.
우리에게 친숙한 괴테의 문학 작품으로는 『이탈리아 기행』, 『빌헬름 마이스터의 수업 시대』, 『시와 진실』, 『마왕』 등이 있다.

어느 마을에 큰 강이 있었습니다. 한번은 큰비로 인해 물이 불어 강이 범람하게 되었습니다. 그 강가의 작은 오두막에서는 늙은 뱃사공이 그날의 노고로 인해 피곤에 지쳐 잠들어 있었습니다. 한밤중에 시끌벅적한 사람들 소리에 뱃사공은 잠에서 깼습니다. 강 건너편으로 실어다 달라는 소리였어요.

늙은 뱃사공이 밖으로 나오니 잡아매어 놓은 작은 배 위에서 커다란 도깨비불 둘이 번쩍번쩍 떠다니고 있었습니다. 그것들은 황급한 일이니 어서 강을 건너야겠다고 안달이 나서 뱃사공에게 말했어요. 노인은 지체하지 않고 배를 밀쳐 내 익숙한 솜씨로 거친 물살을 헤쳐 나아갔습니다. 강을 건너는 동안 낯선 도깨비불들은 알아들을 수 없는 능숙한 말로 서로 쉿쉿거리며 속닥거리다가 이따금 웃음보를 터뜨리기도 하면서, 앉아 있던 자리에서 위로 튀어 올라갔다가 바닥으로 내려오는 등 잠시도

가만히 있지를 않았습니다.

"배가 흔들리잖소! 가만있지 않으면 배가 뒤집힌단 말이오. 이보시오, 제발 자리에들 앉으시오!"

노인이 소리쳤습니다.

그들은 이런 터무니없는 요구에 폭소를 터뜨리더니 노인을 놀려 대며 더 수선스럽게 굴었습니다. 노인은 그것들의 무례한 짓을 가까스로 참으며 이내 배를 건너편 강가에 댔습니다.

"수고한 값이오."

나그네들은 큰 소리로 말하며 몸을 뒤흔들어 빛나는 금화를 물이 스며든 축축한 나룻배에 잔뜩 떨어뜨려 놓았습니다.

"오, 이런 맙소사! 뭐 하는 짓들이오!"

노인은 흥분해서 큰 소리로 말했어요. "나한테 재앙을 불러들일 참이오? 금화가 한 닢이라도 물에 빠지는 날엔 이 금속을 무척 싫어하는 강이 엄청난 파도를 일으켜 배와 나를 집어삼켜 버릴 거란 말이오. 그리고 당신들도 무슨 봉변을 당할지 누가 알겠소? 어서 당장 이 돈들을 다시 챙기시오!"

"우리가 몸을 흔들어 털어 낸 것을 다시 가질 수는 없어."

그중 하나가 대꾸했습니다.

"그렇다면 당신들은 날 수고스럽게 하는 것이오."

노인은 말하며 몸을 굽혀 모자에 금화들을 주워 담았습니다. "난 이 금화들을 챙겨서 뭍으로 가져가 파묻어야 하오."

도깨비불들이 배에서 뛰어내리자 노인이 소리쳤습니다.

"내 뱃삯은 어디 있소?"

"금화를 받지 않는다면 무료 봉사해야지!"

도깨비불들이 말했습니다.

"당신들이 알아 둬야 할 게 있소. 나한테는 뱃삯으로 땅에서 재배한 작물들만 지불할 수 있소이다."

"땅에서 재배한 작물이라고? 우린 그런 건 취급 안 해. 그런 건 먹은 적도 없다고."

"그렇다면 당신들이 내게 양배추 세 통과 아티초크 세 개와 커다란 양파 세 알을 준다고 약속할 때까지 당신들을 보내 주지 않을 수도 있소."

도깨비불들은 장난을 치며 살짝 도망치려 했습니다. 하지만 불가사의하게도 바닥에 꼼짝없이 묶여 있다는 것을 느꼈어요. 그건 이제껏 한 번도 겪어 보지 못한 불쾌하기 짝이 없는 느낌이었어요. 그들은 노인의 요구대로 되도록 빨리 뱃삯을 갚겠다고 약속했습니다. 노인은 도깨비불들을 풀어 주고 얼른 배를 강으로 밀쳐 냈습니다. 도깨비불들이 "노인 양반! 우리 말 좀 들어 보시오! 우리가 아주 중요한 것을 잊었다고!"라고 소리쳤을 때는 그는 벌써 멀리 가 버렸어요. 노인은 그들의 소리를 듣지 못하고 계속 배를 저어 앞으로 나아갔습니다. 그는 같은 편 강 줄기로 배를 저어 내려가 물이 닿지 않는 한 산속에 그 위험스런 금화를 파묻을 작정이었어요. 그곳에서 암벽 사이의 거대한 틈을 발견한 그는 그 안에 금화를 쏟아 버리고는 오두막집으로 배를 저어 돌아갔습니다.

이 암벽 틈에는 아름다운 초록빛 뱀이 한 마리 살고 있었는데, 짤랑짤랑 금화가 떨어져 내리는 소리에 잠에서 깼습니다. 뱀은 반짝이는 동그란 조각들을 보자마자 냉큼 그것들을 탐욕스럽게 꿀꺽 삼켰지요. 그러고 나서는 덤불 속과 바위 틈새에 흩어진 금화들까지 샅샅이 찾아내었습니다.

그 금화들을 삼키자마자, 뱀은 금이 내장에서 녹아내려 자신의 온몸으로 퍼져 나가는 것을 더 없이 편안한 기분으로 느꼈습니다. 그러고 나서 자신의 몸이 투명해지고 빛을 발한다는 사실을 깨닫고는 무척 기뻐했습니다. 이미 오래전에 사람들은 뱀에게 이런 현상이 일어날 수 있다고 했습니다. 하지만 이 빛이 얼마나 오랫동안 지속될 수 있는지 궁금했던 뱀은 호기심과 앞으로 자신의 안전을 지키고 싶은 욕망에서 누가 이렇게 아름다운 금화들을 버렸는지 조사하려고 암벽 밖으로 나왔습니다. 하지만 아무도 발견하지 못했어요. 한층 더 마음이 놓인 뱀은 풀숲과 덤불 사이로 기어 들어가며, 싱그러운 녹음 사이로 퍼져 나가는 자신의 우아한 빛에 감탄했습니다. 나뭇잎들은 에메랄드빛으로 빛났고 꽃들은 찬란하게 빛을 발했습니다. 그는 적막하고 우거진 숲을 괜히 헤매고 다녔습니다. 하지만 평지로 나와 멀리서 비쳐 오는 자신과 유사한 광채를 발견하자 그의 소망은 더욱 간절해졌습니다.

"드디어 내 일족一族을 찾았군!"

뱀은 흥분해서 외치고는 서둘러 광채가 비치는 곳을 향했지요. 뱀은 늪과 갈대숲을 헤치고 나아가야 하는 고충도 아랑곳하지 않았습니다. 비록 그는 보송보송한 산지 초원 위 높은 바위틈에 머물며 향기로운 풀을 뜯어 먹고 촉촉한 이슬과 신선한 샘물로 목을 축이며 사는 것에 길들어 있고 그 생활을 좋아하긴 했지만, 그래도 황금을 얻기 위해 그리고 현란한 광채에서 오는 희망에 부풀어 자신에게 부과된 모든 것을 감수할 수 있었기 때문이었어요.

마침내 뱀은 녹초가 되어 두 개의 도깨비불이 어른어른 빛을 반사하고 있는 습한 갈대 늪지에 도달했습니다. 그는 도깨비불들을 향해 돌진하며 인사를 했어요. 자신과 친척인 호감 가는 신사들을 발견하게 된 것이 기뻤어요. 도깨비불들은 자기들 방식대로 웃어 대며 뱀 곁을 휙 스쳐 지나가고 훌쩍 뛰어넘으며 말했습니다.

"이봐요, 뱀 아줌마, 아줌마가 수평의 길이를 갖고 있긴 하지만 그건 별것 아니랍니다. 물론 겉보기의 빛으로 보자면 그 점에서만 우리는 친척이지요. 자, 보세요."

도깨비불들은 불꽃의 폭을 줄여 가며 가능한 한 몸을 길게 곧추세웠어요. "우리들은 수직으로 길게 몸을 세울 때도 얼마나 아름답고 날씬한 옷을 입고 있는지. 우릴 언짢게 생각 말아요, 아줌마. 어떤 가문이 그런 걸 자랑 삼아 뽐낼 수 있겠어요? 도깨비불이 존재한 이래로 지금껏 앉거나 누워 본 도깨비불은 하나도 없답니다."

뱀은 친척들을 눈앞에 두고 대단히 심기가 불편했답니다. 자신은 뜻대로 고개를 높이 쳐들고 싶은 마음이 간절했지만, 앞으로 움직이려면 다시 고개를 땅 쪽으로 굽힐 수밖에 없다는 걸 느꼈습니다. 조금 전 어둡고 작은 숲에 있을 때는 얼마나 기분이 좋았는지요. 그런데 이 사촌들 앞에서는 자신의 광채도 매순간 줄어드는 것 같았습니다. 그랬어요, 뱀은 자신의 광채가 완전히 사라져 버리지 않을까 두려웠어요.

이 지경이 되자 당황한 뱀은 서둘러 그들에게 물었습니다.

"신사분들께서 조금 전 협곡 아래로 떨어진 번쩍이는 금화가 어디에서 난 것인지 좀 알려 줄 수 없나요? 제 생각엔 그건 하늘에서 직접 떨어진 황금비인 것 같은데요."

도깨비불들은 웃으며 몸을 뒤흔들었습니다. 그러자 금화가 뱀 주위에 마구 쏟아져 내렸어요. 뱀은 재빨리 금화에 덤벼들어 그것들을 꿀꺽 삼켰습니다.

"맛있게 드세요, 뱀 아줌마. 우린 좀 더 대접할 수도 있어요."

도깨비불들이 상냥하게 말하며 두서너 번 더, 뱀이 그 속도를 쫓아 맛있는 먹이를 다 받아먹을 수 없을 만큼 민첩하게 몸을 흔들었습니다. 과연 눈에 띄게 뱀의 몸의 광채가 더하기 시작했습니다. 그야말로 찬란하기 이를 데 없었어요. 그런 반면 도깨비불들은 완전히 야위고 작아졌습니다. 하지만 그들의 흥겨운 기분은 조금도 사라지지 않았어요.

뱀은 식사를 마치고 나서 숨을 돌린 후 말했습니다.

"난 당신들에게 평생 갚아야 할 은혜를 입었습니다. 당신들이 원하는 건 뭐든 말씀하세요. 내 힘닿는 데까지 뭐든 하고 싶습니다."

"아주 좋았어!"

도깨비불들이 외쳤어요. "그렇다면 아름다운 백합 여인이 어디에 있는지 말해 줘! 될 수 있는 대로 빨리 우리를 아름다운 백합 여인이 사는 궁전과 정원으로 안내하라고! 백합의 발치에 엎드려 간청하고 싶어 안달이 나 죽을 지경이야."

"그 일은 지금 당장 해 드릴 수가 없습니다."

뱀이 한숨을 깊이 내쉬며 말했습니다. "아름다운 백합은 유감스럽게도 강 건너편에 살고 있거든요."

"강 건너라고? 폭풍이 몰아치는 이 밤에 강을 건너야 한다니! 우리를 갈라놓은 강물은 참 잔인도 하지! 그 뱃사공 노인을 다시 소리쳐 부르면 되지 않을까?"

"그래 봤자 소용없을 거예요."

뱀이 대답했습니다. "비록 선생들께서 사공을 이곳 강가에서 만난다 하더라도 당신들을 태워 주진 않을 겁니다. 그 뱃사공은 누구라도 이리로 건네주긴 하지만 반대로 저편으로 건네주지는 못하도록 되어 있거든요."

"실로 난감하군! 강을 건널 다른 방법은 없는 거야?"

"방법이 몇 가지 있긴 한데 지금은 안 돼요. 내가 직접 선생들을 건네줄 수 있어요. 하지만 정오가 되어야만 해요."

"그때는 우리가 돌아다니는 걸 좋아하지 않는 시간이야."

"그렇다면 선생들은 저녁나절에 거인의 그림자를 타고 강 건너편으로 갈 수 있어요."

"어떻게 하는 건데?"

"여기에서 그리 멀지 않은 곳에 살고 있는 그 거인은 자기 몸집을 써서 할 수 있는 게 아무것도 없어요. 그의 손은 지푸라기 하나 들지 못하고, 그의 어깨는 싸리나무 다발조차 짊어지지 못할 거예요. 하지만 그의 그림자는 많은 것을 할 수 있어요. 암요, 뭐든 다 할 수 있답니다. 그런 까닭에 거인은 해가 뜨고 지는 시간에 가장 강력해진답니다. 그러니까 저녁나절이 되어야만 거인의 그림자 목덜미에 올라탈 수 있습니다. 그러면 거인은 슬그머니 강가로 다가가고, 그 그림자가 나그네들을 강 건너편으로 옮겨 준답니다. 하지만 만일 선생들이 정오에 덤불이 강가에까지 빽빽하게 뻗어 있는 숲 모퉁이에 도착한다면, 제가 당신들을 건네주고 아름다운 백합에게 소개시켜 줄 수도 있어요. 그런데 한낮의 땡볕이 정 싫으시다면 어둠이 찾아들 무렵 육지 쪽으로 굽어진 강가 절벽의 거인을 찾아가는 길밖에 없습니다. 그 거인은 분명 호의적으로 대해 줄 거예요."

젊은 도깨비불 신사들은 가볍게 인사를 하고 떠났습니다. 뱀은 그들로부터 벗어난 것이 기뻤어요. 한편으로는 자기 몸에서 발산되는 빛을 만끽하기 위해서였고, 다른 한편으로는 벌써 오랫동안 묘하게 자신을 괴롭혀 왔던 호기심을 채우기 위해서였어요.

자주 여기저기 기어 다녔던 암벽 틈새들 가운데 한 지점에서 그는 신기한 무엇을 발견한 적이 있었습니다. 뱀은 부득이 빛도 없이 그 심연 속을 기어 다녀야만 했지만, 그랬기에 감각으로 사물들을 잘 분간할 수 있었습니다. 이제 뱀은 어디에서든 울퉁불퉁한 천연 산물을 발견하는 데 익숙했어요. 때로는 들쑥날쑥하고 거대한 수정 암각 사이를 꿈틀거리며 빠져나오고, 때로는 견고한 은으로 된 실 갈고리 같은 것 등을 감각으로 느끼면서 이런저런 보석들을 챙겨 밖으로 나왔지요. 그러다 한번은 사방이 막혀 버린 암벽 속에서 사람의 조각 솜씨를 드러내는 물체들을 감지하고는 무척 놀란 적이 있었습니다. 뱀이 전혀 기어 올라갈 수 없는 반질반질한 벽면들, 규칙적으로 날카롭게 깎아 놓은 모서리들, 잘 깎아 놓은 기둥들이 있었습니다. 하지만

❦

가장 기이한 것은 바로 인간의 모습을 한 형상들이었습니다. 뱀은 그 형상들 주위를 여러 차례 휘감고 더듬은 뒤 그 형상들이 청동 아니면 잘 연마된 대리석일 거라 여겼습니다. 뱀은 피부로 느꼈던 이 모든 경험들을 마침내 시각으로 파악하고 추측할 수밖에 없었던 것을 직접 확인하길 원했습니다. 그는 기이한 지하 동굴을 자신의 빛으로 밝게 비출 수 있을 거라 여기고 갑자기 그 기묘한 물체들을 완전히 파악하고자 했지요. 그는 서둘렀고, 낯익은 길에서 그 성소聖所로 자신이 기어 들어가곤 했던 문제의 바위틈을 얼른 찾아냈습니다.

그 장소에 이르자 그는 호기심에 가득 차 주위를 둘러보았습니다. 비록 자신의 빛으로 그 둥근 동굴에 있는 모든 물체들을 다 비출 수는 없었지만 바로 곁에 있는 것들을 똑똑히 알아보기에는 충분히 밝았습니다. 뱀은 놀라움과 경외감에 사로잡혀 빛이 나는 벽감을 올려다보았습니다. 벽감 안에는 위엄 있는 한 왕의 순금 형상이 세워져 있었어요. 이 입상의 크기는 실제 사람보다 컸지만 그 모습은 성인 남자라기보다는 어린 소년의 상이었어요. 잘 다듬어진 몸체에는 단조로운 외투를 두르고 있었고 머리에는 떡갈나무 잎사귀의 관을 쓰고 있었어요.

뱀이 그 위엄 있는 형상을 바라보자마자 왕은 입을 떼어 물었습니다.

"너는 어디에서 왔느냐?"

“황금이 있는 바위틈에서 왔습니다.”

뱀이 대답했어요.

“황금보다 더 고귀한 것은 무엇이냐?”

황금 왕이 물었습니다.

“빛이옵니다.”

뱀이 대답했어요.

“빛보다 더 생기 있는 것이 무엇이냐?”

황금 왕이 물었습니다.

“대화이옵니다.”

뱀이 대답했지요.

왕과 대화를 하는 도중에 뱀은 곁눈질로 옆을 살펴보았고, 바로 옆의 벽감에서 또 하나의 화려한 형상을 보았습니다. 그 안에는 키가 크고 섬약해 보이는 몸체의 은으로 된 왕이 앉아 있었습니다. 은 왕은 장식품이 달린 예복을 입고 보석이 박힌 왕관과 허리띠와 왕홀로 치장을 하고 있었어요. 은 왕은 얼굴에 자신감 넘치는 밝은 표정을 띠고 막 무슨 말을 하려는 것 같았습니다. 그때 대리석 벽에서 어두운 빛깔로 흐르고 있던 한 줄기 빛이 갑자기 밝아지며 온 성전에 아늑한 빛을 퍼뜨렸어요. 이 빛 속에서 뱀은 세 번째 왕을 볼 수 있었어요. 우람한 체격의 청동으로 된 세 번째 왕은 월계관을 쓰고 자신의 곤봉에 기대고 앉아 있었는데 인간이라기보다는 차라리 바윗덩이 같아 보였습니다. 뱀은 지금 있는 곳에서 가장 멀리 떨어져 있는 네 번째 형상을 살펴보고 싶었지만 조명을 비추던 빛줄기가 번개처럼 번쩍하고 사라지면서 벽이 열렸습니다.

그곳에서 걸어 나온 보통 키의 한 남자가 뱀의 주의를 끌었습니다. 농부 차림의 그 사내는 한 손에 들여다보고 싶은 충동을 일으키는 잔잔한 불꽃이 아른거리는 작은 등불을 들고 있었는데, 그 등불은 신기하게도 그림자 한 점 만들지 않고 동굴 전체를 환하게 비추었습니다.

"우리에게도 빛이 있는데 너는 왜 왔느냐?"

황금 왕이 물었습니다.

"폐하도 아시다시피 소인의 등불은 어둠을 비추어서는 안 됩니다."

"나의 왕국은 끝난 것이냐?"

은 왕이 물었습니다.

"뒤늦게 혹은 영원히 끝나지 않을 수도 있습니다."

노인이 대답했어요. 그러자 우렁찬 목소리로 청동 왕이 묻기 시작했습니다.

"나는 언제 일어서게 되느냐?"

"곧 그렇게 되실 겁니다."

노인이 대답했어요.

"나는 누구와 결합하게 되느냐?"

청동 왕이 또 물었습니다.

"폐하의 두 형님들과 결합하게 되십니다."

노인이 말했어요.

"그러면 막내는 어떻게 되느냐?"

청동 왕이 물었습니다.

"그 분은 영면하실 겁니다."

노인이 말했습니다.

"나난 저전혀 피피피곤하하지 아않아."

네 번째 왕이 거친 목소리로 떠듬떠듬 소리쳤습니다.

이러한 대화가 오가는 동안 뱀은 성전 안의 이곳저곳을 슬금슬금 기어 다니며 모든 것을 살펴보았고 이제는 네 번째 왕을 가까이서 눈여겨보았어요. 네 번째 왕은 한 기둥에 기대어 서 있었는데, 그의 위풍당당한 모습은 아름답다기보다는 둔중해 보였습니다. 다만 그가 어떤 금속으로 주조되었는지는 분간하기가 쉽지 않았습니다. 자세히 들여다보니 그는 세 형들을 구성하고 있는 세 금속들의 혼합물이었어요. 하지만 주조할 때에 세 가지 금속들이 잘 섞이지 못했던 모양이에요. 청동의 몸체 속에 금 혈관과 은 혈관이 뒤죽박죽 흐르고 있어서 형상의 전체적인 인상이 불쾌했습니다.

그사이 황금 왕이 노인에게 말했습니다.

"자네는 몇 가지 비밀을 알고 있는가?"

"세 가지이옵니다."

노인이 대답했습니다.

"어떤 것이 가장 중요하더냐?"

은 왕이 물었습니다.

"열어 볼 수 있는 비밀이옵지요."

노인이 대답했어요.

"그 비밀을 우리에게도 열어 보일 수 있느냐?"

청동 왕이 말했습니다.

"네 번째 비밀을 알게 되면 말씀드리겠습니다."

노인이 대답했어요.

"나와 무슨 상관이람!"

세 금속들로 혼합된 왕이 중얼거렸습니다.

"나는 네 번째 비밀을 알고 있어요."

뱀이 말하고는 노인에게 다가가 뭔가를 속삭였습니다.

"때가 되었다!"

노인이 우렁차게 외쳤습니다. 그 소리가 성전 안에 메아리쳤고 금속 입상들이 쩌르릉 소리를 냈으며, 그 순간 노인은 서쪽으로 뱀은 동쪽으로 꺼졌고 그들은 각기 쏜살같이 암벽의 갈라진 틈으로 빠져나갔습니다.

노인이 헤매고 지나간 통로마다 그의 등 뒤로 이내 금이 가득 찼습니다. 그럴 것이, 노인의 등불은 모든 돌을 금으로, 모든 목재를 은으로, 죽은 동물은 보석으로 변화시키고 모든 금속들을 녹여 없애는 신기한 특성을 갖고 있었기 때문이지요. 하지만 그 특성은 오로지 그 등불이 혼자서 빛을 밝힐 때에만 효력을 발했어요. 만일 다른 빛이 그 가까이에 있으면 이 등불은 단지 아름다운 한 점 빛만을 발하고 모든 살아 있는 생명체들은 그 등불을 통해 생기를 얻었습니다.

산기슭에 있는 자신의 오두막으로 들어선 노인은 깊은 시름에 잠겨 있는 아내를 보았습니다. 아내는 난롯가에 앉아 눈물을 흘리며 진정하지 못했습니다.

"내가 얼마나 불행한지 알아요?"

아내가 소리쳤어요. "오늘 당신을 내보내고 싶지 않았었는데……."

"무슨 일 있었소?"

노인이 침착하게 물었습니다. 그러자 아내는 흐느껴 울며 말했습니다.

"당신이 집을 나서자마자 집 앞에 두 명의 무례한 나그네가 왔어요. 난 경솔하게 그들을 집 안으로 들어오게 했지요. 점잖고 예의 바른 사람들 같아 보였거든요. 그들은 희미한 불꽃 옷을 입고 있었어요. 그들을 도깨비불로 여길 수도 있었을 거예요. 그런데 그들은 집 안에 들어오자마자 파렴치하게도 요망한 말로 나한테 알랑대기 시작하는 거예요. 어찌나 치근대던지, 생각만 해도 얼굴이 다 화끈거릴 정도라고요."

남편은 미소를 지으며 말했습니다.

"글쎄, 그 양반들이야 그냥 농담을 한 거겠지. 당신 나이쯤 됐으면 그런 일은 다반사의 예의로 받아들여야지."

"내 나이가 뭐 어때서요?"

아내가 버럭 소리를 질렀습니다. "내가 언제까지나 그놈의 나이 타령을 들어야 하는 거요? 도대체 내 나이가 몇이기에? 뻔뻔스런 예의였다고요! 확실하다니까요. 벽이 어떤지 둘러보기나 하구려. 백 년 이래 본 적도 없는 낡은 돌들뿐이라고요. 그놈들이 황금을 죄 먹어 버렸다고요. 어찌나 눈 깜짝할 사이의 일이던지, 아마 당신은 믿지 못할 거요. 그놈들, 우리의 금이 다른 보통 금보다 훨씬 맛이 좋다고 연신 장담을 해 가면서 그렇게 벽을 깨끗이 휩쓸어 버리더니 아주 기분이 좋아진 모양입디다. 확실히 금세 키도 훨씬 커지고 몸집도 비대해지더니 점점 더 환한 빛을 내더라고요. 그러더니 그 망할 놈의 장난기가 다시 발동했던지 또 날 쓰다듬으며 나더러 자기네 여왕님이라고 부르면서 몸을 마구 흔들어 금화를 엄청 쏟아 놓더라고요. 저기 의자 밑에 번쩍이는 금화들이 당신 눈에도 보이죠? 그런데 어쩌면 좋아요? 글쎄 우리 개 몹스가 금화를 몇 닢 삼키고 말았어요. 저기 벽난로 옆에 죽어 있는 녀석 좀 보슈. 불쌍한 것! 난 도저히 참을 수가 없어요! 몹스가 죽은 걸 그놈들이 떠난 후에야

보았지 뭐예요? 진작 알았더라면 그놈들이 뱃사공한테 졌다는 빚을 내가 갚아 주겠노라고 약속하지 않았을 텐데…….”

“무슨 빚을 졌는데?”

노인이 물었어요.

“양배추 세 통과 아티초크 세 개 그리고 양파 세 알요. 날이 밝으면 그것들을 강가로 가져다주기로 약속했어요.”

아내가 말했습니다.

“그렇게 해 주구려. 그러면 기회가 닿을 때 그들도 우리를 도와줄 테니.”

노인이 말했습니다.

“그자들이 우리를 도와줄지 어떨는지는 잘 모르겠지만 하여튼 그렇게 하겠다고 약속하고 맹세까지 했어요.”

아내가 말했습니다.

그사이 벽난로의 불꽃이 사그라지자 노인은 재로 숯을 잔뜩 덮어 놓고 반짝이는 금화를 치웠습니다. 그러자 그의 작은 등불이 홀로 불빛을 발했어요. 그 아름다운 불빛 속에서 벽들이 차츰 금으로 덮이기 시작했고, 몹스는 상상할 수 있는 한 가장 아름다운 오닉스로 변했습니다. 그것은 갈색과 검은색 값진 보석의 현란한 빛을 발하면서 몹스를 진귀한 예술품으로 만들었습니다.

“바구니를 갖고 와서 그 오닉스를 안에 담아요.”

노인이 말했습니다. "그러고 나서 양배추 세 통과 아티초크 세 개 그리고 양파 세 알을 바구니에 넣어 강가로 가져가구려. 점심때쯤 뱀이 당신을 강 건너편으로 데려다 줄 테니 아름다운 백합을 찾아가 오닉스를 그녀에게 전해 주구려. 살아 있는 모든 생명체를 건드려 죽게 하듯이 그녀는 몹스를 건드려 살아나게 할 것이오. 그녀는 몹스를 건드림으로써 충실한 동반자를 얻게 될 것이오. 그리고 그녀에게 슬퍼하지 말라고 전하시오. 그녀의 구원이 다가왔다고. 때가 되었으니 최악의 불행을 최선의 행운으로 여겨도 좋으리라고."

날이 밝자 노파는 바구니를 챙겨 길을 나섰습니다. 떠오르는 태양빛이 멀리 반짝이고 있는 강물을 건너 밝게 비쳐 왔어요. 노파는 머리에 인 바구니의 무게 때문에 걸음을 빨리할 수가 없었어요. 하지만 짓누르는 것은 오닉스가 아니었어요. 생명력을 잃은 것들은 이고 갈 때 무게가 느껴지지 않았어요. 오히려 바구니가 노파의 머리 위로 두둥실 떠 있었지요. 하지만 신선한 야채나 살아 있는 작은 동물들을 이고 가는 것은 노파에게 특히나 힘든 일이었어요. 한동안 짜증스레 가던 노파는 갑자기 깜짝 놀라 꼼짝 않고 우뚝 서 있었습니다. 평지를 넘어 그녀가 있는 곳까지 뻗쳐 있는 거인의 그림자를 하마터면 밟을 뻔했기 때문이지요. 이제야 노파는 강에서 멱을 감고 물 밖으로 나오는 거대한 거인을 보았습니다. 하지만 어떻게 그 거인을 피해야 할지 잘 몰랐습니다. 거인은 노파를 발견하자마자 노파에게 장난스럽게 인사를 건네고는 이내 자신의 그림자 손을 바구니 안에 집어넣었습니다. 그의 그림자 손은 양배추 한 통과 아티초크 한 개 그리고 양파 한 알을 익숙한 솜씨로 바구니에서 꺼내어 거인의 입으로 가져다주었습니다. 그러고 나서 거인은 곧장 강을 거슬러 올라가 노파에게 길을 내주었습니다.

노파는 되돌아가 부족해진 것들을 자신의 정원에서 다시 채워 넣어야 할지 고심하면서 가던 길을 계속 갔습니다. 그러다 곧 강가에 도착한 그녀는 주저앉아 한참동안 뱃사공을 기다렸지요. 마침내 기이한 나그네들을 태우고 건너오고 있는 뱃사공이 보였습니다. 아주 기품 있고 잘생긴 한 젊은이가 나룻배에서 내렸습니다. 하지만 노파는 그 젊은이를 충분히 살펴볼 수가 없었어요.

"당신은 뭘 가져왔소?"

노인이 소리쳤습니다.

"도깨비불들이 당신에게 빚진 야채들이에요."

노파가 작물들을 내보이며 말했습니다. 하지만 그 야채들이 모조리 두 개씩밖에 없는 것을 본 사공은 언짢아하며 그걸 받을 수 없다고 단호히 말했어요. 노파는 뱃사공에게 애걸복걸하며, 지금은 집으로 돌아갈 수도 없고 그 짐을 지고 다시 돌아간다는 건 너무 힘든 일이라고 설명했습니다. 뱃사공은 딱 잘라 거절하며 자기에겐 결정권이 없다고 말했어요.

"내가 마땅히 받아야 할 것을 나는 아홉 시간 내에 챙겨야 한단 말이오. 그런데 그 3분의 1을 강에 넘겨주기 전까진 아무것도 받을 수 없소이다."

많은 말들이 오고간 후 마침내 늙은 뱃사공이 말했습니다.

"한 가지 방법이 있소. 만일 당신이 채무자임을 인정하고 강에게 보증을 서 주면 남아 있는 야채 여섯 개를 내가 받아들이겠소. 하지만 그럴 경우 몇 가지 위험이 있긴 하오."

"그렇지만 제가 약속을 지킨다면 위험을 무릅쓰는 것은 아니지요?"

"전혀 아니지요. 당신의 손을 강물에 담그시오."

이렇게 말하고 나서 노인은 덧붙였습니다. "그리고 스물네 시간 이내에 빚을 갚겠다고 약속을 하시오."

노파는 노인이 시키는 대로 했습니다. 하지만 강물에서 다시 꺼냈을 때 새까맣게 변해 버린 자신의 손을 보고 어찌나 소스라치게 놀랐는지. 노파는 노인에게 마구 욕을 해 대며, 손이 자신의 몸에서 가장 예뻤고 억센 노동에도 불구하고 이 고상한 신체 부위는 희고 우아하게 유지할 수 있었노라고 악을 썼습니다. 불같이 화를 내며 자신의 손을 본 노파는 절망스럽게 고래고래 소리쳤어요.

"아, 이제 더 끔찍해졌어! 내 손이 없어졌나 봐. 다른 손보다

훨씬 작잖아."

"지금은 단지 그렇게 보일 뿐이오."

노인이 말했습니다. "하지만 당신이 약속을 지키지 않는다면 그것이 사실이 될 것이오. 당신 손은 점점 줄어들어 마침내는 완전히 없어지고 말 테지만, 손을 사용하는 데에는 아무 지장이 없을 거요. 다만 어느 누구도 그 손을 보지 못할 뿐이지 당신은 그 손으로 무엇이든 다 할 수 있소."

"사람들이 내 손을 볼 수 없다면, 차라리 손을 쓸 수 없는 편이 훨씬 낫겠어요."

노파가 말했습니다. "어쨌든 그딴 건 대수로운 문제도 아녜요. 난 까맣게 되어 버린 피부와 이런 근심을 털어 버리기 위해 약속을 꼭 지키겠어요."

그러고 나서 노파는 서둘러 바구니를 들었습니다. 바구니는 저절로 노파의 머리 위로 올라가 허공에서 두둥실 떠 있었습니다. 노파는 골똘히 생각에 잠겨 천천히 강가로 가고 있는 젊은이에게 황급히 다가갔습니다. 젊은이의 훌륭한 자태와 기이한 복장은 노파에게 깊은 인상을 주었습니다.

젊은이는 번쩍번쩍 빛나는 흉갑을 두르고 있었는데, 그의 아름다운 팔다리가 흉갑에서 움직였습니다. 어깨에는 자포紫袍를 걸치고 있었고 맨머리에서는 너무나도 아름다운 갈색 곱슬머리가 나부꼈어요. 젊은이의 사랑스런 얼굴은 태양빛에 노출되어 있었고 잘생긴 발도 마찬가지였어요. 그는 맨발로 뜨거운 모래 위를 걷고 있었어요. 어떤 깊은 고통이 외모에서 풍기는 일체의 분위기를 무감각하게 만드는 듯싶었어요.

수다스런 노파는 젊은이와 이야기를 나누려 했지만, 그는 그저 이렇다 할 내용 없는 짤막한 대꾸를 할 뿐이었어요. 젊은이의 아름다운 눈에도 불구하고 마침내 노파도 그에게 말을 거는 헛수고에 지쳐 버려 그와 헤어지며 말했습니다.

"젊은 나리, 당신의 걸음걸이는 너무 느리군요. 초록 뱀을 타고 강을 건너 아름다운 백합에게 우리 영감이 선사하는 훌륭한 선물을 전해 주려면 한 순간도 지체할 수가 없다고요."

이렇게 말하고는 노파가 허둥지둥 앞으로 서둘러 가자 잘생긴 젊은이도 얼른 기운을 내어 노파의 뒤를 바짝 따라갔습니다.

"할머니도 아름다운 백합에게 가시는군요!"

젊은이가 외쳤어요. "저도 백합에게 가는 길입니다. 무슨 선물을 갖고 가시나요?"

"이보게 젊은 양반……."

노파가 대답했습니다. "그건 도리가 아니지. 내 질문에는 간단한 대답으로 딱 잘라 놓고는 지금 와서 이렇게 열을 내서 내 비밀을 캐묻다니 말일세. 만일 자네가 공평하게 자네의 처지를 이야기해 주기로 약속한다면, 나도 자네에게 나와 내 선물에 대한 사연을 숨기지 않고 이야기해 줌세."

노파와 젊은이는 이내 의견 일치를 보았습니다. 노파는 젊은이에게 자신의 사정과 개의 이야기를 털어놓으며 기이한 선물을 살펴보게 해 주었습니다.

젊은이는 당장 그 자연산 예술품을 바구니에서 들어 올려 편안하게 쉬고 있는 것처럼 보이는 몹스를 품에 안았습니다.

"운이 좋은 동물이로군!"

젊은이가 말했어요. "백합 여인의 손길이 닿기만 하면 넌 다시 생명을 얻겠지? 살아 있는 자들은 슬픈 운명을 겪지 않으려고 그녀를 피해 도망치는데 말이야. 슬픈 운명이 아니고 무엇인가! 그녀의 존재로 인해 무기력해진다는 것은 차라리 그녀의 손길에 의해 죽는 것보다 더 슬프고도 불안한 일이지 않은가."

젊은이는 노파를 향해 말을 이었어요.

"나를 좀 보시오. 이 나이에 내가 어떤 비참한 상황을 겪어야만 하는지. 전쟁터에서 영예롭게 입었던 이 흉갑, 그리고 현명한 통치를 통해 얻으려 애썼던 이 자포는 운명이 내게 남겨 준 것이오. 불필요한 짐인 이 흉갑과 하찮은 장식품인 이 자포 말입니다. 왕관과 왕홀과 검劍은 모두 사라져 버렸지요. 요컨대 나는 다른 모든 인간들처럼 헐벗고 곤궁한 처지가 되었습니다. 그녀의 아름답고 푸른 눈동자는 모든 살아 있는 존재들에게서 힘을 앗아 가는 불행을 초래하기 때문이지요. 그래서 그녀의 손길이 닿았는데 죽지 않은 존재들은 살아서 헤매는 그림자가 되어 버린 자신을 느끼지요."

젊은이는 계속해서 그렇게 탄식했지만, 젊은이의 내적 상황보다는 오히려 외적 상황을 알고 싶었던 노파의 호기심은 전혀 만족시키지 못했습니다. 그녀는 젊은이의 아버지 이름도, 그의 왕국 이름도 알아내지 못했거든요. 젊은이는 딱딱하게 굳은 몹스를 쓰다듬었습니다. 햇살과 젊은이의 따뜻한 가슴이 마치 살아 있는 것처럼 몹스를 따뜻하게 해 주었습니다. 그는 등불을 갖고 있는 사나이에 대해, 그리고 신비스런 빛의 효력에 대해 많은 질문을 했고, 현재 자신이 처한 비극적인 상황에 대해 등불의 사나이에게 앞날의 희망을 걸고 있는 것 같았어요.

이러한 대화가 오고 가는 와중에 그들은 저 멀리 아치 모양의 장엄한 다리를 보았습니다. 한쪽 강가에서 건너편 강가까지 닿아 있는 그 다리는 태양빛에 아주 신비스럽게 빛나고 있었어요. 이제까지 그 다리가 이토록 화려하게 보였던 적이 있었나 싶어 노파와 젊은이는 무척이나 놀랐습니다.

"와우!"

젊은 왕자가 소리쳤어요. "우리 눈앞에 있는 저 다리가 벽옥과 녹석영으로 지어진 듯 보였던 때만 해도 이미 충분히 아름답지 않았나요? 지금은 마치 에메랄드와 녹옥수와 감람석으로 더할 수 없이 우아하고 현란하게 짜 맞추어진 듯 보여 감히 발을 디디기조차 두려운걸요!"

두 사람은 그간 뱀에게 일어났던 변화에 대해 전혀 모르고 있었습니다. 매일 한낮에 강 건너편까지 몸을 뻗어 비범한 다리 모양을 갖추고 있는 것은 바로 뱀이었던 겁니다. 그러면 나그네들은 경외에 찬 마음으로 발을 디디고 묵묵히 다리를 건너갔지요.

두 사람이 건너편 강가에 이르자마자 다리가 흔들리며 움직이기 시작하더니 곧 강 표면으로 내려앉았습니다. 본연의 모습으로 돌아간 초록 뱀이 이미 뭍에 오른 두 나그네를 뒤따라갔어요. 두 사람은 뱀의 등에 앉아 강을 건널 수 있게 해 준 데 대해 고마움을 표했어요. 그리고 바로 그 순간에 자신들 셋 외에도 몇몇 동반자들이 더 있다는 것을 알아챘지만 눈으로 확인할 수는 없었습니다. 노파와 젊은이 옆에서 슷슷거리는 소리와 그 소리에 뱀이 슷슷거리며 대답하는 소리가 들렸습니다. 그들은 귀 기울여 들었고 몇 마디 오가는 목소리에서 마침내 다음과 같은 사실을 알아냈습니다.

"우리는 우선 아름다운 백합 여인의 정원을 몰래 둘러볼 거야. 그러고 나서 밤이 되어 우리의 모습이 웬만큼 드러나면 당신을 찾을 테니 우리를 그 완벽한 미인에게 소개시켜 줘. 당신은 커다란 호숫가에서 우리를 찾을 수 있을 거요."

"그대로 합죠!"

뱀이 대답했습니다. 그러고 나서 슷슷거리는 소리는 허공 속으로 사라졌습니다.

이제 우리의 세 나그네는 어떤 순서로 그 아름다운 여인을 만나 볼지에 대해 의논했습니다. 왜냐하면 그녀 주위에 아무리 많은 사람들이 있다 해도 혹독한 고통을 견디는 일을 겪지 않으려면 단 한 명씩만 그녀를 만나야 했기 때문이었습니다. 바구니에 변해 버린 개를 담아 온 노파가 맨 먼저 정원으로 다가가 자신에게 은인이 될 그 여인을 찾았습니다. 그 여인은 마침 하프를 켜며 노래를 부르고 있어서 쉽게 찾을 수 있었어요.

사랑스런 선율은 우선 잔잔한 호수에 파문을 일으켰고, 곧 이어 부드러운 한 가닥 숨결처럼 잔디와 덤불들을 흔들리게 했습니다. 갖가지 나무들의 웅장한 숲 그늘 속 아늑한 녹지에 앉아 있는 그녀의 자태는 첫눈에 노파의 눈과 귀와 마음을 또다시 사로잡았습니다. 노파는 황홀감에 젖어 그녀에게 다가가며, 내가 없는 사이에 더 아름다워지셨군, 하고 혼잣말을 했습니다. 멀리서부터 이 선량한 노파는 사랑스럽기 그지없는 여인을 향해 큰 소리로 찬사를 보냈습니다.

"당신을 뵙게 되다니 이 얼마나 영광인지 모르겠습니다! 당신이 계신 주변엔 천국이 열리네요! 당신이 품에 안고 켜는 하프는 어찌나 매혹적인지, 당신께서 하프를 어찌나 포근히 감싸고 계신지, 마치 하프가 당신의 품을 그리워하며 매달리는 듯 보이는군요. 당신의 섬섬옥수가 건드려 울리는 그 소리는 어찌나 정다운지! 그녀의 품을 차지할 수 있었던 그대는 세 갑절 행

복한 젊은이일세!"

이렇게 말하며 노파는 여인에게 다가갔어요. 아름다운 백합이 눈을 뜨고 손을 내리며 말했습니다.

"때 아닌 칭송으로 나를 슬프게 하지 마세요. 그런 말을 들으니 나의 불행이 한층 더 고통스럽게 느껴지는군요. 여기 내 발치에 죽어 있는 불쌍한 카나리아를 보세요. 평소 내 노래에 흥겨워하며 장단을 맞췄는데……. 그리고 내 하프 위에 앉아 있곤 했어요. 그러면서 날 건드리지 않도록 조심하는 데 길들어 있었지요. 그런데 오늘 내가 잠에서 깨어 평온한 아침 노래를 부르고 내 작은 가수 카나리아가 전에 없이 즐겁게 화음에 맞추어 노래하고 있는데, 매 한 마리가 쏜살같이 내 머리 위로 날아들었어요. 가여운 작은 새는 깜짝 놀라 내 품 안으로 피했고요. 그 순간 난 그 작은 새의 몸에서 생명이 떠나가는 마지막 경련을 느꼈어요. 내 눈총을 맞은 그 육식 동물 놈은 실신하여 저 물가에서 기고 있지만, 그놈을 벌준들 그게 무슨 소용 있겠어요? 나의 사랑하는 카나리아는 죽었어요. 카나리아의 무덤은 내 정원에 슬픈 덤불숲만을 늘려 놓을 뿐이에요."

"기운 내세요, 아름다운 백합 여인이여!"

노파는 불행한 이 처녀가 들려준 이야기가 자아낸 눈물을 닦으며 말했습니다. "기분을 추스르세요! 우리 영감이 당신께 전하라고 했어요. 당신은 눈물을 참아야만 한대요. 최대의 불행을 최대의 행복의 전조로 보라고요. 왜냐하면 이제 때가 되었대요. 그리고 사실 뭐……" 하면서 노파는 수다를 이어 갔어요. "세상엔 이런 일 저런 일 다 있잖아요? 내 손을 보세요. 얼마나 새까맣게 되었는지! 실제로 벌써 엄청 작아졌어요. 손이 완전히 사라지기 전에 얼른 서둘러야겠어요! 내가 왜 도깨비불들에게 호의를 베풀려고 했담! 내가 대체 왜 거인을 만나고, 내 손을 왜 강물에 담가야 했죠? 당신이 제게 양배추 한 통과 아티초크 한 개 그리고 양파 한 알을 줄 수는 없나요? 그러면 난 그것들을 강으로 가져가면 되고, 내 손은 예전처럼 하얗게 될 거예요. 그럼 당신 손과 견줄 수도 있을 거예요."

"양배추하고 양파는 얼마든지 구할 수 있을 테지만 아티초크는 아마 찾아봐도 없을 거예요. 내 넓은 정원에 있는 모든 식물들은 꽃을 피우지도 않고 열매를 맺지도 않아요. 하지만 내가 꺾은 어린 가지는 내가 사랑하고 아꼈던 것의 무덤에 심으면 금세 초록 잎사귀를 피우며 쑥쑥 자란답니다. 슬프게도 나는 그렇게 자란 나무들, 덤불과 작은 숲들이 무성해지는 것을 보아왔지요. 병풍처럼 두른 이 소나무들, 오벨리스크를 이룬 측백나무들, 거대한 떡갈나무와 너도밤나무, 이것들은 슬픈 일을 기념하기 위해 내가 직접 열매 맺지 않는 이 땅에 심었을 때는 아주 어린 나뭇가지에 불과했답니다."

노파는 백합의 말에는 거의 귀를 기울이지 않고 오로지 자신의 손을 내려다보느라 여념이 없었습니다. 아름다운 백합 앞에서 그녀의 손은 점점 더 새까매지고 시시각각 줄어드는 것 같았어요. 바구니를 들고 막 떠나려 할 때 노파는 가장 중요한 용건을 잊었다는 사실을 깨달았습니다. 그래서 노파는 당장 오닉스로 변한 개를 꺼내어 아름다운 백합 여인으로부터 그리 멀지 않은 풀밭에 놓으며 말했어요.

"우리 영감이 당신에게 보내는 기념품이랍니다. 아시다시피 당신의 손길로 이 보석을 소생시킬 수 있지요. 얌전하고 충실한 이 동물은 분명 당신을 아주 기쁘게 해 줄 거예요. 그리고 이 개를 잃었을 때 제가 느꼈던 슬픔도 오로지 당신이 이 개를 갖고 있다는 생각만으로 달래질 겁니다."

아름다운 백합은 즐거운 표정으로 사뭇 감탄스럽게 그 얌전한 동물을 찬찬히 바라보며 말했습니다.

"나에게 희망을 불어넣어 주는 많은 징조들이 동시에 일어나는군요. 하지만 아하, 많은 불행들이 동시에 일어나면 좋은 일이 가까워졌다는 징조라고 여기는 건 단지 우리 본성이 지닌 일종의 망상 아닐까요?"

그 많은 좋은 징조들이 내게 무슨 도움이 될까?
사랑하는 새의 죽음, 친구의 새까매진 손!
보석으로 된 몹스, 이것도 좋은 징조일까요?

등불이 나에게 그것을 보낸 걸 보면.

그러나 난 달콤한 인간적 쾌락과는 동떨어져
오로지 비탄과 친숙해져 있네요.
아하! 어째서 성전은 강가에 세워지지 않을까?
아하! 어째서 다리는 놓아지지 않을까!

선량한 노파는 이 노래를 안달이 나서 듣고 있었습니다. 아름다운 백합이 편안한 음조로 자신의 하프 연주에 맞춰 부르는, 그 누구라도 황홀하게 매료시킬 그 노래를 말이지요. 그녀가 작별을 고하려는데 초록 뱀이 들어섰고, 그래서 노파는 다시 한 번 붙잡혔습니다. 뱀은 노래의 마지막 몇 소절을 듣고는 얼른 확신에 찬 말로 아름다운 백합을 위로했습니다.

"다리에 대한 예언은 실현되었습니다!"

초록 뱀이 소리쳤어요. "아치 다리가 얼마나 찬란한지 이 선량한 노부인에게 물어보세요. 불투명한 벽옥과 녹석영으로 되어 있어서 기껏해야 모서리에서나 빛을 내비치던 것이 지금은 투명한 보석이 되었답니다. 그 어떤 녹옥도 그렇게 맑을 수 없고 그 어떤 에메랄드도 그토록 아름다운 빛을 발할 수는 없을 겁니다."

"다리를 보셨다니 축하드려요."

백합이 말했습니다. "그렇지만 용서하세요. 나는 아직도 그 예언이 실현되었다고는 믿을 수 없군요. 당신이 만든 높은 아치 모양의 다리는 단지 보행자들만이 건널 수 있어요. 우리에게 약속된 것은 말과 마차, 그 밖의 모든 여행자들이 동시에 왕복할 수 있는 그런 다리랍니다. 강바닥 자체에서 솟아오른 거대한 교각들에 대해서도 예언되지 않았던가요?"

여전히 자신의 손에 시선을 박고 있던 노파는 이쯤에서 대화를 중단시키고 작별을 고했습니다.

"잠깐만요!"

아름다운 백합이 말했어요. "나의 불쌍한 카나리아도 데려가 주세요. 등불에게 이 가엾은 것을 아름다운 황옥으로 변화시켜 달라고 부탁해 주세요. 그렇게 해서 난 내 카나리아를 내 손길로 다시 살려 내고 싶어요. 그러면 카나리아는 당신의 착한 몹스와 함께 내 가장 멋진 놀이 친구가 될 거예요. 하지만 가능한 한 서둘러 주세요. 해가 지면 혐오스런 부패가 이 가엾은 카나리아를 사로잡아 그 아름답게 짜 맞춰진 형체를 영원히 갈가리 찢어 버릴 거예요."

노파는 작은 시체를 바구니 안의 연한 잎사귀들 사이에 눕히고 서둘러 떠났습니다.

"어떻든 간에……."

뱀은 끊어진 대화를 계속하기 위해 말했습니다. "성전은 지어졌습니다."

"하지만 강가에 세워진 건 아니에요."

아름다운 여인이 대꾸했어요.

"땅속 깊숙이 자리 잡고 있지요. 난 그곳에 있는 왕들을 보았고 그들과 이야기도 나누었습니다."

뱀이 말했습니다.

"그렇다면 언제 그들이 일어서게 되나요?"

백합이 물었어요. 그러자 뱀이 대답했습니다.

"나는 신전 안에 크게 울려 퍼지는 소리를 들었습니다. '이제 때가 되었다'고."

아름다운 백합의 얼굴에 안도하는 듯한 환한 기색이 번졌습니다.

"행운의 그 말을 오늘 벌써 두 번째 듣는군요. 세 번째는 언제 듣게 될까요?"

백합 여인이 말했어요.

백합이 일어나자 이내 한 어여쁜 소녀가 덤불숲에서 나와 그녀에게서 하프를 받아 들었습니다. 또 다른 소녀가 나타나 아름다운 여인이 앉았던 상아로 깎아 만든 야외용 접의자를 접어 들고 은으로 된 방석을 팔 밑에 끼고 뒤따랐어요. 그에 이어 진주로 장식된 커다란 양산을 들고 있던 세 번째 소녀는 백합이 산보를 하는 데 자신을 필요로 할지 어떨지 기다렸어요. 이 세 소녀는 모두 이루 형언할 수 없을 정도로 예쁘고 매력적이었습니다. 하지만 그 소녀들은 단지 백합 여인의 아름다움을 한층 더 돋보이게 할 뿐이었어요. 그중 누구도 백합 여인과는 비교될 수조차 없었지요.

그사이 아름다운 백합은 기이한 몹스를 다정하게 유심히 살펴보았어요. 그리고 몸을 숙여 몹스를 건드리자 몹스가 발딱 일어났습니다. 몹스는 신이 나서 주위를 둘러보고 이리저리 뛰어다니다 마침내 자신의 은인에게 달려가 더 없이 사랑스럽게 인사를 하려고 서둘렀습니다. 그녀는 몹스를 들어 올려 가슴에 꼭 안았어요.

"이렇게 차가울 수가!"

여인이 말했습니다. "비록 네게는 절반의 생명만이 깃들어 있지만 널 환영한단다. 널 애지중지하마. 더불어 재밌게 장난치고 다정하게 널 쓰다듬어 주고 내 품에 꼭 안아 줄게."

그러고 나서 백합은 몹스를 놓아 주고 쫓았다가 다시 불러들이며 재미있게 장난을 쳤습니다. 너무나도 쾌활하고 천진난만하게 몹스와 함께 풀밭을 이리저리 맴도는 그녀의 모습에서 모두들 몹시 즐거운 마음으로 그녀의 기쁨을 느꼈고, 조금 전 그녀의 슬픔을 함께했던 것처럼 그녀의 기쁨을 함께 나누었습니다.

하지만 이런 유쾌함도 기분 좋은 장난도 슬픈 젊은이의 등장으로 중단되고 말았습니다. 그는 이미 우리가 알고 있는 행색으로 들어섰어요. 다만 한낮의 열기 때문에 훨씬 더 기진맥진한 모습이었고, 더욱이 사랑하는 여인 앞에서 그의 얼굴은 순식간에 창백해졌습니다. 그의 손에는 문제의 매가 마치 비둘기처럼 얌전히 날개를 접고 앉아 있었습니다.

"감히 내 눈앞에 그 저주스런 동물을 데려오다니 정말 무례하군요."

백합 여인이 젊은이를 향해 소리쳤습니다. "오늘 아침 나의 작은 카나리아를 죽인 괴물 같은 것을 말이에요."

"불운한 이 새를 욕하지 마십시오!"

젊은이가 대꾸했습니다. "차라리 당신 자신과 운명을 원망하십시오. 그리고 부디 내 불행의 길동무와 함께할 수 있도록 허락해 주십시오."

그러는 동안에도 몹스는 아름다운 여인에게 장난치기를 멈추지 않았고, 그녀는 이 투명한 애완견에게 아주 다정한 몸짓으로 응답해 주었어요. 여인은 손뼉을 쳐서 몹스를 쫓아 버리고는 얼른 다시 자신이 있는 쪽으로 불러들이려고 달렸어요. 여인은 몹스가 달아나면 녀석을 잡으려 애썼고, 자신에게 달려들려 하면 다시 내몰았습니다. 젊은이는 점점 혐오스런 느낌으로 이 광경을 말없이 지켜보았습니다. 그러다 마침내 여인은 젊은이가 실로 역겹게 여기고 있는 흉한 짐승을 들어 올려 그녀의 새하얀 품에 껴안으며 천사 같은 입술로 그 시꺼먼 주둥이에 입을 맞추었습니다. 더 이상 참을 수 없었던 젊은이는 절망스럽게 소리쳤습니다.

"한 기구한 운명으로 인해 당신을 눈앞에 두고 어쩌면 영원히 떨어져 살아가는 내가, 당신 때문에 모든 것을, 실로 나 자신조차 잃어버린 내가, 하필이면 저런 흉측한 괴물이 당신을 기쁘게 하고 당신의 애정을 독차지하고 당신의 포옹을 즐기는 이 꼴을 꼭 목격해야만 하나요? 아직도 얼마나 더 오래 이리저리 헤매 다니면서 강물 이쪽저쪽의 외로운 슬픔의 궤도를 재고 있어야 한단 말인가요? 그럴 순 없습니다. 내 가슴속에는 아직 옛 용기의 불씨가 한 점 깃들어 있습니다. 이 순간 그 용기의 마지막 불꽃이 솟구쳐 오릅니다! 당신의 품에 돌덩이가 안길 수 있다면 전 그 돌이 되겠습니다. 당신의 건드림이 죽음을 초래한다면 전 당신의 손길에 기꺼이 죽으리다."

이렇게 말하며 젊은이는 격하게 몸을 움직였습니다. 그 바람에 매가 그의 손에서 날아가 버리자 젊은이는 백합 여인을 향해 달려들었어요. 그때 여인은 젊은이를 막으려고 손을 뻗었는데, 결국 젊은이보다 더 빠르게 그를 건드리고 말았습니다. 그는 의식을 잃고 쓰러졌습니다. 백합 여인은 아름다운 짐이 가슴에 닿는 것을 느끼고 경악했습니다. 그녀는 비명을 지르며 뒤로 물러났고, 기품 있는 젊은이는 죽은 시신이 되어 그녀의 팔에서 땅으로 떨어졌습니다.

불행한 일이 일어나고 말았어요! 사랑스런 백합은 꼼짝 않고 서서 영혼이 빠져나간 시신을 뚫어지게 바라보았습니다. 그녀의 심장은 멈춘 듯했고 그녀의 눈에서는 눈물조차 흐르지 않았어요. 몹스가 그녀의 정다운 몸짓을 되살리려 애썼지만 소용없었습니다. 온 세상이 그녀의 사랑하는 사람과 함께 죽어 버렸어요. 그녀는 절망적으로 침묵한 채 그 어떤 도움도 찾아보려 하지 않았습니다. 그 어디에도 구제의 손길은 없었으니까요.

반면에 뱀의 움직임은 눈에 띄게 분주해졌습니다. 뱀은 구원의 방책을 꾀하는 것 같았어요. 그리고 과연 뱀의 특이한 움직임은 적어도 이 불행한 사태에 뒤이어 닥칠 끔찍한 결과들을 어느 정도의 시간만큼 미루는 데 기여했어요. 뱀은 유연한 몸으로 시체를 가운데 두고 주위에 큰 동그라미를 그리며 이빨로 자신의 꼬리를 물고 가만히 누워 있었습니다.

잠시 후 백합의 예쁜 시녀들 중 한 명이 상아로 된 접의자를 들고 나타나 다정한 몸짓으로 백합 여인을 자리에 앉으라고 채근했습니다. 곧이어 두 번째 소녀가 불꽃처럼 새빨간 베일을 들고 나타나 여주인의 머리에 덮어 준다기보다는 장식을 해 주었습니다. 세 번째 소녀는 하프를 건네주었고요. 백합 여인이 화려한 악기를 품에 안고 현을 튕겨 몇 가닥 음을 내자마자, 첫 번째 소녀가 밝고 둥근 거울을 갖고 다시 돌아와 아름다운 여인의 맞은편에 세워 놓고 그녀의 시선을 사로잡아 자연 속에 존재할 수 있는 가장 매력적인 그녀의 모습을 비춰 주었습니다. 고통은 그녀의 아름다움을, 베일은 그녀의 매력을, 하프는 그녀의 우아함을 더해 주었어요. 모두들 백합 여인의 슬픈 상황이 변화되기를 희망하면서도 또 한편으로는 지금과 같은 그녀의 아름다운 영상을 영원히 잡아 두길 원했습니다.

소리 없는 눈길로 거울을 바라보며 그녀는 때로는 애잔한 음조를 현으로부터 이끌어 내었고 때로는 자신의 고통을 더욱 고조시키는 것 같았습니다. 그리고 그녀의 고통에 대해 하프의 현들이 우렁차게 답했어요. 그녀는 몇 번인가 입을 벌려 노래를 하려 했지만 목소리가 그녀의 말을 듣지 않았습니다. 하지만 곧 그녀의 고통은 눈물이 되어 흘러나왔어요. 두 명의 소녀들이 위로가 되도록 그녀를 팔로 감싸 안았고 하프가 그녀의 품에서 떨어졌어요. 하지만 그것이 땅에 떨어지기 전에 재빠른 시녀가 얼른 악기를 붙잡아 옆으로 치워 놓았습니다.

"해가 지기 전에 누가 등불을 가진 노인을 데려올 수 있나요?"

뱀이 나지막한 소리로 하지만 똑똑히 알아들을 수 있게 슷슷거렸습니다. 소녀들은 서로를 쳐다보기만 했고 백합은 점점 더 심하게 눈물을 흘렸습니다. 바로 그때 바구니를 든 노파가 숨을 헐떡이며 되돌아왔습니다.

"나는 망했어! 병신이 됐다고!"

노파가 소리쳤어요. "거의 없어져 버린 내 손을 좀 보세요! 뱃사공도 거인도 날 건네주려 하지 않았어요. 내가 아직 강물에 빚을 진 여자라 그렇대요. 양배추 백 개를 주고, 양파 백 개를 줘도 소용없었어요. 세 개 이상은 원하지도 않아요. 그런데 이 지역에서는 엉겅퀴를 찾을 수가 없단 말예요."

"당신의 곤궁한 처지일랑 잊으세요."

뱀이 말했어요. "이곳에 도움이 될 만한 일을 찾아보세요. 그럼 동시에 당신도 도움을 얻을 수 있을지 모르니까요. 가능한 한 서둘러서 도깨비불들을 찾도록 해요. 그들을 볼 수 있기엔 아직 날이 너무 환하지만, 아마도 도깨비불들의 웃음소리와 푸드덕대며 날아가는 소리는 들릴 겁니다. 도깨비불들이 서두르기만 하면 거인의 그림자를 타고 강을 건널 수 있을 테고, 그러면 그들이 등불을 가진 사나이를 찾아서 이리로 보낼 수 있을 거예요."

노파는 할 수 있는 한 서둘렀습니다. 뱀은 노파와 등불을 가진 노인이 얼른 도착하기를 백합만큼이나 초조해하며 기다리는 것 같았어요. 유감스럽게도 지는 태양의 황금빛 햇살이 우거진 숲의 나무 꼭대기에만 겨우 남아 있는 판이었고, 어느새 기다란 그림자가 호수와 초원 위에 드리워졌습니다. 뱀은 안절부절못하고 움찔거렸고 백합은 하염없이 눈물을 흘리고 있었어요.

이렇게 급박한 상황에서도 뱀은 사방을 둘러보았습니다. 당장이라도 태양이 완전히 떨어져 부패가 마력을 갖고 있는 원을 뚫고 들어와 막아 볼 도리도 없이 아름다운 젊은이를 엄습할까 두려웠기 때문이었지요. 마침내 뱀은 하늘 저 높은 곳에서 자줏빛 깃털의 매를 발견했습니다. 지는 태양의 마지막 빛이 매의 가슴을 비추고 있었어요. 좋은 징조라고 생각한 뱀은 기쁨에 몸을 흔들었고 그의 예감은 맞았습니다. 곧이어 등불을 든 남자가 마치 스케이트를 타고 오듯이 호수를 건너오는 것이 보였거든요.

뱀은 자세를 조금도 흐트러뜨리지 않았습니다. 하지만 백합은 자리에서 일어나 등불을 든 남자에게 큰 소리로 말했어요.

"어떤 선한 영靈이 우리가 당신을 간절히 원하고 또 당신이 절실하게 필요한 이 순간에 당신을 이곳으로 보냈나요?"

"내 등불의 영이 날 재촉했고 매가 나를 이곳으로 데려왔습니다."

노인이 대답했습니다. "누군가 날 필요로 할 때면 나의 등불은 불꽃을 튀기지요. 그럼 난 하늘에 어떤 조짐이 있는지 살펴본답니다. 그리고 그 어떤 새나 유성이 내가 가야 할 방향을 제시해 줍니다. 진정하십시오, 아름다운 아가씨! 내가 도울 수 있을지는 나 자신도 잘 모릅니다. 어느 한 사람이 할 수 있는 일이 아닙니다. 적절한 때에 누군가가 다른 많은 사람들과 힘을 합해야만 도울 수 있어요. 느긋하게 마음을 먹고 희망을 가집시다. 자네는 몸을 풀지 말고 그대로 있어 주게."

노인은 뱀을 향해 말하고는 뱀 옆의 흙더미 위에 앉아 죽은 시신을 향해 등불을 비추었습니다.

"사랑스런 카나리아도 이리 가져와 원 안에 내려놓으시오!"

그러자 소녀들이 노파가 내려놓은 바구니에서 작은 시체를 꺼내 노인이 시키는 대로 했습니다.

그사이 해는 졌습니다. 어둠이 짙어 가자 뱀과 노인의 등불만이 제각각의 방식대로 빛을 발하기 시작했을 뿐 아니라 백합이 쓰고 있는 베일도 잔잔한 빛을 내기 시작했습니다. 부드러운 아침노을처럼 붉은 빛이 그녀의 창백한 뺨과 새하얀 옷을 더할 나위 없이 우아하게 물들였습니다. 모두들 아무 말 없이 시선을 주고받았고 확신에 찬 희망이 걱정과 슬픔을 누그러뜨렸습니다.

그런 이유에서 노파는 쾌활한 두 도깨비불과 어울려 있는 것도 그리 불쾌해하지 않는 것 같아 보였어요. 그들은 노파의 집을 나선 이후 무척 힘을 탕진했음에 틀림없었으나—그들은 다시 바짝 여위어 있었어요— 그런 만큼 공주와 다른 여인들에게 한층 더 공손하게 굴었습니다. 자신만만하게 온갖 미사여구로 지극히 일상적인 것들에 대해 떠들어 댔고, 특히나 빛나는 베일의 광채 때문에 백합과 그녀의 시녀들에게서 발산되는 매력에 홀딱 반한 모습이었어요. 소녀들은 수줍게 시선을 아래로 향했고, 그녀들의 아름다움에 대한 칭송이 실제로 그녀들을 더욱 아름답게 했습니다. 노파를 제외하고 모두가 만족스러워하며 편

안해했습니다. 등불이 손을 비추는 한 더 이상 손은 줄어들지 않을 것이라는 남편의 확언에도 불구하고, 이렇게 두었다간 자정이 되기도 전에 자신의 고운 신체 부분이 완전히 없어져 버릴 거라고 노파는 몇 번이고 우겨 댔습니다.

등불을 든 노인은 도깨비불들의 대화에 열심히 귀를 기울였습니다. 그리고 그들과의 담소를 통해 백합의 기분이 좋아져 명랑해진 것을 보고 기뻐했습니다. 하지만 실제로 자정이 되어 가자 사람들은 어찌할 바를 몰라 했습니다. 노인이 별들을 살펴본 후 입을 떼었습니다.

"우리는 행복한 순간에 함께 모여 있습니다. 각자가 자신의 임무를 수행하고 의무를 다하시오. 그러면 공통된 하나의 불행이 개개의 기쁨을 집어삼키듯이, 공통된 하나의 행복이 개개의 고통을 사라지게 할 것입니다."

노인의 말이 끝나자 이상한 술렁거림이 일었습니다. 좌중의 모든 사람들이 제가끔 입을 열어 자신이 할 일이 무엇인지 큰 소리로 말했기 때문이지요. 단지 세 명의 소녀만이 조용히 있었습니다. 한 명은 하프 옆에서, 또 한 명은 파라솔 옆에서, 또 다른 한 명은 안락의자 옆에서 잠들어 있었어요. 그렇지만 어느 누구도 그 소녀들을 나쁘게 생각할 수 없었습니다. 때는 이미 늦은 시각이었으니까요. 불꽃을 번쩍이는 젊은이들은 시녀들에게도 지나가는 투로 몇 마디 의례적인 인사를 건넨 뒤 마침

내 최고의 미녀 백합에게 들러붙었습니다.

“거울을 붙잡거라.”

노인이 매한테 말했습니다. “그리고 첫 햇살을 잠들어 있는 시녀들에게 비추어 공중에서 반사된 빛으로 시녀들을 깨우렴.”

그제야 뱀은 움직이기 시작했습니다. 뱀은 물었던 꼬리를 풀고 커다랗게 동그라미를 그리며 천천히 강가로 향했습니다. 두 도깨비불이 엄숙하게 그 뒤를 따랐고요. 그 도깨비불들은 제법 장엄한 불꽃이라 여겨야 할 만큼 엄숙한 모습이었지요. 노파와 그녀의 남편은 바구니를 잡았습니다. 그때까지 아무도 알아보지 못했지만 바구니에서는 은은한 빛이 퍼져 나오고 있었어요. 노부부가 바구니를 양쪽으로 당기자 그것은 점점 더 커졌고 빛은 점점 더 밝아졌습니다. 그러고 나서 그들은 젊은이의 시신을 들어 올려 바구니 안에 넣고 그의 가슴에 카나리아를 올려놓았습니다. 그러자 바구니는 저절로 노파의 머리 위로 둥실 떠 올랐고, 노파는 도깨비불들의 뒤를 바싹 좇았어요. 아름다운 백합이 몹스를 품에 안고 노파의 뒤를 따랐고, 등불을 든 노인이 행렬의 맨 끝을 이루었어요. 그들의 행렬이 가는 곳은 이런 각양각색의 불빛들로 진기하기 이를 데 없이 밝아졌답니다.

강가에 도착하자 이들 일행은 강 위로 건너편 강가까지 붕긋 솟은 찬란한 아치 모양의 다리를 바라보며 감탄해 마지 않았습니다. 자비로운 뱀이 온 다리를 비춰 그들에게 환히 빛나는 길을 마련해 주었던 거예요. 낮에는 다리를 구성하고 있는 듯 보이는 투명한 보석들에 감탄했었는데, 이제 밤이 되자 그 휘황찬란한 밝은 광채를 보고 놀라워했습니다. 위쪽으로는 둥글고 밝은 빛이 어두운 하늘과 뚜렷이 구분되었고, 아래쪽으로는 선명한 빛이 중심 쪽을 비춰 이 교각의 유동적인 탄력성을 드러내주고 있었습니다. 행렬은 천천히 다리를 건넜습니다. 멀리 자기 오두막집에서 이 광경을 내다보던 뱃사공은 놀라워하며 둥근 빛과 그 위를 지나가는 기이한 빛들을 유심히 바라보았어요.

그들이 건너편 강가에 도착하자마자 둥근 아치는 자기 방식대로 이리저리 흔들리고 파도처럼 일렁이며 강물에 다가가기 시작했습니다. 그리고 곧이어 뱀은 뭍을 향해 움직였습니다. 바구니가 땅으로 내려왔어요. 또다시 뱀이 동그랗게 몸을 틀자, 노인이 뱀한테 몸을 숙이며 말했습니다.

"어쩔 셈이오?"

"내가 제물로 바쳐지기 전에 나 스스로 제물이 되려고요."

뱀이 말했습니다. "땅에 보석을 한 점도 남겨 두지 않겠다고 약속해 주시오."

노인은 그러겠다고 약속하고 나서 백합에게 말했어요.

"왼손으로는 뱀을 건드리고 오른손으론 아가씨의 사랑하는 사람을 만지시오."

그러자 백합은 무릎을 꿇고 뱀과 시신을 어루만졌습니다. 그 순간 젊은이는 다시 생명을 얻은 듯 바구니 안에서 움직였어요. 그리고 똑바로 일어나 앉았습니다. 백합은 그를 껴안으려 했어요. 하지만 노인이 그녀를 말렸습니다. 대신 노인은 젊은이가 일어서는 것을 도와주고 바구니와 원에서 걸어 나올 수 있도록 안내했습니다.

젊은이는 똑바로 일어섰고, 카나리아가 그의 어깨 위에서 날개를 퍼덕거렸습니다. 그들 모두가 다시 생명을 얻었어요. 하지만 정신은 아직 되돌아오지 않았습니다. 잘생긴 애인은 눈을 뜨고도 뭘 보지는 못했어요. 아무튼 만사를 자신과는 무관하다는 듯이 멀뚱한 시선으로 바라보는 것 같았습니다. 이 사건에 대한 놀라움이 웬만큼 수그러지자 그제야 모두들 신기하게 변해 버린 뱀의 모습을 알아챘습니다. 그 아름답고 날씬한 몸체가 헤아릴 수 없는 빛나는 보석들로 분해되어 버린 것이었어요. 바구니를 잡으려던 노파가 조심성 없이 뱀에 부딪치는 바람에 뱀은 그 형체를 알아볼 수 없게 되어 빛나는 보석들로 이루어진 아름다운 동그라미만 하나 풀밭에 남았습니다.

노인은 즉시 보석들을 바구니에 넣을 채비를 했고 아내에게 거들도록 했습니다. 보석을 다 담고 나서 부부는 강가의 한 언덕으로 바구니를 가져가 그 안의 보석들을 모조리 강물에 쏟아부었지요. 물론 그 가운데 몇 점을 골라 가지고 싶었을 아름다운 여인과 노인의 아내는 못마땅해했지만요. 그 보석들은 빛나

는 별들처럼 반짝이며 물결이 일렁이는 강물과 함께 헤엄쳤습니다. 그것들이 멀리 사라져 가는 것인지 아니면 강물 속으로 가라앉는 것인지 분간할 수 없었어요.

그리고 노인은 도깨비불들을 향해 정중하게 말했습니다.

"이보시오, 젊은 양반들, 이제 내가 당신들에게 길을 안내해 주고 통로를 열어 줄 것이오. 하지만 당신들이 우리를 위해 한 가지 크게 도울 일이 있소. 우리에게 성전의 문을 열어 주시오. 우리는 그 문을 통해 안으로 들어가야만 하오. 그런데 당신들 외에는 어느 누구도 그 문을 열 수 없소."

도깨비불들은 예의 바르게 몸을 숙이며 뒤로 물러났습니다. 등불을 든 노인이 앞장서서 눈앞에 열린 암벽 틈으로 들어갔고, 젊은이가 말하자면 자동적으로 그 뒤를 따랐습니다. 백합은 말없이 머뭇거리며 몇 발자국 떨어져 그의 뒤를 따랐어요. 혼자 남고 싶지 않았던 노파는 남편이 든 등불 빛을 받으려고 손을 뻗었습니다. 마지막으로 도깨비불들이 행렬의 끝에 따라붙으면서 자신들의 불꽃 끝을 마주 기울여 서로 이야기를 나누는 것 같았습니다.

얼마 가지 않아 그들의 행렬은 황금 자물쇠로 굳게 닫힌 한 커다란 청동 날개 문 앞에 이르렀습니다. 노인은 지체 없이 도깨비불들을 불렀고, 도깨비불들은 더 이상 서로의 기운을 돋워 주느라 이야기를 나누지 않고 날카롭기 이를 데 없는 불꽃으로 열심히 자물쇠와 빗장을 먹어 치웠습니다.

청동 문이 요란한 소리를 내며 활짝 열렸습니다. 성전 안에 들어서자 함께 들어선 여러 빛들을 받아 왕들의 위엄 있는 입상들이 나타났습니다. 모두들 존경스런 왕들 앞에 몸을 숙였고 특히 도깨비불들의 부산스런 인사가 빠지지 않았어요.

잠시 후 황금 왕이 물었습니다.

"너희들은 어디에서 왔느냐?"

"인간 세상에서 왔습니다."

노인이 말했습니다.

"너희들은 어디로 가느냐?"

은 왕이 물었습니다.

"인간 세상으로 갑니다."

노인이 대답했습니다.

"우리에게 너희는 뭘 원하느냐?"

청동 왕이 물었습니다.

"당신들과 동행하기를 원합니다."

노인이 대답했습니다.

네 번째 혼합된 왕이 막 무슨 말을 하려는데, 황금 왕이 바싹 다가와 있는 도깨비불들에게 말했습니다.

"내게서 썩 물러나거라. 내 황금은 너희들의 양분이 아니다."

그러자 도깨비불들은 은 왕에게로 가서 착 달라붙었습니다.

도깨비불들의 노란 불빛에 반사되어 은 왕의 옷이 아름답게 빛을 발했어요.

"난 너희들을 환영한다."

은으로 된 왕이 말했습니다. "하지만 난 너희들을 먹여 살릴 수가 없구나. 저 밖에서 배를 채운 후 내게 너희들의 빛을 가져다주렴."

도깨비불들은 은 왕을 떠나서 자신들을 의식하지 못한 것 같은 청동 왕 곁을 지나쳐 혼합된 왕에게로 살그머니 다가갔습니다. 혼합된 왕은 말을 더듬으며 소리쳤습니다.

"누우가 세세상을 지지배하게 되되느냐아?"

"자신의 발로 똑바로 서 있는 분이옵니다."

노인이 대답했습니다.

"그렇다면 그건 바로 나다!"

혼합된 왕이 말했습니다.

"그게 누군지는 곧 밝혀지게 될 것입니다. 이제 때가 되었으니까요."

노인이 말했습니다.

아름다운 백합이 노인의 목을 얼싸안으며 진심으로 키스를 했습니다.

"신성한 분이시여! 천 번 만 번 감사드립니다. 그 예언의 말을 세 번째로 듣게 해 주셨어요."

말이 끝나기도 전에 그녀는 노인에게 더 꽉 매달렸습니다. 바닥이 흔들리기 시작했기 때문이었어요. 노파와 젊은이도 서로를 붙잡았습니다. 단지 분주히 움직이는 도깨비불만이 아무것도 눈치 채지못했습니다.

사람들은 성전 전체가 마치 닻을 올리며 항구로부터 유유히 떠나가는 배처럼 움직이는 것을 분명히 느낄 수 있었습니다. 길을 헤치고 지나가는 성전 앞으로 땅속 깊은 곳이 열리는 것 같았어요. 하지만 성전은 어디에도 부딪치지 않았고 길을 가로막는 암벽도 없었습니다.

잠깐 동안 둥근 천장의 갈라진 틈을 통해 보슬비가 흘러내리는 듯싶었어요. 노인이 아름다운 백합을 붙잡으며 말했습니다.

"우리는 강 아래에 있어요. 이제 곧 목적지에 닿을 겁니다."

그리고 곧 그들은 자신들이 가만히 멈춰 섰다고 여겼습니다. 하지만 그것은 착각이었어요. 성전은 위로 솟아오르고 있었습니다.

그리고 그들의 머리 위에서 기괴한 굉음이 울렸습니다. 대들보와 서까래가 제멋대로 뒤엉켜 우지끈 소리를 내며 둥근 지붕의 갈라진 틈으로 몰려 들어갔습니다. 백합과 노파는 옆으로 후다닥 피했고 등불을 든 노인은 젊은이를 꽉 붙잡은 채 그대로 서 있었습니다. 그때 뱃사공의 작은 오두막이 스르르 내려와 젊은이와 노인을 덮쳤습니다. 그럴 것이, 성전이 위로 솟으면서

그 오두막을 땅에서 떼어 내어 통째로 삼켜 버렸던 거랍니다.

여자들은 비명을 질렀고, 느닷없이 육지에 정박한 배처럼 성전은 마구 흔들렸습니다. 두려움에 떨며 여인들은 희미한 어둠 속에서 오두막 주위를 헤매었어요. 문은 잠겨 있었고 그녀들이 문 두드리는 소리에 아무 반응이 없었어요. 여인들은 더욱 세차게 문을 두드렸고, 마침내 나무 문짝이 금속의 울림을 내기 시작할 때는 적잖이 놀랐습니다. 그 안에 갇힌 등불이 위력을 발휘해서 오두막 전체를 은으로 변화시켜 버린 것이었지요. 곧 오두막은 그 형체마저도 완전히 변해 버렸습니다. 그 귀중한 금속이 대들보나 기둥이나 서까래 같은 불필요한 형식을 버리고 정교한 조각을 갖춘 웅장한 건축물로 확장되었습니다. 이제 커다란 성전 안에 화려한 작은 성전이, 즉 성전에 어울리는 제단이 세워졌습니다.

이제 내부에서 올라가도록 되어 있는 계단을 통해 고귀한 젊은이가 위로 올라가고 있었습니다. 등불을 든 노인이 젊은이를 비춰 주었고 또 다른 누구인가가 노인을 부축하고 있는 것 같았어요. 새하얀 짧은 옷을 걸친 그 남자가 손에 은으로 된 노를 쥐고 모습을 드러냈습니다. 모두들 그가 지금은 변해 버린 오두막에서 예전에 살았던 뱃사공이라는 것을 첫눈에 알아보았지요.

아름다운 백합은 성전에서 제단으로 이어진 바깥쪽의 계단을 올라갔습니다. 하지만 사랑하는 애인과는 여전히 거리를 두고 떨어져 있을 수밖에 없었어요. 노파는 등불이 숨겨져 있는 동안 더 작아져 버린 자신의 손을 보고 소리쳤습니다.

"난 아직도 더 불행한 처지에 있어야만 하는 건가요? 이렇게 많은 기적이 일어났는데 내 손을 구할 기적은 없는 건가요?"

그러자 노파의 남편이 열려 있는 문을 가리키며 말했습니다.

"저길 봐요. 날이 밝아 오고 있소. 얼른 가서 강물에 몸을 담그시오."

"무슨 소리예요?"

노파가 소리를 질렀어요. "이젠 온몸이 새까맣게 돼서 완전히 사라져 버리라고요? 난 강에다 진 빚도 아직 다 갚지 못했다고요!"

"어서 가서 내 말대로 해 보구려! 빚은 다 청산되었으니까."

노인이 말했습니다.

노파는 서둘러 떠났고, 그 순간 떠오른 태양빛이 둥근 지붕의 추녀를 비추었습니다. 노인은 젊은이와 처녀 사이로 가서 큰 소리로 외쳤습니다.

"이 땅을 지배하는 것은 세 가지입니다. 그것은 바로 지혜와 빛과 힘이지요."

노인이 첫 번째 단어를 말할 때 황금 왕이 일어섰고, 두 번째에는 은 왕이, 그리고 세 번째에는 청동 왕이 느릿느릿 일어섰습

니다. 그 순간 혼합된 왕이 갑자기 꼴사납게 무너져 내렸습니다.

엄숙한 순간이었음에도 불구하고 그런 그의 모습을 본 사람들은 웃음을 터뜨리지 않을 수 없었어요. 그는 앉은 것도 아니고 누운 것도 아니고 기댄 것도 아니었어요. 그는 형태를 알아볼 수 없게 함몰되고 말았습니다.

이제까지 네 번째 왕 주위를 분주하게 맴돌던 도깨비불들이 옆으로 비켜났습니다. 도깨비불들은 아침 햇살을 받아 빛이 바래기는 했지만 그래도 기운을 차리고 불꽃을 일으켰습니다. 도깨비불들은 익숙한 솜씨로 그 뾰족한 불꽃 혀로 네 번째 왕의 거대한 입상의 황금 혈관들을 속속들이 빨았어요. 이렇게 해서 여기저기 불규칙하게 생겨난 텅 빈 구멍들은 얼마 동안 그대로 뚫린 채였고, 그때까지만 해도 혼합된 왕은 아까 무너졌을 때의 형체를 유지하고 있었어요. 하지만 마침내 모세 혈관까지 다 소모되고 나자 갑자기 그 형상이 으스러져 버렸습니다. 그것도 유감스럽게 하필이면 사람이 앉은 자세를 취할 때 그대로 유지되는 신체 부위들이 박살난 겁니다. 반면에 구부려야 할 뼈마디들은 뻣뻣하게 굳어 있었고요. 차마 웃을 수 없었던 사람들은 눈을 돌려 그 장면을 외면하지 않을 수 없었지요. 사람의 형태랄 수도 물건 덩어리랄 수도 없는 그 모양은 실로 꼴불견이었습니다.

그러자 등불을 든 남자가 여전히 멍하니 이 광경을 쳐다보고 있는 아름다운 젊은이를 제단에서 끌고 내려와 청동 왕에게 향

❦

했습니다. 이 막강한 군주의 발치에는 청동 칼집에 꽂혀 있는 검이 놓여 있었어요. 젊은이가 허리에 검을 찼습니다.

"검은 왼손에, 오른손은 비워 두거라!"

막강한 왕이 말했습니다. 그러고 나서 그들은 은 왕에게 갔습니다. 은 왕이 자신의 왕홀을 젊은이 쪽으로 기울이자 그는 왼손으로 왕 홀을 잡았습니다. 은 왕이 온화한 목소리로 말했습니다.

"양들에게 먹이를 주거라."

그들이 황금 왕에게 다가가자 황금 왕은 아버지처럼 축복을 베푸는 몸짓으로 젊은이의 머리에 떡갈나무 잎사귀 관을 씌워 주며 말했어요.

"최고의 것을 깨닫거라!"

이 일이 행해지는 동안 노인은 젊은이를 자세히 관찰하였습니다. 검을 차고 난 뒤 젊은이의 가슴은 부풀어 올랐고 그의 팔은 힘차게 움직였으며 두 발은 훨씬 확고하게 땅을 디뎠습니다. 그가 왕 홀을 손에 쥐고 있을 때는 그 힘이 수그러들었다가 불가사의한 매력에 힘입어 더욱 막강해지는 것 같았습니다. 마침내 떡갈나무 잎사귀 관이 그의 곱슬머리에 장식되자 그의 얼굴에는 생기가 돌았고 두 눈은 말로 표현할 수 없는 영혼의 빛으로 반짝였습니다. 그리고 마침내 그의 입에서 터져 나온 첫마디는 '백합'이었습니다.

"사랑하는 백합이여!"

그는 백합을 향해 은 계단을 황급히 뛰어 올라가며 외쳤습니다. 마침 백합 여인이 제단 쪽에서 그의 행로를 바라보고 있었거든요. "사랑하는 백합 여인이여, 모든 것을 갖춘 사나이가 소망할 수 있는 것으로서 그대의 가슴속에서 전해져 오는 소리 없는 애정과 순결을 능가하는 값진 것이 어디 있겠소?"

그러고 나서 젊은이는 성스러운 세 입상을 바라보며 노인을 향해 말을 이었어요. "나의 친구여! 우리 조상들의 왕국은 훌륭하고 확고하지요. 하지만 당신은 네 번째 힘을 잊고 있었소. 훨씬 더 이전부터 훨씬 더 평범하고 훨씬 더 확실하게 이 세상을 지배하는 힘을 말이지요. 그것은 바로 사랑의 힘이라오."

이 말과 함께 젊은이는 백합을 얼싸안았습니다. 그러자 그녀는 베일을 벗어던졌고 그녀의 뺨은 더할 나위 없이 아름답게 영원불변의 붉은빛으로 물들었습니다.

그러자 노인이 미소를 지으며 말했어요.

"사랑은 지배하지 않는다네. 사랑은 이루어 낸다네. 그것은 지배하는 것 이상의 힘이지."

이러한 축제 분위기와 행복감과 감격 때문에 그새 날이 완전히 밝았다는 것을 모두들 깨닫지 못했습니다. 활짝 열린 성전 문을 통해 뜻밖의 사물들이 갑자기 모두의 눈길을 끌었습니다. 기둥으로 둘러싸인 넓은 터가 앞마당을 이루고 있었고, 그 경계

지점에서 길고 웅장한 다리가 보였습니다. 수많은 아치들이 이어져 강 건너편까지 닿아 있는 다리의 양 측면에는 보행자들을 위한 주랑이 편리하면서도 화려하게 설치되어 있었는데, 벌써 수천 명의 사람들이 분주하게 오가며 다리를 건너고 있었습니다. 다리 중간의 큰길에는 가축 떼와 버새들 그리고 말을 탄 기사들과 마차들이 북적대고 있었습니다. 모두가 전혀 방해받지 않고 양쪽에서 엇갈린 방향으로 물 흐르듯이 흘러가고 있었어요. 그들은 다리의 경쾌함과 화려함에 놀라는 것처럼 보였습니다. 또한 새로운 왕도 왕비와 더불어 두 사람의 사랑에서 오는 행복감 못지않게 거대한 백성들의 부산한 움직임과 생활을 보고 감격한 듯싶었어요.

"뱀을 기억하고 존중하게나."

등불을 든 남자가 말했습니다. "뱀에게 자네는 생명을, 자네의 백성들은 다리를 빚지고 있는 걸세. 이 다리를 통해 비로소 여기 이웃한 강변이 여러 나라와 연결되고 활기를 띠고 있으니. 저기 물결 따라 떠 있는 빛나는 보석들은 제물로 바쳐진 뱀의 육신의 잔재들로서 그것들이 이 화려한 교각의 지주를 이루고 있는 것이네. 그 기둥 위에 다리가 저절로 세워졌고 스스로 지탱할 걸세."

모두들 그러한 기적 같은 일의 비밀을 이야기해 달라고 그에게 요구하려 했습니다. 그때 네 명의 어여쁜 소녀들이 성전 문

안으로 들어왔습니다. 하프와 파라솔과 야외용 접의자를 보고 사람들은 그 소녀들이 백합 여인의 시녀들임을 얼른 알아보았어요. 하지만 나머지 세 소녀보다 한결 더 아름다운 네 번째 소녀는 처음 보는 얼굴이었습니다. 그녀는 앞의 세 소녀들과 자매처럼 재잘대며 명랑하게 성전을 가로질러 은으로 된 계단을 급히 올라갔어요.

"여보, 당신, 앞으로는 내 말을 더욱 잘 믿겠구려?"

등불을 든 사나이가 아름다운 그 여인에게 말했습니다. "당신과 오늘 아침 강물에 몸을 담근 모든 사람들에게 안녕을!"

예전 노파의 모습은 전혀 찾아볼 수 없이 젊고 아름다워진 아내는 활기 넘치는 젊은 두 팔로 등불을 든 남자를 껴안았고 남편은 그녀의 사랑의 몸짓을 다정하게 받아들였습니다.

"내가 당신에 비해 너무 늙었다면 오늘 당신은 다른 남편을 선택해도 되오."

그가 미소를 지으며 말했습니다. "오늘부터는 새로이 맺어지지 않을 결혼은 무효라오."

"당신도 젊어졌다는 걸 정말 모르고 계세요?"

아내가 말했습니다.

"젊은 당신 눈에 내가 늠름한 젊은이로 보이다니 기쁘기 그지없군. 그렇다면 새롭게 당신과 가약을 맺고 더불어 천년만년 행복하게 살고 싶소."

남편이 말했습니다.

왕비는 새로운 친구를 기쁘게 맞이하며 그녀와 그 밖의 자신의 시녀들과 함께 제단을 내려왔고, 그사이에 왕은 두 남자의 사이에서 다리를 바라보며 백성들의 북적거림을 유심히 살펴보고 있었습니다.

하지만 왕의 만족스러움은 그리 오래가지 않았습니다. 한순간 왕은 자신의 심기를 불쾌하게 건드리는 어떤 대상물을 보았던 것이에요. 아직 아침잠에서 완전히 깨어난 것 같지 않은 거인이 비트적거리며 다리를 건너오고 있었고 그 바람에 큰 혼란이 벌어졌어요. 거인은 평소 버릇대로 잠에 취한 상태에서 일어나 늘 가던 후미진 강물에서 목욕을 할 생각이었어요. 하지만 거인은 자신이 목욕하던 물 대신 견고하게 굳은 땅을 발견하고는 다리의 넓은 포석 위를 뚜벅뚜벅 소리를 내며 내디뎠어요. 그러자 곧바로 거인은 어설프게 사람들과 가축들 틈에 끼어들게 되었습니다. 사람들 모두가 거인의 출현에 놀라 쳐다보기는 했어도 어느 누구도 거인의 실체가 몸에 닿는 느낌은 없었어요. 하지만 태양이 거인의 눈에 비쳐 들어 그 빛을 가리려고 두 손을 높이 쳐들자 그의 어마어마하게 거대한 두 주먹의 그림자가 그의 뒤에서 세차고 어지럽게 사람들 사이를 헤집어 놓았어요. 그 바람에 사람들과 짐승들이 무더기로 넘어졌고 부상을 당하기도 했으며 강물로 뛰어드는 불상사가 벌어졌습니다.

그 같은 비행을 목격한 왕은 부지중에 검을 잡았습니다. 하지만 얼른 정신을 가다듬고 침착하게 우선은 자신의 왕홀을, 이어서 그의 동행자들이 들고 있는 등불과 노를 바라보았습니다.

"자네가 무슨 생각을 하고 있는지 잘 알 것 같네."

등불을 든 남자가 말했습니다. "하지만 우리와 우리의 힘은 이 같은 소동에 맞서서는 무기력하다네. 진정하게! 거인이 해를 끼치는 것도 마지막일세. 다행히 그의 그림자는 우리에게 등을 돌렸네."

그사이 거인은 점점 가까이 다가왔습니다. 그리고 눈을 뜨고는 눈앞에 보이는 광경에 놀란 나머지 두 손을 내려뜨리고 더 이상 아무런 해도 끼치는 일 없이 얼빠진 양 입을 벌리고 앞마당에 들어섰습니다.

곧장 성전 문을 향해 가던 그는 갑자기 바닥에 달라붙은 듯 마당 한가운데 우뚝 섰습니다. 마치 붉게 반짝이는 빛의 보석으로 이루어진 거대한 조각 기둥처럼 그는 그곳에 서 있었고 그의 그림자는 시간을 알려 주는 시계가 되었어요. 그의 주변 바닥에 드리워진 둥근 그림자 판 안에 숫자가 아니라 시간을 알리는 귀중한 그림들이 투입된 그런 시계였어요.

거인의 그림자가 이렇게 유용하게 쓰인 걸 본 왕은 적잖이 기뻐했습니다. 화려하게 치장을 하고 시녀들과 함께 제단에서 올라오던 왕비도 무척이나 감탄스러워하며 성전에서부터 다리에 이르기까지의 전망을 거의 뒤덮어 버린 그 기이한 그림자의 형상을 바라보았습니다.

그사이 백성들은 거인에게 몰려들었고 말없이 서 있는 거인을 에워싸고는 그의 변신을 놀라워하며 바라보았습니다. 그러고 나서 그들은 이제야 알아보았다는 듯이 성전으로 방향을 돌려 우르르 성문으로 몰려들었습니다.

그 순간 매가 거울을 갖고 둥근 지붕 위로 떠올라 태양빛을 붙잡고는 제단 위에 서 있는 사람들에게로 빛을 던졌습니다. 성전의 둥근 천장의 어스름한 빛 속에서 왕과 왕비 그리고 그들의 동반자들이 하늘의 한줄기 광채를 받아 모습을 드러내자 백성들은 머리를 조아려 엎드렸습니다. 그 무리들이 기운을 차리고 다시 일어서자 왕은 협력자들과 함께 제단에서 내려와 숨겨진 통로들을 지나 왕궁으로 갔고, 백성들은 호기심을 채우기 위해 성전 이곳저곳으로 뿔뿔이 흩어졌습니다. 그들은 꼿꼿하게 서 있는 세 왕을 경탄하며 바라보았어요. 그런 만큼 네 번째 벽감에 있는 융단 아래 감춰진 덩어리가 대체 무엇인지가 더 궁금해졌어요. 그럴 것이, 그것이 누구였든 간에 선의의 배려에서 어떤 눈도 꿰뚫어 볼 수 없고 어떤 세인의 손도 감히 그것을 들춰 볼 수 없는 현란한 덮개를 허물어져 버린 왕 위에 덮어 놓았던 겁니다.

만일 백성들의 주의를 끄는 일이 또다시 광장에서 벌어지지

않았더라면, 그들이 감탄하며 구경하는 일은 끝이 없었을 터이고 밀려든 군중이 성전 안에서 압사당했을는지 모릅니다.

난데없이 금화들이 대리석 타일 바닥에 땡그랑 소리를 내며 떨어지기 시작하자, 바로 가까이에 있던 사람들이 금화를 챙기려고 그쪽으로 우르르 몰려들었습니다. 이 기적은 산발적으로 여기저기서 몇 번 더 반복되었어요. 도깨비불들이 자리를 떠나면서 또다시 장난을 치며 허물어져 버린 왕의 신체 부위에서 빨아들인 황금을 장난스럽게 마구 뿌렸다는 것을 독자 여러분은 아실 겁니다. 한동안 백성들은 허겁지겁 이리저리 몰려다니며 서로 밀쳐 대고 찢고 빼앗았지요. 더 이상 금화가 떨어지지 않을 때까지요. 마침내 그들은 점차 자리를 떠나가기 시작했고 각자의 길로 접어들었습니다. 그리고 오늘날까지도 그 다리는 행인들로 북적거리고 있고, 성전은 이 지구 상에서 가장 인기 있는 관광 명소가 되었답니다.

•
명정
옮김

히아신스와 장미 꽃잎 전설

Das Märchen von Hyazinth und Rosenblütchen,
1798

노발리스
Novalis

노발리스
Novalis
1772~1801

오버비더슈테트에서 태어났으며 본명은 프리드리히 폰 하르덴베르크Friedrich von Hardenberg이다. 이른바 '조피 체험'이라고 일컫는, 연인 조피 폰 퀸의 죽음에 대한 비통함과 사랑을 그린 서사시 『밤의 찬가Hymnen an die Nacht』와 중세의 전설적인 시인 기사에 대해 쓴 미완의 장편 소설 『푸른 꽃Heinrich von Ofterdingen』이 그의 대표작이다.
F. 실러, F. 슐레겔, I. 칸트, J.L. 이티크 등과 교류하며 '낭만주의' 문학 운동을 벌이다가 29세의 나이에 폐결핵으로 요절했다.

오래전 먼 서쪽 지역에 한 소년이 살고 있었습니다. 소년은 아주 사랑스러웠지만 여러모로 남달랐습니다. 아무 일도 아닌 것에 한없이 서글퍼하기도 하고 조용히 사색에 빠지는가 하면, 남들이 즐기고 기뻐할 때 홀로 외로움을 달래며 앉아서 기묘한 생각에 매달리는 것이었어요. 동굴이나 숲이 소년이 가장 좋아하는 장소였습니다. 그럴 때면 짐승과 새들, 나무와 암벽과 종종 이야기를 나누었습니다. 당연히 이 대화는 다른 사람들이 이해할 수 없었으며 아주 우스꽝스럽고 얼토당토않는 이상한 소리였습니다. 숲 속 다람쥐, 긴꼬리원숭이, 앵무새, 피리새들이 소년의 기분을 풀어 주고 바른 길로 이끌려고 온갖 애를 썼어요. 하지만 소년에게서 무표정하고 심각해 보이는 표정을 지울 수는 없었답니다. 거위가 옛날이야기를 들려주고, 그 사이사이에 시냇물이 발라드를 연주하고, 자갈돌이 익살스럽게 뛰어넘기를 해도 말입니다. 장미꽃은 소년을 숨바꼭질하듯 살며시 뒤따르다 머리카락 사이로 기어오르기도 했습니다. 담쟁이는 근심 가득한 소년의 이마를 살포시 쓰다듬었습니다. 그래도 소년에게서 우울함과 진지함의 그늘이 쉽게 지워지지 않았습니다. 그래서 소년의 부모는 늘 걱정이었고 어떻게 해야 할지 몰라 전전긍긍하였지요. 음식도 잘 먹고 건강하여 소년을 나무랄 일도 없었습니다. 또 몇 해 전까지만 해도 소년은 어느 누구 못지않게 밝고 명랑한 아이였어요. 거의 모든 놀이에서 뛰어났을 뿐만 아니라 모든 소녀들의 가슴을 설레게 했습니다. 소년은 그야말로 그림을 그려 놓은 듯 잘생긴 데다가 반짝이는 보석처럼 멋지게 춤을 출 줄도 알았으니까요.

소녀들 가운데에는 비길 데 없이 아름다운 한 소녀가 있었습니다. 소녀는 하얗고 고운 피부, 비단결처럼 고운 금발 머리, 앵두같이 붉은 입술, 초롱초롱한 검은 눈이 마치 인형 같았습니다. 그녀를 바라보는 사람들이 만사를 잊을 정도로 아름다웠지요. 사람들은 소녀를 이름 대신 장미라 불렀고 소년을 히아신스라고 불렀습니다. 당시에 소녀는 잘생긴 소년을 진심으로 좋아했고 소년도 소녀를 죽도록 사랑했습니다. 이런 사실을 다른 소년 소녀들은 모르고 있었어요. 제일 먼저 이 비밀스런 사실을 제비꽃이 아이들에게 털어놓았지요. 고양이들도 사실을 눈치채고 있었던 것 같습니다. 마치 한집처럼 나란히 이웃하고 있는 그들의 집 창가에서 히아신스와 장미가 마주 보며 웃거나 속삭이고 있는 것을 한밤중에 쥐 사냥을 하러 나가던 고양이들이 보았던 것입니다. 곧잘 그 웃음과 속삭임이 크게 나서 그 소리를 들은 고양이들은 화가 났던 거랍니다. 제비꽃은 딸기에게 이 비밀을 고백했고, 딸기는 친구인 산딸기에게 말해 버렸지요. 이제 히아신스가 지나가더라도 산딸기는 빈정대지 않았습니다. 이런 식으로 순식간에 온 정원과 숲으로 소문이 퍼졌습니다. 히아신스가 집을 나서면 온 사방에서 "장미는 내 애인이야" 하는 외침이 들려오게 되었습니다. 그러면 히아신스는 화가 났지요. 하지만 도롱뇽이 슬그머니 기어 나와 따스한 돌 위에 앉아서 꼬리를 살랑대며 노래하면 다시 마음 밑바닥에서 솟아나는 웃음을 터뜨리지 않을 수 없었습니다.

어여쁜 아이인 장미가
한순간에 눈이 멀어 버렸네.
히아신스를 엄마라고 여기네.
잽싸게 그의 목에 매달리네.
하지만 엄마는 낯선 얼굴을 알아보네.
기억해 두렴, 그때 엄마는 놀라지도 않고
한마디 말도 없이
키스만 하고 떠날 거야.

아, 이 행복한 시간들이 순식간에 흘러갈 줄이야! 어느 날 낯선 나라들을 떠돌아다니던 한 이방인이 나타났습니다. 엄청나게 많은 곳을 여행한 그 남자는 긴 수염과 깊숙이 들어간 눈에 덥수룩한 눈썹, 주름이 잔뜩 잡히고 기이한 문양의 수가 놓인 특이한 옷차림을 하고 있었지요. 호기심이 발동한 히아신스는 빵과 포도주를 가져가서 이방인 곁에 자리를 잡고 앉았습니다. 그러자 이방인은 하얀 수염을 만지작거리며 밤늦도록 이야기를 해 주었습니다. 미동도 없이 히아신스는 끝없는 이야기에 빠져들었습니다. 훗날 알려진 바에 의하면 이방인은 사흘 동안 히아신스와 골방에 머물며 낯선 나라들, 미지의 장소, 경이로운 사실들에 대한 이야기를 끝없이 들려주었다는군요. 장미는 이방인을 늙은 마법사라고 저주했습니다. 그럴 것이, 히아신스가 이야기에 푹 빠져서 모든 것을 나 몰라라 하고 심지어는 끼니까지 걸렀으니까요. 그러다 마침내 이방인이 어느 누구도 읽지 못할 책 한 권을 히아신스에게 남겨 주고 길을 떠났습니다. 히아신스는 이방인에게 과일, 빵, 포도주를 챙겨 주며 멀리까지 배웅했지요. 그 후 히아신스는 생각의 소용돌이에 깊이 빠져들었고 그의 태도는 완전히 바뀌어 버린 것입니다. 장미는 그로 인해 가엾을 지경이었습니다. 이때부터 히아신스는 장미에게는 전혀 관심이 없었고 늘 홀로 지냈습니다. 어느 날 집으로 돌아온 히아신스는 마치 새로 태어난 것 같다며 부모님의 목에 매달려 울부짖으며 말했습니다.

"낯선 나라로 여행을 떠나야 해요. 제가 어떻게 건강해질 수 있는지 숲에 사는 기이한 노파가 말해 주었어요. 그리고 노파는 그 책도 불 속에 던져 버렸답니다. 그리고 부모님께 가서 축원을 청하라고 저를 떠밀었어요. 제가 곧 돌아올지, 아니면 영원히 돌아오지 못할지 알 수 없어요. 장미에게 작별 인사를 전해 주세요. 직접 이야기를 하고 싶지만…… 저도 영문을 잘 모르겠어요. 무엇인가가 어서 떠나라고 재촉해요. 지난 시절을 떠올리려면 걷잡을 수 없는 생각이 밀려들어요. 그러면 내 안의 고요가 용기와 사랑과 함께 사라져 버려요. 제가 어디로 가는지 어머니와 아버지께 말씀드리고 싶지만 저 자신도 모르겠습니다. 만물의 어머니, 베일에 싸여 있는 여신이 살고 있는 그곳으로 가야만 해요. 내 온 마음이 그 여신을 갈망하고 있어요. 안녕히 계십시오!"

모든 것을 버리고 히아신스는 길을 나섰습니다. 부모님은 탄식하며 눈물을 쏟았고, 장미는 방 안에서 하염없이 흐느꼈답니다. 이제 히아신스가 할 일이란 골짜기와 숲을 지나 산과 강을 건너 신비의 나라를 찾아가는 것이었습니다. 발길 닿는 곳 어디에서나 만나는 사람이나 동물들, 돌부리, 나무 등 산천초목에게 성스런 여신(이지스)이 있는 곳을 물었어요. 미소나 침묵으로 응할 뿐, 어느 곳에서도 시원스런 대답을 듣지 못했습니다.

처음에는 거칠고 험한 땅을 지나야 했는데, 안개와 구름 속에서 길을 헤매기도 했고 줄곧 폭풍우를 만나기도 했습니다. 그리고 끝없이 펼쳐진 모래사막과 뙤약볕 아래로 이는 먼지바람을 맞으며 계속 갔습니다. 이렇게 떠돌아다니다 보니 심적 상태도 서서히 변해 갔습니다. 시간이 길게 느껴지고 내면의 아우성도 수그러들었습니다. 차차 안정을 찾게 되었고 히아신스의 내면에서 소용돌이치던 충동도 조용하지만 단호한 성향으로 바뀌었지요. 그의 모든 심적 상태가 이러한 성향으로 용해되어 버렸습니다.

몇 년이 흐른 것일까요. 주위는 다시 충만하고 풍요로워졌고 대기는 맑고 신선했으며 가는 길은 평탄해졌고 녹색 덤불은 매혹적인 그림자로 히아신스를 유혹했습니다. 그러나 히아신스는 녹색 덤불이 하는 말을 이해하지 못했습니다. 또한 덤불이 말하는 것처럼 보이지도 않았습니다. 그래도 녹색 덤불은 그 자체로 푸르른 색과 현명하고 고요한 존재를 히아신스의 가슴에 가득 불어넣어 주었습니다. 그 달콤한 그리움은 점점 더 가슴속 깊은 곳에서 자라고 있었습니다. 드리운 나뭇잎은 갈수록 더 크고 싱그러워졌고 새와 짐승들은 더 큰 소리로 즐겁게 뛰놀았으며 과실들은 더욱 향기로웠습니다. 하늘은 더욱 높아졌고 대기는 더욱더 따스해졌으며 히아신스의 사랑도 더 뜨겁게 불타올랐습니다. 시간은 목표를 눈앞에 둔 듯이 순식간에 흘러갔지요.

어느 날 히아신스는 수정처럼 맑은 샘과 한 무더기 피어 있는 꽃을 만났습니다. 그들은 하늘 높이 솟아 있는 거무스레한 기둥들 사이로 나 있는 계곡을 따라 내려오고 있었어요. 샘과 꽃은 귀에 익은 말로 히아신스에게 다정한 인사를 건넸습니다. 그러자 히아신스가 말했습니다.

"안녕하세요, 고향 사람들! 어디에서 이지스의 성전을 찾을 수 있을까요? 여기 어디인 것 같은데……. 당신들이 나보다 더 잘 알고 있지 않을까요?"

"우리도 여기를 지나치는 길이랍니다."

꽃들이 대답했어요. "한 유령 가족이 여행 중인데 우리는 길을 안내하고 숙소를 찾아 주고 있지요. 얼마 전에 어느 한 지역을 지나왔는데 그곳에서 그녀의 이름을 들었답니다. 우리가 지나온 지방은 이쪽으로 곧장 가면 돼요. 그곳에서 더 많은 것을 듣지 않을까요."

샘과 꽃은 미소를 머금고 말하고는 히아신스에게 시원한 물 한 모금을 주곤 떠났습니다. 히아신스는 그들이 일러 준 대로 가면서 묻고 또 물었습니다. 마침내 그렇게 오랫동안 헤매며 찾던 그 성전에 이르렀습니다. 성전은 야자수와 희귀한 수목 아래 숨어 있었습니다. 걷잡을 수 없는 그리움에 가슴이 고동쳤습니다. 그 달콤한 갈망이 히아신스를 영원의 시간이 머무는 이곳으로 오게 했던 거지요. 가장 숭고한 것을 찾으려는 꿈을 쫓아왔기에 히아신스는 천상의 안락한 향기를 들이켤 수 있었던 것입니다. 이상하게도 꿈은 히아신스를, 매혹적인 음과 조화로운 화음이 울려 퍼지고 기이한 물건이 가득 있는 끝없이 이어진 편안한 방으로 데리고 갔습니다. 모든 것들이 낯설게 느껴지진 않았지만 어느 곳에서도 본 적 없는 훌륭한 것이었습니다. 이때 한 가닥 지상의 마지막 자취가 허공으로 흩어지듯 사라지고 히아신스는 천상의 동정녀 앞에 서 있었습니다. 히아신스가 하늘거리며 반짝이는 면사포를 걷어 올리자 장미가 그의 품에 안기었습니다. 아득히 울려 퍼지는 노랫소리는 사랑하는 사람의 불가사의한 재회와 그리움과 연모의 흐느낌을 보듬어 안았습니다. 환상적인 이곳에서 모든 낯선 것들을 몰아내었습니다. 그 이후로 히아신스와 장미는 인자한 부모님, 친구들과 더불어 오래오래 살았습니다. 수많은 자손들은 진귀한 노파의 충고와 그녀가 지핀 불에 대해 감사를 올렸지요. 그럴 것이 그때의 사람들은 원하는 만큼 아이들을 얻었기에…….

황은미
옮김

클링스오어 이야기

Klingsohrs Märchen, 1798~1801

노발리스

Novalis

노발리스
Novalis
1772~1801

오버비더슈테트에서 태어났으며 본명은 프리드리히 폰 하르덴베르크Friedrich von Hardenberg이다. 이른바 '조피 체험'이라고 일컫는, 연인 조피 폰 퀸의 죽음에 대한 비통함과 사랑을 그린 서사시 『밤의 찬가Hymnen an die Nacht』와 중세의 전설적인 시인 기사에 대해 쓴 미완의 장편 소설 『푸른 꽃Heinrich von Ofterdingen』이 그의 대표작이다.
F. 실러, F. 슐레겔, I. 칸트, J. L. 이티크 등과 교류하며 '낭만주의' 문학 운동을 벌이다가 29세의 나이에 폐결핵으로 요절했다.

길고 긴 밤이 막 시작되었습니다. 늙은 기사가 방패를 두들겨 대니 그 소리는 도시의 황량한 뒷골목을 돌아 멀리서 울려왔습니다. 기사는 신호를 세 번 반복했습니다. 그러자 궁전의 높고 길쭉한 창 안이 밝아지기 시작하더니 창문에 비친 형체들이 꿈틀댔습니다. 골목을 밝히기 시작한 붉은 불빛이 밝아질수록 창의 형체들은 더 활발하게 움직였습니다. 거대한 석주과 성벽도 점점 스스로 환해지는 것 같았습니다. 마침내 창의 형체들은 어스레한 빛 속에서 제 모습을 드러내고는 부드러운 색채와 어울리고 있었습니다.

이제 사방을 분간할 수 있게 되었습니다. 창의 형체들 그림자와 창, 칼, 방패, 투구 등이 뒤엉킨 그림자들. 이 그림자들은 여기저기에서 나타나는 왕관들을 향해 사방으로 절을 하더니 왕관들과 함께 사라졌다가, 마침내 한 소박한 초록 화관에게 자리를 만들어 주고 그 주위에 빙 둘러섰습니다. 이 모든 광경이 얼어붙은 호수 위로 비치고 있었습니다. 호수는 산에 에워싸여 있었고 산 위에 도시가 자리하고 있었던 것이었습니다. 또한 호수를 따라 나 있는 멀리 보이는 높은 산도 부드럽게 반사되어 호수 중앙까지 뻗어 있었습니다. 아무것도 또렷하게 구분할 수 없었어요. 다만 멀리 거대한 작업장에서 들려오는 것 같은 기이한 굉음만은 들을 수 있었습니다. 그에 비해 도시는 밝고 또렷하게 보였습니다. 매끈하고 투명한 성벽들은 아름다운 광선을 반사했고, 모든 건물의 빼어난 배열, 기품 있는 양식, 훌륭한 조화가 모습을 드러내고 있었습니다. 모든 창가에는 우아하게 빛을 발하는 갖가지 종류의 얼음꽃과 눈꽃이 가득 꽂힌 작은 오지항아리들이 놓여 있었습니다.

궁전 앞 널따란 광장에 자리 잡은 정원이 가장 화려했습니다. 금속 나무와 크리스털 식물, 다채로운 보석 꽃과 과일이 가득한 정원이었습니다. 그 다양하고 섬세한 조각상들은 생동하는 광채와 어우러져 아름다운 장관을 이루었고, 이 장관의 극치는 높이 치솟았다 폭포수처럼 떨어지는 물이 얼음으로 화한, 정원 한가운데 있는 분수였습니다. 늙은 기사가 궁전의 여러 문 앞을 천천히 지나치자 안에서 누군가 그의 이름을 불렀습니다. 그가 성문에 기대자 성문이 나지막하게 소리를 내며 열렸습니다. 기사는 홀로 들어서서 방패로 눈을 가렸습니다.

“당신은 아직 아무것도 찾지 못했나요?”

악투스[1]의 아름다운 딸이 서글픈 목소리로 물었습니다. 그녀는 거대한 황수정으로 정교하게 만들어진 옥좌 위 비단 방석에 기대어 누워 있고, 몇몇 시녀들이 우윳빛과 선홍빛이 감도는 그녀의 고운 팔다리를 자긋자긋 주무르고 있었습니다. 시녀들의 손놀림에 따라 그녀의 몸에서 뿜어져 나온 매혹적인 빛이 사방으로 퍼졌지요. 이 빛이 궁전을 그토록 신비롭게 밝혀 준 불빛이었던 것입니다. 한줄기 향기로운 바람이 방 안에 감돌았습니다. 기사는 아무 말이 없습니다.

“당신의 방패를 만지게 해 주세요.”

조용히 공주가 말을 건네자 기사는 값진 양탄자를 밟으며 옥좌 가까이 다가갔습니다. 공주는 기사의 손을 잡아 자신의 성스러운 가슴에 다정하게 갖다 대고 방패를 어루만졌습니다. 기사의 갑옷이 소리를 냈고 어떤 거역할 수 없는 힘이 그의 몸에 생기를 불어넣어 주었습니다. 그의 두 눈이 번뜩였고 심장은 갑옷 밖으로도 들리게 고동쳤습니다. 아름다운 프라이아[2]는 더욱 들떠 보였고 그녀에게서 퍼져 나오는 빛은 더욱 빛을 발했습니다.

“왕이 납시오.”

1) 목자자리에서 가장 밝은 별의 이름. 북방의 금속 왕국의 왕이며 생명의 정신인 우연을 상징 2) 사랑의 여신이며 동경을 상징

옥좌 뒤쪽에 앉아 있던 한 마리 화려한 새가 소리쳤습니다. 시녀들은 공주가 가슴까지만 걸치고 있던 하늘색 이불로 공주를 덮어 가렸습니다. 기사는 방패를 내리고 둥근 천장을 올려다보았습니다. 홀의 양쪽에 있는 넓은 계단이 나선형으로 천장에 이어져 있었습니다. 조용한 음악이 흐르고, 뒤이어 수많은 신하를 거느린 왕이 둥근 천장에 나타나더니 내려왔습니다. 멋들어진 새는 빛나는 날개를 펼치고 사뿐히 날갯짓하며 마치 천의 목소리로 노래하듯 왕을 향해 노래했습니다.

머지않아 아름다운 이방인이 머물게 되리.
따스함이 다가오고 영원이 시작되리.
바다와 땅이 사랑의 정열에 녹아내리니
왕녀는 기나긴 꿈에서 깨어나리.
파벨이 옛 영광을 차지하게 되면
차디찬 밤은 이곳에서 물러가리.
프라이아의 품속에서 세상은 빛을 밝히고
모든 동경은 그녀의 동경을 찾게 되리.

왕은 다정하게 딸을 품에 안았습니다. 별의 영靈들이 옥좌 주위에 둘러섰고 기사도 서열에 맞는 자리를 잡아 앉았습니다. 헤아릴 수 없을 정도로 많은 별들이 작은 무리를 지어 홀을 가득 채웠습니다. 시녀들은 책상 하나와 여러 카드가 들어 있는 작은 상자를 가져왔습니다. 카드에는 순전히 별자리들로 짜 맞춰진 성스럽고 깊은 뜻이 담긴 기호가 그려져 있었습니다. 왕은 경건하게 카드에 키스를 하고 조심스레 섞어 공주에게 몇 장 건네주었습니다. 나머지는 왕이 가졌습니다. 공주는 받아 든 카드를 한 장씩 뽑아 순서대로 책상 위에 내려놓았고, 왕은 자신의 카드를 곰곰이 살펴보고는 심사숙고하여 골라 그 곁에 한 장씩 놓았습니다. 잠시나마 왕은 어떤 카드를 선택할지 고민하는 듯 보였어요. 적절한 카드를 선택하여 기호와 그림이 하모니를 이루면 왕의 얼굴에 화색이 돌았습니다. 게임이 시작되었을 때처럼 주위에 서 있는 사람들도 앞다투어 기호를 살펴보고는 유별난 표정을 지으며 손짓을 했습니다. 마치 모두들 눈에 보이지 않는 도구를 두 손에 쥐고 열심히 작업을 하는 것 같았지요. 그때 부드러우면서도 심금을 파고드는 한 가락 음악 소리가 공중에서 들려왔습니다. 그 소리는 홀 안에 이리저리 황홀하게 춤추는 별들과는 다른 특이한 움직임들에서 생겨나는 듯싶었습니다. 별들은 때로는 천천히 때로는 빠르게 쉴 새 없이 동선을 바꾸며 떠돌면서 음악의 빠르기에 맞춰 카드에 그려진 형상들을 더없이 정교하게 모방해 내었습니다. 책상 위의 카드 패에 따라 음악도 쉴 새 없이 바뀌었어요. 그리고 그 경과부들이 곧잘 어색하고 거칠기는 했어도 어쨌든 하나의 간결한 주제가 전체를 아우르는 듯이 들렸습니다. 별들은 너무나도 경쾌하게 카드의 그림들을 뒤쫓아 날았습니다. 모두가 모여 하나의 큰 덩어리로 뭉쳤는가 하면 어느새 작은 분대로 나뉘어 멋들어지게 늘어서기도 했고, 한줄기 광선처럼 수많은 불꽃의 긴 행렬로 흩어지는가 하면 다시금 자디잔 둥근 테의 문양들을 이루어 점점 커지면서 경이로운 하나의 위대한 형상을 연출하기도 했습니다. 창가의 여러 형상들은 이 시간 내내 조용히 있었습니다. 새는 진귀한 깃털을 쉬지 않고 이리저리 움직여 대었습니다. 기사도 지금껏 눈에 띄지 않는 자신의 일에 몰두하고 있었어요. 그때 갑자기 왕이 기쁨에 넘쳐 소리쳤습니다.

"모든 것이 잘될 거야. 강철의 기사여, 평화가 깃든 세상을 세인들이 알도록 그곳을 향해 자네의 칼을 내던지시오."

기사는 허리춤에서 칼을 뽑아 하늘을 향해 세워 움켜쥐고 도시와 얼음 호수를 향해 열려 있는 창으로 칼을 던졌습니다. 칼은 공기를 가르고 혜성처럼 날아갔고 불꽃을 튕기며 떨어졌습니다. 아마도 산등성이에서 쨍하며 산산조각이 난 모양입니다.

그즈음 예쁜 사내아이 에로스[3]는 요람에 누워 평화로이 잠들어 있었습니다. 유모 기니스탄[4]은 에로스의 요람을 흔들며 에로스와 젖을 나누어 먹는 여동생 파벨[5]에게 젖을 먹이고 있

3) 사랑의 신 4) 상상을 상징하며 달의 딸 5) 우화, 시를 상징

었습니다. 서기 앞에 놓인 램프의 밝은 빛에 아이가 깨어날까 봐 유모는 자신의 알록달록한 스카프를 요람 위로 펼쳐 놓았습니다. 서기[6]는 열심히 기록을 하는 사이사이 투덜거리며 아이들을 잠시 돌아보고는 유모에게 어두운 표정을 지어 보였습니다. 유모는 그에게 온화한 미소를 지으며 묵묵히 있었습니다.

아이들의 아버지[7]는 빈번히 들락거리면서 매번 아이들을 눈여겨보고 기니스탄에게 다정하게 인사를 했습니다. 그는 시종일관 서기에게 무엇인가 할 말이 있었습니다. 서기는 주의 깊게 그의 말에 귀 기울였어요. 그는 경청한 것을 옮겨 적고 그 종이들을 제단에 기대어 서 있는 여신처럼 보이는 한 기품 있는 여인에게 건네주었습니다. 제단에는 정화수가 담긴 어두운 색의 접시가 놓여 있었는데, 여인은 해맑은 미소를 띠며 물속을 들여다보았어요. 그리고 종이 뭉치를 매번 물에 담갔다 꺼내면서 몇몇 글자들이 남아 빛을 발하고 있는 것을 보고는 그것을 서기에게 되돌려 주었습니다. 서기는 그 종이를 한 커다란 책자에 철했어요. 서기는 모든 것이 지워져 버려 자신의 노력이 헛수고가 된 것에 종종 언짢은 기색을 보였습니다. 여인은 이따금 기니스탄과 아이들에게 시선을 주면서 물그릇에 손가락을 담갔다가 물방울들을 튀겨 보냈습니다. 그러면 물방울은 유모나 아

6) 산문적인 오성을 상징 7) 감성을 상징

이들 또는 요람에 닿자마자 곧 푸른 안개로 피어오르면서 많은 기묘한 형상을 만들어 계속 여인의 주위를 맴돌다가 다른 형상으로 바뀌었습니다. 하지만 그 물방울 중의 하나가 어쩌다 서기에게 닿으면 수많은 숫자와 기하학적 형상들이 되어 쏟아져 내렸습니다. 그것들은 서기가 실로 공들여 꿰어서 앙상한 목에 장신구로 걸고 있던 것이었지요.

우아함과 온화함 그 자체인 사내아이의 어머니[8]도 종종 들어왔답니다. 그녀는 줄곧 바쁜 기색으로 번번이 가재도구 하나를 들고 나갔습니다. 감시의 눈초리로 아이의 어머니를 좇고 있던 심술궂은 서기가 이 점을 알아차리고 긴 비난의 설교를 시작했지만 어느 누구도 그의 설교를 귀담아 듣지 않았습니다. 모두들 그의 불필요한 잔소리에 익숙해져 있는 것 같았습니다. 어머니는 작은 파벨에게 젖을 물리는 것도 잠시뿐 곧바로 불려 나갔습니다. 그래서 기니스탄이 아이를 받아 안았고 아이는 기니스탄의 젖을 먹는 것을 더 좋아하는 듯했습니다. 갑자기 아버지가 마당에서 발견한 휘어지는 쇠막대를 들고 들어왔습니다. 서기는 막대를 눈여겨 살펴보고 힘차게 이리저리 돌려 보다가, 막대 중간이 실에 매달려 있는 것마냥 그것이 저절로 북쪽을 향해 돌아간 것을 알아내었습니다. 기니스탄도 막대기를 손

8) 심정을 상징

에 들고 휘어 보기도 하고 눌러 보기도 하다가 입김을 후 불어 보았습니다. 그러자 막대는 순간 꼬리를 물고 있는 뱀의 모양으로 바뀌었습니다. 서기는 이렇게 관찰하는 것이 금방 지겨워져 이 모든 것을 세세하게 기록했습니다. 그는 이런 습득물의 유용성에 대해서는 안중에도 없었지요. 하지만 자신이 기록한 모든 글이 시험을 통과하지 못하고 종이가 백지가 되어 접시에서 나오면 화를 냈답니다.

유모는 막대를 갖고 놀기를 계속했습니다. 우연히 막대로 요람을 건드리자 남자아이가 깨어나더니 이불을 걷어찼습니다. 아이는 한 손으로 빛을 가리고 다른 한 손은 뱀을 잡으려고 내밀었습니다. 그리고 뱀을 손에 쥐자 요람에서 펄쩍 뛰어 내려섰습니다. 그 바람에 기니스탄은 소스라치게 놀랐고 서기도 놀란 나머지 하마터면 의자에서 떨어질 뻔했습니다. 사내아이는 긴 금발만으로 몸을 가린 채 방 안에 서서 형용할 수 없이 기쁜 표정으로 자신의 손 안에 든 보물을 살펴보고 있었습니다. 북쪽을 향해 뻗쳐 있는 그 보물이 아이의 몸을 격하게 꿈틀대게 하는 듯 보였어요. 눈 깜짝할 사이에 아이는 성장했습니다.

그는 여인을 향해 감동적인 목소리로 말했습니다.

"소피[9]접시의 물을 마시게 해 줘요."

9) 영원의 예지, 지혜를 상징

여인은 서슴없이 접시를 건네주었습니다. 마치 접시에 물이 연방 채워지는 듯이 그는 거침없이 물을 마실 수 있었습니다. 마침내 그는 접시를 되돌려 주며 그 고귀한 여인을 진심으로 포옹했습니다. 그리고 기니스탄을 꼭 껴안고는 알록달록한 스카프를 달라고 청하여 허리에 단정하게 둘렀습니다. 이어 작은 파벨을 품에 안았어요. 어린 파벨은 그가 무척 마음에 들었는지 조잘대기 시작했습니다. 기니스탄은 그에게 퍽이나 마음을 쓰는 행동을 했습니다. 그녀는 아주 매력적이고 경쾌해 보였으며 신부처럼 다정하게 그를 은근히 껴안고는 은밀한 말을 속삭이며 문 쪽으로 데려갔습니다. 하지만 소피는 정색을 하며 뱀을 가리켰습니다. 그 순간 어머니가 들어왔고 그는 곧장 어머니에게 달려가 뜨거운 눈물을 흘리며 맞았습니다. 서기는 못마땅해하며 밖으로 나가 버렸어요. 아버지가 들어왔습니다. 아버지는 어머니와 아들이 소리 없이 포옹하고 있는 것을 보고는 매혹적인 기니스탄의 등 뒤로 가서 그녀를 애무했습니다. 소피는 계단 위로 올라갔습니다. 어린 파벨은 서기의 펜을 집어 들고 무언가를 쓰기 시작했습니다. 어머니와 아들은 나지막이 이야기를 나누는 일에 정신이 팔려 있었습니다. 아버지는 기니스탄을 데리고 침실로 들어가 그녀의 품에 안겨 하루의 노고를 풀었습니다. 꽤나 시간이 흐른 뒤 소피가 돌아왔고 서기도 들어왔습니다. 아버지도 침실에서 나와 일을 하러 갔습니다. 기니스탄은 두 뺨이

발그스레해져서 돌아왔지요.

서기는 호통을 치며 어린 파벨을 자신의 의자에서 끌어내리고는 한동안 자기 물건을 정리하느라 여념이 없었습니다. 그리고 서기는 파벨이 온통 지저분하게 끼적여 놓은 종이들을 그대로 되돌려 받을 요량으로 소피에게 주었습니다. 하지만 소피가 이 종이를 접시에 담갔다가 꺼냈는데, 글씨가 전혀 손상된 것이 없이 온전하게 빛을 발하고 있었습니다. 이 종이를 서기에게 주자 곧 그는 참을 수 없이 기분이 상했어요. 파벨은 젖을 주고 방을 청소하고 창문을 열어 신선한 공기가 방 안 가득 들게 하고 맛있는 식사를 준비해 주는 어머니에게 바싹 매달렸습니다. 창밖으로 멋진 풍경이 보였습니다. 지평선과 팽팽하게 맞닿은 청명한 하늘이 보였어요. 마당에서는 아버지가 바삐 일하고 있었습니다. 아버지는 피곤해지면 기니스탄이 서는 창을 올려다보았고, 그녀는 그때마다 온갖 맛있는 간식을 아래로 내려 주었습니다. 어머니와 아들은 무엇이든 돕고 작심한 바를 준비하려고 밖으로 나갔습니다. 서기는 깃펜을 만지작거리다 얼굴을 찌푸렸습니다. 기니스탄에게 뭔가 물어볼 필요가 생길 때마다 짓는 표정이었어요. 기니스탄은 기억력이 좋아서 무슨 일이 일어났는지를 소상히 알고 있었거든요. 에로스가 알록달록한 스카프를 장식 띠처럼 두른 멋진 무장을 하고 곧 되돌아와 소피에게 언제 어떻게 여행을 떠나야 할지를 물었습니다. 서기가 주제넘게 당장 소상한 여행 계획서를 작성해 보겠노라 주장했지만 아무도 그의 제안을 귀담아듣지 않았습니다.

"곧장 여행을 떠날 수 있단다. 기니스탄이 동행할 거다."

소피가 말했습니다. "기니스탄은 길을 잘 알고 있고 어디를 가나 알려진 존재란다. 네가 유혹에 빠져들지 않도록 기니스탄은 너의 어머니 모습을 하게 될 거다. 네가 왕을 만나면 나를 생각하거라. 그러면 내가 너를 도우러 갈 것이다."

기니스탄은 어머니와 모습을 바꾸었습니다. 모습이 맞바뀌자 아버지는 매우 흡족해하는 것 같았습니다. 서기도 두 사람이 떠나 버리는 것이 기뻤습니다. 특히나 기니스탄이 이별 선물로 작은 책자를 그에게 주었기 때문이었지요. 그 책자에는 집안의 연대기가 상세히 기록되어 있었습니다. 단지 어린 파벨이 그에게는 눈엣가시였습니다. 자신의 평안과 만족을 위해서 파벨도 이들과 같이 떠나 버린다면 더 이상 바랄 게 없었어요.

소피는 무릎을 꿇고 작별 인사를 하는 이들에게 축원을 하고 접시에 담겨 있던 정화수를 가득 채운 물병을 건네주었습니다. 어머니는 수심에 가득 차 있었어요. 어린 파벨은 기꺼이 따라가고 싶어 했어요. 아버지는 이들의 출발에 적극적인 관심을 보이기에는 집 밖에서 할 일이 많았습니다. 그들이 떠날 때는 밤이었습니다. 달이 휘영청 하늘에 높이 떠 있었지요.

"사랑하는 에로스……."

기니스탄이 말문을 열었습니다. "나의 아버지를 만나려면 서둘러야겠어. 아버지는 오랫동안 나를 보지 못했어. 그래서 방방곡곡 나를 그리워하며 찾아다니셨단다. 아버지의 창백하고 수척한 얼굴이 너도 보이겠지? 낯선 모습을 한 나를 아버지가 알아보시도록 네가 도와주어야 해."

사랑은 어두운 궤도를 걸어갔지요.
비추는 것은 달빛뿐
어두운 저승 세계가 열렸어요,
기묘한 장식을 한 풍경으로.

금빛이 감도는 한줄기 푸른 안개가
사랑의 주위를 맴돌았지요.
서둘러 환상은 사랑을 이끌고
강과 들녘을 넘어갔어요.

사랑의 벅찬 가슴이
경이로운 용기에 싸여 부풀어 오르지요.
다가올 환희의 예감이
거친 정열을 몰아내었어요.

동경은 사랑이
다가옴을 모르고 탄식했지요.
절망적인 회환이
동경의 얼굴에 깊이 새겨졌어요.

작은 뱀은 충성스러웠어요.
뱀은 북쪽을 가리키고 있네요.
두 나그네는 걱정 없이
이 훌륭한 안내자를 따랐지요.

사랑은 황야를 지나고
구름 나라를 지나서
달의 정원에 이르러
달의 딸의 손을 잡고 들어섰지요.

달은 홀로 시름에 잠겨
은 옥좌에 앉아 있었어요.
그때 그는 딸의 목소리를 듣고
딸의 팔에 안겼습니다.

정다운 포옹을 나누는 것을 보고 에로스는 감동하여 서 있었습니다. 감격한 늙은 아버지는 마음을 가다듬고 손님을 반겼습니다. 커다란 나팔을 들어 힘차게 불었습니다. 엄청난 소리가 고성을 진동시켰습니다. 근사한 장식이 있는 첨탑들과 나직한 암흑색의 지붕들이 들썩거렸습니다. 성채는 미동도 하지 않았어요. 그럴 것이, 그곳은 호수 건너 저편 산 위로 옮겨 와 있었기 때문이었어요. 사방에서 그의 시종들이 몰려들었는데 기니스탄은 시종들의 특이한 모습과 복장을 보고 재미있어했고 용감한 에로스는 놀라지 않았습니다. 기니스탄은 자신의 옛 친구들에게 인사를 했고, 모두들 새로운 기운으로 자기네의 본성을 한껏 화려하게 발하며 그녀 앞에 나타났습니다. 거친 밀물의 정령이 부드러운 썰물의 정령을 뒤따랐습니다. 늙은 태풍은 뜨겁고 격정적인 지진의 고동치는 가슴 위에 엎드려 있었어요. 상냥스러운 소나기는 영롱한 무지개를 찾아 주변을 돌아보고 있었어요. 그런데 무지개는 자신을 더욱 세차게 끌어당기려는 해로부터 멀리 떨어진 채 창백하게 걸려 있었지요. 무수한 매력을 지니고 성미 급한 젊은이를 유혹하는 헤아릴 수 없는 구름들 뒤에서 번개의 어리석은 짓거리를 꾸짖는 거친 천둥소리가 났습니다. 아침과 저녁, 이 두 사랑스런 자매는 기니스탄과 에로스의 도착을 무척 기뻐했고 조용히 눈물을 흘리며 두 사람을 안아 주었습니다. 이 환상적인 왕국의 광경은 말로 다 표현할 수 없었습니다. 늙은 왕은 딸을 하염없이 바라보았습니다. 딸은 아버지의 성에서 몇십 배의 행복감을 느끼면서 낯익은 경이롭고 진기한 풍경을 구경하기에 지칠 줄 몰랐습니다. 왕이 그녀에게 보물 창고의 열쇠를 주며 그곳에서 에로스를 위한 공연을 베풀라고 명했을 때 기니스탄의 기쁨은 이루 말할 수가 없었습니다. 에로스가 그만하고 싶을 때까지 즐길 수 있는 공연이었지요. 보물 창고는 그 다채로움과 풍요함을 형언할 수 없을 정도의 커다란 정원이었습니다. 날씨를 알리는 거대한 수목들 사이로 놀라운 건축 양식의 수많은 바람의 성들이 자리 잡고 있었는데, 그 성들은 그 어느 것도 견줄 수 없을 만큼 모조리 훌륭했습니다. 은빛, 금빛, 장밋빛 털을 한 양의 무리들이 이리저리 뛰놀았고 이 진기한 짐승들이 숲의 생기를 더했습니다. 기이한 그림들이 여기저기에 세워져 있었고 도처에서 등장하는 기묘한 마차들의 축제 행렬이 줄곧 눈길을 끌었습니다. 화단에는 갖가지 꽃들이 만발해 있었습니다. 건물에는 온갖 종류의 무기들뿐만 아니라 멋진 양탄자, 벽걸이 융단, 커튼, 찻잔들과 온갖 가재도구와 연장들이 한눈에 볼 수 없을 정도로 들어차 있었습니다. 한 언덕 위에서 그들은 낭만적인 풍경을 바라보았습니다. 마을과 성곽들, 사원과 묘지들이 빼곡히 들어서 있는데, 그 평지에서 풍기는 쾌적함이 황무지와 깎아지른 암벽 지대의 적막한 매력과 조화를 이룬 그런 풍경이었습니다. 그 비할 데 없는 색채들은 너무나 환상적으로 어우러져 있었습니다. 산꼭대기는 환희의 불꽃처럼 얼음과 눈으로 뒤덮여 빛났습니다. 평지는 생기에 찬 초록으로 웃음을 머금고 있었습니다. 아득히 먼 지평선은 시시각각 바뀌는 푸른색들로 물들어 있었으며, 바다 심연에서는 수많은 부평초에 달린 수 많은 색깔의 깃발들이 무수히 나부끼고 있었습니다.

이때 배경으로 한 난파선이 보였고 그 앞으로 소박하고 즐거운 식사를 하는 농부들의 모습이 보였습니다. 엄청난 화산의 폭발, 지진으로 인한 폐허를 배경으로 하고 나무 그늘 아래서 달콤한 사랑에 빠져 있는 다정한 한 쌍의 연인이 있었습니다. 아래쪽에서는 끔찍한 전투가 벌어지고 그 전장 한가운데에서 익살맞은 가면극이 펼쳐졌습니다. 다른 한쪽 전경에는 들것에 놓인 젊은 주검, 절망에 빠진 사랑하는 여인이 그 들것을 잡고 있고 그 옆으로 부모들이 울고 있었습니다. 그를 배경으로 다정한 어머니가 아이에게 젖을 주고 천사들이 어머니의 발치를 향해 앉아서 어머니의 머리 위에 있는 나뭇가지 사이로 아래를 내려다보고 있었습니다. 장면들은 쉴 새 없이 바뀌면서 마침내 한 편의 웅장하고 신비스런 연극으로 완성되었습니다. 하늘과 땅은 폭동으로 가득한 온갖 공포가 터져 나왔습니다. 무장을 하라는 우레 같은 호령이 울렸습니다. 검은 깃발을 든 끔찍스러운 해골들의 대부대가 질풍처럼 검은 산에서 내려와 생명체를 공격했습니다. 생명체는 기습을 예상치 못하고 젊은이들의 무리와 더불어 밟은 평야에서 즐거운 축제를 벌이던 중이었습니다. 아수라장이 벌어졌고 대지가 뒤흔들렸습니다. 광풍이 휘몰아쳤고 소름 끼치는 유성들이 밤을 비추었습니다. 유령의 군대는 살아 있는 사람들의 연약한 사지를 잔혹하게 갈기갈기 찢었습니다. 화형의 장작더미가 탑처럼 높이 쌓였고 오싹한 울부짖음 속에서 생명의 자식들이 불꽃에 삼켜졌습니다. 갑자기 어두운 잿더미에서 푸르스름한 우윳빛 물줄기가 사방으로 뿜어져 나왔습니다. 유령들은 도망치려 했지요. 그러나 세찬 물줄기는 눈에 띄게 불어나면서 그 흉물스러운 도당들을 삼켜 버렸습니다. 그리고 곧 모든 경악스러움은 사라졌습니다. 감미로운 음악에 하늘과 땅이 녹아들었습니다. 놀랍게도 아름다운 꽃 한 송이가 잔잔한 물결 위로 찬란하게 떠다녔습니다. 황홀한 무지개가 물결 위로 솟아올랐고, 웅장한 옥좌에 앉은 신과 같은 형상들이 양옆으로 무지개를 타고 있었습니다. 접시를 든 소피가 맨 꼭대기에 앉아 있었고 그 옆으로 고수머리에 떡갈나무 화관을 쓰고 오른손에 왕 홀 대신 평화의 종려나무 가지를 든 수려한 남자가 서 있었습니다. 백합 꽃잎 하나가 떠다니고 있는 꽃의 꽃받침 위를 굽어보았습니다. 그 꽃 위에는 어린 파벨이 하프에 맞추어 감미로운 노래를 부르며 앉아 있었습니다. 꽃받침 안에는 에로스 자신이 누워 있었는데, 에로스가 잠들어 있는 한 어여쁜 소녀에게 몸을 구부리고 있었으며 소녀는 에로스를 꼭 껴안고 있었습니다. 작은 꽃잎 하나가 그들 둘을 감싸고 잎을 오므리고 있어서 그들은 마치 허리에서부터 한 송이 꽃으로 변한 것처럼 보였습니다.

에로스는 환희에 차서 기니스탄에게 감사했습니다. 그는 포근하게 그녀를 감싸 안았고 그녀도 그의 사랑의 표현에 응답했습니다. 험난한 여정과 눈앞에 펼쳐졌던 여러 장면들을 구경하는 일에 지친 에로스는 안락함과 휴식을 원했습니다. 아름다운 이 젊은 사내에게 너무나 매료된 것을 느낀 기니스탄은 소피가 그에게 챙겨 주었던 정화수를 상기시키지 않으려고 조심했습니다. 외진 곳에 있는 욕실로 에로스를 데려가서 그의 무장을 벗겼고 그녀도 잠옷으로 갈아입었습니다. 잠옷을 입은 기니스탄은 낯설고 요염해 보였습니다. 에로스는 위험한 파도에 잠겼다가 다시 떠올랐는데 뭔가에 도취한 모습이었습니다. 기니스탄은 그의 몸을 닦아 주고 젊은 혈기로 왕성하고 탄력 있는 그의 팔다리를 문질러 주었습니다. 그는 불타오르는 갈망으로 사랑하는 여인을 떠올리고 달콤한 망상에 사로잡혀 매혹적인 기니스탄을 껴안았습니다. 아무런 스스럼없이 그는 격렬한 사랑에 자신을 떠맡기고 욕정적인 쾌락을 맛본 후에야 마침내 동반한 여인의 매혹적인 가슴에 묻혀 잠이 들었습니다.

이러는 사이에 집에서는 참담한 사건이 일어났습니다. 서기가 하인들을 끌어들여 엄청난 모반을 꾸민 겁니다. 적대감을 품고 있던 서기는 오래전부터 이 집안의 지배권을 장악하고 속박을 벗어 버릴 기회를 엿보고 있었습니다. 그리고 그 기회를 잡은 것이었어요. 먼저 그의 일당들은 어머니를 덮쳐 쇠사슬에 묶어 두었습니다. 또한 아버지도 똑같이 묶어 놓고 물과 빵만 주었습니다. 어린 파벨은 방 안에서 이 소동을 알아차리고는 제단 뒤로 숨어들었습니다. 제단 뒤쪽에 비밀 문이 있는 것을 알아채고 재빨리 열어젖혔습니다. 그곳에는 아래로 내려가는 계단이 있었습니다. 파벨은 등 뒤로 문을 끌어 닫고 어둠 속에서 계단 아래로 내려갔습니다. 서기는 어린 파벨에게 보복을 하고 소피를 잡아 두려고 황급히 뛰어 들어왔습니다. 하지만 두 사람은 보이지 않았어요. 접시 또한 보이지 않았습니다. 격노한 서기는 제단을 때려 부수어 박살을 냈습니다. 하지만 비밀 계단은 발견하지 못했어요.

어린 파벨은 꽤 오랜 시간 그렇게 내려갔습니다. 그리고 마침내 아름다운 주랑이 빙 둘러서 있고 커다란 성문이 있는 트인 광장에 다다랐습니다. 그곳의 모든 형체들은 어둠이었습니다. 대기는 거대한 한 자락의 그림자 같았지요. 하늘엔 검게 빛을 발하는 물체가 하나 걸려 있었습니다. 그 각각의 형체는 제가끔 다른 색조의 검은색을 띠고 있고 그 뒤로 한줄기 광선을 던지고 있었기 때문에 서로 분명히 구별해서 알아볼 수 있었습니다. 빛과 그림자가 여기서는 역할을 바꾸고 있는 것 같아 보였습니다. 파벨은 이 새로운 세계에 오게 된 것이 기뻤으며, 순진무구한 호기심에 차서 모든 것을 눈여겨보았지요. 마침내 성문에 도달해 보니 성문 앞에는 잘생긴 스핑크스가 육중하고 단단한 바위에 자리 잡고 있었습니다.

"무엇을 찾느냐?"

스핑크스가 말했습니다.

"내 재산요."

파벨이 대답했습니다.

"어디에서 왔느냐?"

"아득한 옛날에서요."

"넌 아직 어린아이잖니."

"그래요. 난 영원히 어린아이로 있게 될 거예요."

"누가 너를 돕고 있느냐?"

"제 스스로 돕고 있어요. 언니들은 어디에 있나요?"

파벨이 물었습니다.

"어디에나 있으면서 아무 데도 없구나."

스핑크스가 대답했습니다.

"당신은 저를 아시나요?"

"아직은 모른단다."

"사랑은 어디에 있나요?"

"상상 속에 있지."

“그럼 소피는요?”

스핑크스는 알아들을 수 없게 혼자 중얼거리고는 날개를 퍼덕였습니다.

“소피와 사랑!”

파벨은 환호성을 지르고 성문을 통과했습니다. 그리고 무시무시한 동굴로 들어서서 기뻐하며 늙은 언니[10]들에게 다가갔습니다. 언니들은 램프가 검은빛을 발하는 어두운 밤 동안 자신들의 기이한 작업에 몰두하고 있었어요. 곁에서 부지런히 아양을 부리며 매달리는 꼬마 손님을 알아보지 못한 것처럼 행동했습니다. 이윽고 얼굴이 삐뚤어진 한 언니가 쉰 목소리로 퉁명스레 말했습니다.

“여기서 뭐 하고 있는 거니, 게으름뱅이야? 누가 들여보냈니? 네가 철없이 깡충대는 바람에 잠잠하던 불꽃이 일렁거리잖아. 기름이 쓸데없이 타 버렸어. 얌전히 앉아 있을 수 없을까?”

“예쁜 친척 언니, 게으름뱅이하고 난 거리가 먼걸요. 그건 그렇고, 언니들의 문지기 여인은 정말 우습던데요. 아마 나를 안고 싶었을 거예요. 하지만 너무 많이 먹었는지 일어서지를 못하더라고요. 나는 문밖에 앉아서 물레질을 할 테니 일거리를 주세요. 왜냐하면 여기서는 잘 볼 수가 없으니까요. 또 물레질을 할

10) 운명의 여신들

때면 나는 노래도 부르고 수다도 떨어야 하거든요. 그런데 그랬다가는 진지한 생각을 하는 언니들에게 방해가 될 테니까요."

"밖으로 나갈 수는 없다. 그러나 옆방에서는 바위틈으로 지상의 한줄기 빛이 새어 들어온단다. 네가 그렇게 재주가 있다면 그곳에서 물레질을 하려무나. 여기 온갖 옛 시절로부터 온 어마어마한 실몽당이들이 있다. 그것들을 함께 돌리거라. 그렇지만 조심해라. 네가 게으르게 실을 잣거나 실 가닥을 끊어 먹으면 실올들이 너를 휘감아 질식시킬 거다."

노파는 심술궂게 웃고는 물레질을 했습니다. 파벨은 실을 한 아름 안고 실감개와 방추를 들고 노래를 부르며 깡충거리면서 옆방으로 갔습니다. 그리고 틈새로 바깥을 내다보며 불사조의 별자리를 알아보았습니다. 이 행운의 표지에 기뻐하면서 그는 즐겁게 물레질을 시작했습니다. 그리고 방문을 조금 열어 둔 채 낮은 소리로 노래를 불렀습니다.

너희들의 작은 방에서 깨어나라,
옛 시절의 아이들아.
너희들의 안식처를 떠나라,
아침이 머지않아 오리니.

나는 너희들의 실올을

한 가닥 실로 엮어 잣는다.

불화의 시대는 끝났다.

너희들은 한 생명이 되어야 하리.

각자가 모두들 속에서 살고

모두가 각자들 속에서도 사는 법.

한 생명의 입김에 의해서

한 심장이 너희들에게서 고동치게 되리.

너희들은 아직 영혼조차 못 되지,

단지 꿈과 마법일 뿐.

두려워하며 동굴로 가서

성스러운 세 동방 박사를 조롱하라.

파벨이 두 손으로 고운 실을 잣는 사이에 방추가 자그만 두 발 사이에서 믿을 수 없이 빠르게 왔다 갔다 했습니다. 노랫가락에 따라 무수한 빛살들이 비추었습니다. 빛살들은 문틈으로 미끄러져 들어와 동굴을 지나면서 흉측한 도깨비들의 모양으로 확산되었습니다. 노파들은 내내 투덜거리며 물레질을 하면서 어린 파벨이 지를 고통의 소리를 기다리고 있었습니다. 그러나 갑자기 웬 끔찍스러운 코 하나가 그들의 어깨 너머로 기웃

거려 주변을 돌아보니 동굴이 온통 갖가지 못된 행패를 부리는 흉측스러운 형상들로 가득 차 있는 것이었습니다. 노파들은 기겁을 할 수밖에요. 그들은 다투어 뛰쳐나가며 끔찍한 소리로 울부짖었습니다. 만약 이 순간 서기가 동굴로 들어오지 않았더라면, 그리고 그가 알트라운[11] 뿌리를 가지고 있지 않았더라면, 노파들은 놀라서 돌이 되어 버렸을 것입니다. 난리통에 검은 램프가 넘어져 꺼지는 바람에 가느다란 빛살들이 바위 틈새로 새어 들어와 동굴 안이 환하게 밝아졌습니다. 노파들은 서기가 오는 소리를 듣고 기뻐했지만 어린 파벨에게는 분개하고 있었습니다. 파벨을 불러내서 심하게 꾸짖고는 더 이상 물레질을 못하게 했습니다. 서기는 어린 파벨을 이제 손아귀에 넣었다는 생각에 입가에 음흉한 미소를 띠며 말했습니다.

"네가 여기서 일을 하느라 머물게 되어 다행이다. 행실을 바르게 하도록 엄한 견책을 받았기를 바란다. 너의 착한 정신이 너를 여기로 인도했구나. 건강과 행복을 빈다."

"당신의 친절한 마음에 감사드려요. 당신은 지금 좋은 때를 만난 것 같네요. 다만 모래시계랑 작은 칼을 아직 가지고 있지 않군요. 그렇게 되면 당신은 꼭 나의 예쁜 사촌 언니들의 오빠처럼 보일 텐데요. 거위 깃털이 필요하면 그녀들의 뺨에서 보드

11) 현실 세계에는 없는 신비의 약초

라운 솜털을 한 줌 뽑으세요."

서기는 파벨에게 덤벼들 기색을 보였습니다. 파벨은 미소를 지으며 말했습니다.

"당신의 무성한 머리칼과 슬기로운 눈이 소중하다면 조심해야 할걸요. 내 손톱을 염두에 두세요. 그 이상으로 당신이 잃을 것은 아무것도 없잖아요."

서기는 울화를 참으며 노파들을 보았습니다. 그들은 눈을 비비며 방추를 찾으려고 사방을 더듬고 있었습니다. 램프가 꺼져버린 탓에 아무것도 찾을 수가 없게 되자 그녀들은 파벨에게 욕설을 퍼부었습니다.

"파벨을 내보내지 그래?"

서기가 음흉스럽게 말했습니다. "자네들의 기름을 마련하게 독거미를 잡아 오라고 말이야. 자네들에게 위로가 될 말을 하지. 에로스가 쉬지 않고 여기저기 날아다니고 있으니 자네들의 가위는 분주해질 걸세. 실을 더 길게 자으라고 자네들을 재촉했던 에로스의 어머니는 내일 불길의 제물이 될 거라네."

이 소식을 듣고 눈물을 흘리는 파벨을 보고 서기는 고소하다는 듯 웃고, 노파들에게 가져온 약초 뿌리 한 조각을 떼어 주고는 코를 실룩거리며 나가 버렸습니다. 노파들은 아직 기름이 남아 있는데도 화난 목소리로 파벨에게 독거미를 찾아오라고 소리쳤습니다. 파벨은 서둘러 떠났습니다. 파벨은 짐짓 성문을 여는 체하다가 다시 쾅 닫고는 사다리가 걸려 있는 동굴 뒤쪽으로 살그머니 숨어들었습니다. 그리고 재빨리 사다리를 타고 올라갔고 곧 악투스의 작은 방으로 통하는 벼락닫이 문 앞에 이르렀습니다.

파벨이 들어섰을 때 왕은 대신들에 둘러싸여 앉아 있었습니다. 북방식 왕관을 쓰고, 왼손에는 백합을, 오른손에는 저울을 들고 있었습니다. 독수리와 사자가 왕의 발치에 앉아 있었습니다.

"폐하!"

파벨이 몸을 굽혀 공경을 표하며 왕에게 말했습니다. "폐하의 굳건한 옥좌에 행운이 깃들기를! 상처받은 마음에 기쁜 소식이 있기를! 지혜가 곧 돌아오기를! 평화를 향해 영원히 깨어 계시기를! 불안한 사랑에 평온을! 마음의 광명을! 고대에는 생명을, 미래에는 형태가 깃들게 하소서!"

왕은 백합을 파벨의 환한 이마에 갖다 대며 말했습니다.

"네가 청한 것을 들어주겠노라."

"세 번 와서 청하겠습니다. 제가 네 번째 올 때는 사랑이 문 앞에 서 있을 것입니다. 지금은 칠현금을 주십시오."

"에리다누스![12] 칠현금을 가지고 오너라."

왕이 명을 내리자 에리다누스는 물결 소리를 내며 천장에서

12) 강의 신이자 강의 이름

흘러 내려왔고 파벨은 반짝이는 그 물결에서 칠현금을 끄집어 냈습니다.

파벨은 몇 가닥 예언적인 현을 켰습니다. 왕은 잔을 파벨에게 건네주라고 시켰고, 파벨은 입술을 축이고는 감사의 말을 남기고 황급히 떠났습니다. 그녀는 칠현금에서 즐거운 음악을 뜯어내면서 찬란한 무지개 능선을 타고 얼음 호수를 건너갔습니다.

얼음은 그녀의 발밑에서 청아한 소리를 냈습니다. 그 슬픔의 바위는 파벨의 소리를 듣고 찾아 헤매던 아이들이 돌아오는 소리라고 여기고는 수천 곱절의 메아리로 응답했습니다.

파벨은 곧 호숫가에 이르렀습니다. 그녀는 어머니를 만났는데 어머니는 초췌하고 창백해 보였습니다. 여위고 침울했을 뿐만 아니라 그 기품 있는 표정에는 절망적인 회환과 눈물겨운 정절의 흔적이 엿보였습니다.

"어떻게 된 거예요, 어머니?"

파벨이 말했어요. "어머니는 완전히 달라지셨어요. 제 마음의 소리를 듣지 못했다면 저는 어머니를 알아보지도 못했을 거예요. 다시 한 번 어머니 품에 안기고 싶었어요. 얼마나 애타게 어머니를 보고 싶어 했는지 몰라요."

파벨을 다정하게 안은 기니스탄은 밝고 기쁜 표정으로 말했습니다.

"서기가 너를 잡아 가두지 못했을 거라고 생각했단다. 너를 보니 생기가 나는구나. 힘들어서 겨우 버티고 있었지만 곧 기운을 차릴 수 있겠구나. 한순간에 평안을 찾을 것도 같다. 근처에 에로스가 있다. 에로스가 너를 발견하고 네가 에로스에게 말을 건넨다면 아마 에로스도 얼마쯤 여기에 머물 거다. 그때까지 너는 내 품에 안겨 있으렴. 내가 가진 것을 네게 주마."

기니스탄은 아이를 무릎에 올리고 젖을 주면서 젖을 맛있게 먹고 있는 아이를 흐뭇하게 바라보며 말을 이었습니다. "에로스가 거칠고 불안정하게 된 것은 나 때문이란다. 그렇지만 나는 후회하지는 않는다. 그의 팔에 안겨 보낸 그 시간들이 나를 불멸의 존재로 만들었으니까. 그의 불같은 사랑의 몸짓에 나는 녹아 버리는 줄 알았단다. 에로스는 마치 천상의 도적처럼 나를 무참하게 없앨 기세였어. 떨고 있는 제물을 딛고서 의기양양하게 개가를 올리려는 것 같았지. 우리는 금지된 무아경으로부터 뒤늦게 깨어났는데, 그때 우리는 이상하게 뒤바뀐 상태가 되어 있었어. 긴 은빛 날개가 에로스의 하얀 어깨와 매력적이고 우람한 육체를 뒤덮고 있었단다. 그토록 갑작스럽게 그를 한 소년에서 청년으로 팽창시켰던 힘이 그 반짝이는 날개 속으로 완전히 숨어들어 가 버린 것 같았어. 그렇게 그는 다시 소년이 되어 있었단다. 그의 얼굴의 소리 없는 열정은 장난스러운 도깨비불 빛으로, 근엄한 진중함은 가식적인 교활함으로, 엄중한 침착함은 유치한 부산함으로, 품위 있던 태도는 우스꽝스러운 몸짓으로 변해 버렸어. 나는 이 방자한 소년에게 진지한 열정에 의해 불가항력으로 끌리는 것을 느꼈고, 나의 애절한 간청에 대해 그가 보인 조롱에 찬 미소와 무관심이 고통스러웠어. 나는 내 모습도 달라진 것을 보았단다. 스스럼없던 명랑함이 사라지고 서글픈 비애와 섬세한 수줍음이 그 자리에 들어섰어. 에로스와 함께 모든 사람들의 시야에서 사라지고 싶었단다. 경멸에 찬 그의 눈을 바라볼 용기도 없었고 끔찍스런 부끄러움과 굴욕감을 느꼈어. 내 머릿속에는 오로지 에로스에 대한 생각과 그를 그 같은 방자한 행동에서 벗어나게만 할 수 있다면 내 생명이라도 바칠 거라는 생각밖에 없었단다. 그가 그토록 깊게 내 감정에 상처를 입혔는데도 나는 그를 사모하지 않을 수 없었어.

내가 뜨거운 눈물을 흘리며 내 곁에 머물러 달라고 애절하게 간청했지만, 그는 떠났고 내게서 도망쳤단다. 그때부터 나는 그의 뒤를 어디든지 따라갔어. 지금도 나를 조롱하는 것이 그가 노리는 점인 것 같아. 간신히 그를 붙잡았는가 싶으면 어느새 심술궂게 날아가 버리는 거야. 그의 활은 도처에서 쑥대밭을 만든단다. 나로서는 불행을 당한 사람들을 위로하는 것 외엔 아무것도 할 일이 없다. 하지만 나 자신도 위로가 필요해. 불행을 당한 자들이 나를 부르는 목소리를 따라가면 그가 간 길을 알 수 있지. 그리고 내가 다시 그들을 떠나야 할 때 그들의 비통한 탄식이 내 가슴을 찢어 놓지. 서기는 노발대발해서 우리를 추적하며 화살을 맞은 가엾은 사람들에게 앙갚음을 한다. 그 신비스러웠던 밤의 결실은 수많은 기이한 아이들이었어. 그 아이들은 할아버지를 닮았고 할아버지의 이름을 물려받았지. 또 아이들은 아버지처럼 날개를 달고 아버지를 따라다니면서 아버지의 화살이 쏘아 맞힌 가엾은 이들을 괴롭힌단다. 지금 저기 그 즐거운 행렬이 다가오는 듯싶구나. 나는 가야겠다. 사랑스런 아이야, 안녕! 그가 가까이 오면 나의 정열이 용솟음친다. 네가 계획하는 일에 행운이 따르길."

에로스는 자신을 향해 달려오는 기니스탄에게 부드러운 눈길 한번 주지 않고 발길을 재촉했습니다. 그렇지만 파벨에게는 다정하게 다가갔고, 그의 어린 동반자들도 파벨을 에워싸고 즐겁게 춤을 추었습니다. 파벨은 젖을 나누어 먹던 오빠를 다시 만나게 되어 기쁜 마음으로 칠현금을 뜯으며 경쾌한 노래를 불렀습니다. 에로스는 생각을 가다듬는 것 같더니 활을 내려놓았습니다. 아이들은 잔디 위에서 잠이 들었습니다. 기니스탄은 에로스를 붙잡을 수 있었고 에로스는 그녀의 달콤한 애무에 시달렸습니다. 그리고 마침내 에로스도 그 애무를 받아들여 기니스탄의 품 안에 안긴 채 날개를 펼쳐 그녀를 덮으면서 잠이 들었습니다. 나른해진 기니스탄은 기뻐 어찌할 바를 몰라 하며, 사랑스럽게 잠들어 있는 에로스에게서 잠시도 눈을 떼지 않았어요. 노래가 울려 퍼지는 동안 온 사방에서 독거미들이 나타났습니다. 독거미들은 풀줄기들 위로 반짝이는 거미줄을 치고 거미줄을 타면서 박자에 맞춰 활기찬 율동을 보였습니다. 그제야 파벨은 어머니를 위로하고 곧 돕겠다고 약속했습니다. 노랫가락이 암벽에 부딪혀 되돌아오며 그 은은한 메아리가 잠든 아이들을 더 깊이 잠재웠습니다. 기니스탄이 소중하게 간직하고 있던 물병을 꺼내 몇 방울을 공중에 뿌리자 환상적인 꿈이 잠든 이들에게로 내려앉았습니다. 파벨은 물병을 받아 들고 여행을 계속했습니다. 칠현금의 현은 쉬지 않고 울렸고 독거미들은 급하게 자아내는 실을 타고 매혹적인 선율을 따라갔습니다.

얼마 안 가 파벨은 저 멀리 푸른 숲 너머로 화형의 장작더미 불꽃이 치솟는 것을 보았습니다. 슬픈 마음으로 하늘을 바라보았지만 소피의 푸른 베일을 알아보고는 기뻤습니다. 그 베일은 대지 위로 물결치듯 떠다니면서 끔찍한 동굴을 뒤덮고 있었습니다. 태양은 분노에 이글거리며 붉게 타오르며 하늘에 걸려 있었습니다. 그런데 그 막강한 불길이 태양 빛을 훔치면서 흡수하는 것이었어요. 태양은 강렬하게 빛을 붙잡고 있으려 하는 것 같았지만 태양 자체는 갈수록 빛이 바래고 반점투성이가 되어 갔습니다. 그렇게 태양 빛이 퇴색할수록 불꽃은 더욱 새하얗게 위력을 발했습니다. 불꽃은 더욱 강력하게 태양 빛을 흡수했고 곧 태양 주변의 광륜마저 삼켜 버렸지요. 이제 다만 뿌옇게 빛바랜 원반만이 남아 떠 있고, 그런 한편에서 연방 솟구치는 분노와 질시가 도망치는 햇빛의 물결을 확산시키고 있었습니다. 마침내 더 이상 남은 것이 없게 된 태양은 새까맣게 타 버린 재가 되어 호수 속으로 떨어졌습니다. 불꽃은 이루 말로 표현할 수 없게 활활 타올랐어요. 화형의 장작더미는 사그라졌습니다. 파벨은 천천히 일어서서 북쪽을 향해 갔습니다. 그리고 황량해 보이는 마당으로 들어섰어요. 그사이 집은 폐허로 변해 버렸지요. 창틀의 틈새에는 가시덤불이 자라 있었고 온갖 종류의 벌레들이 무너진 계단들 위로 기어 다녔습니다. 파벨은 방에서 나는 끔찍한 소음을 들었습니다. 서기와 그의 일당들이 어머니의 화형 장면을 보고 즐기다가 태양이 몰락해 간 것을 알아차리고는 기겁을 한 것이지요.

그들은 불을 끄려고 안간힘을 썼지만 헛수고였고 그 바람에 화상을 입었습니다. 고통과 두려움에 그들은 무시무시한 저주와 한탄을 쏟아 냈습니다. 파벨이 방으로 들어서자 그들은 더 크게 놀랐고, 파벨에게 분풀이를 하려고 미친 듯 고함을 지르며 그녀에게 달려들었습니다. 파벨은 슬쩍 요람 뒤로 피했지요. 뒤쫓던 서기와 그의 일당들은 불시에 독거미의 거미줄에 걸려들었고, 독거미들은 끊임없이 물어뜯는 것으로 그들에게 복수를 했습니다. 그들 전체가 한 덩어리가 되어 파벨이 연주하는 경쾌한 노래에 맞춰 광란의 춤을 추기 시작했습니다. 파벨은 그들의 우스꽝스러운 낯짝을 보고 웃음보를 터뜨리면서 무너져 내린 제단으로 가서 숨겨진 계단을 찾아내려고 폐허 더미를 치웠습니다. 그러고 나서 독거미 일행을 거느리고 계단을 내려갔어요. 스핑크스가 물었습니다.

"번개보다 더 갑작스런 것은 무엇이냐?"

"복수이지요."

파벨이 말했어요.

"가장 무상한 것은 무엇이냐?"

"부당한 소유랍니다."

"누가 세상을 알고 있느냐?"

"스스로를 아는 사람이지요."

"영원한 비밀은 무엇이냐?"

"사랑이에요."

"그 비밀은 누구에게 숨겨져 있느냐?"

"소피에게요."

스핑크스는 한탄을 하며 몸을 움츠렸고 파벨은 동굴로 들어갔습니다.

"여기 독거미들을 데리고 왔어요."

파벨이 노파들에게 말했습니다. 노파들은 등잔불을 다시 켜고 부지런히 일을 하고 있었어요. 그들은 소스라치게 놀랐고, 그중 한 노파가 가위를 들고 파벨을 찔러 죽이려고 달려들었습니다. 그러나 부지중에 독거미를 한 마리 밟았고 그 틈에 독거미가 그녀의 발을 물었습니다. 그녀는 처참하게 비명을 질렀어요. 다른 노파들이 그녀를 도우러 달려왔지만 독이 오른 독거미에게 마찬가지로 물려 버렸습니다. 이제 그들은 파벨을 공격하지도 못하고 길길이 날뛰면서 어린 파벨을 향해 분개해서 소리쳤습니다.

"당장 우리를 위해 가벼운 무도복을 짜거라. 이렇게 뻣뻣한 치마를 입고는 움직일 수가 없구나. 거다가 더워서 죽을 지경이다. 실이 끊어지지 않게, 거미의 분비액으로 실을 부드럽게 해야 한다. 그리고 불 속에서 자란 꽃들을 붙여 넣어라. 그러지 않으면 넌 죽은 목숨이야."

"좋아요."

파벨은 말하고 옆방으로 갔습니다.

"내가 너희들에게 세 마리의 쓸모 있는 파리를 줄게."

천장과 벽 여기저기에 가벼운 거미줄을 치고 있는 왕거미들에게 파벨이 말을 걸었습니다. "당장 예쁘고 가벼운 드레스 세 벌을 짜 주렴. 거기에 꽃도 붙여야 하는데, 그 꽃은 내가 곧 가져다줄게."

왕거미들은 준비를 마치고 재빨리 짜기 시작했습니다. 파벨은 살그머니 사다리로 가서 악투스를 만나 말했습니다.

"폐하, 악한 자들은 춤을 추고 선한 자들은 잠들어 있습니다. 불꽃은 도착하였나요?"

"도착하였단다."

왕이 말했습니다. "밤이 지나가고 얼음이 녹고 있다. 왕비가 멀리서 모습을 나타낼 거다. 나의 적수인 여인은 불태워졌다. 만물이 소생하기 시작한다. 나 혼자서는 왕일 수 없기 때문에 아직 모습을 드러낼 수가 없다. 네가 원하는 것이 무엇이냐?"

"불 속에서 자라난 꽃이 필요하답니다."

파벨이 말했습니다. "폐하께서는 그런 꽃을 키울 줄 아는 숙련된 정원사를 거느리고 있는 줄로 알고 있습니다."

"징크[13]야! 꽃을 가져오너라."

왕이 소리쳤습니다. 정원사는 대열에서 빠져나와 불이 가득 담긴 화분을 가져와서 반짝거리는 씨앗 가루를 그 속에 뿌렸습니다. 얼마 지나지 않아 꽃들이 피어올랐습니다. 파벨은 그 꽃들을 앞치마에 감싸 들고 돌아갔습니다. 왕거미들은 부지런히 일을 해 놓았어요. 이제 남은 것은 꽃을 붙이는 일뿐이었습니다. 그들은 아주 운치 있고 민첩하게 꽃을 붙이는 일에 착수했습니다. 파벨은 여전히 왕거미들이 물고 있는 실 끝을 끊지 않으려고 조심했습니다.

이제 그녀는 지치도록 춤을 춘 노파들에게 드레스를 가져갔습니다. 노파들은 땀에 흠뻑 젖어 쓰러져서는 지금껏 겪어 보지

13) 아연

못했던 과로에 잠시 휴식을 취하고 있었습니다. 어린 시녀에게 어김없이 독설을 퍼붓는 이 말라깽이 미인들의 옷을 파벨은 아주 능숙하게 벗기고 새 옷을 입혀 주었습니다. 옷은 아주 예쁘게 꼭 맞았습니다. 옷을 갈아입히면서 파벨은 명령을 일삼는 노파들에게 이들의 매력과 사랑스런 성품을 칭찬했고, 노파들은 이 아첨의 말과 새 옷의 우아함에 진정으로 감격한 것 같았습니다. 이러는 동안 노파들은 기운을 회복했고, 새로 춤을 추고 싶은 욕구에 들떠 유쾌하게 빙빙 돌기 시작했습니다. 아울러 파벨에게는 오래 살게 해 주고 커다란 보상을 주겠다고 약속했어요. 파벨은 방으로 돌아가서 왕거미들에게 말을 건넸습니다.

"이제 너희들은 내가 너희들의 거미줄에 걸어 놓은 파리들을 마음 놓고 먹어 치워도 된다."

실의 한쪽 끄트머리가 자신들에게 여전히 달려 있는 데다가 노파들이 미친 듯이 날뛰는 바람에 왕거미들은 이리저리 떠밀리는 짓거리를 참을 수가 없었습니다. 그래서 밖으로 뛰쳐나와 춤추고 있는 노파들을 덮쳤지요. 노파들은 가위를 써서 막아 보려 했지만 파벨이 벌써 몰래 가위를 가지고 나가 버렸지요. 노파들은 결국 굶주린 이들 직조공들에게 당하고 말았습니다. 오랫동안 이토록 맛있는 먹이를 맛보지 못했던 왕거미들은 노파들의 골수까지 먹어 치웠습니다.

파벨은 암벽 틈새로 밖을 내다보다가 커다란 강철 방패를 든 페르세우스[14]를 알아보았어요. 가위가 저절로 방패를 향해 날아갔습니다. 파벨은 페르세우스에게 에로스의 날개를 가위로 잘라 줄 것, 그러고 나서 자매들을 방패로 영원히 잠들게 하고 위업을 완성해 달라고 간청했습니다.

그러고 나서 파벨은 지하 세계를 떠나 악투스의 왕궁을 향해 즐거운 마음으로 올라갔습니다.

"아마포는 다 짜여졌습니다. 생명이 없는 것들은 다시 혼을 빼앗겼습니다. 생명이 있는 것이 지배하게 되고 생명 없는 것을 만들어 내어 써먹을 겁니다. 내면이 드러나고 외면이 감추어질 것입니다. 막이 곧 올라가고 연극이 시작됩니다. 다시 한 번 부탁드리는데, 이번에는 영원한 날들을 짜겠습니다."

"행운을 주는 아이야."

왕이 감격해서 말했습니다. "네가 우리의 해방자로구나."

"전 단지 소피의 대리인일 뿐이랍니다."

어린 파벨이 말했습니다. "투르말린[15]과 정원사, 그리고 황금을 데려가도록 허락해 주십시오. 저를 길러 준 어머니의 유해를 모아야 합니다. 그리고 늙은 거인을 다시 제자리에 다시 똑바로 서게 해야 합니다. 그래야 지구가 다시 둥실 뜨게 되고 혼돈에 빠져 있지 않게 된답니다."

14) 그리스 신화에 나오는 영웅, 메두사에게 잘 닦은 방패를 보게 해서 돌로 변하게 함
15) 전기석

왕은 이 셋을 모두 불러 어린 파벨과 동행할 것을 명했습니다. 도시는 밝았고 거리는 활기에 차 있었어요. 바다는 높은 절벽에 부딪히며 포효하는데, 파벨은 동행자들과 함께 왕의 마차를 타고 호수를 건너갔습니다. 투르말린은 흩날리고 있는 재를 정성껏 모았습니다. 그들은 지구를 빙 돌아 늙은 거인이 있는 곳에 이르렀고, 거인의 어깨를 타고 아래로 내려왔습니다. 거인은 타격을 받아 마비된 듯 보였고 사지를 꿈쩍하지도 못했습니다. 황금은 거인의 입 속에 동전 한 닢을 넣었고, 정원사가 엉덩이 아래로 대야를 밀어 넣었습니다. 파벨이 거인의 눈을 쓰다듬고 이마에다 물병을 기울였습니다. 물이 눈을 타고 입으로, 그리고 입에서 대야로 흘러내리자 한줄기 생명의 빛이 번개처럼 그의 온몸의 근육을 타고 움씰거렸습니다. 그리고 거인은 눈을 번쩍 뜨고 벌떡 일어났습니다. 파벨은 동반자들이 있는 솟구치는 지구 위로 펄쩍 뛰어올라 거인에게 정답게 잘 잤냐는 인사를 했습니다.

"귀여운 아이야, 네가 다시 돌아왔구나. 나는 자주 네 꿈을 꾸었단다. 지구와 내 눈꺼풀이 너무 무거워지기 전에 네가 나타날 거라고 늘 생각하고 있었단다. 내가 너무 긴 잠을 잤구나."

거인이 말했어요.

"지구는 다시 가벼워졌어요. 착한 사람들에게는 늘 그랬듯이 말이에요."

파벨이 말했습니다. "옛 시절이 도래하고 있어요. 얼마 안 있으면 당신은 옛 친구들을 다시 만나게 될 거예요. 제가 당신에게 즐거운 날들을 짜 드릴게요. 그리고 조수 한 명도 빼놓을 수 없겠지요. 그래야 당신이 이따금 우리와 기쁨을 함께 나누고, 여자 친구의 품 안에서 젊음과 힘을 들이마실 수 있지 않겠어요? 우리의 오랜 친구인 헤스페루스[16]의 딸들은 어디에 있나요?"

"소피 곁에 있지. 곧 그녀들의 정원이 다시 만개하고 황금 과실의 향기가 퍼질 거다. 그녀들은 여기저기 다니면서 그리움에 애타고 있는 풀들을 모으고 있단다."

파벨은 그곳을 떠나 급히 집으로 향했습니다. 집은 완전히 폐허가 되어 있었습니다. 담쟁이덩굴이 담을 뒤덮고 있었어요. 높은 덤불숲이 예전의 마당을 그림자로 덮고 있고 예전의 계단들 위에는 폭신한 이끼가 융단처럼 끼어 있었습니다. 그녀는 방으로 들어섰습니다. 소피가 다시 세운 제단에 기대어 서 있었습니다. 완전히 무장을 한 에로스는 그녀의 발치에 누워 있었는데 이전보다 더 진지하고 기품이 있어 보였습니다. 휘황찬란한 샹들리에가 천장에 걸려 있었어요. 또 바닥에는 형형색색의 돌들이 깔려 있는데 그 돌무늬들은 제단 주변을 빙 둘러 커다란 원을 그리면서 온통 기품 있고 의미심장한 형상들을 보여 주고

16) 그리스 신화에 나오는 저녁 별

있었습니다. 기니스탄은 깊은 잠에 빠져 있는 듯 긴 의자 위에 기대 앉아 있는 아버지를 굽어보며 눈물을 흘렸습니다. 그녀의 피어오르는 아름다움은 경건함과 사랑의 표정으로 한층 승화되어 있었어요. 파벨이 소피에게 재가 담긴 유골 항아리를 건네주자 성스러운 소피는 파벨을 안았습니다.

"사랑스러운 아이야,"

소피가 말했어요. "너의 노력과 성실로써 너는 영원한 별자리를 얻게 되었단다. 네가 너의 내면에 있는 불멸의 것을 선택한 거다. 불사조는 너의 것이란다. 너는 우리들 생명의 혼이 될 것이다. 이제 신랑을 깨워라. 헤롤드[17]가 부르고 있다. 에로스는 프라이아를 찾아 깨우도록 해야 할 것이다."

이 말을 듣자 파벨은 더할 나위 없이 기뻤습니다. 그녀는 동반자인 황금과 징크를 불러 긴 의자 쪽으로 갔습니다. 기니스탄은 기대에 부풀어 그들이 일을 시작하는 것을 지켜보았지요. 황금은 동전을 녹여 아버지가 누워 있는 의자에 번쩍이는 용액을 부었습니다. 징크는 기니스탄의 가슴에 목걸이를 걸어 주었고요. 요동치는 물결 위에 아버지의 몸체가 헤엄치고 있었습니다.

"몸을 굽히세요, 어머니."

파벨이 말했습니다. "그리고 사랑하는 아버지의 가슴에 손을

17) 전령사

올려놓으세요."

기니스탄은 몸을 굽혔습니다. 그리고 여러 겹으로 겹치는 자신의 영상을 보았습니다. 목걸이가 용액에 닿았고 그녀의 손은 아버지의 가슴을 건드렸어요. 그러자 아버지는 깨어나 아름다운 신부를 가슴에 끌어안았습니다. 금속이 흘러내려 하나의 맑은 거울이 되었어요. 아버지가 일어섰습니다. 아버지의 두 눈이 반짝였습니다. 그리고 아버지의 몸은 아름답고 수려했어요. 하지만 그 온 몸체는 끊임없이 움직이는 용액 같아 보였죠. 다채롭고 매혹적인 움직임으로 온갖 감정을 그려 내는 용액 말입니다.

행복에 겨운 한 쌍의 남녀가 소피에게로 다가갔습니다. 소피는 그들을 축원하고 거울에게 자주 상의할 것을 당부하면서, 거울은 모든 것에게 그 참모습을 보여 주고 환영을 깨뜨리고 본래의 영상을 영원히 잡아 보여 줄 것이라고 말했습니다. 그러고는 유골 단지를 들어 제단에 놓인 접시에 재를 부었습니다. 나직하게 부글거리는 소리는 재가 용해되는 것을 알려 주었고 한 가닥 미풍이 주위에 서 있는 이들의 옷자락과 머리카락을 흔들었습니다.

소피는 접시를 에로스에게 건네주었고 에로스는 다시 다른 사람에게 건네주었습니다. 모두들 신의 정화수를 맛보면서 말할 수 없는 기쁨에 차서 마음 깊은 곳으로부터 울려오는 어머니의 다정한 인사의 소리를 들었습니다. 어머니는 누구와도 함께하고 있었고, 어머니의 신비스런 현존이 모두에게 환한 빛을 드리우는 것 같았습니다.

희망은 이루어졌고 기대 이상이었습니다. 모두들 무엇이 결핍되었는지를 알게 되었으며, 그 방은 축복받은 자들의 장소가 되었습니다. 소피가 말했습니다.

"위대한 비밀이 모두에게 계시되었고 영원히 캘 수 없는 비밀도 남을 것이다. 새로운 세계는 고통에서 태어나며 재는 눈물 속에서 영원한 생명수로 용해된다. 모두의 내면에는 천상의 어머니가 살고 계시며 그것은 개개의 아이를 영원히 탄생시키기 위함이다. 그대들은 그대들의 고동치는 가슴에서 그 감미로운 탄생을 느끼지 않는가?"

소피는 접시에 남아 있던 것을 제단에 쏟아부었습니다. 깊은 곳에서부터 대지가 진동했습니다. 소피가 말했습니다.

"에로스, 너의 누이 파벨과 함께 네가 사랑하는 사람에게 서둘러 가거라. 너희들은 곧 나를 다시 만날 것이다."

파벨과 에로스는 동행자들과 함께 급히 길을 떠났습니다. 대지에는 화창한 봄이 완연했습니다. 만물이 깨어나 움직이고 있었습니다. 대지는 베일을 쓰고 점점 가까이 떠오르고 있었습니다. 달과 구름은 즐겁게 수다를 떨며 북쪽으로 이동했습니다. 왕궁이 휘황찬란하게 호수 위에 비치는데, 그 첨탑 위에서 왕이 신하들을 대동하고 위풍당당하게 서 있었습니다. 그들은 도처에서 회오리치는 먼지바람을 보았고, 그 속에서 친숙한 형상들이 모습을 드러내는 것을 알아보았습니다. 그리고 성을 향해 밀물처럼 몰려오는 수많은 무리의 소년 소녀들을 맞아 환호성을 지르며 환영했어요. 곳곳의 언덕에는 막 깨어난 행복한 연인 한 쌍이 오랫동안 아쉬워했던 긴 포옹을 하며 앉아 있었습니다. 그들은 이 새로운 세상을 꿈이라고 여기면서 이 아름다운 진실을 끊임없이 확인하고 있었습니다.

꽃과 나무들이 무럭무럭 자라 가없이 푸르러졌습니다. 만물이 생기 넘쳐 보였습니다. 모든 것이 종알대고 노래했습니다. 파벨도 여기저기서 옛 친구들에게 인사를 했습니다. 동물들도 공손히 인사를 하며 깨어난 사람들에게 다가왔습니다. 식물들은 그들에게 과실과 향기로 향응을 베풀었고 다할 수 없이 예쁘게 그들을 치장시켰습니다. 이제 그 어떤 사람의 가슴에도 얹힌 돌이 없었고 모든 무거운 짐들은 스스로 단단한 바닥이 되어 내려앉았어요. 그들은 호숫가에 이르렀습니다. 연안에는 윤나는 강철로 된 배 한 척이 매어져 있었어요. 그들은 배에 올라타고 닻줄을 풀었습니다. 뱃머리를 북쪽으로 향한 채 배는 희롱하는 파도를 순식간에 가로질러 나아갔습니다. 살랑대는 갈대가 폭풍을 붙잡고 있어 배는 사뿐히 해변에 닿았습니다. 그들은 널찍한 계단으로 성급히 올라갔습니다. 왕이 지배하는 도시와 그 풍요로움은 놀라웠습니다. 마당에서는 다시 생기를 찾은 분수가 솟고 있었고, 나무 울타리는 더없이 달콤한 소리를 내며 흔들리고 있었어요. 달아오른 나무줄기와 잎사귀들, 번쩍이는 꽃과 열매들 속에서는 어떤 경이로운 생명이 용솟음치며 뿜어져 나오는 것 같았습니다. 늙은 기사가 성문에서 그들을 맞아 주었습니다.

"경애하는 옛 친구여……."

파벨이 말했습니다. "에로스는 당신의 칼이 필요해요. 황금이 에로스에게 목걸이를 하나 주었는데, 그 한쪽 끝은 호수 속에 닿아 있고 다른 한쪽 끝은 가슴에 걸려 있어요. 목걸이를 나와 함께 잡고, 우리를 공주가 잠들어 있는 홀로 데려다 주세요."

에로스는 칼을 기사의 손에서 받아 들고는 칼자루를 자신의 가슴에 대고 칼끝을 앞으로 기울였습니다. 홀의 날개 문이 활짝 열렸고, 에로스는 잠들어 있는 프라이아 곁으로 조심스레 다가갔습니다. 순간 꽝 하는 굉음이 울렸어요. 한줄기 밝은 섬광이 공중에서 칼로 스쳐 갔습니다. 칼과 목걸이가 빛을 발했고, 기사는 하마터면 기절할 뻔한 어린 파벨을 잡아 주었습니다. 에로스의 투구 앞장식이 위로 나부꼈습니다.

"칼을 던져 버리고 사랑하는 애인을 깨워요."

파벨이 소리쳤어요. 에로스는 칼을 내동댕이치고 공주에게 달려가서는 달콤한 입술에 뜨겁게 키스를 했습니다. 공주는 커다랗고 검은 눈을 뜨고 사랑하는 사람을 알아보았습니다. 긴 키스로 영원한 결속을 확인했습니다.

둥근 천장에서 왕이 소피의 손을 잡고 내려왔습니다. 별들과 자연의 정령들이 반짝이는 대열을 이루며 뒤따랐습니다. 말로 다할 수 없이 청명한 날이 홀, 궁전, 도시와 하늘을 가득 채웠습니다. 수많은 무리들이 넓은 왕궁의 홀로 몰려 들어와 왕과 왕비 앞에 무릎을 꿇고 있는 사랑하는 연인들을 소리 없이 경건한 마음으로 바라보았습니다. 왕과 왕비는 두 사람을 엄숙하게 축복해 주었습니다. 왕은 머리에서 왕관을 벗어 에로스의 금빛 머리에 씌워 주었습니다. 또 노기사가 에로스의 갑옷을 벗기자, 왕은 자신의 외투를 걸쳐 주었어요. 그러고 나서 왕은 에로스의 왼손에 백합을 들려 주었고, 소피는 맞잡고 있는 연인들의 손목에 값진 팔찌를 끼워 준 뒤 자신의 왕관을 프라이아의 갈색 머리에 씌워 주었습니다.

"우리의 옛 군주들, 만세!"

백성들이 소리쳤습니다. "그분들은 우리와 늘 함께하셨는데 우리가 그분들을 알아보지 못했어. 우리에게 축복을! 그분들은 우리를 영원히 통치할 것이다! 우리에게도 축복을!"

소피가 새 왕비에게 말하였습니다.

"너희들을 묶고 있는 팔찌를 공중으로 던져라. 백성과 세상도 너희들과 맺어지도록."

팔찌가 공중에서 녹아 흘렀고, 그러자 곧 모든 사람들의 머리 둘레에 밝은 빛의 고리가 보였습니다. 그리고 하나의 반짝이는 띠가 도시와 호수, 영원한 봄의 축제를 벌이고 있는 대지 위로 뻗어 둘러쳐졌습니다. 페르세우스가 방추 하나와 작은 바구니 하나를 들고 나타났습니다. 그는 새 왕에게 바구니를 건네며 말했습니다.

"여기 자네의 나머지 적들이 있네."

바구니 안에는 흑백의 눈금이 새겨진 돌판이 하나 들어 있고, 그 옆으로 설화 석고와 검은 대리석으로 만들어진 수많은 형상들이 있었습니다.

"이건 장기판이야."

소피가 말했습니다. "모든 전쟁은 이 돌판 위에, 그리고 이 형상들 속에 갇혀 버렸단다. 암울했던 옛 시절의 유물이지."

이제 페르세우스는 파벨에게 다가가 방추를 건넸습니다.

"너의 손 안에서 이 방추는 우리를 영원히 기쁘게 할 것이다. 그리고 너 자신을 소재로 해서 우리에게 끊어지지 않는 황금 실을 자아 주게 될 거다."

불사조가 아름다운 선율을 내며 파벨의 발치로 날아들더니 그녀 앞에서 날개를 펼쳤습니다. 그리고 파벨이 날개 위에 앉자, 그녀를 태우고 날아 옥좌 위를 빙빙 돌면서 땅에는 다시 내려오지 않았어요. 파벨은 천상의 노래를 부르며 물레질을 시작했습니다. 그때 실은 마치 그녀의 가슴으로부터 뽑혀 나오는 것처럼 보였어요. 백성들은 새로운 황홀경에 빠져들어 모두의 눈이 이 사랑스러운 아이에게 모아졌습니다. 새로운 환호성이 문 쪽에서 터졌습니다. 늙은 달이 자신의 기묘한 신하들을 거느리고 들어섰고, 뒤이어 백성들이 기니스탄과 그녀의 신랑을 개선 행진을 하듯 앞세우고 들어왔습니다.

그들은 화환을 두르고 있었습니다. 왕의 가족들은 두 사람을 진심으로 환영했고, 새로운 왕과 왕비는 그들을 지상의 대리인으로 선포했습니다.

달이 말문을 열었습니다.

"제게 파어체[18] 여신의 왕국을 허락해 주십시오."

달이 말했습니다. "이 왕국의 기묘한 건물은 지금 막 땅에서 솟아올라 궁전 마당에 세워져 있습니다. 그 건물 안에서 연극을 공연하여 기쁘게 하겠습니다. 이 일에는 어린 파벨이 나를 도와줄 것입니다."

왕은 기꺼이 그 청을 받아들였고 어린 파벨도 다정하게 고개를 끄덕였으며, 백성들은 진귀한 오락거리를 기대하며 기뻐했습니다. 헤스페루스의 딸들이 왕위 계승을 축하하면서 그녀들의 정원을 지키게 해 달라는 부탁의 말을 전해 왔습니다. 왕은 그녀들을 환대하도록 했고 그래서 수많은 즐거운 사절들이 뒤

18) 로마 신화에 나오는 운명의 여신

이었습니다. 이러는 사이에 옥좌는 눈에 띄지 않게 변해 호화로운 신혼 침대가 되었습니다. 침대 위 하늘에는 불사조가 어린 파벨을 태우고 맴돌고 있었고요. 침대 뒤쪽은 거무스레한 반암으로 된 세 여상주女像柱가 떠받치고 있었고 침대 앞쪽은 현무암으로 된 스핑크스 위에 얹혀 있었습니다. 왕은 상기된 한 쌍의 연인을 포옹했고 백성들은 왕을 따라 서로를 안으며 사랑을 나누었습니다. 정답게 이름을 부르는 소리, 키스를 하며 나누는 속삭임 외에는 아무것도 들리지 않았습니다. 마침내 소피가 입을 열었습니다.

"어머니는 우리 가운데 있지. 어머니의 현존이 우리를 영원히 행복하게 해 주지. 우리를 따라 우리의 거처로 오라. 그곳 신전에서 우리는 영원히 거하며 세상의 비밀을 지키고 있으리."

파벨은 물레질을 하며 커다란 목소리로 노래했습니다.

불멸의 왕국이 세워졌어요.
사랑과 평화 속에서 싸움이 끝나고
고통의 긴 꿈은 지나갔어요.
소피는 영원히 마음의 여사제랍니다.

•
황은미
옮김

옮긴이 약력

차경아 서울대학교 독어독문학과 및 동 대학원을 졸업하고 독일 본대학교에서 수학했다. 서강대학교 대학원에서 박사 학위를 취득했으며, 현재 경기대학교 교수로 재직 중이다.
옮긴 책으로는 『모모』, 『소유냐 존재냐』, 『싯달타』, 『약속』, 『삼십세』, 『생의 한가운데』, 『아프리카, 나의 노래』, 『1999년생』, 『사자가 도망쳤어요』 등이 있다.

조영수 서울대학교 독어독문학과를 졸업했다. 미국 피츠버그대학교 대학원에서 석사학위를 취득했으며, 이화여자대학교 대학원에서 박사학위를 받았다. 미국 워싱턴대학교의 초빙교수와 미국 조지워싱턴대학교 객원교수를 역임했다. 현재 경기대학교 교수로 재직 중이다.
옮긴 책으로는 『독일어의 역사적 통사론』, 『독일어 동의어 사전』, 『나에게도 친구가 생겼어요』, 『낯선 사람 따라가면 안 돼』, 『내 몸은 내 거야』 등이 있다.

강명희 경기대학교 독어독문학과 및 동 대학원을 졸업했으며, 독일 뷔르츠부르크대학교에서 수학했다. 성균관대학교 대학원에서 박사학위를 받았다. 현재 경기대학교 교수로 재직 중이다.
옮긴 책으로는 『큰 버섯』, 『깜짝 파티』, 『둘째 코니는 낀 아이』 시리즈, 『세계 대문호들이 들려주는 크리스마스 동화집』(공역), 『시간의 여행자』 등이 있다.

김연정 경기대학교 독어독문학과를 졸업했다. 이화여자대학교 대학원에서 독일어교육학 석사학위를 받았으며, 성균관대학교 대학원에서 박사학위를 취득했다. 현재 경기대학교 교수로 재직 중이다.
옮긴 책으로는 『못 말리는 공주병』 등이 있다.

명정 경기대학교 독어독문학과 및 동 대학원을 졸업하고 서울대학교에서 박사과정을 수료했다. 현재 경기대학교에서 강의를 하고 있다.
옮긴 책으로는 『눈인간』, 『눈고양이』, 『아빠, 딱 하루만 바꿔요』 『세계 대문호들이 들려주는 크리스마스 동화집』(공역), 『소피의 리스트』 등이 있다.

박민정
경기대학교 독어독문학과 및 동 대학원을 졸업했다.
옮긴 책으로는 『부처가 사자가 되었을 때』 등이 있다.

배은주
경기대학교 독어독문학과 및 동 대학원을 졸업했다.

이미화
경기대학교 독어독문학과 및 동 대학원을 졸업했다.
옮긴 책으로는 『나뭇잎 오두막』, 『옥수수 자동차』, 『아프리카에서 온 카멜레온 캄부의 모험』 등이 있다.

이진금
경기대학교 독어독문학과 및 동 대학원을 졸업했다. 성균관대학교 대학원에서 박사과정을 수료하고 독일 라이프치히대학교에서 수학했다. 현재 경기대학교에서 강의를 하고 있다.

황은미
경기대학교 독어독문학과를 졸업했다. 독일 뮌스터대학에서 독어독문학을 수학했으며, 독일 보훔대학에서 박사학위를 취득했다. 현재 경기대학교에서 강의를 하고 있다.
옮긴 책으로는 『마데이라 섬의 고래』 등이 있다.

•

연대순에 따른 작품 순서

요한 볼프강 폰 괴테

메르헨, 1795

루트비히 티크

금발의 에크베르트, 1796

노발리스

히아신스와 장미꽃잎 전설, 1798

클링스오어 이야기, 1798~1801

요제프 폰 아이헨도르프

가을의 마법, 1808

클레멘스 브렌타노

비첸슈피첼 이야기, 1808?

클롭스톡 교장 선생과

다섯 아들의 이야기, 1808?

장미꽃잎 공주, 1808?

루트비히 티크

요정들, 1811

프리드리히 드 라 모테-푸케

운디네, 1811

아힘 폰 아르님

아라비아의 예언자, 멜뤽 마리아 블랭빌, 1812

에른스트 테오도르 아마데우스 호프만

황금 항아리, 1813

아델베르트 폰 샤미소

페터 슐레밀의 놀라운 이야기, 1814

아힘 폰 아르님

종손들 이야기, 1817

에른스트 테오도르 아마데우스 호프만

왕의 신부, 1821

빌헬름 하우프

황새가 된 칼리프, 1826

난쟁이 나제, 1827

원숭이 인간, 1827

에두아르트 뫼리케

보물, 1836

농부와 그의 아들, 1839

요제프 폰 아이헨도르프

리버타스와 그녀의 청혼자들, 1849

환상문학 걸작선 2

19세기 대문호들의 명작 단편선

•

초판 1쇄 발행일 2006년 12월 20일

개정판 1쇄 발행일 2013년 1월 23일

개정판 2쇄 발행일 2013년 3월 22일

지은이 프리드리히 드 라 모테-푸케 외 **옮긴이** 차경아 외

펴낸이 강병철 **주간** 정은영

편집 허원 이서하 임자영 **저작권** 김영란

디자인 신경숙 **마케팅** 장성준 박제연 최은석 전연교

E- 사업부 정의범 김혜연

펴낸곳 자음과모음 **출판등록** 1997년10월 30일 제313-1997-129호

주소 121-840 서울시 마포구 서교동 396-33

전화 편집부(02)324-2347, 경영지원부 (02)325-6047

팩스 편집부(02)324-2348, 경영지원부 (02)2648-1311

이메일 literature@jamobook.com

커뮤니티 cafe.naver.com/jamocafe

ISBN 978-89-5707-723-8 (03850) (세트)978-89-5707-722-1 (03850)